CLAIRE PAVEL

RAENA

Bürde des Gleichgewichts

Fantasy Roman

© 2023 Claire Pavel
Umschlagsgestaltung: Jasmin Kreilmann
Illustration: Astrid Kranner
Lektorat/Korrektorat: Denise Monti
Druck und Vertrieb im Auftrag der Autorin: Buchschmiede von Dataform Media GmbH, Wien
www.buchschmiede.at - Folge deinem Buchgefühl!

Besuche uns online

ISBN:
978-3-99152-865-4 (Paperback)
978-3-99152-221-8 (Hardcover)
978-3-99152-864-7 (E-Book)

PRINTED IN
AUSTRIA

Die Autorin:
Claire Pavel wurde 1994 in Krumau, in der Tschechischen Republik geboren. Als Kind zog sie mit ihrer Mutter nach Österreich, wo sie die höhere Lehranstalt für Umwelt und Wirtschaft absolvierte. Aktuell arbeitet sie als Chemielaborantin in der Schichtarbeit und widmet sich in ihrer freien Zeit dem Schreiben, Sport und dem Training ihrer Border Terrier, Hermes und Kronos. Sie ist leidenschaftliche Köchin und liebt das Bergsteigen.

Zwischen Schwarz und Weiß, wo sich einst die kühnsten und tapfersten Reiter bekriegt, ihre Leichen zu Tausenden den Boden gepflastert hatten, war ein Gebiet entstanden, durch welches sich wie durch ein Wunder das endlose Meer einen Weg gegraben hatte, wo Mörder, Söldner, Räuber, Verbrecher, von den großen Mächten zum Sterben verstoßen, eine neue Heimat gefunden und ihr eigenes Imperium geschaffen hatten. Man nannte sie die Perlen der Wüste: Fallen im Süden, Fuhr im Norden und Anah in der Mitte.
Mit anderen Worten: Dies waren die Städte der grenzenlosen Möglichkeiten.

PROLOG

Kreischende Möwen flogen in kleinen Kreisen über dem dunkelblauen Meer. Wenn sich der Wind drehte, so hörte man eine noch größere Vielzahl an Meeresvögeln sich untereinander verständigen, da in der Nähe eine felsige Insel als deren Brut und Versammlungsort fungierte.

Unmittelbar daneben trieb ein einsamer Junge auf einem dicken Ast dahin. Nur noch Haut und Knochen, stand ihm der Tod bereits ins Gesicht geschrieben. Seine kleinen Ärmchen glichen dürren Ästen, seine Schultern stachen unter der bleichen Haut hervor und die pechschwarzen Haare, die sich an den Enden leicht kräuselten, bildeten einen Kontrast zu seiner erbärmlichen Erscheinung. Doch zwischen seinen aufgesprungenen Lippen bewegte sich eine kleine rote Zunge, als er sich das Meersalz von den Lippen leckte und entkräftet das Gesicht zu einer angeekelten Grimasse verzog.

Die Kraft des Meeres hatte er unterschätzt, war kopflos gesprungen und hatte ziemlich schnell feststellen müssen, dass ihn die Strömung mitgerissen und er mit seiner geborgten Kraft nichts dagegen hat ausrichten können. Die Sehnsucht hatte ihn in wilder Verzweiflung angetrieben und zu einer Tat verleitet, die nicht umkehrbar war.

Der letzte Schluck süßen Wassers kam ihm wie eine halbe Ewigkeit vor. Wenn er Pech hatte, starb er wirklich, noch ehe ihn das Schiff erreichte und er mit ein wenig Glück an Bord kam. Egal was, er würde jede Sorte von Arbeit verrichten. Sein Gestell war zwar in kläglicher Verfassung, aber man konnte ihn vielleicht noch als Zaunpfahl oder als Ständer für Hüte und Mäntel des Kapitäns verwenden.

Sein Kopf fiel nach vorn und seine Stirn berührte salziges Meerwasser. Erschrocken fuhr er hoch. War er eingeschlafen? Er musste Energie sparen. Hatte sein Zauber funktioniert? Er schätzte ja, denn er spürte sie und er wusste auch, dass noch ein Zauber ihn umbringen würde. Sein einziger Wunsch war ihre Nähe, sie anzusehen und zu wissen, dass er nicht umsonst sein Dasein in Dunkelheit gefristet hatte, dass es einen Sinn gehabt hatte, nur für diesen einen, einzigen Moment.

Die Vulkaninsel hatte er längst hinter sich zurückgelassen, um ihn herum war nur mehr dunkelblaues Meer und seine unergründlichen Tiefen, über die er lieber nicht nachdenken wollte. Er wusste zwar, dass es

Meeresdrachen gab, doch er wusste nicht, ob sie sich in dieser Gegend aufhielten.

Seine Beine spürte er nicht mehr, trotz der unglaublichen Wärme des Wassers. Vermutlich war die Haut aufgeweicht und dabei sich zu zersetzen. Es hätte ihn nicht gewundert, wenn man ihn bereits bis auf die Knochen abgenagt hätte. Sein müder Blick wanderte über den Horizont, die dunklen Wolken entlang, die sich gesammelt und eine bedrohliche, zusammenhängende, schwarzgraue Mauer gebildet hatten. Wie ein riesiger Kolben wurde das Gebilde durch den starken Wind vorwärtsgetrieben. *Unwetter*, schoss ihm durch den Kopf und er war verwundert, wie ruhig er blieb.

Hatte er das Schiff verpasst?

Hatte er sie für immer verloren?

„Mann über Bord!"

1. KAPITEL

Raenas Leben beschränkte sich auf den Hof, wo sie den ganzen Tag nichts anderes tat, als ihrer Familie zu helfen. Jeden Morgen zog sie mit ihren Geschwistern Arik und Bara los, um die Kühe auf die Weide zu bringen. Gemeinsam hüteten und bewachten sie das Vieh, bis es sattgefressen war. Manchmal nahm sie sich auch ein Buch mit, denn ihre Mutter besaß eine gut bestückte Bibliothek, darunter viele Geschichtsbücher, wie auch die Entstehungsgeschichte des Streifens, die sie bereits zweimal gelesen hatte.

Keiner von ihnen ging zur Schule. Die Grundlagen lernten sie zuhause und da sie in ihrem Leben ohnehin nur ihr Land bewirtschaften würden, sahen es Vater und Mutter nicht als notwendig an, sie höherer Bildung zu unterziehen.

Raena saß auf einem großen Stein und hielt ihren Stock in der rechten Hand umklammert, während sie in ihrer linken träge mit einem Kiesel spielte. Von dieser Position aus hatte sie einen guten Ausblick auf die Naht, den größten Fluss des Streifens, der die gesamte Schutzzone in zwei fast gleich große Teile trennte. Wenn die Sonne über die Hügel kroch und die Landschaft mit ihren hellen Strahlen küsste, tauchte das Licht ins Wasser ein und schuf eine glänzende Oberfläche, die jeden Betrachter für ein paar Sekunden des Augenlichts beraubte. Dort, wo das Wasser die Landschaft berührte, herrschten Leben und Fruchtbarkeit. Ansonsten bestand der

Streifen nur aus Wüste, Sand und Hitze, die jedes Leben im Keim erstickte.

Die Schutzzone, so wurde der Streifen liebevoll von seinen Bewohnern genannt, war vor tausenden Jahren entstanden. Dazu gab es viele Legenden, doch die meisten handelten von den vielen Schlachten zwischen weißen und schwarzen Reitern. Raena kannte ein paar davon, über Suneki und Ara zum Beispiel, wobei Ara von Mutter über alles verehrt wurde. In Wahrheit hatte man einfach nur ein Land gewollt, um die auszugrenzen, die angeblich Schuld am jahrelangen Blutvergießen trugen. Dabei war eine Zone zwischen den Ländern Weiß im Westen und Schwarz im Osten entstanden. Doch all das war lange vorbei und der Streifen hatte sich zu einem großen Handelsreich entwickelt.

Raena streckte sich und legte eine Hand über ihre Augen. Sie war müde. Umringt von Sand sah sie weit in der Ferne eine verlassene Ruine, zumindest glaubte sie das. Im Streifen gab es viele davon. Im Laufe der Zeit hatten sich die Menschen zum Fluss zurückgezogen und Wind und Wetter hatten alte Siedlungen zerfallen lassen. Dahinter hob sich ein unvorstellbar weit entferntes Gebirgsmassiv in die Höhe. Die Gipfel verschwanden in den Wolken und der Schnee unterhalb leuchtete im Sonnenschein.

Oft ertappte sie sich beim Träumen, wollte einen weißen oder schwarzen Reiter sehen, Pegasi und Drachen bewundern, doch man benötigte viel Geld, um sich eine Reise leisten zu können, musste Beweise erbringen, dass man „reines" Blut besaß, es wert war und sich den Gesetzen des jeweiligen Landes unterwerfen würde. Trotzdem war Geld der Schlüssel, der Dokumente ermöglichte, die für solch ein Unterfangen notwendig waren. Und so blieben ihr nur der einsame Wachstein und der Anblick der flimmernden Berge im Osten und im Westen.

Dazwischen lagen grüne Wiesen, tiefe Täler, Sümpfe, Seen, Länder, Menschen und Arten, die sie noch nie zuvor zu Gesicht bekommen hatte und nur aus Mutters Büchern kannte. Während ihres kurzen Lebens hatte sie noch nicht einmal den Sand jenseits der Naht betreten. Sie verließ das Haus hauptsächlich, um auf den Markt, zum Fürsten oder in den Stall zu gehen. Sonst bestand ihre ganze Welt nur aus Kühen, Milch und Arbeit. Da sie Fürst Duran mit Milch belieferten, waren sie unter den Bauern hoch angesehen.

„Raena! Wir müssen das Vieh in den Stall treiben!" Arik stand einige Meter entfernt und schwenkte seinen Stab in Richtung des schmalen Pfads.

Raena stand mit einem lauten *Ja* auf. Ihre Beine und ihr Rücken waren vom vielen Sitzen ganz steif geworden. Sie streckte sich, ein kläglicher Versuch, die Verspannungen zu lösen, und nahm ihren Stock in die Hand.

Dann suchte sie Bara, die bereits ein paar Kühe zusammengetrieben hatte und wild mit den Armen gestikulierte. Nachdem es letzte Nacht stark geregnet hatte, waren ihre Schenkel bis auf die Knie schlammbespritzt.

„Beeil dich!" Arik wirkte gestresst und Raena trabte zu ihm. Er hatte, so wie der Rest ihrer Geschwister, dunkelbraunes, fast schwarzes Haar. Einzig Raena stach mit ihren hellen Haaren hervor. Seine Augen hatten dieselbe Farbe und bildeten einen Kontrast zu seiner hellen Haut. Ansonsten sah er aus wie jeder andere junge Mann, dessen Vater ein Großbauer war. Stark und kräftig gebaut. Er war verlobt mit einem Mädchen, welches aus der Stadt kam. Ein zartes und schmales Ding von achtzehn Jahren. Lila war schön, ohne Zweifel. Ihr Name stammte von der Farbe ab, die mittlerweile fast auf jedem Kleid in Anah zu sehen war. Sie trug ihn aufgrund der eigenartigen Schattierung in ihren Augen, die im Licht geheimnisvoll schimmerten. Es hieß, ihre Familie stamme von Elfen ab.

Raena, die „zu ihrem Glück" eine gewöhnliche junge Frau war, hatte noch nie einen Elfen oder einen Halbelfen, auch Elben genannt gesehen. Dennoch hörte sie immer wieder die Händler über ihre Schönheit und ihre unglaubliche Stärke prahlen. Stolz und schön, das Volk der Elfen. Edel und gerecht, das Volk der Elben. Lilas Augen gehörten definitiv zu den Elfen, sie war sich sicher.

„Hör auf zu träumen und beweg dich!", brüllte Bara quer übers Feld. Ihr dunkles Haar fiel ihr in dichten Locken auf die üppigen Brüste.

Raena seufzte kurz. Ihre Schwester war ab und zu grob und rüde, aber ihre Warmherzigkeit machte diese Eigenschaften wieder wett. Sie trieb die restlichen Rinder den Pfad hinunter und warf einen Blick auf ihren Wachstein zurück, um sich zu vergewissern, dass sich kein einziges Vieh mehr auf der Weide befand. Einmal hatten sie ein Kalb verloren und ihr Vater hatte ihnen fast den Kopf abgerissen. Raena konnte noch immer die Schläge fühlen, die sie am Rücken getroffen hatten.

Der Weg führte sie über eine kleine Kuppe und in einen niedrigen Laubwald.

„Ist Arik vorne?", erkundigte sich Raena, als Bara murrend zu ihr aufschloss.

„Ja. Er liebt es, die Leitkuh zu spielen", sagte sie und fuhr sich mit den dünnen Fingern durchs Haar.

Raena lächelte schief. „Das solltest du vielleicht für dich behalten."

Bara winkte ab und zuckte teilnahmslos mit den Schultern. „Ach was, er würde mich nur verprügeln wollen. Mit seinen kurzen Beinchen kann er mir sowieso nicht folgen."

Raena kratzte sich am Hals und scheuchte eine Mücke fort. „Wenn du so schnell bist, solltest du vielleicht den alten Hengst ersetzen."

Bara ignorierte den Seitenhieb. „Stimmt ja, du bist heute mit der Milchlieferung dran."

Raena blickte in die Ferne und gab vor sich zu erinnern, aber sie wusste sehr wohl, dass sie heute die ehrenvolle Aufgabe übernehmen musste.

Lord Duran, der Beschützer von Anah, der Verwalter und kühne Krieger. Er war ein Gesandter der weißen Reiter und besaß ein wunderschönes Einhorn, wurde zumindest gemunkelt. Gesehen hatte es niemand. Zudem hieß es, nur Elfen würden Einhörner reiten und er war bestimmt kein Elf. Was täte er im Streifen?

„Ja", antwortete Raena knapp.

Bara hob beide Augenbrauen in die Höhe und verzog den Mund zu einem schmalen Strich. Ihr Blick sprach Bände.

„Jetzt passt doch mal auf!" Arik gelang es, dass beide unter seinem strengen Ton zusammenzuckten und während Bara schnippisch seine Worte nachäffte, reckte Raena den Hals. Sie sah ein Kalb, das allein und sichtlich erfreut außerhalb der Herde umherhüpfte.

„Ich mach das." Raena ließ ihre Schwester mit ihrem Stock zurück.

Trotz frühsommerlicher Durchforstung herrschte links und rechts tiefster Urwald. Sie hoffte, dass das Tier in der Nähe bleiben und keinen Sprung ins Ungewisse wagen würde. Nur die Götter wussten, ob sie es wiederfänden.

Im Hintergrund rauschte Wasser. In der Nähe war ein Arm der Naht, der zur Bewässerung der Felder im Norden der Stadt diente. Der Strom war stark und sollte das Kalb hineinfallen, würde es bestimmt mitgerissen werden. *Vielleicht ist genau das beim letzten Mal passiert.*

Fliegen, die sich auf die Leiber der schweißüberströmten Kühe setzten, summten um die Wette. Mehrmals schüttelte das Kalb den Kopf, sein Hinterteil war dreckverschmiert.

Raena schlich vorwärts. Die Mutterkuh plärrte das Kalb mit offenem Maul an, während die restlichen Rinder unbeeindruckt blieben.

Arik und Bara hielten ihre Stellungen.

„Komm, geh zu deiner Mutter!", raunte Raena leise und bahnte sich den Weg durchs Gras.

„Beeil dich!", rief Bara.

Das Kalb schreckte hoch, hüpfte ein Stück zur Seite, muhte und sprang noch ein wenig weiter ins Unterholz hinein.

Raena unterdrückte ein Seufzen, rollte mit den Augen und folgte ihm.

Äste griffen nach ihrem Haar, ihren Armen und ihrem Gewand. Die grobe Wolle blieb am Holz hängen und zerrte sie zurück. Raena ging in die Knie und kroch auf allen vieren unter den Ästen hinweg. Altes Laub bedeckte den Waldboden und bildete eine modrige Schicht. Es roch nach Pilzen und sie versank im Morast.

„Geh zu deiner Mutter", wiederholte sie.

„Das ist ein Tier, Raena!", hörte sie Baras ironische Stimme.

Das *Tier*, von ihrem Laut aufgeschreckt, hüpfte zur Herde zurück.

Raena stand auf, rieb sich die Hände an einer nahen Baumrinde ab, spürte die tiefen Furchen unter ihren Fingern und klopfte sich anschließend das Laub von den Armen.

„Wir warten!"

„Ich komme schon!"

Raena drängte ihren Körper durchs Gebüsch. Sie zählte die Tiere nach, ehe sie sich zu ihrer Schwester dazugesellte und mit ihr das Schlusslicht bildete.

„Du siehst aus, als wärst du in der Scheiße gelandet", äußerte sich Bara belustigt.

„Was du nicht sagst", entgegnete Raena säuerlich, „hättest du nicht so laut geschrien, dann hätte ich nicht in den Wald kriechen müssen."

Bara nahm ihre Aussage mit Humor. „Beim zweiten Mal hat's geholfen."

Raena zuckte die Achseln.

Ihre Schwester grinste. „Komm, gehen wir nachhause."

Ihr Weg endete bei einem dreistöckigen Bauernhaus. Das Gebäude war aus Laubholz gebaut und besaß Glasfenster. Das durchsichtige und brüchige Material war im Streifen billig, da es hier viel Sand gab. Exportiert wurde es in allen Farben vor allem in fremde Länder. Nicht weit von Anah entfernt befand sich eine Mine, in welcher Sand abgebaut wurde und neben der eine der vielen Brennereien stand. Raena selbst wusste nicht, wie Glas entstand, liebte jedoch den Glanz und die Wärme, die im Sommer im Haus gehalten wurde.

Der Streifen, der fast zur Gänze aus Sand bestand, musste eine ungeheure Menge an Menschen ernähren. Dies war nicht leicht, da das Wetter nicht immer mitspielte. Dementsprechend teuer waren manche Lebensmittel. Ihre Familie besaß einen großen Garten voll mit Kräutern und Gemüse, dazu gehörten auch ein paar Obstbäume. Es gelang ihnen immer, trotz des unbeständigen Wetters, sich selbst zu versorgen.

Hinter dem Bauernhof befand sich ein riesiger Laufstall mit einem Strohdach. Der Weg schlängelte sich um das Gebäude herum, führte schließlich am Arm der Naht vorbei und mündete in die Hauptstraße hinein, die direkt in die Stadt führte. Raena und ihre Familie lebten am Rand und konnten von den Küchenfenstern aus die Mauern von Anah sehen. Im Winter bildete sich dort eine Wolkendecke aus Rauch, der aus den vielen Schornsteinen stammte, die rund um die Uhr in Betrieb waren, so auch im Sommer. Die Gasthäuser schliefen nie und von denen gab es in Anah reichlich viele. Wenn die Zeit der Stürme kam, mischte sich unter den Rauch der Wüstensand, der in jede Ritze kroch, an der Kleidung und an der Haut festhaftete und die Tiere, sowie die Bewohner des Streifens beim Atmen und täglichen Arbeiten behinderte. Deshalb trugen viele Leute Kopftücher, die notdürftig auch zu einem Gesichtsschutz umgewandelt werden konnten.

Der Fürst lebte abseits auf einem Hügel, in einer großen, schmal gebauten Burg, dessen Bergfried stolz in die Höhe ragte. Jeden Tag tummelten sich dort an den Gemäuern Soldaten, die ihren Herrn beschützten. Sie konnte aus der Ferne ihre Rüstungen erkennen, in denen sich die Sonne spiegelte.

Längst waren sie vor dem Stall angekommen. Die Tiere warteten geduldig. Arik löste sich aus der Formation und zog kräftig am Torgriff, sodass die eine Hälfte des Tors aufschwang. Bara stand abseits und zählte die Tiere nach, die muhend hineindrängten. Nachdem sie damit fertig war, kam sie auf Raena zu. „Geh was essen. Assia holt dich dann ab."

Raena nickte und überreichte ihr den Stock. „In Ordnung. Bis später."

Der Weg zum Haus war matschig und sie versuchte, nicht durch den Dreck zu waten. Alle hassten es, sich die Schuhe in der Vorkammer auszuziehen, niemand tat es und Mutter hasste es auch, da sie aus dem Putzen nicht mehr herauskam. Längst war die Nässe durch ihre Schuhe gedrungen, ihre Schuhspitzen unter der Dreckschicht kaum erkennbar. Obwohl sie warme Zehen hatte, spürte sie, dass ihre Socken feucht waren. Wenn auch nur gering, würde wenigstens das Leder dem Schmutz etwas Einhalt gebieten. Bevor sie durch die offene Eingangstür trat, rieb sie ihre Sohlen an einem Stein ab.

Im Inneren begrüßte sie wildes Stimmengewirr. Ihre Geschwister hatten viele Meinungsverschiedenheiten und dementsprechend laut und heftig verliefen auch ihre Diskussionen. Manchmal kam es ihr so vor, als würden sie darum wetteifern, wer am lautesten schreien konnte.

Zu zehnt waren sie. Fin, Ana, Malik, Arik, Assia, Raena, Bara, Ira, Rino und der kleinste und jüngste von ihnen war Erik. Er war erst zwei Jahre alt und bei weitem der Lauteste im Haus. Sein Gebrüll übertönte sogar Ana, deren Organ durch das ganze Haus hallte, wenn sie aufgebracht war. Fin war bereits verheiratet und Ana verzweifelt auf der Suche, doch ihr aufbrausendes, hitziges Gemüt war vielen Männern ein Dorn im Auge.

Raena rieb den übrigen Dreck am Teppich ab. Trotz des „Vorkammergebots" würde spätestens in einer Stunde die Erde im ganzen Haus verteilt sein, da auch ihre übrigen Geschwister das Gebäude betreten würden. Fin, der nach der Stallarbeit direkt zu seiner Frau heimgehen würde, war als einziger von ihnen stets mit heilem Auge davongekommen. Mutter hatte ihn besonders gern.

Raena fuhr sich durch ihr filziges Haar, löste ihren Zopf und strich es glatt. Anschließend band sie es wieder zusammen und ging an der Treppe vorbei in die Küche, wo es nach frisch gebackenem Brot und warmer Kartoffelsuppe roch. Ihr Magen grummelte. Die kleine Mahlzeit, die sie immer mit auf die Weide nahm, war ihr dann meistens doch zu wenig und der Hunger wurde gegen Abend hin immer schlimmer.

Rechts an der Mauer stand ein länglicher Tisch, welcher groß genug für fünfzehn Personen war. Auf ihm brannten drei Kerzen, die einen niedrigen Raum mit einer aus Holz gezimmerten Decke erhellten. Liebevoll mit schönem Geschirr und langen, blauen Läufern gedeckt, lud er dazu ein, sich hinzusetzen.

Ira, Rino und Erik hüpften und kletterten auf der Bank herum, schlugen mit Sitzkissen aufeinander ein, lachten und johlten. Ira, neun Jahre alt und ein kleiner Wirbelwind, trug wie Raena ein langes Wollkleid, welches ihr knapp unter die Knie reichte. Rino und Erik waren so wie die Männer Anahs gekleidet. Ihre Beinchen steckten in langen Hosen aus weichem Stoff und ihre kleinen Oberkörper in weißen, weiten Hemden.

Auf der gegenüberliegenden Seite stand ihre Mutter am Herd. Sie rührte mit einem hölzernen Löffel in einem Topf Suppe um. Normalerweise brüllte sie wütend, wenn ihr die Kinder zu lästig wurden. Heute schwieg sie und ihre Ausstrahlung wirkte seltsam bedrückend. Sie schien tief in Gedanken versunken.

„Hallo, Mama", grüßte Raena vom Türstock aus, „brauchst du Hilfe?"

Sie hatte ihre Hände vor ihrem Schoß verschränkt. Respekt und Achtung. Das hatte man den eigenen Eltern entgegenzubringen. Ihre Geschwister, völlig in ihrer eigenen Welt gefangen, liefen um den Tisch herum. Ira stolperte und ihre Brüder jauchzten vergnügt über ihren verärgerten Gesichtsausdruck.

Die etwas ältere Frau wandte sich um. Braune Augen, über welchen sich dunkle Brauen befanden, musterten sie aufmerksam. Sie war sehr schön, eine reife Frau im mittleren Alter. Raena konnte ihren Vater verstehen, wieso er sie geheiratet hatte. Nicht nur wegen des Hofs, auch wegen ihrem Wesen, das zwar aufbrausend, aber genauso liebevoll und besorgt werden konnte, wenn es um ihre Kinder ging. Sie war von der Sonne geküsst, ein Gegensatz zu ihren Kindern, die allesamt bleich waren und deren Haut rot wie Feuer wurde, wenn sie sich nicht mit einer Kräutersalbe eincremten oder in Tücher wickelten. Die Sonne im Streifen konnte tückisch und die Hitze im Sommer tödlich sein.

„Raena", sie lächelte nicht und das tat sie sonst immer, wenn sie vom Viehtrieb zurückkamen, „so bald zurück?"

Raena war überrascht. „Ja. Es ist fast dunkel."

Erik kletterte vom Stuhl, krabbelte über den Boden und umarmte quiekend Raenas Unterschenkel. Sie hob ihn hoch und drückte ihn an sich.

„Setzt euch endlich. Wird's bald?!"

Raena zuckte unter dem scharfen Ton zusammen und setzte Erik auf einen Stuhl.

Rino ließ ein Sitzkissen fallen und Ira zog die Unterlippe vor. Doch auch sie taten wie befohlen und bald hielten sie ihre Löffel in den Händen.

„Du musst dich beeilen und reiten, ehe die Nacht anbricht. Es wird heute kalt. Vielleicht wäre eine Decke gut. Vergiss sie nicht."

Raena sah den Rücken ihrer Mutter an. Ihre Haltung wirkte steif. Ging es ihr nicht gut?

Mama zog den Stofflappen auseinander und legte ihn auf die Topfränder, um sich nicht zu verbrennen.

Ira fragte ungeduldig: „Bist du müde? War euer Tag anstrengend?" Sie konnte es nicht erwarten, ihren Geschwistern endlich zum Viehtrieb zu folgen, und fragte fast jeden Morgen, wobei sie jedes Mal von Mama vertröstet wurde, dass sie noch zu klein dafür sei.

„Ein wenig. Es war sehr nass. Der Regen hat die Weiden aufgeweicht." Raena lächelte sie an und streckte die Hand nach ihr aus. Ihre Finger berührten sich und Ira lachte mit roten Bäckchen.

Als Mama die Suppe auf den Tisch stellte und Raena ihre zitternden Hände auffielen, setzte sie sich aufrecht hin. „Geht es dir gut?", gab sie sich einen Ruck und alle blickten ihre Mutter an, die die Mundwinkel nach oben verzog, ihnen ein schwaches Lächeln schenkte und nach der Kelle griff. „Ja."

Da war etwas an ihr, das Raena unsicher werden ließ. Sie bekam Angst vor einer Tracht Prügel. Was das anging, waren die Besen aus der Kammer sehr wirksam. Als Mama dann doch noch eine Frage stellte, fiel ihre Nervosität zum großen Teil von ihr ab. „Wie war euer Nachmittag?"

Raena wartete, bis jeder eine volle Schüssel vor sich stehen hatte, dann erzählte sie aufgeregt: „Bara hat mich ausgelacht, weil ich durch den Morast kriechen musste und Arik, Arik war wie immer." Sie nahm den Löffel in die Hand und begann gierig zu essen. Warm schlug die Mahlzeit auf dem Grund ihres leeren Magens auf. „Arik hat den halben Vormittag mit den Steinen die Krähen beschossen, die sich im Wald breitmachen. Leider hat er keine getroffen. Nur knapp hat er verfehlt und geflucht wie ein Rohrspatz."

Erik lachte. „Rohrspatz!", wiederholte er mit seiner kindlichen Stimme.

„Kein Krähenbraten?!", kreischte Ira und drohte mit der Faust, „das wird Folgen haben, mein Lieber!"

„Hör auf damit", knurrte Mutter, „und iss endlich."

Seit sie vor ein paar Tagen Vater getadelt und als „mein Lieber" bezeichnet hatte, wiederholten es die Kinder immer wieder und hatten ihren Spaß dabei, es in ähnlichem Tonfall zueinander zu sagen, was Mama wütend machte.

Zur Suppe gab es wundervoll duftendes, frisch gebackenes Brot, welches Raena in winzige Teile brach und in die Suppe rieseln ließ. Der Teig sog sich voll, kleine Bläschen tanzten auf der bräunlichen Oberfläche. Als Raena fertig war, leckte sie den Tellerrand sauber.

Erik kletterte unter den Tisch. Er zerrte kichernd an Rinos Beinen, hatte sich fest in den Kopf gesetzt, seinen Bruder auf keinen Fall zu Ende essen zu lassen.

Raena verkniff sich ein Grinsen und beobachtete, wie Rino verzweifelt versuchte, Eriks Hände von sich fernzuhalten und gleichzeitig die halb volle Schüssel vor dem Verschütten zu bewahren. Seine quiekenden Geräusche zogen dann doch die Aufmerksamkeit ihrer Mutter auf sich.

„Hört damit auf!", brüllte sie. „Erik! Hast du deine Suppe aufgegessen?!"

Rino und Ira zuckten zusammen und unter dem Tisch ertönte leises Gemurmel. „J-ja."

Raena sah im Augenwinkel, wie ihre jüngere Schwester ihr Gesicht hinter einem Schleier ihrer braunen Haare verbarg.

„Wo ist Malik?" Raena war verwirrt. „Wo ist Vater?" Normalerweise waren die beiden immer die Ersten, wenn es ums Essen ging. Irgendetwas war heute anders. Zudem hatte sie letzte Nacht schlecht geträumt, nach ziellosem Reiten war ihr Pferd unter ihr zusammengebrochen, weshalb sie mit einem seltsamen Gefühl im Magen aufgewacht war.

„Heute sind viele Händler nach Anah gereist, um ihre Waren für drei volle Tage anzubieten. Er ging mit Malik hin."

Raena runzelte die Stirn. Warum so spät? Wenn es drei Tage waren, hatten sie doch noch genügend Zeit, oder? Außerdem, waren Anahs Tore nicht längst geschlossen? Doch sie sprach ihre Gedanken nicht laut aus und behielt sie für sich.

Erik setzte sich auf seinen Platz zurück.

Mutter richtete sich die Kopfbedeckung, die nach hinten verrutscht war, und wischte ihre Hände an einem Geschirrtuch ab. Geistesabwesend starrte sie vor sich hin.

Plötzlich konnte Raena ihre Fragerei nicht mehr für sich behalten.

„Was ist los, Mama?", fragte sie vorsichtig.

2. KAPITEL

Ira ließ den Löffel in den Teller fallen. Raena zuckte zusammen. Suppe verteilte sich quer über den Tisch und die blauen Läufer wurden dunkel.

„Meine Güte, bei Ara, was *machst* du denn ...", murrte Mutter und nahm ein Baumwolltuch zur Hand, um es wegzuwischen, „ich mache mir die Mühe und du isst nicht einmal auf." Abgelenkt davon, erhielt Raena keine Antwort.

Bretter knarzten, jemand hatte das Haus betreten. Gleich darauf kam Assia zur Küche herein. Sie sah aus wie ihr Bruder Arik, doch ihre Augen waren blau und funkelten wie Saphire. „Der Gaul wartet vorm Haus", teilte Assia ihr mit, ohne zu grüßen, „die Milch ist verstaut. Pass auf, damit du nichts kaputt machst!" Assias Worte waren barsch, herrisch, als wäre sie die Frau des Bauern und Raena nur eine Arbeitskraft. An vielen Tagen war sie abweisend, Kaltherzigkeit gehörte zu ihren Charakterzügen. Sie war oft eifersüchtig, weil sie am Feld arbeiten musste, anstatt sich im Wald *herumzutreiben*, so wie sie es nannte. Dabei war es eine große Aufgabe, auf das Vieh aufzupassen. Deshalb hatte Vater Arik, Bara und Raena mit der Aufgabe betraut. Sie waren die besten Läufer.

Raena erhob sich. Assia war älter und sie hatte ihr zu gehorchen, also beklagte sie sich nicht. „Danke", erwiderte sie und sah ihrer Schwester nach, die zurück nach draußen ging.

„Vergiss nicht, dir saubere Schuhe anzuziehen", raunte ihr Mutter zu „und die Decke, damit dir nicht kalt wird."

Obwohl sie bereit dazu war, nach draußen zu gehen und ihrer Pflicht nachzukommen, verweigerten ihre Beine ihr den Dienst. Sie stand da wie festgefroren und eine Stimme in ihrem Kopf riet ihr zu bleiben.

Erik kletterte von der Bank, rannte auf sie zu und griff nach ihr. Er war warm und seine kleinen Händchen umarmten ihre Schenkel. Raena tätschelte seinen Kopf. Dann kam Ira auf sie zu und blickte erwartungsvoll zu ihr auf. Ihre Augen funkelten und sie murmelte: „Wirst du uns besuchen kommen, sobald du verheiratet bist?"

Mutter zog Ira grob beiseite, fauchte: „Sei still", und bedeutete Rino, „räum den Tisch ab."

Raena blinzelte verwirrt. „Was?"

„Wo bleibst du! Komm jetzt!", hörte sie Assia von draußen rufen.

„Du musst es versprechen", Iras Augen funkelten.

Mama schüttelte sie. „Wirst du wohl still sein?!"

„Du tust mir weh!", Ira riss sich los.

„Halt den Mund!", Mama packte sie an der Schulter, „und wie oft habe ich dir gesagt, dass du dein Zeug in der Stube aufräumen sollst?! Deine Puppe liegt am Boden und ihre Kleider sind überall verstreut. Geh aufräumen, sofort!"

Ira schniefte und lief davon.

Raena war überfordert. Als Mama sie wieder ansah, konnte sie ihren Blick nicht deuten, doch er verhieß nichts Gutes, fast, als wäre Raena plötzlich eine Fremde für sie geworden.

„Geh jetzt", sagte sie in einem Ton, der Raena schwer schlucken und gehorchen ließ. Geknickt verließ sie den Raum und obwohl sie nur einen Teller gegessen hatte, wurde ihr übel. An den Schuhen ging sie vorbei. Nicht, weil sie nicht gehorchen wollte, sondern weil sie zerstreut war und nicht verstand, wieso sie sich wie in jenem Traum zu fühlen begann. Verloren und hilflos.

Draußen war es bereits dunkel geworden. Bara, Assia, Arik und Ana standen abseits. Ihre Anwesenheit hatte etwas Beängstigendes. Sie hatten sich noch nie versammelt, um jemanden zu verabschieden. Ana war die größte von ihnen, trug ihr dunkles Haar im Dutt zusammengebunden und starrte ausdruckslos in ihre Richtung. Bara hielt sich an Arik fest. Dass sie weinte, konnte Raena auch im Dunkeln deutlich erkennen.

Es wurde immer unheimlicher.

Sie blieb auf der Treppe stehen, schluckte den Kloß, der sich in ihrem Hals gebildet hatte, hinunter, wollte zu ihnen gehen und sie fragen, warum sie sich so seltsam benahmen, als sie das Entsetzen in Ariks Augen erkennen konnte, die Fassungslosigkeit auf seinen Zügen.

16

Er war bleich wie Kreide.

Was auch immer sie getan hatte, es musste schlimm gewesen sein.

Raena bekam Angst. Schamgefühl ließ sie die Lippen fest zusammenpressen. Ihr wurde warm und ihre Wangen färbten sich rot. Ihr Blick flog zum Gaul, den man wenige Meter weiter an einem Obstbaum festgebunden hatte. Es war ein alter grauer Hengst, der, den sie immer ritten, wenn sie Milch transportierten. Man hatte ihm ein Seil angelegt, das Fin erst letzte Woche geknüpft hatte, da das alte Zaumzeug bei der Arbeit am Acker gerissen war. Mit nur wenigen Schritten war sie bei ihm. Er trug zwei Körbe, einen rechts und einen links, gefüllt mit zwanzig Flaschen Milch. Diese waren gut verpackt und gesichert, damit sie nicht zu Bruch gehen konnten.

Raena griff zittrig nach dem Seil.

Da legten sich bekannte Hände über ihre. Sie waren eiskalt.

„Geh nicht. Bleib hier."

„Was?" Raenas Finger zuckten unter denen ihrer Schwester zurück. Sie blickte zur Seite, sah Bara tief in die Augen hinein und erkannte Furcht und Leid in ihnen, ähnlich wie auch bei Arik vorhin. Raena nahm den ganzen Mut zusammen, den sie im Moment aufbringen konnte, und trotzte ihrer Angst. „Was ist passiert? Sag es mir!", wollte sie wissen.

Doch dann war Ana zur Stelle, zerrte das jüngere Mädchen von ihr fort und verpasste ihr eine schallende Ohrfeige. Raena wollte ihr helfen, doch Ana versetzte ihr einen Stoß, sodass sie gegen den Hengst stürzte, der daraufhin unruhig mit den Hufen scharrte. „Jetzt geh endlich!", schrie sie, „tu deine Pflicht!"

Raena gehorchte. Sie griff nach dem Seil und es gelang ihr, den Knoten zu lösen. Der Gaul, der die Unruhe spürte, hob sich auf die Hinterbeine und warf wiehernd den Schädel zurück. Er tänzelte und Raena wich aus, als er sich gegen sie drängte. Im Augenwinkel sah sie, wie Arik auf Ana zulief und an Bara zerrte. Die Größere schlug daraufhin auf ihn ein. Sie stritten oft, prügelten sich gelegentlich, doch heute war es anders. Es war ernster. Raena, die immer noch versuchte, den Gaul zu beruhigen, packte seine Mähne, seine langen Ohren und zog daran.

„Halt still!", befahl sie, so streng sie konnte. Ihre Stimme zitterte.

Die Flaschen, schoss ihr durch den Kopf, *die Flaschen!*

Ihr war, als höre sie sie bereits zerbrechen.

Und dann wurde er auf einmal ruhig. Die Augen aufgerissen, glotzte er sie an. Rosa Nüstern drückten sich in ihr Gesicht. Der schmale Hals des Tieres war angespannt, dünne Muskeln wölbten sich unter dem rauen Fell.

„Raena, *verfluchte Scheiße!*", schrie Arik.

Doch sie hörte nicht hin, schnappte nach dem Zwiesel und schob den Fuß in den Steigbügel. Ungeschickt schwang sie sich in den Sattel.

„Raena", Arik tauchte schwer atmend in ihrem Blickfeld auf. Er packte nach ihrem nackten Bein, ihrem hochgerutschten Kleid. „Bleib. Wir werden das nicht zulassen!"

„Ihr macht mir Angst", erwiderte sie mit zittriger Stimme.

Er sah aus wie ein Geist. Seine Augen waren schwarz wie ein bodenloser Abgrund.

„Ich muss gehen", stotterte sie und rüttelte ihn ab. „Mama wird wütend sein, wenn ich nicht gehe."

Der Gaul schnappte nach ihm.

Arik wich seinen Zähnen aus, griff nach dem Seil, doch es würde nicht helfen. Raena musste gehen. Ihre Verpflichtung, ihre Erziehung gebot ihr stets das zu tun, was von ihr verlangt wurde. Sie drückte die Schenkel zusammen, schrie dem Tier einen scharfen Befehl zu und fühlte, wie der Hengst seinen Körper anspannte und ein Stück vorsprang. Beinahe wäre sie aus dem Sattel gefallen, stieß einen leisen, erstickten Schrei aus.

Die Flaschen klirrten.

Arik brüllte vor Schmerz auf. Er war ein Stück mitgerissen worden, hatte aber rechtzeitig losgelassen. Dann ließ sie ihn zurück.

Schlechtes Gewissen schlug sich mit der Angst, die in ihrem Brustkorb wütete. Dennoch hielt sie nicht an, trieb das Tier an den Küchenfenstern vorbei. Sie glaubte, ihre Mutter als großen Schatten wiederzuerkennen, im Hintergrund die Kerzen brennend, doch da war sie bereits hinter der nächsten Biegung und der Gaul jagte über die steinige Straße.

Furcht saß ihr im Nacken, aber nicht der Dunkelheit wegen. Einem Mädchen wie ihr würde man nichts tun, schon gar nicht, wenn sie sich in der Nähe des fürstlichen Grundstücks aufhielt. Dort wurde regelmäßig patrouilliert. Zur Not würde sie sich bestimmt zu verteidigen wissen. So dachte sie zumindest, doch sie hatte nicht einmal ein Messer dabei. Ein paar Atemzüge später wurde der Hengst langsamer. Er war zu alt, um zu rasen und sie prüfte beidseitig, ob die Flaschen noch nicht zerbrochen waren. Zu ihrem Glück war alles in bester Ordnung.

Raena seufzte. Gedanken rauschten ihr durch den Kopf.

Warum laufe ich davon? Warum bohre ich nicht nach?

Den Grund dafür konnte sie sich selbst beantworten. Auch wenn sie sich manchmal tagelang geärgert hatte und enttäuscht gewesen war, hatte sie gelernt, den Mund zu halten und das zu tun, was man ihr auftrug.

Sie dachte an Ira. Heiraten? Hatte sie das wirklich gehört? Aber das konnte nicht sein. Jede Tochter musste den Mann akzeptieren, der ihr gegeben wurde. Darauf war sie jahrelang vorbereitet worden und doch hatte sie sich in dieser Hinsicht von Beginn an vernachlässigt gefühlt. Seit dem Tag, an dem Bara heiratsfähig geworden war, war verkündet worden, dass man nun einen Mann für sie suchen würde. Derzeit war ein wohlhabender Kuhhändler in Aussicht, während Raena noch nicht einmal einen Vorschlag bekommen hatte. Nicht einmal den Nachbarsjungen hatte man ihr vorgestellt und der war immer nett zu ihr gewesen und hatte ihr Blumen gebracht, wenn er zu Besuch gekommen war. Wollte sie keiner haben? War sie zu hässlich, ihr Körper zu dick? Oder vielleicht wollte man sie doch, nur lehnte Vater jedes Angebot ab?

Familie kann man sich nicht aussuchen, sagte der Junge manchmal, wenn er zu Besuch kam. Er hieß Sakul. Raena hätte nicht nein gesagt, hätte man sie mit ihm vermählt. Sie fand ihn ansehnlich und sehr nett.

Vielleicht würde sich die Stimmung bessern, wenn sie zurückkam. Vielleicht machte sie sich viel zu viele Sorgen und es war bei Weitem nicht so schlimm. Vielleicht hatte sie sich all das nur eingebildet und Arik hatte nicht versucht, sie zurückzuhalten.

Und was, wenn nicht?

Sie zweifelte oft.

Raena rief sich den gestrigen und den heutigen Tag ins Gedächtnis und konnte sich nicht erinnern, irgendetwas gemacht zu haben, was ihre Eltern verärgert haben könnte. Vater hätte bestimmt alles aufgeklärt, wäre er dagewesen. Er war alles, nur nicht geduldig und hätte sie sofort bestraft. Nach ein paar Minuten sinnlosen Kopfzerbrechens, das nichts als Frust brachte, trieb sie den Gaul weiter an, bis er in schnellen Trab verfiel und sein Tempo hielt. Das Leder unter ihr quietschte. Steinchen flogen zur Seite. Inzwischen war es so dunkel, dass der Weg nur noch ein Schemen für sie war, ein heller Fleck auf dem Boden. Gut, dass sie ihn auswendig kannte. Das Reiten hatte ihr ihr Bruder Fin beigebracht. Sie war nicht sonderlich gut darin, konnte sich aber, wenn es darauf ankam, im Sattel halten.

Zu ihrer Linken leuchtete Anah. Darüber war der Mond aufgegangen, doch sein bläulicher Schimmer wurde von den gelben Strahlen der Stadt fast gänzlich verschluckt. Ihr wurde plötzlich bewusst, dass sie hier draußen niemand hören würde, sollte sie schreien. Die Burg des Fürsten stand am Hügel und war von einer riesigen Schutzmauer umgeben. Es gab einen Hintereingang und eine Straße, die angeblich sicher war und beschützt wurde.

Er zahlt uns viel Geld, hatte Vater einmal gesagt, *am Tag haben wir keine*

Zeit, ihn zu beliefern. Fürst Duran wird für unsere Sicherheit sorgen. Warum auch immer, es musste stets Nacht sein. Verstand einer die hohen Leute, die scheinbar nachts Milch tranken und am Tag schliefen.

Unbewusst zog sie am Seil. Der graue Gaul war zwar alt, reagierte aber sofort und blieb stehen. Obwohl sie kaum etwas sehen konnte, wusste sie, dass sich die Straße an der Verzweigung hoch und runter schlängelte. Ganz oben war ein Wald, der von einer gepflasterten Straße durchzogen wurde. Diese wurde jede Nacht von Fackeln erleuchtet, die in große, steinige Pfeiler eingelassen waren. Den Gerüchten zufolge brannten sie durch Magie.

Raena war hin und her gerissen. Ein kühler Luftzug strich über ihr Gesicht und ihre Oberarme. Sie knabberte auf ihrer Unterlippe herum und ging in ihrem Kopf die Gesetze des Streifens durch.

Verbot der Todesstrafe, lediglich Kerkeraufenthalt. Mord ist verboten. Nur beim Verlassen des Streifens stirbt man. Zurückkommen ist Pflicht. Immer.

Raena setzte eine resignierte Miene auf. Sie zog das Seil nach rechts, drückte die Fersen in die Flanken des Tieres und ritt den Hügel hoch. Ihr Bauchgefühl riet ihr zu wenden, doch sie ignorierte es. Der Weg wurde steiler und der Hengst rutschte mehrmals aus. Gelegentlich rauschte eine Mücke an ihrem Ohr vorbei und sie löste ihr Haar, damit es einen großen Teil ihres Halses bedeckte.

Rechts von ihr schälte sich ein Haus aus der Dunkelheit. Es war groß und gehörte zu einer Siedlung, die „Mart" hieß. Im Haus selbst wohnte Zarkel, der Baumbauer.

Er war ein Großgrundbesitzer mit einer außerordentlichen Menge an Rindern und Bäumen, die er an umliegende Leute und Händler verkaufte. Ihr Vater war mit ihm gut befreundet. Raena kannte eine seiner Töchter, die Jubia hieß.

Wenige Minuten später wurde der Weg breiter. Sie konnte bereits die Säulen und die hellen Fackeln erkennen, die den Weg vor ihren Augen erleuchteten. Noch nie war ihr aufgefallen, wie unheimlich sie aussahen. Hell und lodernd leckten die Flammen über das von Ruß geschwärzte Gestein. Schatten tanzten über den Boden, wölbten und glätteten sich. Die Äste der hohen Laubbäume sahen aus wie krumme Arme, die nach jedem zu greifen schienen, der vorbeiritt.

Raena wollte nicht weiter. Ihr war noch nie aufgefallen, wie düster der Weg trotz der Fackeln war. Der Hengst trottete durch die Allee. Obwohl ihm die brennenden Fackeln nicht unbekannt waren, war sein Hals angespannt. Er blähte die Nüstern und schnaubte. Ein Luftzug glitt an ihren Ohren und am Nacken vorbei. Ihr Rücken kribbelte. Irgendwo schrie eine Eule und in ihr keimte ein beunruhigender Gedanke.

Sie sah sich um, doch da war niemand.

Am sichtbaren Ende der Allee konnte sie ein eisernes und geschlossenes Tor erkennen. Die dicken Spitzen waren besetzt mit weißen Steinen, die unheimlich funkelten. Das Licht der Fackeln brach sich darin. Dahinter erhob sich dunkel und bedrohlich die Burg. In ein paar Fenstern flackerte Licht. Der Weg führte daran vorbei, direkt am grünen Garten und dem Zaun entlang. Es war nur eine kleine Runde, nur bis zur Hintertür der Bediensteten. Und trotzdem kam es ihr so vor, als würde sie ihren eigenen Weg zur Verdammnis beschreiten.

Der Hengst legte die Ohren an. Er stieß die Vorderbeine in den Boden und blieb ruckartig stehen.

„Was hast du?", fragte sie ihn nervös, doch sie sah den Grund, ehe sie den Satz beendet hatte. Hinter dem Tor versammelten sich Reiter. Sie sah ihre Rüstungen aufblitzen, sah die Köpfe der riesigen Schlachtrösser und erkannte, dass auch die eine Rüstung trugen.

Raena kniff die Augen zusammen und zog das Seil enger.

Die Männer formierten sich. Warum zum Henker taten sie das? Sie hörte den Kies unter den Hufen der Pferde knirschen und versuchte sie zu zählen, doch bei Acht gab sie auf. Plötzlich hielten sie inne. Niemand bewegte sich mehr und die Stille jagte ihr Schauer den Rücken hinunter. Sie starrten in ihre Richtung, doch sagten nichts. Raena hatte noch nie so viele auf einmal gesehen. Meist standen sie nur am Tor und hielten Wache. Zu anderen Tagen fand man sie am Weg den Hügel hinauf, pflichtbewusste Soldaten, die nicht einmal den Blick hoben, wenn man an ihnen vorbeiritt.

„Ruhig, komm", sie klopfte dem Hengst auf den Hals und schnalzte mit der Zunge, doch er rührte sich nicht. Raena presste die Schenkel zusammen. Nur noch ein bisschen, nur noch ein klein wenig. Die Frau, die ihnen ständig die Milch abnahm, war nicht mehr weit. Ein kleines, scheues Lächeln und alles wäre erledigt.

„Komm", versuchte sie es wieder, doch der Hengst hörte nicht auf sie.

Dumm bist du, hörte sie Ana in ihren Gedanken und fast war ihr, als spüre sie einen Schlag auf dem Hinterkopf. *Dumm wie Stroh. Schau dich nur an.*

Ich sagte doch, dass du nicht zu ihm reiten sollst, stöhnte Bara und Arik zerrte an ihrem Handgelenk, während Assia lachend ihr schönes Haar in den Nacken warf und davonstolzierte. *Ich sagte doch, du wirst für deine Faulheit bezahlen.*

Raena schüttelte den Kopf.

Der Hengst bäumte sich auf. Er tänzelte, schwang den Kopf und gab tiefe, unbestimmte Laute von sich. Raena schluckte schwer. Sie packte seinen Hals, drückte sich gegen ihn, damit sie nicht abgeworfen wurde. Kühle Luft berührte ihre Schenkel. Verzweifelt zog sie ihr Kleid nach unten, während ihre Lippen Worte murmelten, die sich nichts brachten.

Sie war sich sicher, dass er sie zurücklassen würde, sollte sie fallen.

Und dann fiel sie trotzdem.

Sie spürte den harten Untergrund, während sich vor ihr seine Vorderbeine hoben. Das Seil wurde stramm, drehte sich um ihr Handgelenk. Sie keuchte, ließ erschrocken los und duckte sich. Nur knapp entkam sie einem harten Tritt gegen den Kopf.

„W-warte …", stieß sie hervor, bevor er auch schon davonpreschte. Steinchen trafen sie im Gesicht und perlten ab. „Bleib hier!"

Da sah sie Soldaten zwischen den Bäumen hervoreilen. Schnell hatten sie ihn geschnappt. Sie hörte ihn wiehern, sah ihn trampeln, hörte die Gläser klirren. *Passt auf die Milch auf,* wollte sie schreien, doch brachte kein Wort hervor. Mit aufgerissenen Augen beobachtete sie das Schauspiel.

Was sollte das? Weshalb taten sie das?

Da hörte sie das Tor quietschen. Tiefer Atem, schwere Schritte.

Raena fuhr herum und ihr Herz blieb für einen Moment stehen.

„Willkommen, Raena", raunte eine männliche Stimme heiser, „ich freue mich, dir endlich gegenübertreten zu dürfen."

Die Mauer der Soldaten teilte sich. Sie öffneten einen breiten Durchgang, zogen klirrend ihre langen Schwerter aus den Scheiden und hoben sie über ihre Köpfe. Ein weißes Tier trat zwischen ihnen hindurch.

Raena wich einen Schritt zurück. Sie war wie geblendet von der goldenen Plattenrüstung des Tieres und dem imposanten Reiter auf dessen Rücken. Weiße Federn schmückten den Helm, bewegten sich bei jedem Schritt im leichten Windzug. Sie sah einen braunen Bart, dunkle Augen und ein spitzes Gesicht hervorblitzen. Ein Einhorn war in seinen Brustpanzer geritzt. Das Muster leuchtete matt.

Jäh wurde es ihr klar. Sie hatte es doch erst letzte Woche gelesen. Man wollte ihr imponieren, sie beeindrucken. In Märchen passierte das ständig.

„Wieso?", murmelte sie, „träume ich?"

Das tat sie definitiv nicht. Das Pochen in ihrem Handgelenk war echt.

Raena trat noch einen Schritt zurück. Eingeschüchtert betrachtete sie das Tier, das doppelt so groß war wie sie selbst und kaum durch das Tor passte. Und als sie in die Augen des Tieres blickte, verlor sie sich selbst darin. Nicht, weil sie es gewollt hätte, sie wurde eingesogen, gefangen und konnte nicht mehr zurück.

Ihre Knie wurden weich.

Raena sackte in sich zusammen, die Luft entwich aus ihren Lungen und für einen Augenblick hatte sie das Gefühl, weit weg zu sein.

Ozean. Ein Meer von Freiheit, endlose Weiten, ein Horizont ohne Ende.

Es war überwältigend, viel zu viel für ihr derzeitiges Gefühlsempfinden. Sie konnte Salz in ihrer Nase riechen, die kühle Gischt auf ihren Armen spüren. Sie sah sich selbst in den Wellen davongetragen, mit der Strömung mitgerissen. Sie verspürte tiefe Sehnsucht nach Freiheit, Sehnsucht nach Meer, nach kühlem Nass.

Und die Farbe seiner Augen ... sie waren dunkelblau.

„Nein", flüsterte sie fassungslos und blinzelte. Ihr Blick war wieder frei und sie erblickte das Horn, welches mitten auf seiner Stirn prangte. Ihre Kehle wurde eng. Von traurigen Gefühlen überwältigt, wollte sie weinen und spürte, wie ihre Augen feucht wurden.

„Ozean, sieh sie nicht an!" Die harte Stimme des Reiters drang wie hinter einem Schleier zu ihr durch und das gepanzerte Einhorn wandte den Blick von ihr ab. Der Zauber war gelöst, die Traurigkeit war fort.

„Verzeiht, Herr", das Maul des Tieres hatte sich geöffnet, die Rüstung klirrte, die Ringe am Zaumzeug schepperten und doch hörte sie seine tiefe und unglaublich schöne Stimme.

Raena saß auf dem Boden, verwirrt und verängstigt, nicht glaubend, dass sie gerade Zeugin eines sprechenden Einhorns geworden war.

Der Reiter schwang sich aus dem Sattel. „Du hast mich zwar noch nie gesehen, aber", Raena zuckte zusammen und blickte in sein Gesicht hoch, „ich habe dich seit deiner Kindheit beobachtet. Du bist zu einer wunderschönen Frau herangewachsen."

Hätten ihre Arme oder ihre Hände ihr gehorcht, hätte sie sich in den Unterarm gezwickt. Das geschah nicht wirklich. Das war unmöglich. Wieso sollte der Fürst ihr entgegenreiten und sie auf solche Art begrüßen? Es ging ihr nicht in den Kopf. Sie dachte an ihre Geschwister, daran, dass sie erst vor ein paar Minuten ans Heiraten gedacht hatte, und das Grauen stieg in ihr hoch. *Nein,* ihre Unterlippe zuckte, *das kann nicht der Grund sein. Das ergibt keinen Sinn.*

Schwere Stiefel berührten den Boden und erzeugten ein dumpfes Geräusch. Ozean blieb, wo er war. Er war mit Abstand das schönste Geschöpf, das sie je zu Gesicht bekommen hatte.

„Ich bin Fürst Duran, Beschützer der Stadt, Verwalter von Anah", stellte er sich vor, blieb einige Meter entfernt von ihr stehen und hob den prunkvollen Helm von seinem Kopf. Das Lächeln, welches sich auf seinem Gesicht abzeichnete, wirkte schmeichelhaft.

Raena musterte ihn verstört, war nicht imstande einen klaren Gedanken zu fassen und schluckte trocken. Im Hintergrund hörte sie ihren Hengst wiehern und dachte an die Flaschen, die sie zu liefern hatte.

„Die Milch, Herr", ihre Stimme war kratzig.

Fürst Duran betrachtete sie verdutzt und lachte herzhaft.

Sie fühlte sich schäbig, so wie sie vor ihm hockte, noch ihr Stallgewand am Körper und trotz Mutters Vorschlag, steckten ihre Füße in dreckigen Lederschuhen.

„Das war nur ein Vorwand, um dich zu mir zu locken." Er breitete die Arme aus und vollführte eine einladende Geste.

Raena wandte blinzelnd ihren Blick ab. Sie kämpfte um ihr Gleichgewicht, als sie aufstand.

„Vorwand?", ächzte sie mit hoher Stimme, im Hintergrund die stummen Soldaten betrachtend, die in ihrer Anwesenheit noch kein Wort gesprochen hatten. Sie hatte noch immer Angst.

„Warum ...?" Sie sprach die Frage nicht aus, da Fürst Duran durch eine simple Geste seiner behandschuhten Finger ihre Worte unterbrach. Ganz Fürst schien er es gewohnt, Leute nach seiner Pfeife tanzen zu lassen.

Er beugte sein Knie vor ihr, legte ihr den befiederten Helm vor die Füße und blickte ergeben und seltsam verzerrt zu ihr hoch. Er ... er war ein Elf! Oder hatten seine Ohren einfach nur eine spitze Form? Aber seine Haare waren nicht weiß und jedes Kleinkind wusste, dass Elfen solche hatten.

„Raena", ihr Name klang fremd aus seinem Mund und es gefiel ihr nicht, wie er ihn betonte, „ich frage dich hiermit um deine Hand."

Raena erstarrte. Sie fixierte ihn, ohne zu blinzeln, und blickte dann abwechselnd zwischen ihm, seinem Einhorn und den Soldaten hin und her.

„Ich kenne Euch nicht!", stieß sie überfordert hervor und klang dabei wie ein weinerliches Kind, „ich, ich ..."

Fürst Duran seufzte. Er sah verärgert aus. Eine Braue hatte gezuckt und seine Mundwinkel fielen nach unten.

Ihre Augenlider flatterten. Würde er sie nun töten? Hätte sie nicht auf die Knie fallen und ihn anflehen müssen oder zumindest für sein Angebot danken? Sollte sie gehorchen, so wie sie es immer getan hatte? Deshalb war sie doch hier, weil sie zu *gehorchen* hatte. Aber ein Fürst ...? Das konnte nicht wahr sein, das musste eine Verwechslung sein. Er musste ein edles Fräulein heiraten oder nicht?

Fürst Duran nahm den Helm wieder an sich und stand auf. Als sie nun sein Gesicht sah, erbleichte sie. Durfte sie ihn überhaupt ansehen? Sollte sie nicht die Augen niederschlagen?

Sie wich zurück, verschränkte die Hände vor ihrem Körper.

Jede Freundlichkeit war aus seinem Antlitz gewichen. Er betrachtete sie aus schmalen Augen, schien höchst unzufrieden mit ihrer Antwort.

Du wirst heiraten, hörte sie Vater sagen, *das weißt du.*

Natürlich, Vater, hörte sie sich antworten, *ganz wie du von mir verlangst. So gehört es sich doch.*

Ich werde es dir sagen, sobald die Zeit kommt.

Wo war Vater nun?

Durans verzerrte Fratze blickte ihr entgegen. Zusammengezogene Brauen, schmale, zu Schlitzen geformte Augen, ein höhnisch verzogener Mund. „Ich habe freundlich gefragt, so wie es von einem Mann meines Standes erwartet wird. Du hast die Wahl. Heirate mich oder sie sterben."

Die Zeit blieb stehen. Erneut teilte sich die Reihe der Soldaten. Zwei Personen wurden herbeigeschliffen, beide in Ketten gelegt. Gestalten mit verbeulten Gesichtern voller Blut. Das Gewand verdreckt, gerissen und mit Flecken übersät.

Sie?, echote es in ihrem Kopf.

Raena wagte nicht zu atmen, nicht zu blinzeln. Ihr wurde schlecht.

Eine schwere Pranke legte sich auf ihre Schulter. Im Augenwinkel sah sie das Gesicht eines bärtigen Wachmanns.

„Erkennst du sie nicht?"

Fürst Duran machte einige Schritte auf die Gefangenen zu. Seine Haltung verriet Selbstsicherheit, völlige Überzeugung. Er war sich seiner Sache sicher.

Raena hörte ihren schweren, röchelnden Atem, sah nur noch ihre zerschundenen Körper, die ihr plötzlich fürchterlich bekannt vorkamen. Sie traute ihren Augen nicht, zwang sich hinzusehen, in ihre nur noch aus blutiger Masse bestehende Gesichter zu blicken. Einem fehlte ein Auge. Und die andere Hälfte war kaum noch erkennbar. Dann traf es sie wie ein Blitz und sie platzte hervor: „Vater! Malik!"

Ein Zittern ergriff sie.

Der alte Mann rührte sich kaum, während der jüngere, ihr geliebter Bruder, auf allen vieren kroch, kurz Blickkontakt suchte, dann zusammenbrach und im Sand liegen blieb.

„Was habt Ihr ihnen angetan?", stöhnte sie entsetzt, setzte sich in Bewegung, torkelte auf sie zu und streckte kraftlos ihre Hände nach ihnen aus.

Die Pranke packte nach ihrem Arm und riss sie zurück, hielt sie eisern umklammert.

„Lass mich los!", keuchte sie, während sie kämpfte, um sich aus dem unnachgiebigen Griff zu befreien.

Der Mann war stärker. Hinzu kamen andere Hände, die ihren anderen Arm packten.

Fürst Duran drehte ihren Vater mit einem gezielten Tritt auf den Rücken. Raena konnte ihre Augen nicht abwenden. Waren das Brandwunden, die da seinen Leib bedeckten? Unter den Stofffetzen klebten Steine in den Wunden. Blaue Flecken verunstalteten seinen gesamten Brustkorb. Fast hätte sie sich übergeben.

„Vater!", schluchzte sie auf. Ihre Brust quoll über vor Schmerz. Ihr Herz blutete. „Vater ...", Raena glaubte ersticken zu müssen.

„Sie oder Ich. Du hast die Wahl."

Malik rührte sich.

„Schwester", stöhnte er in den Staub hinein, erhob sich schwach und das Zittern seiner Glieder war nicht zu übersehen. Er keuchte, dann verdrehte er die Augen. „Tu das nicht." Seine Stimme war nur ein Hauch und doch hatte sie jedes einzelne Wort davon verstanden.

Fürst Duran trat zu. Die Haut auf Maliks Stirn platzte auf.

„Du bist bald tot, wenn du nicht die Klappe hältst!"

Raena gab ein ersticktes Keuchen von sich. Was jetzt? Was sollte sie tun? Wie viel Zeit blieb ihr, um eine Entscheidung zu fällen? Sie wusste nur, dass sie nicht sehen wollte, wie ihr Vater und Bruder vor ihren Augen starben.

Der Fürst strich sachte über Ozeans Hals, grub die Finger in seine Mähne und ballte die Hand zur Faust. Geschmeidig hob er sich in den hohen Sattel.

„Ich tu's! Ich werde Euch heiraten", sie schluckte schwer, „aber, warum ich?"

Duran nahm die vergoldeten Zügel zur Hand, lächelte geheimnisvoll und nickte zufrieden. „Das wirst du noch früh genug erfahren."

„Nur bitte ...", sie weinte nun offen, „lasst sie frei."

Fürst Duran sah sie mit einem belustigten Blick an. Dann lachte er wie jemand, der soeben beschlossen hatte, großzügig zu sein. „Sie wollten dich nicht aushändigen. Was denkst du wohl, weshalb sie auf deine Ankunft warten mussten?" Er lachte. „Aber jetzt bist du hier. Sie sind frei. Hauptmann! Bring sie zurück auf den Hof. Setzt sie auf den Gaul da."

Damit wurde sie abgeführt.

3. KAPITEL

Raenas Sicht war verschwommen. Sie passte sich dem Gang der Männer an und versuchte, nicht laut zu schluchzen, während im Hintergrund ihr Bruder unverständliche Laute schrie. Sie hörte ihn ihren Namen rufen. Doch was sollte sie tun? Sie hatte keine Waffe, konnte nicht kämpfen. Gegen diese Männer kam sie nicht an. Sie war nur ein Bauernmädchen.

„Er hätte mich doch einfach holen können!", sagte sie zu den Männern, die sie festhielten, „ich wäre mitgekommen!"

„Halt's Maul, Weib", knurrte einer von ihnen und sie biss sich auf die Unterlippe. Bevor sie in den Burggarten geführt wurde, warf sie einen letzten Blick über ihre Schulter zurück. Sie sah sie nicht mehr. Ihre Gestalten waren mit der Dunkelheit verschmolzen. Raena blinzelte die Tränen beiseite. Wenn das Zittern doch endlich aufhören würde!

Reiß dich zusammen. Es hilft nichts. Sie presste die Lippen aufeinander.

Die Obrigkeit ist gut. Sie weiß, was sie tut. Horche auf den Fürsten. Er ist ein freundlicher Mann. Worte ihrer Mutter.

„Wer's glaubt", murmelte sie und bekam einen schrägen Blick zugeworfen.

Der Hof war mit Fackeln erleuchtet. Die Wände waren glatt verputzt, mit Tieren bemalt und ab einer gewissen Höhe schmückten Hirschtrophäen den Stein. Schatten tanzten auf den Mauern und hauchten den toten Tieren Leben ein.

Die Wachen führten sie zu einem Seiteneingang. Drei Bedienstete in länglichen und engen Stoffkleidern gafften sie neugierig an. Die Jüngste von ihnen errötete sogar, als ihr Raena einen kurzen Blick zuwarf.

„Nehmt die Hände von ihr", befahl die älteste Frau mürrisch und schlug die Hände der Soldaten beiseite.

„Ja, Frau", murrte er und ließ los.

Danach wurde Raena in den Raum dahinter gezerrt. Die Tür knallte hinter ihr zu. Sie umarmte sich selbst, um ihren Schmerz ein wenig zu lindern, und dachte daran, dass es ihrem Vater und Bruder schlimmer ging als ihr. *Hör endlich auf zu heulen.* Es ging nicht. Ihr Anblick hatte sich in ihr Hirn gebrannt.

„Herzlich Willkommen, Herrin!", wurde sie überschwänglich von der rotwangigen Bediensteten begrüßt, „wir sind wahnsinnig erfreut, Euch endlich kennenzulernen."

Raena trat einen Schritt rückwärts, drückte ihren Rücken gegen die Tür und blickte die drei Gesichter abwechselnd an. *Herrin?* Sie war keine Herrin.

„W-warum?" Es kostete sie große Mühe zu sprechen.

„Das ist eine traurige Geschichte, Herrin", meinte die Älteste von ihnen achselzuckend, aber nicht sonderlich mitfühlend, „wir dürfen Euch jedenfalls nichts verraten."

Irgendeine Hand schloss sich um ihren Arm und wollte sie dazu bewegen, von der Tür wegzutreten.

„Kommt mit."

„Ich gehe nirgends hin." Hatte sie das wirklich gesagt?

Sie verweigerte nie. Das tat sie nicht.

Schmerz schoss durch ihre Wange, jemand schrie entsetzt auf, ihr Kopf krachte gegen die Tür. Schwärze tanzte vor ihren Augen und sie glaubte auf der Stelle ohnmächtig zu werden. Doch es passierte nicht.

Ein Zischen an ihrem Ohr ließ ihre Abwehr endgültig fallen. „Ich riskiere meinen Kopf nicht wegen Euch, Fräulein. Ihr müsst jetzt stark sein. Wichtige Leute können sich ihr Schicksal nicht selbst aussuchen."

Damit war das Gespräch beendet.

Sie wurde bei der Schulter gepackt und von der Tür weggezogen. Raena, erschüttert und mit pochender Wange, ließ es zu und stolperte hinterher. Dann wurde sie durch eine Küche gezerrt, die dreimal so groß war wie die am Bauernhof, wo Köche und Gehilfen im Stress umherliefen und das Brot für den nächsten Morgen buken, wo Mägde Geschirr wuschen und Essensreste in einen großen Topf warfen, wo sie angeglotzt wurde, als wäre sie ein seltenes Tier, das letzte seiner Art.

„Weiter."

Raena wurde zum Ausgang gedrängt und in einen breiten, hellen Gang geschoben. Flammen mehrerer Fackeln loderten die rußgeschwärzten Wände hoch. Der Boden war verkleidet mit rotem Teppich, die Wände mit Stoffen verhangen. Dekorationen aus Gold standen auf kleinen Tischen herum. Sie war noch nie in einer Burg gewesen, doch all der Prunk um sie herum glitt an ihr vorbei, als gäbe es ihn nicht. Nach vielen Türen erreichten sie eine Treppe. An der Wand befand sich ein Spiegel, der zur Zierde diente. Dennoch war es nicht sonderlich schwer, einen Blick auf ihre Person zu erhaschen.

Sie sah zum Fürchten aus, wenn auch ihr Anblick keinen Vergleich zu ihrem Vater darstellte. Aschblondes Haar, welches sich zum großen Teil aus dem Zopf gelöst hatte, fiel ihr zerzaust auf die von der Arbeit gestählten Schultern. Das Wollkleid hing schief und ihre Gesichtsfarbe war bleich, durchbrochen vom roten Fleck auf ihrer Wange. Feuchte Tränenbäche zogen Spuren über ihre Wangen, Bahnen durch den Staub, den sie sich noch nicht abgewaschen hatte.

Sie wollte das nicht sehen.

„Hier hoch."

Auf dem Weg nach oben folgten ihnen Trophäen mit leeren Augenhöhlen. Sie hingen überall, über ihnen und auf den Wänden, an eigens dafür geschliffenen Holzbrettern angenagelt oder einfach nur an der Mauer, mit einer Jahreszahl und der Bezeichnung des Ortes darunter. Die Geweihstangen waren dicker als ihr Handgelenk, die gefächerten Platten breiter als menschliche Schultern. Sie wusste, dass es Hirsche gab, wenn auch nicht im Streifen und hatte Mitleid mit den einst prächtigen Tieren, ehe sie auch schon die nächste Stufe hochgestoßen wurde.

Danach verlor sie jegliche Orientierung. Sie hatte von vornherein nicht aufgepasst und umso wirrer erschienen ihr nun die Türen, die alle gleich aussahen. Vermutlich wollten sie sichergehen, dass sie nie wieder nach draußen fand.

Nach einer Weile, ihre Wange pochte, erschien eine große, doppelte Flügeltür vor ihnen. Viele kleine Rosenblätter waren in das dunkle, fast schwarze Material geschnitzt. Raena blinzelte, dachte zuerst, sie wären mit Nägeln befestigt, doch je näher sie die Arbeit in Augenschein nahm, desto lebendiger kamen ihr die Schnitzereien vor.

„Der Baum stammt aus Fallen. Dort wachsen Rosen an Stämmen. Wunderschöne Pflanzen, müsst Ihr wissen. Sie gehen eine Gemeinschaft mit dem Baum ein und ernähren sich von seinem Saft", plapperte die Jüngste von ihnen darauf los, da sie Raenas Blick bemerkt hatte.

Es musste eine Nachbildung jenes Baumes sein, das Holz konnte unmöglich leben. Es gab keinen Griff, doch eine Berührung reichte. Das Holz schwang auf und offenbarte ihnen einen großen Raum. Einen Raum, dessen Glanz Raena in die Augen stach. Sie war geblendet von dem vielen Gold am Himmelbett. Dann spürte sie einen Stoß und stolperte hinein.

„Wasser, Seife und frische Kleidung", erklärte die Bedienstete, die bis jetzt keinen Ton gesprochen hatte.

Im Raum stand eine Holzwanne auf einem Wollteppich. Dampf stieg empor und bildete kleine Wölkchen in der Luft.

Raena blieb unschlüssig stehen.

„Wozu das alles?", murmelte sie abwesend.

„Wascht Euch gründlich. Der Herr mag keinen Dreck."

Sie gingen und die Tür fiel geräuschlos hinter ihr ins Schloss.

Raena schluckte, das Herz schlug ihr bis zum Hals. Sie fuhr sich mit beiden Händen übers Gesicht, sah sich verloren um und dachte an den Traum letzte Nacht zurück.

Fast als durchlebe ich ihn erneut.

Sie wollte ihnen folgen, raus aus dem Raum, der ihr trotz seiner Einrichtung wie ein Gefängnis vorkam. Dann weinte sie wegen ihrem Vater, ihrem Bruder und ihren Geschwistern. Sie weinte ob Mutters abweisender Haltung und wollte sich von allen verabschieden, die sie liebte. Als sie keine Tränen mehr übrighatte, ihre Augen brannten und die Verzweiflung von Ärger geflutet wurde, donnerte sie mit den Fäusten gegen die Tür.

Vater hat es nicht gebilligt. Er wollte das nicht.

„Ich muss hier raus!"

Als zwei Rosenblätter zuckten, wich sie ängstlich zurück.

„Was ist das", keuchte sie, ihre Stimme kam ihr fremd in ihren Ohren vor. Sie beobachtete, wie sich die Rosen bewegten und sah die Stacheln, die sich in ihre Richtung drehten.

Die Tür lebte!

Raena zog die Brauen zusammen. Es war nur Holz und Holz brannte, wenn man es anzündete. Es gab zwei Kerzen im Raum. Kurz kam ihr das Chaos in den Sinn, die Panik, die sie damit auslösen würde, doch die Angst vor möglichen Konsequenzen hielt sie zurück. Was, wenn Vater und Malik ihretwegen sterben mussten?

Ihr Ärger verrauchte und sie begann ziellos durch den Raum zu streifen. Anklagend starrte sie die Wanne an. *Auf keinen Fall werde ich baden!*

Mit geballten Fäusten huschte ihr Blick den Raum entlang, nahm den Luxus darin genau unter die Lupe, betrachtete den Schrank, ein hölzernes, verschnörkeltes Gebilde, die schweren Vorhänge, die das hohe Fenster schmückten, und bemerkte sogleich, dass sich dahinter ein Balkon befand. Mit schnellen Schritten lief sie darauf zu, berührte den weichen, etwas rauen Stoff und strich ihn beiseite. Es gab keinen Griff, keine Klinke, nichts. Zittrig berührte sie das dicke Glas und hinterließ feuchte Abdrücke.

„Bitte, bitte …", flüsterte sie einer Beschwörung gleich, presste die Hände flach auf die eiskalte Oberfläche und drückte ihre heiße Stirn dagegen. Für einen kurzen Moment genoss sie die kühle Scheibe und zwang sich, ihren Atem zu beruhigen.

Ich weiß nicht, was ich tun soll.

Da musste sie plötzlich lachen. Hysterie gurgelte ihre Kehle hoch. Sie würde ihn heiraten, ihn zum Gemahl nehmen und dann? Was würde dann geschehen? Sie fühlte sich so unglaublich schwer, als lägen Steine auf ihren

Schultern.

Widerwillig drehte sie sich um, ihr Körper starr und ungelenk, starrte die Wanne an und fragte sich, ob es so schlimm wäre zu gehorchen. Sie war es gewohnt. Sie würde es schon aushalten. Es irgendwie ertragen. Als Fürstenfrau, es klang einfach zu unglaublich, hatte sie es wohl besser getroffen, als andere junge Frauen in ihrem Alter. Nein, das war Ansichtssache. Sie hätte den Nachbarsjungen tausendmal bevorzugt. Wenn sie an den Fürsten dachte, dieses spitze Kinn und den Bart erst, spürte sie das Blut aus ihrem Gesicht weichen. Das einzig Imposante an ihm war sein Einhorn, das ihr förmlich den Atem geraubt hatte.

Wann würden sie kommen und sie anschreien, warum sie noch nicht in der Wanne lag? Ihr Blick huschte umher. Unschlüssig stand sie da, während die Zeit verstrich und ihr Gewissen sie erdrückte.

Raena war so sehr in ihre Gedanken versunken, dass sie das Klopfen im ersten Moment nicht hörte. Leise, aber bestimmt, drang das Geräusch zu ihren Ohren vor. Kurz blickte sie über ihre Schulter und erkannte eine Person, nein, einen Mann hinter dem dicken Glas.

Sie war viel zu perplex, um richtig erschrocken zu sein.

Seine behandschuhte Hand sank herab und winkte ihr zu. Er wollte, dass sie näherkam. Die Kerzen im Raum beleuchteten ihn nur spärlich. Langes, weißes Haar fiel auf seine schmalen Schultern, eine winzige Kette schmückte seinen Kopf, auf deren Ende ein kleiner violetter Tropfen auf seiner Stirn baumelte.

Raena ging auf ihn zu. Von seinem Anblick gefesselt, vergaß sie selbst ihre Angst. Wie alt er war, vermochte sie nicht einzuschätzen. Jung musste er sein, das erkannte sie. Sein feingemeißeltes Gesicht, die schmalen und hohen Konturen, vor allem seine Wangenknochen, die eingefallenen Wangen und die dunkelvioletten Augen, all das war ihr völlig neu und fremd.

Die Dunkelheit am Balkon schmeichelte ihm.

Er war in Leder gekleidet. Sie konnte die Farbe nicht abschätzen, dachte aber an einen Grünton. Er trug einen Waffengurt mit Schwert um die Hüften geschnallt und einen Langbogen mitsamt Köcher auf dem Rücken festgebunden.

Und er lächelte sie an.

Raena wusste nicht, wie lange sie ihn schamlos angestarrt hatte.

Als er sich vor ihr verbeugte, erwachte sie nur langsam aus ihrer verzauberten Starre. Danach spreizte er die langen Finger und drückte sie gegen das Glas. Einmal, zweimal, dreimal.

Raena folgte seiner Bewegung mit den Augen und schüttelte verwirrt den Kopf. Sie öffnete den Mund und schloss ihn wieder, als sie ein leises Klacken vernahm.

Ihr Herz blieb stehen. *Die Tür!*

4. KAPITEL

Er war ein Spion, hatte sie beobachtet, den Herrscher und den Rat benachrichtigt, dafür gesorgt, dass sie beschützt aufgewachsen war.

Bis zu diesem einen Moment.

Jetzt lag es an Fenriel. Er würde es schaffen und sie da rausholen, dessen war er sich sicher.

Der Alkohol auf seiner Zunge schmeckte bitter.

Wie von einer Biene gestochen fuhr sie herum und sah den Mann im Augenwinkel von der Bildfläche verschwinden, als wäre er nie dagewesen. Sie unterdrückte den Wunsch nach ihm zu suchen, denn alles war besser, als sich den Kopf über ihr Schicksal zu zerbrechen.

Einem Impuls folgend streifte sie die Schuhe ab.

Was soll ich sagen?

Sie war noch immer nicht gewaschen, konnte nach wie vor kaum klar denken. Jetzt, wo sie wusste, dass ein Mann auf dem Balkon herumlungerte, erschien es ihr umso lächerlicher sich auszuziehen. Um Fassung ringend tat sie so, als versuche sie, den Gürtel ihres Wollkleids zu lockern. Ihr Herzschlag beschleunigte sich vor Aufregung.

„Ihr seid noch immer nicht in der Wanne!", rief die, die sie geschlagen hatte, überrascht und gereizt zugleich, ehe sie ein Tablett mit Obst und frischem Brot auf den Tisch hinknallte. Es schepperte und der Laut tat Raena in den Ohren weh. Sie nestelte noch immer am Gürtel herum und rutschte ab, ihre Hände waren feucht.

„Ich helfe Euch", mit diesen Worten kam die Alte näher und drückte Raenas Finger entschlossen beiseite. Die spürte einen Widerwillen, der sich tief in ihrer Brust bildete, anschwoll und ihr die Kehle zuschnürte. Am liebsten wäre sie zurückgewichen, doch sie fürchtete einen weiteren Schlag und blieb still stehen, als wäre sie zu einer Salzsäule erstarrt.

Doch auch die Alte fand mit ihren dicken, wulstigen Fingern keinen

Halt. Schließlich knurrte sie: „Ich schicke Euch Mädchen, die Euch helfen werden beim ..."

„Nein", platzte es aus Raena hervor. Kurz überrascht über sich selbst, schluckte sie und wiederholte etwas ruhiger, ehe die Alte ausholen konnte: „Nein, ich mache das allein." Da sie noch immer ihre Socken trug, tat sie einen Schritt und bückte sich, verzog dann aber das Gesicht, als sie merkte, wie nass der Stoff war. Er ließ sich kaum abziehen. Danach gaben ihre Socken ein erbärmliches Häufchen Elend am teuren Teppich ab. Beschämt blickte sie ihre aufgeweichten Zehen an, fleckig vor Staub und Dreck und vermied es mit Absicht der Alten ins Gesicht zu sehen. Sie spürte ihre Unzufriedenheit auch so.

„Die Nägel müssen ab", sagte die im Selbstgespräch, ehe sie sich nachdenklich am Kopf kratzte. „Wascht Euch. Dann esst. Fürst Duran kommt Euch bald besuchen. Tut es, sonst wird er sehr böse."

Raena sagte nichts. Kalt lief es ihr den Rücken hinunter. Auf seinen Besuch konnte sie liebend gern verzichten. Sie ballte die Hand zur Faust und wartete, bis die Alte das goldene Zimmer verlassen hatte. Dann lief sie barfuß zur Balkontür und drückte ihr erhitztes Gesicht dagegen. Ihr unregelmäßiger Atem beschlug das Glas. Da war er wieder. Kaum hatte die Frau dem Raum den Rücken zugekehrt, erschien er wie aus dem Nichts vor ihr. Sie presste sich eine Hand auf die Brust, versucht darum ruhig zu bleiben. Sie wusste nicht einmal, ob sie ihm vertrauen konnte.

Er nickte ihr ernst zu, die violetten Augen deuteten auf seine Hände, die im selben Rhythmus erneut gegen die Scheibe gedrückt wurden.

Nur langsam dämmerte ihr, was er von ihr wollte. Diese Bewegungen, diese Drucktechnik, er wollte ...

Raena begriff. Ihre Finger zitterten. Sollte sie es wagen, ihm zu vertrauen? Vielleicht war es eine Falle. Zaghaft streckte sie die Hände aus und berührte die Stellen, die auch er berührt hatte.

Er schüttelte den Kopf, wirkte verärgert und deutete ihr eine hastige Bewegung.

Sie errötete und wich zurück.

Als die Glastür nach außen aufschwang, platzte sie fast vor Aufregung. Kühle Luft fegte in den Raum hinein, strich über ihre nackten Füße, ihre Arme, ihren Hals und kühlte den roten Fleck auf ihrem Gesicht.

Der Mann, der von der Glastür zurückgetreten war, kam nun geräuschlos ins Zimmer herein.

Raena ging rückwärts, huschte vorsichtshalber hinter die Wanne. Sie spannte ihren Körper an und verschränkte die Arme vor der Brust. Seine

Stiefel waren dreckig, voller Schlamm und gefallener Blätter. Einige Stellen auf seiner grünen Hose waren abgeschürft und aufgerissen. Sein Körper war unglaublich schmal und lang gebaut. Er war der dünnste und schlaksigste Mann, den sie je in ihrem Leben gesehen hatte. Außerdem trug er keinen Bart, was es ihr erschwerte, sein richtiges Alter zu deuten. Seine Brauen waren cremeweiß und gepflegt, beinahe wie die einer Frau.

Sie blieb bei seinen ungewöhnlichen Augen hängen und hätte die Hand ins Feuer gelegt, dass er nicht aus dem Streifen stammte. Da er kein einziges Wort sprach, sie nur ausdruckslos ansah und ohne jede Gefühlsregung ihren Blick erwiderte, stotterte sie: „W-was wollt Ihr?"

Der grüne Fremde holte den Bogen von seinem Rücken, fiel vor ihr auf die Knie, neigte den Kopf und sein weißes Haar berührte den Teppich. Nun konnte sie auch die langen, spitz zulaufenden Ohren erkennen, die am Ende mit silbernen Ohrringen und einer violetten Feder geschmückt waren.

„Herrin", grüßte er sie melodisch. Das Wort klang belegt, leise und sie glaubte, einen weichen Akzent zu hören. „Ihr müsst mit mir kommen."

Sie lachte nervös, starrte den Bogen an und stotterte: „I-ich muss mit Euch mitkommen? W-warum nennt mich jeder Herrin?"

Er war der zweite Mann, der vor ihr auf die Knie fiel. Sie fühlte sich überrumpelt und es gefiel ihr nicht. Würde er sie nun auch nach ihrer Hand fragen? Sollte sie den Bogen nehmen? Warum fragte sie ihn nicht etwas anderes? Zum Beispiel, wer er war, woher er kam und wie er hieß?

Raena löste ihre verkrampfte Haltung und atmete tief durch. Sie musste sich zusammennehmen.

Der Fremde hob währenddessen den Kopf und musterte sie. Nur kurz verweilte er auf ihrer roten Wange. Nachdem einige Sekunden verstrichen waren, erhob er sich langsam, den Langbogen in der rechten Hand haltend.

Raena konnte den Blick nicht deuten. War das Enttäuschung?

Der Elf kannte sie doch nicht einmal!

„Herrin", begann er erneut, dieses Mal mit ein wenig mehr Nachdruck, „Ihr werdet gegen Euren Willen verheiratet. Wollt Ihr das?"

Damit traf er einen wunden Punkt. Seufzend schüttelte sie den Kopf.

„Ich kenne jemanden, der Euch helfen möchte. Aber dafür müssen wir fort von hier."

„Was ist mit meiner Familie?", brachte sie leise hervor, „mit meinem Bruder, meinem Vater?" Ihr Herz flatterte und für einen Augenblick lang spürte sie Machtlosigkeit.

Kann ich zu ihnen zurück?

„Sie werden sicher sein." Die Antwort kam viel zu schnell.

Raena glaubte ihm nicht. „Seid Ihr sicher?"

„Ja", entgegnete er überzeugt. „Nehmt Eure Schuhe und folgt mir."

Doch Raena rührte sich keinen Millimeter. Es ging ihr viel zu schnell.

„Wohin bringt Ihr mich?", wollte sie wissen, „ich will zu meiner Familie zurück!"

Als sie seinen Blick einfing, überlief es sie eiskalt.

„Wollt Ihr heiraten oder nicht? Ihr könnt hierbleiben oder aber Ihr kommt mit mir. Eure Entscheidung. Eure Familie wird sicher sein. Dafür wird gesorgt. Ich kann jemanden bezahlen und werde es auch, wenn Ihr das von mir verlangt."

Raena fühlte sich klein. Er strahlte eisige Entschlossenheit aus und auch wenn er ihr die Wahl ließ, sie ahnte, dass er sie schlussendlich über seine Schulter werfen und einfach mitnehmen würde.

Nervös suchte sie nach ihren Schuhen. Leicht war es nicht, die schrumpeligen Zehen zurück ins Leder zu zwängen. Und so kämpfte sie zuerst angestrengt mit den Schnüren, um die gebildeten Knoten zu lösen, während sie die Tränen zurückhalten musste, die ihr in die Augen traten.

„Hier", warf er ihr ein trockenes Paar hin. Die Stiefel rollten über den Boden. Im Gegensatz zu ihr hatte er nicht gezögert, den Schrank zu plündern. „Nehmt sie", forderte er sie distanziert auf. Das Lächeln, welches er ihr zuvor geschenkt hatte, erschien ihr nun wie aus einem Traum.

Raena gehorchte, streifte das nasse Material wieder ab und rieb ihre Füße am Teppich trocken. Das neue Paar war viel besser verarbeitet, mit Stickereien verziert und mit einem Absatz versehen. Sie passten wie angegossen, als wären sie für sie gemacht worden.

„Kommt", flüsterte er, stand bereits bei der geöffneten Balkontür und musterte sie mit seinen unglaublich violetten Augen. „Gehen wir."

Raena eilte auf ihn zu, folgte ihm bis zum steinigen Geländer und blickte über den Rand.

„Das kann ich nicht", stellte sie fest, nachdem sie einen zaghaften Blick nach unten gewagt hatte.

Bodenlose, halsbrecherische Tiefe eröffnete sich vor ihnen. Der Fremde schwieg und deutete nur auf die Ranken, die seitlich an der steilen Mauer verliefen. Pflanzen, die ihre Wurzeln im Laufe der Jahre tief ins Gestein gebohrt hatten, schlängelten sich die Finsternis hinunter.

„Hier klettern wir", sagte er, als gäbe es nichts Einfacheres.

Raena schüttelte den Kopf. „Das glaube ich nicht", murmelte sie verunsichert. Ihr Magen drehte sich bereits bei dem Gedanken um, nur aufs Geländer steigen zu müssen. Wenn sie sich dann vorstellte, wie sie die Hand ausstreckte und die Ranken ergriff, wurde ihr ganz anders.

Sein Gesicht erschien vor ihren Augen. „Ich habe nicht Hals und Kopf riskiert, nur um mit Euch zu diskutieren. Ihr werdet da runter klettern." Seine Augen glühten dunkel, fraßen sich in ihren Blick. Plötzlich war er ihr viel zu nah. Die Nähe versetzte sie in ungewohnte Verlegenheit und zwang sie, einen Schritt vor ihm zurückzutreten. Er blinzelte, als wäre er selbst durch seinen Ausbruch überrascht. Raena schlug die Augen nieder. Daraufhin drehte er sich von ihr weg, beugte den Oberkörper über den Rand und meinte, nachdem ein Atemzug verstrichen war: „Wie gut könnt Ihr Euch festhalten?"

Raena zupfte an ihrem Wollkleid: „Ich weiß nicht. Ich bin früher zwar auf Bäumen geklettert, aber ...“

„Gut", unterbrach er sie bestimmt, „klettert auf meinen Rücken, dann sind wir schneller."

Raena entgleisten die Gesichtszüge, als er in die Knie ging und sein Haar über seine Schulter nach vorn zog.

„Beeilt Euch", befahl er barsch, „schnell, bevor sie zurückkommen!"

Mit weichen Knien taumelte sie auf ihn zu. Nervös lächelnd und sich äußerst nutzlos vorkommend, streckte sie ihre Arme aus und legte sie um seinen schmalen Hals. Ihren Oberkörper drückte sie gegen seinen Rücken und schauderte, als sie die Wärme fühlte, die er ausstrahlte.

„Die Beine", forderte er, „schlingt sie um mich. Macht schon!"

Sein Körper war so schlank, dass sie sich um zehn Kilo schwerer fühlte und ihr eigenes Gewicht ihr peinlich wurde. Als sie versuchte, ihre Beine um seine Hüften zu legen, rutschte das Wollkleid hoch und offenbarte ihre Oberschenkel. Noch nie hatte sie so viel Haut vor einem Fremden entblößt und fühlte sich seltsam verletzlich. Ihn schien das wenig zu kümmern. Mit seiner freien rechten Hand, da er den Langbogen nun links hielt, berührte er ihr halbnacktes Hinterteil, schob sie ein Stück höher und packte ihr Fleisch fest mit seinen dürren Fingern.

Raena japste überrascht auf.

Der Fremde erhob sich und das so schnell, dass ihr schwindlig wurde.

„Ihr seid ein Elf", platzte sie hervor, um von der Situation abzulenken.

Wie zwei Äste sprossen die spitzen Ohren vor ihren Augen aus seinem Kopf. Sein Schmuck funkelte im Kerzenlicht, als er den Kopf drehte. „Ja", gab er zu und als er ohne Mühe auf das Geländer stieg, schluckte sie. Er balancierte über dem Abgrund.

„I-ich kenne viele Geschichten, d-deshalb war ich mir sicher, dass Ihr einer seid", rechtfertigte sie sich und schnappte nach Luft, als sie einen Blick hinunter wagte. Vor ihrem inneren Auge sah sie bereits, wie er das Gleichgewicht verlor und mit ihr am Boden aufschlug.

„Ich nehme meine Hand jetzt weg", warnte er leise und sie fühlte, wie eine eisige Brise unter ihr Kleid fuhr. Raena drückte ihre Beine fest zusammen und hatte das Gefühl, sich an einen Ast ohne Form zu klammern, so dürr war er.

„Haltet Euch gut fest." Damit schwang er sich vom Balkon.

Raena kniff die Augen zusammen. Ihr Herz setzte einen Schlag aus und Übelkeit stieg ihre Kehle hoch. Sein Körper stieß gegen die Mauer und sie knallte gegen ihn. Es lösten sich einige Steinchen, irgendwo knackte es, Blätter raschelten und segelten durch die Luft.

Sie wagte es nicht, nach unten zu blicken und während sie ihr Gesicht gegen seinen Rücken drückte, hielt sie sich krampfhaft an ihm fest. Ihre Finger rutschten, ihre Beinmuskulatur brannte.

„Es tut mir leid", murmelte sie hastig und meinte damit den Aufprall, „ich hoffe, ich habe Euch nicht wehgetan."

„Nein, die Schnalle", unterbrach er sie ruhig und nahm ihre Hand, wobei sie fast schockiert losgelassen hätte.

Er legte ihre Finger sanft auf eine Art Ring, seitlich an seiner Brust angebracht. Zumindest fühlte es sich rund an.

Raena griff sofort danach und zog daran.

„Das ist fest genug, glaubt mir", murmelte er, „der Ring und das Leder sind dafür gemacht, starkes Zuggewicht auszuhalten. Haltet Euch auch am anderen fest."

Dann begann der Abstieg.

Gefühlt hunderte Sehnen und Muskeln tanzten unter seiner Kleidung, während er langsam, aber zielstrebig nach unten kletterte. Ihre Beine spannten bis aufs Äußerste und sie fühlte bereits, wie sich ein Krampf in ihrem Oberschenkel bildete. Wie hoch hatte man den Balkon gebaut? Sie brauchte Ablenkung.

„Was machen wir, wenn wir dort unten sind?", raunte sie.

Er sagte nichts. Daraufhin biss sie die Zähne aufeinander und zwang sich, still zu sein. Ranken berührten ihre Hände, strichen über ihre Haut entlang. Es juckte. Hatte er denn keine Angst?

„Laufen", gab er knapp und etwas verspätet zurück, „von hier verschwinden. Das tun wir."

Raena dachte an Ozean, an die Männer im Hof und unterdrückte nur mit Mühe einen Lacher.

„Ich ...", setzte sie an und verstummte sofort, als sie hoch über ihren

Köpfen Stimmen hörte.

Der Fremde verharrte mitten in der Bewegung, legte den Kopf schräg und sah nach oben.

Irgendjemand spuckte mit wüsten Beschimpfungen um sich. Den Lauten nach befanden sich mehrere Personen im Raum, wobei eine ganz klar und laut brüllte: „Ich lasse euch alle köpfen!"

Gänsehaut rieselte ihren Rücken hinunter.

Ihr Retter bewegte sich schneller, von Ranke zu Ranke folgte ein größerer Abstand. Einmal rutschte er ab und ein Ruck folgte, als er mit baumelnden Füßen in der Luft hängen blieb. Raenas pochende Beine zuckten. Sie drückte ihre Stirn gegen seinen steifen Nacken und bemerkte, dass ihm kalter Schweiß aus allen Poren lief. Sie konnte das Salz auf ihren Lippen schmecken. Verzweifelt klammerte sie sich fest und hoffte, dass der Boden nicht mehr weit entfernt war.

Und tatsächlich, die Mauer endete abrupt.

Als er sich auf die Knie sinken ließ, rutschte Raena von seinem Rücken. Plump fiel sie auf ihren Hintern und schob mit zittrigen und gefühllosen Fingern das Wollkleid über ihre Schenkel, ehe sie sich aufrichtete. Ihre Beine trugen sie kaum. Beide atmeten schwer und noch während er den Bogen zurück auf seinen Rücken spannte, sah sich Raena nach einem Fluchtweg um. Ihre Augen gewöhnten sich nur langsam an die Dunkelheit. Hecken wuchsen zu riesigen Gebilden empor und verschluckten jegliches Licht, welches von der Burg ausgestrahlt wurde. Wie eine Mauer ragten sie über dem Boden auf, dunkel und bedrohlich. Sie wusste, dass sie von einem großen Park umgeben waren und auch, dass sie ihn zwar von außen gesehen, aber noch nie betreten hatte. Bis heute war sie immer nur zur Dienstbotentür geritten.

„Wo sind wir?", hörte sie sich ängstlich fragen, während sie ihre Arme und ihre Oberschenkel mit den Fingern massierte. Nur langsam ließ der pochende Schmerz nach.

„Kommt", ignorierte er ihre Frage und eilte an ihr vorbei.

Überfordert folgte sie ihm. Wohin brachte er sie? Raena wagte nicht zu fragen und nach drei Schritten landete das Tablett, welches ihr vor kurzem noch derartig großzügig angeboten worden war, mitsamt regnenden Früchten und durch die Luft segelndem Brot, direkt vor ihren Füßen. Sie spürte eine Scheibe auf ihrem Kopf und einen Apfel auf ihrer Schulter. Um ein Haar hätte sie aufgeschrien, wurde jedoch im selben Moment gepackt und lautlos gegen die Mauer gedrückt. Eine behandschuhte Hand lag auf ihrem Mund.

„Seid still", befahl er angespannt.

Schweiß, Leder und der Geruch nach Pferd stiegen ihr in die Nase. Ihr Herz raste. Sein Zeigefinger klemmte ihre Oberlippe ein und sie starrte gebannt in seine Augen, ohne sich zu rühren.

Über ihnen fluchte eine wütende Stimme derb. „Verfluchtes Pack! Nutzlose Hurenweiber! Kriecherische Bastarde!"

Eine wimmernde Antwort war zu hören, die demjenigen jedoch wenig zu gefallen schien. *Ich hacke euch in Stücke! Geht mir aus den Augen!"*

Dann folgte Stille.

Als er sie endlich losließ, fiel sie in sich zusammen.

„Wir müssen weiter", forderte er, zog an dem Stoff über ihrer rechten Schulter und zerrte sie hinter sich her, zwängte sie in die Hecken, die sie vor neugierigen Blicken verbergen sollten.

Nach Luft schnappend keuchte sie. Äste griffen nach ihren Armen, ihrem Wollkleid. Blätter verfingen sich in ihrem Haar. Sie hoffte, dass die Kronen dicht genug waren und sie ungesehen davonkamen. Auf keinen Fall wollte sie erneut in dieses Zimmer gesperrt werden oder gar schlimmer, mit ihrem Tod oder Folter dafür bezahlen. Da halfen auch die Regeln nicht, die sie sich noch am Ritt hierher in Erinnerung gerufen hatte. Nach diesem Fluchtversuch würde man sie in den Kerker werfen und zu allen möglichen Dingen zwingen, kaum vorstellbar war das Schicksal des Fremden, der sie erst aus dem Zimmer geholt hatte.

Der Elf gab sie frei. Raena rannte, folgte seinem weißen Haar und kniff oft die Augen zusammen, als das dürre Geäst ihr übers Gesicht kratzte. Dank ihrer körperlichen Verfassung, die sie wohlgemerkt der harten Arbeit am Bauernhof zu verdanken hatte, schmerzten ihre Lungen erst kurz vor einem eisernen Tor, welches geschlossen und nach anschließendem Öffnungsversuch, fest verschlossen blieb.

Er nuschelte ein fremd klingelndes Wort, berührte das große Schloss mit seinen Fingerspitzen und fluchte leise. „Geschützt."

Die Mauer vor ihnen war viel zu glatt, es gab nichts, woran sie sich hätten festhalten können. Hektisch sah er sich um und Raena war kurz davor in Panik zu geraten. Ein dumpfes Geräusch drang durch die dichten Hecken zu ihnen vor.

„Gebell", stellte sie nach einigen Sekunden schockiert fest und erbleichte.

Der Fremde, der bis jetzt sehr gekonnt agiert hatte, wurde unruhig.

„Folgt mir", zischte er und packte ihren Arm.

Gebüsch glitt an ihnen vorbei, bis es zu einem kleinen Zierstrauch verkümmerte. Lichter aus den offenen Fenstern der Burg offenbarten ihnen einen sandigen, mit Statuen gesäumten Weg. Dort ließ er sie los. Beinahe wäre sie über ihre eigenen Füße gestolpert.

Das Gebell kam näher.

„Fangt sie, verdammt nochmal!", glaubte sie jemanden aus Leibeskräften brüllen zu hören.

„Hier entlang", befahl er angespannt und führte sie zu einem Zaun, der plötzlich neben dem Weg verlief und wie aus dem Nichts vor ihnen aufgetaucht war.

Ihre Lungen brannten, ihr Hals war trocken.

Auf einmal ging er in die Knie und stützte sich mit beiden Händen auf dem Boden ab. Sein durchdringender Blick gab ihr sein Vorhaben zu verstehen. Raena nickte, trat hinter ihn und legte ihre Arme um seinen Hals. Ihre Finger tasteten sich vorwärts, umfassten die Ringe, während sich ihre Beine erneut um seine Hüften schlossen.

Ein Pfeifen ertönte, schrill und ohrenbetäubend. Ängstlich drückte sie ihr Gesicht gegen seinen Nacken, bis sie realisierte, dass der Laut aus seinem Mund gekommen war. Der Fremde erhob sich, griff nach den Stäben des Zauns und zog sich daran hoch. Wann hatte er seinen Langbogen vom Rücken geholt? Sie konnte sich nicht erinnern. Jetzt hielt er ihn in seiner linken Hand, während die Waffe, die er an der Hüfte trug, dumpf gegen die Eisenstäbe schlug.

Gewieher und Getrampel drangen zu ihren Ohren vor, das Hecheln der Hunde und das Knacken im Unterholz ließen sie vor Angst erzittern.

Ächzend kletterte er über den Zaun. Sie biss die Zähne zusammen und unterdrückte einen Schrei, als er auf der anderen Seite mit ihr als Gewicht einfach absprang. Ihr Leib prallte gegen seinen Rücken, ihre Nase gegen seinen Hinterkopf. Schmerz schoss durch ihre Stirn. Er sackte nur leicht in die Knie und fing den Sturz ab, indem er seine Handflächen in die feuchte Erde drückte.

5. KAPITEL

Pfeile zischten an ihnen vorbei und bohrten sich in den Boden. Einige schlugen klingend gegen den Zaun und brachten ihn zum Zittern, ehe sie nutzlos abfielen und im Gras liegen blieben.

„Verflucht!", brüllte ein Mann zornig. „Lebend, hat er gesagt!", schrie ein weiterer. Die Hunde hatten sie eingeholt. Sie bellten und knurrten, drückten ihre Schnauzen gegen die viel zu schmalen Zaunöffnungen und griffen mit riesigen Pranken ins Leere. Ihr Speichel flog durch die Luft, ihre gelben Zähne blitzten und ihre Mäuler waren schwarze Löcher mit heraushängenden Zungen.

Raena, die durch den Sprung ein wenig benommen war, lag am Boden und konnte sich vor Angst kaum rühren.

„Steht auf!", die kühle Stimme des Fremden drang in ihr Bewusstsein hinein. Er griff nach ihr, zerrte sie hoch, doch Raena ähnelte mehr einem Sack Mehl als einem Lebewesen.

Pferde samt Reitern näherten sich, der Sand flog von ihren Hufen. Sie wirkten wie Schatten, wären die glänzenden Rüstungen und die Fackeln nicht gewesen, die ein paar von ihnen bei sich führten. Ihr Anführer, er brüllte am lautesten, starrte sie beide an, vor allem dem Fremden schenkte er einen besonders wütenden Blick.

„Folgt mir!", rief er seinen Anhängern zu, „sie dürfen nicht entkommen!" Dann warfen sie ihre Gäule herum und jagten den Zaun entlang. Ein anderer Mann pfiff den Hunden, die sich kaum vom Zaun lösen ließen und im Schweinsgalopp folgte der Trupp den Reitern.

„Steht auf", drängte ihr Begleiter nun fordernder und Raena gehorchte. Sie kam sich vor wie in einem Traum und benommen folgte sie ihm in den angrenzenden Wald. Sie stolperte um ihr Leben. Obwohl sie wusste, dass ihnen ganze Horden auf den Fersen waren, schaffte sie es nicht mehr schneller. Mittlerweile schmerzten ihre Seiten, rhythmisch fuhr der stechende Schmerz durch ihre Eingeweide. Spitzes Holz bohrte sich in ihre entblößten Beine, Sträucher ritzten ihre Haut auf und Brennnesseln berührten ihre Knie. In diesem Waldstück war sie praktisch blind, konnte nur dunkle Schemen erkennen.

„Schneller", hetzte der Fremde.

War die Luft tatsächlich so stickig oder war das nur ihre Einbildung? Sie glaubte, erneutes Gebell zu hören, fühlte, wie ihre Kehle eng wurde, wie ihr

Herz stolperte, ihre Lungen zu bersten drohten.

Warum liefen sie überhaupt davon? Die Soldaten hatten Pferde!

Ihr Fuß blieb plötzlich an einer modrigen Baumwurzel hängen, welche prompt riss. Ein überraschter Schrei verließ ihre Lippen. Sie kam zwar schnell wieder frei, doch ihr Gleichgewicht war dahin, sodass sie trotzdem halb auf dem Waldboden liegen blieb.

Der Fremde rannte die kleine Entfernung zurück und schnappte grob nach ihrer Schulter, an welcher er sie emporriss. Als er sie freigab, konnte sie noch immer den Druck seiner Finger auf ihrer Haut fühlen.

Hörte sie bereits die Pferde schnauben, die Hunde hecheln?

Sie war sich nicht sicher.

Es war ein Albtraum.

Der Fremde pfiff erneut. Schrill und hoch hallte der Ton durch den Wald.

Die Blätter raschelten. Raena hörte Vögel, die aus ihrem Schlaf hochschreckten und panisch den Himmel emporflogen. In den Schatten ein gepresstes Keuchen, ein aufgeschreckter Dachs vielleicht?

Dann hörte sie ein Wiehern.

Es klang wie das Geräusch heller Glocken oder wie der Gesang einer Nachtigall und doch war es unverwechselbar ein Wiehern, anders, heller und reiner, näher als ihre schnellen Verfolger.

Sie fuhr herum, suchte nach dem Tier, doch konnte nichts erkennen.

Ich weine, schoss ihr durch den Kopf, als sie ihr verschleiertes Sichtfeld bemerkte.

Sie waren stehengeblieben und während sie sich mit flachen und schmutzigen Händen übers Gesicht fuhr und ihre Tränen fortzuwischen versuchte, stand er da und wirkte entspannt.

„Grashalm", sagte er in einem völlig unpassenden, gelassenen Tonfall und Raena sah ihn von der Seite an, nicht sicher, ob sie ihn richtig verstanden hatte, „sie bringt Euch fort."

Und dann sah sie es. Ein Einhorn trabte aus der Dunkelheit hervor. Strahlend wie frisch gefallener Schnee, genauso schön wie das gepanzerte, jedoch um einiges kleiner und zarter, gebaut wie ein Pony. Das Fell war so hell, dass es sich in einem Kontrast vom Boden abhob.

„Grashalm", sagte der Elf neben ihr in einem sanften Ton und Raena war, als spüre sie die Liebe, die er dem Geschöpf entgegenbrachte, „ich gehöre zu ihr und sie gehört zu mir."

Grashalm blieb vor ihrem Reiter stehen, neigte den Kopf und ließ sich anschließend am Hals berühren. Ein zartes Horn prangte mitten auf ihrer schmalen Stirn, eingehüllt in einem geheimnisvollen Schimmer.

„Lagunas", grüßte der Elf nun auch das zweite Pferd, das herantrabte. Sie hätte ihn hören müssen, denn im Gegensatz zu Grashalm bewegte sich Lagunas schwerfällig und sie wich vor seiner beängstigten Größe zurück. Der Hengst war kein Einhorn, sondern ein Streitross mit großem, gebogenem Kopf und schwarzem Fell. Die Stute neben ihm glich einem Fohlen. Beide trugen Sattel und Zaumzeug, wobei sich der Einhornsattel deutlich von dem des Hengstes unterschied.

„Grashalm, das ist Herrin Raena."

Es war ungewöhnlich, ihren Namen aus seinem Mund zu hören. Sein weicher Akzent rollte den Anfangsbuchstaben, umschmeichelte ihren Namen und ließ ihn wie eine Beschwörung erklingen.

„Kommt", winkte er sie ungeduldig näher.

Sie gehorchte, doch ließ den Hengst nicht aus den Augen, der sie aus glänzenden Augen beobachtete.

„Nehmt die Zügel", der Fremde drückte ihr das besagte Leder in die Hand, „und meine Handschuhe", er streifte sie von seinen Fingern und reichte sie ihr. Fleischige und hellweiße Narben blitzten kurz vor ihren Augen auf. Ihre Neugierde war geweckt, doch sie biss sich auf die Zunge und verspürte Mitleid. Ihr Bruder Fin hatte sich genügend Wunden bei der harten Arbeit zugefügt, seine Hände waren ein Kunstwerk aus Schnittwunden aller Art.

„Zieht sie über", befahl er und sie gehorchte, „gebt die Füße in die Steigbügel. Beeilt Euch!"

Sie tat wie geheißen und als hätte die Erscheinung des Einhorns sie kurz ihrer Realität beraubt, spürte sie nun wieder jene Angst, die die nahen Verfolger in ihr auslösten. Es knackte und krachte im Gebüsch.

„Ich werde sie ablenken. Grashalm führt, lasst ja nicht los."

Raena versteifte sich, als er sie in den Sattel hochhob. Nervosität schnürte ihr die Kehle zu, kein Ton kam aus ihrem Mund. Sie wollte ihn fragen, warum er das tat, denn sie war keine Frau, für die man in den Tod reiten musste.

Er warf ihnen einen letzten Blick zu, ehe er Lagunas Zügel in die Hand nahm und sich knirschend in den Sattel warf. Der Hengst tänzelte unruhig.

„Wir haben sie gefunden!"

Sie sah die näherkommenden Lichter, hörte die Pferde, die durchs Unterholz preschten und die Hunde, die bellend im Blutrausch sich selbst an die Gurgel sprangen.

„Schließt die Schnallen", rief er, drehte den riesigen Hengst einmal im Kreis herum, holte den Bogen von seinem Rücken und ritt den Verfolgern direkt in die Arme.

Männer schrien, Pferde schnaubten, Hunde knurrten. Pfeile wurden abgefeuert, Schmerzgeschrei schnitt durch den Wald.

Raena zitterte.

Grashalm zögerte nicht. Mit einem Satz sprang sie über einen Baumstumpf und verschwand im dichten Unterholz. Raena klammerte sich an Mähne, Zaumzeug und Sattel fest, wurde durchgeschüttelt und der Angstschweiß lief ihr übers Gesicht.

Einen Moment später blieb die Stute abrupt stehen und Raena wäre fast aus dem Sattel gerutscht. Das Herz schlug ihr bis zum Hals. Sie wusste nicht, ob die Schwärze vor ihren Augen von der Nacht oder ihrem Bewusstsein stammte, das sich zu verabschieden drohte.

„Atmet tief durch. Beruhigt Euch", sagte Grashalm, drehte den Kopf und sah sie an, doch Raena, völlig der Angst und Panik verfallen, brachte nur ein schwaches Nicken zustande, während ihr Atem rasselte und ihre Brust sich anfühlte, als ginge ihr die Luft aus. Dass die Stute mit ihr sprach, erschien ihr in dem Moment völlig normal. „Ihr müsst Euch beruhigen und die Schnallen schließen. Wir müssen schneller vorankommen."

Raena blinzelte, doch ihr Verstand begriff es nicht.

„Die Schnallen bei Euren Beinen. Versucht sie einzufädeln. Nur so haben wir eine Möglichkeit zu entkommen."

„Ich versuche es", presste sie zwischen zwei Atemzügen hervor.

Dort, wo ihre Beine herabhingen, waren unzählige Schnallen verstellbar am Riemen angebracht, an dem auch der Steigbügel hing. Es kam ihr wie eine Ewigkeit vor, bis sie den Mechanismus herausgefunden hatte und es gelang ihr, zwei auf jeder Seite zu schließen.

„Enger."

Raenas Finger waren steif. Die Schnallen kalt. Schauer liefen ihren Rücken hinunter. „Wird uns der Fürst verfolgen?", murmelte sie, nachdem sie nachgezogen hatte. Was für eine dumme Frage. Natürlich würde er das.

Grashalm schwieg und Raena packte den Zwiesel, als sie eine Bewegung spüren konnte.

„Haltet Euch fest", raunte die Stute, als sie einen Weg durchs niedrige Geäst gefunden hatte, „so fest Ihr könnt."

Am Sattel befanden sich noch mehr Gurte, Schnallen und Ketten. Sie wollte fragen, ob sie diese auch verwenden sollte, als die Stute einen überraschenden, schnellen Sprung tat, der trotz Ankündigung völlig unerwartet kam. Ihren Mund verließ ein gepresster Schrei. Instinktiv die Zügel fest umklammernd, beugte sie sich vor. Doch bald darauf merkte sie, dass das nicht wirklich möglich war, da der Zwiesel schmerzlich in ihren Bauch drückte.

Das Tempo, die Gangart des Einhorns, die Bewegungen waren völlig anders. Fließend und unglaublich schnell, keineswegs holprig wie beim grauen Gaul. Der Wind pfiff an ihren Ohren vorbei und wirbelte ihr Haar durcheinander. Die Kleidung zerrte an ihr. Kurz schloss sie die Augen und versuchte, sich den schnellen Bewegungen des Tieres anzupassen, doch es wurde nur schlimmer und anstatt sich auf den rasenden Ritt zu konzentrieren, glitten ihre Gedanken zum Fremden zurück.

Sie hoffte, dass er leben würde. Aus einem Grund, den sie nicht kannte, riskierte er sein Leben ihr zuliebe, machte sich zur Zielscheibe und sorgte dafür, dass sie auf seinem Einhorn entkommen konnte. Dann dachte sie an ihren Vater und Bruder und die Vorstellung, sie könnten ihretwegen dafür bezahlen, zerriss ihr fast das Herz.

Der Schmerz, der ihre Beine hochschoss, entzog sie ihren Gedanken. Die Riemen bohrten sich in ihre nackte Haut, klemmten und quetschten. Nun wurde ihr auch bewusst, warum der Fremde Leder am Leib trug und wieso es derartig abgenutzt ausgesehen hatte. Hoffentlich würde es ihm bei seiner waghalsigen Ablenkung helfen.

Grashalm bog ab. Obwohl Raena der Bewegung folgte, wurde ihr Schenkel abgeschnürt und sie biss sich auf die Unterlippe. Morsches Holz knackte unter den kleinen Hufen, Büsche wurden niedergetrampelt. Blinzelnd schielte sie an der Mähne vorbei, die in kurzen Abständen in ihre Augen fuhr und sie regelrecht blind werden ließ. Dann, völlig aus dem Nichts, sah sie Lichter zwischen den Bäumen hervorblitzten.

Die magischen Fackeln!

Die Säulen kamen mit erschreckendem Tempo näher, als würde jemand die Zeit raffen. Beim nächsten Blinzeln bohrten sich Grashalms Hufe in die weiche Erde und ihr ganzer Körper flog über einen tiefen Graben hinweg. Mit einem Keuchen folgte Raena dem Sprung, beugte den Oberkörper, schaffte es nicht rechtzeitig und wurde nach hinten gerissen. Sie verlor den Rhythmus. Ihr Hintern rutschte vom Sattel. Das Kleid blieb am Riemen hängen, hielt ihrem Gewicht nicht stand und riss. Ihr rechtes Bein verlor den Bügel.

Grashalm landete elegant, riss den Kopf in die Höhe und bremste stark ab, sodass Raena in den Sattel zurückgedrückt wurde. Sie hörte sich selbst stöhnen und bewegte ihr Bein nur so lange, bis sie den Steigbügel wiedergefunden hatte.

„Alles in Ordnung?", fragte Grashalm und Raena brachte mühsam ein *Ja* zustande.

„Ich glaube, dass wir nicht verfolgt werden." Raena hörte ihr Schnauben. „Ich glaube, wir haben sie abgehängt."

Sie standen auf einem mit hellen Fackeln beleuchteten Weg, der von dichtem Wald umgeben war. Da sie das Tor nicht sehen konnte, wusste sie sofort, dass sie nicht dort waren, wo sie vermutet hatte. Die Baumkronen waren so hoch, dass der Mondschein von den Blättern verborgen wurde.

„Wo sind wir?", hörte sie sich sagen.

Als hätten die Fackeln ihre Frage gehört, loderten sie kurz auf.

Grashalm ging in die Mitte des Weges und blieb stehen. Ihr schmaler Hals schwang hin und her, forsch schnupperten die rosigen Nüstern am Staub. „Ich weiß nicht", sie klang überrascht.

Raena machte sich klein. Der Rücken tat ihr weh und alles andere auch. „Du weißt es nicht?"

„Da", raunte Grashalm.

Raena folgte ihrem Blick, sah den Weg hoch und entdeckte ein Pferd, welches eine Sekunde zuvor noch nicht dort gestanden hatte. Ihr Atem stockte. Grashalm trabte auf den schwarzen Hengst zu und je näher sie kamen, desto schneller wurden sie. Raena kniff die Augen zusammen, um Einzelheiten zu erkennen, Wunden oder Verletzungen, Spuren von Blut. Obwohl die Fackeln genügend Licht spendeten, sah sie keinen Hinweis auf einen Kampf. Sie sah nur ihn, den Fremden. Er ritt ihnen entgegen.

Grashalm blieb jäh stehen. „Das ist eine Illusion."

Raenas Nackenhaare stellten sich auf. Sie erbleichte.

„Was?"

Das ergab keinen Sinn.

Der Hengst blieb stehen, schüttelte seinen mächtigen Kopf und wieherte tief, ehe die gesamte Erscheinung zu flimmern begann. Er wuchs, wurde breiter, heller, bis sein Fell die gleiche Farbe wie Grashalms annahm. Ein Panzer erschien und legte sich über seinen mächtigen Leib.

Grashalm rührte sich nicht vom Fleck.

Und Raena fiel sofort auf, dass der Fürst fehlte.

Ozeans Schritte wurden von dem Klang der Rüstung begleitet. Unzählige Platten schoben sich in- und auseinander. Ozean überragte Grashalm ums doppelte, wenn nicht sogar dreifache, als er vor ihnen stehen blieb und sie beide musterte. Rauch, zumindest dachte sie das, verließ seine Nüstern und vermengte sich mit der Luft. Die schmalen Öffnungen weiteten sich, das massive Horn wurde geschwenkt und gen Boden gerichtet. Augen, so atemberaubend schön, blitzten zwischen dem glänzenden Gold hervor und fesselten sie. Raena fühlte ihre Glieder erschlaffen, taub werden. Ihr Herz wurde langsamer. Kälte und Wärme wichen von ihr, bis sie nur noch existierte.

„Verzeiht", seine Stimme fegte über sie hinweg, verzauberte ihre Sinne und berührte sie auf eine Weise, wie es noch niemand getan hatte. „Ich möchte mich für die Fehler meines Reiters entschuldigen."

Grashalm senkte den Kopf.

„Er ist vom Weg abgekommen", setzte Ozean fort und das Echo seiner Stimme verklang irgendwo in ihrem Kopf, „und unerfahren. Seine Machtgelüste werden ihn eines Tages das Leben kosten."

Er schnaubte.

„Ein Reittier ist zu Treue verpflichtet. Ich werde ihm folgen, wohin auch immer er geht. Aber ich kann mich nicht gegen Euch stellen, Herrin." Damit berührten seine Nüstern ihre Stirn, ehe er sich schimmernd in Luft auflöste und verschwand. Der Zauber war gebrochen, die Fackeln verloren ihren Schein. Die Welt war nun wieder ein dunkler, düsterer Ort.

Raena schüttelte benommen den Kopf. Die Stelle, die Ozean berührt hatte, kribbelte.

„Er hat euch anerkannt", flüsterte Grashalm ehrfürchtig.

Die Kälte kam zurück.

„Ich ...", murmelte sie verwirrt, „warum nennt mich jeder ..."

Die Stute drehte den Kopf zur Seite, blickte ihr in die Augen hinein und erlaubte ihr einen tiefen Blick in ihre Seele. Die Farbe ihrer Iris war grün und stechend, leuchtend und glänzend, ein Grün, wie sie es noch nie zuvor gesehen hatte. Sie sah lange Halme sich spielerisch hin- und herschaukeln. Böen zerrten an ihr, die Sonne wärmte sie, der Regen prasselte auf sie nieder. Die Wurzeln waren ihre Beine, hielten sie zurück, nagelten sie an Ort und Stelle fest. Sie war eins mit der Erde, lebte mit ihr, nährte sich von ihr. Sie war wie ein Grashalm.

Die Stute wandte sich ab, setzte sich in Bewegung und trottete langsam den Weg hinunter. „Sie werden uns nicht mehr folgen."

Raena begriff erst später, dass die Stute von ihrer Frage abgelenkt hatte.

6. KAPITEL

„Ich will das nicht", murmelte sie mehrere Atemzüge später. Sie waren noch immer im Wald. Ihr war kalt und die Schnallen drückten in ihre Haut. Raena fühlte ihre Fingerspitzen kaum, schaffte es aber, ihr Bein zu befreien. Beim Anblick drehte sich ihr der Magen um. Es fühlte sich an, als hätte man ihr die Haut abgezogen.

„Was tut Ihr da?", fragte Grashalm alarmiert und blieb stehen.

Raena rutschte aus dem Sattel. Ihr rechtes Bein knickte weg. Mühsam richtete sie sich auf und stolperte los. „Ich gehe", antwortete sie knapp und während sie an Grashalm vorbeihinkte, streifte sie die Handschuhe von ihren Händen ab und warf sie zu Boden.

Grashalm schüttelte den Kopf und folgte ihr. „Was bezweckt Ihr damit?"

„Ich kehre zu meiner Familie zurück. Sie brauchen mich", erwiderte sie wütend, vor allem, um ihre Angst zu verstecken. Sie hinkte und kämpfte gegen die Tränen an.

„Das könnt Ihr nicht", widersprach Grashalm überzeugt.

„Ach, und warum nicht?", fuhr sie mit schriller Stimme herum.

Die Stute schwieg.

„Was hast du gesagt?", Raena formte mit ihren Händen eine Ohrmuschel und gab vor zu lauschen.

Grashalm sah sie bloß an.

„Dacht ich's mir." Enttäuscht sanken ihre Hände herab und sie musste schlucken, um nicht zu schluchzen.

„Ihr werdet verfolgt und eingesperrt werden", ertönte auf einmal eine Stimme zwischen den Säulen.

Raena zuckte erschrocken zusammen.

„Manche werden Euch fürchten, andere vergöttern."

Es folgten ein Ruf und ein schwerer Sprung, bevor der echte Lagunas über den Graben flog und auf der steinigen Straße zum Stehen kam. Der Fremde kletterte aus dem Sattel und klopfte dem Hengst auf die Schulter.

Entgeistert glotzte sie ihn an.

„Vor Jahrhunderten wurdet Ihr geboren. Als Kind eines weißen und schwarzen Reiters, der direkte Nachkomme der Götter, die diese Welt einst bewohnten und die sich aus Langeweile und Egoismus bekriegten. Der Streifen war ihr Schlachtfeld und Euer Zeugungsort, zumindest der Legende nach."

48

Er sprach ohne Pause, klar und doch so kalt zu ihr, dass sie unweigerlich vor ihm zurückwich und ihr Mund leise: „Hört auf", flüsterte.

„Aus Angst hat man Euch eingefroren, in einen ewigen Schlaf verbannt, der nicht unterbrochen werden durfte. Ihr wurdet gestohlen, seid erwacht und habt begonnen zu wachsen. Seid Ihr nun zufrieden?"

„Ihr lügt", stieß sie hervor.

Ihre Augenlider bebten. Sie stand da und doch tat sie es nicht.

Grashalm blickte ihren Reiter an. „Das hättest du nicht tun sollen. Sieh sie dir an."

Raena ballte ihre linke Hand zur Faust.

„Stimmt das wirklich?", spuckte sie ihm entgegen, stolperte auf ihn zu und brachte sich vor ihm in Stellung. „Warum sollte man ein Neugeborenes einfrieren? *Das geht nicht einmal!* Wieso sollte sich jemand die Mühe machen, es in den Streifen zu tragen und in eine Familie zu schmuggeln, die ...", sie verlor den Faden und verschluckte sich fast an ihren eigenen Worten, „d-die nichts mit Göttern zu tun hat?!" Sie hatte die Hand gehoben, hatte Lust verspürt, nach ihm zu schlagen, ihn zu schütteln, zu fragen, ob er wirklich glaubte, dass sie dumm war und ihm das abkaufen würde.

Der Fremde zog eine Braue nach oben. Er hatte nichts unternommen, um sich zu schützen. Natürlich glaubte er nicht daran, dass sie genügend Mut besaß, ihn tatsächlich zu schlagen. Und er hatte Recht.

„Ich gehe nicht mit", hauchte sie, schüttelte mehrmals den Kopf und betrachtete abwechselnd ihn und Grashalm. „Er nannte mich Herrin. Warum tat er das?"

Der Elf hob nun die zweite Braue nach oben. „Ich habe es Euch gerade erklärt."

Grashalm kam vorsichtig näher, als hätte sie Angst, dass Raena davonlaufen könnte. „Ihr seid Aras Tochter, Raena", sagte sie sanft, mit einem warnenden Seitenblick auf ihren Reiter, „und die Tochter eines schwarzen Königs. Euer Vater war ein schwarzer Reiter, ihr letzter König, ihr Gott. Durch Eure Geburt wurde die Macht von zwei unterschiedlichen Kräften verbunden. Weiß und Schwarz, ein ewiger Kampf, in eurem Leib. Niemand weiß, was diese Verbindung auslöst und genau aus diesem Grund wurdet Ihr eingefroren, aus Angst, dass Eure Existenz unsere Welt für allemal auslöschen könnte."

Raena glotzte sie an. Nichts davon ergab Sinn.

„Es war immer vorgesehen, dass Weiß und Schwarz getrennt bleiben sollen. Laut den Legenden und Volksmärchen bringt es Unheil, beide Kräfte zu vermischen. Ob es stimmt, weiß allerdings niemand."

Raena blinzelte. „Aber, ich bin nur ein Mensch. Niemals bin ich die Tochter eines Königs. Ich wohne im Streifen. Was hat das mit Weiß und Schwarz zu tun." Sie hatte nicht viel Ahnung, was die Reiter anbetraf. Lediglich Erzählungen, Bücher oder Märchen hatten sie an ihrer Existenz teilhaben lassen.

„Ihr seid noch nicht richtig erwacht", merkte Grashalm sanft an.

Raena wischte sich übers Gesicht, betrachtete die braunen, sonnengegerbten Hände und musterte etliche Narben, die sie sich während der Arbeit am Feld zugezogen hatte. Dann schüttelte sie den Kopf, während in ihrem Inneren eine Stimme laut wurde, mit der sie am liebsten ihren Frust hinausgeschrien hätte.

„Was bedeutet erwacht?", fragte sie stattdessen.

Der Fremde hatte mittlerweile seine Handschuhe aufgehoben und auf seiner Hose abgeklopft. Er kam näher, kniete vor ihr nieder und streifte sie wieder über.

Warum kniete er? Sie wollte das nicht.

„Irgendwann, egal ob in zehn, zwanzig oder in dreißig Jahren, wird Eure Magie erwachen. Sie muss auch überhaupt nicht erwachen. Im Streifen gibt es sie selten, zumindest werden diejenigen sofort entweder an die Grenze geschickt oder aber zum Erzherzog nach Fallen entsendet, um dort eine Ausbildung zu beginnen. Wenn das Potential groß ist, können diejenigen auch ins Ausland entsendet werden, sprich entweder zu den schwarzen oder weißen Reitern."

Sie sah den Elf nur stumm an.

„Die Magie ändert das Empfinden, unser Sein und Handeln, ehe wir lernen, sie zu kontrollieren." Überraschend nahm er ihre Hand. Sie wollte sie ihm entreißen, doch er hielt sie eisern fest. „Hier, schaut." Er zeigte ihr seine Handfläche, drehte ihre Hand und zwang sie, ihre Finger zu spreizen.

Raena merkte, dass sie leicht zitterte. Zuerst sah sie nichts, doch dann, einige Sekunden später, begann sich über dem Leder eine kleine Kugel zu formen. Winzig, fast durchsichtig und pulsierend. Hunderte Fäden drehten sich um die eigene Achse, immer wieder im gleichen Rhythmus.

„Ich habe meine Magie von Geburt an beherrschen können."

Die Kugel bewegte sich und sprang auf Raenas Handfläche über, wo sie eine Weile schwebte und schließlich verpuffte. Sie hatte eine Zeit lang die Wärme des Gebildes auf ihrer eigenen Haut gefühlt.

„Ihr werdet es wissen, wenn es so weit ist." Damit ließ er ihre Hand los und erhob sich. Distanziert nahm er Abstand.

„Und was ist mit dem Fürsten?", wollte sie wissen.

„Ihr kommt mit. Ihr könnt nicht zurück. Sie werden Euch holen."

„Wegen Eurer Geschichte?", spottete sie und lernte einen Charakterzug von sich kennen, der ihr gänzlich unbekannt war.

„Ja", erwiderte er kalt. Er wollte erneut nach ihr greifen, doch es gelang ihr, seine Hand mit einem Schlag abzuwehren. Sie starrte ihn an und er starrte zurück. „Nun", murmelte er und deutete dem Hengst mit einer Armbewegung. Lagunas kam näher. „Wir bringen Euch in eines der Gasthäuser außerhalb von Anah. Dort bekommt Ihr Verpflegung und man wird sich um Eure Wunden kümmern. Dort seid Ihr vorerst sicher."

Als sie nicht antwortete, nickte er. „Ihr reitet ihn."

Ängstlich blickte sie den Hengst an. Nicht nur, dass sie bei diesem immensen Größenunterschied Unbehagen verspürte, sie fühlte sich übergangen. Sie würde nicht mitkommen.

„Sie werden uns nicht folgen", erklärte er mit einem Seufzen, schloss aus ihrer Starre, dass sie deshalb noch nicht aufgestiegen war.

„Und wieso nicht", hörte sie sich sagen.

„Das Einhorn des Fürsten, Ozean", er deutete um sich, seine Armbewegung wirkte matt, gelangweilt, „hat Euch unkenntlich gemacht. Fühlt Ihr es nicht? Sein Zauber umgibt Euch wie eine Wolke. Und nicht nur Euch, auch mich und Grashalm. Wir sind unsichtbar für seinen Herrn."

Raena starrte ihn verständnislos an. *Zauber?* Es hatte keinen Zauberspruch gegeben!

„Für gewisse Rituale braucht man keine Worte", erklärte der Elf genervt, als hätte er ihre Gedanken gelesen, „es geschieht einfach. Noch könnt Ihr das nicht verstehen. Aber Ihr werdet es, sobald Ihr erwacht seid."

Er wandte sich Grashalm zu und Raena bemerkte zum ersten Mal, dass seine Schulter feucht glänzte. Doch sie tat nichts, stand einfach nur da und sah ihm dabei zu, wie er sich in den Sattel hob.

Da überkam sie ein Impuls. Sie drehte sich am Absatz herum, doch tat nur wenige Schritte, bis sie einen Unterarm unter ihrem Kinn fühlen und seine Hand auf ihrer Schulter spüren konnte.

„Ich würde das lassen", raunte er in ihr Ohr.

Raena erstarrte.

„Aber, ich - ..."

„Ich schwöre, dass ich Euch festbinde, wenn Ihr nicht folgt", zischte er.

„Ich kann nicht mit", sprudelte aus ihr hervor, „ich kenne Euch nicht. Ich weiß nicht einmal Euren Namen! Meine Familie braucht mich!" Sie wollte sich rühren, doch der Griff war unnachgiebig und hart. Er war, trotz seiner schmalen Statur, unglaublich stark. Schließlich hatte er sie über die

Mauer hinabgetragen und war mit ihr am Rücken über den Zaun gesprungen.

War das alles tatsächlich erst geschehen?

Es kam ihr vor wie ein Traum.

„Ich bin Fenriel Aurum", sagte er ohne Umschweife, „Ihr könnt mich bei meinem Vornamen ansprechen. Doch trotz unserer kurzen Bekanntschaft muss ich leider darauf bestehen, dass Ihr mitkommt. Ihr tut dies freiwillig oder nicht. Es ist mir gleich. Ich habe immer ein paar Seile zur Hand, mit denen ich für gewöhnlich Wild aufhänge, aber für Euch genügt es allemal."

Raena schauderte.

„Bin ich also Eure Geisel?", murmelte sie.

„Ihr entscheidet. Entweder Ihr kommt mit oder ich fessle Euch."

„Aber wieso?", wollte sie wissen.

„Das sagte ich schon", er klang frustriert, „ich dachte, Ihr hättet den Sinn verstanden. Aber es gäbe noch eine dritte Möglichkeit."

Sie spürte die Wärme seines Körpers an ihrem Rücken und die Nähe zu ihm machte sie auf seltsame Art nervös.

„Die wäre?"

„Ihr bleibt hier und irgendein anderer Mann kommt, um Euch zu heiraten. Man wird sich um Euch prügeln, sobald man von Eurer Existenz erfährt", erklärte er trocken, dann ließ er seine Hand sinken und trat zurück. „Wir haben keine Zeit. Steigt auf, bevor ich Euch mit Gewalt dazu bringe."

„Was ist mit meiner Familie?", sie hielt ihre Verzweiflung nicht zurück, „ich kann doch nicht einfach weg."

„Ihr könnt", erwiderte er, „und Ihr werdet mit mir kommen, ob es Euch passt oder nicht."

Raena zwang sich, nicht zu weinen. Sie blickte in sein Gesicht, dann den schwarzen Hengst an und ließ ergeben die Schultern hängen, ehe sie versuchte, schmerzfrei in den Sattel zu steigen. Dank des Risses in ihrem Kleid war der Stoff nicht im Weg und das erlaubte ihr mehr Bewegungsfreiheit. Als sie auf dem hohen Rücken saß und ihr anderes Bein nach dem Steigbügel suchte, sie hatten genau die passende Länge, hatte sie mit der unerwarteten Höhe zu kämpfen.

Grashalm lief los. Raena brauchte Lagunas nicht anzutreiben. Er folgte ihnen wie ein Hund. Während die Stute trabte, verfiel der Hengst in einen schnellen und schweren Schritt. Raena hatte geglaubt, es wäre unangenehm, ihn zu reiten, doch dem war nicht so. Er hatte einen angenehmen Gang.

Sie verließen den Hügel, ließen den beleuchteten Weg hinter sich zurück und wurden von der Dunkelheit verschluckt. Zu ihrer linken Hand glänzte die Stadt und je länger sie in ihren flackernden, hellgelben Schein blickte, desto mehr glaubte sie, dass sich die Häuser und die befestigte Mauer drumherum immer weiter entfernten.

„Wieso werden wir nicht mehr gejagt?!", rief sie, da sie einfach nicht glauben wollte, dass niemand ihnen folgte. Als er nichts sagte, fragte sie sich, ob sie ihren Verstand verlor.

„Fragt sein Reittier!", rief Fenriel. Machte er sich über sie lustig?

„Habt Ihr die Verfolger ausgeschaltet?"

Der Blick, mit dem er sie bedachte und den sie trotz der Dunkelheit spüren konnte, ließ sie schaudern und das nicht nur wegen der Kälte, die an ihr zerrte.

„Darf ich mich wenigstens von meiner Familie verabschieden?", wollte sie wissen.

„Haltet den Mund, *Frau*, bevor ich Euch wie eine Hirschkuh zusammenbinde", kam eisig zurück.

Ein paar Minuten später hielt sie sich den Magen. Er schmerzte. Sie wurde praktisch entführt. Ihre Gedanken hingen ihrer Familie nach. Sie fragte sich, ob ihr Vater noch lebte, ob es ihrem Bruder gut ging. Sie fragte sich, wie die übrigen Geschwister reagieren und ob sie zum Fürsten gehen und nach ihr suchen würden.

Tut es nicht, flehte sie das Schicksal an und bat Ara, die weiße Göttin, um Segen für sie. Dass die angeblich ihre Mutter sein sollte, war noch nicht zu ihr durchgedrungen. Nach wie vor war Mama ihre Mutter, ihre liebevolle Umarmung der Ort, an dem sie Geborgenheit und Liebe fand, trotz ihres verletzenden Verhaltens an diesem Nachmittag.

Wenn das, was Fenriel ihr da erzählte, der Wahrheit entsprach, man sie aus Angst eingefroren hatte, dann war sie bei den weißen Reitern sowieso nicht willkommen. Wieso zum Henker war er dann hier? Wollte er sie auch heiraten? Raena konnte sich nicht vorstellen, dass er deshalb gekommen war und bei dem Gedanken an Beischlaf mit ihm, sie hatte kaum Ahnung von solchen Dingen, überkam sie unangenehme Aufregung.

Angenommen sie war jenes Kind, wieso war sie dann im Streifen? Wieso hatte der Fürst sie nicht früher geholt? Zerknirscht und vor Kälte zitternd, blickte sie Fenriels Rücken an. War er allein? Er hatte von „wir" gesprochen.

Fenriel saß gebeugt und im feuchten Fleck auf seiner Schulter spiegelte sich das Mondlicht.

Raena wagte nicht, ihn nach der Verletzung zu fragen. Außerdem war sie verärgert und hatte das Gefühl nachzugeben, wenn sie es täte. Sie dachte an Bara, die sie bei solch einer Frage beschimpft hätte und Arik, der im Gegenzug meinen würde, sie solle sich keine Sorgen machen. Und so hielt sie ihre Zunge im Zaum, um weder zu klagen, noch irgendwelche Fragen zu stellen. Die Kälte vertrieb ihren Schmerz und ihre Haut wurde taub. Das meiste waren ohnehin nur blaue Flecken, die genau die Stellen markierten, wo die Schnallen ihre Haut berührt hatten. Sie war müde und doch war sie es nicht. An Schlaf war nicht zu denken.

Irgendwo schrie ein Uhu und am Feld bellte ein Fuchs durch die Nacht. Lagunas schwenkte den Kopf im gleichen Rhythmus. Seine Bewegungen hatten etwas Beruhigendes. Falls er ihre Unruhe fühlte, so ließ er sich nichts anmerken.

Als sie ihre Zehen nicht mehr spürte, hielt sie den Ritt nicht mehr aus. Raena drückte die Schenkel zusammen, versuchte das Tier zu schnellerem Schritt zu bewegen, doch Lagunas ignorierte ihre Mühen. Das frustrierte sie.

„Bitte sagt mir doch, wohin wir reiten!" Sie klang derartig verzweifelt, dass sie sich über sich selbst ärgerte. Es war demütigend.

Fenriel reagierte nicht sofort. „Im Gasthaus zur weißen Rose habe ich Zimmer bezahlt", erwiderte er, ohne sie anzusehen.

Sie fragte sich, ob sie einfach von Lagunas Rücken springen und davonlaufen sollte. Wahrscheinlich würden sie es nicht einmal merken, wobei, laufen war das falsche Wort dafür, davonhumpeln traf es wohl eher.

Plötzlich blieb das Einhorn stehen und ein Ruck ging durch Raenas Körper, als Lagunas es ihr nachtat.

Fenriel sah sich um. Seine Haarpracht folgte der Bewegung wie ein Wasserfall und Raena, der langes Haar gefiel, konnte nicht anders, als es zu bewundern. Im Mondlicht wirkte es silbern. Ein paar Strähnen klebten an der Wunde fest und machten den hübschen Anblick zunichte. Sie fragte sich, ob es wehtat. Er ließ sich jedenfalls nichts anmerken.

„Da lang", hörte sie ihn murmeln.

Sie verließen den Weg und betraten den steilen Abhang einer taufeuchten Wiese. Das schwache Mondlicht ließ die Tropfen glitzern wie tausende Perlen. Sie fühlte, wie Lagunas im Gras versank und vernahm schmatzende Geräusche, als er die Hufe anhob und sein Hals sich herabsenkte. Ängstlich klammerte sie sich fest.

Bringt er mich zum Erzherzog von Fallen?

Doch die Vorstellung erschien ihr viel zu abwegig. Das hätte der Fürst auch tun können. Stattdessen hatte er um ihre Hand angehalten und sie im Zimmer eingesperrt. Auch wenn sie es sich nicht eingestehen wollte, irgendetwas an seiner Erzählung musste stimmen. Doch die Wahrheit hätte ihr bisheriges Leben auf den Kopf gestellt und ihr vor Augen geführt, dass sie in einer Lüge gelebt hatte. Sie konnte es nicht glauben. Es ging nicht. Es war nicht möglich.

Nach dem Abhang ritten sie einen wild verwachsenen Waldrand entlang. Nebelschwaden glitten durch die hohen Baumkronen hindurch und schwebten über ihren Köpfen hinweg, sahen aus wie Watte. Sie war es zwar gewohnt, bei wenig Licht zu reiten und das auch bei Schlechtwetter, aber die Hälfte des Weges war immer beleuchtet gewesen. Das Geäst erinnerte sie an Klauen und verbogene Körperteile, an Arme, die nach ihr griffen. Bara hätte sie einen Angsthasen genannt, ihr auf die Schulter geklopft und gemeint, sie solle weniger Schauergeschichten lesen. Es war schwer, nicht an ihre Geschwister zu denken. Vielleicht konnte sie ihnen einen Brief schreiben, der ihre Abwesenheit erklärte, ihnen versprechen, dass sie zurückkommen würde.

Vielleicht war alles nur ein furchtbares Missverständnis.

Das Gras war hier höher als auf den meisten Äckern oder Wiesen in der Nähe der Höfe. Grashalm verschwand fast bis zur Hälfte darin, Fenriels Stiefel glänzten vor Nässe. Raenas Füße blieben vom Gras unberührt, doch sie bezweifelte, dass sie es gefühlt hätte. Ihr war so kalt, dass sie sich kaum aufrecht halten konnte und sie dachte wehmütig an die Decke, die sie nicht mitgenommen hatte. Die Nacht schritt fort und der Waldrand schien schier endlos, irgendwann konnte Raena sich nicht mehr zusammenreißen und weinte stumm, während sich in ihrer Brust ein Loch auftat und sie sich zusammenkauerte, um wenigstens ein bisschen Wärme ihres Körpers bei sich zu behalten.

Als sie eine Brücke betraten, hörte sie das leise Plätschern eines kleinen Flusses. Dahinter hob sich ein dunkler Hang und darüber sah sie Lichter aus unzähligen Fenstern funkeln.

Das Flackern verschwamm vor ihren Augen.

Lagunas kämpfte sich über die Wiese aufwärts. Mehrmals knickten seine Beine unter ihm weg und Raena hatte zu tun, um nicht rückwärts zu rutschen. Ihre Finger waren eiskalt, das Leder zu halten brannte und sie fragte sich, ob Fenriel vorhatte, sie hier draußen erfrieren zu lassen. Doch sie war zu eingeschüchtert, um Protest zu erheben.

Die Reittiere trabten über eine Kuppe und betraten schließlich einen sandigen Weg, der direkt zu einem Tor führte, über welchem ein altes Schild hing. Raena rieb sich die Lider, denn sie war praktisch blind. Der helle Schein der Fackeln blendete sie.

„Zur weißen Rose" stand dort in abblätternden, vor langer Zeit aufgemalten Buchstaben.

Die weißen Rosen, die wohl einmal zum Namen beigetragen hatten, waren nirgends zu sehen. Der Bau ähnelte einem großen Rechteck, neben dem eine baufällige Scheune mit schiefem Dach stand. Der Schnee letzten Winters war bestimmt auch hier für die Schäden am Gebäude verantwortlich. Umgeben war das Gasthaus von einem großzügig angelegten Zaun aus Holz, dessen Anfang und Ende sie nicht ausmachen konnte.

Dunkle Silhouetten verwandelten sich zu Pferden an Pfosten festgebunden, offenbar war die Scheune bis auf den Rand voll, sofern es sich um den Stall handelte. Womöglich lagerten dort nur Korn, Heu oder Arbeitsgeräte. Sogar eine Kutsche hatte den Weg zur Weißen Rose gefunden. Der Kutscher, der direkt daneben stand, hatte einen Bierkrug in der Hand und unterhielt sich lautstark mit einem Mann in abgerissener Kleidung. Einer von ihnen bellte vor Lachen.

Das Gasthaus schien gut besucht. Stimmen drangen an ihre Ohren, laute Musik, Gesang, Geplärre und irgendjemand johlte lautstark aus einem der offenen Fenster im Erdgeschoss. Sie fragte sich, wie spät es wohl war, ob die Leute schon betrunken waren, ob sie hier vielleicht Hilfe fände, wenn sie erklärte, dass Fenriel sie gezwungen hatte, mitzukommen.

Der Gedanke gab ihr Kraft. Sie richtete sich auf und ignorierte das Ziehen in ihren Gliedern.

Fenriel zog den Bogen von seinem Rücken und befestigte ihn neben einer Satteltasche, aus der er einen Stofffetzen hervorzog. Dieser entpuppte sich als grobe Leinenkapuze. Raena beobachtete ihn verstohlen und wunderte sich, bis ihr dämmerte, dass er nicht als Elf erkannt werden wollte. Danach drehte er sich zu ihr um und seine Augen suchten ihren Blick. Grashalm wartete, bis Lagunas neben sie getreten war. Der Hengst schien eine geistige Verbindung zu einem von ihnen zu haben, denn anders konnte sich Raena seinen Gehorsam nicht erklären.

Als sie auf ihn hinabsah, überreichte Fenriel ihr einen halben Mantel, der nur dazu gedacht war, Kopf und Oberkörper zu bedecken. „Hier", sagte er mit ausdruckslosem Gesicht, „nehmt das und zieht es über."

Zögernd griff sie danach. Der Stoff war weich, passte ihr nur knapp und doch würde das weiche Futter die nächtliche Eiseskälte vertreiben. Sein Blick verweilte nur kurz auf ihrem Gesicht, dann wandte er sich von ihr ab und murmelte: „Fallt nur nicht unnötig auf."

7. KAPITEL

Als Grashalm den viereckigen Innenhof betrat, folgte Lagunas ihr im Schritttempo. Raena musste den Kopf senken, um sich die Stirn nicht am Tor anzustoßen. Beim Anblick des vollen Gasthofs überkam sie ein mulmiges Gefühl. Sie überflog die Gesellschaft und hoffte irgendjemanden zu entdecken, dem sie ihr Vertrauen schenken konnte.

Eine Hochzeit, dachte sie überrascht, als sie das bunte Gesteck auf den Tischen sah. Sie wusste, wie es bei solchen Festen zuging. Das frisch gebackene Paar hatte sich bestimmt längst zurückgezogen und alle anderen feierten ausgelassen auf die Kosten der Eltern, bis die Eheleute aus ihren Räumen kamen und verkündeten, die Ehe vollzogen zu haben.

Hübsch gekleidete Gäste tummelten sich auf zahlreichen Holzbänken und bunten Stühlen. Andere schaukelten mit ein paar Mägden zum Takt der Musik. Kinder liefen schreiend herum, um die Uhrzeit gewöhnlich längst im Bett. Im Eck spielte eine Kapelle, bestehend aus vier Mitgliedern in abgetragenen Kleidern und ein Hund heulte mit leiser Stimme bei hohen Tönen mit.

Niemand fand es seltsam, dass ein Einhorn in den Hof geritten kam, keinen schien es auch nur ansatzweise zu interessieren, als gehörten auch sie zu den geladenen Gästen. Obwohl sich ein paar Leute nach ihnen umsahen, schienen sie nichts Auffälliges an ihnen ausmachen zu können und wandten sich sofort wieder ab.

Raena war verwirrt und beeindruckt zugleich. Hatte er Grashalm mit einem Zauber belegt oder lag es immer noch an Ozeans Illusion? Sie sah deutlich ihr Horn und verstand nicht, warum keiner aufsprang und mit dem Finger auf sie zeigte. Stattdessen prosteten sie einander zu und stopften sich die Münder voll.

Fenriel schwang sich aus dem Sattel, nahm die Zügel und knotete sie am Sattel fest. Er sagte etwas und Raena konnte anhand der Ohrbewegungen des Einhorns feststellen, dass es nur für Grashalm gedacht war.

Angespannt wandte sie den Blick ab, knetete ihre eiskalten und steifen Finger. Ihr Hintern klebte am Leder fest und es schmatzte, als sie vom Sattel rutschte. Wind kroch unter ihr gerissenes Kleid und ließ sie erzittern. Ihre gefühllosen Beine wären unter ihr weggesackt, hätte sie sich nicht an der Mähne festgehalten.

Lagunas machte die Kälte nichts aus. Dampf stieg sein warmes Fell empor und vor seinen Nüstern, so wie auch vor ihrem Mund, bildeten sich weiße Wölkchen. Zerstreut strich sie über seinen Hals und ordnete ihr Wollkleid. Sie fühlte sich schäbig und war froh, den halben Mantel zu tragen. Ihre Kleidung war gänzlich unpassend.

„Wartet hier", raunte ihr Fenriel von hinten zu, ehe er in der Menge verschwand.

Sie fragte sich, ob jetzt ein guter Zeitpunkt war zu fliehen. Doch wen sollte sie ansprechen? Überfordert sah sie ihm nach. Seine dunkle Kapuze verlor sie schnell aus dem Blick. Im Vergleich zu den männlichen Gästen war er unglaublich zierlich, fast schon klein gebaut. Seine Statur rief ihr vor Augen, wie breit und unförmig im Vergleich zu ihm sie eigentlich war.

Er tauchte unter wie eine Nadel im Heuhaufen.

Grashalm blickte sie an. Raena spürte es und als ihre Blicke sich trafen, neigte die Stute den Kopf zum Gruß gen Boden. Dann verschwand sie zum Tor hinaus und zum ersten Mal fiel Raena das Scheppern und Klingeln ihres aufwendigen Sattels auf, als wäre eine Blase um ihren Kopf geplatzt und hätte den Geräuschen erlaubt, bis zu ihr durchzudringen.

Wenn sie jemanden um Hilfe bitten wollte, musste sie es jetzt tun.

Sie tat einen Schritt, dann noch einen und hörte plötzlich eine tiefe Stimme neben sich, die sie noch nie zuvor gehört hatte.

„Bei den Göttern."

Ertappt sah sie nach rechts und blickte direkt ins Gesicht eines unbekannten Mannes, der stehengeblieben war, um sie anzustarren. Die eine Gesichtshälfte lag im Schatten, während die andere von gelockten, zerzausten Haaren bedeckt war, mehr ungewollt als gewollt, als hätte er sich seit Tagen nicht mehr gekämmt. Die Locken reichten ihm bis zu den Schultern und besaßen ein dunkles, fades Braun. Das untere Drittel verdeckte ein ungepflegter Bart.

Er sah aus wie ein Vagabund.

Eine Viererppgruppe zwängte sich an ihm vorbei und rempelte ihn an, doch der Mann war so groß und breit wie ein Fels und rührte sich keinen Millimeter.

Eingeschüchtert trat sie zurück und stieß mit ihrem Rücken gegen Lagunas Seite. Es gelang ihr nicht, seinem durchdringenden Blick standzuhalten. Wer auch immer er war, ihre Erscheinung schien ihn zu fesseln.

Fenriel stand neben ihm und betrachtete sie regungslos. „Das ist Raena", stellte er sie vor, seine Stimme viel zu leise, um bis zu ihr durchzudringen, doch seine Lippen sprachen eine eindeutige Sprache.

Der Unbekannte kniff die Augen zu schmalen Schlitzen zusammen und kam ein Stück näher. „Ich glaub, mich tritt ein Pferd", murmelte er kaum verständlich und sah aus wie ein Raubtier, das lauernd aus dem Versteck kam und kurz davor war, sie anzuspringen.

Hinfort war ihre Möglichkeit davonzulaufen. Die beiden gehörten zusammen, das lag klar auf der Hand. Unsicher sah sie von Fenriel zu seinem Freund auf, der neben dem kleinen Elfen wie ein Riese wirkte.

Der Mann trug eine alte Lederhose und ein weißes, am Kragen geöffnetes, abgetragenes Hemd. Einige seiner dunklen Brusthaare blitzten hervor.

„Verzeiht", entschuldigte er sich rasch, nachdem er sich seines Starrens bewusst geworden war. Hastig wischte er seine Handflächen an seinen Oberschenkeln ab und hielt ihr die rechte Hand hin. „Lanthan ist mein Name." Er schenkte ihr ein schiefes, spitzbübisches Lächeln. Seine Zähne waren strahlend weiß, unpassend für einen Vagabunden.

Von seiner Größe eingeschüchtert, blieb sie vorerst neben Lagunas stehen, denn der große, ruhige Hengst verlieh ihr Sicherheit.

Lanthan lächelte und wartete, bis sie sich dazu durchgerungen hatte, ihren Arm auszustrecken. Als er ihre Hand packte und ihre Finger quetschte, zuckte sie zusammen. Seine Handflächen fühlten sich schwielig warm und ein wenig feucht an.

„Ihr seid aber kalt", rief er überrascht und musterte sie genauer. „Fenriel! Du bist ein verdammter, eiskalter Taugenichts." Lanthan zog an ihr und riss sie fast von den Füßen. Sie stolperte ihm entgegen. „Seid Ihr verletzt?", zuerst fragte er nur besorgt, doch dann sah er sie genauer an und seine Augen, groß und von dichten Wimpern umrahmt, weiteten sich entsetzt: „Ihr seid ja verletzt!"

Als er begann, ihren Körper an der Taille abzutasten, riss sie sich los. Ein Pochen blieb im Unterarm zurück. Schockiert starrte sie in sein eigenartig gerötetes und geflecktes Gesicht hoch und bekam Angst vor ihm und dem, was nun geschehen würde. Er war ganz bestimmt nicht die Hilfe, die sie sich erhofft hatte. Lanthan roch unangenehm nach Alkohol und sein Gesicht ... es kostete sie alle Mühe, ihn nicht anzustarren.

„Verzeiht", hüstelte er und Fenriel warf ihm einen Blick zu, den Raena nicht deuten konnte, „kommt rein. Wie hat Euch der Ritt auf meinem Pferd gefallen?"

Während Raena nach Worten rang, zwängte Fenriel sich zwischen ihnen hindurch und ging zu Lagunas, um ihn am Zügel zu nehmen. Dann ging er mit ihm wortlos über den Hof, mit Abstand, um die Tanzenden nicht zu stören.

„Vergiss nicht, deine Wunden zu versorgen!", rief Lanthan ihm hinterher, doch die laute Musik machte seinen Ruf zunichte.

Sie blickte ihrem Retter nach und unterdrückte das Gefühl, ihm nachlaufen zu wollen. Die Anwesenheit des Trunkenboldes neben ihr jagte ihr kalte Schauer den Rücken hinunter. „Wo geht er hin?"

„Er bringt Lagunas in den Stall. Kommt." Sein Lächeln war verschwunden und sein Gesicht wirkte nun wie eine Maske. Sie schauderte erneut. Auch wenn seine Stimme autoritär klang, sie blieb stehen und sah ihm dabei zu, wie er sich halb abwandte, dann aber zögerte, als ihm auffiel, dass sie sich nicht rührte.

„Stimmt etwas nicht?", fragte er mit gehobener Braue, als wäre es ganz normal, eine Frau zu entführen, nur um sie dann noch einmal zu entführen.

„Was soll das alles", murmelte sie und wagte es, in seine Augen zu blicken. Er war mindestens zwei Köpfe größer, sie reichte ihm höchstens bis zur Brust. „Wieso bin ich hier? Warum war ich beim Fürsten und wieso kann ich nicht nachhause?"

„Hat Fenriel nichts gesagt?", er wirkte unbeeindruckt, „nun, auch egal, ich erkläre es Euch, sobald wir im Inneren sind."

„Ich will nicht mit Euch gehen. Ihr seid ein Fremder für mich."

„Ich habe mich doch gerade vorgestellt", er lächelte, doch seine Augen blieben ernst, „es ist besser für uns alle, wenn Ihr mitkommt. Hört Euch erst an, was ich zu sagen habe. Ihr werdet sehen, dass Euch keine Wahl bleiben wird. Nun aber lasst uns reingehen, wir stehen hier mitten im Weg."

Gerade als er das sagte, ergoss sich ein Schwall schäumender Flüssigkeit über ihre Schulter, ihre Taille und ihren nackten Unterschenkel. Ein Tablett voller Becher flog durch die Luft und landete polternd auf einem der mit Essen überhäuften Tische. Für einen Augenblick war es still, dann schrien alle durcheinander.

Als wären der Ritt, die Entführung, die Drohungen und Folter ihrer Familienmitglieder nicht genug gewesen, war sie nun auch mit Alkohol getauft, auf den Namen … „Krischa! *Verfluchtnochmal*, du Bastard!" Sie wurde angerempelt, zur Seite gestoßen und befand sich auf einmal vor Lanthan, als wie aus dem Nichts eine Schlägerei entstand, bei der das Essen flog, Fäuste droschen und Ohrfeigen klatschten.

Lanthan zerrte sie grob aus dem Gedrängel und schob sie durch die Menge. Raena hörte Geschrei und Gläser, die klirrend am Boden zerbrachen.

Die Wirtin brüllte: „Was kaputtgeht, müsst ihr bezahlen!" Doch niemand scherte sich darum.

„Beachtet sie nicht." Lanthan führte sie in den hell erleuchteten und warmen Raum hinein. In der Luft hing der Duft von frischem Essen, Alkohol und Rauch. Eine Mischung, die ihr leichtes Flaugefühl in der Magengrube verursachte.

Hier herrschte Ordnung, während draußen das Chaos regierte. Die braunen, etwas älteren Tische waren systematisch im Raum angeordnet, fast jeder bunte Stuhl war besetzt. Hastig rauschte die flotte Bedienung zwischen den Gästen hindurch, einerseits um Bestellungen aufzunehmen, andererseits um mit den Gästen neugierige Blicke aus den Fenstern zu werfen.

Lanthan führte sie in die Mitte des vernebelten Raums und setzte sich zu einem halbwegs freien Tisch, direkt vor einen Bierkrug.

„Möchtet Ihr auch etwas trinken?", fragte er höflich.

Raena schüttelte den Kopf. Sie blickte auf den bunten Stuhl hinunter, sah sich um und bemerkte, dass niemand sie beachtete. Von draußen hörte sie Gegröle, man war eifrig dabei, die Streithähne anzufeuern. Sie zögerte nur einen Augenblick. Es waren ihre schmerzenden Beine, die sie dazu überredeten, ihm gegenüber Platz zu nehmen.

„Ihr braucht keine Angst zu haben", versicherte er ihr, „wir sind gekommen, um Euch zu beschützen." Er beugte den Oberkörper vor und die am Tisch angezündete Kerze tauchte sein Gesicht in einen goldenen Schimmer.

Da sah sie zum ersten Mal richtig, wen sie da vor sich hatte.

Narben ohne ein bestimmtes Muster zierten sein Antlitz. Die fleckige Röte seiner Haut hing teils davon und teils vom Alkohol ab. Er war mit Abstand der hässlichste Mann, der ihr je im Leben begegnet war.

„Wo genau seid Ihr verletzt?" Seine Lippenbewegungen wirkten verzerrt und sie war sich nicht sicher, ob der Bart, die Narben oder einfach nur Worte dafür verantwortlich waren, „ich sehe, Ihr habt da einen blauen Fleck im Gesicht." Im Gegensatz zu seinem Aussehen hatte er eine angenehme Stimme, was nicht ganz zu passen schien, doch wer war sie, um darüber nachzudenken.

Sie schluckte. „Es g-geht mir gut", log sie.

Obwohl es warm in der Stube war, war ihr noch immer kalt. Sie zog den halben Umhang enger um sich und drückte ihre Schenkel zusammen.

Verärgert die Stirn runzelnd, knallte er die flache Hand auf die zerkratzte Tischplatte. Raena zuckte zusammen und starrte ihn erschrocken an. Er war doch nicht gewalttätig, oder?

„Dieser *verdammte* Elf", fluchte er, stand auf und hätte beinahe den Stuhl umgestoßen, hätte ihn der besagte Elf nicht an der Lehne aufgefangen. Fenriel deutete zur Theke, hinter der ein vollbusiges Mädchen in engen Kleidern Münzen von der Tischkante kratzte. „Die Zimmer sind bezahlt. Sie braucht ein Bad und ich kann sie heilen."

Wie? *Er?*

Schützend umarmte Raena ihren Oberkörper und blickte in sein makelloses Gesicht hoch.

„Das Wasser wird nach oben gebracht", endete er.

Lanthan stand auf, trat auf ihn zu und baute sich grimmig vor ihm auf.

„Du weißt, dass ihr nichts geschehen darf." Seine Worte waren leise, doch Raena hörte sie trotzdem.

Fenriel blickte starr zu ihm hoch. „Das ist mir bewusst, Anführer", entgegnete er eisig.

Lanthan sah aus, als wäre er kurz davor, die Beherrschung zu verlieren.

Raena wurde nervös. Unschlüssig saß sie da, nicht wissend, ob sie ebenfalls aufstehen sollte.

„Du hast mich mit Respekt zu behandeln", warnte ihn Lanthan kalt und in seinen dunklen Augen blitzte es gefährlich.

„Ich habe Respekt vor einem Anführer, der seine Sorgen nicht in Bier ertrinkt."

Lanthan schwieg die nächsten zwei Sekunden, ehe sein Blick besorgt und zerknirscht, fast entschuldigend auf sie fiel. „Welche Nummer?", fragte er den Elf mit gesenkter Stimme und das mit solch einem bedrohlichen Unterton, dass sich hunderte Härchen auf ihrem Nacken aufstellten.

„Sechsundzwanzig", antwortete Fenriel unbeeindruckt.

„Und die unseren?"

„Gleich nebenan."

Auch wenn Lanthan so aggressiv reagierte, sie konnte dem Elf gegenüber keinen Groll empfinden. Er hatte sie zwar bedroht, ihr aber ansonsten keine Hochzeit angedroht, mal abgesehen von dem Zwang, mit ihm kommen zu müssen.

„Soll ich Euch tragen?", bot Lanthan galant an.

Fenriel stand hinter ihm. Sein Blick war verschlossen, doch er beobachtete sie und ihre Reaktion genau.

„Nein, danke", tat sie sein Angebot ab, erhob sich und ihre Hand streifte über die raue Tischoberfläche. Ein paar Holzsplitter drangen in ihre Haut. Mit verzogenem Gesicht streifte sie die Handfläche an ihrem Wollkleid ab und warf einen Blick auf einen langen Kratzer, in dem ein grauer Splitter steckte. Während sie mit den Zähnen versuchte, ans Ende ranzukommen, ging Fenriel in Richtung Ausgang, wo er kurz stehenblieb und dann irgendwo links verschwand.

„Alles in Ordnung?", fragte Lanthan und sie nickte, nachdem es ihr gelungen war, den Splitter rauszuziehen.

Danach drängte Lanthan sie Fenriel hinterher und als sie glaubte, sie müsse nach draußen, packte er sie unsanft an der Schulter und schubste sie zurück ins Getümmel. „Hier lang", murmelte er und zeigte ihr den Weg an der Theke vorbei. Bei einer alten und morsch aussehenden Treppe ließ er sie los. Weiter oben sah sie Fenriel, der aus ihren Augen verschwand, ehe sie blinzeln konnte.

„Bringt Ihr mich nach Fallen?", fragte sie unruhig, als der Geruch von Essen an ihrer Nase vorbeiwehte. Sie verfluchte ihren Magen, der ein knurrendes Geräusch von sich gab. Jetzt an Essen zu denken erschien ihr unpassend. Zwar hatte sie eine Suppe gegessen, aber Flüssigkeit hielt bekanntlich nicht lange an. „Wer genau seid Ihr? Hat Euch jemand geschickt?"

„Unsere Namen wisst Ihr schon", erwiderte er und Raena konnte nicht einschätzen, ob er sich über ihre Fragerei ärgerte oder ob er noch immer wegen Fenriel gereizt war. Er stieß sie leicht an. „Geht nach oben."

„Bin ich eine Gefangene?" Das Herz schlug ihr bis zum Hals, als sie seine Aufforderung verweigerte. Sie tat so etwas nie. Niemals. Ihr Magen drehte sich um, doch ob vor Hunger oder Aufregung, sie wusste es nicht.

„Ihr seid vor allem wichtig und gefährlich. Wir sind hier, um eine Katastrophe zu verhindern, also geht schon nach oben, bevor ich Euch einfach bei der Taille packe und nach oben trage", knurrte er und sie roch den Alkohol in seinem Atem.

8. KAPITEL

Raena stolperte die Stufen hoch. Von Würmern durchlöchert war das Holz, an einigen Stellen so zerfressen, dass es ein Wunder war, dass die Treppe noch hielt. Die Bretter knarzten protestierend und gaben bei jedem zweiten Schritt nach. Raena stützte sich mit den Fingern an der Wand ab, um etwas mehr Sicherheit zu gewinnen. Es gab zwar ein schmales Geländer, doch das wackelte.

„Wir sind nicht zum ersten Mal hier", hörte sie Lanthan hinter ihrem Rücken mehr zu sich selbst sagen, „und der Besitzer hat die Stufen noch nie erneuern lassen."

„Wie oft?", fragte sie, um sich abzulenken.

„Oft", entgegnete er ausweichend, „in letzter Zeit öfters."

Raena runzelte die Stirn, wollte ihm noch eine Frage stellen und stolperte über die letzte, etwas höhere Stufe. Er packte ihre Hüften und stellte sie hin.

Raena japste nach Luft.

„Passt doch besser auf", lallte er, „und wo zum Henker ist der Elf schon wieder hin, dieser ...", das letzte Wort murmelte er in seinen Bart hinein.

Fenriel war tatsächlich wie vom Erdboden verschluckt. Von links nach rechts den schmalen Gang entlang blickend, entdeckten sie nur ein umschlungenes Pärchen, welches mit sich selbst beschäftigt war und keine Notiz von ihnen nahm. Raena hörte liebliches Gestöhne und errötete. Es war ihr peinlich zuzusehen. Lanthans Anwesenheit machte es nicht besser. Doch der, betrunken und desinteressiert, marschierte in die entgegengesetzte Richtung.

„Hier lang", ordnete er an, einen Rülpser unterdrückend.

Sie folgte ihm mit viel Abstand. Einige Türen weiter betrat jemand den Gang mit einer Kerze in der Hand. Im Licht der flackernden Flamme wurden drei Gesichter erhellt, die jeweils zwei leere Eimer trugen.

„Warmes Wasser steht bereit für Euch", stellte er erfreut fest.

Raena reckte den Hals. Schon wieder ein Bad? Warum wollte jeder, dass sie sich wusch?

Die Mädchen, mindestens vier Jahre jünger als Raena, glotzten Lanthan an, als wäre er ein fleischgewordener Geist.

„Guten Abend, die Damen", grüßte er tief aus der Kehle. Als er Anstalten machte in den Raum einzutreten, wichen sie bereitwillig aus. Die Linke antwortete ihm stotternd, ehe sich die drei an Raena vorbeizwängten und schnell das Weite suchten. Sie sah ihnen nach und hörte ihre Schritte auf den Stufen verklingen. Eine von ihnen kicherte laut.

„Das ist zwar kein Luxus, aber es muss genügen."

Im Gegensatz zu ihm brauchte sie ihren Kopf nicht zu senken und konnte im Türrahmen stehen bleiben. Raena erhaschte einen Blick auf eine kleine, mit dampfendem Wasser gefüllte Wanne. Sie sah ein schmales Holzbett und einen Kerzenständer, der einen großen Teil des Raumes erhellte. Frische Kerzen hatte man daneben auf den Boden gelegt. Unter dem kleinen und sauberen Fenster stand ein schmaler Tisch, auf dem der Zimmerschlüssel und das Verbandszeug lagen. Eine dunkle Flasche hatte man ebenfalls dazu gestellt.

Ihr Blick fiel auf Lanthan, der in seinen großen Händen grob gewebte Tücher hielt.

„Die Seife lege ich auf die Tücher. Etwas Essbares bringe ich Euch, nachdem Ihr Euch gesäubert habt. Ich hoffe, Ihr seid nicht verärgert? Wir werden

Euch nicht zwingen, falls Ihr nicht wollt. Aber es wäre gut." Er deutete auf ihre nackten Beine und dann auf ihre Schuhe, die vor Dreck nur so strotzten. „Soll ich sie jetzt nicht heilen?"

Raena zuckte zusammen. Direkt neben ihr an der Wand, nur eine Armlänge von ihr entfernt, stand Fenriel im Dunkeln.

„Wollt Ihr das?", Lanthan sah sie aufmerksam an. Sie konnte seinem Blick nicht standhalten und sah weg. Die Stille, die sich bildete, wurde ohrenbetäubend laut. Zwar hatte der Elf bereits ihr Hinterteil berührt, doch ihn wiederholt näher zu lassen behagte ihr nicht. Außerdem hatte sie Angst vor der Magie, die die elfischen Heiler in den Städten nutzten. Dass die Elfen besonders gut darin sein sollten, hatte sie durch Mundpropaganda gehört. Und jeder wusste, dass der hohe Adel Elfen aufsuchte. Für ihre Dienste verlangten sie Unmengen. Was, wenn er irgendwann eine Gegenleistung von ihr erwartete?

Bei Ara. Sie sah sich bereits ihr Leben lang und bis über den Tod hinaus dafür schuften.

Raena verschränkte die Hände vor ihrem Schoß und schüttelte den Kopf. „Nein, danke", murmelte sie und hoffte, ihn nicht zu beleidigen. Doch er sagte nichts, drehte sich um und ging davon.

Lanthan legte die Tücher samt Seife auf das Holzbett, nickte ihr freundlich zu und wartete, bis sie eintrat. „Ich hoffe, ...", er machte eine kurze Pause, „es stört Euch nicht." Dann zeigte er betreten auf den Zimmerschlüssel und nahm ihn an sich.

Raena starrte seine Hand an und ihre Sicht verschwamm.

Eine Gefangene. Erneut.

Sie sagte nichts. Er lächelte nur entschuldigend.

Nachdem die Tür hinter ihm zugefallen war, der Schlüssel sich im Schloss gedreht hatte und die Atmosphäre im Raum immer erdrückender wurde, stürzte sie zum Fenster und hantierte so lange herum, bis sie es aufbekam. Frische Luft blies ihr direkt ins Gesicht und half gegen das Gefühl zu ersticken. Trotzdem schmerzte es tief in ihrer Brust und ihre Augen quollen über vor Tränen.

Es dauerte, bis sie sich beruhigt hatte.

Danach beobachtete sie mit geschwollenen Lidern die entfernten Lichter Anahs und Traurigkeit erfüllte ihr Herz.

„Mein Zuhause", raunte sie und erzitterte, als der kühle Wind über ihre Arme strich. Ihre Mutter und ihre Geschwister, hatten sie von diesem abartigen Spiel gewusst? *Vermutlich.* Ihr ablehnendes Verhalten und ihre Worte, Vieles sprach dafür.

„Mutter ...", verließ anklagend ihre Lippen. Unerwidert verklang das Wort im Raum.

Raena schluckte den Kloß in ihrem Hals hinunter und schloss das Fenster, als es ihr zu frisch wurde. Befehle erfüllen, das konnte sie besonders gut. *Warum dann nicht auch jetzt?* Sie sank in die Hocke und begann Schnur für Schnur zu öffnen. Ihre Wade schmerzte, die Kratzer dehnten sich. Danach streifte sie das weiche Leder von den Füßen und wackelte mit den Zehen. Als sie sich wieder erhob, hinkte sie. Ihr wurde bewusst, wie verspannt sie war, dass der Ritt sie mehr in Mitleidenschaft gezogen hatte, als sie gedacht hatte. Ihr Gesäß zog und ihr Rücken schmerzte an Stellen, wo sie bis jetzt nicht einmal gewusst hatte, dass sich dort Muskeln befanden. Sie verspürte nicht gerade den Drang, Grashalm erneut zu besteigen, nicht das Einhorn und auch nicht Lagunas, das Schlachtross.

Raena schritt auf die Tücher zu und nahm die gelbe Seife in die Hand. Vorsichtig roch sie daran, konnte keinen wirklichen Geruch ausmachen und war froh, eine benutzen zu dürfen. Ausgewaschen und zerfranst waren die Tücher, aber sonst waren sie sauber und fleckenlos. Sie legte die Sachen neben der Wanne auf dem Boden ab und löste den Gürtel, ehe sie ihr Kleid über den Kopf zog und es zu Boden warf. Ihre Unterwäsche bestand aus gräulichem, mehrmals geflicktem Leinen. Mit der Zeit waren an einigen Stellen Löcher entstanden, die man einfach zugenäht hatte.

Schließlich stand sie nackt vor der Wanne und zögerte.

Mit einem nervösen Blick zur Tür, sie wusste schließlich nicht, wann Lanthan oder Fenriel wiederkommen würden, stieg sie ins Wasser. Die Wanne war zwar klein, doch tief, sodass sie fast gänzlich darin verschwand.

Erneut sah sie zur Tür. Sollte sie das Schlüsselloch prüfen? Sie focht mit sich selbst, doch nach drei, vier Atemzügen entschied sie sich dagegen.

Energisch rieb sie sich den Dreck von der Haut, hob ein Bein hoch und betrachtete ihre in allen Farben schimmernde Haut, die nun bleichen Kratzer und spürte ein Brennen, ihr nicht unbekannt. Langsam strich sie mit einer Hand über die verletzten Stellen und benutzte ihren Zeigefinger, um die kleinen Steinchen abzukratzen. Kurz tauchte sie ihren Kopf unter die Wasseroberfläche und versuchte, verfilzte Haarknoten zu lösen. Dann beugte sie sich über den Rand und nahm die Seife. Mit kreisenden Bewegungen verteilte sie Schaum auf ihrer Brust, ihrem Hals und unter den Achseln. Raena war nicht verwundert, als das Wasser selbst im Kerzenlicht einen trüben Ton annahm. Sie wusch sich gründlich und musterte den Schaum, der sich auf ihren Fingern sammelte. Ihre Geschwister und sie badeten nur einmal pro Woche. Wenn sie Lust dazu hatten, mussten sie mit einem Arm der

Naht vorliebnehmen. Als sie ihr Gesicht berührte, zuckte sie zusammen. Der Schlag, den sie in der Burg abbekommen hatte, würde Tage brauchen, um zu verheilen.

Nachdem sie fertig war, kletterte sie triefend über den Beckenrand. Mehrmals schielte sie zur Tür und stolperte, als sie hastig nach einem Tuch griff. Ein Bad in einem Gasthof musste sehr teuer sein und sie wollte nicht wissen, wie viel Fenriel dafür gezahlt hatte. Als sie die Wunden abtupfte, blieben lästige Fäden an ihren Kratzern hängen und schließlich unterließ sie es, weil sie keine Zeit vergeuden wollte.

Gerade als sie ihr Haar einwickelte, klopfte es an der Tür.

Raena erstarrte mitten in der Bewegung und ehe sie sich bedecken konnte, erklang Fenriels gedämpfte Stimme durch die Tür: „Ich bringe Euch frische Kleider. Ich öffne jetzt."

Raena floh auf die Seite, zwei Tücher vor ihren Körper haltend. Wenn er sie sehen wollte, musste er erst an der Tür vorbei. Und sie hoffte, bei Ara, dass er gleich wieder gehen würde.

Der Schlüssel drehte sich im Schloss. Die Tür öffnete sich nur einen kleinen Spalt breit und ein Bündel wurde über die Bretter geschoben. Dann sperrte er wieder zu.

Erstarrt wartete sie, bis seine Schritte am Gang verhallt waren, ehe sie zur Kleidung eilte und sah, dass er ihr auch frische Unterwäsche gebracht hatte. Bei der Vorstellung, wie er damit durch den Gang schritt, stieg Hitze in ihr hoch. Es gehörte sich selbst für ein Bauernmädchen nicht, dass Männer ihre Unterwäsche herumtrugen.

Sie warf die Tücher zu Boden und zog sich an. Er hatte ihr ein Kleid gebracht. Es ähnelte dem, das sie bereits getragen hatte, nur besaß es lange Ärmel sowie ein feines, gerades Stickmuster am Saum. Es war lang und weit, bedeckte sogar ihre Unterschenkel. Sie fragte sich, wem es wohl gehört haben mochte. Nachdem sie fertig war, wickelte sie ihr nasses Haar ins Tuch und klemmte die Ränder unter den Knödel, den sie sich gebunden hatte. Raena trug noch nicht einmal ihren Gürtel ordentlich, als es erneut klopfte.

„Herein", hauchte sie.

Lanthan betrat allein, mit gefülltem Tablett und einem silbernen Krug den Raum und schloss die Tür mit der Hilfe seines entblößten Ellbogens. „War das Wasser angenehm für Euch?" Er stellte das Essen auf den kleinen Beistelltisch ab, musterte ihr Gesicht und ihre Erscheinung und schien zufrieden mit dem, was er sah.

Raena verfluchte ihren Magen, der knurrte, sobald sie den Duft der Würste roch. Sie sollte keinen Hunger haben.

Lanthan, der nicht einmal eine Antwort ihrerseits abwartete, verschränkte die Arme vor der Brust, lehnte sich gegen die Tischkante und sah sie gelassen an. „Wenn Ihr Fragen habt, dann stellt sie."

Raena, ein wenig überrumpelt von seiner schnellen Aufforderung, musterte das unangetastete Verbandszeug neben seinem Oberschenkel. Ihre Beine würde sie ganz bestimmt nicht vor seinen betrunkenen Augen entblößen. Warum war Fenriel nicht hier? Er hatte sie doch befreit und außerdem hatte er nicht getrunken. Dieser Mann, scheinbar der Anführer, war ihr nicht geheuer. Nicht wissend, was sie zuerst fragen sollte, glitt ihr Blick durch den Raum und blieb schließlich an der mittlerweile kalten Wanne hängen. Ohne ihm zu antworten, sammelte sie ihre schmutzige Kleidung und die Tücher ein.

„Was passiert damit?", fragte sie nervös.

Lanthan winkte ab. Sie sah die Bewegung im Augenwinkel.

„Wird gleich abgeholt."

Sie warf alles auf einen Haufen und blieb mitten im Raum stehen. Dann begann sie ihr eingewickeltes Haar zu trocknen, weil sie nicht wusste, wohin mit ihren Händen. Sollte sie versuchen zu fliehen? Er war angetrunken, vielleicht würde es ihr gelingen. Den Kerzenständer konnte sie ihm an den Kopf werfen. Doch hatte sie auch den Mut dazu? *Eher nicht.*

„Wie geht es Euren Abschürfungen?", fragte er ehrlich besorgt, seine angenehme Stimme war das einzig Erträgliche an ihm, „Eure Beine sahen nicht gut aus. Ich würde es verstehen, wenn Ihr die Schnauze voll hättet."

Scheu wanderten ihre Augen seine Person hoch, von den Stiefeln bis zum Gesicht, ehe sie misstrauisch antwortete: „Meinen Beinen geht es gut."

„Und Eurer Wange?"

„Auch." Die Arme senkend, löste sie das Tuch aus ihrem Haar und faltete es zusammen. Ihre Hände zitterten.

Kurz kreuzten sich ihre Blicke, doch diesmal war er es, der den Blick abwandte und die halb abgebrannte Kerze ansah. Braune Locken umrahmten sein gerötetes Gesicht. Das flackernde Licht spiegelte sich in seinen dunklen Augen wider und zum ersten Mal erkannte sie, dass sie nicht gänzlich braun waren. Er besaß eine schiefe Nase, die ihm etwas Gefährliches verlieh. Zickzack Narben, eine tiefer als die andere, ließen sie nur Mitleid verspüren. Ihre Meinung blieb unverändert. Er blieb der hässlichste Mann, den sie je gesehen hatte und sie schämte sich für den Gedanken. Er konnte nichts für sein Aussehen. Es war unhöflich, ihn anzustarren, und sie fragte sich, ob sie ihn damit in Verlegenheit brachte.

„Wollt Ihr nichts wissen?", flüsterte er, ertrug ihren Blick, ohne mit der

Wimper zu zucken.

Sie gab sich selbst einen Schubs. Zögernd legte sie das Handtuch auf den Boden, kam auf ihn zu und verzog das Gesicht, als ihr Magen laut aufheulte. *Du hast keine Zeit zum Essen!*

Um sich davon abzuhalten, verschränkte sie die Hände vor ihrer Brust. Sie sah zum Fenster und ging hin, um es erneut zu öffnen. Als kühle Luft über ihre Wange strich, fühlte sie sich etwas besser. Trotzdem kehrte das beklemmende, ängstliche Gefühl in ihre Brust zurück.

„K-kann ich jetzt gehen?", fragte sie ihn und fühlte sich dumm.

Er schüttelte den Kopf. „Nein. Das wäre keine gute Idee. Ihr seid eine Gefahr, zumindest solange wir nicht wissen, ob und wie Ihr erwacht."

„Erwacht", wiederholte sie und aus ihrem Mund klang es, als mache sie sich darüber lustig.

„Ja", er zog eine Braue hoch, „Ihr könntet etwas essen. Vielleicht fällt es Euch dann leichter, mit mir zu sprechen. Die Würste schmecken vorzüglich."

Sie wurde rot. Natürlich fiel es ihm auf, dass sie sich in seiner Anwesenheit nicht wohl fühlte. „Trinkt Ihr immer viel?", fragte sie und räusperte sich. *Was geht mich das an.*

„Manchmal", erwiderte er und grinste, „Euch geschieht nichts, keine Sorge. Ich bin nicht interessiert."

Raena blinzelte, schockiert über seine direkte Art.

„Seht mich als Euren Beschützer an. Wir", verbesserte er sich, „sind ab heute Eure Beschützer und wollen Euch nur helfen. Also tut uns bitte den Gefallen und esst ein wenig. Fenriel mag zwar ein wenig eisig sein, aber auch er taut auf, sobald man ihn besser kennt."

Raena hielt ihr Gesicht in den kühlen Wind, dann strich sie die feuchten Strähnen hinter ihre Ohren und atmete zittrig ein. „Versprecht Ihr es? Ihr tut mir nichts?"

„Nein", er sah sie aus ernsten Augen an, „Ihr habt mein Wort."

9. KAPITEL

„Ich weiß nicht, ob ich Euch trauen kann."

Er blickte in die Kerzenflamme hinein. „Könnt Ihr. Glaubt mir. Aber Ihr könnt mir natürlich auch misstrauen und Euch wie eine Gefangene fühlen. Ganz Eure Entscheidung. Hier könnt Ihr jedenfalls nicht bleiben."

Sie konzentrierte sich auf den Klang seiner Worte und ihr war, als könne sie die Ehrlichkeit darin fühlen. „Wieso?", fragte sie.

„Esst bitte. Wenigstens ein paar Bissen."

Sie sah ihn an, dann das Tablett und seufzte leise.

Raena gab sich einen Ruck und ging zu ihm, hielt aber genügend Abstand ein. Er hatte zwar kein Schwert an der Hüfte, aber er war ein Riese von einem Mann. Zögerlich griff sie nach einer fettigen Wurst, biss ab und der Geschmack zerlief förmlich auf ihrer Zunge. Überzeugt griff sie nach einer Brotscheibe und nahm am Bett Platz. Nach den ersten Bissen würgte sie eine Frage hoch: „Wo ist Fenriel?" Es war sinnlos, ihm solch eine Frage zu stellen, da sie genau wie er zuvor gesehen hatte, wie der Elf verschwunden war.

Lanthan kratzte sich am Hals. Muskeln auf seinem Arm wurden angespannt und wieder gelockert. Fasziniert beobachtete sie die geschwollenen, blauvioletten Adern, die das Blut durch seinen Körper pumpten. Nicht einmal ihr Vater besaß solch eine Statur.

„Er ist bestimmt in seinem Bett", antwortete er und grinste.

Raena runzelte die Stirn und forderte ihn auf: „Fangt ganz am Anfang an." Wollte sie wirklich alles hören?

Er blickte kurz zum Fenster, dann schloss er es.

„In den Geschichtsbüchern steht geschrieben, dass die Welt bereits seit Tausenden von Jahren existiert. Mit Tausenden, meine ich Tausende. Wir sprechen von einer kaum vorstellbaren Zeitspanne, in der Götter fielen und wiederaufstanden, sich fortpflanzten und zu ihrem Vergnügen Rassen erschufen. Sie lehrten uns Dinge, brachten uns Magie. Es gab unterschiedliche Götter, doch am bekanntesten sind die des Todes und die des Lebens, Weiß und Schwarz. Eine veraltete Bezeichnung, die so nicht mehr geläufig ist. Man könnte es auch als Aberglaube abtun." Er machte eine Pause und seine tiefe Stimme ließ Gänsehaut über ihren Rücken tanzen.

„Sie lebten friedlich zusammen, herrschten über ihr Land und brachten den Völkern bei, wie sie zu leben haben, wie sie ihre Magie einsetzen und sich fortpflanzen können. Generationen folgten und irgendwann wurden auch die Götter von Eifersucht und Gelüsten geplagt, bis sie sich entzweiten und einen ewigen Kampf um die Herrschaft am Felde begannen. Wobei auch vermutet wird, dass nicht die Götter, sondern die Menschen an den Kriegen schuld sind, die den Streifen erschufen. Es gibt unterschiedliche Geschichtsbücher, die vergangene Zeiten bezeugen. Je nach Land gibt es andere Überlieferungen. Doch wir alle wissen, Schwarz und Weiß sind Erzfeinde und ihr Zerwürfnis das Ergebnis uralter Verfehlungen."

Raena stand auf. Sie konnte nicht still sitzen.

„Ich kenne die Geschichte", fügte sie hinzu, „es handelt sich um eine geschichtliche Erklärung, warum die schwarzen und weißen Reiter Feinde sind. Ich habe es in einem Buch gelesen." Sie hörte, wie der Tisch knirschte, als er sich bewegte und die Beine ausstreckte.

„Glaubt Ihr an Götter?"

Im ersten Moment wusste sie keine Antwort auf seine Frage. Einen Augenblick später murmelte sie: „Meine Mutter hat einen kleinen Altar, auf dem sie eine Kette und ein Bildnis der weißen Göttin Ara liegen hat. Sie betet oft für unsere Gesundheit und unseren Schutz. Mindestens einmal in der Woche kniet sie davor. Das waren doch die Aufgaben der Göttin, oder? Schutz und Gesundheit?"

„Die Göttin erfüllt viele Zwecke, je nachdem, was man sich wünscht. Manche bitten sie um Rache, andere um Gold und wiederum andere um Gesundheit, so wie deine Mutter."

„Und was ist mit Suneki?"

Er runzelte die Stirn. „Meint Ihr den Feuergott?"

„Den Vulkan- und Sonnengott", erklärte ihm Raena und fühlte sich überlegen, „wofür, würdet Ihr sagen, steht der?"

„Nun, für schönes Wetter", er zuckte die Achseln.

„Also würdet Ihr ihn bitten, dass er die Sonne scheinen lässt?"

„Ich glaube nicht an Suneki. Das ist eine schwarze Gottheit, die gerne dazu benutzt wird, Kindern Angst einzujagen", erklärte er ihr, „doch Ihr seid meiner Frage ausgewichen."

Raena sah ihn verärgert an. *Und Ihr weicht schon die ganze Zeit aus!*

Die Gottheit diente in der Tat dazu, Kindern Angst einzujagen. Suneki holte sich jedes unartige Balg, stopfte es in einen Sack und trug es ins Reich der schwarzen Reiter, um es dort in den Lavastrom zu werfen.

„Ja, ich glaube an Götter, denke ich", gestand sie anschließend.

Auf Lanthans Gesicht tanzten kleine Schatten, die die Falten der Narben nur noch mehr vertieften. „Göttin Ara war eine der Letzten, die einen offenen Kampf gegen das schwarze Heer in der Todeszone wagte. Die Zone, die heute als die Schutzzone bekannt ist, war damals ein riesiges Schlachtfeld. Staub von uralten Knochen nährt die Natur, die hier wächst. So wird es zumindest überliefert."

„Ich kenne auch eine andere Geschichte. In der wird behauptet, die Ausgestoßenen hätten Naht selbst in die Wüste gegraben und das nördliche Süßmeer quer über die Landkarte geleitet."

„Wie ich schon sagte, unterschiedliche Länder, unterschiedliche Geschichten. Wie dem auch sei, die letzte Schlacht hatte damals kein gutes Ende. Ara hat sie zwar gewonnen, kehrte aber mit einem Kinde schwanger zurück. Das hätte nicht passieren dürfen."

Ihre Blicke kreuzten sich.

„Sie hat damit das Gleichgewicht gestört. Bekannt ist auch, dass Ara mit dem höchsten schwarzen Reiter verkehrt hatte und beide dadurch ihre Macht und das Gleichgewicht ungewollt auf das Kind übertrugen. Ihr müsst wissen, Schwarz und Weiß ist sich gleichgestellt. Weiß gibt Leben. Schwarz nimmt es. Der Theorie nach."

Raena wurde immer unruhiger. Sie ahnte bereits, was sie gleich zu hören bekommen würde. Viel zu absurd war die Erklärung, die er ihr lieferte.

„Stellt Euch das wie eine Waage vor. Kurz gesagt, Ihr seid das Kind zweier Gottheiten."

„Gleichgewicht? Was bedeutet Gleichgewicht?", hörte sie sich sagen, „das ist also eine Gottheit?"

Sie drehten sich im Kreis. Sie wusste das. Trotzdem musste sie immer wieder die gleichen Fragen stellen, um vielleicht irgendwann zu begreifen, was ihr da erzählt wurde.

Ihr Herz flatterte und ihr Atem stockte, als er entgegnete: „Nur die Anwesenheit der Götter erlaubt es, unserer Welt zu bestehen. Weiß und Schwarz ist wie eine Waage, sagte ich Euch schon. Die Natur lebt durch ihre Energie, durch ihre Anwesenheit. Stirbt das Gleichgewicht, stirbt die Welt."

Daraufhin wusste sie nicht, ob sie lachen, schreien oder weinen sollte.

„Ist das nicht ein wenig übertrieben?", fragte sie ihn mit hoher Stimme und seine versteinerte Mimik verdeutlichte ihr, dass er es sehr wohl ernst meinte.

Lanthan tat so, als hätte er ihre Frage nicht gehört: „Ara gebar ein gesundes Mädchen und verstarb später im Kindbett, so die Legende."

In ihrem Kopf überschlugen sich die Gedanken, sie war kaum fähig, sich auf seine Stimme zu konzentrieren.

„Man versteckte das Mädchen und wog es unter mächtigen Zaubern in einen tiefen und zeitlosen Schlaf ohne Träume. Fürst Duran stahl es und verschleppte es in den Streifen, wo es die letzten einundzwanzig Jahre beschützt aufwachsen durfte."

Wie von einer Nadel gestochen, warf sie die Arme von sich und lachte freudlos: „Und jetzt sagt Ihr mir, dass ich das bin oder?" Sie schüttelte den Kopf, bis ihr schwindlig wurde. „Nein, sicher nicht. *Ganz bestimmt nicht.*" Sie verschluckte sich beinahe an den letzten Worten, und ehe sie ihn anschreien konnte, wie er auf den Gedanken kam, sie mit solch unglaublichen Lügen um den Finger wickeln zu wollen, platzten Mägde in den Raum, unaufgefordert und mit verdutzten Gesichtern. Sie hatten wohl keine Ahnung, wie man sich in einem Gasthaus verhielt, dass Klopfen zu höflichen Umgangsformen gehörte. Raena ballte die Fäuste.

Lanthan, ganz die Ruhe in Person, deutete mit ausgestreckter Hand auf die Wanne. „Beeilt euch", forderte er sie auf und verschränkte lässig die Arme vor der Brust. Sein unbeeindrucktes Verhalten reizte sie.

Sie füllten das Wasser zuerst in Eimer, die sie vor die Tür stellten, ehe sie die Wanne knirschend über die Dielen schoben und über die Kante in den Gang hinweghoben.

Sekunden vergingen, in denen Raena verzweifelt mit sich rang, erneut Tränen in ihren Augenwinkeln schimmerten. Nachdem sie endlich wieder allein waren, setzte sie stotternd fort: „I-ich bin nichts Besonderes. Ich blute, weine, lache und sehe aus wie jeder andere. Wie kommt Ihr auf den Gedanken? Das ist unmöglich. Ich kann Euch nicht glauben, Herr. Das ist bestimmt ein großes Missverständnis."

„Wenn Ihr gewöhnlich wärt, hätte der Fürst nicht um Eure Hand angehalten."

„Vielleicht mag er gewöhnliche Frauen", warf sie zerstreut ein, „es gibt doch durchaus Männer mit mehr Frauen oder nicht? Vielleicht erschien es ihm zu einfach, mich einfach zu fragen und so musste er meinen Vater und meinen Bruder erst an sich bringen, um mich zu überzeugen."

„Ihr redet Unsinn", belächelte er ihre weit hergeholten Erklärungen, die in der Tat keinen Sinn ergaben. So wie seine, ihrer Meinung nach.

„Ja, aber es gibt doch Männer mit mehr Frauen oder nicht?"

Er richtete sich auf, ließ die Arme entlang seines Körpers baumeln. Die Schatten um ihm herum tanzten wild, ließen ihn wachsen und breiter erscheinen. Sein Kopf berührte fast die Decke. Und erst der Glanz in seinen Augen ... sie bekam Angst.

Er machte einen Schritt auf sie zu.

„Habt Ihr Euch denn niemals gefragt, warum ausgerechnet Eure Familie jeden Abend zum Fürsten reiten muss? Bauern gibt es im Streifen wie Sand am Meer."

Weil ... *weil* ... die Milch?

Raena fehlten die Worte. Sie konnte ihm nicht mehr in die Augen sehen und wandte den Blick von ihm ab. Sie starrte den dunklen Boden nieder, als könne sie dort eine Wahrheit finden, die sie zufriedenstellen würde.

Seine schweren Stiefel traten in ihr Sichtfeld.

Der Schmutz daran fesselte sie und ließ ihre Gedanken kreisen.

Ihre Eltern hatten sie tatsächlich fast von allem ferngehalten. Besuche bei Nachbarn waren selten und zum Markt kam sie auch nur dann mit, wenn Vater und oder ihre Brüder gingen, ansonsten musste sie Zuhause bleiben. Seit ihrer Geburt war sie ständig in Begleitung gewesen. Das Einzige, was man ihr im Alleingang erlaubt hatte, war es, die Milch zum Fürsten zu bringen. Und obwohl sie ihn nie zu Gesicht bekommen hatte, hatten die Bediensteten stets freundlich nach ihrer Gesundheit und ihrem Empfinden gefragt.

Lanthan, dem ihr Gefühlswandel nicht verborgen geblieben war, fuhr sich zerstreut durch die Locken. „Wir bekamen die Aufgabe, Euch zu suchen und in Sicherheit zu bringen."

Zum ersten Mal wurde Raena bewusst, dass ihre Eltern nicht einmal die ihren waren, zumindest laut Lanthans Erklärung. Sie war nur ein Kuckuckskind und das zu verkraften kostete Nerven, die sie heute nicht mehr hatte.

Im Augenwinkel sah sie, wie er die Arme ausbreitete. „Ihr seid sehr wichtig für die Welt. Euer Leben ist ...", er zögerte, als wüsste er nicht, ob er es als Fluch oder als Geschenk bezeichnen sollte, „wie ein Schatz, den man hüten muss." Es klang derartig falsch, dass es sie innerlich schüttelte.

„Ihr könnt es auch Fluch nennen", murmelte sie. Was hätte sie ihm auch sonst sagen sollen. Dass sie froh war, endlich fortzukönnen? Bei den Göttern, alles, nur das nicht.

Die Welt vor ihren Augen verschwamm. Sie blinzelte nicht, blickte auch nicht zu ihm hoch. „Sagen wir, ich glaube Euch", sie dachte daran, wie unähnlich sie ihren Geschwistern sah, „was geschieht jetzt mit mir? Wieso bin ich überhaupt hier, wenn ich doch schlafen sollte, weil ich ja *ach so* eine Bedrohung für die Welt bin?" Sie sah ihre Hände an und hatte das Gefühl, als gehörten sie ihr nicht, als handele es sich um eine völlig andere Person. Ihr Körper fühlte sich mit einem Mal völlig fremd an. Sie war bis ins Mark erschüttert und ihr Verstand weigerte sich zu glauben.

„Ihr gehört nicht in den Streifen. Eure Heimat ist Narthinn", erwiderte er ausweichend.

Narthinn? Heißt so nicht die Hauptstadt der weißen Reiter?

„Hättet Ihr jemals zugelassen, dass diese Person, also ich", zum Henker, klang das falsch, „erwachsen wird?"

Als er ihr nicht gleich antwortete, suchte sie seinen Blick und als sie ihn fand, konnte sie nichts anderes, als die bittere Wahrheit in seinen Augen erkennen.

„Hättet Ihr nicht", beantwortete sie ihre Frage selbst. Darum bemüht, gleichgültig zu wirken, zuckte sie leicht mit den Schultern. „Ich verstehe. Wichtig also. Wenn ich sterbe, sterbt Ihr. *Ihr alle.*"

Lanthan blieb die Ironie ihrer Worte nicht verborgen. Sein Gesicht verzog er zu einer sauren Grimasse, wobei einige der feinen Narben dieser Bewegung folgten und dabei grotesk verzerrt wurden. „Ihr glaubt mir nicht. Aber das werdet Ihr, sobald Ihr erwacht", meinte er dunkel.

Raena unterdrückte einen Lacher, der sich den Weg ihre Kehle hoch bahnte. „Friert Ihr mich dann wieder ein?", eine Augenbraue wanderte zweifelnd in die Höhe, „solange ich noch wehrlos bin?" Sie war von ihrer eigenen Wortwahl überrascht und wusste nicht, von woher sie den Mut nahm, einem wildfremden Mann zu trotzen. „Ihr sagtet, ich wäre noch nicht erwacht", fügte sie etwas milder hinzu, da ihr schlechtes Gewissen zuschlug.

Die Narben in seinem Gesicht wurden immer tiefer, seine Augen dunkler und undurchdringlicher. Eine Augenbraue war so verzerrt, dass man es als mögliches Stirnrunzeln deuten konnte. „Ja, das sagte ich."

„Und wie soll das aussehen?"

„Das weiß niemand. Wie ich bereits gesagt habe, unsere Aufgabe ist es, Euch zu beschützen. Wir haben nicht vor, Euch wieder in den Schlaf zu versetzen."

Kurz hatte sie das Gefühl, er wolle sie packen und schütteln, bis sie zugab, dass sie ihm glaubte. Doch nichts dergleichen geschah. Er hielt respektvollen Abstand zu ihr ein, doch sie roch trotzdem den Alkohol in seiner Atemluft, bei jedem Wort, das er aussprach.

„Falls ich nicht die bin, die ich sein soll", begann sie zögernd, „kann ich dann zu meiner Familie zurück?" Es spielte keine Rolle, ob sie nur ein Kuckuckskind war. Ihre Familie war ihr ein und alles.

Lanthan unterdrückte ein Seufzen. Sie sah es an der Bewegung seiner Brust, der Körperhaltung, als wäre er es leid, sie überzeugen zu wollen.

„Wenn Ihr wollt, kann ich einen Boten entsenden, der nachsieht, wie es Eurer Familie geht und ob Euer Vater und Bruder wohlauf sind."

So etwas Ähnliches hat Fenriel bereits erwähnt.

„Sie sind schwer verletzt", Schmerz tat sich in ihrer Brust auf, „ich hoffe, sie schaffen es."

„Ich kann mich auch persönlich darum kümmern", meinte er ernst, „und ich kann ihnen Gold geben, damit Ihr Euch keine Sorgen machen müsst."

Raena blinzelte, von seinem Vorschlag mehr als nur überrascht.

„Ihr habt sie nicht gesehen. E-er ... h-hat kein Auge mehr", hauchte sie und sah weg. Sie spürte sein Mitgefühl und drohte daran zu ersticken.

„Das passiert leider bei Folter", murmelte er, „bitter, aber wahr. Wenigstens kann er ihn nicht töten, zumindest nicht im Streifen."

„Und Ihr seid keine Menschenhändler?", flüsterte sie, aus Angst, er wolle ihr nur irgendeine fantastische Geschichte erzählen und sie anschließend verkaufen.

„Nein", er seufzte müde, „wir sind hier, um Euch sicher zum Schloss Elyador zu geleiten."

„Das habt Ihr so noch nicht gesagt."

„Jetzt habe ich es gesagt, also hört auf damit", knurrte er gereizt, „ich breche sofort auf und berichte Euch am Morgen." Er wandte sich ab, doch ehe er den Raum verließ, rief sie ihm hinterher: „Und wenn ich es nicht bin, kann ich dann nachhause zurück?"

Er zögerte, doch dann blickte er über seine Schulter zurück und nickte knapp: „Ja, Ihr habt mein Wort."

10. KAPITEL

Nachdem Lanthan gegangen war, hatte sie sich benommen aufs Bett gesetzt. Im Raum schwebte noch immer sein schwerer Geruch, somit war es nicht leicht zu verdrängen, was sie soeben erfahren hatte.

„Göttlich", sprach sie das Wort erst zittrig, dann erheitert aus. Stille antwortete ihr. „*Göttlich.*" Egal wie oft sie es wiederholte, ihr eigener Unglaube war deutlich hörbar. Sie sah das Gesicht ihrer Mutter, welches vor Ärger nicht mehr wiederzuerkennen war und hörte sie tadeln: *Lass das, das ist Gotteslästerung!* Dann betrachtete sie ihre Hände im schwachen Kerzenschein. Der Daumen an der linken Hand war mit zwei tiefen Narben durchzogen, beides war mit einem Schlachtmesser und viel Ungeschick passiert. Wenn sie ihn zu sehr belastete, fühlte sie ein unangenehmes Ziehen, wie einen vergangenen Nachhall jener alten Verletzung.

Und das sollen göttliche Hände sein?

Götter sollten doch makellos sein, unsterblich und unantastbar. Zumindest war dies die Vorstellung, die sie von Göttern hatte. Ara starb im Kindbett? Das klang unglaubwürdig. Als Gott wurde man entweder versiegelt oder eingesperrt, aber Kindbett? Raena zerbrach sich den Kopf. Keine von den Geschichten, die sie gelesen hatte, erzählten davon.

Das kann nicht stimmen.

Nicht nur, dass Ara unsterblich gewesen war, ihre Mutter hatte ihre unglaubliche Schönheit angepriesen, gemeint, dass ganze Balladen darüber gesungen worden waren, immer noch gesungen wurden. Ihre Haut so klar wie Schnee, weich wie Samt, die sanften Augen wie goldene Bernsteine glänzend. Ihr Haar weiß und lang, ihr Körper ein wohlgeformter Leib, ein Tempel, der sowohl Männer als auch Frauen zum Träumen brachte, eine wahrhaftige Göttin, die ihresgleichen suchte. Nicht nur klug sei sie gewesen, sondern auch stark, ihr Mut ein Vorbild für viele Frauen. Das Bildnis auf dem Altar sei bloß eine schlechte und vor allem billige Nachstellung, hatte sie gemeint. Wenn Ara tatsächlich Raenas Mutter war, dann war diese sagenumwobene Schönheit im magischen Schlaf verloren gegangen.

Ihr Kiefer krachte, als sie gähnte. Sie war müde, doch trotz der starken Müdigkeit, ihr Körper war ausgelaugt und jede erdenkliche Stelle tat ihr weh, war Schlaf das letzte, woran sie dachte. Sie bezweifelte, dass sie nach diesem Gespräch, welches ihre Realität völlig über Bord geworfen hatte, einschlafen konnte. Ihr Blick glitt aus dem Fenster, hinter das dünne Glas und blieb am Mond hängen, der die Landschaft in ein trübes, geheimnisvolles Licht tauchte. Darunter sah sie die Glut der Fackeln im Hof tanzen, auf und ab flackern, denn es blies ein kalter Wind, der die meisten Gäste vermutlich längst in die Stube getrieben hatte. Die Kapelle spielte nicht mehr. Während des Gesprächs war die Musik gänzlich in den Hintergrund gerückt und sie vermutete, dass auch die Musiker hineingegangen waren, um der Kälte zu entfliehen.

Verloren in Gedanken stand sie auf und blies die Kerzen aus. Es qualmte und sie sah, wie der Docht rötlich verglühte. Auf einmal schien es viel kälter im Raum zu sein. Jetzt, da sie zum ersten Mal allein schlafen würde, bekam sie plötzlich Angst vor der Dunkelheit. Sie hatte, seit sie sich erinnern konnte, immer mit mindestens einer Schwester im Raum geschlafen und es war ungewohnt, keine ruhige Atmung zu hören.

Sie tastete nach dem Bettpfosten, umklammerte das Holz mit ihren Fingern und kletterte samt Kleidung auf die Strohmatratze. Sie verspürte ein brennendes Ziehen am Bein und wurde daran erinnert, dass sie ihre

Abschürfungen eigentlich hätte reinigen und versorgen müssen. Doch die Bandagen lagen noch immer unangetastet am Tisch. Auswaschen musste genügen. Außerdem wusste sie nicht einmal, womit sie die Kerzen erneut hätte entzünden können. Ihr war nichts aufgefallen, als ihr Licht noch gebrannt hatte. *Ich hätte sie brennen lassen sollen,* ärgerte sie sich und warf sich auf den Rücken.

Ob Lanthan gerade über den Hof ging, um Lagunas aus dem Stall zu holen? Sie wagte nicht nachzusehen. Der Boden würde sie schon nicht beißen, doch je länger sie das Zimmer beobachtete, desto mehr hatte sie das Gefühl, dass die Schatten näherkamen. In der Wand krachte es. Flecken auf der schlecht verputzten Decke verschwammen zu krummen Gebilden.

Raena zerrte die Decke unter ihrem Körper hervor und wickelte sich darin ein. Zeit verstrich, ohne dass sie ein Auge schloss. Sie lauschte ihrem Herzschlag, ihrem Atem und den Geräuschen, die das alte Mauerwerk verursachte. Sie tippte auf Mäuse in den Zwischenwänden, denn es kratzte darin und manchmal war ihr, als könne sie winzige Füße hören, die über den Boden huschten. Als sie schließlich versuchte zu schlafen, sich hin- und herrollte, ihr war es einfach nicht möglich eine geeignete Schlafposition zu finden, blieb sie frustriert liegen und starrte ins Nichts.

Später fiel ihr auf, dass der Mond über den Boden gewandert und längst über den Beistelltisch hinweggezogen war. Vor der Tür schlurfte jemand vorbei, doch ansonsten war es still. Ihre Gedanken kreisten. Als sie die Augen schloss, wiederholte sich das Grauen von Neuem und sie landete zurück im Zimmer mit jener magischen Tür ohne Klinke. Die Gesichter ließen sie nicht in Ruhe, jagten sie und der Leib ihres Vaters sah mit jedem Mal schlimmer, verstümmelter aus, bis sie nur noch Fleischklumpen sah, die in einer Blutlache am Boden schwammen. Sie hörte ihre Mutter weinen und die Vorstellung schmerzte sie bis ins Mark. Sie sah ihr Gesicht, den Vorwurf in ihren Augen und die Wut darin leuchten.

Es ist deine Schuld. Hätte er dich bloß früher geholt.

Wen sollte sie beschuldigen, sich selbst, ihren Vater, ihre gesamte Familie oder Fenriel, weil er sie vom Balkon geholt hatte? Sollte sie den Fürsten für immer verfluchen? Sollte sie ihren Eltern zürnen, weil sie ahnungslos aufgewachsen war? Doch da waren kein Groll, kein Ärger, keine Missgunst. Ihr wollte nicht gelingen, wütend zu sein. Sie liebte ihre Familie von ganzem Herzen. Zurück blieb nur Leere und am Rande der Verzweiflung fragte sie sich, ob sie vor Lanthan auf die Knie fallen und flehen sollte.

Lass mich bitte nachhause zurück.

Im Geiste sah sie ihn den Kopf schütteln. Fenriel würde nur kalt auf sie hinabsehen und ihr androhen sie zu fesseln, sollte sie versuchen zu fliehen. Und der Fürst ...

Ein Seufzen löste sich von ihren Lippen und sie bedeckte ihre Augen mit den Händen.

Raena versuchte sich angenehmere Dinge vorzustellen, endlose Weiten, den Geruch nach frisch gemähtem Gras, einen Kürbiskuchen, die Süße einer frisch geernteten Karotte mit dem Geschmack nach feuchter Erde, Mamas Lachen, wenn die Kinder durch den Garten tollten und Assia ihnen schreiend nachlief, weil Ira ihren Schuh gestohlen hatte. Sie drückte ihr Gesicht ins Kissen, erstickte halb am Strohgestank, doch es war ihr gleich, solange niemand hörte, wie sehr sie an der Vorstellung litt, fortzumüssen. Dann begann sie zu schreien. Ihr Körper bebte, ihr Kopf pochte. Raena schrie, bis sie keine Luft mehr bekam und den Kopf zur Seite drehen musste, um nicht zu ersticken. Nach Luft schnappend röchelte sie, nur um wenige Sekunden später ihren Kopf wieder in den groben Stoff zu drücken. Rotz und Wasser liefen ihr übers Gesicht, versickerten im Kissen. Ihre geschwollene Wange schmerzte, doch es war ihr gleich.

Einige Zeit später war der Kopfschmerz bereits so stark angewachsen, dass sie sich regelrecht zwingen musste, um mit dem Weinen aufzuhören. Sie drehte sich auf den Rücken, zählte bis vier und rang um Fassung. Ihre Augen schmerzten und ihre Wangen glühten. Kurz kam ihr der Gedanke, ob sie aufs Dach steigen und in den Hof springen sollte. Doch sie war sich sicher, dass sie sich dabei sämtliche Knochen im Leib brechen würde. Vielleicht würde diese Nacht mit einem Traum vorbei sein, so als wäre nie etwas geschehen, als hätten die Götter aus Lanthans Geschichte niemals existiert.

Erschöpft vom vielen Weinen, fiel sie wenig später in einen traumlosen Schlaf.

Der Morgen kam viel zu schnell. Draußen vor dem Fenster hörte sie Gewieher, vor der Zimmertür einen Besen und sich entfernende Schritte. Sie drehte sich auf die Seite, merkte, dass sie die Decke vom Bett getreten hatte und nur in ihrer Bekleidung dalag, während das Kissen hinter ihrem Rücken von der Kante zu fallen drohte. Sie war noch viel zu müde, blinzelte gegen das helle Tageslicht an und blickte sich im fremden Raum um, verwirrt und zerstreut, mit Haaren wie ein Vogelnest. Eigentlich war sie es gewohnt, bald aufzustehen, nach draußen zu gehen und die Kühe freizulassen, doch heute erkannte sie das Zimmer nicht, in dem sie lag.

Plötzlich kamen die Erinnerungen zurück und sie war hellwach.

Träge setzte sie sich auf, ihr Körper nicht ausgeruht, ihre Gesäß- und Schenkelmuskeln brannten wie Feuer.

Raena konnte sich nicht erinnern, ob sie sich jemals derartig zerschunden gefühlt hatte und dehnte sich, wenn auch mit wenig Erfolg. Ihre Schenkel spielten in allen Farben. Man konnte sehen, wo die Riemen ihre Haut berührt hatten. Die Ränder waren angeschwollen und fühlten sich wund an.

Sie verzog das Gesicht und entschied sich, nein, sie zwang sich dazu, aus dem Bett zu steigen. Ihre Beine drohten unter ihr nachzugeben und sie musste sich am Bett festhalten, bevor sie sich an das Ziehen gewöhnt hatte, welches vom Gesäß den gesamten Rücken hochschoss.

„Verdammt", murmelte sie und umklammerte den Pfosten zu ihrer Rechten. Das Kleid war während der Nacht nach hinten gerutscht und hatte sich um ihren Körper gewickelt. Bekleidet zu schlafen gehörte eigentlich nicht zu ihrer Gewohnheit und sie zupfte es zurecht. Danach entwirrte sie ihr Haar, band es mit einem Lederband zusammen und ordnete das Bettzeug.

Ihr Blick glitt zur Tür.

Bestimmt war noch abgesperrt.

Raena stolperte zum Fenster und hielt sich am Rahmen fest, während sie es öffnete und Frischluft ihre Lungen füllte. Dabei fielen ihr zum ersten Mal die Risse im Boden und der fehlende Griff beim Kleiderschrank auf. Solange sie ein Dach über dem Kopf hatte und in einem trockenen Bett schlief, war ihr gleich, wie die Einrichtung aussah.

Draußen krähte ein Hahn und jemand lachte. Die Sonne schien, der Himmel war wolkenlos. Ob ihre Geschwister längst auf der Weide waren? Es bildete sich ein Kloß in ihrer Kehle und sie wandte sich vom Fenster ab. Ihr Blick fiel auf den Beistelltisch. Leeren Blickes betrachtete sie die Flasche, die aus blauem Glas bestand.

Lanthan würde ihr berichten. *Hoffentlich.*

Da klopfte es an der Tür.

„Wer ist da?", fragte sie mit belegter Stimme, Hoffnung verspürend.

Jemand schob den Schlüssel ins Schloss und drehte ihn zweimal herum. Lanthan steckte den Kopf in den Raum. Er suchte ihn ab und lächelte ihr schließlich entgegen. Sein Haar war zerzaust und einzelne Locken standen in alle Richtungen ab.

Raena musste sich zusammenreißen, um ihn nicht gleich mit Fragen ihrer Familie betreffend zu durchlöchern.

Er musterte ihre Erscheinung und blickte ihr dann direkt ins Gesicht. „Habt Ihr gut geschlafen? Wie geht es Euren Waden?"

Zögerlich betrachtete sie die unangetasteten Bandagen. „Es geht schon."

Bei seinem durchdringenden Blick fragte sie sich, ob ihr Gesicht in allen Farben spielte und war froh, keinen Spiegel bei der Hand zu haben.

„Darf ich eintreten?"

Sie nickte.

Lanthan trug nun kein einfaches Hemd mehr, sondern eine Lederweste, die bis zum Hals zugeknöpft war und eine aus gleichem Material bestehende Hose. An seiner Hüfte hing ein schwerer Gürtel, behangen mit einem Langschwert und mehreren Beuteln. Sein Gesicht sah nicht mehr ganz so fleckig aus wie am Vorabend, doch nach wie vor gleich vernarbt, bei Tageslicht sogar noch schlimmer, als hätte ihm jemand mit einem Messer das Gesicht zerschnitten. Er schien zwar über Nacht ausgenüchtert, sah aber müde aus und hatte dunkle Schatten unter den Augen, was zum Teil ihre Schuld war.

Dunkelgrün, schoss ihr auf einmal durch den Kopf, *sie sind dunkelgrün.*

„Wir müssen aufbrechen", teilte er ihr mit, „wir haben vor, Euch neue Kleidung zu besorgen, in der ihr weniger", er ließ seinen Blick über ihre Person schweifen, „wie, nun ..." Er schien keine passenden Worte zu finden, wirkte ein wenig verlegen und winkte ab. Raena ahnte sehr wohl, was er meinte, ging aber nicht näher darauf ein.

„Wo?", fragte sie zerstreut.

„In der Stadt", antwortete er blitzschnell, „wir werden uns nicht mehr lange in Anah's Nähe aufhalten."

„Gehen wir über die Grenze?"

Er nickte knapp.

„Nach Narthinn?"

Wieder ein Nicken.

„Und wenn uns jemand erwischt?"

„Sie erwischen uns nicht." Sein Gesicht wirkte nun starr, als wolle er eigentlich nicht über dieses Thema reden. „Alles zu seiner Zeit", fügte er noch hinzu, um die Schärfe aus seiner Stimme zu nehmen, „Ihr seid das Gleichgewicht. Ihr werdet nicht erwischt."

„Aber ich habe keine Papiere", von den Grenzmagiern geschnappt und enthauptet zu werden war ein Schicksal, das sie niemandem wünschte.

„Das lasst unsere Sorge sein."

Sie schwieg einige Sekunden lang und ließ schließlich entmutigt ihre Schultern hängen. „Und was ist mit meiner Familie?" Sie lauschte ihrem Herzschlag, während sie seine Reaktion beobachtete.

Er sah sie mit einer Mischung aus Mitgefühl und Etwas an, das sie nicht identifizieren konnte. „Ich war bei Eurem Elternhaus, ja. Nachdem ich eine

Weile gewartet habe, fand ich schnell heraus, dass nach dem Dorfarzt geschickt worden war, also habe ich Fenriel zur Unterstützung geholt."

„Ihr habt Fenriel geholt?", wiederholte sie leise.

„Ja. Aber sie haben ihn nicht ins Haus gelassen."

„Wieso denn nicht?" Raena war verwirrt, wobei ihr in den Sinn kam, dass sie ihn womöglich aus den gleichen Gründen abgewiesen hatten wie sie. Ein elfischer Magier weckte Misstrauen, noch dazu, wenn er zufällig vorbeikam und seine Hilfe anbot.

„Es war riskant genug, sich dem Bauernhof überhaupt zu nähern. Der Fürst und seine Wachen waren nicht einmal in der Nähe, was mich stark wunderte", er kratzte sich am Kopf. „Jedenfalls, auch mit der Behauptung, direkt vom Fürsten geschickt worden zu sein, kam er nicht hinein. Ich gab ihnen Gold, doch zuerst wollten sie es nicht, bis eine junge Dame meinte, dass es dumm wäre abzulehnen", er machte eine ausschweifende Geste, „Eure Familie scheint nicht mehr in Gefahr. Sie wären längst tot, hätte der Fürst gezürnt. Seid unbesorgt."

Vielleicht log er. *Nein*, urteilte sie, während sie in seine müden Augen blickte, *er spricht die Wahrheit*. Sie wollte sich bedanken, doch brachte es nicht über sich. Stattdessen fragte sie hoffnungsvoll: „Haben sie nach mir gefragt?"

Lanthan zögerte und sie bekam das Gefühl, dass ihr die Antwort nicht gefallen würde. „Eine Eurer Schwestern, Bara. Sie hat uns verfolgt und zur Rede gestellt."

„Und meine Mutter, meine Brüder?"

„Niemand hat nach Euch gefragt."

Das verstand sie nicht und es schmerzte. Doch sie überspielte es. „Was habt Ihr Bara erzählt?"

„Die Wahrheit", in seinen Augen blitzte es und er lächelte schwach, als wüsste er genau, wie sehr ihr der gestrige Tag zugesetzt hatte, „sie schien zufrieden, wenn auch ein wenig betrübt. Aber sie hat sich damit abgefunden und gemeint, ich solle Euch alles Gute wünschen."

Raena ließ sich Zeit mit ihrer Antwort. „Ich weiß nicht mehr, was ich mir denken soll." Dann sah sie weg.

Lanthan blickte missbilligend drein. „Ich wiederhole", betonte er, „denkt Ihr wirklich, dass ein hoher Fürst grundlos eine Bauerntochter ehelichen würde? Ihr seid doch keine Träumerin, die von einem goldenen Schloss träumt, nehme ich an?"

Sie zuckte nach den mit leichtem Spott versetzten Worten zusammen. Ihr fiel keine Antwort darauf ein, außer „aus Lust" oder „weil es kann".

Nur ein Kind würde so antworten, also schwieg sie lieber, aus Angst, sich lächerlich zu machen.

„Seht Ihr." Er lächelte ihr schief entgegen, der Bart zuckte.

„Ich brauche Zeit", murmelte sie, „Zeit zu verstehen."

Er lächelte mitfühlend.

Raena, die seinen Blick nicht aushielt, sah sich zerstreut im Zimmer um. „Versprecht Ihr mir, dass Ihr mich nicht wieder in den Schlaf versetzt?" Jetzt, wo sie es ausgesprochen hatte, wurde ihr klar, dass sie sich mehr davor fürchtete, als ihr bewusst gewesen war. Eigentlich hatte sie bis jetzt kein einziges Mal mehr daran gedacht.

Er brauchte kurz, bis er verstand, was sie meinte. „Nein. Das werden wir nicht. Wir brauchen Euch." Er machte Anstalten zu gehen.

„Und ich muss auch nichts zahlen ...?"

„Was? Nein! Bei Ara", widersprach er entsetzt, „müsst Ihr nicht. Wie kommt Ihr darauf? Es ist bereits alles bezahlt. Kommt, Fenriel wartet."

Raena folgte ihm nach draußen. Ihre Beine schmerzten, doch nach ein paar Schritten wurde es besser. „Wie kommt es, dass ich keine Legende von einem Gleichgewicht kenne? Ihr sagt, ich hätte seit ..." Raena beobachtete seinen Hinterkopf. Sie wollte alles wissen.

„Wartet mit den Fragen", unterbrach er sie leise und deutete auf die Türen um sie herum, „bis wir uns auf den Weg gemacht haben."

Raena räusperte sich und biss sich auf die Lippe. Machte Sinn.

„Wir müssen zur Scheune", teilte er ihr mit und deutete zur Treppe.

Letzte Nacht hatte sie kaum etwas gesehen, doch nun fielen ihr die Spinnweben im Zugwind über ihren Köpfen auf. Der Staub vergangener Monate hing an ihnen fest. Im Tageslicht erschien ihr das Gasthaus schäbig, die Farbe auf den Wänden fiel ab und die Holzpfeiler im Geländer hatten längst bessere Zeiten gesehen. Kurz darauf blieb sie stehen, weil ihre Hüfte juckte. Sie schob den Stoff ihres Kleides hin und her, bis sie sich Linderung verschafft hatte. Daraufhin zuckte ihr Bein unangenehm und sie fragte sich, ob es am Schlafmangel lag.

„Letzte Nacht hast du sie ordentlich rangenommen, was?" Im Erdgeschoss ertönte grobes Gelächter. „Hast du sie gefickt? Ich wette, sie war ganz geil auf dich." „Hört doch auf, jeder kann euch hören." „Na und? Wie war es? Erzähl schon! Hast du ihre Brüste gepackt und ordentlich einen reingedrückt? Suneki, ich schwöre dir, wenn ich du gewesen wäre, ich hätte ihr die Sahne in den Arsch gespritzt und dann ..." Eine Gruppe junger Männer ging an der Treppe vorbei. Ihre Stimmen wurden immer leiser, bis sie ganz verklangen.

Lanthan blieb am Stufenabsatz stehen und sah zu Raena hoch. Als ihre Blicke sich trafen, errötete sie, während von ihm keine Reaktion kam. Also tat sie so, als hätte sie nichts davon gehört. Männer eben.

Sie sprechen wie Schweine, pflegte Mutter zu sagen, *und benehmen sich auch so.*

Raena nahm zwei Stufen auf einmal. Es war nicht zum ersten Mal, dass sie solche Dinge hörte, nur verstand sie kaum etwas davon, wobei Sahne eine seltsame Umschreibung für das war, was aus den Stieren rauskam und womöglich auch aus den Menschen. Ihr Bruder hatte mal gemeint, jene Flüssigkeit sei die Saat des Lebens und ohne passiere nicht viel. Die Frau sei nur ein Gefäß. Wie weit das stimmte, war dahingestellt. Arik war in vielen Dingen nicht gerade klüger. Aber wenn Mutter gewusst hätte, dass er ihr das erzählt hatte, bei den Göttern, das hätte Prügel gegeben.

Gemeinsam betraten sie die Gaststube. Lanthan musste den Kopf senken, um sich den Kopf nicht am Türrahmen anzustoßen.

Bis auf den letzten verlorenen Säufer, der mit der Wange auf der Tischplatte eingeschlafen war und einen Krug in der Hand hielt, waren die Stühle leer. Eine einsame Frau, gekleidet in Schürze und Wollkleid, kratzte mit einer Bürste über den Boden. Ihre Arme waren schaumbedeckt. Als Lanthan an ihr vorbeiging, grüßte er, wobei die Frau überrascht zusammenzuckte und eine Antwort murmelte. Raena grüßte ebenfalls und wich dem nassen Boden aus.

„Hängt Euch bei mir ein", schlug er zwei Schritte später unerwartet vor. Raena zögerte. Lanthan war schließlich noch immer ein Fremder für sie, doch da er nicht weiterging und sie bloß geduldig ansah, nahm sie das Angebot an. Sein Griff war fest, ähnelte einem Schraubstock. Ihr Arm begann zu kribbeln und sie hatte das Gefühl, die Luft würde vor ihren Augen flimmern. Nachdem sie geblinzelt hatte, war es weg.

Er zog sie nah zu sich heran und sie spürte seine Körperwärme. *Merkwürdig.* Raena kannte ihn kaum und doch war da ein seltsames Prickeln, welches sie nicht einordnen konnte. Sie wusste nicht einmal, ob es guter oder schlechter Natur war.

Im Hintergrund hörte sie: „Bin ich blind oder wo sind sie hin? Sie waren doch gerade noch hier!", doch schenkte dem keine nähere Beachtung.

Lanthan trat durch die offene Tür ins Freie und Raena wäre fast gestolpert, da sie die Stufen unter dem Eingang nicht bemerkt hatte. „Passt besser auf", murmelte er. Sie konnte sich beim besten Willen nicht daran erinnern, dass sie letzte Nacht darüber hinweggestiegen wäre.

Sonnenlicht flutete den Innenhof. In den braunen Pfützen schimmerten

Glasscherben, Pferdemist verlieh der frischen Luft eine würzige Note und aufgeweichte Essensreste erinnerten an die vergangene Hochzeitsfeier, von der ansonsten nicht mehr viel übriggeblieben war. Die Bänke hatte man längst weggeräumt und lediglich ein gebrochener Stuhl, sowie eine verlassene, mit Kränzen geschmückte Bühne deuteten darauf hin, dass am Vortag ausgelassen gefeiert worden war.

Schlaksige Pferde standen an der Mauer, an dünnen Pfosten festgebunden. Vier davon trugen einen Sattel, der Rest war nur mit einem einfachen Halfter ausgestattet. In leichte Rüstung gekleidete Reiter standen daneben, in eine heftige Diskussion vertieft. Einer von ihnen war besonders laut und ausdrucksvoll mit seiner Körpersprache.

„Wir hätten durch die Hintertür gehen sollen", murmelte Lanthan, während sie den braunen Pfützen auswich und mehrmals mit den Schuhen im Dreck steckenblieb.

„Was?", fragte sie ihn, doch er tat das Gesagte nur mit einer Handbewegung ab und ging mit ihr über den Hof. Bevor sie ihn durchs Tor verließen, schenkte Raena den Reitern kurz ihre Aufmerksamkeit. Sie nahmen keine Notiz von ihnen, doch worüber auch immer sie sprachen, es schien wichtig. Ihren Gesichtern nach war es ein ernstes Thema, das unbedingt noch vor dem Ritt besprochen werden musste. Irgendetwas an ihnen gefiel ihr nicht und es grenzte an ein Wunder, dass keiner von ihnen ihren Blick spürte.

Hatte Lanthan nicht gesagt, dass Fenriel auf sie wartete?

Doch er zog sie weiter und so folgte sie ihm. Die Sonne schien ihr ins Gesicht und sie schätzte an ihrem Stand die Tageszeit ab. „Es ist fast Mittag", hauchte sie, doch er hörte sie trotzdem.

„Ja", erwiderte er knapp.

„Ich dachte, ich hätte kaum geschlafen", erstaunt sah sie zu seinem Gesicht hoch. Er betrachtete sie nicht, schien konzentriert. Raena hatte das Gefühl, dass er angespannt war, und das machte sie nervös. „Ist etwas nicht in Ordnung?", fragte sie vorsichtig.

„Macht Euch keine Sorgen", seine Stirn glättete sich und er blickte neutral auf sie hinunter, sein Griff noch immer eisern und unnachgiebig, als hätte er Angst, dass sie ihm entrissen werden könnte. „Alles wird gut." Warum klang er so, als müsse er sich selbst davon überzeugen?

Nach einigen Metern blieben sie auf der schmalen Straße stehen, die vom Gasthaus wegführte. Raena schauderte, denn sie hatte auf einmal das Gefühl, in Gefahr zu sein. Doch niemand folgte ihnen, also tat sie es als Einbildung ab.

„Fenriel war nicht bei der Scheune", murmelte er, „ich nehme an, dass er im Wald wartet."

Sie hatte mit mehr Gereiztheit gerechnet. Stattdessen klang er nachdenklich und ehrlich besorgt.

„Seid Ihr nicht der Anführer? Sollte er nicht Eure Anweisungen befolgen?"

„Ja und der Elf hat unsere Abmachung ignoriert", brummte er, „die Frage lautet nur ..." Er drehte den Kopf hin und her, schien nach möglichen Spuren Ausschau zu halten. Schließlich blieb sein Blick am nächsten Waldstück den Hang hinunter hängen.

Raena sah ihn ratlos an. Warum ausgerechnet ein Elf mit einem Menschen zu ihrer „Rettung" geschickt worden waren, war ihr ein Rätsel. Und von wem kam eigentlich der Auftrag, sie nach Narthinn zu bringen?

„Hier lang", teilte ihr Lanthan mit und deutete mit seiner ausgestreckten Hand auf geknickte Grashalme, Spuren, die eindeutig erst vor kurzem von einem großen und schweren Tier hinterlassen worden waren. Beim näheren Hinsehen konnte man erkennen, dass ein weiteres, viel leichteres Pferd daneben hergegangen war und Raena sah auch, wie sich die Sonne in den Tautropfen spiegelte und verzog das Gesicht. Ihre Beine waren zwar fast zur Gänze unter dem Kleid verschwunden, doch sie war sich sicher, da hineinzugehen, kam einem Bad in einem Fluss gleich. Wehmütig betrachtete sie ihre Schuhe, das Futter war noch warm und trocken.

„Da müssen wir wohl runter", knurrte Lanthan, die Lippen zu einem schmalen Strich zusammengepresst, „das ist verdammt steil. Es wäre wohl besser, wenn ich vorgehe, bevor wir uns beide den Hals brechen." Nach einem letzten prüfenden Blick, den er zum Gasthaus warf, ließ er sie los. „Beeilen wir uns."

11. KAPITEL

„Warum ...?", *nehmen wir keinen einfacheren Weg?*

Als sie sah, wie er sich abwärts kämpfte, schüttelte sie den Kopf über Fenriels Waghalsigkeit und fragte sich, wer die Wiesen im Sommer wohl mähte. Es musste eine Heidenarbeit sein, das Gras bis zum Weg hochzutragen, denn jeder Karren wäre bei der Neigung sofort umgekippt.

„Kommt schon." Er warf ihr einen ungeduldigen Blick zu und sie hatte das Gefühl, unterschwelligen Stress aus seiner Stimme herauszuhören. Sie sah zum Gasthof zurück und realisierte, dass man sie nach ein paar Metern nicht mehr sehen würde.

Deshalb vielleicht ...?

Raena gab sich einen Ruck. Mit ausgestreckten Armen folgte sie ihm und spürte sogleich die Feuchtigkeit durch ihre Kleidung dringen. Eisige Tropfen liefen ihre Haut entlang und versickerten in ihren Schuhen. Sie kämpfte nicht nur mit dem weichen Untergrund, sondern auch mit brennenden Muskeln, die bei jedem Schritt abwärts ihre Waden entflammten. Ihren Körper überzog Gänsehaut.

Fluchend rutschte Lanthan den Hang hinunter.

Verstohlen betrachtete sie seine Hose, die an den Innen- und Außenseiten bereits dunkel verfärbt war. Vater hatte immer gesagt, dass Leder nicht nass werden sollte. Sie beschleunigte ihren Schritt, er war ihr mit seinen langen Füßen weit voraus, rechnete aber nicht mit einem Maulwurfshügel, der ihre Balance in Sekundenschnelle vernichtete und sie einen unterdrückten Schrei ausstoßen ließ. Raena fiel nach hinten und ihr Kopf prallte auf dem Boden auf. Sie stieß ein Keuchen aus, grub die Hände in die Erde, doch glitt senkrecht den Hang hinunter, während das Kleid hochrutschte und ihre Beine offenbarte. Hektisch versuchte sie es zu ordnen, ihre Finger erdig nass.

Sie hörte seinen schnellen Atem, seinen Körper durchs Gras streifen, als er auch schon nach ihrem Kragen packte. Stoff knirschte, Nähte platzten und das Rutschen hörte auf. Nachdem sie den Schock verdaut hatte, schoss Hitze ihre Wangen hoch. Von oben bis unten war sie nass, voller Tau und Dreck, der, wie ihr vorkam, keine saubere Stelle auf ihrem Körper zurückgelassen hatte.

„Seid Ihr in Ordnung?", hörte sie seine keuchende, vor Anstrengung und Sorge angespannte Stimme, als er sich über sie beugte. Unter seinem Blick wurde sie nur noch röter und stotterte: „I-ich lebe noch."

Prüfend glitten seine Augen über ihren Körper und blieben an ihren zerkratzten, sonnengebräunten Beinen hängen. Man sah deutlich, wie kurz ihre Kleider im Sommer gewesen waren. Oberhalb der Knie war sie bleich wie ein Neugeborenes. Nicht sonderlich damenhaft, sie wusste das. Aber am Bauernhof, mitten am Feld, wo kaum einer vorbeikam, war die Länge des Rocks unwichtig. Außerdem war es im Sommer heiß im Streifen.

Raena setzte sich auf, was ihr aufgrund des Gefälles nicht allzu schwerfiel. Schwieriger war es, seinem starrenden Blick zu begegnen. Er war viel zu nah und sie konnte seinen Atem hören, die Wärme fühlen, als er gegen ihre Wange atmete. Restalkohol umwehte ihre Sinne. Sie schauderte.

Seine Hand, noch immer in den gerissenen Fetzen ihres Kleides festgekrallt, zuckte zurück, als ob er sich verbrannt hätte. Er richtete sich auf und musterte ihre nackte Schulter, wobei er die Stirn in Falten legte und die Brauen ein Stück zusammenzog.

„Geht es Euch gut?", wiederholte er.

„J-ja. Alles in Ordnung." Peinlich berührt schob sie fahrig das Kleid über ihre Beine. „G-gehen wir weiter?" Ihre Stimme bebte.

Er antwortete nicht sofort. Innerlich flehte sie, er möge ihr doch endlich eine Antwort geben und diese unangenehme Situation damit überspielen.

„Passt aber auf, wohin Ihr tretet." Er streckte ihr die Hand entgegen und half ihr beim Aufstehen. Sie unterdrückte ein Ächzen, betrachtete den Boden vor ihren Füßen und entfloh damit seinem prüfenden Blick, mit welchem er sie aufs Neue taxierte. Nachdem er ihre Hand losgelassen hatte, ging er weiter.

Raena atmete tief durch und straffte die Schultern, ehe sie ihm folgte. Sie fiel allerdings schnell zurück und spürte die angeschlagenen Stellen anschwellen. Schließlich hinkte sie merklich und unterdrückte einen Seufzer, um nicht auf sich aufmerksam zu machen.

Der Wind frischte auf und ein unangenehmer Schauer rieselte ihren Rücken hinunter. In ihrem Leben hatte sie bereits viele eisige Morgen erlebt, aber dieser hier war eindeutig einer von der schlimmsten Sorte. Je näher sie dem Wald kamen, desto kälter wurde es. Sie hörte einen Bach plätschern und sah einige Meter weiter die Brücke, welche sie letzte Nacht mit Fenriel überquert hatte.

Oder war das eine andere Brücke?

Raena runzelte die Stirn, denn sie war sich nicht sicher.

Lanthan schritt energisch darauf zu. Er schien das taunasse Gras längst verdrängt zu haben. Raena beäugte seinen Rücken, seine kerzengerade Haltung und seufzte nun doch. Falls ihm ebenso kalt war, so ließ er es sich jedenfalls nicht anmerken. Kaum hatte sie den Gedanken beendet, war Lanthan stehengeblieben. Ruckartig zerrte er die Lederjacke von seinen Schultern, wartete, bis sie ihn erreicht hatte und hielt sie ihr wortlos hin. Sie sah sein verzerrtes Gesicht hoch, suchte seine Augen, die teils hinter braunen Locken verborgen waren.

„Nehmt es", sagte er.

Raena zögerte und nahm das Angebot erst an, als er ihr deutete, dass sie sich umdrehen sollte.

„Ich helfe Euch."

Während er die Jacke festhielt, schob sie ihren rechten Arm in den viel zu langen Ärmel und schauderte. Die Jacke war zu groß, sie hatte genügend Platz, um zweimal hineinzupassen, doch das Futter war so warm und weich, dass es ihr ein wohliges Seufzen entlockte. Als sie ihren zweiten Arm hineinschob und Lanthan die Jacke auf ihre Schultern niederließ, überraschte sie, wie schwer sich das Leder anfühlte und dass es kaum Spielraum zuließ, wenn sie ihren Arm anwinkelte.

Lanthan trat zurück. „Schon besser. Ihr erfriert mir sonst. Ich dachte eigentlich, Ihr wärt Kälte gewohnt."

„Das bin ich auch", verteidigte sie sich.

„Seid Ihr nicht jeden Morgen aufgestanden, um das Vieh zur Weide zu bringen?"

„Ja, aber ich trug oft Unterhosen und warme Wollsocken."

„Jedenfalls hoffe ich, dass Euch schnell wieder warm wird."

Sie hörte ihn lächeln und drehte sich wieder zu ihm um. „Danke, Ihr seid sehr nett, aber ich bin ganz schmutzig", murmelte sie schuldbewusst und wandte schnell den Blick ab, weil sie das Gefühl hatte, ihn wieder anzustarren.

„Das macht nichts. Ich möchte nicht, dass Ihr erkrankt und wir mehrere Tage lang in einem Gasthaus auf Eure Genesung warten müssen."

Natürlich. Wieso hätte er sie mir auch sonst geben sollen. Nicht, dass sie enttäuscht gewesen wäre, nur ... was war sie dann?

„Ich werde nicht schnell krank", murmelte sie und tastete nach den Knöpfen, um sie zu schließen. Es wollte ihr nicht gelingen, sie rutschte mehrmals ab. Seine Nähe machte sie auf einmal nervös und sie konnte nicht einmal sagen wieso. Dann waren plötzlich seine großen Hände in ihrem Blickfeld und halfen ihr.

Ein wenig verloren stand sie da und sah ihm dabei zu, wie er sich von Knopf zu Knopf nach unten arbeitete. Dabei kam er ihr noch näher als zuvor und sein männlicher Geruch stieg ihr in die Nase. Schweiß und Leder, herb nach irgendeinem holzigen Duft. Abgesehen von dem Alkohol roch er eigentlich ziemlich angenehm. Wie alt mochte er sein? Sie konnte es nicht einschätzen. So alt wie ihr Vater? Nein, aber älter als ihre Brüder.

„Wie geht es Eurem Bein? Habt Ihr Euch verletzt?"

„Nein, es geht schon", winkte sie schnell ab, weil es ihr peinlich war. Obwohl sie ihm am Vortag zum ersten Mal begegnet war, erschien er ihr heute umgänglicher. Er sah zwar noch immer furchteinflößend aus, doch jagte ihr keine Angst mehr ein.

„Ich hätte es Euch früher anbieten müssen", meinte er verlegen und sah ihr direkt ins Gesicht.

Also hatte er das Gesagte zuvor gar nicht so gemeint. Das freute sie.

Warum auch immer ihr Herz nun schneller schlug, das dunkle Grün seiner Augen, gesprenkelt von braunen Punkten, zog sie magisch an. Sein Blick war weich und besaß eine Tiefe, die sie auf eine Weise berührte, die sie nicht beschreiben konnte.

Und sie erwischte sich dabei, wie sie lächelte.

Dann wurde er wieder ernst und von der Wärme, die sie soeben noch gesehen hatte, war keine Spur mehr übrig. Mit einem Nicken deutete er ihr, dass sie weitergehen sollten und Raena, davon irritiert und auf unerklärliche Weise verletzt, folgte ihm auf die Brücke.

Das Gras unter ihren Füßen verschwand und wurde durch Moos ersetzt. Dicht schlängelten sich die Polster zwischen den Pfosten um das Holz herum und schufen einen weichen und wuchernden Teppich, der seinen Ursprung im dichten Wald links von der Brücke hatte. Sie sah die Spuren der Pferde darin verschwinden, denn die Hufe hatten tiefe Löcher ins Moos gerissen. Am Waldrand drückte Lanthan die Äste zur Seite und sie folgte ihm. Beide versanken im weichen Humus und Raena stolperte über einen krummen Ast.

„Es ist wirklich überall nass", murmelte sie mehr zu sich selbst.

„Es hat geregnet."

„So viel?"

Er antwortete nicht.

Sie wollte ihm weiter folgen, bemerkte aber, dass er stehengeblieben war. Fast kam es ihr so vor, als würde er den Geräuschen des Waldes lauschen, jeden Ton wahrnehmen, jedes kleine Gezwitscher über ihren Köpfen genauestens abhören. Neugierig stellte sie sich neben ihn und sah, dass er den Blick zwischen die Baumkronen über ihren Köpfen gerichtet hatte. Dann spitzte er die Lippen und pfiff. Blätter raschelten und Vögel, die zuvor glockenhell gesungen hatten, flogen aufgeschreckt den blauen Himmel hoch.

Sie warteten.

Raena schlackerte mit den Ärmeln.

Und warteten, bis ... nichts geschah.

„Ich bring ihn um", presste Lanthan zwischen zusammengebissenen Zähnen hervor. „Ich bring ihn um", wiederholte er eingehend, als wäre er kurz davor, seine Drohung wahrzumachen.

Raena folgte seinem schnellen Schritt und wäre um ein Haar mit ihm zusammengeprallt, als ihn eine Bewegung im Unterholz zum Stehen zwang. Dumpfe, rhythmische Aufschläge erklangen, als würde jemand hinter einer Mauer eine große Trommel schlagen. Holz krachte und knackte.

„Wenigstens hat er ihn nicht angebunden."

Dunkles Fell blitzte im dichten Unterholz auf, als sich ein riesiger Pferdekörper zwischen dem Geäst hindurchschlängelte und auf sie zutrabte. Lagunas warf seinen mächtigen Kopf zurück und begrüßte sie mit einem Schnauben.

„Hallo, mein Freund." Lanthan streckte die Hand aus und tätschelte ihn am Hals.

Im Sonnenlicht war es ihr möglich, seine ganze Pracht zu bewundern. Die langen Beine wie kleine Baumstämme, die Hufe so breit wie ihre Handflächen, das Fell glänzend, die Nüstern geweitet und rosa gepunktet. Raena war wie verzaubert von seiner massiven Erscheinung und das trotz der verfilzten Mähne, die ihm über die Augen hing.

Er wäre bestimmt ein guter Ackergaul geworden.

„Ich dachte schon, Ihr wärt am Weg hierher entführt worden."

Raena zuckte zusammen.

Sie sah, wie Lanthan zu einer Salzsäule erstarrte.

„Warum hast du ihn nicht im Stall stehen lassen?!", der aggressive Ton in seiner Stimme ließ einem das Blut in den Adern gefrieren. Sogar Lagunas wich ein Stück von seinem Herrn zurück und legte die Ohren an. Doch er lief nicht davon.

„Wir haben schon viel zu viel Aufmerksamkeit erregt", lautete Fenriels barsche Antwort, der links von ihnen mit Grashalm aus dem Dickicht aufgetaucht war, „früher oder später hätten sie das Gasthaus durchkämmt und euch gefunden."

Und dich auch, schoss Raena durch den Kopf.

„Ich hätte es nicht zugelassen." Lanthans Zorn war deutlich spürbar. „Du weißt, dass ich weiß, wie das geht."

Fenriel hob die Brauen, als zweifele er. „Wie auch immer. Jetzt seid ihr hier und wir können endlich aufbrechen."

„Wir haben uns deutlich abgesprochen. *Sie* waren dafür."

„Ich weiß und ich würde deine Führung niemals hinterfragen."

„Warum ignorierst du dann meine Befehle?"

Raena, die beim Gespräch nicht mitkam und das Gefühl hatte, unerwünscht zu sein, blickte vorsichtig zu Grashalm hinüber. Die hatte ihren Blick interessiert auf sie gerichtet. Raena las die Frage, die in ihren Augen stand und sah zu Fenriel hoch, der sie aber nicht unter seine aufgesetzte Fassade blicken ließ. Der Stein auf seiner Stirn funkelte in der Sonne und die Schatten der Blätter tanzten über sein Gesicht.

„In Gefahr muss man handeln, also bin ich fort. Außerdem hätte Lagunas ihre Aufmerksamkeit erregt. Er ist ein Streitross. Man hätte nach dem Besitzer gefragt. Was denkst du, hätten sie getan, wenn sie dein Schwert gesehen hätten? Du solltest es bei dir führen, wenn du dir deiner Fähigkeiten sicher bist. Ozean hat letzte Nacht ...", setzte Fenriel herablassend an, doch Lanthan unterbrach ihn: „Unsere Aufgabe besteht darin, das Gleichgewicht nach Elyador zu eskortieren und das sicher und möglichst ohne Schwierigkeiten. Sie ist gestürzt, Fenriel. *Gestürzt*. Was, wenn sie sich das Bein gebrochen hätte? Genügt, dass du dafür gesorgt hast, dass sie sich im Sattel deiner Stute verletzt. Ich erinnere dich nur ungern, aber sie ist nicht unsterblich!"

Was? Darüber hatte sie noch gar nicht nachgedacht. Als Kind zweier Gottheiten war man theoretisch unsterblich, so zumindest ihre Logik, doch wenn sogar Ara im Kindbett starb, dann ... sie wollte sich keine Gedanken darüber machen. Sie konnte nicht. Erst gestern hatte sie von ihrem Schicksal erfahren und nun hörte es sich in ihrem Kopf fast an, als glaube sie daran.

Sie bemerkte, dass Fenriel sie ansah. Er strahlte eisige Distanz und vielleicht auch eine Spur von Abneigung aus, wobei sie sich bei Letzterem nicht sicher war.

Raena schlug die Augen nieder.

Habe ich etwas falsch gemacht?

Er vermittelte ihr ein wertloses Gefühl, als sei sie ein Nichts, nur eine Last, die sie aufgrund von höheren Befehlen mitzuschleppen hatten. Glaubte er etwa auch nicht daran? Und falls dem so war, warum hatte er sie dann gerettet? Warum hatte er ihr gezeigt, wie seine magische Kugel aussah? Sie wurde wütend, doch zwang sich ruhig zu bleiben.

„Wir sollten uns beeilen und aufhören zu streiten", meinte Grashalm, völlig unberührt von der Woge an Emotionen.

„Ich hätte sie geheilt, wenn sie gewollt hätte." Raena spürte, wie sich Fenriels Blick in ihren Kopf bohrte. „Ich kann es noch immer tun."

„Wollt Ihr das?", fragte Lanthan gereizt und Raena schüttelte den Kopf. „Gut, dann können wir ja weiter. Kommt. Ihr reitet mit mir."

„Was?", hörte sie sich sagen, dann flog ihr Blick zu Lagunas, der entspannt hinter seinem Herrn stand und den Kopf mit halb geschlossenen Lidern hängen ließ. „Mit *Euch*?"

„Ja, mit mir", bestätigte er, als wäre sie schwer von Begriff.

Sie zögerte, dann nickte sie. Was blieb ihr auch anderes übrig. Sie konnte wohl kaum davonlaufen.

Ohne Vorwarnung schlang er seinen Arm um ihre Taille und hob sie hoch. Raena schnappte nach Luft wie ein Fisch an Land. Bereits gestern war ihr aufgefallen, wie unglaublich stark er war. Kurz baumelten ihre Beine in der Luft, der Kragen drückte in ihr Kinn, doch dann saß sie und unter ihrem Hinterteil war kühles Leder. Ihre Muskeln schrien vor Schmerz und sie verzog das Gesicht. Mit einer Handbewegung deutete er ihr, dass sie vorwärts rutschen solle. Raena atmete zittrig aus, wollte ihm gehorchen, doch blieb im Sattel kleben wie eine Fliege im Spinnennetz.

„Alles in Ordnung?", fragte Lanthan daraufhin, seine Wut schien verraucht, „sitzt Ihr bequem? Ihr seht bleich aus."

Tat sie das? Kein Wunder. Trotzdem berührte sie, wie er sich um ihren Zustand kümmerte. „Alles in Ordnung", log sie und ordnete ihr Kleid, damit ihre Beine bedeckt blieben. Sie war froh, dass der Rock genügend Spielraum zuließ.

„Wollt Ihr die Steigbügel nutzen, oder soll ich das tun?"

Er stellte ihr viel zu viele Fragen. Sie war überfordert.

„Es ist mir gleich", erwiderte sie und wich seinem Blick aus. Durch die Baumkronen hindurch schien die Sonne direkt auf sein Gesicht. Seine Pupillen waren winzig und seine Narben grässlich rot.

Im Augenwinkel bemerkte sie, dass Fenriel sie beide beobachtete. Unbehagen breitete sich in ihrer Magengrube aus. Am liebsten hätte sie sich in einen Fetzen Stoff gewickelt, damit er sie nicht mehr ansehen konnte.

„Nun gut", murmelte Lanthan, „falls es unangenehm wird, müsst Ihr es mir sagen." Den Ruck des Sattels spürte sie kaum, als er schwungvoll hinter ihr Platz nahm. Er stieß mit den Hüften gegen ihr Gesäß und sie biss sich auf die Lippe, als sie unerwartet vorwärts rutschte.

Lagunas begann zu tänzeln.

Raena verkrampfte sich und packte die Mähne.

„Es ist ja nicht dauerhaft, mein Freund. Nur für eine Weile", beruhigte Lanthan ihn.

Sie fand es seltsam, wie vertraulich er mit dem Ross sprach, als wüsste er, dass es ihn verstand. Und seine Worte verfehlten ihre Wirkung nicht. Lagunas wurde tatsächlich ruhiger, atmete tief aus, schnaubte gemächlich und fügte sich seinem Schicksal. Erst jetzt fiel ihr auf, wie hoch sie saßen und dass der Aufprall ziemlich wehtun würde, falls sie stürzen sollten.

„Reite vor", forderte Lanthan Fenriel auf.

Raena spürte seinen warmen Atem im Nacken und schauderte. Da sie sich auf engstem Raum einen Sattel teilten, konnte sie spüren, wie er mit seinem breiten Körper ihren Rücken streifte. Am liebsten wäre sie zu Fuß gegangen und überlegte tatsächlich, ob sie ihn das fragen sollte.

Sie tat es nicht.

Fenriel neigte den Kopf. „Wie du befiehlst", sagte er und Raena war sich nicht sicher, ob er spottete. Lanthan ignorierte ihn.

Leichtfüßig suchte Grashalm sich einen Weg durch das dichte Buschwerk. Trotz des langen Mantels konnte Raena erkennen, dass Fenriel die Schnallen fein säuberlich über seinen Unterschenkeln festgezurrt hatte. Fasziniert glitt ihr Blick seine schmale Silhouette entlang, die teils verhüllten Beine und den Rücken hoch. Kurz glaubte sie, eine Vorrichtung erkannt zu haben, die er sich um den Unterbauch geschlungen hatte und bildete sich ein, deren Abdrücke zu sehen, die, je nachdem wie der Wind mit dem Stoff spielte, schwach abgebildet wurden. Fenriel ritt und saß, als wären Grashalm und er eins, als wären ihre Leiber miteinander verschmolzen. Vielleicht, wenn man ihr nachts diese Vorrichtung, wie auch immer man es nennen wollte, angelegt hätte, wäre sie ein wenig schmerzloser davongekommen.

Den Leuten würde der Mund offenstehen.

Sie werden reden.

„Das werden sie nicht."

Lanthan drückte ihr die Zügel in die Hand.

Verwirrt griff sie danach. „Was?"

„Ihr habt laut gesprochen", er lachte leise, „er ist ein Elf. Sein Volk versteckt sich gern. Deshalb wohnen sie auch auf einem anderen Kontinent. Sie wollen nichts mit uns zu tun haben."

Scherzte er oder meinte er das ernst?

Raena knetete das Leder zwischen ihren Fingern. Sie wusste nicht, was sie erwidern sollte, also redete sie wirr darauf los: „Soll ich, ich weiß nicht, w-wollt Ihr ...", und machte Anstalten, ihm das Leder wieder überreichen zu wollen. Im ersten Moment konnte sie seine Hände nicht finden, bis sie sah, dass er sie entspannt auf seinen Oberschenkel abgelegt hatte. Sie waren riesig, im Gegensatz zu ihren. Und behaart.

„Ihr könnt sie gerne behalten. Lagunas stört es bestimmt nicht, ausnahmsweise von einer Frau geführt zu werden." Er holte tief Luft. „Wollen wir?"

Sie standen noch immer. Grashalm hatte bereits deutlich an Vorsprung gewonnen. Lagunas gehörte wohl nicht zu den Pferden, die von selbst dem ersten Pferd folgten. Dabei hatte er ihr einen anderen Eindruck vermittelt.

„N-natürlich!", entgegnete sie aufgewühlt und drückte ihre Fersen in die Flanken des Tieres hinein.

Lagunas setzte sich schwerfällig in Bewegung. Sie spürte, dass die Erde merkbar unter ihnen nachgab. Im Untergrund knackte und blubberte es. Grashalm war das genaue Gegenteil. Die Stute bewegte sich leichtfüßig und mit solch einer Grazie, dass Raena nicht mehr aus dem Staunen herauskam. Fenriel war ein herausragender Reiter.

„Liegt an der Verbindung, die sie miteinander teilen." Lanthan schien ihren Gedanken erraten zu haben. „Elfen und Einhörner sind wie füreinander geschaffen."

Raena wich einem schiefhängenden Ast aus, bevor eine abgebrochene Spitze über ihre rechte Wange kratzen konnte. Sie fühlte, wie Lanthan ihrer Bewegung folgte. „Kann ich Euch etwas fragen?"

„Natürlich, nur zu."

Sie holte tief Luft. „Wie ist es eigentlich möglich, dass Ihr durch die Stadt reiten könnt, ohne aufzufallen? Ich meine, wenn ein Einhorn in der Stadt wäre, würde sich die Nachricht bestimmt wie ein Lauffeuer verbreiten."

„Sagte ich doch schon."

„Ja, aber wie machen sie das?"

Sie hörte ihn leise schmunzeln.

„Ein Einhorn kann sein Horn verblassen, bis ganz verschwinden lassen. Gestern im Gasthof habt Ihr es bereits gesehen. Grashalm hat Magie benutzt, um sich zu verschleiern."

„Ich sah aber ihr Horn."

„Das liegt daran, weil Einhörner freiwillig entscheiden können, wem sie sich offenbaren."

„Das bedeutet, sie sieht nach außen hin wie ein weißes Pony aus?" Raena runzelte die Stirn.

„Einhörner tragen ihre Namen in ihren Augen, denn die sind bekanntlich der Spiegel der Seele. Und bei den Einhörnern trifft das sozusagen wortwörtlich zu."

„Offenbarung ...", murmelte sie nachdenklich. Für einen Augenblick hatten sie sie an einen geheimnisvollen Ort entführt, einen Ort, der sie in seinen Bann gezogen, gefesselt und nicht mehr losgelassen hatte. Wenn sie darüber nachdachte, schien es, als wolle ihre Seele dorthin zurück und ihr Geist verlor sich in Gedanken fern der Realität.

Es wurde langsam wärmer, der kühle Wind nahm ab. Raena spürte den Windzug kaum, der über ihr Gesicht strich. Lanthans Jacke war warm und sie fühlte sich wohl, sodass sie kurzzeitig sogar vergaß, dass sie eine Gefangene war.

Plötzlich wurde ihr speiübel. Ihr Magen knurrte. Hatte sie etwa Hunger?

Oder lag es daran, weil sie nicht wusste, was genau mit ihr geschehen würde, sobald sie in Narthinn eintrafen? Man brachte sie fort aus ihrem Land, weg von Zuhause.

Ich bin kein Gleichgewicht, redete sie sich ein, *sie werden schon sehen. Und dann müssen sie mich zurückbringen.*

Doch würden sie das auch tun? Bei Fenriel war sie sich nicht sicher. Lanthan hingegen war freundlich zu ihr, sprach sie respektvoll an und sorgte sich um sie. Aber wer garantierte ihr, dass sie nicht einfach verkauft wurde oder schlimmer, ihr die Kehle in irgendeinem Waldstück durchgeschnitten wurde? Sie war schließlich nur die Tochter irgendeines Streifenbauern.

Ich habe zwar sein Wort, aber wie viel ist das Wort eines Fremden wert?

„Ist Euch noch kalt?", fragte er, als sie den Wald durch hohes Buschwerk verließen und einen schmalen Pfad betraten.

„Nein", erwiderte sie, „wollt Ihr die Jacke zurück?" Sie begann sich auszuziehen, ihre Finger waren nicht mehr steif und es gelang ihr, mühelos die Knöpfe zu öffnen.

„Nein, nein, behaltet sie", widersprach er, doch Raena wollte nicht so tun, als wäre alles in Ordnung. „Eure Schulter ... " Als er sah, dass sie sich nicht zurückhalten ließ, seufzte er: „Ihr könnt Euch den halben Mantel von gestern überziehen. Ich habe ihn in der Satteltasche."

„Schon gut. Ich ..."

„Ihr nehmt den Mantel. Ich bestehe darauf", befahl er ihr, „wie sieht das denn aus, wenn Ihr mit zerrissenem Kleid durch die Stadt reitet. Sie werden denken, wir hätten Euch Gewalt angetan."

Es genügt, wenn sie mein Gesicht sehen.

„Was würdet Ihr tun, wenn ich vom Sattel springe und davonlaufe?"

Das Herz schlug ihr bis zum Hals.

Warum halte ich nicht meinen Mund?

Lanthan ließ sich Zeit mit der Antwort, doch sie merkte, dass er sich versteifte. Dann zog er den Mantel aus einer der Satteltaschen und legte ihn über ihre Schultern. „Ihr wisst genau, was geschehen würde", erklärte er ruhig, während er den Stoff zurechtrückte.

Ihre Nackenhaare stellten sich auf. „Droht Ihr mir?"

Was tue ich da?

„Ganz und gar nicht. Habt Ihr Hunger?"

Sie presste die Lippen zusammen und griff sich an den Magen. Ja, sie hatte. Wie konnte sie im Moment überhaupt ans Essen denken?

„Ihr werdet mich töten, nicht wahr", murmelte sie niedergeschlagen und fühlte sich unbeschreiblich dumm, als er laut auflachte und selbst Fenriel sich irritiert umdrehte.

„Nein, wirklich nicht", erwiderte er, noch immer lachend. „Habt keine Angst", beschwor er sie sanft, „ich bin überzeugt, dass Ihr das Gleichgewicht seid. Ich würde Euch allerhöchstens anbeten, sobald Ihr erwacht. Soll ich Euch einen Altar bauen lassen? Ihr könnt sogar die Blumen wählen, die dort wachsen sollen."

Machte er sich über sie lustig? „Nein, danke", erwiderte sie schroff.

Erst lachte er noch, dann seufzte er tief in der Brust. „Was soll ich tun, damit Ihr mir glaubt?"

„Erzählt mir mehr darüber", verlangte sie.

Er antwortete nicht und holte stattdessen einen Beutel mit Essen hervor. „Hier, esst. Ich bitte Euch." Und übernahm prompt die Führung, während sie nach dem frischen Brot langte, das mit einem Baumwolltuch umwickelt war.

12. KAPITEL

Raena, mittlerweile wieder Herrin der Zügel, unterdrückte ein Seufzen, lauschte dem knirschenden Sattel und betrachtete die Natur um sie herum. In diesem Teil von Anahs Grenzgebiet war sie noch nie gewesen. Wie denn auch, weite Ausflüge hatte man ihr ausdrücklich verboten. Wehmütig rief sie sich die Gesichter ihrer Familie vors innere Auge und spürte, wie sich eine Faust um ihr Herz schloss und langsam zudrückte. Sie wollte nicht darüber nachdenken, ob man sie ihr ganzes Leben lang belogen hatte, wollte die Enttäuschung der Lüge nicht spüren. Und dennoch tat sie es. Es schmerzte und es gab keine Heilung, keine Linderung für ihre Verletzung, die äußerlich nicht zu sehen war. Vater hätte ihr vom Fürsten erzählen und sie bitten sollen. Dann hätte er nicht leiden müssen. Dann wäre sie einfach zu ihm geritten und hätte ihr Schicksal akzeptiert.

Du hast einen Fehler gemacht, Vater. Eure Opfer waren umsonst.

„Lanthan, ich meine ... darf ich Euch so nennen?", zögerte sie, nachdem sie ihn beim Namen angesprochen hatte.

„Natürlich", erwiderte er sofort und packte einen Ast, um ihn zur Seite zu drücken.

„Ich möchte Euch noch etwas fragen", sprudelte es aus ihr hervor, „wenn mich der Fürst geheiratet hätte. Was wäre dann aus mir geworden?

Was wäre passiert, hätte ich", sie schluckte und räusperte sich, „hätte ich ihm Kinder geboren?"

„Nun", überlegte er und ihr kam es so vor, als würde er sorgsam darauf achten, welche Worte er wählte, „Ihr wurdet damals gestohlen. Das habe ich Euch, denke ich, bereits gesagt."

Raena nickte zur Bestätigung. „Ja, von Fürst Duran."

„Was geschehen wäre? Nicht viel, man hätte Euch früher oder später gesucht, so wie wir jetzt."

„Und woher kommt Ihr? Ihr befolgt doch sicherlich Befehle."

„Ich bedaure, aber ich kann Euch nicht viel verraten. Erst wenn wir in Sicherheit sind, werdet Ihr über jede Einzelheit aufgeklärt, ich verspreche es Euch."

„Aber Ihr habt gesagt, wenn wir auf dem Weg wären, dann ..."

„Ich weiß", unterbrach er sie gereizt.

Raena presste die Lippen zusammen. Eine Weile starrte sie zwischen den Ohren des Hengstes nach vorn, bevor Hilflosigkeit von ihr Besitz ergriff und ihr den Verstand zu rauben drohte. Sie verspürte das Bedürfnis, sich im Sattel umzudrehen, ihre Fingernägel in seine Schultern zu krallen und ihn zu rütteln, so fest, bis seine Zähne aufeinanderschlugen und er ihr die dringenden Erklärungen und Antworten gab, die sie von ihm haben wollte.

„Warum?", krächzte sie kaum verständlich, erschrocken über den Klang ihrer eigenen Stimme.

„Zu Eurer Sicherheit", gab er ausweichend zurück.

Raena kam ein Verdacht. „Ihr wisst es selbst nicht", ließ sie das Thema nicht ruhen, gewillt, ihre Antworten auf jeden Fall zu erhalten, „nicht wahr?"

„Warum er Euch heiraten wollte? Habt Ihr denn keine Idee?"

Sie stutzte. Angenommen, sie war das *legendäre* Gleichgewicht und all Leben hing von ihrem Dasein ab, dann wäre es eigentlich nicht so abwegig, wenn man sie entführte und zur Ehe zwang. Immerhin konnte derjenige dann der Menschheit verkünden, er habe das begehrenswerte Gleichgewicht geehelicht und vermutlich würde man ihn dann als etwas Besonderes ansehen. Waren ihre Gedanken zu weit hergeholt oder traf sie damit ins Schwarze?

Eine Berührung auf ihrem rechten Handrücken ließ sie überrascht zusammenzucken.

Sanft zog Lanthan am Zügel. „Ihr solltet Euch Euren hübschen Kopf nicht zerbrechen und mehr auf den Weg achten", wies er sie tadelnd zurecht und Raena bemerkte schockiert, dass Lagunas vom Pfad abgekommen war und die Wiese entlangspazierte.

„Verzeihung", murmelte sie. Sie hörte ihn leise Lachen und schauderte. Seine Stimme passte gut zu seinen Augen.

„Schon gut, es ist nichts passiert." Er führte Lagunas zurück.

Raena spürte, wie sein Oberarm den ihren streifte, und rückte ein wenig zusammen, die Hände in ihrem Schoß verschränkend.

„Stört Euch der direkte Körperkontakt? Ihr müsst es mir sagen, dann kann ich ..."

Röte schoss in ihre Wangen. „Was? *Nein*, so war das nicht gemeint!" Was sagte er da? Sie mochte keinen Körperkontakt?

Sein leises und kehliges Lachen entlockte ihrem Körper einen Schwall angenehmer Wärme und sie war einmal mehr froh, dass er hinter ihr saß und ihr Gesicht nicht sehen konnte, welches einen tiefroten Ton angenommen hatte.

Raena verdrehte die Augen, um ihren Gefühlen Erleichterung zu verschaffen. Verlegen starrte sie ihre Hände an, die sie verkrampft ineinander gekrallt hatte, sodass die Knöchel weiß hervortraten. Hoffentlich fiel ihm nicht auf, wie durcheinander sie war.

Schließlich herrschte Schweigen zwischen ihnen, was Raena fast schon lieber war, auch wenn sie keine direkte Antwort auf ihre Frage erhalten hatte. Ihre Arme berührten seine und sie ließ es zu, denn es war ihr nicht unangenehm, ganz im Gegenteil, was sie sehr verwirrte. Sie fühlte sich geborgen. Ergab das Sinn? Sie war nicht einmal freiwillig hier.

Raena schalt sich ein dummes Mädchen, welches keine Ahnung vom männlichen Geschlecht hatte.

Jede junge Frau wollte einen *Stier* im Bett, *einen Liebhaber,* hatte Arik behauptet. *Wenn eine Frau einen anderen Mann als ihren Ehemann in ihr Bett lässt, hat sie einen Liebhaber,* hatte er erklärt. Raena war bloß rot geworden. Nun dachte sie daran, was Mutter dazu gesagt hätte.

Es ergab keinen Sinn, wollte sie doch keine guten Gefühle gegenüber ihrem „Beschützer" hegen, war sie doch nur eine Gefangene, auch wenn er sie nicht wirklich als solche behandelte. Außerdem war da noch immer sein Gesicht.

Wofür er nichts kann.

Raena fühlte sich schlecht, weil sie sein Aussehen beurteilte. Ihr lag nichts daran, trotzdem war es furchteinflößend. Solange sie sich nicht umdrehte, war alles in bester Ordnung, das redete sie sich zumindest ein.

Ein weiterer Waldrand, bestehend aus hohen und gemischten Baumkronen war bereits in Sicht. Der schmale Pfad wurde zu einem breiten Weg, der steiniger und bei weitem nicht so nass war, wie der Waldboden zuvor. In großen Pfützen sammelte sich braunes Wasser, welches Lagunas mied, darüber hinwegstieg oder daran vorbeiging.

Fenriels Körperhaltung hatte sich nicht verändert. Raena musterte seinen Rücken. Ob er ihr Gespräch mitangehört hatte? Sie hoffte nicht und spürte ihre Wangen glühen.

Nach dem Waldstück, das nur ein Streifen aus Eichen und Fichten gewesen war, glitt ein kleiner Karren, gezogen von zwei schweißgebadeten Ochsen an ihnen vorbei. Sie zogen eine Schneise aus Mistgestank hinter sich her, bei dem einem übel wurde. Die Stimme einer alten, runzeligen Dame hallte zu ihnen herüber, die wild mit den Händen fuchtelte und einen jüngeren Mann anbellte, der sichtlich genervt und alles andere als gut gelaunt, die Tiere den Weg entlanghetzte.

Raena ertappte sich dabei, wie sie die Ochsen der Peitsche wegen bemitleidete, die in viel zu kurzen Abständen auf ihre Rücken niederklatschte und sie dahinrasen ließ, als wäre Suneki hinter ihnen her.

„Wir werden das Südtor bald erreichen", teilte Lanthan ihr mit, „nach dem Hügel dort werden wir Anah überblicken können."

Bevor sie den besagten Hügel erreicht hatten, hatte sich hinter ihnen bereits eine Schlange an Reisenden gebildet, die zahlreich zu den Märkten nach Anah strömten. Kurz dachte sie an ihre Familie und Hoffnung flammte in ihr auf. Vielleicht war heute jemand von ihnen in der Stadt? Doch innerlich glaubte sie nicht daran. Nicht nach den Ereignissen gestern Abend.

Nach dem Hügel schlossen sie sich einer großen Schar aus Karren an und reihten sich hinter ihnen ein, als würden sie dazugehören. Raenas Blick fiel auf eine Frauengruppe mit Kindern, eine von ihnen starrte sie an, als hätte sie noch nie eine Reiterin hoch zu Ross gesehen und als sich herausstellte, dass weiter vorn eine noch größere Schar unterwegs war, änderte sich Lanthans Taktik.

„In der Menge fallen wir weniger auf", raunte er heiser gegen ihr Ohr und trieb Lagunas an, da Fenriels Vorsprung immer größer wurde.

Raena drückte die Schenkel zusammen, wurde durchgeschüttelt und einen Atemzug später wurde ihr bewusst, dass Lanthans Anwesenheit der Grund dafür war, warum sie keinen Rhythmus fand. Sie spürte seine gleichmäßigen Bewegungen, seine Hüften an ihren. Das irritierte sie. Und so kam es, dass sie ungewollt gegen seine harte Brust prallte, er seinen linken Arm um ihren Bauch schlang und sie fest gegen seine Brust drückte. Kurz wurde ihr die Luft aus den Lungen gepresst, ihr Atem stockte und dann ging alles wie von selbst. Trotz des Mantels fühlte sie die Wärme, die er abstrahlte, als wäre kein einziges Stück Stoff mehr zwischen ihnen.

„Verflucht", zischte Lanthan verärgert. Dann war plötzlich die Kapuze auf ihrem Kopf und sie konnte nicht mehr ordentlich sehen. Er riss ihr den Zügelriemen aus der Hand. „Haltet Euch an der Mähne fest", befahl er ihr gepresst.

Raena tat wie geheißen und zog den Mantel enger um sich, während eine Hand in Lagunas Mähne verschwand.

„Macht Platz! Fürst Durans Männer!", schrie jemand barsch und kündigte damit eine Horde Reiter an, die in weißgoldene Uniformen gekleidet und ohne Rücksicht auf Verluste in einer Dreierreihe durch die Menge ritten. Man war gezwungen ihnen auszuweichen, wenn man nicht zu Tode getrampelt werden wollte. Die Rüstungen und Panzer der Pferde schimmerten rötlich bis leicht golden. Ein wahrlich schöner Anblick, würden die Sonnenstrahlen, die sich im Metall brachen, einem nicht die Sicht rauben.

Raena, die den Kopf schwach zur Seite gedreht hatte, verspürte ein Stechen in den Augen und wandte sich sofort ab, als Lanthan zischte: „Seht nicht hin!"

Lagunas fiel in schnellen Schritt zurück und bog scharf nach links, hinter einen großen Karren mit Dach ab, der von vier massigen Zugpferden gezogen wurde. Ihr wurde klar, dass Lanthan versuchte, sie den Blicken der Reiter zu entziehen, nur war Lagunas das größte Ross weit und breit. Raena hielt nach Fenriel Ausschau, konnte ihn aber nirgends entdecken, nicht einmal Grashalm, welche sich normalerweise durch ihre Fellfarbe hätte abheben sollen.

„Tut so, als hättet Ihr andere Sorgen und schaut einfach nur geradeaus." Lanthans Nervosität war nicht gerade hilfreich. Er steckte sie damit an, ihre Hände wurden feucht und sie fragte sich, ob man sie gleich aus dem Sattel zerren und am Boden festnageln würde.

Das Geschirr der herannahenden Pferde schepperte, sie hörte ihre Hufe rhythmisch über den Boden donnern. Jemand fluchte derb, ein Kind schrie und ein einsamer Protest ging in den Rufen eines Ochsentreibers unter.

Angespannt krallte sie ihre Finger in die Oberschenkel hinein und rechnete dabei nicht mit Lanthans Handrücken, der auf einmal im Weg war. Sie zog ihre Hand sofort zurück und sah die Abdrücke, die ihre Nägel hinterlassen hatten.

„Es tut mir leid!", stieß sie erschrocken hervor.

„Nichts passiert", entgegnete er kaum verständlich und sie spürte erneut, wie sein warmer Atem ihr Ohr streifte und fing an zu zittern.

„Verhaltet Euch ruhig. Keiner hat es gehört", flüsterte er rau, um sie zu beruhigen.

Trotz seiner Aussage konnte sie es nicht unterdrücken. Eine Frau im Sattel eines Streitrosses, direkt vor einem großen, breiten Typen, weckte Misstrauen. Sie konnte sich nicht vorstellen, dass sie nicht auffielen. Im Kopf begann sie sich bereits eine Ausrede zurechtzulegen, was nicht ihre Art war, als ihr bewusst wurde, dass das eigentlich Lanthans Aufgabe war.

Es grenzte an ein Wunder, dass man sie nicht aufhielt. Nachdem die Reiter und ihre glänzenden Pferde mit Getöse an ihnen vorbeigeritten waren, bemerkte sie, dass sie ihren Atem angehalten hatte.

„Wir sind außer Gefahr", teilte Lanthan ihr mit, sichtlich erleichtert und Raena nickte geistesabwesend.

„Fenriel hoffentlich auch", hörte sie sich murmeln.

„Keine Sorge."

Raena schob die Kapuze ein Stück zurück und sah, wie Durans Männer weiter vorn ihr Tempo verlangsamten.

„Wenn wir aufpassen, passiert uns nichts."

Anahs Mauern erinnerten an eine Festung. Graue Zinnen hoben sich vom satten Grün der Wiesen ab. Das spitzzulaufende Tor aus dunklem, robustem Holz mit einem dicken Rahmen aus dunkelroten Ziegelsteinen war breit geöffnet. Daneben hatte man jeweils links und rechts rechteckige Türme in die Mauern integriert, wo ganz weit oben zwei grimmig dreinblickende Wachen patrouillierten. Bei diesem Andrang kein Wunder. Soldaten in silberner Rüstung und weißen Stoffgürteln um die Taille, ließen unter strengster Kontrolle nur die Reisenden passieren, die keine illegalen Gegenstände transportierten. Stichprobenartig wurden Beutel geöffnet, Karren durchwühlt und Dokumente kontrolliert, sofern man aus einem anderen Land kam. Wurde man erwischt, drohten hohe Strafen, von einem langen Kerkeraufenthalt bis hin zum Verlust der eigenen Existenz, wenn man ein Geschäft in der Stadt oder im Streifen besaß. Dabei machten sie keinen Unterschied zwischen einem Stand oder einem Handelsbaron, so das Gesetz.

Bis zu fünf Wachen sorgten für dessen Einhaltung. Je nach Schicht, manchmal sogar stündlich, wurde symbolisch zwischen weißen und schwarzen Soldaten gewechselt, damit der Friede und die Gerechtigkeit bewahrt wurden und keine Fraktion sich minderwertig behandelt fühlen musste, falls sich weiße oder schwarze Reiter in Anah blicken lassen sollten. Die Reiter konnten den Streifen durchqueren, mussten aber ihre Reittiere in ihrem Land lassen.

Raena hatte in ihrem kurzen Leben weder von einem Drachen noch von einem Pegasus gehört, der über den Streifen hinweggeflogen wäre. Nicht nur, dass es verboten war, die Länder hätten einen Krieg mit dem Streifen ausgelöst.

Wortfetzen, die zwischen Soldaten und einfachen Leuten ausgetauscht wurden, trug der Wind bis zu ihren Ohren und ließ sie nur wenige Bruchteile davon verstehen. Lagunas war stehengeblieben und bewegte sich nur langsam vorwärts, da die Menge inzwischen so dicht angewachsen war, dass Raenas Schuhspitzen die rechte Schulter einer schlecht angezogenen jungen Frau berührten. Fenriel war wie vom Erdboden verschluckt.

„Verhaltet Euch unauffällig. Als wäre es für Euch alltäglich nach Anah zu reiten", murmelte Lanthan und zerrte ihr die Kapuze vom Kopf. Es klang eher danach, als müsse er sich selbst daran erinnern.

Es war nicht einfach, ruhig zu bleiben.

Ihr Blick wanderte zu den Wachen am Eingang. Sie studierte ihre Gesichter, wobei einer von ihnen gähnte und ein anderer nur halbherzig in einem Korb aus Weide wühlte. Die restlichen beiden besprachen etwas mit dem Schreiber, der alles über einen Holztisch gebeugt mit einem Federkiel dokumentierte.

Ein nervöser Mann stand daneben und schwitzte. Er trug bürgerliche Kleidung, bestehend aus einer braunen Weste und gewöhnlichen Leinenhosen, sowie ein weißes, sauberes Hemd. Die Kappe auf seinem Kopf saß schief und war genauso grün wie Lanthans Augen.

Dann sah sie vorsichtig zu den Männern auf den Türmen hoch und erkannte schwarze Stoffgürtel, die im Wind wehten. Einer von ihnen zog sich den Helm vom Kopf. Sie sah einen langen, zu einem Zopf gedrehten Bart. Etwas blitzte in seine Hand auf, ein Apfel, in den er hineinbiss. Ihre Blicke kreuzten sich und Raenas Herz tat einen Satz. Der Mann lächelte sie an. Zögerlich erwiderte sie es und bemerkte die Armbrust, die an einem Haken direkt neben ihm hing. Mit einer unvorstellbaren Durchschlagskraft, die selbst Knochen zum Bersten bringen konnte, handelte es sich um eine tödliche Waffe, die ordentlich Schaden im weichen Fleisch anrichten konnte. Von Vater, der besonderes Interesse an verschiedensten Waffen hatte, hatte sie gehört, dass die hohen Herren über ein Verbot nachdachten, denn ohne elfische Heiler war es praktisch unmöglich, eine solche Wunde zu behandeln. Gespannt wurde sie von einer eigenen Vorrichtung und das brauchte Zeit, weshalb die Männer im Wachturm stets mehrere Armbrüste auf Lager hatten, damit sie zur Not danach greifen konnten. Raena hatte auch von kleinen Armbrüsten gelesen, doch bei denen setzte man mit Gift eingeriebene Pfeilspitzen ein.

Der Mann sah sie noch immer an. Er wirkte freundlich. Sollte sie auf sich aufmerksam machen und um Hilfe schreien? Sie schluckte. Und dann fiel ihr auf, dass Lagunas vorsichtig am Hals berührt wurde. Die zarte Hand gehörte einem kleinen Mädchen, wohl die Tochter der jungen Frau, die Raena mit ihrem Schuh berührt hatte.

Der Hengst blieb unbeeindruckt, bewegte die Ohren und nahm kaum Notiz von ihrer sanften Berührung.

„Lagunas lenkt viel Aufmerksamkeit auf uns", murmelte Raena, als das Mädchen am Rockzipfel seiner Mutter zog.

„Er ist ein edles Ross, vielleicht ein wenig ungeeignet für unsere Reise, aber er ist ein treues Gefolgstier."

Raena verstand die Faszination des kleinen Mädchens und lächelte ihr aufmunternd zu. Daraufhin zerrte die junge Frau das Kind an den schmalen Schultern beiseite und zog es an den Haaren, während eine zischende Warnung über ihre Lippen kam: „Lass das Pferd in Ruhe!"

„Aber Mama ...!"

„Lass das Pferd in Ruhe, *sag ich dir*!"

Raena wandte peinlich berührt den Blick ab.

„Warenpapiere, alte Frau. Ich brauche Eure Auflistung. Was versteht Ihr nicht an einer einfachen Anweisung? Wenn Ihr schwerhörig seid, schickt Eure Kinder."

„Aber es ist doch bloß Gemüse!"

„Was geht mich das an? Ich will die Mengen wissen!"

Einer der Wachmänner überflog schnell ein paar Papiere, die ihm von einer runzeligen Frau in demütiger Haltung hingehalten wurden. Ihren knorrigen Gliedmaßen nach musste sie mindestens neunzig Jahre alt sein. Sie zitterte schwach und hatte neben sich einen kleinen Zugkarren abgestellt. Darauf lagerte sie Kohlköpfe und Rotkraut. Hinter ihr standen zwei junge Burschen, die allerdings etwas fehl am Platz wirkten und nervös ihre Mützen vor ihren Bäuchen kneteten.

„Was soll ich sagen?", zischte sie in Lanthans Richtung und spürte ihre Kehle eng werden, „ich weiß nicht, was ich sagen soll."

„Überlasst es mir", murmelte er, „ich weiß, was wir tun müssen."

„Aber sie haben Waffen", murmelte sie ängstlich und fragte sich, warum ihr die nie gefährlich vorgekommen waren. Vor ihrem inneren Auge sah sie sich vom Pferd springen und davonlaufen, hörte sich um Hilfe schreien und *man hat mich entführt* brüllen. Ihr wurde kalt bei der Vorstellung.

Was würde Lanthan tun? Es abstreiten?

Sollte sie es wirklich wagen?

Raena sah sich nach einem Fluchtweg um, doch die Menge war viel zu dicht. Außerdem boten die Wiesen rundum Anah kein Versteck, in das sie sich hätte verkriechen können. Der nächste Wald war viel zu weit weg. Mit ihren Zerrungen würde sie ohnehin nicht weit kommen. Lanthan würde sie einholen. Er würde behaupten, sie wäre seine Tochter oder Geliebte, Frau vielleicht, die ihm entlaufen war und Raena, die rein gar nichts bei sich trug, konnte nicht das geringste Gegenteilige davon beweisen. Sie besaß keine Papiere, hatte nie welche besessen. Sie war nur ein Streifenkind, mehr nicht.

Doch bevor sie an die Reihe kamen, erschien auf einmal ein junger Mann am Tor, völlig außer Atem und nur in dünne Lumpen gehüllt.

Wild gestikulierend, mit aufgerissenen Augen und hoher Stimme rief er: „Ein Überfall! Bitte, Ihr müsst helfen, der Stand dort drüben wurde überfallen!"

Die Wachen zögerten nur eine Sekunde, dann folgten sie dem Burschen und ließen nur einen von ihnen zurück, der Lanthan und ihr nur schweigend zunickte und sie passieren ließ.

„War doch ganz leicht", lächelte Lanthan zufrieden, legte einen Arm um ihre Taille und drückte sie wie zur Bestätigung fest an seine Brust.

Raena reckte den Hals. „Wer mag das wohl gewesen sein?"

„Unsere Rettung", er machte sich keine Gedanken darüber, was da eben geschehen war, „wir wurden nicht aufgehalten. Was Besseres konnte uns nicht passieren."

„Wusstet Ihr eigentlich, was Ihr ihnen sagen würdet?"

„Natürlich. Ihr seid meine Geliebte, was sonst."

Raena sagte lieber nichts mehr und schwieg, während sie versuchte, nicht an die Wärme zu denken, die sein Bauch gegen ihren Rücken abstrahlte. Am liebsten wäre sie von ihm abgerückt, befürchtete aber, dass sie ihm dadurch Kommentare entlocken könnte, die ihr im Anschluss unangenehm sein würden.

Sie war nicht zum ersten Mal in Anah. Doch jedes dieser wenigen Male war sie in den Bann der imposanten Mauern gezogen worden, die einem überaus riesig vorkamen, wenn man erst einmal das Innere betreten hatte. Stolz ragten sie über den kleinen Häusern auf und warfen lange Schatten über mehrere Gebäude auf einmal. Schwarzer Rauch, der aus den Schornsteinen hervorquoll, bildete eine dichte Schicht über den mit roten Ziegeln gedeckten Dächern. Dampf stieg aus den Seitenstraßen empor, da dort warmes Wasser und andere Flüssigkeiten aus den Fenstern gekippt wurden. In der Regel hieß es, je näher zur Mauer, desto ärmer und vermutlich wie anderswo auch, wohnte im Stadtinneren der Adel.

Die fein säuberlich gepflasterte Straße war eine Art Hauptverbindung und führte sie mit der Strömung tiefer in den Mittelpunkt der Stadt. Raena wusste nicht, wohin sie zuerst blicken sollte. Vor allem der Adel, der in diesem Teil nur selten vertreten war, stach wie ein bunter Vogel aus der Menge hervor. Wie zuvor bei den Wachen, konnte man anhand der Kleidung gut unterscheiden, wer sich welcher Fraktion zugehörig fühlte.

„Und ich dachte schon, dass Ihr euch verlaufen hättet", sagte Fenriel, der mit Grashalm wie aus dem Nichts erschien. „Ich war mit einer Ablenkung beschäftigt", erklärte er, als er Raenas Blick einfing. „Der Junge." Doch wie er es gemacht hatte, erklärte er nicht und auch Lanthan schwieg dazu.

Raena wagte nicht, nach den Einzelheiten zu fragen und musterte ihn von der Seite. Sein Haar und der Großteil seines Gesichts waren unter der Kapuze verborgen. Am Rücken ruhte sein Langbogen, den Köcher hatte er am Sattel befestigt. Grashalms Horn wurde von einem Schimmer eingehüllt, das strahlende Grün ihrer klaren Augen wirkte gedämpft, wenn nicht sogar matt und gräulich. Niemand schenkte ihnen Beachtung und Raena schätzte, dass es in Anah genügend zwielichtige Gestalten gab, da fiel ein weiterer komischer Kauz nicht sonderlich auf.

Bald darauf näherten sie sich dem Marktgeschehen, wo dunkel angezogene Frauen mit bunten Kopfbedeckungen sich um einen Stand drängten, an dem frische Milch und kleine grüne Eier verkauft wurden. Daneben wurden Kartoffeln in Fett ausgebraten und der appetitliche Geruch ließ ihren Magen aufheulen. Es roch nach Rosmarin und sie hatte Hunger.

Lanthan nahm seine Hand von ihrer Taille. Er bewegte sich und seine Hose streifte dabei ihre Beine und das leichte Kitzeln stellte sämtliche Härchen auf ihren Oberarmen auf. Sie versteifte.

„Bursche!", rief er einem Jungen zu, der sich in der Nähe aufhielt, „hol mir eine Kartoffel!"

Der Junge fing strahlend zwei Münzen auf.

„Die zweite kannst du behalten."

Es dauerte nicht lange und Raena hielt eine dampfende, köstlich schmeckende Kartoffel in ihrer Hand. Beim Anblick der eingerissenen Schale, aus der gelbes Fleisch hervorquoll, lief ihr das Wasser im Mund zusammen.

Sie bedankte sich überschwänglich und schälte die Haut mit ihren Fingernägeln ab, ehe sie zögernd abbiss. Es schmeckte herrlich und ihr war gleich, dass sie sich ihre Zunge verbrannte. Gleich darauf überkam sie schlechtes Gewissen, weil sie an ihre Familie denken musste. Entmutigt ließ sie ihre Hände hängen und unterdrückte ein schweres Seufzen.

„Ab hier wird's interessant."

Raena blickte auf.

13. KAPITEL

Drei Soldaten mit schwarzem Stoffgürtel, bewaffnet und mit einer Sperre aus Holzbarrikaden hinter ihnen errichtet, hielten Karren und Reiter davon ab, den Weg auf der Hauptstraße in Richtung Markt fortzusetzen. Der Größte von ihnen diskutierte mit einem Mann, der zwei glänzende Ketten um den Hals trug und dessen Kleidung mit goldenem Faden bestickt war. Neben ihm stand ein schlankes, unterernährtes Ross, bei dem man bereits die Rippen sehen konnte.

Entrüstet und mit einer Hand zur Seite gestreckt, rief er: „Ich sehe hier kein Verbot! Wann wurde beschlossen, dass man das Pferd zurücklassen muss?! Es gab keine Ankündigung!"

„Beruhigt Euch, Mann. Wenn Ihr nach links biegt, dann ..."

„Ich pfeif drauf! Ihr habt zu verantworten, dass ich viel zu spät zu meinem Treffen erscheinen werde! Die Kosten wird mir die Stadtverwaltung erstatten und ich schwöre, die Rechnung kommt, jawohl!"

Fenriel raubte ihr die Sicht auf die Diskussion, als Grashalm Lagunas den Weg versperrte. „Lasst uns in den Seitenstraßen daran vorbeireiten", schlug er vor.

Raena musste sich anstrengen, um ihn zu verstehen.

„Beim letzten Mal war hier noch keine Sperre", murmelte Lanthan abwesend.

„Nein, da war der Weg frei."

„Wohin reiten wir?", fragte Raena, da sie keine Ahnung hatte, von welchem Ziel die Rede war. Ihr Magen rumorte nervös und sie hielt sich die Bauchdecke. Der Geschmack auf ihrer Zunge, Rosmarin, verursachte ihr auf einmal Übelkeit.

Grashalm kam näher und blieb schließlich neben Lagunas stehen. Fenriels Gesicht schwebte nur eine Armlänge von ihrem entfernt. Seine Lippen bewegten sich viel zu schnell und Raena reimte sich ihren eigenen Satz zusammen. „Sirell Flinke hat nicht weit von hier seine Werkstatt. Dort bekommt Ihr Papiere für Eure Ausreise zugewiesen." Der silberne Federschmuck blitzte unter der Kapuze auf. Kaum zu Ende gesprochen trieb er Grashalm zum Trab an, ohne die zwei alten Weiber zu beachten, die daraufhin erschrocken zur Seite wichen und ihn lauthals mit den grässlichsten Wörtern beschimpften, die ihnen gerade einfielen.

Grashalms Schweif verschwand in einer Gasse.

Lanthan seufzte: „Folgen wir ihm."

Lagunas schnaubte, hob sich kurz auf die Hinterbeine und schwenkte herum. Raena verkrampfte und krallte sich am Sattelzwiesel fest. Danach trabte er dem Einhorn durch den Gossendreck nach.

Der Gestank war unerträglich.

Raena spürte, wie die Farbe aus ihrem Gesicht wich.

Unrat sammelte sich in den Ecken, ein Gemisch aus Essensresten und Nachttöpfen wahllos auf die Straße geschüttet. Schmutzige Tücher lagen herum, vermutlich von den gespannten Wäscheleinen über ihren Köpfen heruntergefallen. Sie konnte verstehen, wieso der Mann nicht am Markt vorbeireiten hat wollen. Die Menschen, die hier tagtäglich durchliefen, taten ihr leid. Hatte Vater mit Absicht solche Orte gemieden? Eigentlich gab es Burschen, die für ein paar Kupfermünzen den Dreck auf Karren luden und aus der Stadt brachten. Sie vermutete, dass die Bewohner des Viertels sich das nicht leisten konnten. Zwar hatte sie gewusst, dass Sauberkeit nicht gerade Anahs Stärke war, kaum ein Finger gerührt wurde, um die armen Viertel zu säubern, doch es selbst zu sehen war etwas gänzlich anderes. Umso dankbarer war sie dafür, dass sie am Land aufgewachsen war. Vermutlich hätte sie sich im Laufe ihres Lebens daran gewöhnt und auf Dauer ihren Geruchssinn verloren.

„Städte waren nie wirklich mein Lieblingsort", murmelte Lanthan dicht an ihrem Ohr.

Sie stimmte ihm mit einem schwachen Nicken zu.

Die Häuser sahen unbewohnbar aus. Stufen, grob und zum Teil schief gehauen, führten zu niedrigen und modrigen Holztüren hoch. Die Fenster im Erdgeschoss waren zugenagelt. Ein einsamer, ungepflegter Hund hockte auf einer Treppe vorm Eingang und bellte schwach. Sein Fell war verklebt und an einigen Stellen ausgefallen, nur seine feurigen Augen deuteten auf das Leben hin, welches ihm innewohnte. Zu ihrem Glück war die Gasse nicht besonders lang. Der zurückgelassene Hund heulte auf und sein Klagen wurde von der Umgebung verschluckt, als sie in eine breitere Straße einbogen.

Doch es wurde nicht besser.

Frauen tummelten sich auf dem Pflaster, trugen riesige, aus Weideästen gefertigte Körbe, die sie sich links und rechts an den Hüften abgestützt hatten. Kaum eine trug saubere Kleidung. Jede von ihnen hatte schmuddelige, verklebte Röcke und es schien auch niemanden zu stören, denn es schien Alltag zu sein.

„Da. Schwalbennester", hörte sie Lanthan sagen, doch sie hatte nur

Augen für die tiefen Löcher, die das Wasser in die Straße gewaschen hatte. Niemand hatte sich bemüht, die Pflastersteine zurück auf ihren Platz zu schieben, stattdessen hatte man versucht, die Löcher mit Sand zu füllen, was nur teilweise gelungen war. Der meiste Sand war vom Wasser davongetragen worden, was breite Linien hinterlassen hatte, auf dem sich Steine und wucherndes Gras vermischten. Der Löwenzahn blühte.

„Sie fliegen aus."

Raena beobachtete, wie die Vögel unter einem breiten Dachvorsprung in den Himmel schossen, ihre Schwanzfedern unverkennbar die der Schwalben, und sich zu einem kleinen Schwarm formierten, der über die Dächer und aus ihrem Sichtfeld fortflog. Dabei fiel ihr auf, dass das Mauerwerk an etlichen Stellen mit tiefen Rissen durchzogen war, die erst vor kurzem mit weißer Masse ausgefüllt worden waren. Eine Frau stand im zweiten Stockwerk und starrte sie an, genauso wie der Mann, der ein Haus weiter vor seiner Haustür kehrte. Der Alte spuckte hinter ihnen auf den Boden, während links eine Gruppe junger Männer stehengeblieben war und sie ansah, als wäre bei ihnen etwas zu holen. Sie hatten schmutzige Gesichter und ihre Kleidung hatte Löcher.

Alle beobachteten sie. Manche verstohlen, andere offen. Man ließ sie deutlich spüren, dass sie nicht erwünscht waren. Sahen sie derartig ungewöhnlich aus? Vermögend? Sie warf Fenriel einen Blick zu und musste es innerlich bestätigen. Ihr brach der kalte Schweiß aus.

Eine Straße weiter schloss sich ihnen eine Gruppe halbnackter Kinder an. Abwechselnd versuchten sie, Lagunas Schweif zu packen und ein paar seiner Strähnen zu fangen. Sie kreischten, wenn es ihnen gelang, und waren enttäuscht, wenn ihnen die Haare wieder entwischten.

„Ist Euch nicht wohl?", fragte Lanthan und Raena hörte, wie ein Kind aufschrie, doch sie wagte nicht, den Kopf zu drehen, aus Angst noch mehr zu sehen, was sie ängstigen könnte. Trotzdem musste sie an sich halten, um es wirklich nicht zu tun, denn ihre Sorge war größer.

„Macht Ihr Euch keine Gedanken wegen ..."

„Den Kindern?"

Lagunas ließ seinen Schweif quer durch die Luft sausen, um den grabschenden Händen zu entkommen. Er streifte dabei Lanthans und ihren Oberschenkel und hinterließ einen Schmutzfilm, der Raena ekelte.

„Ja", bestätigte sie und veränderte ihre Sitzposition, um ihre Beine auszustrecken, „was, wenn er austritt?"

„Tut er nicht", war Lanthan sich sicher, „seid unbesorgt."

Am Ende der Gasse erschien ein Gebäude. Es handelte sich um ein altes

Gasthaus, unscheinbar von außen, mit grauen Wänden und schmuddeligen Fenstern. Gegen das Glas hatte jemand mehrmals seine Hände gedrückt, sodass ein kreisförmiges Muster entstanden war. Es hieß lediglich „Zum Stiefelknecht" und ob es gut besucht war, war von außen nicht erkennbar. Zu Raenas Verwunderung hielten sie davor an. War hier eine Werkstatt? Sie konnte kein Schild erkennen.

Fenriel kletterte schwungvoll aus dem Sattel. Schlamm spritzte und er versank bis zu den Fußgelenken darin. Dann packte er seinen Mantel und zog ihn von Grashalms Rücken. „Wir sind da", sagte er schlicht und führte sie zu einer nahen Stange, an der zwei alte Pferde festgebunden waren.

Raena fühlte, wie Lanthan ebenfalls abstieg. Das Schmatzen war unüberhörbar und ungewohnte Kälte nahm seinen Platz ein.

„Kommt", forderte er sie grinsend auf und hielt ihr seine Hand hin.

Raena wollte seine Hand ergreifen, ihren Fuß schon über den Sattel heben, als ihr Blick jäh auf sein Gesicht fiel. Ehe ihre Finger sich berührten, zuckte sie zurück, hatte vergessen, wie abstoßend er aussah. Dann wurde sie sich ihrer Reaktion bewusst und Hitze stieg ihr ins Gesicht.

„V-verzeiht", stammelte sie schockiert, da ihm ihr Zögern natürlich aufgefallen war. „I-ich wollte nicht ..." Ihre noch immer ausgestreckte Hand zitterte.

„Schon gut", sagte er bloß und sie zerbrach sich den Kopf, wie er das gemeint haben könnte. „Ihr müsst mich ja nicht ansehen", brummte er und griff nach ihrer Taille.

Raena hielt die Luft an, schloss die Augen und war unfähig, ihm ins Gesicht zu blicken. Kühle Luft strich ihre Beine entlang, den Schritt hoch. Als sie festen Boden unter ihren Sohlen spürte, ließ sie ihn sofort los. Ihre Knie gaben nach und sie lehnte sich an Lagunas, um nicht umzufallen.

„Könnt Ihr gehen?"

Raena konnte ihn nicht ansehen, aus Angst, ihn beleidigt zu haben. Ihr Gesicht war rot vor Scham.

„Ja", murmelte sie und erst als er sich von ihr weggedreht hatte, ordnete sie ihr Kleid und versuchte, das Zittern ihrer Hände zu ignorieren.

Fenriel stand unweit entfernt auf einer steinigen Stufe und beobachtete sie verstohlen. Seine violetten Augen schimmerten.

Was er wohl dachte? Sie ertrug seinen Blick nicht.

Lanthan räusperte sich. „Wollt Ihr meinen Arm annehmen?"

Sie starrte die Geste an und spürte Widerwillen. „Schon gut. Ich kann gehen."

Er ließ den Arm wieder sinken und sie fühlte sich noch schlechter.

Nachdem Lanthan Lagunas ebenfalls angebunden und sein schwarzes Fell gestreichelt hatte, folgten sie Fenriel ins Haus. Lanthan nahm zwei Geldbeutel und sein Schwert mit. Es baumelte an seiner Hüfte und schlug gegen seine Beine.

„Gold und Dokumente nie am Sattel lassen", belehrte er sie und sie wusste, er grinste, doch sie konnte ihm noch immer nicht in die Augen sehen, „sonst ist beides weg." Er lockerte die Schnur und prüfte den Inhalt.

Raena verschränkte die Arme vor der Brust und sah sich um.

Das Licht war so düster, dass sie erst einmal blinzeln musste, um Einzelheiten zu erkennen. Der Vorraum war niedrig und aus Gestein gebaut. Die Wände sahen abgeschabt aus, als wären sie vor langer Zeit mit einem Werkzeug bearbeitet worden. Links von ihnen führte eine Treppe in die Tiefe. Beleuchtet wurde der Gang von zwei kleinen Fackeln und weiter unten sah sie eine dunkle Tür. Sie glaubte, Stimmengewirr zu hören, konnte jedoch kein einziges Wort davon verstehen. Wohin auch immer sie sie gebracht hatten, eine Werkstatt war das ganz bestimmt nicht.

Raena schluckte. Ihre Kehle war staubtrocken und ihre Beine sowie ihr Gesäß taten ihr vom Reiten weh. Am liebsten wäre sie zurück nach draußen gegangen.

„Wo sind wir?", wisperte sie und ihre Stimme wurde vom Mauerwerk verschluckt.

„In der Luke", antwortete Fenriel, der sich die Kapuze abstreifte und sie klar anblickte.

Keine Werkstatt. Warum hatte er gelogen?

Ihr Gesichtsausdruck musste ratlos ausgehen haben, da er ungeduldig erklärte: „Die Leute. Sie sollten nicht unbedingt unser Ziel hören. Nun kommt, wir müssen uns beeilen."

Aber du hast doch gemurmelt. Ich habe dich kaum verstanden!

Sie biss sich auf die Lippe, um ihn nicht anzuschreien.

Fenriel stieg die Treppe hinab. Falls ihm ihre innere Erregung nicht entgangen war, ließ er es sich nicht anmerken.

Mit mulmigem Gefühl in der Magengegend folgte sie ihm.

Je tiefer sie gelangten, desto kühler und schwerer wurde die Luft. Es roch muffig, feucht und ein wenig nach kaltem Rauch. Steinchen knirschten unter ihren Sohlen. Lanthan musste den Kopf einziehen, da die Decke zu niedrig für ihn war.

Am Ende der Stufen befand sich eine schmale, aber hohe Tür, bei welcher man dunkle Bretter stückweise zusammengesetzt hatte. Der Rost an den Schienen glänzte im schwachen Schein und die Klinke, schief und groben Eisens, war am äußersten Holzstück angebracht.

Fenriel griff danach. Knarrend schwang die Tür auf und offenbarte ihnen einen großen, nur mit Kerzen beleuchteten Raum, der von oben bis unten vollgestopft mit Büchern und Schriftrollen war.

Der Duft nach morschem Holz, Staub und altem Papier ließ sie niesen.

„Wer da?", knurrte jemand unerfreut einige Regale weiter, „man kündigt sich an, ehe man eintritt!"

„Wir", hörte sie Lanthan laut und deutlich sagen.

„Wir? Ein *Wir* kenne ich nicht", kam die barsche Antwort zurück.

Raena rieb sich die Arme. Ihr war kalt. Trotz der flackernden Lichter um sie herum, fühlte sie sich kein bisschen wohl. Für gewöhnlich verlieh Kerzenschein Räumen eine heimelige Atmosphäre. Hier hatte man das gegenteilige Gefühl.

Flüche und Gerumpel waren zu hören, als einige Schriftrollenberge weiter eine alte, weißhaarige Frau gehüllt in ein blaurotes Wollkleid erschien. Noch nie hatte Raena so viele Falten in einem Gesicht gesehen.

„Fenriel und Lanthan", half Lanthan der alten Dame ruhig auf die Sprünge.

„Ah", seufzte sie, schlug die kleinen, runzligen Hände zusammen und ihr Gesicht erhellte sich jäh, „kommt näher! Bist du die, von der ich schon so viel gehört habe?"

Raena blinzelte überrascht, öffnete den Mund und schloss ihn wieder. Es schmeckte nach Staub.

„Kind, trau dich", wurde sie ungeduldig aufgefordert, „ich bin die Herrin der Luke, ich hüte Wissen, Mädchen!"

Lanthan gab ihr einen kleinen Schubs, sodass sie unwillkürlich nach vorn stolperte.

„Ich bin für deine Dokumente zuständig", raunte sie leise mit geweiteten Augen, sodass man sie kaum verstand, „normalerweise verlange ich sehr viel für meine Dienste, aber für eine Königin wie dich, biete ich mich natürlich freiwillig an." Glucksend schnappte die Alte nach ihrer Hand und grub die knochigen, eiskalten Finger in ihr Fleisch. „Ich hoffe, dass du an mich denkst, wenn du in deinen Hallen speist", hauchte sie ihr gegen die Lippen.

Raena roch Zwiebeln und Knoblauch, ein Mix, von dem ihr speiübel wurde. Nur mit Mühe schaffte sie es, dem Drang zu widerstehen, der unbekannten Frau ihre Hand zu entziehen.

„Du hast bestimmt Besseres zu tun, als mit einer alten Frau zu reden, sei sie die Herrin der Luke oder eine dahergelaufene Dirne!" Sie ließ von Raena ab und verschwand hinter dem nahen Regal.

Verwirrt blickte Raena ihr nach. Dirne? Sie kramte in ihrem Kopf nach einem Wort, das sie bis jetzt noch nie gehört hatte. Fragend sah sie zu Lanthan hoch, doch der zuckte nur die Achseln und deutete mit einer Bewegung seines Zeigefingers an, dass die Alte nicht richtig im Kopf war.

„Wo haben wir's denn ...", überlegte die Herrin und holte schließlich zwischen vielen, kaum zählbaren Kisten ein kleines Kästchen hervor. Erwartungsvoll reichte sie es Raena, die zögerlich ihre Hand um das polierte Holz schloss.

„Darin wirst du ein Dokument finden, auf dem dein Geburtsdatum, das deiner Eltern und Großeltern vermerkt ist. Der Wohnort ist dort ebenfalls angegeben. Man könnte das weiße Stück Papier auch Stammbaum nennen", erklärte sie, als hätte sie ein kleines Mädchen vor sich und blickte an Raena vorbei, direkt in Lanthans Augen hinein, „der hat mich einiges an grauen Haaren gekostet." Ihre krummen Finger hielten das Kästchen immer noch fest und Raena war sich nicht sicher, ob sie anziehen oder wieder loslassen sollte.

„Für dich nur das Beste, Mädchen. Es müsste reichen, um an den Grenzmagiern vorbeizukommen. Der Stammbaum zeichnet die letzten Generationen einer Familie auf, die zwar nichts mit dir zu tun hat, aber dennoch die Obrigkeit zufriedenstellen sollte." Sichtlich stolz auf ihre Arbeit nickte sie und deutete ihr mit einem wilden Kopfnicken den Deckel abzunehmen. „Auf was wartest du? Sieh und staune!"

Endlich ließ sie los, doch Raena hatte das Gefühl, als wolle sie ihr das Kästchen wieder entreißen. Zögerlich legte sie ihre Finger auf die winzigen und dennoch markanten Verzierungen, ehe sie den Deckel langsam, fast ungeschickt anhob. Im Inneren fand sie einen runden, in weiches Leder gewickelten Behälter, der einen unangenehmen Eigengeruch verströmte. Daneben lag eine rötlich eingefärbte Schriftrolle, auf die jemand mit schwarzer Tinte ihren Namen gekritzelt hatte.

„Das wäre dann der Beweis für deine Geburt."

Raena konnte ihren Augen kaum trauen. So sah das also aus. Wie viel das wohl kosten mochte? Sie wagte es sich kaum vorzustellen. Leute bezahlten ganze Häuser, um an solche Papiere ranzukommen!

Sanft nahm die Herrin der Luke die Fälschung in ihre runzeligen Hände, entrollte sie und deutete auf die geschriebenen, bereits leicht durchscheinenden Worte. „Ich habe mir sehr viel Mühe bei dieser einzigartigen Arbeit gegeben. Die Schrift entspricht der, die vor fünfzig Jahren in Anah verwendet wurde und noch immer verwendet wird." Die Art, wie sie über die Ränder der Schriftrolle strich, ihre glänzenden Augen über die geschwungenen

Worte hinwegflogen und ihre Mundwinkel zu einem sanften Lächeln verzogen wurden, zeugte von der grenzenlosen Hingabe für dieses Dokument. „Ganz unbeschadet habt Ihr sie aber nicht herbekommen", kommentierte sie Raenas Aussehen, als sie wieder aufblickte.

„Wir haben uns bemüht", Fenriels Sarkasmus war unüberhörbar und Lanthan seufzte genervt.

Raena, die das Gesagte kaum mitbekam, konnte das Gefühl nicht beschreiben, welches sie durchströmte. Sie hatte den Streifen noch nie verlassen. Es jetzt zu tun erschien ihr unwirklich, noch immer unmöglich.

Und wenn die Fälschung auffliegt?

Fast hätte sie das Kästchen fallen lassen und bei der Vorstellung, wie es am Boden zerschellte, schlug ihr das Herz bis zum Hals.

„Pass doch auf, Mädchen", zischte die Alte, die es ihr fast aus den Händen gerissen hätte. „Sieh nur, hier, die *Formen*", besang sie ihre Arbeit, „ich habe mir so viel Mühe damit gegeben. Das Werk eines Meisters sag ich dir." Anstatt ihr die hochgepriesenen Formen zu zeigen, tätschelte die Alte ihre Hand.

Raena starrte sie an, nicht wissend, wie sie reagieren sollte.

„Und vielleicht noch ein Haar ..."

Lanthan packte die Alte am Handgelenk, ehe sie ihr eine Strähne auszupfen konnte. „Das würde ich lassen", warnte er dunkel.

„Wir haben keine Zeit für lange Unterhaltungen", fuhr Fenriel dazwischen, der missbilligend die Stirn gerunzelt hatte. Mit einem Ruck löste er sich aus seiner Starre, streckte die Hand in Lanthans Richtung aus und ein klingender Beutel fiel in seine geöffnete Handfläche.

Die Alte zuckte zurück, ihr Gesicht verzog sich zu einer Grimasse. Sie rollte die Schriftrolle wieder zusammen, legte sie neben das Leder zurück und blickte den Elf unter gesenkten Augenlidern hervor an, während die Schatten auf ihrem Gesicht tanzten.

Raena trat von ihr zurück. Warum auch immer ihr die Alte ein Haar hat ausreißen wollen, sie wollte nur noch weg.

„Ich sagte keine Bezahlung", hüstelte sie rau und wischte mit dem Handrücken über ihre feuchte Oberlippe. Und auch wenn sie kein Gold für ihre Dienste verlangte, so blieb Raena die Gier, der feurige Glanz in ihrem Blick nicht unbemerkt.

Unruhig flackerten einige Kerzen auf und eine erlosch sogar.

„Ich will etwas Besseres, viel Wertvolleres", zischte sie Fenriel beleidigt entgegen. Hätte sie sich nun in eine fauchende Katze verwandelt, hätte Raena nichts mehr gewundert. Sie schauderte.

Der Elf hielt ihr teilnahmslos den Beutel entgegen und es dauerte nur ein, zwei Atemzüge lang, bis sie endlich mit ihrer krallenartigen Hand danach schnappte und ihn in einer der vielen Taschen ihres Wollkleides verschwinden ließ.

Lanthan nahm Raena das wertvolle Kästchen aus der Hand und deutete mit dem Kinn zum Ausgang. Seine Geste galt ihr, doch seine Worte waren an die alte Herrin gerichtet: „Eure zweite Bezahlung wird gewährt, sobald wir in Sicherheit sind, den Streifen verlassen haben und uns im Schloss befinden."

Raena ließ sich nicht zwei Mal auffordern, gehorchte und schob sich an ihm zur schmalen Holztür vorbei. Mit ihm als Schutzschild fühlte sie sich besser.

„Das ist ein wenig viel verlangt, meint Ihr nicht?", fauchte sie.

Lanthan schüttelte den Kopf. „Ihr wolltet sie sehen, Ihr habt sie gesehen und nein, schließlich geht es hier um unsere Begleitung."

„Meine Dokumente sind die Besten in ganz Anah!", kreischte sie empört und weitere Kerzen erloschen durch einen kühlen Windzug, der Fenriel die Stirn runzeln ließ. „Lanthan", murmelte er auf einmal und die Warnung, die in dem Wort mitschwang, stellte Raenas Nackenhärchen auf.

14. KAPITEL

Lanthan drehte den Kopf, sah sie kurz an und blickte dann zur Tür. Sein Gesicht war im Dunkeln verborgen und geschützt davon waren die Narben verwischt und unsichtbar. Seine Haltung zeugte von Anspannung. Sie sah, wie sein Brustkorb sich hob und senkte, seine Lippen sich schwach verzogen. Er schien zu überlegen. Staubkörner segelten an ihm vorbei und er war der Mittelpunkt eines Wirbels, der sich nur langsam legte.

Dann nieste er schwach und der seltsame Zauber, der sie zum Starren veranlasst hatte, war vorüber. Zum ersten Mal erschien er ihr gewöhnlich, fast ansehnlich.

Und Raena fragte sich, ob sie den Verstand verlor.

„Still!", knurrte er, als irgendwo hinter ihnen ein Regal knackte.

Dann hörten sie es. Rufe, Schläge, Stimmen, die abwechselnd lauter und leiser von den dicken Wänden zurückgeworfen wurden und ein seltsames Echo erzeugten, bei dem Raena Gänsehaut über den Rücken rieselte.

Schwere Schritte. Schnelle Bewegungen.

Klirrendes Zaumzeug und grobes Gewieher.

„Es gilt das Gesetz der Freiheit!", donnerte Lanthans Stimme hart durch den Raum.

Raena erschrak und duckte sich.

„Nicht, wenn das Gesetz gebrochen wird!", brüllte jemand gedämpft als Antwort von draußen.

Welches Gesetz? Die illegale Beschaffung der Dokumente?

Ihr gefror das Blut in den Adern.

Mit zwei Schritten war er bei ihr, packte nach ihrem Arm und umschloss ihn fest, sodass ihr Fleisch zwischen seinen Fingern hervorquoll.

Sie war gezwungen stehenzubleiben, obwohl sie sich am liebsten zusammengekauert hätte.

„Fenriel!", befahl er knapp und der erwiderte: „Jawohl!", ehe er wie ein Schatten zur Tür glitt und sein spitzes Ohr gegen die Türbalken drückte.

„Was hat das zu bedeuten? Habt ihr mich verraten?!"

Raena nahm von der Alten kaum mehr Notiz. Sie starrte zu Lanthan hoch und wartete auf etwas, einen Befehl oder eine Anweisung, denn sie wusste nicht, was sie tun sollte. Vor ihrem inneren Auge sah sie Vater und Bruder, beide im Dreck kauernd, blutig geschlagen, jammernd vor Schmerz. Nun sah sie sich selbst daneben liegen und begann am ganzen Leib zu zittern.

Und Lanthan ...

Sie sah seinen gefolterten, blanken, angeketteten Körper, sah Fenriel kopflos im Gras liegen, sah Blut in seinem weißen Haar kleben. Die einst violetten Augen waren weit geöffnet und starrten leer gen Himmel, wie der Blick einer erlegten Hirschkuh, über den sich längst die grauen Schatten des Todes gelegt hatten. Es waren Bilder, die von der Angst um Grashalm und Lagunas verdrängt wurden, und sie vergaß sie schnell, während sie keuchte: „*Die Reittiere!*"

„Denen geschieht nichts", erwiderte Lanthan gepresst.

Das Einhorn würde sich zweifellos nicht einfangen lassen, doch der Hengst war bloß ein Streitross und besaß nicht die Fähigkeit der schrecklichen Geschwindigkeit, die alle anderen Pferde in den Schatten stellte.

Lanthan zog sie näher an sich heran und sie ließ es geschehen, ihr Körper wie der einer willenlosen Puppe. Das Pochen in ihrem Arm spürte sie kaum.

„Was tun sie?", fragte er.

„Nichts. Sie stehen", erwiderte Fenriel knapp.

„Kommt nach draußen und es geschieht Euch nichts!"

„Könnt Ihr uns das garantieren?", brüllte Lanthan und Raena schluckte schwer, als sich ihre Blicke kreuzten.

Für einen kurzen Moment schien die Zeit stillzustehen. Er würde sie doch nicht zurücklassen? Nicht, nachdem sie sie gerettet hatten, nachdem sie behauptet hatten, sie wäre das Gleichgewicht.

Seine Augen glühten. Sie wirkten wie Kohlen, dunkel, schwarz.

„Gebt uns die Frau und Ihr könnt gehen!"

Ihr wurde speiübel.

Sein Blick hielt sie noch immer fest und sein Bart bebte. „Das ist übel."

Raena war sich im Nachhinein nicht mehr sicher, ob er das tatsächlich gesagt hatte, denn sein Blick gab sie frei und er fauchte die Herrin an: „Gibt es hier einen anderen Ausgang?" Wie ein einziger Mann drehten sie sich zu ihr um, doch die Alte rührte sich nicht, wirkte starr, als wäre alles Leben aus ihr gewichen.

Inzwischen waren die Stimmen bedenklich lauter geworden. Sie würden reinkommen.

„Ihr habt sie zu mir geführt!", kreischte die Alte und raufte sich die Haare.

„Aber wie?", Lanthans Lippen hatten sich kaum bewegt, doch Raena hatte ihn gehört.

„Ich weiß es nicht", entgegnete sie mit bebender Stimme, obwohl sie am allerwenigsten eine Antwort darauf parat hatte.

Fenriel löste sich von der Tür, eilte herbei und streifte mit seinem Mantel einige Kerzen, die daraufhin erloschen. Raena glaubte, den Stoff am Wollkleid gespürt zu haben, und fühlte, wie Gänsehaut ihre Schenkel und ihren Bauch emporkroch.

„Gibt es hier einen anderen Ausgang?", wiederholte Fenriel eisig und Raena war nicht verwundert, dass die Frau einen Schritt zurückgewichen und mit dem Rücken gegen den Schrank gestoßen war. Doch sie fasste sich schnell. „Den", knurrte die Alte und kniff verärgert die Augen zu kleinen Schlitzen zusammen, *„verrate ich euch nicht!"*

„Wir zählen bis zehn!", brüllte jemand.

Fenriel trat auf sie zu und Raena sah die Mordlust auf seinen Zügen. Doch die Alte ließ sich nicht einschüchtern. Ein triumphierendes Lächeln schmückte ihre Lippen, einige Zähne in ihrem Mund fehlten. „Sollen sie euch doch holen", flüsterte sie ihm zu und ihre Augen weiteten sich, als sie hauchte: *„Brennen sollt ihr!"*

Er stolperte zurück, sein überraschtes Gesicht sprach Bände und die Alte grinste bloß, der Wahnsinn in ihren Augen strahlte Rache aus. Hatte sie ihn weggestoßen? Raena hatte es nicht gesehen.

„Lass sie", knurrte Lanthan, dessen Gesicht von einer Kerze beleuchtet wurde. Tiefe Furchen durchzogen seine Stirn und zauberten ihm eine hässliche Fratze, die nicht nur einem Kind nachts eine Heidenangst eingejagt hätte. „Ich geh vor, du gehst nach."

Raena fühlte sich angesprochen, doch schnell bemerkte sie, dass er nicht sie, sondern Fenriel gemeint hatte. Dieser nickte kurz und schob seinen Mantel beiseite, um ein dünnes, gebogenes Schwert lautlos aus der Scheide zu ziehen. „Ich werde versuchen, keinen von ihnen zu töten."

Ihre Knie wurden weich, als sie daran dachte, womöglich dem Tod ins Auge blicken zu müssen. Sie glaubte, den Boden unter den Füßen zu verlieren, und biss sich auf die Unterlippe, bis sie Eisen schmeckte.

Es gilt das Gesetz der Freiheit, hörte sie in ihrem Kopf Lanthans Stimme. *Verbot der Todesstrafe, doch was, wenn sie es brechen?*

„Bei Ara", keuchte sie, als ihr Lanthan das wertvolle Kästchen in die Hand drückte. Wann hatte er von ihrem Arm abgelassen? Sie hatte es nicht bemerkt.

„Passt darauf auf", murmelte er geistesabwesend, ehe auch er sein Schwert zückte und die glänzende Spitze gegen die Tür hielt.

„Dort unten! Sie sind dort unten!", ertönte eine barsche Stimme.

Ein Mann kreischte: „Runter! Holen wir die Bastarde", und es dauerte nicht mehr lange, bis schwere Schritte die Treppe hinunterpolterten.

Raena wagte einen letzten Blick zur Herrin der Luke, doch ihr Platz war leer. Wohin war die Alte verschwunden? Hektisch blickte sie zwischen den Regalen umher, doch ihr blaurotes Wollkleid war fort. Sie fragte sich, ob sie Lanthan darauf aufmerksam machen sollte, doch der hatte sich längst in Bewegung gesetzt. Er riss die Tür auf und stürmte die Treppe hoch.

Raena presste das Kästchen gegen ihre Brust. Schwindel überkam sie. Was nun?

Sollte sie stehenbleiben und warten, warten bis, *bis* ... bis man sie an Händen und Füßen zum Fürsten zurückzerrte? Der Raum mit der verzauberten Tür schien nicht mehr weit. Sie sah sich bereits auf seinem Bett sitzen und ihr wurde schwarz vor Augen. *Reiß dich zusammen!* Sie konnte nicht klar denken. In ihren Ohren gellte spitzes Geschrei und Metall, welches aufeinander krachte, knirschend einen hohen Klang erzeugte.

Funken flogen an Fenriel vorbei. Er rief ihren Namen, streckte ihr seinen Arm hin. Raenas Kopf zuckte. Sie hörte ihn nicht. Sie sah ihn zwar, seine geweiteten Augen, sein wirres Haar, die geöffneten Lippen. Doch da war kein Laut, der sie zum Bewegen gebracht hätte.

Er brüllte. Speichel flog durch die Luft.

Als sie sich noch immer nicht bewegte, langte er nach ihr und zog sie hinter sich. Ein Ruck ging durch ihren Körper, dann krachte sie gegen seinen Rücken.

Ein ohrenbetäubender Laut riss sie fast von den Füßen. Hinter ihnen brach ein Feuerinferno los und plötzlich waren ihre Ohren wieder frei. Sie schrie wie am Spieß und sah dabei zu, wie rotgelbe Flammen die Regale entlang lechzten, die Papiere verbrannten und die Bücher verschlangen.

Fenriel schützte ihren Körper und schlug ein Schwert beiseite, das die Treppe bis zu ihnen hinunterflog.

„Gebt uns die Frau!", brüllte jemand.

„Das kommt nicht infrage!", bellte Lanthan, der weiter oben die Männer aufwärts drängte, mit seiner massigen Statur gegen die Flut ankämpfte und seine Waffe als Schranke missbrauchte.

Raena spürte die Hitze in ihrem Rücken, presste sich seitlich an die kühle Mauer, stieg über die Klinge hinweg und wäre fast über eine höher gestellte Stufe gestolpert. Fenriel packte nach ihrem Arm und sie klammerte sich an ihm fest. Sie roch den Rauch, spürte den Staub in ihrem Rachen. Sie würden entweder ersticken oder qualvoll verbrennen, wenn sie nicht bald nach oben kamen.

„Der Fürst hat angeordnet, Euch festzunehmen! In seinem Namen befehle ich Euch ..."

Lanthan brüllte etwas Unverständliches, schmiss sich mit seinem gesamten Körpergewicht gegen die gepanzerten Wachmänner und stieß einige davon zu Boden. Drei verloren das Gleichgewicht, fielen rückwärts und einer purzelte die Stufen hinunter. Seine Rüstung scheppert. Er verlor eine Armplatte und Raena stieß einen erschrockenen Schrei aus, als Fenriel sie beiseitezog.

Der Soldat stöhnte, konnte nicht mehr aufstehen. Seine Rüstung glänzte rot. Die Flammen tanzten im Metall.

Fenriel ließ sie los, musste sie regelrecht von sich abschütteln und richtete sein Schwert gegen den Mann am Boden. „Steh auf und du bist einen Kopf kürzer", drohte er, doch man konnte ihn im Knistern und Knirschen der Flammen kaum verstehen.

Ein Regal brach zusammen. Raena hatte noch nie ein Feuer gesehen, welches sich derartig schnell ausbreitete.

„Es gilt das Gesetz der Freiheit!", brüllte Lanthan das Gesagte von vorhin und parierte einen von oben kommenden Hieb. Stahl krachte auf Stahl. Eine Klinge brach ab und verlor sich irgendwo zwischen den Köpfen der

Männer.

Raena konnte nicht hinsehen, ihren Atem nicht mehr kontrollieren. Sie fühlte sich in die Ecke getrieben. Panik schnürte ihr die Kehle zu. Ohnmacht zerrte an ihr. Sie weigerte sich, dem nachzugeben.

Die Männer waren ob ihrer Höhe klar im Vorteil. Sie versuchten Lanthan nach unten zu drängen, an ihm vorbeizugreifen und es würde ihnen gelingen, Raena war sich dessen sicher, denn sie waren in der Überzahl.

Der Weg war versperrt. Die Situation aussichtslos und ihr war klar, dass sie niemals nach oben kommen würden.

Sie fluchten, schrien, schimpften über Lanthan, der nach Atem ringend jeden Schlag abfing, und selbst als er gegen die Wand gedrückt wurde, gelang es ihm, weitere zwei von ihnen zu Fall zu bringen. Er war stark, doch konnte unmöglich alle zurückhalten. Auch er war bloß ein Mann, wenn auch ein großer.

Raena hustete. Rauch kratzte in ihrem Hals.

„Ich kann keine Magie nutzen!", schrie Fenriel. „Wir müssen nach oben, sonst verbrennen wir!"

Der Mann hatte es inzwischen in eine sitzende Position geschafft. „*Ihr!*", er zeigte mit dem Finger auf Raena, dann auf Fenriel, ehe es ihm tatsächlich gelang, wieder aufzustehen. „Lasst mich! *Lasst mich!*", schrie er panisch und wollte sich an ihnen vorbei zwängen. Doch der Elf ließ ihn nicht. Metall und Feuer im Zusammenspiel war keine gute Idee, nicht, wenn man von Kopf bis Fuß mit Blech umwickelt war.

Entsetzt sah Raena dabei zu, wie der Elf ihn auf Abstand hielt, eiskalt dazu zwang, in der Nähe der Bücherregale zu bleiben, ihm die Spitze vor die Nase hielt. Sie hörte ihn schreien, sie hörte ihn flehen. Er bettelte, heulte Rotz und Wasser und schwitzte fürchterlich. Der Elf warf ihr einen kurzen Blick zu, stieß sie die Treppe hoch und sie stolperte, fiel auf ihren Hintern.

Schwarzer Qualm wanderte unter der Decke zum Ausgang und weißer Rauch vernebelte ihnen die Sicht.

„Lanthan!", schrie er.

„Ich weiß!", brüllte der Angesprochene zurück und ächzte, als ihm jemand gegen das Schienbein trat.

Raena hörte das Blut in ihren Ohren rauschen.

„Übergebt uns die Frau und Ihr dürft gehen!"

„Wir verbrennen, bevor wir das tun können!", blaffte Lanthan aggressiv.

Raena hielt sich die Ohren zu. Sie wollte nichts hören, nichts sehen. Fürchtete sich davor, in die Hände der Männer zu fallen, zurück zum Fürsten zu müssen, hatte Angst vor dem Tod.

Sie bekam kaum Luft. Es war unmöglich zu entkommen. Die Männer hatten kein Ende, drängten den Strom unnachgiebig weiter. Sie hob den Blick, ihr Sichtfeld war verschleiert. Eine Hand griff nach Lanthans Haaren, zog daran, eine andere nach seiner Schulter, nach seinem Bein. Sie hörte ihn aufschreien, derbe Flüche brüllen.

Die Augen. Sie sahen sie alle an. Ihre Blicke durchbohrten sie. Sie wollten an sie ran, nach ihr greifen, sie nach oben zerren.

Raena hielt sich die Arme über den Kopf, machte sich ganz klein und wollte einfach nur im Boden versinken. Sie wollte sich in Luft auflösen, aufhören zu existieren, einfach verschwinden.

Bei den Göttern. Bitte. Ara!

Auf einmal fegte ein eiskalter Windschwall bis in die Kammer hinunter. Das Feuer erlosch. Rüstungen schepperten. Schwerter fielen zu Boden. Als hätte sich eine unsichtbare Hand einen Weg zwischen den Soldaten hindurchgebahnt, wurden sie obgleich ihrer lautstarken und überraschten Proteste zur Seite gedrückt. Ihre Körper krümmten sich, ihre Münder wurden aufgerissen und sie schnappten nach Luft.

Lanthan stieß einen überraschten Schrei aus.

Er stand nur noch als Einziger.

Raena riss den Kopf hoch. Der Druckunterschied hatte ihre Ohren verlegt und doch hörte sie es. Ein lautes Summen erfüllte die Luft. Wörter, geheimnisvolle Sätze, eine weiche Sprache drang in jede Pore ihres Körpers ein. Die Panik war fort. Die Angst zu Sterben hatte es nie gegeben. Sie konnte wieder atmen, fühlte sich frei wie ein Vogel.

Tanzen. Sie wollte tanzen.

Ihr Körper erwachte zu neuem Leben, zuckte und wand sich. Hatte sie gerade ihren Namen gehört? Nichtsdestotrotz schwang sie ihre Hüften von einer Seite zur anderen, folgte dem Takt mit ihrem Instinkt, nahm Stufe für Stufe und schmolz mit den Wörtern dahin. Sie tanzte an den ohnmächtigen Männern vorbei nach draußen, trat über ihre Füße, Arme hinweg und reckte ihre Hände in die Luft, als könnte sie nach den Wolken greifen. Es gab nur noch sie und dieses Lied, welches ihre Sinne benebelte und auf eine Weise lenkte, wie noch nichts zuvor in ihrem Leben.

Zu ihrem Bedauern jedoch verklang das Lied und damit auch das unbeschreiblich schöne und wundervolle Gefühl. Enttäuscht blinzelte sie gegen den Schleier vor ihren Augen an, ließ die Arme hängen und sah violette Augen, die sie ein wenig verstört anblickten. Daneben stand Lanthan, der ein gerötetes Gesicht hatte. Er war es auch, der sie an den Schultern festhielt und kräftig schüttelte.

„Raena!", wiederholte er und rüttelte so fest an ihr, dass ihr Kopf vor und zurückflog. Schmerz durchzuckte ihr Genick und dann brach die Realität über sie herein.

„Hört auf damit!", ertönte von irgendwo eine weibliche Stimme herrisch, als könnte nur allein durch ihren Befehl die Welt aufhören sich zu drehen.

Raena keuchte und blinzelte. Plötzlich konnte sie wieder klar denken und sehen, als hätte sich ein Nebel in ihrem Kopf aufgelöst.

Lanthan ließ sie los.

„Was ...?", wollte sie fragen, doch dann sah sie die Männer im Eingang, die zum Teil übereinander lagen, als hätte man sie gestapelt. Die Gliedmaßen verrenkt, die Waffen verloren. Ihr Mund klappte entgeistert auf. Sie alle hatten beabsichtig, in den Keller zu stürmen, und nun pflasterten ihre Körper die Stufen bis zur Luke hinunter. Auf ihren Gesichtern lag keine Spur von einem Kampf. Sie wirkten entspannt, friedvoll, als schliefen sie den Traum ihres Lebens. Kein Einziger von ihnen blutete.

Wie war sie nach draußen gelangt?

Sie begriff es kaum, wenn auch sie sich fern an einen Tanz erinnerte, an ein Lied, das sie gelenkt und bis hierher getragen hatte.

Da bemerkte Raena eine Bewegung im Augenwinkel. Zwischen den unruhigen Pferden, die zweifellos den Soldaten gehörten, kam eine blond gelockte Frau hervor.

Hatte sie etwa vorhin gesprochen?

Sie war die Anmut selbst. Ihre Füße schienen über dem Boden zu schweben und ihre Bewegungen wirkten fließend, wie Wasser oder wie das Gras im Sommer, wenn der Wind darüber hinwegblies und sanfte Wellen erzeugte. Sie stieg über die Schlammpfützen hinweg, die Falten des Umhangs spielten um ihre zierlichen und zugleich wohlgeformten Beine. Sie wirkte unwirklich, wie eine Fee aus einem der Märchen, die Mutter ihnen früher oft vorgelesen hatte, nur viel größer.

Zufrieden trat sie gegen einen Harnisch und es erzeugte ein leises, metallisches Hohlgeräusch. „Gut, dass ich in der Nähe war", bemerkte sie mehr zu sich selbst und stemmte eine Hand in die Hüfte, „sonst hätte das in einer Katastrophe geendet." Als sie den Kopf hob und die Versammlung betrachtete, lächelte sie Fenriel an, der ihr Lächeln zwar nicht direkt erwiderte, aber der sie freundlich anblickte. Dann sah sie zu Lanthan und ihr Gesicht verzog sich, als hätte sie in eine saure Frucht gebissen. „War klar, dass ihr euch in Schwierigkeiten begebt."

Wer auch immer diese Frau war, sie war sehr hübsch, hübscher als Assia und ihre Haut besaß einen warmen, gelblichen Hautton. Ihr Gesicht war eher rundlich, mit einem spitzen Kinn ausgestattet und ihre Lippen klein und wohlgeformt. Und die Augen erst ... Raena konnte sich nicht erinnern, ob sie jemals ein solches Blau gesehen hatte.

Die Fremde tänzelte auf Lanthan zu und stach ihn spielerisch in die Schulter. Der zog bloß die Brauen in die Höhe. Dann glitt sie hinüber zu Fenriel und sein Anblick genügte, um ihr ein glockenhelles Lachen zu entlocken. Sie strich seine Kapuze zurück, streichelte sein glattes Kinn, doch ehe sie ihn küsste, drückte er seine flache Hand gegen ihre Schulter und zeigte ihr deutlich seine Missbilligung, indem er eisig sagte: „Öffentlichkeit ist dir wohl ein Fremdwort, Esined."

„Ach", sie zuckte die Achseln, „der Großteil schläft ohnehin und Lanthan ... nun, der ist keine Jungfrau mehr."

Raena fielen fast die Augen aus dem Kopf.

Esined lachte und dann fiel ihr Blick auf Raena. Ihre Fröhlichkeit verschwand.

Raena versteifte sich. Sie hatte noch nicht einmal ihren Schock überwunden, doch sie wollte etwas sagen, fragen, warum sie sich so schwach fühlte, weshalb ihre ...

„Das soll sie sein? Ich habe sie mir ein wenig, nun ... anders vorgestellt." Die Augenbrauen zusammenziehend, musterte sie Raena abschätzend von Kopf bis Fuß.

Fenriel und Lanthan sagten nichts, doch ihre Gesichter sprachen Bände.

Raenas Kopf war wie leergefegt.

„Ich bin Esined", damit streckte ihr die blonde Schönheit höflich ihre behandschuhte Hand entgegen.

Nur stotternd brachte Raena ihren eigenen Namen hervor. Ihre Handflächen berührten sich kaum, ehe Esined ihre Hand wieder fallen ließ und sie gegen ihre Hüfte stemmte. „Ein Danke wäre angebracht", forderte sie mit gehobenem Kinn, „du hast außerdem einen Fleck im Gesicht. Genau da." Sie deutete auf Raenas Wange und die spürte den Windzug ihres Fingers.

„Ein wenig mehr Respekt wäre angebracht, Esined", wies sie Lanthan ähnlich grob zurecht, „du hast sie vor dir stehen, die Herrin, von der unser aller Dasein abhängt."

„Das wird sich noch zeigen." Sie blickte Raena herablassend an.

Raena verstand zwar, dass Esined nicht an ihre Existenz glaubte, tat sie selbst nicht, dennoch hatte sie nichts getan, das eine solche Behandlung gerechtfertigt hätte. Trotzdem murmelte sie: „Ich danke dir", und versuchte

Esined zu beschwichtigen, wobei sie nicht einmal genau wusste, wofür eigentlich. Schließlich hatte ihr noch niemand erklärt, was genau sich zugetragen hatte.

„Hört auf damit", meinte Fenriel und starrte sie an, als hätte sie einen Fehler gemacht, „bestätigt Ihr sie nicht auch noch."

Raena verstand nicht.

„Ach, komm schon", Esined warf den Arm um seine Schultern, „sei nicht so." Sie warf Raena einen Blick zu, der ihr deutlich zeigte, wer welche Besitzansprüche geltend gemacht hatte.

„Wir haben den Treffpunkt woanders vereinbart." Lanthans Schwert wanderte zurück in die Scheide. Er prüfte seinen Gürtel, den verbliebenen Geldbeutel und schien zufrieden. „Warum bist du hier? Glück für uns, übrigens."

Raena fühlte sich seltsam verloren zwischen den Dreien. Sie war verwirrt, verletzt und irgendwo gekränkt, hatte keine Ahnung, was mit ihr geschehen war.

Wer oder was war diese Frau?

„Mir hat es zu lange gedauert." Sichtlich gelangweilt zog Esined an den Fingerspitzen ihrer linken Hand und streifte den ledernen Handschuh ab. „Zudem war mir kalt." Sie fuhr sich durch ihre dichten Locken. Sie waren sehr kurz und reichten ihr nur bis zum Kinn. „Reiten wir weiter zum Schneider, so wie es geplant war. Es sieht nämlich nicht danach aus, als ob Ihr schon einen aufgesucht hättet."

Peinlich berührt schlug Raena die Augen nieder, starrte ihre Füße an und wurde sich des Schmutzes auf ihren Beinen bewusst. Auf einmal war ihr zum Weinen zumute und es kostete sie alles, um sich zusammenzureißen. Esined wusste nicht einmal, dass ihr Wollkleid zerrissen war.

Fenriel ging an ihr vorbei.

„Warte auf mich", Esined lief ihm hinterher und als hätte jemand ein Zeichen gegeben, begann sich die Gasse zu füllen. Leute strömten herbei, Frauen und Kinder in schäbigen Kleidern und mit teils schmutzigen Gesichtern. Viele trugen lange, fade Gewänder.

„Wir müssen los", murmelte Lanthan in ihre Richtung und schob Raena vor sich her, als sie keine Anstalten machte, sich zu bewegen.

„W-was ist mit den Männern", stotterte sie und sah zurück. Die Menge sah verzweifelt genug aus, um ihnen alle Sachen abzunehmen.

„Das geht uns nichts an", brummte Lanthan, „weg von hier."

Kinder griffen nach den silbernen Pferdezügeln und zerrten daran, bis die Rösser ihre Geduld verloren und bissig schnappten. Doch die Tiere bewegten sich sonst nicht, waren trainiert dort stehenzubleiben, wo man sie ließ.

Raena zwang sich wegzusehen.

Ein wenig abseits standen Lagunas, Grashalm und noch ein weiteres, pferdeähnliches Wesen. Das Fell schimmerte bläulich, die Mähne und der Schweif waren schwarzgrün und Raena musste dabei an eine Wasserpflanze denken, die sich in der Nähe von seichten Gewässern in abgelegenen Nahtarmen vermehrte. Ein kleines Horn, kaum merkbar und ebenso bläulich wie das Fell, schmückte die breite Stirn. Der Kopf war runder als der von Grashalm und der Körperbau, der deutlich niedriger als der von Lagunas war, erinnerte stark an den eines Zugpferdes. Es schien ein Einhorn zu sein, denn das Sattelzeug ähnelte dem von Grashalm.

„Bleibt nicht stehen", murmelte Lanthan dicht an ihrem Ohr, sie war tatsächlich stehengeblieben, vom Anblick gefesselt.

Esined war eine beängstigende Erscheinung. Mit nur einem Lächeln und einem Blick gelang es ihr, die Menschen, die sich den Reittieren genähert hatten, zum Weichen zu bewegen. Sie warf einem älteren Mann solch einen wilden Blick zu, dass dieser unwillkürlich zurückwich und weiß wie Kreide wurde. Ihr Tier stieß ein tiefes Wiehern aus und Raena zuckte zusammen, der Laut vibrierte in ihren Ohren nach.

„Habt keine Angst, er tut Euch nichts." Als Lanthan nach ihrer Taille griff, zuckte sie zusammen. Sie entglitt seinen Händen, drehte sich zu ihm um und starrte anklagend in sein vernarbtes Gesicht hoch. Er sagte nichts, obwohl sie das Gefühl hatte, er wolle etwas sagen. Stattdessen deutete er ihr mit der Hand und wartete ab.

Raena spürte den Blick von Esined, die bereits im Sattel saß und wurde prompt rot im Gesicht. Ihr Körper fühlte sich schwach an, doch sie biss die Zähne zusammen und als sie es dann doch in den Sattel geschafft hatte, fielen ihr die Leute auf, die über den Platz in Richtung der schlafenden Männer schlichen, als fürchteten sie aufgehalten zu werden. *Ich fühle mich nicht gut,* dachte sie. Ihr Magen schmerzte.

„Wann wachen sie wieder auf?", fragte Raena, als Lanthan aufgestiegen war.

Es war Fenriel, der ihr eine gleichgültige Antwort gab. „In wenigen Minuten, vielleicht auch in mehr."

Ihre Blicke kreuzten sich. Wie konnte es ihm bloß egal sein? Sie waren doch nur Männer, die Befehle ausführten.

„Sitzt Ihr bequem?", fragte Lanthan hinter ihr und übernahm die Zügel. Sie nickte kurz und verkrampfte sich, als Esined fluchend mit der

Peitsche nach einer Frau schlug: „Fass mich nicht an, *verdammt!*" Nachdem die Frau sich geduckt hatte und davongehuscht war, klopfte sie dem Einhorn auf den massigen Hals und ihre Lippen bewegten sich stumm, als würde sie ihrem Gefährten leise zuflüstern.

„Sein Name ist Schleier", flüsterte Lanthan hinter ihr.

„Schleier?", entwich krächzend ihrer Kehle, da im selben Moment das besagte Tier den Kopf wandte und mit silbrigen Augen ihren Blick einfing. Lange, schwarze Wimpern bedeckten die ebenso tiefschwarze Pupille. Sie dachte daran zurück, wie es gewesen war, in Ozeans und Grashalms Augen zu versinken und empfand nichts dergleichen. Kein Schleier, kein Dunst spiegelte sich darin wider.

„Er redet und offenbart sich nur ungern, falls Ihr darauf warten solltet."

„Aber ich sehe ihn", flüsterte sie.

„Tut Ihr?", Lanthan wirkte überrascht, „interessant."

Raena bemerkte, dass sie von Esined angestarrt wurde. Schnell sah sie weg und ihr Blick fiel auf drei Soldaten, die man aus dem Haus und auf die Straße gezogen hatte.

„Was machen sie?"

Lanthan raubte ihr die Sicht, als er Lagunas antrieb, sodass sie ihren Hals in die Höhe recken musste.

„Sie glauben wohl, dass die Männer tot sind und werden ihnen womöglich die Kleider vom Leib rauben", entgegnete er gelassen, während sie dicht hinter Fenriel in eine Straße einbogen.

Raena drückte die Schenkel zusammen und keuchte entsetzt: „Aber, sie sind doch nicht tot!"

„Ich weiß", sie spürte, wie er sich bewegte, „aber die Leute in diesem Viertel sind arm."

Kaum war die kleine Gruppe um das Eck verschwunden, brach hinter ihnen reger Tumult los.

„Sie halten Distanz, weil sie Angst um ihr Leben haben." Esined machte keinen Hehl daraus, was sie von den Leuten hielt. „In Anah, sowie im ganzen Streifen gilt Frieden. Alle haben das Gesetz zu befolgen, doch stattdessen nahm der Fürst Euch gefangen und wollte es erneut tun. Ihr solltet Euch nicht den Kopf zerbrechen."

„Habt kein Mitleid mit ihnen", fügte Lanthan etwas weicher hinzu. „Armut macht vor keinem Halt. Auch nicht vor einer so bedeutenden Stadt wie Anah es ist."

Raena schwieg. Ihre Eltern hatten ihr genügend Essen bieten können. Sie wusste nicht, wie sich Armut anfühlte, wie es war, wenn man kein Brot zu essen und kein frisches Wasser zu trinken hatte. Bei den Göttern, sie wollte es auch nicht wissen. Sie versuchte nicht daran zu denken, was mit den Männern nun geschah, und zog sich die Kapuze tief ins Gesicht. Zum zweiten Mal war sie bereits auf den blauen Fleck angesprochen worden und es war demütigend genug gewesen, überhaupt geschlagen zu werden.

Danach dachte sie an ihr Zuhause und schloss mehrmals die Augen, um gegen die Übelkeit anzukämpfen, die Schwäche in ihren Gliedern und die Nachwirkungen des Schocks, die noch an ihr rüttelten. Erst als sie zur Seite rutschte, spürte sie Lanthans Griff um ihre Taille. Er packte sie, als gehöre seine Hand dorthin, so ein Gefühl hatte sie zumindest.

„Es wird besser", meinte er leise und Raena überkam ein Schauer. „Atmet tief durch. Blendet die Umgebung aus. Konzentriert Euch auf etwas Schönes."

„Das ist nicht leicht", erwiderte sie.

Etwas Schönes? Es war ihr unangenehm, dass er sie erneut berührte. Er und Fenriel hatten mit diesen Händen Waffen geschwungen. Zögernd schob sie seine Hand fort und war erleichtert und überrascht zugleich, dass er es zuließ.

Ab da riss sie sich zusammen. Aus irgendeinem Grund wollte sie nicht, dass Esined ihre Schwäche mitbekam. Dabei bemerkte sie, dass die Menge um sie herum so dicht angewachsen war, dass ein vorankommen mit Pferd kaum mehr möglich war. Die schönen, bemalten Gebäude, die fein gekleideten Herrschaften ... Sie waren im Adelsviertel, so dachte sie zumindest. Sie hätte die Umgebung besser beobachten sollen. Ihr war ohnehin ein Rätsel, wie sie sich derartig frei durch die Stadt bewegen konnten, ohne erneut von den Soldaten aufgehalten zu werden.

Anhänger der schwarzen Reiter trugen edle, enge und bis zum Hals geschlossene Kleidung, während die weißen Anhänger wallende, breite Kleider mit viel Stoff und Schmuck trugen. Hie und da blitzte eine Perücke in der Menge auf. Der Rest der Edelleute verließ sich auf schöne Wollkleider, die gut geschnitten ebenfalls eine teure Figur zauberten. Das bunte Tuch, welches die Haare einer jeden Frau zusammenhielt, war dabei das wunderschönste Stück qualitativster Handarbeit. In allen Farben und Formen zierte es weibliche Häupter, egal ob Kind, Mädchen oder Frau.

„Kann ich Euch etwas fragen?", raunte sie, während sie die Leute beobachtete, die an ihnen im Strom vorbeirauschten.

„Natürlich."

„Wie funktioniert das Gesetzt der Freiheit noch einmal?"

Ein Obsthändler bot ein Stück weiter seine Waren an. Er trug einen langen, abgenutzten Mantel, vor dem Mäuse keinen Halt gemacht und Löcher hineingefressen hatten. Der Tisch, den er als Ablage nutzte, war zwar ein wenig krumm, bot aber genügend Platz für mehrere Kisten, die voll oder halb leer mit verschiedensten Früchten gefüllt waren. Einen roten Apfel hielt er in der erhobenen Hand und als seine dunklen Augen Raenas Blick einfingen, streckte er ihr das Obst entgegen. „Gute Qualität für wenig Geld!", rief er ihr zu, doch sie wandte sich errötend ab und konzentrierte sich angestrengt auf den gepflasterten Weg, bis sie an ihm vorüber waren. Also doch kein Adelsviertel, aber sie konnten nicht weit davon entfernt sein.

„Sie dürfen uns nicht auf offener Straße angreifen. Sie dürfen uns nicht gefangen nehmen oder verletzen, außer sie haben einen triftigen Grund und sogar dann dürfen sie uns nur einsperren und müssen uns mit einer Anklage erst vors Gericht zerren. Der Fürst hat gegen das Gesetz verstoßen, wie Esined bereits sagte. Es war nur richtig, Euch zu retten und von seinem Grundstück zu stehlen. Bei einer Verhandlung in Fallen hätte er Nachsicht. Theoretisch könnten wir sogar eine Beschwerde beim Erzherzog von Fallen einreichen."

„Das geht?", staunte sie, „und Ihr würdet angehört? Aber Ihr seid, ich meine, Fenriel ist bei ihm eingebrochen."

Der Erzherzog von Fallen erschien ihr wie eine Existenz aus einem Traum. Unwirklich und fast wie eine Legende. Sie hatte ihn noch nie gesehen, weder ein Bildnis von ihm, noch war er jemals in Anah gewesen.

„Ja", erwiderte er knapp, „mit dem richtigen Namen und genügend Einfluss würde er Euch eine große Summe zahlen müssen. Er wird uns in Ruhe lassen, glaubt mir, wenn er sich nicht mit hohen Leuten anlegen will."

„Hohe Leute?"

Sie spürte sein Zögern und ihr Herzschlag beschleunigte sich.

„Verzeiht, aber wie ich schon sagte, ich erzähle Euch erst alles, wenn wir in Sicherheit sind."

Esined überholte sie und scherte sich nicht um ängstliche Gesichter oder Leute, die Schleier erschrocken auswichen. Begleitet wurde sie von klirrendem Zaumzeug und dem Knirschen ihres Sattels. „Ich besorge Proviant", teilte sie ihnen mit und löste sich von der Gruppe ab.

Raena blickte ihr nach und betrachtete den langen Schweif des Tieres, der im schnellen Gang von einer Seite zur anderen schwang. Dabei rutschten ihre Augen tiefer, die Hinterbeine entlang. Schockiert entdeckte sie, dass das Tier keine Hufe besaß, sondern große Tatzen, die ab den Fesseln von einer schuppigen Haut überzogen waren. Krallen kratzten über den Stein, zwischen ihnen dicke Schwimmhäute, die bei jedem Schritt geweitet und wieder zusammengezogen wurden. Und offensichtlich sah auch das niemand.

„Ich hasse das, wenn sie einfach verschwindet", hörte sie Lanthan sagen, „das macht sie ständig."

„Verschwinden und auftauchen kann sie ganz gut", trug Fenriel zum Gespräch bei. Aus irgendeinem Grund hatte sich seine Laune gebessert. Er schien ausgeglichener. Doch vielleicht bildete sie es sich auch nur ein.

Raena schenkte ihm einen scheuen Blick und sah ihn lächeln, kurz, aber doch. „Wer ist sie?", wagte sie zu fragen.

„Esined, Tochter von Suned, der Sirene", antwortete Fenriel. Der kühle Luftzug hatte eine weiße Strähne unter seiner Kapuze gelöst, welche er sich nun bereits zum dritten Mal aus dem Gesicht strich.

„Eine Sirene", mischte sich Lanthan mit ein, „ist eine ..."

„Ich weiß, was das ist."

Eine Sirene! Ich glaub's nicht.

Jetzt verstand sie, was sie da gehört hatte. Es war der berüchtigte Gesang der Sirenen gewesen, der, der die Schiffe auflaufen und Männer ertrinken ließ. Und sie hatte sich zur Idiotin gemacht und getanzt wie eine Irre. Ihr Herz vollführte einen aufgeregten Sprung gegen ihre Rippen. Kein Wunder, dass Esined eine solch starke Ausstrahlung aussandte. Sie verspeiste Männer zum Frühstück!

„Sie hasst es, wenn sie nicht persönlich nach ihrer Herkunft gefragt wird."

„Ach", Raena stockte der Atem, „ich wollte nur fragen. Ich wollte sie nicht beleidigen."

Lanthan zog die Zügel enger. „Sie hat die Kraft Menschen zu betören, mit ihrer Stimme kann sie fast jeden erreichen. Warum Ihr allerdings so reagiert habt, das weiß auch ich nicht. Vermutlich, weil Ihr noch nicht erwacht seid? Weil sie es so wollte? Eigentlich hättet Ihr umfallen und einschlafen müssen. Ihr habt allerdings getanzt, was uns alle überraschte. Esined kann auch magische Wesen um ihren Finger wickeln, braucht dazu aber sehr viel mehr Energie und unterschiedliche Lieder."

„Sie hasst es, wenn man von ihr erzählt", warf Fenriel ein.

Lanthan murmelte irgendetwas von: „Sie hört es schon nicht", bevor er mit seiner bereitwilligen Erklärung fortfuhr: „Gegen Sirenengesang kann man lernen anzukämpfen. Ich werde es Euch zeigen, wenn Ihr so weit seid."

„Deshalb hat es Euch beide also nicht betört."

„Genau."

Damit war das Gespräch für ihn beendet.

15. KAPITEL

„Was zum Henker ist denn hier los", brummte Lanthan über die Köpfe der schnatternden Frauen hinweg, „so kommen wir nie aus der Stadt hinaus."

Mittlerweile waren sie stehengeblieben und Raena sah an Lagunas langen Ohren vorbei, nur um zu erkennen, dass mehrere Meter weiter ein Ochsenkarren den Weg blockierte. Dem Anschein nach hatte sich ein Rad gelöst und der Besitzer bemühte sich, sein Gefährt wieder in Fahrt zu bringen.

Lagunas wurde unruhig. Irgendjemand schrie erschrocken auf und ein anderer rief laut *Vorsicht*, während Lanthan verärgert mit der Zunge schnalzte und Raena ihre Hände noch fester in die Mähne krallte. Ihr Hintern, der wund vom Leder war, rutschte vor und zurück und ihre Haut protestierte daraufhin schmerzhaft mit einem Ziehen.

„Wir steigen ab und gehen zu Fuß weiter", beschloss Lanthan, nachdem er Lagunas so weit beruhigt hatte, dass er still stehen blieb. Er rutschte vom Sattel. „Du wartest hier mit den Reittieren", befahl er, sah dabei Fenriel fest in die Augen, doch wartete seine Zustimmung nicht ab. „Und Ihr kommt mit mir", sagte er schließlich an sie gewandt und wartete, bis sie selbst vom Sattel gerutscht war, während er irgendwie Platz zwischen ihm, der Menge und Lagunas schaffte. Die Umgebung reagierte mit Flüchen.

„Lasst die Gäule draußen, verdammt!"

Lanthan ignorierte es. „Hier", damit reichte er die Zügel an Fenriel weiter. Der Elf streckte die Hand aus und griff danach, drehte das Leder anschließend mehrmals um den Zwiesel und zog Lagunas näher an Grashalm heran. „Beeilt euch", nickte er ihnen zu.

„Kommt", Lanthan drängte sie in Richtung der Häuser, schob sie an Frauen mit kleinen Kindern vorbei, an vorlauten Männern und ihren Kumpanen, es gelang ihm sogar, sie bis zum Rand zu schieben, ohne von allen Seiten angerempelt zu werden. Lanthan musste sich nicht einmal anstrengen, um eine Schneise zu öffnen, da die Menschen von selbst vor ihm zurückwichen, sobald sie sein Gesicht sahen.

In ihren Augen las Raena Entsetzen und Angst zugleich, dann Mitleid und von manch einem auch Abscheu. Einige sahen sie dabei an und sie spürte ihr Urteil, als wäre sie tatsächlich seine Geliebte. Natürlich reagierte sie mit heftigem Erröten und ärgerte sich anschließend über sich selbst.

Das Raunen folgte ihnen bis zur Seitenstraße. Ihn schienen die Blicke nicht zu stören. Viel mehr schien er den Vorteil dessen auszunutzen.

Raenas Herz stolperte. *Ruhe.* Sie musste Ruhe bewahren.

Ein unbekanntes Gefühl loderte in ihrer Brust auf, welches ihren Atem stocken und schwer schlucken ließ. Sie wusste nicht, ob es Wut, Ärger, Aggression oder Jähzorn war, denn es war nicht greifbar, als schwebe es über ihrem Kopf oder um ihren Körper herum und hindere sie daran zu atmen. Die Sicht verschwamm vor ihren Augen, die Welt begann sich zu drehen und kurz hatte sie das Gefühl zu fallen. Als jemand sie anrempelte und beinahe umgerissen hätte, verflog es, als wäre es nie dagewesen.

Ihr fiel auf, dass sie stehengeblieben war.

Diese Schwäche ... lag es an ihrer Unsicherheit, an den Strapazen? Nach wie vor tappte sie im Dunkeln, nur mit dem Wissen, dass man sie vor einer Zwangsheirat gerettet hatte und sie aufgrund ihrer „göttlichen" Abstammung aus dem Streifen flüchten musste. Das alles ging ihr viel zu schnell und im Grunde ahnte sie nicht einmal annähernd, was nach dem Streifen geschehen würde, was hinter den Wüstenweiten auf sie wartete.

Wo war Lanthan? Wo war er?

Sie suchte nach ihm, fieberhaft, denn allein zurückzubleiben behagte ihr nicht. Zum ersten Mal dachte sie an keine Flucht. Die flache Hand gegen ihren Brustkorb gedrückt, rauschte sie zwischen den Leuten hindurch und kam schließlich abseits der Menschenmenge vor Aufregung schnell atmend zum Stillstand.

Da war er. Und er runzelte die Stirn, wobei mehrere Narben seiner Brauen sich zu einem Zickzackmuster verzogen. Er machte Anstalten irgendetwas sagen zu wollen, doch sie brachte ihn zum Schweigen: „Wo gehen wir hin?"

Lanthan wirkte verdutzt, als hätte sie ihn mit ihrer plötzlichen Frage überrumpelt. „Ihr braucht Kleidung", entgegnete er schließlich und setzte ein schiefes Lächeln auf, „ursprünglich wollten wir noch ein, zwei Gassen weiter, aber wie Ihr sehen könnt", er vollführte eine weit ausladende Geste, „kommen wir nicht voran."

Raena nickte einfach nur, da ihr keine Antwort einfiel.

„Wir versuchen dort vorn vorbeizukommen und nehmen dann eine kleine Abkürzung. Ich hoffe, dass ich mich nicht täusche und uns mit meiner Taktik in die Irre führe." Kurz lachte er kehlig über seine eigene Aussage und schüttelte den Kopf.

Erneut nickte sie.

„Nun, gut", fügte er hinzu und wurde wieder ernst, „folgt mir."

Im Abseits war es für sie leichter, die Menge zu umgehen, da sich das

Geschehen mittig konzentrierte. Nachdem sie sich am Karren vorbeigedrängt hatten, wurde die Besucherdichte dünner. Raena atmete tief durch. Nun reihten sich Stand an Stand, Schmuck, Gewand, Obst, Honig, Tränke, Kräuter, Tee, Gewürze. Sie glaubte sogar ein rotes, gläsernes und gewundenes Fläschchen mit der goldenen Aufschrift *Liebestrank* gesehen zu haben. Ein Stück weiter, zwischen einem Stand, welcher Gebäck und Wollkleidung für kleine Kinder anbot, prangte ein großes, gedrehtes Schild, auf welchem gut lesbar die Buchstaben *Lederwaren zu Forres* eingeritzt und mit heller, gelber Farbe ausgemalt waren.

„Hier ist es", kündigte Lanthan mit zufriedenem Gesichtsausdruck an und zwängte seinen Körper zwischen zwei Frauen hindurch, die gerade ein kleines, bunt geschneidertes Wollkleid bestaunten. „Vorsicht, Achtung, die Damen ...", murmelte er, als sie keuchend zur Seite wichen. „Er ist bekannt für seine gute Qualität. Für den Streifen sind seine Waren wirklich gut verarbeitet."

Sie betraten das kleine, aber schmucke Haus aus Stein durch eine aus Holz geschnitzte Tür, die genauso wie das Schild mit gelber Farbe bemalt war. Raena erkannte keines der Symbole, die man ins Holz geritzt hatte. Eine kleine runde Glocke kündigte ihr Kommen an. Es folgte ein Bellen, ehe auch schon ein mittelgroßer, kurzhaariger Hund ihnen entgegenlief und mit langem, gebogenem Schwanz wedelte. Energisch tappten seine Pfoten übers Parkett. Es handelte sich um ein junges Tier, keine zwei Jahre alt, welches lodernde, helle Augen und ein klares, hohes Kläffen besaß.

Raena stieg der Duft von neuem, ungebrauchtem Leder in die Nase. Sie unterdrückte ein Niesen und während sie den Kopf des Hundes streichelte und ihre Handfläche beschnuppern ließ, glitt ihr Blick durch den wenig erleuchteten Raum. Licht wurde nur durch Glasfenster eingelassen, wobei eines davon offen war und die Geräusche von der Straße hereinließ.

„Herzlich willkommen! Womit kann ich Euch behilflich sein?" Überraschend kam eine unbekannte Stimme von rechts und ließ Raena merklich zusammenzucken.

Lanthan blickte dem Mann mittleren Alters entgegen und grüßte ihn mit einem knappen Kopfnicken. „Wir sind auf der Suche nach passenden Gewändern für meine Schwester." Seinen letzten Worten folgte ein Lächeln.

Der zweifellose Besitzer der Lederwaren war stämmig gebaut, dunkelhäutig, schwarzhaarig und trug eine kurze Weste, die seine glatte und muskulöse Brust entblößte. „Ihr geht auf Reisen?" Er musterte Raena skeptisch, die ihn ebenfalls ansah. Sie war mittlerweile in die Knie gegangen und kraulte den Hund hinter den borstigen Ohren.

„Habt Ihr auch genügend Geld dabei?" Er musterte Lanthans Gesicht, allerdings ohne Abscheu.

„Ja, haben wir. Immerhin brauchen wir Kleidung, die dem Wetter standhält. Die Wüste ist hart und bis zur anderen Seite des Streifens ist es ein weiter Weg."

„Ja, ich weiß", winkte der Ladenbesitzer ab, „der Weg ist sehr lang und beschwerlich. Ich komme aus Fallen, müsst Ihr wissen, aber das Geschäft dort entsprach einfach nicht meinen Vorstellungen."

Raena erhob sich aus ihrer knienden Haltung, ließ vom Hund ab und verschränkte die Arme vor der Brust. Sie wagte einen flüchtigen Blick über die Waren, die er auf seinen breiten Tischen anbot. Lederhosen bis hin zu weißen, gefütterten Hemden, Jacken, die an den Wänden auf gewundenen Haken hingen, Sättel und Zaumzeug, welches an eisernen Stangen befestigt war. Schuhe für Männer und Frauen, Taschen verschiedener Formen und Größen, Kopfbedeckungen ... alles, was das Herz eines Reisenden begehrte.

„Einige meiner Waren werden importiert. Wunderschöne Arbeiten von Fürsten für Fürsten der Elben höchstpersönlich. Direkt zu mir geliefert. Der Preis dafür ist natürlich auch höher als gewöhnlich." Der Verkäufer sprach selbstüberzeugt und schien genau zu wissen, welch hohen Wert seine Waren besaßen.

Lanthan musste grinsen. Raena blickte von einem zum anderen und ihr entging nicht das kurze Funkeln in seinen Augen. Irgendetwas schien ihn zu amüsieren. „Das hört sich sehr vielversprechend an."

Der Ladenbesitzer, Feuer und Flamme, verbeugte sich. „Wunderbar." Seine Augen glänzten, als könnte er das Gold bereits riechen.

Raena begann sich unwohl zu fühlen. Und auch wenn der Hund noch immer ihr linkes Bein beschnupperte und freundlich mit dem Schwanz wedelte, so verspürte sie das Gefühl, schnell aus dem Geschäft flüchten zu wollen.

„Kommt mit", forderte Forres sie ungeduldig auf, wackelte auf seinen kurzgeratenen Beinen durch den Raum und führte sie über eine kleine Treppe ins erste Stockwerk hoch. „In der Regel trenne ich die Waren auseinander, immerhin möchte ich, dass sie von Feuchtigkeit und Gestank des Pöbels ferngehalten werden." Raena hörte den Stolz in seiner Stimme. „Aber ich weiß nicht, ob Ihr Euch so etwas leisten könnt."

„Das lasst meine Sorge sein", entgegnete Lanthan seelenruhig.

Forres zuckte mit den Achseln. „Gut, wie Ihr wünscht."

Raena blickte in Lanthans Gesicht hoch und konnte den Ausdruck darin nicht deuten. Was er wohl dachte? Eine tiefe Falte hatte sich zwischen seinen Augenbrauen gebildet.

Oben schob Forres schäbige, alt aussehende Vorhänge beiseite und zeigte ihnen einen kleinen Raum. Der Geruch nach Leder und einer unbekannten, süßlichen Substanz, stachen in ihre Nase. „Wegen den Insekten. Knabbern das Leder an", verteidigte er sich ob Raenas Nasenrümpfens.

Auf dem erhöhten Podest standen fünf hölzerne Truhen. Sie waren groß, aus grob geschnitztem Holz und mit einem schweren Schloss versehen. Forres grub in seiner Hosentasche herum und holte einen klimpernden Schlüsselbund hervor, mit dem er eine Vorrichtung löste. Nachdem er den Deckel hochgehoben hatte, verjagte er barschen Wortes den Hund, der mit seiner feuchten Nase an der Kleidung riechen wollte. „Die Lieferung hat mich erst vor zwei Tagen erreicht und ich hatte noch keine Zeit, sie mir genauer anzusehen." Er schenkte Lanthan einen kurzen, seitlichen Blick aus schmalen Augen. „Ihr bekommt einen Sonderpreis. Pro Teil nur zwei Goldmünzen."

Während Raena regelrecht die Luft zu atmen wegblieb und sie hoffte, sich verhört zu haben, nickte Lanthan langsam. „Geht in Ordnung."

Das war doch nicht sein Ernst!

Sie wollte ihn bitten, gewöhnlichere Kleidung zu nehmen, doch er sah sie nur mit einem schwachen Kopfschütteln an und das genügte, um sie zum Schweigen zu bringen.

„Die Jacken sind eine Rarität. Ihr werdet keine ähnlichen in Anah finden können." Andächtig strich er das fein verarbeitete Leder entlang. „Ich habe mir sagen lassen, dass sie dabei die Haut ihrer toten Reittiere verarbeiten."

Was? Aber ...

Forres nahm eine der Jacken hoch, hielt sie gegen das Licht, welches aus dem Vorraum in die Kammer strömte und deutete mit dem Zeigefinger auf den gefütterten Kragen, öffnete flink Knöpfe und Schnallen, um ihnen die Verarbeitung besser präsentieren zu können.

Lanthan betrachtete verlorenen Blickes das Gewand vor ihren Augen.

„Na, was sagt ihr?", gespannt blickte Forres zwischen ihnen hin und her.

„Ein Hemd brauchen wir auch für sie", ging Lanthan nicht darauf ein.

Er würde doch nicht ernsthaft erwägen, die ... *aber ...*

Forres zog die Stirn kraus und musterte Raena von oben bis unten, schien ihre Größe einschätzen zu wollen. „Wenn Ihr bitte den Kurzmantel ausziehen würdet", bat er sie schroff, da ihre Statur davon umspielt wurde.

Sie zögerte und mit einem Blick zu Lanthan, der ihr deutete, dass sie gehorchen sollte, begann sie sich auszuziehen. Das Gefühl, welches sie dabei empfand, konnte sie zwar nicht einordnen, doch sie wusste mit Sicherheit, dass es nicht angenehm war. Hätte er sie gezwungen, wenn sie es nicht getan hätte? Raena schluckte. Er würde sie doch nicht in diese Jacken stecken, oder? Bei der Vorstellung, dass es sich um Grashalms Haut handeln könnte, wurde ihr ganz anders. Sie suchte seinen Blick, doch er blickte Forres an und der Ausdruck in seinen Augen war unergründlich.

„Wir haben keine Hemden für Frauen. Nur weiße Blusen."

„Das macht nichts. Wir wollen ein Hemd."

Nachdem sie sich ausgezogen hatte, offenbarte sie Forres, wie ihr zerrissenes und schmutziges Wollkleid aussah. Wenn er überrascht war, so verbarg er es gekonnt und überging ihre entblößte Schulter mit keinem Augenzucken. Auch den blauen Fleck auf ihrer Wange ignorierte er. Dennoch betrachtete er sie ausgiebig und Raena hätte sich am liebsten abgewandt. Er legte einen Finger an seine Lippen, schien zu überlegen und betrachtete ihren Oberkörper, als versuche er das darunter abzuschätzen. Dann nickte er und verschwand aus dem Raum, sein Haustier dicht auf den Fersen.

Raena spürte Lanthans Blick auf sich ruhen und hatte auf einmal das Bedürfnis, die Arme vor ihrem Oberkörper zu verschränken, also reichte sie ihm wortlos den Kurzmantel und gab dem Drang nach.

„Das sind aber keine Reittierhäute, oder?", flüsterte sie in seine Richtung, hatte das Gefühl, die unangenehme Stille brechen zu müssen und als er ihr keine Antwort gab, blickte sie zu ihm hoch. Für einen Moment sah sie den Zorn in seinen Augen und wäre beinahe vor ihm zurückgewichen, doch er blinzelte und wandte sich schnell ab. Ihr fiel auf, dass er eine Hand zur Faust geballt hatte, und er schüttelte sie, als wolle er seine Gefühle loswerden. Es war ihm unangenehm, sie hätte ihre Hand dafür verwettet.

„Wie geht es Euch, ist alles in Ordnung?", fragte er viel zu beherrscht.

Es passte nicht zu seiner Ausstrahlung.

Hatte er ihre Frage überhaupt gehört?

„Ja, es geht schon", erwiderte sie, den Blick noch immer auf seine Faust gerichtet. Sie konnte sich gut vorstellen, dass er damit ordentlichen Schmerz austeilen konnte.

„Ihr müsst wissen, der Streifen ist darauf ausgelegt, dass er sich entlang von Naht selbst versorgen kann", er hielt kurz inne, sah die Decke hoch und rollte mit den Augen, „was rede ich da, das *müsst* Ihr wissen. Jedenfalls, Importe sind teuer. Die Zölle sind zu hoch. Heutzutage sind Söldner, die eine Gruppe Reisender überfallen weitaus billiger, als einen Ochsenkarren über die Grenze bis nach Anah zu fahren."

Raenas Herz stolperte. „Ich dachte, in Anah gelte das Gesetz des Friedens."

Sein Gesicht verzog sich zu einer säuerlichen Grimasse. „Nach außen hin scheint alles in Ordnung, aber glaubt mir, Verbrechen gibt es überall. Denkt an die Soldaten zuvor und abgesehen davon, fertigen Elben ihre Kleider nicht aus ihren Reittieren an. Das wäre, wie als würde man einem Bruder oder einer Schwester die Haut abziehen." Er bedachte sie mit einem durchdringenden Blick.

Raena sah zurück. Seine grünen Augen strahlten und die Narben schienen zu verschwimmen, so sehr nahm sein Blick sie ein. Sie sah das dunkle Grün und dachte an die Blätter des Efeus, die die Wand an der Rückseite des Bauernhofs überwucherten.

„Es tut mir leid", sagte er aus heiterem Himmel, „dass Euer Kleid gerissen ist. Ich hoffe, es beschämt Euch nicht zu sehr."

Raena blinzelte und es dauerte, bis die Worte bei ihr ankamen. „Das war meine Schuld", presste sie aus sich hervor, „ich habe nicht aufgepasst." *Warum sieht er mich so an? Und warum schlägt mein Herz so schnell?* Sie fühlte sich unwohl und brachte es nicht über sich, ihm das zu sagen. *Hört auf damit. Ich fühle mich seltsam, wenn Ihr das macht.* Raena fragte sich, ob es ihm genauso erging, wenn man sein Gesicht anstarrte.

Forres kam mit zwei weißen Leinenhemden zurück. „Dort drüben", sagte er, drehte den Oberkörper leicht zur Seite und deutete auf eine aufgestellte Wand, ein Paravent, der ihr vorhin nicht aufgefallen war, „dort könnt Ihr Eure Sachen ablegen und Euch umziehen."

Dankend nahm Raena die Kleidung entgegen und floh dahinter.

„Woher kommt Ihr eigentlich?", hörte sie Forres hinter ihrem Rücken fragen.

„Wir gehören zum Geschlecht der Braber. Unsere Vorfahren waren weiße Reiter."

Braber? Was sollte das denn sein? Das hatte er sich ausgedacht.

„Ahh ...", ein langgezogener Laut folgte, „und da kommt Ihr ausgerechnet zu mir? Was für eine Freude! Ich fühle mich geehrt." Und der Verkäufer tat so, als wüsste er natürlich, wer sie waren.

Raena schälte sich mühevoll aus dem kaputten Kleid. Die Stimmen im Hintergrund blendete sie aus, oder versuchte es zumindest. Sie unterhielten sich über den Handel und davon hatte sie ohnehin keine Ahnung. Als sie das Kleid über den Kopf zog, platzten die Nähte über ihrem Kopf und sie zuckte zusammen. Dann warf sie es zu Boden, wo sie es anklagend anstarrte.

„Reiß dich am Riemen", flüsterte sie und ihre Augen wurden kurz nass, als sie ihre dreckige Unterwäsche betrachtete. Sie dachte an Zuhause, an saubere Sachen, an Kleider, die nur darauf warteten, genommen und getragen zu werden. Was hätte sie nur dafür gegeben, ihre alte Kleidung wieder anziehen zu dürfen.

Was würde Mutter damit tun? Sie verkaufen, verschenken? Ira erschien vor ihrem geistigen Auge. *Hoffentlich bekommt sie Ira.*

Raena schluckte ihre aufkeimende Traurigkeit hinunter und streifte das erste Hemd über ihren nackten Oberkörper. Dabei konnte sie eine große Spinne beobachten, die die Wand hinter ihr emporkletterte. Ihr pelziger Körper war dick und am Rücken trug sie einen weißen Beutel mit sich herum.

Da ihr das erste viel zu locker saß, probierte sie das zweite an. Es passte, ließ jedoch ihrem Oberkörper viel Raum übrig, man merkte, dass das Gewand nicht für Frauen gemacht worden war. Dafür war der Stoff warm, langarmig und angenehm zu tragen. Sie schüttelte die Gänsehaut ab. „Ich brauche etwas Engeres", rief sie.

„Kommt sofort!"

Sie hörte Forres Schritte durch den Raum eilen, vernahm leises Knarren und raschelnden Stoff. „Wo habe ich's nur ...", und ein klein wenig später, „da." Schließlich hielt er ihr weiße Stoffstreifen hin.

Bandagen, erkannte sie. Solche hatte sie schon etliche Male in vereinfachter Form unter einem Kleid getragen. Hatte er etwa kein kleineres Hemd mehr? Sie war alles, nur nicht zierlich, doch ehe sie etwas sagen konnte, hörte sie die Glocke läuten.

Forres ließ die Bandagen fallen und Raena hatte zu tun, um sie aufzufangen. Dann hörte sie, wie er beim Hinauseilen die Vorhänge hinter sich schloss, als hätte er Angst, sein Importgeheimnis könne gelüftet werden.

„Guten Tag, meine Damen. Wie kann ich Euch behilflich sein?"

Während sich Raena das Hemd auszog und mühsam die Bandagen um ihren Oberkörper wickelte, ertönte Lanthans Stimme hinter der aufgestellten Wand. „Eine Hose und eine Jacke habe ich auch für Euch." Beides legte er auf die obere Kante.

„Wir würden gern einen Sattel für mein Pferd kaufen."

„Er soll möglichst eng sein und wenig Spielraum bieten."

„Die Ästhetik sollte auch passen, immerhin ändert sich die Mode sehr schnell, nicht wahr?" Drei Stimmen kicherten.

Die Schnalle, die die Bandage festhalten sollte, war schwer zu schließen und der Mechanismus steif. Schweren Herzens dachte sie an ihre Mutter, die ihr bereits sehr früh gezeigt hatte, wie man solch ein Kleidungsstück zu tragen hatte. Das änderte natürlich nichts daran, dass das Hemd nach wie vor hing. Sie wählte das kleinere und konnte mit dem bisschen Spielraum gut leben.

„Warum eigentlich keine Bluse?", fragte sie vorsichtig nach.

„Keine Ahnung", erwiderte Lanthan und es schien tatsächlich, als hätte er nicht nachgedacht, dennoch machte er keine Anstalten, ihr eine Bluse zu bringen.

Sie unterdrückte einen Seufzer.

Die Hose war genauso wie die Jacke mit Fell gefüttert und angenehm warm. Unter dem Material war ihre schmerzende Haut kaum spürbar. Der Verkäufer hatte wohl die Größen anhand des Hemdes abgeschätzt, dennoch passten ihr die Hosen besser als das Hemd. Seine Treffsicherheit überraschte sie dann doch ein wenig.

„Dieser Damensattel sieht doch richtig schick aus!"

„Ich finde ihn zu dunkel."

„Aber die Form spricht mich sehr an."

„Wie viel kostet der denn?"

„Nun, da er eine spezielle Halterung für Reisegepäck besitzt, zweihundertfünfzig Silbermünzen."

„*Was*? Zu teuer!"

„Aber, Mutter, schaut nur, die Verarbeitungen und außerdem hat Papa ...", trotziges Gerede folgte.

„Seid Ihr fertig?" Lanthan klang amüsiert, vermutlich verfolgte er das Gespräch mit.

Raena kam hinter dem Paravent hervor. Sie kämpfte noch mit einem Knopf, unterdrückte einen kurzen Fluch und sah eine Sekunde später, wie er ihre Hände beiseiteschob und den Knopf durch die schmale Öffnung beförderte. Es lag solch eine Selbstverständlichkeit darin, dass sie erschauerte.

„Gut seht Ihr aus", meinte er beeindruckt, „steht Euch, das Leder." Er ließ seine Hände sinken und sie beobachtete, wie er sie am Rücken verschränkte.

Ihre Mundwinkel zuckten. Sie fühlte sich geschmeichelt.

„Ein wenig abgetragen, aber es wird genügen", murmelte er.

Sie wollte sich bei ihm bedanken, da fiel ihr Blick auf seine Jacke und plötzlich bemerkte sie, wie ähnlich ihr beider Gewand doch war. Sie wollte etwas sagen, doch da hatte er sich bereits abgewandt und war zu den Vorhängen gegangen. Durch einen Spalt warf er einen Blick nach unten, wo Forres schwitzend mit den Damen argumentierte, meinte, er müsse doch auch von etwas leben, ein solcher Laden ihn eben viel Miete koste, es regional wäre und deshalb die Preise höher seien.

„Also sind das wirklich elbische Sachen?", fragte sie dicht hinter ihm, doch er ignorierte sie entweder absichtlich oder hörte nicht zu.

Raena ließ ihre Schultern hängen. Seufzend holte sie das Wollkleid. Es sah noch gut aus. Vielleicht, wenn man ihr Nadel und Faden gab, konnte sie versuchen die Schulter wieder dran zu nähen. Dann könnte sie es als Wechselkleidung nutzen, sobald sie es in einem Fluss gewaschen hatte.

„Behaltet das an", befahl er ihr über seine Schulter hinweg und löste seinen Geldbeutel vom Waffengurt. Raena nahm seinen Befehl hin und folgte ihm hinunter. Den Vorhang schob sie zurück, doch es gelang ihr nur zum Teil. Bei Forres und Lanthan hatte es einfacher ausgesehen, doch die beiden Männer waren größer als sie.

Die Kundinnen waren Anhängerinnen der weißen Reiter, trugen breitrockige Kleider, tiefe Ausschnitte und Korsette, die ihre Kurven in eine einheitliche Form pressten. Eine von ihnen, deren Kopf eine schwarze Hochsteckfrisur schmückte, schenkte ihr einen kurzen, fast schon angewiderten Blick und klappte daraufhin entrüstet ihren Fächer zusammen.

Raena blickte auf sich hinab und konnte beim besten Willen keinen Grund dafür finden. Lag es vielleicht daran, weil es sich um Männerkleidung handelte?

Forres hatte sich, nachdem ihn Lanthan mit dem Namen angesprochen hatte, von den Damen abgewandt. „Das Wollkleid könnt Ihr entsorgen", teilte er ihm mit und nahm ihr das Kleid aus der Hand. Raena biss sich auf die Unterlippe, um nicht zu protestieren. „Hier habt Ihr Euer Gold."

Grinsend wie ein Honigkuchenpferd nahm Forres die Münzen entgegen und grüßte sie beim Verlassen seines Geschäftes mehrmals, um seine Dankbarkeit zu zeigen. Raena grüßte ebenfalls, froh den unangenehmen Blicken der Damen entfliehen zu können.

Draußen drang frische Luft in ihre Lungen und sie nieste.

„Wie viel habt Ihr gezahlt?", fragte sie, als er an ihr vorbeigegangen war und ihr lauthals „Gesundheit" gewünscht hatte. Er führte sie den gleichen Weg zurück, den sie hergekommen waren.

„Genug für diesen schwachsinnigen Idioten", brummte er, sah sie anschließend an und grinste. „Lächelt doch ein wenig! Träumen Frauen nicht von neuen Kleidern?" Dann zwinkerte er. „Auch wenn eine hübsche junge Frau bestimmt gern anders gekleidet worden wäre."

Raena wandte den Blick ab. Nicht wissend, was sie erwidern sollte und vor allem, um vom Thema abzulenken, fragte sie zögernd: „Wie ist es möglich, illegale Waren nach Anah zu transportieren? Überall wird kontrolliert."

Seine gute Laune war verflogen. „Habt Ihr den süßlichen Duft gerochen?"

Sie nickte ernst.

„Gut. Dann wisst Ihr, was ich meine. Der Gestank kommt nicht vom Leder und auch nicht von einem Mittel, das Insekten fernhalten soll. Ich vermute, dass der liebe Forres oder seine Lieferanten ein Mittel zum Reinigen benutzt haben. Das bedeutet, dass die Kleidung bereits getragen wurde." Er führte sie an einer versammelten Gruppe junger Mädchen vorbei und die starrten, als hätten sie noch nie eine Frau in Hosen gesehen. Es war zwar selten, aber nicht ungewöhnlich. „Damit wären auch die abgenutzten Flecken auf den Knien geklärt."

Fast wäre Raena mit einer Frau zusammengeprallt, da sie nach unten blickte, weil sie seine Aussage überprüfen wollte. *Tatsächlich.* Feine Kratzer bildeten ein klares Muster auf dem Material.

„Sind sie tot?", fragte sie kleinlaut.

„Ich nehme es an."

Kleidung eines toten Mannes am Körper zu tragen, behagte ihr ganz und gar nicht. Sie empfand Ekel. „Wieso habt Ihr es dann gekauft?"

„Weil ich es kann", er grinste sie kurz an, dann sah er wieder geradeaus, „und es das beste Leder ist, das einzige hier, das den Gurten eines Einhorns standhalten kann. Er wollte es unbedingt loswerden, vermutlich steht ihm eine Kontrolle bevor." Er zuckte die Achseln.

„Also war es elbische Kleidung", Raena kratzte sich am Hals, „ich habe noch nie zuvor Elben gesehen. Wie sehr ähneln sie den Elfen?"

Er antwortete nicht.

Laut den Erzählungen waren sie Elfen wie Menschen gleichermaßen ähnlich. Wäre der Streifen nicht ein Gemisch aus allen ethnischen Gruppen, so würde sie vielleicht einen Abkömmling entdecken können, aber die Möglichkeit, um zum Beispiel wie Fenriel auszusehen, war längst im verdünnten Blut verloren gegangen.

Sie schüttelte die Gedanken ab.

„Ich sollte mich wohl trotzdem bedanken", sie beeilte sich, um neben ihm herzulaufen.

„Keine Ursache", erwiderte er und lächelte warm.

Sie zögerte, doch dann lächelte auch sie. Die Sonne funkelte in seinen Augen und ihr Herz begann zu flattern. Kurz darauf fiel der Schatten eines Dachvorsprungs auf sein Gesicht und sie sah die fleckige Haut, den ungepflegten Bart und seine zerfurchten Narben, was den Zauber sofort verfliegen ließ. Sie empfand Scham, weil sie sich einfach nicht daran gewöhnen konnte, und ihr Inneres offensichtlich zerrissen war zwischen Sympathie und Abneigung.

Er wandte sich von ihr ab und sie hatte das Gefühl, einen Fehler gemacht zu haben. „Kommt, wir müssen aus der Stadt raus", sagte er.

Sie musste sich entschuldigen. Er konnte schließlich nichts dafür, dass er so aussah. Doch ehe sie auch nur Luft holen konnte, ihn fragen konnte, woher er die Narben hatte, sie wusste nicht einmal, ob es nicht unhöflich war, hörte sie Esineds Lachen. Sie lachte so laut, dass es selbst trotz der gewöhnlichen Alltagsgeräusche deutlich zu hören war.

„Seht. Dort drüben stehen sie." Er überquerte die Straße.

Und sie folgte ihm.

16. KAPITEL

Lagunas war der Erste, der sie bemerkte. Er hob seinen großen Kopf, streckte ihn in die Höhe und blähte die Nüstern.

Esined, der seine Bewegung nicht unbemerkt blieb, drehte den blonden Lockenkopf in ihre Richtung. „Da seid ihr ja endlich!", rief sie und ihre Augen glitten einmal über Lanthan und dann über Raena hinweg, die sich unter ihrer Musterung unbehaglich fühlte. Gleich darauf fielen ihr vier große Taschen ins Auge, die Schleier am Rücken festgeschnallt hatte. Davon waren zwei zusammengerollte, mit Seilen befestigte Planen, die sie zum Grübeln brachten.

„Ihr, wie heißt Ihr nochmal? Ah, Raena. Ich habe ein Pferd für Euch besorgt, damit Ihr nicht mehr mit Lanthan reiten müsst. Ihr würdet ihn behindern, käme es zum Kampf."

„Was?", fragte sie dümmlich.

Da war tatsächlich ein zusätzliches, braunes Pferd. Es stand direkt neben Schleier. Der schlaksige Hengst hatte wenig Fleisch auf den Rippen, einen wilden Blick und einen weißen Fleck auf der Stirn. Raena war keine große Pferdekennerin, doch sie sah deutlich, dass er sehr jung war. Sattel und Zaumzeug hatte man ihm bereits angelegt und er wirkte alles andere als glücklich darüber.

Nun, *damit* hatte sie nicht gerechnet.

Erst bekam sie neue Kleider und jetzt auch noch ein eigenes Tier. Was sollte sie davon halten? Vor Stunden hatte sie noch vorgehabt zu fliehen.

Ich glaube ihnen trotzdem nicht. Ich kann es nicht.

Lanthan nahm Lagunas Zügel entgegen. „Das wäre nicht nötig gewesen", sagte er mit gerunzelter Stirn und warf Esined einen kurzen Blick zu. Dann betrachtete er Raena, die vor dem Hengst stand und nicht so genau wusste, wohin mit sich selbst. Für gewöhnlich streckte man Tieren die Hand hin, damit sie schnuppern konnten, doch der da würde sie beißen, dessen war sie sich sicher.

Esined zuckte die Achseln. „Damit wir schneller vorankommen", warf sie ein, als wäre das Erklärung genug. „Es schadet nicht. Sie wird später oft allein im Sattel sitzen müssen, nicht? Jetzt kann sie es ja trainieren."

Raena lächelte vorsichtig, während die Worte über ihrem Kopf hinwegflogen. Um sich mit dem Hengst anzufreunden, stellte sie sich langsam neben ihn. Dann berührte sie seine Mähne und er ließ es zu, während er sie mit einem Auge beobachtete.

„Wir hatten es besprochen."

„Ich weiß, dennoch hätte sie dich früher oder später behindert. Was tätest du bei einem Kampf? Stößt du sie vom Sattel oder schlägst du ihr den Kopf ab, damit du mehr Platz hast?" Es sollte wie ein Scherz klingen, doch irgendwie passte es nicht ganz.

„Wenn sie nicht gut im Reiten ist, dann ..."

„*Bei Ara*. Ernsthaft?", unterbrach sie ihn genervt, „wieso stört dich das so? Sie ist doch kein kleines Mädchen mehr. Sie kommt von einem Bauernhof." Als wäre das Erklärung genug. Nicht alle Bauern besaßen Pferde.

Raena barg ihr Gesicht hinter dem Hals des Tieres, denn sie wusste nicht, wie viel von ihren Gefühlen sich darauf abzeichnete. Erstens, sie hatte ihn nicht behindert. Und wenn, hätte er es ihr bestimmt gesagt. Sie hatte es sich nicht ausgesucht und er war sehr deutlich gewesen. Sie wäre zu Fuß gegangen, hätte er sie gelassen. Lanthan hatte sie sogar gefragt, ob die Nähe zwischen ihnen ... ihr unangenehm war. Zweitens, Lagunas war riesig, ein Zugpferd. Er konnte drei Menschen tragen und gleichzeitig einen Karren ziehen. Und ja, sie konnte reiten, nicht perfekt, aber sie konnte es. Mit Esined verhielt es sich wie mit dem Hengst. Die Sirene hätte sie gebissen, wenn sie gekonnt hätte.

Ihre Augen weiteten sich überrascht.

Bei Suneki, ich kann mir ja selbst kaum zuhören. Es ist ja fast, als störe es mich. Ich sollte doch froh darüber sein. Ich muss mich nicht mehr mit schlechtem Gewissen herumplagen, wenn ich ihn ansehe. Sie schluckte und rieb sich den Magen. *Jetzt könnte ich versuchen zu fliehen. Mit einem Pferd wäre ich schneller.*

Sie dachte an die Wachen, die sie zuvor angegriffen hatten und sie war nicht so dumm zu glauben, dass dies ihr einziger Versuch sein würde, sie dem Fürsten zurückzuholen. Vielleicht war Esineds Geste ja nett gemeint. Vielleicht bildete sie sich ihre Abneigung bloß ein. Doch sie glaubte selbst nicht daran.

„Unklug ihr einen Hengst zu schenken, wenn du keine Ahnung von seinem Charakter hast." Lanthan schwang sich in den Sattel und durchbohrte Esined mit frostigem Blick. Er sah sogar so böse aus, dass Lagunas die Ohren anzog.

Esined indessen sah aus, als hätte man ihr eine schallende Ohrfeige verpasst. „Wie bitte?", formten ihre Lippen tonlos und Raena spürte die Anspannung in der Luft knistern.

Fenriel meinte: „Früher oder später muss sie selbst reiten. Es ist gut für sie zu üben."

Raena wusste nicht, was sie davon halten sollte. Sie sprachen über ihren Kopf hinweg, als wäre sie gar nicht da. *Ruhe,* dachte sie, *du musst ruhig bleiben.* Ihre Fingerspitzen bebten unkontrolliert, als sie eine Hand auf den glatten Sattel und die andere in der Mähne vergrub.

„Ich kann reiten", hörte sie sich mutiger sagen, als sie sich fühlte. Es hörte sich hölzern an und sie bedauerte, überhaupt etwas gesagt zu haben. Um sich zumindest ein wenig Würde zu bewahren, stieß sie sich vom Boden ab und zog ihren Körper in den ungewohnt schmalen Sattel hoch.

Alles ist gut. Du hast es geschafft.

Ihr tat alles weh, doch es war ihr gelungen.

Der Hengst stieß ein tiefes Schnauben aus.

Oder auch nicht.

Er bleckte die Zähne.

Raena spürte seinen Widerwillen. Sie packte die Mähne fester. Er trat mit den Hinterbeinen direkt in die Menge und jemand schrie. Ihr Herz blieb kurz stehen. Sie warf einen Blick zurück, rief: „Es tut mir leid!", und das Blut wich aus ihrem Gesicht, als sie ein Kind im Staub liegen sah. Die Mutter zog es beiseite, hob es hoch und lief davon.

Raena konnte ihnen nicht nachsehen. Der Hengst tänzelte, drehte sich im Kreis, dehnte seinen Hals und zog am Zügel. Er wirbelte Staub auf, als er gegen den Boden atmete und Raena spürte, wie das Leder in ihre Haut schnitt. Doch noch hielt sie ihn fest und seine Absicht, sie über seinen Hals zu zerren, missglückte. Allerdings wusste sie nicht, wie lange ihre Arme durchhalten würden, denn es zog und brannte ordentlich.

„Seht sie euch an!" Esined prustete los und ihr Lachen berührte auf eine ganz besondere Weise. „Gleich fällt sie. Sieh nur!" Sie lachte und lachte. Es hörte nicht auf. „Ihre Haltung ist völlig falsch!"

Fenriel sagte nichts.

Lanthan versuchte ihr zu helfen. „Raena, wenn Ihr Euch zurückbeugt, dann ..."

Sie verschloss ihre Ohren davor, riss am Zügel, wickelte ihn um den Zwiesel und zerrte das Maul des Hengstes zurück, sodass er einen runden Hals bekam. Er wehrte sich, schüttelte den Kopf. Er würde springen, durch die Menge preschen. Sie spürte es. Sein gesamter Körper spannte sich an wie eine Bogensehne.

Was hätte ihr Bruder Fin getan? Sie wusste es nicht.

„Er wird sie gleich abwerfen. Das wird lustig, meine Herren. Schaut genau zu!"

„*Esined!* Hörst du wohl auf damit!"

„Lanthan, du verfluchter Spielverderber. Das ist ja nicht auszuhalten."

Esineds Lachen klingelte in ihren Ohren.

Lanthans Absitzen, seine Statur im Augenwinkel, gab ihr einen Ruck.

Sie wollte nicht, dass er näherkam. Er sollte ihr nicht helfen.

Sie war kein Kind verdammt. Sie *konnte* reiten!

„Kommt nicht näher!", befal sie ihm schneidend und bekam prompt schlechtes Gewissen. „Das war nicht so gemeint", stieß sie hervor und ihre Sicht verschwamm. Verzweifelt hielt sie die Tränen zurück, die sich in ihre Augen drängten. Sie konnte nicht weinen. *Nicht jetzt.* Nicht, wenn alle hersahen. In ihrem Bauch brodelte es und ihre Unterlippe erzitterte. Dennoch gab sie nicht auf. Mit zusammengebissenen Zähnen zischte sie dem jungen Tier zu: „*Wirst du wohl damit aufhören*?!" Und zog ein letztes Mal am Zügel.

Da erschien plötzlich ein völlig verstörendes Bild vor ihrem inneren Auge. Esineds Kehle. Ihre Hände auf ihrem Hals. Sie drückte zu. Der Herzschlag. Die Wärme ihres Körpers. Die Sehnen, die gegen den Druck ankämpften. Und als Esined nach Luft schnappte, ihr Gesicht blau anlief und in ihren Augen sich das Wissen abzeichnete, dass sie nun sterben würde, löste sich das Bild auf.

Für einen Moment war Raena so schockiert, dass sie fast das Gleichgewicht verloren hätte. Es war nur ein Augenblick, ein Wimpernschlag und ... der Hengst stand still.

„Ich sagte doch, dass ich reiten kann", sie hörte sich atemlos an, als hätte sie die gesamte Zeit über die Luft angehalten. Ihr Herz schlug wild und das Blut rauschte in ihren Ohren. Sie empfand ein Hochgefühl, das sie nicht beschreiben konnte. Fast wie ... *Triumph.*

Raena blickte in die Runde, mehr zittrig als gefasst und konnte Esined kaum in die Augen sehen, doch es gelang ihr, wenn auch blinzelnd wie eine

Idiotin.

Die blickte Raena irritiert an. „Wie hast du das angestellt?"

„Ich sagte doch, dass ich reiten kann", wiederholte sie das Gesagte von vorhin, doch wie sie es so schnell geschafft hatte, war selbst ihr ein Rätsel.

Lanthan schien keinen weiteren Gedanken daran zu verschwenden. „Welches Tor nehmen wir?", fragte er, ließ sie aber nicht aus den Augen, obwohl er seine Kameraden ansprach.

Esined verschränkte die Arme vor der Brust und starrte Raena an, als hätte sie ihr ein Spiel verdorben.

Der war zum Heulen zumute und sie fühlte die Hitze auf ihren Wangen glühen. Am liebsten wäre sie im Boden versunken.

Fenriel entgegnete: „Durch's südliche Tor." Er warf Raena einen Seitenblick zu, was sie stark verunsicherte. Sein Blick hatte etwas Prüfendes an sich, als suche er etwas. Sie wich seinen Augen aus und betrachtete Lanthan.

„Ich reite vor. Dann Ihr", er lächelte sie an, „und Fenriel und Esined bilden das Schlusslicht."

Grashalm kam ein Stück näher und Fenriel überreichte ihr das Kästchen. „Eure Dokumente könnt Ihr in Eurer Satteltasche verstauen", sagte er.

Raena nahm es entgegen. Sie hatte es, bevor sie getanzt hatte, noch in der Hand gehabt. Hatte sie es fallen gelassen? „Danke", murmelte sie und er nickte. Noch während sie die Dokumente in der rechten Tasche verstaute, begann der Junghengst an Grashalm zu schnuppern und die zog die Lippe hoch. Man sah ihr deutlich an, dass es ihr missfiel. Als er ihr zu aufdringlich wurde, zog sie sich zurück.

„Kommt, reiht Euch hinter mir ein", forderte Lanthan sie auf.

Raena passte die Länge der Steigbügel an und drückte ihre Fersen in die Flanken des Hengstes hinein. Zuerst weigerte er sich, ihrem Befehl Folge zu leisten und schnaubte entrüstet. Raena war sich der Augenpaare bewusst, die sie beobachteten und presste die Lippen zu einem schmalen Strich zusammen. Erst als sie ihn schwach mit dem Lederriemen schlug, trabte er an, sein Gang leichtfüßig, hektisch, doch er schien in Ordnung, so hoffte sie. Dicht hinter Lagunas blieb er stehen und beschnupperte auch ihn.

Nachdem Lanthan sich vergewissert hatte, dass sie eine Reihe gebildet hatten, nickte er zufrieden. „Dann mal los."

Raena versuchte sich an alles zu erinnern, was sie übers Reiten gelernt hatte. In regelmäßigen Abständen drückte sie ihre Fersen in die Seiten des Tieres, passte sich dem Tempo an und errötete jedes Mal, wenn sie aus dem Rhythmus fiel.

Lanthan führte sie durch eine Hand voll Gassen und schließlich hielten sie vor einer riesigen, aus weißem Gestein erbauten Kirche an. Speier versprühten Unmengen an Wasser durch die Luft und eine kühle Brise wehte in ihre Richtung. Raena spürte ein sanftes Prickeln auf ihrem Gesicht, während sie neugierig zu einer Kirche blickte, die sie noch nie zuvor gesehen hatte.

Das Gebäude war länglich und mit vier spitzen Türmen erbaut worden, an deren schlanken Enden vier Statuen von Pferden mit ausgebreiteten Flügeln standen. Sie reckten ihre muskulösen Hälse stolz in die Höhe, der Sonne entgegen. Ihr Fell glänzte golden und sie musste ihre Augen zusammenkneifen, als die Strahlen in ihre Pupillen stachen. Die Fenster des Bauwerkes waren aus hellrosa Glas und mit einem eisernen Rahmen versehen, der ein viereckiges, leicht gewundenes Muster zauberte. Im riesigen Tor war eine kleinere Tür eingelassen, die genau in dem Moment geöffnet wurde. Eine junge Adelige mit breiten Röcken und weißem Korsett trat ins Freie. Nicht nur an ihrer Kleidung sah man, wem die Kirche geweiht war, auch an den Statuen war deutlich zu erkennen, dass die Kirche Ara gehören musste.

„Weiter."

Sie ritten an einem Podest vorbei, welches einige Meter weiter aufgebaut war. Darauf stand ein langer Tisch mit fünf verschiedenen Stühlen. Einer von ihnen war größer als die anderen und an der Oberseite mit wirren Mustern verziert. Davor stand ein Pranger und nur der nahe Pferdemarkt schaffte es, sie genügend abzulenken, um nicht an die Menschen zu denken, die hier unter öffentlicher Anklage stehen mussten.

„Hier hast du den Hengst her?", Lanthans Kopf zuckte zur Seite, die Locken auf seinem Hinterkopf tanzten.

Esined rief, versucht die Stimmen der Leute um sie herum zu übertönen: „Er war nicht ganz so teuer wie der Rest, der vorgeführt wurde."

Ein aus Holz erbauter Kreis, rund und taillenhoch, diente der Vorführung von Pferden. Begleitet von den Rufen des Marktschreiers, schritten Rösser mehrere Runden, bevor sie gekauft oder wieder auf ihren Platz zurückgeführt wurden. Menschen jeglichen Alters und Standes folgten gespannt den Bewegungen der Tiere. Aus der Menge wurden Gebote gerufen, übertrumpften einander in Lautstärke und Preis. Raena sah Bürger, deren Haut dunkel, bis schwarz gefärbt war. Eine Frau trug ein helles Kleid, welches sie an die Fenster der Kirche erinnerte. Eine andere war bis zum Hals zugeknöpft und ihr Haar war streng zu einer Hochsteckfrisur hochgesteckt.

Sie ließen den Hauptplatz und den Rossmarkt zurück und bald darauf leerten sich die Gassen, bis nur noch ein paar Leute unterwegs waren. Das

Tor ähnelte dem, durch das sie gekommen waren. Von den Wachen wurden sie nur kurz gemustert, wobei ihre Blicke ein wenig länger an Esined hängenblieben, die ihren flüchtigen Bewunderern ein breites Lächeln zuwarf. Einer von ihnen stammelte einen Gruß, während die anderen glotzten, als hätten sie noch nie eine hübsche Frau gesehen. Esineds Ausstrahlung war in der Tat umwerfend.

„Wir reiten bis zum Wald", verkündete Lanthan, nachdem die Soldaten außer Hörweite waren, „dort werden wir rasten und uns stärken, bevor wir in die Wüste aufbrechen." Dann sah er Raena an, ein Lächeln auf seinen Lippen. „Geht es Euch gut?"

Als Raena zögernd nickte, wirkte er zufrieden. „Sehr gut. Dann auf geht's." Er stieß einen Pfiff aus und Lagunas schoss vorwärts, der schwere Körper donnerte über die Straße und Raena folgte ihm. Sie klammerte sich am Zügel und gleichzeitig an der Mähne fest und ließ sich tragen.

Wild und zäh, sein Gang zu Beginn ein wenig ungleichmäßig, jagte der Junghengst Lagunas hinterher und kam ihm gefährlich nahe, so nahe, dass er versuchte, im Lauf nach seinem Schweif zu schnappen. Ihre Arme protestierten, als sie sich bemühte, sich selbst gerade und ihn zurückzuhalten. Der kalte Wind fuhr ihr durchs Haar und wirbelte es um ihren Kopf.

Jetzt, wo sie die Stadt im Rücken hatten, begriff sie, dass sie bald den Streifen verlassen und ihre Familie für eine Weile nicht mehr sehen würde. Eine eiserne Faust legte sich um ihr Herz und drückte zu. Zwar hatte sie zuvor daran gedacht zu fliehen, doch nun wurde ihr bewusst, dass die Einhörner sie ohnehin einholen würden.

Sie jagten den Weg entlang an Reisenden vorbei, die die Stadt anstrebten, bis hinunter über Feldwege und Äcker, die brach lagen. Die Sonne schien auf sie nieder. Ihr war warm, nur ihre Wangen und ihre Hände wurden nicht vom Wind verschont. Raena war gezwungen, ihre Lederjacke zu öffnen, um nicht in der Hitze zu vergehen. Sie fragte sich, ob dies an der Anstrengung lag, denn die Luft war kühl. Mehrmals wechselten sie die Gangart und hingegen Lanthans Versprechen, beim nächsten Wald anzuhalten, jagten sie durch ihn hindurch und dann noch durch einen, bis Raena das Gefühl bekam, nicht mehr sitzen, stehen oder die Zügel halten zu können. Sie fragte sich, wie sie sich festhalten sollte, wenn sie nicht einmal mehr gerade sitzen konnte. Bald darauf war Mittag vorbei und endlich entschied Lanthan, auf eine gemähte Wiese einzubiegen, drosselte das Tempo und deutete mit dem Zeigefinger auf eine Baumgruppe weiter vorn.

„Dort halten wir." Er warf einen Blick rückwärts, wobei seine Augen länger als nötig auf Raena verweilten.

Die sah weg. Sie wollte nicht, dass er sah, wie sehr ihr der Ritt zusetzte. Sie konnte reiten, verflucht nochmal. Sie würde das schon aushalten.

Ehe Lanthan sich wieder umdrehen konnte, trabte Esined vor. Durch die unerwartete Bewegung tat der junge Hengst einen Satz zur Seite, der Raena zusammenzucken und gefährlich im Sattel verrutschen ließ. Während Schleier die Mähne schüttelte und Esined sich nicht um die Folgen ihrer Handlung scherte, schnappte Raena nach Luft und hing für einige Sekunden schief da, bis sie sich wieder aufgerichtet hatte.

Esined warf Lanthan einen herausfordernden Blick zu. Ihre Augen strahlten und ihr Kinn war hoch, als sie vorwarf: „Spricht doch nichts gegen ein kurzes Rennen, oder?"

„Gegen deinen Schleier? Danke, aber nein, danke. Frag Fenriel." Lanthan schenkte ihr ein amüsiertes und zugleich spöttisches Lächeln. Natürlich würde Lagunas gegen ein Einhorn verlieren und sie schien das zu wissen, denn sie grinste.

„Komm, lass uns um die Wette reiten!", rief sie Fenriel zu und für einen Moment konnte Raena eine fröhliche junge Frau sehen, die ihre kindliche Begeisterung kaum verbergen konnte.

Grashalm trabte ein Stück vor, schüttelte ihre Mähne aus und schien aufgeregt.

Esined lachte. Sie öffnete ihren Mantel ein Stück und verband mit schnellen Griffen ein paar Riemen mit dem darunterliegenden Gewand.

Raena kniff die Augen ein wenig zusammen, sie glaubte, die Erscheinung der Einhörner ein wenig klarer erkennen zu können, vielleicht, weil sie den Zauber fallen gelassen hatten, der sie vor fremden Blicken schützen sollte. Eine Frage erschien in ihrem Kopf, die sie schnell wieder vergaß, als das ausdruckslose *Ja* des Elfen ertönte.

„Drei, zwei, ... *eins!*"

Sie preschten vor. Eine Druckwelle entstand und Raena hob ihre Hand, um ihr Gesicht vor dem fliegenden Gras zu schützen, das durch die Luft wirbelte. Die Bewegungen der Tiere waren so schnell, dass man mit bloßem Auge kaum folgen konnte. Esineds glockenhelles Lachen wurde vom Wind davongetragen. Beide waren geborene Reiter, hielten sich aufrecht im Sattel und verschmolzen mit ihren Einhörnern, als wären sie ein einziger, zusammengewachsener Körper. Wie konnten sie sich nur gerade halten? Ein Hoch auf die Halterungen.

„Sie ist ein wenig ... speziell. Aber das ist Esined und ihr wechselhaftes Temperament", meinte Lanthan, als wäre damit alles gesagt, „bei Euch alles in Ordnung? Fühlt Ihr Euch wohl? Sitzt alles gut?"

Sein Blick suchte den ihren und als sie ihm in die Augen sah, konnte sie Interesse und vielleicht auch ein wenig Sorge darin erkennen.

Sie blickte weg und sah zum Wald, aus Angst, er könnte mehr in ihren Augen lesen, als ihr lieb war. „Ja", murmelte sie zerstreut, doch dann entschied sie sich für die Wahrheit. „I-ich weiß nicht, was ich fühlen soll." Irgendetwas brachte sie dazu, sich dem älteren Mann zu erklären. Wären Esined und Fenriel in der Nähe, wäre sie nicht einmal halb so ehrlich gewesen.

„Ihr seht müde aus. Ich kann verstehen, dass Euch die Reise zusetzt. Aber ich muss Euch warnen, es wird nicht besser."

Raena schluckte. Sie wusste das. Trotzdem war es nett, es aus seinem Mund zu hören.

Die Einhörner liefen im Kreis. Mittlerweile waren sie am Waldrand angekommen und die Art, wie sie ihre Körper bewegten, wie sie ihre Köpfe in die Höhe warfen, ließ sie wie gewöhnliche Pferde aussehen.

„Wenn Ihr wollt", schlug er vorsichtig vor, „könnt Ihr wieder mit mir reiten. Esined ist manchmal etwas ... voreilig. Sie wollte Euch bestimmt nur einen Gefallen tun."

Nachdem sich Esined prächtig über Raenas Aufsteigen amüsiert hatte, bezweifelte diese, dass dem so war.

„Ich kann Euch nach wie vor kaum glauben", gab sie zu und schluckte den Kloß in ihrem Hals hinunter. Verkrampft grub sie ihre Finger in die Mähne. „Auch das nicht, dass Ihr vorhabt, mich einfach nur zu beschützen." Sie hatte es zwar in der Luke gesehen, doch irgendwie, *ach*, sie wusste es selbst nicht. Sie war unruhig, nervös und hatte Angst vor dem, was mit ihr in Narthinn geschehen würde.

„Die Zeit wird kommen und Ihr werdet verstehen." Sie konnte ihn lächeln hören. „Wenn wir uns täuschen, was sehr unwahrscheinlich ist, spricht doch nichts gegen ein klein wenig Abenteuer, oder?"

Ihr zerknirschter Gesichtsausdruck zwang ihn dann doch eine Entschuldigung zu murmeln: „Verzeiht, das war unpassend." Es folgte ein heiseres Räuspern. „Wie dem auch sei. Habt Vertrauen. Ich weiß, es ist viel verlangt. Ich gebe Euch kaum Informationen, wir zwingen Euch, Eure Heimat zu verlassen", er seufzte, „verständlich, das alles muss Euch sehr sorgen, aber glaubt mir, es hat seine Gründe."

Raena antwortete ihm nicht, betrachtete stattdessen ihre vor Kälte trockenen Finger. Die Haut spannte unangenehm und hatte eine seltsam gelbe Färbung angenommen.

„Grämt Euch nicht und vor allem, gebt Euren Eltern keine Schuld."

Raena fuhr zu ihm herum, blickte in sein fleckiges Gesicht und versuchte herauszufinden, wie er zu dem Entschluss gelangt sei, dass sie ihre Eltern beschuldigte. „Wie kommt Ihr darauf?", hörte sie sich sagen.

Er zuckte mit den Schultern. „Das wäre mein Gedanke, wäre ich belogen worden."

„Ihr habt keine Ahnung", sagte sie viel zu schnell.

Lanthan lächelte bedächtig. „Sie hatten keine Wahl. Er hat sie ausgewählt."

„Das ist mir klar", erwiderte sie steif, „ich mache ihnen keine Vorwürfe." *Vielleicht nur ein kleines bisschen.* „Sie hätten es mir einfach sagen sollen. Dann hätte ich ihn geheiratet", sie richtete sich kerzengerade auf, „mein Vater und mein Bruder hätten sich dadurch viel Leid erspart."

Lanthan blickte sie gelassen an, er lächelte noch immer. „Es war dumm, sich dem Fürsten entgegenzustellen. Das stimmt. Der Fürst hätte Euch aufziehen können. Allerdings wollte er Euch verstecken. Bei ihm wärt Ihr früher oder später entdeckt worden. Und wir hätten Euch früher geholt. Dumm ist er nicht, der liebe Fürst."

Raena ging nicht darauf ein. „Mein Vater und meine Mutter haben mich gelehrt zu gehorchen", erklärte sie ihm mit Nachdruck, „ich hätte es getan, hätte er es verlangt. Dann wäre all das nicht geschehen."

„Und wir hätten Euch trotzdem gerettet", stimmte er ihr zu.

„Anführer! Wo bleibt ihr?!", rief Esined ihnen ungeduldig zu, „beeilt euch. Mein Magen knurrt!"

„Kommt. Lasst uns zu ihnen stoßen", und Lagunas beschleunigte.

„In Ordnung", murmelte sie und trieb den Hengst hinter ihm her.

Als sie beim Waldrand ankamen, dachte sie daran, dass man ihr den Namen des Pferdes nicht verraten hatte. Da er ein weißes Zeichen am Kopf trug, taufte sie ihn kurzerhand auf den Namen Fleck. Es war sinnlos, doch sie bemühte sich zumindest ein wenig Normalität in ihren neuen Alltag zu bringen. Sie konnte ihn wohl kaum *Pferd* oder *Hengst* rufen.

„... Sonne am höchsten steht", beendete Fenriel gerade einen Satz und das leichte Lächeln auf seinem Gesicht ließ ihn eine Spur freundlicher wirken.

„Oh doch, das werde ich", entgegnete Esined und in ihren Augen blitzte und funkelte es. Sie warf den Neuankömmlingen einen kurzen Blick zu. „Schlagen wir hier unser Lager auf?"

Raena fühlte sich mehr als unwohl, als sie durchdringlich gemustert wurde. Sie setzte ein möglichst neutrales Gesicht auf.

„Ja, aber wir bleiben nicht lange." Lanthan stieg ab, nahm die Zügel in die Hand und klemmte sie unter dem Sattel ein, damit Lagunas in Ruhe fressen konnte. Er löste den Schwertgürtel von seiner Hüfte und band ihn am Sattel fest, kontrollierte, ob der Knoten hielt und klopfte Lagunas auf den Hals. Der hatte bereits seinen Kopf gesenkt und suchte den Boden nach schmackhaftem Gras ab.

„Ich habe genug Proviant für drei Tage gekauft. Wasser wird knapp, aber Fenriel ist bestimmt gütig und wird uns aushelfen." Esined hatte die spezielle Vorrichtung gelöst, sprang von Schleiers Rücken und wickelte den Mantel enger um ihren Körper.

Fenriel schwang sein Bein herum und rutschte aus dem Sattel. „Meine Magie ist begrenzt", teilte er ihr trocken mit und streifte den Umhang von den Schultern.

„Komm schon. Hast du das etwa nicht gelernt? Ein bisschen Wasser hier, ein bisschen Wasser da."

„Nein", sagte er kühl und sein gleichgültiger Blick kreuzte sich mit Raenas, „das ist doch dein Gebiet", dann sah er wieder zu Esined, die nur mit den Schultern zuckte.

„Mein Spezialgebiet ist Gesang, Liebster. Ich kann kein Wasser herzaubern."

„Dann, meine Liebe", bemerkte der Elf trocken, „haben wir ein Problem."

Lanthan rollte die Augen.

Fenriel legte seinen Mantel auf Grashalms Rücken ab und wechselte fremde, weichklingende Worte mit ihr, ehe sie sich einen bequemen Platz zum Ausruhen suchte. Raena fragte sich, was er da wohl gesagt hatte und beobachtete, wie er sich einen Zopf flocht.

Esined klopfte Schleier auf den mächtigen Hals und schnürte einen Sack von seinem Rücken ab.

Helle Sonnenstrahlen blitzten zwischen den Bäumen hindurch. Die Blätter raschelten, als eine kühle Brise durch die dichten Kronen fuhr.

„Der Tag wird doch nicht so schnell dunkel, wie ich gedacht habe", sagte Lanthan mehr zu sich selbst, während er sich streckte und die trägen Glieder ein wenig lockerte. Er sah zu ihr und Raena fiel auf, dass sie noch immer im Sattel saß. Sie stieg ab und musste dabei ein wenig hilflos ausgesehen haben, da Lanthan nach dem Zaumzeug griff und den Junghengst festhielt, damit er ihr nicht davonlief. An einem dicken Ast in unmittelbarer Nähe zauberte er gekonnt einen Knoten und machte ihn dort fest.

„Danke", sagte sie daraufhin erleichtert und erntete ein breites Lächeln.

Esined warf den Sack zu Boden, öffnete ihn und holte ein großes Kaninchen hervor. „Fenriel, ein Messer", bat sie, obwohl es eher wie ein Befehl klang.

Der Elf kam auf sie zu und reichte ihr wortlos ein kleines, in Leder ge-
hülltes Messer, welches sie mit einem schnellen, gekonnten Handgriff aus
der Scheide befreite. „Vielen Dank", sie schenkte ihm ein Lächeln, das selbst
einen verheirateten Mann ins Wanken gebracht hätte. „Feuer wäre doch
auch nützlich, findest du nicht?"

Fenriel verpasste ihr einen Schlag auf den Rücken, sein ausdrucksloses
Gesicht, die schmalen Lippen, Raena wusste nicht, ob er genervt, beleidigt
oder amüsiert war.

Esined zuckte zusammen, das Messer wäre ihr beinahe aus der Hand
gefallen. „Fenriel!", fuhr sie ihn entrüstet an, „ich hätte mir wehtun können!"

„Was du nicht sagst."

„Du kleiner …!"

Sie stieß ihm den Ellbogen in die Kniekehle oder hatte es zumindest vorgehabt, doch er wich flink wie ein Reh aus. Sie warf Gras nach ihm. Da
grinste er plötzlich und Esined, von seinem Grinsen angestachelt, sprang
auf die Beine und warf das Messer fort, bereit sich auf ihn zu stürzen und
ihm den Hals umzudrehen. Für einen Sekundenbruchteil sah Fenriel Raena
an und sein Grinsen erlosch. Fast rechnete sie damit, dass er sie zurechtweisen würde, sie solle nicht starren oder so etwas in der Art.

Raena wandte sich ab. Da es ihr sowieso unhöflich erschien zu starren,
zu schweigen und danebenzustehen, als gehöre sie nicht zu ihnen, entschied sie sich nach Lanthan zu sehen. Der hatte Lagunas vom Sattel befreit
und rubbelte ihn mit einem Tuch ab. Unsicher trat sie neben ihn und beobachtete seine energischen Armbewegungen, sich fragend, ob sie es ihm
gleichtun sollte. Verstohlen betrachtete sie seine Unterarme. Er war sehr
muskulös, hatte die Arme eines Holzfällers.

„Wir machen das", sprach er auf einmal ganz unerwartet.

Raena runzelte die Stirn und blickte verwirrt in sein Gesicht hoch.

„Wir gehen Holz sammeln!", rief er mit lauter Stimme und als er sich
umwandte, konnte er sehen, dass ihm die Angesprochenen wenig bis gar
keine Aufmerksamkeit schenkten. Er zog die Brauen zusammen. „Kinder",
knurrte er, „kommt. Gehen wir."

Sie verschwanden im Wald und bereits nach wenigen Metern bückte er
sich nach dem erstbesten Holz, das ihm ins Auge fiel. Er warf es fort, da es
morsch war.

„Wart Ihr denn schon einmal in der Wüste?", wollte er wissen.

Raena bückte sich, um einen trockenen Ast aufzuheben. „Nein. Vater hat
mich oft mit auf den Markt genommen, aber dort durfte ich nie vom Stand

weg. Ich habe die meiste Zeit am Hof verbracht."

Sie hielt mitten in der Bewegung inne, blickte auf und da war es wieder. Sein Lächeln. Er hatte schöne Zähne. Der Bart zuckte erheitert. Dennoch, seine Reaktion stieß sauer bei ihr hoch. Machte er sich über sie lustig, weil sie sich wie ein Bauerntrampel anhörte?

„Warum lacht Ihr?", fragte sie ihn und klang verärgerter, als sie wollte, „ich habe mein bisheriges Leben mit ehrlicher Arbeit verbracht."

Erstaunt hob er die Brauen. „Ich bin mit meinem Bein in einem Loch hängengeblieben", erwiderte er und zeigte ihr den unebenen Waldboden, „dachtet Ihr, ich würde Euch auslachen?"

Raena verzog das Gesicht. Natürlich dachte sie das. Sollte sie es jetzt auch noch zugeben? Sie sah, wie er seinen Schuh abputzte und errötete.

„Tut mir leid", zwang sie sich zu sagen.

„Entschuldigt Euch nicht. Es besteht kein Grund dazu", seine Augen strahlten und bildeten einen krassen Kontrast zu seinem vernarbten Gesicht. Wie alt war er wirklich? Aufgrund seines malträtierten Gesichts konnte sie es nicht richtig deuten. Lanthan sah aus wie ein Mann, der bereits viel erlebt hatte.

Er zwinkerte ihr fröhlich zu, während er sich nach einem weiteren Ast bückte: „Wie gut kennt Ihr Euch in Geschichte aus?"

17. KAPITEL

Vor zwölf Jahren

Er ritt einen Abhang hinunter, während Regen in sein Gesicht peitschte. Bis auf die Knochen war er durchnässt und seine Kleider klebten ihm wie eine zweite Haut am Körper fest. Doch es war ihm gleich, solange die Bücher trocken blieben, die er in seiner Satteltasche verschnürt hatte. Es war seine eigene Entscheidung gewesen und er hatte es dem Rat nicht mitgeteilt, aber er wollte, dass, wenn sie schon nicht die Möglichkeit bekam, wie all die anderen jungen Damen am Hof aufzuwachsen, ihr zumindest die Möglichkeit gegeben wurde, gleich belesen zu sein. Und so kämpfte er sich durchs Wetter, bis zu dem Bauernhof, an dem er sie gefunden hatte.

Raena überlegte und erinnerte sich an ein Buch aus Mutters Bibliothek. „Ein wenig", gab sie zu, „ich habe viel gelesen. Zuhause haben wir eine kleine Bibliothek mit informativen Büchern."

„Also wisst Ihr, dass früher im Streifen Kämpfe ausgetragen wurden?"

„Das weiß jedes Kind", entgegnete sie trotzig und fühlte sich dabei auch wie eines.

Lanthan hatte bereits einen kleinen Stapel auf seinem Arm gesammelt, während Raena noch immer in der Gegend herumstand. Sie tat es ihm nach, bückte sich, um einen Ast aufzuheben und ließ ihn enttäuscht fallen, als sie merkte, dass er an der Unterseite feucht und von Flechten überwuchert war.

„Jedenfalls wollte ich damit sagen, dass die Wüste an einigen Stellen wie ein alter Friedhof aussieht."

„Gibt es dort Gräber?", fragte sie neugierig, „ja, oder? Muss es geben. Es gibt Geschichten von Geistern, die nachts durch die Wüste ziehen und von Sandstürmen aus Knochenstaub begleitet werden." Bereits nachdem sie es ausgesprochen hatte, begann sie sich dumm zu fühlen. Was schwafelte sie da? Jeder wusste, es handelte sich nur um Geschichten, Legenden, die man in Büchern las, die nichts weiter waren als bloße Unterhaltung.

Er lachte leise und schüttelte seinen Lockenkopf. „Falls es dort jemals Gräber gab, dann sind sie unter dem Sand begraben." Zu ihrer Überraschung tat er ihre Legenden nicht ab. „Reisende träumen vom Kampfgeschrei und von vergangenen Ereignissen, an manchen Orten stärker als an anderen und bei besonders kalten Nächten, heißt es, sieht man Krieger über die Dünen tanzen." Er scheuchte einen Vogel auf, der in einem Blatthaufen nach Nahrung gesucht hatte. Piepsend und kreischend hüpfte er davon.

Raena starrte ihn ungläubig an. „Meint Ihr das ernst?"

Er zuckte die Achseln. „Ich habe noch nie einen Geisterkrieger gesehen, aber ich weiß, dass es auf dieser Welt viele Dinge gibt, die im ersten Moment unglaubwürdig erscheinen, aber durchaus wahr sind."

„Was zum Beispiel?"

„Flüche." Sein Stapel war mittlerweile beachtlich groß.

„Flüche?"Raena runzelte die Stirn. Sie hob einen Zweig auf und brach ihn entzwei.

„Genau. Aber was ich vorhin meinte sind Knochen."

„Was?", nun konnte sie ihm nicht mehr folgen, „Knochen?"

„Drachen, die in der Schlacht getötet wurden, hat man dort mitsamt ihren toten Reitern zurückgelassen. Unmengen sind unter dem Sand begraben, aber ein paar erscheinen immer wieder an der Oberfläche."

Gänsehaut rieselte ihren Rücken hinunter.

„Schmuggler holten sich irgendwann ihre Schuppen, die Zähne und den Rest, den sie irgendwie verwerten konnten. Aber für die Knochen braucht man spezielles Werkzeug. Man kann nicht einfach Drachenknochen zersägen und transportieren. Drachenknochen sind viel zu schwer, um sie als Waffen gebrauchen zu können. Vor allem, wenn der Drache tot ist, nehmen die Knochen das fünffache an Gewicht zu. Als Baumaterial sind sie äußerst gefragt. Man kann sie zermahlen und zum Mörtel mischen. Doch das ist zu teuer und kaum jemand will sich das leisten. Zudem hat der Erzherzog von Fallen dafür gesorgt, dass die Knochen im Streifen geschützt werden und keiner sie abbauen darf." Er ordnete den Stapel auf seinem Arm, damit er nicht verrutschte. „Kommt, lasst uns zurückgehen. Ich glaube, wir haben genug gesammelt."

Schnell hob sie noch einen Ast hoch und folgte ihm zurück zur Gruppe.

Fenriel mühte sich derweilen mit einem eigenartigen, aus Holz bestehendem Gestell ab, während Esined das Kaninchen an den Füßen in einer blutverschmierten Hand festhielt.

„Ihr wart aber schnell", bemerkte sie überrascht und streckte die andere Hand aus, als Fenriel ihr einen gespitzten Ast reichte. Ohne hinzusehen, spießte sie das Tier der Länge nach auf und deutete ihnen auf eine Stelle, wo das Gras nur mäßig bis gar nicht wuchs. Lanthan warf das gesammelte Brennholz dort hin. Raena folgte seinem Beispiel. Fenriel formte damit einen Kegel, mit einer Mulde darunter.

„Was hast du denn noch besorgt?"

„Nein", gab Esined bissig zurück und riss Lanthan regelrecht den Sack aus den Händen, als er danach greifen wollte. Spielerisch entsetzt war er eine Armlänge von ihr zurückgewichen und erntete dafür einen Zeigefinger, mit dem sie ihn provozierend in die Brust pikte. Mit ihrer zierlichen Statur und dem hübschen Gesicht hätten die beiden nicht unterschiedlicher nebeneinander aussehen können. „Hände weg. Sonst gibt's morgen nichts mehr zu essen", bellte sie und eine Falte teilte ihre Stirn.

Da fühlte Raena zum ersten Mal, dass sie keine Sympathie für die Sirene empfinden konnte. Am liebsten hätte sie nichts mit ihr zu tun gehabt, kein Wort mit ihr gewechselt, auch wenn Esined ihr ein Pferd besorgt hatte. Irgendetwas an ihr eckte bei ihr an.

„Du scheinst heute besonders reizbar", bemerkte Lanthan trocken.

„Wann bin ich nicht reizbar. Du solltest mich kennen. Ist ja nicht so, als wäre ich für weniger berühmt."

Raena blickte zu Fenriel, der seine Handflächen nur wenige Zentimeter entfernt über dem Geäst in der Höhe hielt. Seine Lippen bewegten sich kaum merkbar, er schien zu murmeln und hochkonzentriert zu sein.

Raena beobachtete ihn. Beschwor er ein Feuer? Sie glaubte die Luft um seinen Körper herum flackern zu sehen, und fragte sich, ob sie es sich nur einbildete. Sie blinzelte mehrere Male und rieb sich die Augen. Gerade als sie nicht hinsah, entsprang ein Funke und sie war enttäuscht, weil sie den Moment verpasst hatte.

Bald darauf züngelten die Flammen an den Ästen empor, hellrot und qualmend wie ein gewöhnliches Kaminfeuer.

Fenriel ließ die Hände sinken.

„Esined. Das Kaninchen", unterbrach er das noch immer diskutierende Paar schneidend. Die helle Stimme der Sirene war beim Klang ihres Namens sofort verstummt. Wenig begeistert ließ sie Lanthan stehen. „Unterbrich mich nicht. Ich hasse das." Dennoch legte sie das Tier auf zwei Stangen ab, die Fenriel zuvor über dem Feuer in den Boden gerammt hatte.

Lanthan holte aus einer der Satteltaschen eine ovale Flasche und ein paar Tücher hervor, die entfernt an einen gewebten Teppich erinnerten. „Hier", er bot jedem einen Schluck an.

Raena, die als Erste trinken durfte, ließ das kühle Nass ihre trockene Kehle hinunterlaufen.

„Hätten wir selbst gejagt, dann hätten wir uns das Gold gespart." Fenriel wärmte sich kniend die Hände am Feuer.

Esined setzte sich neben ihn. „Hier? In welchem Wald denn? Dem hier? Hier lebt nichts Essbares, zumindest nichts, was sich lohnen würde, für vier Münder zuzubereiten. Der hier ist besonders groß und er wird gut schmecken."

Lanthan ließ sich ebenfalls nieder. „Das wird er."

„Krähen", meinte Fenriel achselzuckend.

„Krähen?", Esined starrte ihn an, „wieso sollte ich Krähen essen? Da ist ja nichts dran."

„Oder Tauben", fügte Fenriel hinzu.

Sie stieß ihn gegen die Schulter, doch Fenriel verzog keine Miene.

Raena reichte ihm die Flasche weiter und er nahm sie an, ohne sie dabei anzusehen.

„Bin ich ein Hund?", blaffte Esined und schüttelte den Kopf, „oder soll ich mir vielleicht eine Krankheit einfangen?"

Lanthan gab Raena ein Tuch. Sie dankte ihm, setzte sich neben ihn, natürlich mit gebührend Abstand, zog die Knie eng an den Körper an und umarmte sie mit ihren Händen.

„Du bist zu wählerisch. Zimors Tafel bekommt dir nicht gut."

„Er ist immer noch der Herrscher, ja?!"

Mittlerweile brannte das Feuer lichterloh. Esined beugte sich ein Stück vor und drehte den Spieß, damit das Kaninchen von allen Seiten gebraten wurde. Bald darauf wehte ein süßlicher Duft an Raenas Nase vorbei, der in ihrem Mund Speichel zusammenlaufen ließ.

„Wo befindet sich eigentlich der nächste Treffpunkt? Noch immer an derselben Stelle? Die Harpyie hat uns noch nicht erreicht."

„Der Zwerg hat gesagt, dass er seinen Vogel schickt, wenn er es nicht rechtzeitig schafft", klärte Fenriel sie auf.

„Da hat Esined mal wieder nicht zugehört", grinste Lanthan.

„Ich war bei eurer blöden Besprechung nicht dabei, du schlauer Fuchs", entgegnete sie genervt, „also ist er noch immer an der gleichen Stelle. Danke", endete sie sarkastisch.

Ein Zwerg? Raena wagte nicht zu fragen, wie viele Mitglieder nun eigentlich der Gruppe angehörten. Sie hatte noch nie einen Zwerg gesehen und stellte sich einen winzigen Mann vor, der von oben bis unten behaart war und das so dicht, dass nicht einmal mehr sein Mund oder Augen unter dem ungepflegten, buschigen Pelz zu erkennen waren. Vielleicht sah er ein wenig so aus wie Lanthans Bart, stellte sie nach einem Blick aus dem Augenwinkel fest.

Während sich die anderen über belanglose Dinge unterhielten, sah sie zu den Reittieren, die nur wenige Meter weiter seelenruhig vor sich hin grasten. Grashalm war ihnen am nächsten und zupfte Büschel ab, während Schleier hinter ihr zufrieden seine Ohren bewegte. Er schien Raenas Blick bemerkt zu haben, da er im selben Moment in ihre Richtung blickte.

„Der Rat wollte die Steuern erhöhen." Esined versank mit ihrem Blick im Feuer und warf einen Ast hinein. An den Stellen, wo die Flammen am Fleisch geleckt hatten, glänzten Fetttropfen.

Lanthans Augenbrauen wurden in die Höhe gezogen. Auch er hatte verloren ins Feuer gestarrt. „Welche?"

„Für den Besitz von Land."

„Ihnen geht das Gold aus. Der Verwalter investiert viel zu sehr in gesellschaftliche Ereignisse, statt das Schloss zu renovieren. Ist euch aufgefallen, wie stark es in den Zimmern zieht?"

„Bei Ara, ich stimme dir zu", pflichtete Esined ihm bei.

„Streben nach Perfektionismus, Schönheit und endlosem Frieden, zumindest am Papier", bemerkte Fenriel, „endlosen Frieden gibt es nicht. Nicht am Hof."

„Wirklich? Du bist nie am Hof, woher willst du das wissen?"

„Weil das immer so ist", entgegnete er trocken.

Esined packte nach seinem Arm. Er rückte ein wenig von ihr ab, doch stieß sie nicht weg.

„Gehst du mit mir zum Winterball? Bitte?"

„Nein, danke", erwiderte er desinteressiert.

„*Bitte*", flehte sie ihn an und klimperte mit den Wimpern, „unser Anführer hat bestimmt genug Einfluss, um für unseren Komfort zu sorgen", sie lächelte verführerisch und blickte Lanthan an.

Raena hob die Brauen.

Lanthan grinste schief: „Du brauchst meinen Einfluss nicht."

Esined erwiderte sein Lächeln und spitzte die Lippen, streckte sich zu Fenriel hoch und tat so, als wolle sie ihn küssen.

Fenriel zog sich zurück. „Hör auf damit", knurrte er ungehalten und sein Blick kreuzte sich mit Raenas, die peinlich berührt wegsah.

Gedankenverloren betrachtete sie ihre Hände und den Zeigefinger, wo der Nagel leicht eingerissen war. In ihrem Kopf begann sich ein Bild zu formen. Erzählt wurde von Güte, Freundlichkeit und großer Gastfreundschaft, die einem bei den weißen Reitern entgegengebracht wurde. Nichts von dem, was Fenriel soeben erwähnt hatte, hatte sie jemals gehört oder gelesen.

Die Schwarzen galten als die Unruhestifter, immer zu Gewalt, Krieg oder Brutalitäten bereit und Weiß war, nun, in ihren Augen waren die Weißen wie ein Schild, die die Unschuldigen vor Ungerechtigkeit und dem sicheren Tod bewahren sollten.

Als das Fleisch gar war, wurde es vom Feuer gehoben und von Fenriel in ungefähr vier gleich große Teile zerteilt. Dazu gab es Brot. Hungrig nahm sie es entgegen, biss hinein und schmeckte eine Mischung aus Sonnenblumenkernen und Kümmel.

„Wenn wir in der Wüste reiten", Esined leckte sich über ihre klebrigen Finger, „solltet Ihr Euer Gesicht besser bis zur Hälfte bedecken. Der Sand ist tückisch, er findet jede Ritze."

Raena bemerkte, dass sie gemeint war und hob den Blick. Daraufhin überreichte ihr die Sirene ein violettes Tuch. Sie murmelte einen Dank, wollte mit einer Hand Fleisch samt Brot festhalten, scheiterte aber und musste mitansehen, wie ihr das Gebäck aus der Hand fiel und ins Gras rollte.

„Du hättest ihr den Mundschutz später geben können", murmelte Lanthan, der sie verstohlen beobachtet hatte.

„*Ich* hatte eine Hand frei", verteidigte sich Esined.

„Das macht nichts", raunte Raena mit belegter Stimme und räusperte sich.

An den Knochen war nicht mehr viel übrig, doch es schien auch keiner mehr nach einem weiteren Stück Fleisch zu verlangen. Das Brot sättigte und auch ohne Salz schmeckte es gut. Raena würgte den letzten Rest hinunter und zog die mittlerweile ausgestreckten Beine wieder an.

„Mich wundert", durchbrach Fenriels ausdruckslose Stimme die Stille, „dass wir bis jetzt nicht stärker angegriffen wurden." Er sah jeden Einzelnen von ihnen ernst an. „Das Gleichgewicht ist mehr wert als nur ein paar Soldaten des Fürsten."

Raena errötete.

„Haben wohl Besseres zu tun", meinte Esined, „oder denken, dass wir eine ernste Bedrohung für sie darstellen, was wir auch sind, denke ich."

Lanthan runzelte die Stirn. „Habt ihr eigentlich eine dunkle Gegenwart gespürt?"

„Nein, keine schwarzen Reiter", antwortete Esined, die ihre Finger ableckte und sie anschließend im Gras und am Tuch abwischte, das sie von Lanthan bekommen hatte. „Wobei ich stark bezweifele, dass man ihre Gegenwart spürt, wenn sie anwesend sind."

Fenriel schüttelte den Kopf und warf die Knochen ins Feuer. „Keine schwarzen Reiter", wiederholte er. Glut und Rauch schossen in die Höhe und ein Knistern erfüllte die Luft.

Raena, die das dringende Bedürfnis verspürte, ins Gespräch einzusteigen, stotterte unkontrolliert einen Satz hervor, den sie im Nachhinein zutiefst bereute.

„Vielleicht haben sie aufgegeben." Sie versuchte drei Augenpaaren standzuhalten, vor allem Esined, die ungläubig in ihre Richtung starrte.

„Ist das Euer Ernst?", es klang nicht wie eine Frage, eher wie eine Feststellung.

Raena brachte kein Wort hervor. Sie schwieg, einen Kloß im Hals.

„Esined", warnte Lanthan sie, mischte sich aber sonst nicht ein.

„Ihr seid das Gleichgewicht! Wegen Euch steht die gesamte Welt vor dem Abgrund! Wer Euch besitzt, hält die Macht in seinen Händen. Sie werden nicht aufgeben, dafür seid Ihr zu wichtig." Esined war aufgesprungen und hatte sich vor Raena aufgebaut. Ihre drohende Haltung schüchterte sie ein. „Seht Euch nur an. Ihr seid ein kleines, verängstigtes Mädchen. Wisst Ihr eigentlich, wie man ein Schwert richtig hält? Wie ein Bogen zu bedienen ist? Könnt Ihr Euch überhaupt verteidigen, wenn es darauf ankommt? *Wenn Ihr sterbt, sterben wir alle*", fauchte sie und ihr schönes Gesicht war verzerrt vor Hohn und Wut.

Sie klagte Raena für etwas an, wofür sie nichts konnte. Sie wollte kein Gleichgewicht sein, glaubte noch immer nicht an dessen Existenz, doch Esined war verärgert genug und so sagte sie nichts, ihr fiel ohnehin nichts ein.

„Es reicht", Fenriels Stimme unterbrach sie, durchschnitt wie ein rasiermesserscharfes Schwert ihre wütende Rede. Im nächsten Moment stand er neben ihr und packte sie an der Schulter.

„Die schwarzen Reiter bräuchten nur mit den Fingern zu schnippen und die da wäre auf ihrer Seite", aufgebracht hob und senkte sich ihr Brustkorb, „sie werden uns vernichten, wie auf *winzigen* Ameisen werden sie herumtrampeln, bis von uns nichts mehr übrig ist."

Hatte sie Angst und war deshalb so wütend?

„Dafür müssten sie uns erst finden", meinte Fenriel gelassen, „kein Grund, jetzt schon einen Streit vom Zaun zu brechen."

Esined schüttelte seine Hand ab, trat von ihm zurück und durchbohrte ihn mit giftigen Blicken. „Und du ...", knurrte sie und starrte ihn an, als könnte sie mit ihren Blicken ein Loch in sein Kopf bohren, „du ..." Für einen kurzen Moment war sie unsicher, dann blitzten ihre Augen wie ein Donnerwetter.

Jetzt stand selbst Lanthan auf den Beinen. „Esined", er klang wütend, „kein Grund dafür, die Nerven zu verlieren. Atme tief durch. Beruhige dich. Du weißt nicht mit Sicherheit, ob sie freiwillig mit ihnen ginge. Mach ihr keine Angst."

Was? Wieso sollte sie irgendwo hingehen? Sie war auch hier nicht freiwillig!

„Die Schwarzen bringen uns um, ich schwöre es dir. Wenn nicht heute, dann morgen oder übermorgen. Sie kommen wegen *ihr*." Ihr Zeigefinger stach in Raenas Richtung. „Wegen so einem, *Mädel*. Seht sie euch doch an. Sie sieht aus wie eine Vogelscheuche."

Raena saß ganz starr, die Augen weit geöffnet.

Esined blickte herablassend auf sie hinab, als wäre sie noch weniger wert als das Kaninchen, welches sie soeben gegessen hatten. Der hasserfüllte Blick aus ihren eiskalten, tiefblauen Augen brannte tief in ihrem Inneren und verletzte sie.

„Ich reite zum Treffpunkt vor und warte dort", meinte sie an die anderen gewandt und strich gelassen ihre Locken hinters Ohr. Dann ging sie erhobenen Hauptes fort, stieg in den Sattel und ritt davon, ohne die Gruppe eines letzten Blickes zu würdigen.

„Esined ...!", rief Fenriel ihr hinterher, doch er machte keine Anstalten, ihr folgen zu wollen. Stattdessen fluchte er nur in einer Sprache, die Raena nicht verstand.

Vogelscheuche. Seht sie euch doch an.

Sie senkte den Blick. Sie wollte nicht, dass man sah, wie sie sich fühlte. In ihrem Kopf formten sich ein paar Sätze, ein paar Gedanken, doch was hätte es gebracht, ihr hinterherzuschreien, dass sie all das nicht gewollt, ihr Leben sich nicht ausgesucht hatte. Nichts. Nur noch mehr Ärger und Frust. Sie ließ ihre Schultern hängen, betrachtete ihre Hände, *erneut* und fragte sich, ob sie Esined einen Gefallen tun würde, wenn sie versuchen würde zu fliehen.

Warum mochte die Sirene sie nicht? Lag es an ihr oder daran, weil es hieß, sie sei das Gleichgewicht? Aber wenn sie doch gemeint hatte, dass sie es erst sehen müsse. Wozu dann dieses Theater? Vielleicht war ihre Äußerung dumm gewesen, nervös wie sie war, hatte sie einfach irgendetwas dahingesagt. Fehler waren menschlich, machten Menschen zu dem, was sie waren. War es ein Fehler gewesen, ihren Gedanken laut ausgesprochen zu haben? Sie hatte sich nur weniger ausgegrenzt fühlen wollen, denn sie war eigentlich eine Gefangene, die gehorchen musste und die keine andere Wahl hatte. Esined mochte sie nicht und es beruhte auf Gegenseitigkeit und ...

Und?!

Wut schnitt ihr jäh die Luft ab.

Dann *hatte* sie sich dumm geäußert, *hatte* irgendetwas gesagt, nur um sich weniger ausgegrenzt zu fühlen.

Die Umgebung verschwamm vor ihren Augen. Sie holte tief Luft, spürte ihre Augen feucht werden und dann ... *dann* ... sah sie es erneut. Esineds schlanken Hals, ihre Finger, die sich um das weiche und sehnige Fleisch schlossen, mit aller Kraft zudrückten. Sie lauschte dem entzückenden Geräusch, das sie von sich gab, während sie nach Luft schnappte.

Warum ... fühle ich das?

Raena erstickte an negativen Gefühlen, die aus ihr hervorsprudelten und sie vergifteten, bis sie glaubte, nicht mehr atmen zu können. Sie öffnete ihren Mund, doch sie atmete nicht, saß nur da, die Hände im Schoß, den Kopf gerade, die Schultern eingesunken, völlig im Moment verloren.

Das muss aufhören!

Übelkeit breitete sich in ihrer Magengrube aus und das Feuer verschwamm vor ihren Augen.

Sie konnte sich an keinen Moment erinnern, keine einzige Erinnerung, in der sie derartige Verachtung, *das war es doch, oder?*, gefühlt hätte.

Sie wollte das nicht, wollte nicht so denken und die Entzückung erst ...

Was ... Warum ... Nein ... Bitte, das muss aufhören!

Raena ballte eine Hand zur Faust, blinzelte die Tränen beiseite und hörte sich keuchen.

Ihre Brust schmerzte.

„Nehmt es ihr nicht übel. Sie ist launischer als das Wetter", Grashalms weiche Stimme riss sie zurück in die Gegenwart.

Mit flatternden Lidern starrte sie der Stute in die Augen, deren sanfte Ausstrahlung sie tief in der Seele zu berühren und zu beruhigen schien.

Grashalm stand in ihrer Nähe, hatte den Kopf gesenkt und ihr Horn leuchtete schwach, als versuche sie Raena ein wenig Trost nach den harschen Worten der Sirene zu spenden und es funktionierte. Sie wurde ruhiger, wenn auch ihr Herzschlag sich nur langsam beruhigte.

„Ihr solltet Euch generell nicht viel dabei denken", Fenriel kam um sie herum und blickte auf sie hinab, „Esined ist eine Sirene. Die sind ... speziell."

„Sie kriegt sich schon wieder ein", knurrte Lanthan übellaunig und begann die Tücher vom Boden aufzusammeln, „wir sollten weiter, damit sie keinen zu großen Vorsprung gewinnt." Er beachtete sie nicht, schien mit seinen eigenen Gedanken beschäftigt.

Raena sah zu Boden. Sie mied den Augenkontakt, so gut sie konnte, wollte nicht, dass sie das Durcheinander in ihrem Inneren bemerkten.

„Schon gut", hörte sie sich sagen, „ich halte das aus."

Früher hatte sie sich auch schnell geärgert, aber nun kam die Wut schneller, heftiger und trieb ihren Geist in eine Richtung, die ihr nicht behagte. Sie hoffte, dass ihre Gefühlswelt durch die unerwarteten Ereignisse einfach nur aus dem Gleichgewicht geraten war. Fast hätte sie aufgelacht. *Natürlich. Aus dem Gleichgewicht. Ich übertreibe maßlos. Ich sollte mich zusammenreißen.*

Sie spürte eine Berührung auf ihrer Schulter. Es war Fenriel und im Augenwinkel sah sie seine schlanken, behandschuhten Finger. „Denkt Euch nicht zu viel dabei", hörte sie ihn murmeln, dann war der Moment vorüber und sie starrte ihm perplex nach, als er in den Wald davonging, um feuchtes Laub zu holen und das Feuer damit zu löschen.

„Esined sollte wissen, wo ihr Platz ist und wie sie sich zu benehmen hat", brummte Lanthan.

Raena, die sich inzwischen wieder im Griff hatte, zuckte mit den Schultern. „Ich habe ihr nichts getan." War sich aber nicht sicher, ob das auch zutraf. *Vielleicht benimmt sie sich so, weil ich üble Dinge denke. Vielleicht spürt sie das.* Sie fühlte sich schlecht, mehr als das, sie fühlte sich schrecklich müde und ihr war übel.

Grashalm berührte Raena mit ihren Nüstern auf der anderen Schulter. „Alles wird gut, Ihr werdet sehen", murmelte sie sanft und Raena lächelte zögernd. Eigentlich waren sie alle nett zu ihr. *Bis auf Esined.*

Nachdem das Feuer mit reichlich nassem Laub bedeckt war und sie alles verstaut hatten, machten sie sich reisefertig. Während Fenriel bereits im Sattel saß, nickte Lanthan ihr zu, ihm zu folgen.

„Damit Esined sich nicht verläuft", murmelte er leise, als sie Fleck erreicht hatten, „folgen wir ihr bis in den Sonnenuntergang", und löste die Zügel vom Baum.

Raena blickte zu ihm hoch.

„Macht Euch keine Sorgen, hört Ihr? Esined ist eine schwierige Person. Ärgert Euch nicht, solch eine Genugtuung hat sie nicht verdient." Mit hochgezogener Braue reichte er ihr die Zügel und als sie nicht reagierte, wiederholte er ernst: „Habt Ihr mich verstanden? Das hat keinen Sinn", betonte er, „wenn Eure Kräfte erwacht sind und das wird bestimmt demnächst passieren", Raena wurde mulmig bei seinen Worten, „wird Euch genügend Respekt erwiesen werden."

Woher wusste er das eigentlich?

Sie wollte es ihn fragen, doch stattdessen sah sie ihn nur an.

Er legte den Kopf ein wenig zur Seite und verzog die Lippen zu einem kleinen, aber bemüht aufmunterndem Lächeln. Die Narben glätteten sich ein wenig und das Sonnenlicht schmeichelte seinen entstellen Zügen. Plötzlich wurde ihr klar, dass sie ihn viel zu lange angestarrt hatte und dass sie es ohne Abscheu getan hatte. Hastig presste sie: „Ich versuch's", zwischen zusammengebissenen Zähnen hervor.

„Gut", er lächelte noch immer, „Ihr reitet wieder hinter mir. Fenriel bildet das Schlusslicht."

Schnellen Schrittes entfernte er sich von ihr. Ausdruckslos blickte sie ihm nach und ließ ihre Hände entlang des Körpers hängen. Seufzend glitt ihr Blick seinen Lockenkopf, den Nacken und den breiten Rücken hinunter. Er war ein Riese im Gegensatz zu ihren Brüdern.

Lass das, schalt sie sich selbst verärgert, *hör auf ihn anzustarren!*

Fleck stieß mit dem Kopf gegen ihren Rücken und brachte sie aus dem Gleichgewicht. Wüst verfluchte sie ihn in ihren Gedanken, packte nach seiner Mähne und beeilte sich, in den Sattel zu steigen.

18. KAPITEL

Schnee fiel auf die verglasten Fensterscheiben. Hübsch gemusterte Flocken bildeten ein vielfältiges Bild, welches immer wieder durch schwache Böen neu geformt wurde. Von Zeit zu Zeit löste sich ein großer Haufen von ihnen, nur um langsam den Turm hinab in den großen, rechteckigen Hof zu fallen.

Torren stand davor, hatte die Finger ineinander verschränkt und starrte hinaus. Seine Augen musterten das verschneite Gelände und registrierten dunkle Gestalten, die ihren täglichen Aufgaben nachgingen. Der schwere Schneefall und die dadurch entstandenen Verwehungen hinderten manche von ihnen daran, in die gewünschte Richtung gehen zu können. Viel zu früh war in dieser Jahreszeit die Schneefallgrenze gefallen und die Sorge, ob sie genug Vorräte für diesen Winter angesammelt hatten, plagte ihn schon eine ganze Weile. Nicht nur, dass die Drachen viel später brüteten, sondern auch sein Vater verhielt sich anders, schien verschwiegener und geheimnisvoller denn je zu sein.

Über dem Hof fanden einige Drachen Gefallen daran, am Himmel um die Wette zu fliegen, zu testen, wer am längsten dem Wind standhalten konnte, dessen Stärke hoch oben nicht gerade als ungefährlich einzustufen war. Der schwere Schneefall hinderte sie nicht im Mindesten daran, ihre halsbrecherischen Manöver auszuführen. Hin und wieder riss einer von ihnen das Maul auf und spie einen lodernden, roten Feuerschwall in die Luft.

Torren liebte es, ihnen zuzusehen, liebte ihre Anmut, mit welcher sie mit den Flügeln schlugen und ihre Körper elegant durch die Lüfte bewegten. Er glaubte ihren schweren Atem, ihr heiseres Brüllen zu hören, und wusste, dass ihm seine Fantasie einen Streich spielte, da der Wind in eine völlig andere Richtung wehte.

Und doch konnten sie ihn heute nicht aufmuntern. Er hatte es bereits beim Aufstehen gefühlt.

Heute ist kein guter Tag.

Das Feuer im Kamin knisterte und die Wärme wurde dank der dicken, mit Holz verkleideten Mauern gut zurückgehalten. Abgedichtet waren sie mit Fellen, damit die Zugluft keine Möglichkeit bekam, sich durch noch so kleine Löcher einzuschleichen. Die wohlige Atmosphäre dieses Zimmers hatte ihm schon immer gefallen. Am Arbeitstisch, der sich unmittelbar hinter ihm befand, stand eine dampfende Kanne heißen Tees und der Duft nach Himbeeren drang bis in die kleinste Ecke des Raumes. Sein Lieblingsaroma und doch schmeckte er heute nicht wie sonst. Daneben stapelten sich haufenweise Dokumente und Verträge, Rechnungen, die er als Verwalter und Beschützer der Festung Rakstein zu überprüfen hatte. Tintenspritzer verunstalteten die Arbeitsfläche und eine kleine Gänsefeder lag einsam und verlassen neben dem Tintentopf.

Torren wusste, dass sich die Dokumente nicht von selbst erledigen würden und dennoch, seine Gedanken schienen ihm wichtiger, beschäftigten ihn viel zu sehr und lenkten ihn von seinen Pflichten ab. Normalerweise gehörte er zu den zielstrebigen Reitern, die die Arbeit binnen kürzester Zeit erledigten, bevor sie sich lästigen Tagträumen oder sonstigen Zerstreuungen hingaben, um ihr Leben halbwegs erträglicher zu gestalten. Dadurch, dass die schwarzen Reiter sehr emotional waren, fiel es ihm umso schwerer mit seinen Gefühlen umzugehen, sie im Zaum und unter Kontrolle zu halten. Er liebte den Kampf, liebte heißes, kochendes Blut und den beißenden Schmerz, der nach einem Sieg umso süßer war. Doch er hatte sie mittlerweile im Griff, die Sucht nach Mord und Totschlag. Er war ein Prinz. Er hatte es im Blut. Je älter man wurde, desto einfacher wurde es mit dem schwarzen Wesen umzugehen, welches in jedem Reiter schlummerte und irgendwann, meist in sehr jungen Jahren, gierig nach frischem Blut verlangte. So manch einer hatte ihm gesagt, dass er sich täuschte, da die Magie über die Zeit anwuchs, doch er wusste es besser. Sie hatten zu gehorchen. Sein Wort war Gesetz und wer es brach, musste mit Konsequenzen rechnen.

Schließlich riss ihn ein zögerliches, aber lautes Klopfen aus den Gedanken. Augenblicklich wandte er sich vom Fenster und dem bunten Schneetreiben ab und blickte zur Tür.

„Herein", befahl er herrisch und betrachtete eine junge Dienstmagd, die mit der Hilfe ihres dünnen Ellbogens die Tür öffnete und mit einem Essenstablett eintrat. Der Duft von gekochtem Rind stieg in seine Nase und erinnerte ihn daran, seit Ewigkeiten nichts mehr gegessen zu haben.

„Eure Mahlzeit, mein Prinz", sprach sie ihn kaum verständlich mit gesenkten Augenlidern an. Jeder fürchtete ihn und er hätte gelogen, wenn er behauptete, dass er es nicht genoss.

„Stell es auf den Tisch", ordnete er an und deutete mit dem Kinn auf eine leere Stelle, die noch halbwegs von den Papieren verschont geblieben war.

Sie nickte und blieb, bevor sie den Raum verließ, noch ein letztes Mal vor ihm stehen. Nervös verschränkte sie die Hände vor ihrem Schoß.

Torren musterte sie stirnrunzelnd. „Was ist?" Er hatte bereits viele

Mägde gesehen, vor allem solche, die bei seinem Anblick beinahe in Ohnmacht fielen. Meistens konnten sie nicht mehr sprechen, stotterten unzusammenhängend und manchmal weinten und heulten sie sogar.

Ängstlich neigte sie den Kopf. „Ich soll Euch ausrichten, dass Eure Majestät Euch darum bittet, sofort zu ihm zu reiten."

„Sofort?", knurrte er. Er hatte zwar nur rumgestanden, verspürte aber dennoch keine Lust *da* raus zu gehen. Seine Stimmung wurde durch die Vorstellung nicht gerade angehoben.

„N-nun", stotterte sie eingeschüchtert, nicht wissend, wohin mit sich selbst, „s-sobald wie möglich. Es sei höchst dringend." Schweiß perlte auf ihrer Stirn.

Das war nicht neu für ihn, man fürchtete ihn überall, wo er sich blicken ließ. Er hatte sich mit seinem Ruf Mühe gegeben. „Du kannst gehen."

Sie zuckte zusammen und verließ fluchtartig den Raum.

Torren nahm am gepolsterten Stuhl Platz, lehnte sich seufzend zurück und schloss die Augen. Ein paar Atemzüge lang ließ er seine Gedanken treiben, bis er das Besteck zur Hand nahm und das Fleisch zu schneiden begann. Zur Beilage gab es gestampfte, mit Milch verfeinerte Mehlkartoffeln und drei Scheiben dunkles Brot. Er war im Gegensatz zu seiner jüngeren Schwester Darina nicht wählerisch und aß alles, was in der Küche zubereitet wurde und essbar war.

Während er sich das weich gekochte Fleisch auf der Zunge zergehen ließ, überlegte er, warum er in den Thronsaal gerufen wurde und sein Vater deswegen seine Ruhe unterbrach.

Die stille Ruhe war ein Zustand, welchen man nur in einem sehr hohen Alter erreichen konnte. Dafür saß der König auf seinem Thron Stunden, Tage, Wochen lang und sprach kein Wort, bewegte sich keinen Zentimeter, als würde er schlafen und die Welt um sich herum vergessen. Man konnte ihn in dieser Zeit nicht wecken. Einmal hatte ein Berater versucht, ihn wachzurütteln, und hatte dadurch nur einen Energiestoß erlitten, von dem er sich zwei Wochen lang im Bett hatte regenerieren müssen.

Torren hatte keine Ahnung, was mit einem Reiter passierte, der die Ruhe auslebte, mal abgesehen davon, dass viele Reiter nur einen Bruchteil, einen Wimpernschlag des Lebens durchmachten, das der Königsfamilie vorbehalten war. Nicht alle Nachkommen des alten Königs trugen den Samen des ewigen Lebens in sich. Sie waren nicht unsterblich, aber unter dem gemeinen Volke war allgemein bekannt, dass Prinz Torren und seine Verwandten erst wirklich starben, wenn man ihnen den Kopf abhackte.

Der König, der mehrere tausend Jahre alt war, Torren hatte keine

Ahnung wie alt eigentlich, war verschwiegen und direkte Fragen beantwortete er oft kompliziert, als hätte er unverschämte Freude daran, seine Untertanen, einschließlich seiner Kinder, zu verwirren.

Wenn du so alt bist wie ich, wirst du es verstehen.

Torren wollte nicht so alt werden wie er. Sein Leben erschien ihm oft genug sinnlos und vergeudet mit der Position, die er innehielt.

In den letzten Jahrzehnten war der König immer schneller in den Zustand der Ruhe verfallen und Torren hatte gelernt, ohne den Ratschlag seines Vaters zurechtzukommen. Mehrere Male war es bereits zu wichtigen Entscheidungen gekommen, Momente, in denen er seinen Vater als König gebraucht hätte, doch stattdessen hatte er nur in das vermummte Gesicht des am Thron sitzenden Mannes geblickt. Nachdem Torren ihm Bericht erstattet hatte, hatte er nur genickt und seine Entscheidungen hingenommen.

Der König hatte kein Interesse mehr daran, das Land zu regieren. Hinrichtungen und Morde, Auseinandersetzungen und Bestrafungen hatte er zuletzt nur mit einem Wimpernschlag abgetan. Er schien kalt, leblos, weilte bereits viel zu lange auf dieser Welt. Und doch gab er seinen Thron nicht weiter, verharrte, als würde er auf etwas Besonderes warten, etwas, was noch nicht geschehen war. Was auch immer es sein mochte, Torren war zerrissen, ob er es wirklich wissen wollte.

Er legte Messer und Gabel beiseite, nahm eine Scheibe Brot, biss ab und kaute. Er war beunruhigt. Dieser überraschende Befehl war eine Seltenheit. Sein Vater hatte ihn zuletzt vor einem Jahr wegen eines Massakers zu sich gerufen, bei welchem junge Reiter wieder einmal Unschuldige in einem Dorf abgeschlachtet hatten. Er hatte angeordnet jeden, der daran beteiligt gewesen war, am nächsten Baum aufzuknüpfen.

Torren wäre härter mit ihnen umgegangen. Und auch wenn der König nicht mehr bereit dazu war, das Land zu regieren, seine Stimme stand noch immer über dem Gesetz.

Die Schwarzen waren impulsiv, gefährlich und brutal von Geburt aus. Doch es gab Grenzen, die es einzuhalten galt. Vor sehr langer Zeit war Torren ein streitsüchtiger Jüngling gewesen, hatte seine Neigungen, seinen Frust und seine Natur in der Arena ausgelebt. Zu seiner Zeit hatte er viele Stunden in der Arena des Todes verbracht, ganze Monate, Jahre, um genau zu sein. Viele junge Menschen waren noch immer der Meinung, ein Reitergreis solle in der Arena sterben und nicht an Altersleiden in seinem Bett. Ein Tod im Kampf hob die Familienehre noch ein Stück höher an.

Nachdem er sein Essen beendet und eine Tasse warmen Tees getrunken hatte, stand er auf und streckte seine steifen Glieder. Schweren Schrittes

ging er zur Tür, wo er links neben dem antiken Schrank sein Schwert ange-
lehnt hatte. Mit wenigen Handgriffen machte er den Gürtel an seiner Hüfte
fest und zog seinen warmen Pelzmantel an, ehe er sich ein letztes Mal im
Raum umsah und hinauseilte.

Er betrat eine dunkle Wendeltreppe, die hinunter in die Tiefe führte. Der
Wind flüsterte durch die alten Gemäuer und hölzernen Ritzen. An einigen
Stellen hatte er bereits mehrere Tierhäute erneuern lassen und trotzdem
suchte sich das raue Wetter immer wieder einen neuen Weg in den hohen
Turm hinein. Abgesehen davon war es ein ruhiger Ort und Torren mochte
es, weil er dort ungestört arbeiten und seinen teils sinnlosen und existenz-
hinterfragenden Gedanken nachhängen konnte.

Je weiter er hinunterging, desto wärmer wurde es. Einen Augenblick
später betrat er einen rechteckigen Raum, in dessen Mitte ein großer Tisch
stand. Die Wände schmückten alte Wappen, Schwerter, Speere aus vergangenen Zeiten und große Tierfelle, deren einzigartige Muster wahrhaftig einen zweiten Blick wert waren. Für fünfzig Reiter hatte man Stühle aus hoch-
wertigem Holz herbeigeschafft, in welche die besten Zimmerleute des Landes aufwendige Drachenbilder geschnitzt hatten. An den Sitzflächen sorgten weiche Polster aus Tierfellen für einen bequemen Aufenthalt. Am Ende
des Raumes befand sich ein großer Kamin, über dessen Sims ein alter, aus
Eisen bestehender Drachenkopf prangte.

Zu beiden Seiten waren breite, beschlagene Doppelflügeltüren, die sich
im selben Moment öffneten, als er am Tisch vorbeiging. In Pelz gehüllte Reiter betraten den Raum, vermutlich Reiteranwärter, Schüler der hiesigen
Akademie, dessen Beschützer Torren war. War Mittagszeit? Vermutlich. Er
war sich nicht sicher, es schneite schon seit Tagen und die Uhrzeit abzuschätzen war nie seine Stärke gewesen. Wenn man lange genug lebte, vergaß man, dass die Zeit tickte.

Sie stießen einander mit den Ellbogen an, lachten ausgelassen, hatten
seine Anwesenheit noch nicht bemerkt.

Ein junger Mann, kaum zwanzig Jahre alt und hochrot im Gesicht, die
Nase halb abgefroren, schob einen Stuhl beiseite, ließ sich darauf nieder und
stach mit dem Zeigefinger in die Luft. „Beim nächsten Mal hab ich dich!",
knurrte er und schlug mit der dick eingewickelten Hand auf den Tisch.

Die einzige Frau der fünfköpfigen Gruppe wich gespielt empört zurück.
„Ach, wirklich?", rief sie und lachte. Ihr Gesicht war blau verfärbt. Sie sah
aus, als hätte ihr jemand vor einer Woche ein Veilchen verpasst, was durchaus geschehen sein mochte, denn in der Akademie wurde jeder gleich behandelt, egal ob Mann oder Frau.

Erst als Torren kurz davor war, an ihnen vorbeizugehen, bemerkten sie ihn.

„Prinz", keuchte der eine und erhob sich genauso schnell wieder, wie er auf den Stuhl gesunken war, „es ist kalt draußen, Ihr müsst Euch warm ankleiden", brabbelte er. Ein weiterer murmelte eine leise Entschuldigung, während die Frau sich verbeugte, bis ihr Kopf beinahe den Boden berührte.

Torren nickte ihnen erhaben zu: „Euer Übermut sei Euch verziehen. Ihr wart in der Arena?" Damit spielte er auf die Kratzer im Gesicht des vierten jungen Mannes an. Tatsächlich war es ein halbstündiger Ritt dahin und er glaubte nicht, dass sie sich, bei dem Wetter, dort zum gemeinsamen Abschlachten getroffen hatten.

Perplex streifte der junge Mann seine dicken Handschuhe ab, griff sich mit den bloßen Fingern an die Stirn und tastete seine Wangen ab. „Tatsächlich", keuchte er erstaunt, das rote Rinnsal auf seiner Handfläche betrachtend, „das kommt wohl vom Training vorhin. Wir waren in den Trainingsräumen unter der Festung." Er musste sich nicht rechtfertigen, glaubte aber, das Torren ihm zürnen könnte. Todeskämpfe und Kontrollverluste waren in den Gängen der Akademie verpönt und wurden hart bestraft.

„Ihr braucht Euch nicht zu erklären", seine kalten Augen überflogen kurz den Rest der Gruppe, der unter seinem Blick mehrere Zentimeter zu schrumpfen schien. Ohne ein Wort des Grußes, drehte er ihnen den Rücken zu und verließ den Raum.

Die Halle der Rekruten war dazu gedacht, immer eine warme Mahlzeit pro Tag zu servieren. Je nach dem Plan der Anwärter wurde eine Uhrzeit zugeteilt, die je nach den Anstrengungen des Tages variierte und so kam es, dass an einem Tag morgens und am nächsten Tag erst abends warm aufgetragen wurde. Es gab nur eine beschränkte Anzahl an Rekruten, die dem strengen Kommando der Lehrmeister der Akademie und natürlich ihm, dem Prinzen unterstellt waren. Torren bekam seine Mahlzeiten unabhängig der Zeiten der Rekruten.

Während er den mit weichen Teppichen ausgelegten Gang entlangschritt und brennende Fackeln passierte, strömte ihm eine weitere Flut von Rekruten entgegen. Jedem, der den Helm vom Kopf nahm und respektvoll sein Haupt vor ihm neigte, nickte er zu.

Die weiblichen Reiteranwärter konnte er gut erkennen, da man sie klar durch den Körperbau vom Rest unterscheiden konnte. Töchter von hohen Adeligen waren ebenso vertreten wie gewöhnliche Bürgerinnen, wenn auch der weibliche Anteil deutlich an der Hand abzuzählen war, doch alle Rekruten hatten die Magie in sich entdeckt und wollten sich den Drachenreitern seiner Majestät anschließen. Man konnte auch ohne Magie der Armee beitreten, aber da war es nicht möglich, mit einem Drachen eine Verbindung einzugehen, und man musste lernen, anders mit seinen dunklen Neigungen umzugehen.

Der Großteil des Volkes wurde von dunklen Gelüsten geplagt, wenn auch ein gewöhnlicher Mann in einem Blutrausch nicht solch zerstörerische Kräfte entwickelte, wie ein mächtiger Reiter, der seine Nerven verlor und anfing, ganze Städte zu massakrieren. Die Strafen waren hart und der Tod war einem meist gewiss. Um solche Fälle zu vermeiden, gab es Schulen und jeder Bewohner war dazu verpflichtet, sie zu besuchen.

Es gab viele Gründe, warum man einen Drachen fliegen und die Kunst des Krieges erlernen wollte. Torren kannte nicht viele Frauen in hohen Positionen, wusste aber, dass diese sehr wohl hohen Respekt unter den restlichen Soldaten genossen.

Mehrere Stockwerke tiefer wählte er eine kleine Seitentür als Ausgang, die eigentlich für Bedienstete gedacht war. Er wollte sich dadurch weitere Begrüßungen ersparen, da zwischenmenschliche Beziehungen nicht seine Stärke waren. Zudem konnte er dadurch fast unbemerkt in den Stall gelangen und dort ein Pferd satteln lassen.

Als er die hölzerne Tür mit einem leisen Knarren öffnete, konnte er fühlen, wie eine laute, dröhnende Stimme durch seinen Kopf fuhr. Nicht, dass es ihn gestört hätte. Er konnte ohne seinen Drachen nicht leben. Jedes Mal, wenn er davonflog und sein Geist sich entfernte, war es, als fehle ihm plötzlich ein Bein oder ein Arm.

Torren! Eine vertraute Gegenwart erfüllte seinen Körper in wohligen, pulsierenden Wellen. *Was treibt dich in diese grausame Kälte hinaus?*

Nachdem der erste Kontakt mit seinem Reittier vorbei war, fühlte er, wie ein kleines Flämmchen in der Mitte seiner Brust entflammte und fröhlich zu lodern begann. Im nächsten Moment schlugen ihm Schneeflocken und der kalte Wind entgegen, was ihm kurz den Atem raubte und ihn zwang, die Kapuze tief ins Gesicht zu ziehen.

Draußen war es kälter, als er gedacht hatte.

Vater will mit mir sprechen, antwortete er und dem Drachen blieb die kurze, aufflackernde Sorge bei dem Gedanken nicht unbemerkt.

Du machst dir Sorgen, sprach er ihn direkt darauf an, so wie er es immer tat, wenn Torren von Befürchtungen geplagt wurde.

Torren brauchte eine Weile, bis sich seine Augen an die verschneite Umgebung gewöhnt hatten und blinzelte gegen die Schneeflocken an, die sich in seinen Wimpern verfingen. Nicht weit weg von ihm stand ein Offizier, der zwei Bedienstete schimpfte, die zu ihrem Pech einen Sack voll Gemüse im Schnee verteilt hatten. Von einer anderen Richtung her liefen Rekruten über den Hof, hielten die Arme über ihren Köpfen und hofften, dem beißenden Wind möglichst wenig Angriffsfläche zu bieten. In der Nähe der hohen Mauern hatte man ungefähr zwanzig Pferde an hölzerne Pfähle angebunden. Da sie dickes Fell besaßen, machte ihnen die Kälte nichts aus. Sogar eine Kutsche stand im Innenhof, schwarz lackiert und mit einem Wappen verziert, bei dessen Anblick ihm ein genervter Seufzer entkam. Ein goldener, in einen Kreis gemalter Drache spie ihm mit lodernden Augen dunkelrote Feuerzungen entgegen.

Wir haben hohen Besuch. Balion war belustigt.

Sie kann einfach nicht ohne mich.

Nun war er doppelt so froh, seinen Turm verlassen zu haben, bevor er mit der bedachten Dame in Kontakt treten musste. Seine jüngere und allerliebste Schwester Darina war viel zu oft zu Besuch, um zu plaudern und über den Alltag zu reden, wie sie es nannte. Meistens klagte sie über ihre Ehe, ihre sorglosen Kinder und darüber, dass sie als Reiterin viel mehr hätte erreichen können. Doch wenn die Magie schwieg und nicht erwachen wollte, war das natürlich schwierig.

Du liebst sie trotzdem. Balion hatte Recht. Das tat er.

Sein Drachengefährte hörte jeden einzelnen Gedanken und spürte jedes Gefühl, das er empfand. Einem Reiter war es kaum möglich, etwas vor seinem Tier zu verbergen, außer man versperrte seinen Geist, verwehrte dem Drachen den Zugang zur Quelle der Magie und kappte die heilige Verbindung zwischen ihnen. Umgekehrt ging das natürlich auch.

Wo bist du? Er selbst vermied es, in den Körper des Drachen zu schlüpfen, um selbst nachzusehen, da er das Fliegen liebte und es ihn nur davon ablenken würde, zu seinem Vater zu gehen.

Ich bin im Hort. Es stürmt viel zu sehr. Der Wind ist stark. Vorhin war ich draußen und habe gejagt, doch die Gämse und Mammuts haben sich dank des Schnees gut getarnt. Es war anstrengend, aber ich habe eine junge Mammutkuh gefangen.

Torren huschte an der Mauer vorbei Richtung Stall, der sich neben dem Ausgang in der Nähe des Tors befand. *Ein Wunder, dass ihr die Tiere noch nicht ausgerottet habt.*

Balion hatte als einer der wenigen Drachen Glück und konnte im Freien jagen, wie oft und wie lange es ihm beliebte. Dieses Privilegium stand nur wenigen Reittieren zu, meistens waren es Drachen, die einem hohen Offizier oder, in dem Fall, einem Prinzen gehörten. Der Rest musste zu den

Farmen und sich dort bedienen.

Es gibt genug Futter, glaub mir.

Torren schmunzelte leise.

Nachdem er sich durch mehrere Schneewehen gekämpft hatte, kam er schließlich beim Stall an, wo er verärgert feststellen musste, dass der Eingang verschlossen war. Er unterdrückte einen genervten Seufzer, legte die Finger auf den eiskalten Riegel und zerrte daran. Nach mehreren Rüttelversuchen gelang es ihm, die Tür zu lockern und wie er vermutet hatte, war das Eisen angefroren und gab unter seiner Kraft schlussendlich knirschend nach.

Der Duft von Pferdemist und getrocknetem Heu schlug ihm entgegen. Er brauchte eine kurze Weile, bis sich seine Augen an die Dämmerung gewöhnt hatten und Umrisse der Pferdeboxen sichtbar wurden. In diesem Stall waren die schnellsten und besten Pferde des ganzen Reiches untergebracht. Es gab nur spärliches Licht, von Fackeln erzeugt. Rösser blähten ihre Nüstern und beobachteten mit wachsamen Augen den Neuankömmling, der zögernd ins Innere trat und die Tür hinter sich ins Schloss fallen ließ. Erst vor kurzem hatten die zuständigen Stallburschen die Tiere versorgt und einer der Letzten war gerade dabei, eine Fuhre Mist durch den Hinterausgang ins Freie zu schieben. Torren wusste, er würde den Mist entlang der Mauer über eine steile Schräge nach oben ziehen und anschließend auf die andere Seite kippen, wo es niemanden störte. Im Hofinneren war kein Platz für einen Misthaufen, nicht bei so viel Schnee.

Obwohl ihn der junge Mann bemerkte, nickte er nur schwach und verschwand im Schneetreiben. Torren runzelte die Stirn und wunderte sich, warum man ihn nicht bediente. Wenn er in die Stallungen kam, wurde normalerweise alles stehen und liegen gelassen, nur um ihm willens zu sein. Verärgert fragte er sich, ob man ihn nicht erkannt hatte. Sah er vielleicht wie ein verdammter Schneemann aus? Mürrisch klopfte er seinen Mantel ab. Sollte er nach draußen stürmen, den Burschen am Kragen packen und ihm *verdammtnochmal* befehlen, ein Pferd zu satteln?

Der Bursche denkt vielleicht nicht daran, dass du bei dem Wetter vorhast, nach draußen zu reiten.

Mag sein. Trotzdem hat er zu tun, was ich ihm sage.

Ist richtig.

Torren entschied sich dagegen. Er würde wertvolle Zeit verlieren, zudem wollte er zwischen Darina und sich selbst möglichst schnell mehr Abstand schaffen. Er mochte seine Schwester sehr, aber heute hatte er keine Geduld für sie übrig, seine melancholische Stimmung, die jederzeit in Ärger umschlagen konnte, genügte ihm völlig.

Torren wählte ein Tier aus, das er bereits sehr gut kannte und das ihn noch nie im Stich gelassen hatte. Dazu holte er passende Ausrüstung aus einer Kammer, die an den Stall drangebaut worden war. Mitten im Raum standen gepanzerte Rüstungen, die man auf eine spezielle Holzfigur gelegt und seitlich mit dem Namen des zugehörigen Pferdes beschriftet hatte. Der Kopfschutz war das gefährlichste Stück von allen. Ein spitzes Horn, welches die Stirn der Platte zierte. Es war aus speziellem Material hergestellt, mit schwarzem Kristall verstärkt und konnte sogar die Schuppen eines Drachen mühelos durchdringen, zumindest wurde das behauptet.

Mit Sattel, Decke und Zaumzeug bewaffnet, kehrte er in den Stall zurück. Dort fütterte, sichtlich vertieft in seine Arbeit, der ignorante Stallbursche leise flüsternd das letzte Pferd. Torren sah ihn kurz an und in dem Moment, als ihre Blicke einander trafen, huschte Erkenntnis über das Gesicht seines schockierten Gegenübers. Der junge Mann war so überrumpelt, dass er beinahe den Korb mit frischem Heu hätte fallen lassen.

„Prinz Torren!", nach Luft ringend wich er zurück, „s-soll ich, s-soll ich ...", stotternd starrte er blinzelnd auf seine Hände, als hielte er ein giftiges Insekt darin fest.

Torren fühlte, wie Balions Flämmchen in seiner Brust zu flackern begann. *Ein kleiner Hosenscheißer*, brummte der Drache daraufhin gelangweilt, *lass ihn das vierbeinige Vieh doch satteln, gönne mir die Unterhaltung.*

Torren hielt dem Burschen wortlos das Sattelzeug hin.

„Welches Tier, mein Prinz?", hastig stellte der junge Mann den Korb ab und nahm es zittrig entgegen.

„Solltest du das nicht wissen?", erinnerte ihn Torren schärfer als beabsichtigt.

„Ich ...", ein heiseres Räuspern folgte, „wurde erst letzte Woche eingestellt."

„Hurriles. Dort drüben", deutete Torren mit dem Zeigefinger auf einen grauen Schimmel, der mit seinem hoch angesetzten Hals und breitem Kopf zwischen den schmalen Gitterstäben hindurchblickte. Er trat gegen die Tür, als wolle er damit signalisieren, dass er raus wollte.

Ich könnte ihn anstelle des Mammuts fressen.

Nichts wirst du tun.

Balion lachte rau.

Der Stallbursche, der Probleme damit hatte, überhaupt in die Box des Pferdes zu gelangen, wischte sich nach einigen Versuchen die Finger an der Hose ab und schaffte es dann doch, kalkweiß im Gesicht. Hurriles wich vor dem Eindringling zurück, stieß mit dem Hinterteil gegen die Rückwand und schnaubte entrüstet.

Ich ziehe mich zurück, knurrte Balion angewidert und entfernte seinen Geist. Die Flamme erlosch und die vertraute Wärme verschwand. Gereizt verzog Torren den Mund zu einem schmalen Strich, starrte dem Burschen auf den Hinterkopf und bekam Lust seinen Kopf zu packen, ihn gegen die nächstbeste Mauer zu drücken und zu Brei zu verarbeiten. Bekannte Bilder spielten sich vor seinem inneren Auge ab. Bilder, die immer dann kamen, wenn die Kontrolle zu wanken begann.

Ein warmer, demolierter Körper. Frisches Blut, das in den aufgebrochenen Ritzen des Bodens versickerte. Der Tod, der süße Tod, nach dem er sich sehnte. Nachdem sie sich alle sehnten.

Torren musste sich halten, musste seinen Gedanken und Gefühlen Einhalt gebieten. Blinzelnd konzentrierte er sich auf die Hände des Stallburschen, die gerade dabei waren, die Trense in Hurriles Maul zu drücken. Der Sattel war schnell befestigt und während er noch den Gurt nachspannte, richtete Torren sein Schwert.

„Fertig", damit reichte er ihm die Zügel und entfernte sich in demütiger Haltung. „Eure Hoheit."

Hurriles war eines der größten Pferde, das die Zucht der schwarzen Reiter jemals hervorgebracht hatte. Groß und stattlich, die Hufe breiter als eine männliche Hand, ragte er über Torren auf. Er gehörte einer seltenen Rasse an und der Preis für ihn war schwindelerregend hoch.

Torren führte Hurriles hinaus. Eisiger Wind und dichte Schneeflocken schlugen ihm entgegen. Mit etwas Verspätung zog er sich die Kapuze über den Kopf und warf einen letzten Blick auf den Stallburschen zurück, der sich wieder seiner Arbeit zugewandt hatte.

Im Hof stand noch immer die Kutsche seiner Schwester. Der Kutscher saß zusammengekauert am Bock und rauchte Tabak. Er hatte sich zu einer Kugel zusammengekauert, die Beine und Schultern angezogen, um möglichst viel Wärme bei sich zu behalten.

Torren legte eine Hand auf den dicken Vorderzwiesel, einen Fuß schob er in den hohen Steigbügel und hob sich in den Sattel. Das Leder knirschte und ächzte unter seinem Gewicht. Er drehte den Zügelriemen einmal um sein Handgelenk und schnalzte mit der Zunge. Hurriles sprang vor und trabte an.

Der Kutscher schenkte ihm einen kurzen, teilnahmslosen Blick. Dank der Kapuze erkannte er ihn nicht und dennoch mochte er sich vermutlich fragen, wer der Irre war, der durch den Schneesturm reiten wollte.

Ein in Pelz gehüllter Wachmann, der ihn scheinbar am Pferd erkannt hatte, nickte ihm von der Weite aus respektvoll zu. Viele der Männer wussten, dass er meistens den gleichen grauen Gaul wählte, wenn er die Festung verließ. Sie öffneten ihm das Tor, ein Konstrukt aus Holz und Stahl und er trabte in den reißenden Sturm hinaus.

19. KAPITEL

Der verschneite Weg führte ihn direkt auf die Berge zu, deren Gipfel bereits vor Tagen zwischen den schweren Wolken verschwunden waren. Vereinzelt erblickte man Tannenbäume, die wie dunkelgrüne, verschwommene Punkte aus Tinte aus dem vielen Weiß hervorstachen. Normalerweise war die Landschaft rundum der Festung trostlos und kahl, steinig und steil. Hin und wieder traf man Grasbüschel oder Sträucher an. Schwarzer Holunder fühlte sich besonders wohl in der Nähe der großen Mauern und es duftete gut, wenn er blühte.

Rakstein war an einer Anhöhe erbaut worden und bildete die letzte Anlaufstelle zum König und seinem Hof, der sich weiter oben, tief im Inneren des Berges Iritél befand.

Das Wetter war der reinste Albtraum. Wüsste er den Weg nicht auswendig, hätte er sich bestimmt verirrt.

Unnachgiebig führte Torren Hurriles weiter, immer höher, zwang ihn, jeden Meter zu erklimmen, und erntete dafür angestrengtes Schnauben. Die Spuren der Kutsche seiner Schwester waren längst im Schneetreiben verschwunden. Der Drache, der sich heute damit abgemüht hatte, den Weg freizuräumen, würde am nächsten Tag noch einmal von vorn beginnen müssen.

Er konnte die Hitze des Pferdeleibes unter seinen Schenkeln, seinen Händen fühlen, als er den angespannten Hals berührte und beruhigend tätschelte. Trotz des speziellen Eisens, mit dem man Hurriles Hufe beschlagen hatte, rutschte er immer wieder mit den Hinterbeinen weg. Dabei sackte sein Rücken ein, doch Torren war ein viel zu guter Reiter, um sich dadurch aus dem Gleichgewicht bringen zu lassen. Es waren Zacken von Nöten, um hier hochzukommen, weshalb die Hufeisen spitze und hervorstehende aus schwarzem Kristall besaßen.

Der eisige Wind zeigte keine Gnade. Seine Unterlippe platzte auf, er schmeckte Blut und leckte über seine trockene Haut, wissend, dass er innerhalb Sekunden heilen würde. Instinktiv machte er sich klein, kauerte sich zusammen, um dem Wind eine möglichst kleine Angriffsfläche zu bieten. Er übte sich in Geduld und wartete, bis er die gewohnte Ebene spüren konnte und der Wind nachließ. Hier umgaben ihn Mauern, ein Spalt, der durch die Witterung entstanden war. Herablaufendes Wasser hatte Mulden ins Gestein gegraben, man konnte die unterschiedlichen Schichten deutlich an den Linien erkennen, die in wellenförmigen Bewegungen entlang des Weges verliefen. Er war sich sicher, dass der Graben in seiner Jugend nicht so tief und glatt gewesen war.

Der Weg zu den Toren Velenímars, so hieß der Eingang in den Berg, war auch ein Pilgerweg, der das ganze Jahr über von Gläubigen besucht wurde und die hier meist Gaben darbrachten, wobei er es gewesen war, der einen Erlass unterzeichnet hatte, Substanzen, die verfaulen konnten, den Göttern zu Ehren in den dafür vorhergesehenen Feuerschalen zu opfern. Jeder, der frisches Obst oder Fleisch, getötete Ziegen oder anderes Getier zurückließ, konnte und sollte hart bestraft werden. Ermüdet hatte es ihn, ständig durch Gestank und süßlichen Moder zu reiten, wenn er zu seinem Vater beordert wurde. Und nicht nur er hatte sich über die Gerüche beklagt, jeder, der den üblichen Weg nach Velenímar nehmen wollte, musste wohl oder übel an den Nischen des Pilgerwegs vorbei und im Sommer war dies wahrlich kein Zuckerschlecken gewesen. Der Aberglaube saß tief in den Köpfen der Bevölkerung, so hieß es zum Beispiel, dass, wenn man die Opfergaben stahl, eine unbekannte Seuche denjenigen befallen und umbringen würde, was natürlich absoluter Schwachsinn war.

Torren glaubte nicht an Götter oder irgendwelche Gestalten, die einst existiert und mit ihrer immensen Macht die Weltherrschaft innegehalten hatten. Er glaubte zwar, dass sie als Personen einmal die Welt bevölkert hatten und vermutlich auch zu seinen Verwandten gehörten, denn schließlich waren die Alten alle irgendwie miteinander verwandt, aber so ganz sicher war es nicht, denn Legenden entsprangen meist Geschichten, die durch ständiges Erzählen verändert wurden, bis sogar der Name ein völlig anderer war. Der Erzähler war der, der über das Schicksal der Figuren entschied. Für Torren gab es nur das Nichts, die Ursubstanz, aus der die Gedanken, Wünsche, Sehnsüchte und Vorstellungen entsprangen, aus der, der Überlieferung nach, die ersten ,,Götter'' geschaffen worden waren, darunter auch König Eran, sein Vater, welcher der höchste ,,Gott'' der schwarzen Reiter war und dessen Reichtum sich zur Hälfte nur aus Gaben der Gläubigen zusammensetzte.

Allerdings konnte er sich nicht beklagen, denn als „Gottessohn", fürchteten und verehrten sie ihn gleichzeitig. Er mochte das.

Achtzehn solcher Statuen gab es entlang des Pilgerwegs, zehn Frauen, acht Männer. Ihre Namen interessierten ihn nicht, er hatte sie in seiner Jugend oft genug gelesen und irgendwann verdrängt. Ganz am Ende stand Eran's Statue, größer als alle anderen und mit einem Sockel versehen, auf dem stand: *Beschützer des schwarzen Reiches, Gott Eran.*

Natürlich war bei dem Mistwetter kein Pilger unterwegs. Letzten Winter hatte man eine ganze Gruppe hier gefunden, irgendein Kult, der allerdings bis aufs letzte Mitglied innerhalb einer Nacht erfroren war.

Nach dem Pilgerpfad wurde der Weg breiter, der Graben nach oben hin weiter und man konnte bereits die Umrisse einer gebogenen Brücke erkennen, unter der unvorstellbar tief ein Lavastrom seine Bahnen zog. Wenn man stehenblieb und nach unten sah, hatte man das Gefühl, von dem roten Schein angezogen zu werden. Manche nannten ihn den magischen Strom, denn Dinge da reinzuwerfen, sollte Glück bringen.

Er wusste, dass es im Streifen eine Legende gab, in der Suneki Kinder holte, sie bis hierher trug und anschließend hineinwarf. Doch er hatte, seit er sich erinnern konnte, noch nie irgendeinen Suneki gesehen, der mit schwerem Beutel bewaffnet über den Pilgerweg dahinstapfte. Suneki war ein Name, der vermutlich einst ein ganz anderer gewesen war. Der Streifengott soll für den Bau Velenímars verantwortlich gewesen sein, für das Tunnelsystem im Berg und all den Rest. Alles nur Aberglaube, jeder wusste, dass es Zwerge gewesen waren und Vater, der solche Fragen hätte beantworten können, interessierte sich nicht für Geschichte und auch nicht mehr für die Welt der Lebenden. Torren bezweifelte, dass seine Erinnerungen an die Zeit noch vorhanden waren, war er, vielleicht nicht äußerlich, aber geistig wie ein Greis zerfallen.

Sie trabten über die Brücke, ein massives, kunstvolles Bauwerk aus Drachenknochen und wurden kurz in Dampf gehüllt, der aus einer Spalte hervorgeschossen kam. Der Weg, bestehend aus schwarzem, erstarrtem Gestein, erinnerte an die unzähligen Male, in denen die Drachen den Schnee und das Eis zumindest für ein paar Stunden geschmolzen hatten.

Der Hengst schnaubte und spannte seinen Körper an, quälte sich die letzten Meter hoch und ließ dann den Kopf hängen, als er die Kuppe erreicht hatte.

Hier war er, der große, runde Platz vor den Toren Velenímars. Riesige, sechseckige Säulen ragten in die Höhe und bildeten einen Bogen, der an der Spitze mit dem Berggranit verschmolz. Holz, schwarzer Kristall und massiver Stahl versperrten den Weg nach innen. Die Höhe des Konstruktes betrug ungefähr fünfzig Meter, die Breite zwanzig. All das zu bewegen verbrauchte Unmengen an Magie, Geschick und benötigte eine Mechanik, von der Torren zwar einst gelernt, aber die er längst vergessen hatte. Da es nur selten geöffnet wurde, war im Nachhinein ein zusätzliches Tor eingebaut worden, damit Kutschen, Reisende oder ganze Gesellschaften aus und ein konnten.

Im Sommer war dies ein beliebter Ort für Drachen, die sich in den Sonnenstrahlen badeten. Im Hintergrund funkelten die Kristalltore, zwar schwarz, aber dennoch von sagenhafter Schönheit. Nun war der Platz gespenstisch leer und das Echo des beißenden Windes wurde von den Felswänden zurückgeworfen.

Torren kletterte vom Sattel, versank bis zu den Knien im Schnee und führte Hurriles bis knapp davor. Die äußerliche Verkleidung war ein graviertes Kunstwerk aus Landschaften, Szenerien aus dem alltäglichen Leben eines Sterblichen. Es gab eine Nische, die auf Berührung reagierte und dem Besucher freien Eintritt gewährte. Ob man es dann zum König schaffte, war eine Sache der Wachen, die mit ihren blutrünstigen Wölfen Wache hielten. Die Stelle war das geöffnete Maul eines Hirsches, der ein Blatt von einem Strauch zupfte.

Torren klopfte dem Hengst auf den strammen Hals, streifte den Handschuh ab und legte drei Finger in die Öffnung. Ein leiser, aber mächtiger Ruck folgte, der von einem knirschenden Ton begleitet wurde. Winzige Flocken, die sich in den Ritzen der Bilder gesammelt hatten, rieselten zu Boden, wo sie spielerisch vom Wind verweht wurden.

Ein im Vergleich zum imposanten Tor winziger Teil schwang nach innen auf und offenbarte ihm einen großen, mit Fackeln erhellten Tunnel, der ungefähr zweihundert Meter weiter hinten in die Tiefe führte.

„Wer wagt es, Iritél zu betreten?"

„Ich, Prinz Torren, der erste seines Namens."

„Mein Prinz!"

Ein Mann mittleren Alters, gehüllt in eine dunkle Rüstung, trat aus dem Schatten hervor. Es folgten weitere Wachmänner, die sich der Reihe nach neben ihm aufstellten und die Köpfe neigten. Drei Wölfe, Tiere mit rötlichen Augen und spitzen Zähnen, folgten ihnen.

Torren war froh, endlich dem lästigen Schnee zu entkommen und betrat den Berg. Hurriles folgte ihm, während das Tor hinter ihnen von selbst zufiel. Er brauchte eine Weile, bis sich seine Augen an die Lichtverhältnisse gewöhnt hatten und ihm fiel auf, dass die Wache nicht vollständig war. Das ärgerte ihn. „Wo ist der Drache?"

„Er ruht, mein Prinz."

Er hat nicht zu ruhen, er hat zu wachen!

Und als hätte man ihn gerufen, ertönte ein dunkles Grollen, ein tiefer Laut, der in ihren Ohren dröhnte, den Boden unter ihren Füßen beben ließ und von den steinigen, glatt polierten Wänden zurückgeworfen wurde. Quälend langsam wanderte das Echo den Gang hinunter und verklang irgendwo im Tunnelsystem des Berges.

„Er kommt", flüsterte eine Wache.

Die Versammlung blickte am Eingang vorbei, in einen unbeleuchteten Tunnel hinein, der nur für den Wachdrachen geschaffen worden war. Ein Heim, in welches er sich zurückziehen konnte, wenn ihm danach stand. Dementsprechend hoch und breit hatte man den Tunnel gebaut.

Schlurfend kratzten seine Klauen über den glatt polierten Stein. Bei jedem Schritt folgte ein leises Nachbeben. Kettenglieder, breiter als ein männliches Handgelenk, schliffen über den Boden. Torren wusste, dass seine Vorder- sowie Hinterbeine mit dicken Ketten verbunden waren, die nur wenig Freiraum zuließen.

Zuerst erblickte man eine dunkle Schnauze, an der links und rechts zwei große Reißzähne entlang wuchsen. Dann wurde der längliche Kopf des Drachen sichtbar, gefolgt von seinem langen Hals und einem schlanken Körper. Hörner und im Anschluss immer kleiner werdende, krumm geformte Zacken, schmückten seinen Schädel, ließen ihn breiter und gefährlicher aussehen. Er besaß auch einen Kamm, der an der Stirn zwischen den Hörnern, über den Hals entlang verlief und vor der Mulde zwischen Hals und Flügel endete, einer Stelle, die für einen Sattel geeignet war.

Doch der Wachdrache hatte keinen Reiter. Zumindest keinen, der hier gewesen wäre.

Seine Flügel, schwarz wie die Nacht und glänzend wie teuerster Samt, erzeugten bei jeder kleinsten Bewegung ein geheimnisvolles Reibungsgeräusch. An jedem Flügelgelenk befanden sich zwei Zacken, wobei einer auf der linken Seite vor langer Zeit abgebrochen war. Glühende und unter schweren Lidern verborgene, rotgoldene Augen, überblickten die Runde. Dann galt seine Aufmerksamkeit Torren.

Den überkam Gänsehaut, so wie jedes Mal, wenn er von dem Wachdrachen gemustert wurde. Der Drache war alt, nicht so alt wie sein Vater, aber deutlich älter als Torren. Mit der überraschenden Grazie einer wilden Katze senkte er den Kopf und streckte ihm seinen langen Hals entgegen.

„Hast du mich gerufen?", sprach er rau, kaum verständlich. Heißer

Atem streifte Torrens Wangen und wirbelte sein Haar durcheinander. Für einen Moment setzte sein Herz aus. Der Schädel des Wachdrachen war fast genauso hoch und doppelt so breit wie er selbst.

Hurriles bekam Panik, tänzelte und wich zurück, da ihm das riesige Tier regelrechte Todesängste einjagte. Torren war gezwungen, sein Gesicht von dem Drachen abzuwenden und fluchte lauthals. Ohne groß zu überlegen, überreichte er den perplexen Wachmännern die Zügel. Sollten die sich doch um den wahnsinnigen Hengst kümmern! „Führt ihn auf Abstand", befahl er zischend und wich seinen schlagenden Hufen aus, die nur knapp sein Gesicht verfehlten.

Der Wachdrache gab ein kurzes, angewidertes Geräusch von sich. „Was willst du?" Ein kleiner, ärgerlicher Funke verließ sein Maul.

Aleron, der Wachdrache war kein angenehmer Gesprächspartner. Er war ein Verbrecher, den man auf ewig dazu verdammt hatte, das Tor zur Stadt zu bewachen. Den Grund wusste wohl nur sein Vater, der ihn nie verraten hatte. Torren hatte ihn einst gefragt, wer der Reiter gewesen war, doch der König hatte nur mit den Schultern gezuckt und geschwiegen.

Vor vielen Jahren hatte er aufgehört zu fressen und verweigerte jegliches Tier, das ihm vorgeworfen wurde. Aleron musste einst einem äußerst mächtigen Mann gedient haben, der immer noch leben musste, denn Drachen lebten nur so lange, wie sie eine Verbindung mit einem Reiter eingingen und wenn der noch dazu die Saat des ewigen Lebens in sich trug, folgten sie ihm durch die Zeit und in den Tod. Dieser Geheimniskrämerei verdankte er seine tiefe Abneigung gegenüber dem Wachdrachen.

Vielleicht war Aleron deshalb kein angenehmer Gesprächspartner, weil er hier leben musste, für immer zur Wache, mit dem Einsatz seines Lebens bei einem Angriff verdammt. Zudem saß ihm jeden Tag der Tod im Nacken, da er seinen Reiter nicht bei sich hatte und ihn deshalb nicht vor Gefahren schützen konnte.

„Seit wann bist du so lahm, Drache? Wo ist dein Rückgrat geblieben? Ruhen kannst du, wenn du tot bist!", höhnte Torren.

Aleron ließ sich nicht provozieren und zog sich langsam zurück. Seinen schweren Körper platzierte er neben dem Eingang, rollte sich zu einer Kugel zusammen und legte den Schwanz neben seinem mächtigen, angsteinflößenden Kopf ab, sodass ein Stachel beinahe seine schuppige Wange berührte. Einen letzten Blick schenkte er ihnen, bevor seine rotgoldenen Augen hinter dicken Lidern verschwanden und ein gelangweiltes Schnauben sein Maul verließ. „Geh doch deines Weges, Prinz und lass mich in Frieden."

Torren knirschte mit den Zähnen und fühlte, wie ihn beißender Ärger ergriff. Er verwünschte den alten Drachen und bekam wahnsinnige Lust, sein Schwert zu ziehen und ihm damit ein Auge auszustechen. Die Vorstellung davon genügte nicht, um ihn ruhiger werden zu lassen. Er nickte dem Mann zu, der Hurriles am Zügel festhielt. Erleichtert, den Hengst endlich loszuwerden, eilte der auf Torren zu und verbeugte sich vor ihm, während er ihm den Riemen überreichte. Nachdem der Drache seinen eigentlichen Platz neben dem Tor eingenommen hatte, hatte sich der Hengst beruhigt, sodass man ihn wieder führen konnte, ohne einen Tritt befürchten zu müssen.

Torren sagte kein Wort, als er wieder aufstieg und den hohen Gang entlangritt, in den eine Kirche gepasst hätte. Sie verabschiedeten ihn, doch er ignorierte es, während der Berg ihn aufnahm und er verschiedenste Abstufungen passierte, über denen, so wusste er, Tore eingebaut waren, um bei einer möglichen Invasion den Thronsaal mehrmals abriegeln zu können.

Es mochte seltsam sein, dass man sogleich beim Eintritt nach Iritél innerhalb Minuten in den Saal kam, aber früher hatten die Reiter samt ihren Drachen in Höhlen gehaust, anstatt Städte tiefer hineinzubauen. König Eran hatte seine Höhle kurzerhand zu einem Thronsaal umgebaut und war dortgeblieben. Ihn herauszufordern glich ohnehin einem Todesurteil, trotz seiner Ruhe.

Die Stufen zum Saal waren niedrig genug, damit eine Kutsche passieren konnte und die Höhe erlaubte vielen Drachen einen Durchgang ohne Schwierigkeiten. Doch hier war die Decke mit Edelsteinen verschiedenster Farben und Größen geschmückt, das Werk von gläubigen Zwergen, die damit Erans Göttlichkeit gepriesen hatten. Es war ein Zeichen großen Glücks, wenn ein Stein bei einem Pilgerbesuch von der Decke fiel. Er sollte ein Schild aufstellen, denn sie stahlen selbst die Bruchsteine, die von den Wänden fielen.

Bereits nach kürzester Zeit konnte er am Ende des Ganges den Thronsaal erkennen. Normalerweise lag ein uralter Drache davor, denn falls Aleron von den Feinden geschlagen wurde und die Angreifer tatsächlich durch die funkelnde Treppe bis zum Thronsaal gelangten, dann würde sie dort ein viel stärkeres Hindernis erwarten, welches zu überwinden sehr viel mehr Aufwand benötigte.

Torren hatte sich auf dem Weg gut beherrscht, doch nun spürte er Nervosität in seinem Inneren. Mit jedem Schritt beschleunigte sich sein Puls, von seinem Atem ganz zu schweigen. Er hasste Ungewissheit, von Vater beordert zu werden, als wäre er ein kleiner Junge. Er war der Thronfolger, der nächste Anwärter, nur ihm stand es zu, zu regieren und im Thronsaal Platz zu nehmen.

Wie eine halbe Ewigkeit kamen ihm die letzten Stufen zum Eingang vor und als er schließlich unter dem Torbogen stand, konnte er Dorusturs Blick fühlen, der ihn aus seiner Höhle wachsam beobachtete. Hurriles wurde nervös, stieg und seine Eisen erzeugten Funken, als er am Stein herumrutschte.

„Ruhig", murmelte er, doch seine eigene Unruhe war nicht hilfreich. Also stieg er ab und packte den Hengst am Halfter. Der wehrte sich heftiger als sonst. Torren verzog den Mund und zerrte ihn hinter sich her.

Verdammt, du bist sein ältester Sohn, versuchte er sich zu beruhigen, *du bist unsterblich und zitterst wie ein verfluchtes Waschweib!*

Steinsäulen, so dick wie zweihundert Jahre alte Baumstämme, ragten in die Höhe. Sie führten direkt zum Podest des Königs und waren zu zehnt auf jeder Seite, parallel in gleichen Abständen zueinander angeordnet. Runde Senkungen waren um jede Säule gebaut, aus welchen unter einem Gitter brodelnd heiße Lava dem Boden entströmte. Von dort aus führten kleine Bäche zur Mauer, wo die Lava in die Tiefe abgeleitet wurde. Damit sich keiner durch die Gase vergiftete, hatte man Schächte gebaut, um sie abzuleiten.

Vielen Besuchern war es im Thronsaal viel zu heiß, doch der König liebte die Hitze. Vielleicht würde man zuerst über die immense Höhe staunen, das Leuchten der Lava bewundern und gar nicht bemerken, dass hoch oben Käfige von der Decke baumelten. Verbrecher und Gefangene hingen neben den Säulen über der Lava. Normalerweise waren die Käfige durch einen starken Zauber geschützt, damit der Boden kühl blieb und kein giftiges Gas die Luft des Gefangenen verpestete. Falls eine Todesstrafe über den Insassen verhängt wurde, wurde der Zauber aufgehoben und die Hitze erledigte den Rest. Durch den leichten Zug, der oben stärker war als unten, konnte man die Laute der Gefangenen nicht wahrnehmen. Es war grausam, aber äußerst effektiv.

Torren befeuchtete seine Lippen. Die Luft war furchtbar trocken. Hin und wieder wurden kleine Luken geöffnet, durch die Wasser eingelassen wurde, doch das genügte nicht, um ein atemfreundliches Klima zu schaffen.

Er band Hurriles an einer aus dem Boden ragenden Stange fest, die eigens für Besucher und ihre Tiere aufgestellt worden war und ging allein weiter. Im Hintergrund blubberte es. Hitze ließ ihn husten und nicht zum ersten Mal kam ihm in den Sinn, ob er als würdiger Nachfolger den richtigen Drachen gewählt hatte.

Es kam ihm wie eine halbe Ewigkeit vor, bis er den Fuß des erhöhten

Podestes erreicht hatte und zum Thron hochblickte, dessen Rückenlehne eine lange, rechteckige Platte war, die einen Drachenkopf mit Rubinaugen trug.

„Torren, mein Sohn, ich ...", doch Eran beendete den Satz nicht und verstummte. Er war in einen blauen, samtigen Mantel gehüllt und ein Zipfel rutschte zur Seite, als er sich bewegte.

„Ihr seid aus Eurem Schlaf erwacht, mein König ... Vater", entgegnete Torren klar, während Gänsehaut über seinen Rücken rieselte.

„Zur rechten Zeit, mein Sohn."

Torren musste die Ohren spitzen, um ihn zu verstehen. Die dunkle Aura, die ihn stets wie ein Schleier aus Dunst umgab, war schwächer als sonst. War er kurz davor zu sterben? *Nein, Vater ist oft genug aus der Asche emporgestiegen.* Tausende von Jahren lagen auf diesen Schultern. Nichts konnte ihm etwas anhaben. Kein Zauber war stark genug, um ihn zu töten.

König Eran, der Beschützer der schwarzen Reiter und Gott unter seinen Anhängern, räusperte sich. Er setzte mehrmals an zu sprechen, doch seine durchs Schweigen eingerostete Stimme gehorchte ihm nicht.

„Ich habe die Welt mit meinen Augen gesehen", erklärte er langsam, als müsse er jedes Wort genauestens abwägen.

Torren kniete vor ihm auf den heißen Stein nieder und sah in sein verhülltes Gesicht hoch. Schweiß lief ihm übers Gesicht und ein übles Gefühl beschlich ihn. Vater sprach oft in Rätseln, zog ihn auf, weshalb er es regelrecht hasste, vor ihn zu treten. Sein Körper reagierte mit Stress und er rutschte, trotz seiner achthundert Jahre, wie ein kleiner Junge vor ihm im Staub herum.

Es war nie einfach, ruhig zu bleiben.

„Was habt Ihr gesehen, Vater?", fragte er ungeduldig, da der König ein wenig zusammengesunken war und dem Anschein nach keine weiteren Informationen preisgeben würde. Und als Eran seinen Kopf ein wenig zur Seite neigte und ein Laut seinen Lippen entwich, den Torren schon seit einer sehr langen Zeit nicht mehr gehört hatte, *ein schweres Seufzen*, lief es ihm eiskalt den Rücken hinunter.

„Raena, deine ältere Schwester, sah ich."

Die Worte trafen ihn wie ein schwerer Hieb, waren wie ein Schlag in sein Gesicht. Irgendwo brüllte ein Drache und sein dröhnendes Gebrüll brachte den gesamten Saal zum Beben.

Torren wurde schwindlig. *„Was habt Ihr da gesagt?"*

20. KAPITEL

Raena sah aus dem Fenster. In ihrer Brust Angst und Panik, während sie dabei zusah, wie die Häuserreihe gegenüber lichterloh brannte. Obwohl sie wusste warum, konnte sie den Grund nicht mit Worten benennen.

Wie von einer Wespe gestochen sprang sie auf und lief durch das bekannte, aber dennoch fremde Haus ins Freie, sie lief, um das Schicksal zu ändern.

In ihren Ohren knisterte das ohrenbetäubende Prasseln des Holzes. Sie spürte die Wärme auf ihren Wangen und ihren Armen brennen, sah Leute umherlaufen, sah ihre rußgeschwärzten Gesichter, hörte schrilles Angstgeschrei. Eine Kuh lief brennend aus einem Stall, es roch nach geschmortem Fleisch und brennendem Haar, sie zog einen Feuerschweif hinter sich her, aus stobenden Funken. Und als hätte sie die gesamte Zeit über die Luft angehalten, schnappte sie gierig danach.

Ein kühler Windzug fuhr ihr durch das Haar. Steinchen bohrten sich in ihre Fußsohlen und zerkratzten ihre Haut. Sie ignorierte den Schmerz, war nur kurz von den Gestalten abgelenkt, die über ihrem Kopf hinwegflogen. Schlangen mit aufgerissenen Mäulern voller Zähne, spien heißen Atem aus ihren Rachen und setzten nicht nur Gras in Brand, sondern alles, was ihren Weg kreuzte.

Mitten auf der Straße blieb sie stehen.

Ihre Gedanken wirr, ihre Hände zitternd, ihre Schultern bebend.

Dass sie nur ein Nachthemd trug, war ihr gleich.

Eine der Schlangen wurde auf sie aufmerksam. Sie wusste, dass man sie mit einer Ladung tödlichen Feuers begrüßen würde, sah es bereits vor sich. Ihre Haarspitzen würden verdampfen, ihre Augen aufplatzen, ihre Haut würde reißen und ihr Körperfett auf den Boden tropfen.

Doch sie hatte keine Angst.

Sie wusste, was sie tun musste, um sich selbst zu schützen.

Energie schoss durch ihren Körper und beschleunigte ihren Herzschlag, sodass sie ihn dumpf in ihren Ohren schlagen hören konnte. Energie, aus der Mitte ihrer Brust strömend, entwich einer Explosion gleich ihrem Körper und riss sie fast von den Beinen. Daraufhin schmiegte sie sich zärtlich an ihre Haut, bedeckte sogar ihre Augen und kühlte jeden einzelnen Zentimeter ihres Körpers ab, bereit die Hitze zu empfangen.

Eine Sekunde später wurde sie von einer Wolke aus hellen Flammen eingehüllt.

Ihre Kleidung fing Feuer, verwandelte sich zu Rauch und verschwand.

Sie spürte ... nichts.

Innerhalb dreier Atemzüge war es vorbei.

Nackt, mit pochendem Herzen und rasselndem Atem stand sie mitten auf der Straße. Ihr gegenüber saß ein Drache auf der Lauer, der sie musterte, als wäre sie von den Toten wiederauferstanden.

Raena erwachte mit einem Zucken.

Sie lauschte ihrem Herzen, der kühlen Brise, die an ihrem Kopf vorbeiwehte und mit den feinen Sandkörnern spielte. Vor ihren Augen noch die Schrecken des Traums, hörte sie das Feuer in ihren Ohren prasseln und blinzelte, unsicher, ob sie bereits wach war.

Nur ein Traum, sie atmete zittrig aus und ein. Und doch wurde ihr übel und sie glaubte, sich übergeben zu müssen. Die Hände hatte sie vor Anspannung in die Decke gekrallt und als sie sie löste, rieb sie den Schweiß an ihrer Kleidung ab.

Das Prasseln kam vom Lagerfeuer, in welches jemand vor kurzem zwei kleine Äste geworfen hatte. Keine Häuserreihe, die lichterloh brannte, keine Menschen, die panisch durch die Gegend liefen, nur das Holz, um die Lagerstätte warm zu halten.

Sie lag auf einer weichen Matte aus gefüttertem Ziegenleder und hüllte sich in eine weiche Decke aus Schafswolle. Der Mond am klaren Himmel schien hell und schrie ihr entgegen, dass es erst mitten in der Nacht war. Irgendjemand schnarchte laut und sie tippte auf Lanthan, der nicht weit weg von ihr seinen Schlafplatz aufgeschlagen hatte.

Ihr Blick irrte umher, bis er schließlich an Esined hängen blieb, die ihr den Rücken zugekehrt hatte und wachsam in die Ferne starrte. Sie hatten die Sirene noch am selben Tag eingeholt und Fenriel hatte sie dazu gebracht, sich zu beruhigen. Raena erinnerte sich, dass sie die zweite Wache angenommen hatte.

Aus Angst, dass man ihren Gemütszustand bemerken würde, wagte sie es nicht, sich zu bewegen, denn vor ihren Augen spielten sich noch immer die grauenhaften Bilder ihrer Fantasie ab. An Schlaf war nicht mehr zu denken, bedauerlich, da sie die halbe Nacht mit dem Versuch verbracht hatte und mehrmals nur eingenickt war, das Feuer stets im Hintergrund, Lanthans Schnarchen eine Geräuschkulisse, die ihr von zuhause nicht unbekannt war.

Sie wollte nicht an den Traum denken und doch tat sie es, als wollte sie sich selbst damit quälen. Am liebsten hätte sie sich aufgesetzt, die Decke von sich geworfen und wäre ein paar Schritte gegangen, nur um ihren Kopf zu klären und ihren nervösen Magen zu beruhigen. Ihr war wirklich übel.

Doch Esineds Wache hielt sie davon ab, denn sie wollte keine bissigen Kommentare hören.

Raena schluckte, ihre Kehle war wie ausgedorrt und sie schmeckte Sand zwischen den Zähnen. Vermutlich hatte sie mit offenem Mund geschlafen.

Als sie es nicht mehr aushielt, weil der Druck auf den Magen zu groß wurde, drehte sie sich auf den Rücken. Der Sand unter ihr rutschte und die Mulde, die Lanthan ihr geraten hatte zu graben, verformte sich. Es war nicht unbequem, nur war sie es nicht gewohnt.

Während sie in den Nachthimmel blickte, versuchte sie sich an die Energie zu erinnern, die ihren Körper eingehüllt und vor dem Feuer geschützt hatte. Rückblickend erschien es ihr unmöglich. Von Angst war in dem Moment keine Spur in ihr gewesen, nur tiefe Überzeugung, als ob sie von Anfang an gewusst hätte, dass ihr die Flammen nichts anhaben konnten.

Auch am Rücken hielt sie es nicht lange aus. Sie drehte sich auf die andere Seite, weg vom Lagerfeuer und starrte den dunklen Horizont an, die Dünen, die sich wie schattenhafte Wesen vom Boden abhoben.

Sie hatte nicht gewusst, dass die Wüste wirklich so nah war. Früh am Abend waren sie über eine Steppe geritten und waren bald von Sand umgeben gewesen, kein Wunder, dass an manchen Sommertagen der Staub bis ins Haus vordrang, sich über die Dächer legte und alles gelb färbte. Die Wüste war ihr immer fern erschienen, vermutlich, weil sie noch nie so weit weg von zuhause gewesen war, schließlich wusste jedes Kind, dass die Wüste den Großteil des Streifens bedeckte. Und sie glaubte noch immer nicht, dass sie wirklich auf dem Weg zur Grenze waren.

Seit sie mit dem grauen Gaul zum Fürsten aufgebrochen war, war ihr Leben völlig aus den Fugen geraten. Sie machte sich lächerlich, weinte sich in den Schlaf, träumte wirres Zeug von Drachen und brennenden Häusern, obwohl sie in die gegensätzliche Richtung unterwegs waren und die weißen Reiter Pegasi ritten.

Die Albträume hatten bestimmt mit ihrer ungewöhnlichen Situation zu tun. Sie war innerlich aufgewühlt, ihre Nerven angespannt, mal abgesehen davon, dass sie noch nie wirklich im Freien übernachtet hatte. Natürlich schlief man schlecht beim ersten Mal.

Sie knirschte mit den Zähnen. Ihr Magen drückte fürchterlich.

Und während sie vor sich hin grübelte und überlegte, ob sie den Traum einfach als Ausgeburt ihres verängstigten Verstandes abstempeln sollte, drang ein leiser Laut an ihr Ohr, welcher sie hellhörig werden ließ und der sie zwang, sich mit dem Ellbogen abzustützen.

„Was ...?", murmelte sie leise und kniff die Augen zusammen, um in der Dunkelheit irgendetwas zu erkennen.

Ganz schwach und weit entfernt, erklang ein Wiehern. Sie hatte sich also nicht getäuscht.

Jäh verstummte das Schnarchen.

Esined fuhr herum und wachsende Unruhe machte sich im Lager breit.

Raena streifte die Decke von ihren Schultern und setzte sich auf, wobei Lanthan alarmiert in die Höhe sprang, genau im selben Moment, als Esined rief: „Eine Warnung, *wacht auf!*"

Fenriel hatte sich ebenfalls erhoben, und sein ernster Gesichtsausdruck ließ Raena daran zweifeln, ob er überhaupt geschlafen hatte. Geübt machte er sich daran, seinen Schlafplatz aufzuräumen und band alles mit einem Seil fest.

Sie wurde nervös, betrachtete die Matte und ihre warme Decke, nicht wissend, wo sie beginnen sollte. „Was ist los?", hörte sie sich fragen und suchte Lanthans Blick. Kühle Luft blies ihr das Haar aus dem Gesicht. In der Wüste wurde es nachts eiskalt, kälter, als sie es gewohnt war.

Niemand antwortete ihr.

Stirnrunzelnd fiel ihr auf, dass Grashalm fehlte. Lagunas und ihr Hengst waren aneinandergebunden, standen ganz nah am Lager und scharrten mit ihren Hufen im Sand. Schleier war ebenfalls anwesend, lag als einziger seelenruhig mit angewinkelten Beinen da und betrachtete wachsam das Treiben um ihn herum.

„Packt Eure Sachen, wir müssen weiter!" Im nächsten Moment stand Lanthan neben ihr und pfiff Lagunas herbei. Seine Matte hatte er bereits eingewickelt. Raena schluckte und begann nervös ihr Lager zusammenzusuchen. Kurz kamen ihr die Drachen aus dem Traum in den Sinn, die im Schutz der Dunkelheit das Dorf vor ihren Augen niedergebrannt hatten.

Hirngespinste. Nur ein Albtraum.

Es würden ganz bestimmt keine Drachen aus dem Nichts auftauchen und über ihren Köpfen wüten.

Sie verdrängte den absurden Gedanken in die hinterste Ecke ihres Gehirns und zwang sich zu atmen. Ihre Hände zitterten unkontrolliert. Die Decke fiel in den Sand. Raena machte einen Schritt nach vorn, zog fest am obersten Zipfel und fiel mit einem leisen Aufschrei der Länge nach hin, da sich ihr Bein verheddert hatte. Eine leise Verwünschung unterdrückend, trat sie sich frei. Die Schnelligkeit der anderen ließ sie ungeschickt und unsicher werden.

Lanthan erbarmte sich und nahm ihr die Arbeit ab. „Lasst es", befahl er und riss ihr die Matte aus den Händen.

Froh blickte sie in sein Gesicht hoch und war stumm wie ein Fisch, als er ihr die Zügel in die Hand drückte. „Steigt auf", ein simpler Befehl, dem sie sofort gehorchte. Ihre Augen kreuzten den Blick des Hengstes, der mit

Sicherheit genauso verängstigt war wie sie.

Beruhigende Worte murmelnd, vor allem, um sich selbst zu beruhigen, grub sie ihre Finger in seine Mähne hinein. Der erste Versuch in den Sattel zu steigen misslang. Der weiche Boden rutschte unter ihren Sohlen weg und der Steigbügel, der nur mäßig vom Mondlicht und spärlichem Feuer beleuchtet wurde, war kaum zu erkennen. Nach einer halben Ewigkeit schaffte sie es dann doch, wickelte die Zügel um ihre kalten Finger und sah sich nach Lanthan um.

Ihre Aufmerksamkeit wurde von einer Staubwolke abgelenkt, die wie eine meterhohe Walze über den Sand hinwegrollte. Davor war eine weiße Gestalt, sie erkannte sie nicht gleich, bis sie die weiße Mähne im Wind wehen sah.

Raenas Augen weiteten sich vor Schreck.

Es war Grashalm, die lief, als wäre Suneki höchstpersönlich hinter ihr her.

Die Bücher ihrer Mutter waren in vielen Dingen hilfreich gewesen, hatten auch von gigantischen Sandstürmen berichtet, doch es mit den eigenen Augen zu sehen, war etwas völlig anderes.

„Reitet schnell! Wir holen Euch ein."

Lanthans Worte rissen sie von dem Anblick der flüchtenden Stute los. Eine Sekunde lang versank sie in seinen dunklen, aufgerissenen Augen, ehe sie Fleck antrieb, die Fersen in seine Seiten drückte.

Der Hengst preschte los.

Sie sandte ein Stoßgebet an Ara, drückte sich an den heißen Pferdeleib unter ihr. Eiskalter Wind pfiff an ihrem Gesicht vorbei und zwang sie, ihre Augen zusammenzukneifen. Fast kam es ihr so vor, als würde die Staubwolke den Hengst zurückhalten, ihn daran hindern, schneller zu laufen.

Das konnte doch nicht sein ...

Doch nach wenigen Atemzügen war sie sich ziemlich sicher, dass der Atem des Tieres immer schwerer ging, seine Beine wegrutschten und dass der Sand mehr unter ihnen nachgab, als noch am Vortag.

Flecks Atem rauschte in ihren Ohren. Sie wagte nicht den Kopf zu wenden, wollte nicht sehen, was sich hinter ihrem Rücken abspielte. Sie hatte Angst, fürchterliche Angst um sich selbst, um Lanthan, Fenriel und sogar um Esined.

Bevor sie tiefer in die Wüste vorgedrungen waren, hatte Esined versucht, Raena Angst einzujagen, hatte Geschichten über Tausendfüßler ausgegraben, die unter die Decken krochen und in die Zehen bissen. Sie hatte über giftige Skorpione und Spinnen gesprochen, die beim ersten Biss ihre Opfer lähmten und durch weitere umbrachten. Obwohl Raena um die giftigen Gefahren wusste, hatte sie dennoch ein mulmiges Gefühl im Magen verspürt.

Lanthan hatte gemeint, sie solle damit aufhören und Esined hatte nur die Nase gerümpft und gesagt, nicht einmal etwas Spaß gönne er ihr.

Raena war klar, dass die Sirene ihr mit Absicht hat Angst einjagen wollen, um sich darüber zu belustigen, und es war nicht leicht, darüber hinwegzusehen. Sie hatte das Gefühl, Esined mehr zu beschäftigen, als gut für sie beide war. Nachdem sie endlich ein Lager aufgeschlagen hatten, war es ihr leichter gefallen, sich in Esineds Anwesenheit zu bewegen, da die Sirene sich in ein Gespräch mit Fenriel verwickelt und ihr ab da keine Aufmerksamkeit mehr geschenkt hatte.

Raena verfluchte ihre zerstreuten Gedanken. Sie hatte keine Zeit, sich jetzt den Kopf zu zerbrechen. Nicht nur, dass sie kaum geschlafen hatte, ihr Körper war noch immer nicht ausgeruht, ihr tat nach wie vor jeder Muskel weh. Fleck anzutreiben, sich selbst im Sattel zu halten, den Körper gerade, den Kopf eingezogen, möglichst bemüht die Steigbügel nicht zu verlieren, kostete sie viel zu viel Kraft und sie wusste, sie würde das nicht lange durchhalten.

Und schon bald hatte sie das Gefühl zu fallen.

„Ara, bitte hilf ...!", flehte sie zwischen zwei stockenden Atemzügen.

Ihre Oberschenkel brannten, als sie die Beine fester zusammenpresste.

Fleck kämpfte sich eine Düne hoch.

Raena hatte bereits zu Beginn die Kontrolle über die Führung verloren, ihre Arme waren viel zu steif, ihre Finger zu kalt und ungelenk.

Das Grauen stand ihr vor Augen. Er würde sie beide umbringen.

Dann geschah, was geschehen musste.

Ihr Gesäß begann an der glatten Oberfläche des Sattels rückwärts zu rutschen. Sie keuchte erschrocken auf, riss panisch am Zügel, ihr Gesäß in der Luft. Es folgte ein klägliches Wiehern, ein Ächzen. Fleck riss den Kopf in die Höhe, das Maul aufgerissen, Schaum davor, ehe die ganze Welt plötzlich kippte.

Nein!

Sie hatte mehr Angst um den Hengst, als um sich selbst.

Ihr Schrei und sein panisches Gewieher gellten ihr in den Ohren. Sie packte nach der Mähne, ihre Füße rutschten aus den Steigbügeln. Kurz hing sie in der Luft.

Nein! Bitte nicht!

Es war zu spät.

Instinktiv ließ sie die Mähne los, riss die Hände hoch, ein kläglicher

Versuch, den Hengst wegzudrücken, sollte er auf ihr Gesicht fallen. Es war ihr gleich, ob sie sich dabei beide Hände brach.

Man wird ihn töten, schoss ihr durch den Kopf. Denn sie war sich sicher, dass er nicht mehr aufstehen würde.

Tränen traten ihr in die Augen.

Der Fall kam ihr wie eine halbe Ewigkeit vor, bis sie rücklings auf dem Sandboden aufschlug, im Augenwinkel den Schatten Flecks dahinpurzeln sah und jegliche Luft aus ihren Lungen gepresst wurde. Ein stechender Schmerz explodierte in ihrem Kopf und raubte ihr für mehrere Sekunden vollends die Sicht. Schwarze Punkte tanzten vor ihren Augen, Sand gelangte in ihren Mund, Nase und Ohren. Sie verlor die Kontrolle über ihren Körper und rollte wie ein Mehlsack die Düne hinunter.

Am Fuß blieb sie liegen, schnappte nach Luft, robbte vorwärts, hatte Angst, von dem viel zu schweren Pferdekörper erdrückt zu werden.

Mühsam zog sie sich hoch, hatte das Gefühl, alle Kraft verloren zu haben. Stöhnend griff sie sich an die Brust, betastete ihre Rippen. Ihre Kehle war wie zugeschnürt, ihre Lunge fühlte sich wie eine gebrochene Ziehharmonika an. Hustend und niesend spuckte sie Sand, rieb sich die Augen in der Hoffnung, irgendetwas zu erkennen, seien es nur Umrisse.

Schlechtes Gewissen schlug zu. Nicht nur, dass sie eine miserable Reiterin war, sie war auch noch vom Pferd gefallen, unfähig ihn zwischen den Dünen vorwärtszuführen.

Es war ihre Schuld. Alles.

„Fleck!", rief sie nach dem Hengst, ihre Stimme ein heiseres Krächzen, „wo bist du?!"

Sie fühlte sich dumm. Er würde nicht auf sie hören, kannten sie sich doch gerade einmal einen Tag lang. Er würde allerhöchst das Weite suchen und vor ihr davonlaufen, sofern er überhaupt aufstehen konnte.

Hingegen ihrer Erwartung lief er nicht davon. Er stand breitbeinig auf allen vieren und schüttelte seine Mähne und den Sand aus dem Fell. Seine Silhouette als einzigen Anhaltspunkt, stolperte sie mit schweren Beinen auf ihn zu. Ihr Kopf drehte sich und ihr Körper kam ihr ungelenk vor, als hätte sie ein Fass Bier in sich reingeschüttet.

„Du bist doch nicht verletzt?", fragte sie ihn leise, darum bemüht, ihren Körper gerade zu halten. Sie blinzelte wie verrückt und glaubte, seinen Blick zu spüren und brauchte drei Anläufe, bis sie die Zügel zu fassen bekam. „Alles gut", murmelte sie und suchte nach seiner linken Flanke. Er zitterte und sie konnte es ihm nicht verdenken. Dann begann sie ihn abzutasten, seine Beine, seine Rippen und war sich sicher, nachdem sie an ihren

Fingern gerochen hatte, dass die Feuchtigkeit auf ihrer Haut Schweiß, vielleicht auch Speichel, aber kein Blut war.

„Was macht Ihr hier?!", brüllte Lanthan.

Seine Stimme tat in ihren Ohren weh.

Warum schrie er so? Sie war nicht taub.

Raena fuhr zu ihm herum, Fleck neben ihr ein Häufchen Elend, sie selbst nicht in besserer Verfassung. Desorientiert suchte sie nach seinem Gesicht und blinzelte gegen den Sand in ihren Augen an. „Ich bin gestürzt." Ihr Tonfall mochte schroff sein, doch es half ihr dabei, die Fassung zu behalten.

Sand wurde aufgewirbelt, als Lagunas abrupt abbremste. Eine Staubwolke hüllte sie ein und sie hustete. Bei Suneki, sie hatte schon genug Staub in den Augen!

„Steigt sofort in den Sattel, verdammt!", schrie er.

Raena schluckte schwer. Dann gehorchte sie und es grenzte an ein Wunder, dass es ihr gelang, sich in den Sattel zu ziehen. Ihre Arme, ihre Beine, selbst ihr Rücken pochte. Die Pein war unbeschreiblich und sie hieß die Tränen willkommen, die ihr übers Gesicht liefen, denn die Flüssigkeit spülte den Sand aus ihren Augen.

„Gebt mir die Zügel", verlangte er, „*rasch!*"

Raena schnappte nach Luft, als sich der massige, schwarze Lagunas gegen den kleineren Fleck drückte. Doch bevor sie reagieren konnte, hatte er Flecks Zügel bereits am Sattel festgemacht. Es ging ihr zu schnell, sie konnte sich nicht konzentrieren und überlegte bereits es ihm zu sagen, als er scharf befahl: „Haltet Euch gut fest!"

Und sie tat es. Was blieb ihr auch anderes übrig?

Raena duckte sich, keuchte schwer und spürte einen Stich im Rücken, während sie nach der Mähne griff.

Lanthan trieb Lagunas zum Galopp an und Fleck folgte ihm.

Wo waren Fenriel und Esined? Sie sah sie nicht, keine dunklen Silhouetten, die sie flankierten, bloß die Wüste mit ihren hohen Dünen und weiten Sandflächen.

Vorsichtig warf sie einen Blick über ihre Schulter zurück und das, was sie sah, ließ eiskalte Gänsehaut ihren Rücken hinunterlaufen.

Der hell scheinende Mond offenbarte ihr nicht jedes einzelne Detail, aber der mächtige Strudel, inmitten der parallel aufgetürmten Dünen, war unübersehbar. Grashalm und Fenriel waren es, die ihre Aufmerksamkeit fesselten. Sie liefen umher, der Sog schien ihnen nichts anzuhaben und der Elf hielt etwas in seinen Händen, das wie sein Langbogen aussah. Attackierte er etwas in diesem Strudel oder bildete sie es sich nur ein ...?

Die Sirene saß auf Schleiers Rücken. Sie standen auf einer Düne und sie hatte die Arme ausgebreitet. Mit geöffnetem Mund erinnerte sie fast an eine regungslose Statue. Doch bevor Raena klar wurde, dass sie womöglich sang, verlor sie Esined aus dem Blickfeld. „Was war das?!", rief sie gegen den Wind.

Lanthans Profil blieb abgewandt. Entweder hörte er sie nicht, oder aber er war viel zu konzentriert, um ihr antworten zu können. Ihr fiel auf, dass er seinen Mundschutz angelegt hatte und wo ihrer war, konnte sie sich beim besten Willen nicht erinnern.

Lagunas wurde langsamer, verfiel in schweren Trab. Raena wurde durchgeschüttelt und biss sich auf die Lippe, als Fleck sich dem Tempo anpasste. Lanthan führte sie über einen kleineren, steinigen Hügel zu einer Ansammlung von Bäumen hinunter, deren Kronen aus sternförmigen Blättern zu bestehen schienen. Wild wuchsen Sträucher dazwischen. Raena hatte bereits von solchen Orten in der Wüste gehört. Dort gelangte Wasser an die Oberfläche und schuf Leben. *Das ist eine Oase*, erinnerte sie sich.

„Hier bleiben wir", sagte Lanthan, „die beiden schaffen das auch ohne uns."

Was? Machte er sich etwa keine Sorgen?

Waren sie hier etwa in Sicherheit?

Raena, zwar ein wenig verwirrt, aber froh, dass sie endlich aufgehört hatten zu traben, prüfte, ob noch alles an ihr dran war. Sie betrachtete ihre zitternden Hände, ihre Finger waren ganz weiß und schüttelte anschließend ihre Handgelenke aus. Dann rollte sie mit den Schultern und verzog das Gesicht. Sie fühlte sich hundeelend. „W-was sind das für Gewächse?", fragte sie, um sich abzulenken.

Wie hießen die nochmal?

Lanthan drehte sich im Sattel zu ihr um. „Palmen", entgegnete er.

An ihr Ohr drangen bekannte Geräusche, wobei sie glaubte, es wäre Einbildung, bis ihr klar wurde, dass sie sehr wohl ein leises Plätschern hörte. Es hörte sich an wie Musik in ihren Ohren.

Am Tag war ihr unglaublich heiß gewesen. Die Sonne hatte auf ihre Schultern niedergebrannt, Schweiß war ihr Gesicht hinab und in ihren Mund gelaufen. Sie hatte sich nach Wasser, nach einem kühlen Luftzug, nach Schatten gesehnt. Trotz Lanthans Warnung hatte sie irgendwann ihre Jacke ausgezogen. Nun waren ihre Arme gerötet, doch das war ihr egal. Sie kam aus dem Streifen, sie wusste, wie schmerzhaft die Sonnenstrahlen werden konnten, dementsprechend hatte sie es im Gefühl und wusste auch, wann es wieder Zeit wurde, sich anzuziehen.

Lanthan führte sie unter zwei zueinander geneigten Palmen hindurch und hielt an. Dann stieg er ab und sah sich um. „Bevor wir weiterreiten, trinken wir. Bis dahin sollten sie fertig sein." Er schüttelte den Kopf und Sand rieselte zu Boden. Dann kam er auf sie zu und blickte zu ihr hoch. „Braucht Ihr Hilfe?" Der Stoff über seinen Lippen bewegte sich.

Scheu begegnete sie seinem Blick und er erwiderte ihn abwartend. Unzählige Fragen rauschten durch ihren Kopf. Was hatte es mit dem Sandstrudel auf sich, was taten die anderen, warum sorgte er sich nicht, wieso ... ihre Gedanken brachen ab.

Ich habe Angst, dass mich meine Beine nicht tragen werden.

Sie sprach es nicht aus.

Und Lanthan hob sie aus dem Sattel.

Raena hielt die Luft an, stützte sich an seinen Schultern ab, oder versuchte es zumindest, doch es gelang ihr nicht. Ihre Muskeln gaben nach, sie sackte zusammen und fiel über ihn. Ihre Wange knallte gegen seinen Rücken, ihre Zähne schlugen aufeinander.

„Hoppla", hörte sie ihn überrascht sagen.

Sein Hemd fühlte sich warm an, er schien erhitzt, trotz seiner fehlenden Lederjacke und der kühlen Umgebung. Ihre Hände bebten, als sie sich aufrichtete. Ihr Sichtfeld wankte. Ihr Kopf drehte sich.

„Alles in Ordnung?", fragte er besorgt, hob sie sanft von seiner Schulter und stellte sie ab. Ihre Beine gaben nach und er fing sie auf, doch sie fiel über seine Arme vorwärts und ihr wurde übel. „Ist mir schlecht", stöhnte sie und übergab sich genau im gleichen Moment.

„Meine Güte", stieß er hervor und ließ sie erschrocken los, sodass sie in den Sand sackte. „Geht es Euch gut? Ihr seid ja ganz blass!"

„Das könnt Ihr sehen?", würgte sie, fühlte sich gedemütigt und schämte sich ob ihrer Schwäche.

Er hockte sich zu ihr in den Sand, während er irgendwie die Pferde davon abhielt, davonzulaufen.

„Ach ja", murmelte sie, ganz wirr im Kopf, „ihr seid ja alle Pferdeflüsterer. Eure Pferde laufen ja nicht weg." Alles drehte sich.

Seine Augen blitzten vor ihr auf.

Sie wandte sich von ihm ab, ertrug seinen Blick nicht länger und starrte in den Sand direkt auf ihr Erbrochenes, bei dem ihr nicht gerade besser wurde.

„Der Sturz hat Euch ziemlich mitgenommen, was? Seid froh, dass Ihr Euch nichts gebrochen habt. Ich *bin* jedenfalls froh. Kommt. Steht auf. Wir setzen uns ein paar Meter weiter hin. Könnt Ihr stehen?" Er klang mehr als nur besorgt, er klang beinahe ... *ängstlich*. Fürchtete er, sie würde umkippen und sterben?

„Ich glaube zumindest, dass ich mir nichts gebrochen habe", murmelte sie schwach belustigt, „keine gute Idee, mich reiten zu lassen."

„Ihr könnt mit mir reiten", er half ihr beim Aufstehen, „der da kann Gepäck befördern."

Sie hielt seinen festen Arm umklammert und stolperte mit seiner Hilfe über den Sand. Er war so warm und ihr war so kalt. Fast hätte sie gestöhnt. Dieser Gedanke. Er war falsch, unangebracht. Ihr war einfach nur schlecht.

Sie fühlte eine Locke an ihrer Wange, als er murmelte: „Langsam", und ihr half, sich hinzusetzen. Dann wich er zurück. „Soll ich Euch abtasten?"

Hastig schüttelte sie den Kopf und hätte sich beinahe erneut übergeben. „Nein, danke!", presste sie mit erstickter Stimme hervor, „nicht anfassen ..." Ihr wurde heiß und sie hoffte, dass er die Röte auf ihren Wangen nicht sehen konnte.

„Ihr solltet etwas trinken", schlug er vor und sie sah, wie er sich entfernte und mit einer Flasche zu ihr zurückkam. „Langsam", ermahnte er sie erneut und reichte sie ihr.

Raena spülte den ekelhaften Geschmack fort, doch das lauwarme Wasser vertrieb ihre Übelkeit nur für einen kurzen Augenblick. Sie ließ sich nach hinten in den Sand fallen und stöhnte, weil ihr Kreuz sie fast umbrachte. „Es tut weh", murmelte sie und fühlte sich wie ein Waschlappen.

„Was tut weh", wollte er wissen und sie konnte seine Angst förmlich riechen, „wo tut es weh?"

„Da hinten ...", murmelte sie und als sie die Hand krümmte, um nach hinten zu greifen, spürte sie eine Berührung auf ihrer Seite. Sie zuckte zusammen, rutschte von ihm weg und schüttelte den Kopf. „Schon g-gut. Es ist nichts. Mir ist nur schlecht. L-lenkt mich b-bitte ab."

„Ablenken", murmelte er und blickte sie ratlos an. Der Stoff um seine Mundwinkel fiel herab und offenbarte sein vernarbtes Gesicht, den wirren Bart. „Aber mir fällt nichts ein."

Sie lachte leise und hielt sich den Magen.

„Der Sturm", sagte er schließlich zögerlich, „den hat uns der Fürst gesandt. Mit Magie. Esined hat es bestimmt geschafft, ihn abzuwenden."

„Mit Magie?", Raena hörte auf zu lachen, „wie geht das?"

„Die Energie kann Vieles tun, die Elemente beherrschen zum Beispiel. Die Elfen sind Heilungskünstler, während die Elben ...", er zögerte kurz, „Täuschungskünstler sind. Die roten Reiter haben sich auf Barrieren spezialisiert, die blauen Reiter beherrschen das Wetter und so hat uns irgendein

Lakai oder vielleicht auch der Fürst höchstpersönlich einen Sturm auf den Hals gehetzt. Esined ist sehr hilfreich, wenn es darum geht, Stürme abzuwenden." Er zuckte mit den Achseln, betrachtete ihr Gesicht und meinte überrascht: „Ihr seht besser aus."

„Wirklich?", fragte sie ihn. Vielleicht lag es daran, weil er Esined erwähnt hatte. Sie wollte nicht, dass die Sirene sie so sah. Auch wenn sie am liebsten geweint hätte, sie tat es nicht und setzte sich auf.

Er wich von ihr zurück, sein großer Körper nur eine Armlänge von ihr entfernt. „Hätte ich gewusst, dass wir in der Nähe einer Oase sind, hätten wir hier Halt gemacht, wobei ... hier gibt es Wasser. Wäre unklug gewesen, den Sturm bis hierher kommen zu lassen."

„Wie konnte er uns folgen?"

„Das ist eine gute Frage", Lanthan kratzte sich am Kinn und bot ihr seinen Arm an, als sie aufstehen wollte, doch Raena wich seiner Berührung aus. „Vielleicht war es Zufall und der Sturm war nicht magisch."

Raena starrte ihn verwirrt an. „Ihr seid Euch nicht sicher?"

„Nein", er schüttelte den Kopf, „in der Wüste kann das Wetter schnell umschlagen. Jedenfalls", er holte tief Luft, „wir müssen uns bei Euch entschuldigen. Ich muss mich entschuldigen."

Raena nahm noch einen Schluck aus der Flasche, wobei Flasche die falsche Bezeichnung dafür war. Beutel traf es besser.

„Wieso?", befangen blickte sie zu ihm auf. Er wollte sich entschuldigen? Wofür? Sie hatte ihre Unfähigkeit unter Beweis gestellt. Sie war diejenige, die nicht reiten konnte und die Fleck fast in den Tod geritten hätte.

Er sagte es nicht, stellte stattdessen er eine Gegenfrage: „Wollt Ihr Euch von Fenriel behandeln lassen?"

Bei der Vorstellung wurde ihr unwohl und sie schüttelte den Kopf.

„Wieso nicht?", nun schien er verstimmt.

Sie winkte ab, überreichte ihm den Beutel und setzte ein Lächeln auf. „Ich bin noch ganz. Es ist alles in Ordnung."

„So wie Ihr vor mir steht, könnte man glauben, Ihr könntet Euch kaum aufrecht halten."

Raena trat ein paar Schritte zurück und lehnte sich an Fleck, verlagerte ihr Gewicht aufs zweite Bein. Der Hengst schnupperte an ihr, blies ihr warme Atemluft ins Gesicht und ließ dann den Kopf hängen. Raena bewegte ihren Brustkorb von links nach rechts und fühlte ein Stechen, das hoffentlich von einer Prellung und keinem Bruch kam.

Lanthan sah sie noch zwei Sekunden lang ungerührt an, dann hob er den Blick gen Himmel. Er stieß ein leises Seufzen aus und sie hatte das Gefühl, dass es ihretwegen war. Sie folgte seinem Beispiel und runzelte die Stirn, denn über ihren Köpfen kreischte ein Vogel. Bald darauf war er hinter den Palmen verschwunden und Raena war sich nicht sicher, ob sie doch nicht einfach eine Fledermaus gesehen hatte.

„Das wird doch nicht ...", Lanthans nachdenkliche Stimme ließ sie aufhorchen.

Sie hörten ein Geräusch, ein Rufen, einen Laut wie den eines Raubvogels, nur verzerrter, kreischender. Raena hatte so etwas noch nie gehört, wusste aber, dass es kein Singvogel war, auch kein Adler oder Falke. Ein Wüstenbewohner vielleicht, der im Schutz der Blätter etwas Ruhe suchen wollte. Hoffte sie jedenfalls. Kein Skorpion oder Tausendfüßler.

Idiotin, Tausendfüßler kreischen nicht.

Bevor sie Lanthan fragen konnte, was er mit seiner Aussage gemeint hatte, hallte ein derber Fluch durchs Gebüsch. Raena und Fleck erschraken, und Fleck hätte sie fast umgerissen. Rückwärts taumelnd fiel sie gegen eine Palme.

Lanthan packte den Hengst am Halfter, fluchte und fragte im selben Atemzug: „Geht es Euch gut?"

Raena nickte wie gelähmt.

„Hurensöhne! Bastarde einer verlausten alten Ziege, nicht einmal einen Zwerg schlafen lassen können sie. Verdammter Dreckssand! Bei Ara's Arsch, ich schwöre, ich bringe ihn für seine beschissenen Treffpunkte um!"

21. KAPITEL

Gift und Galle spuckend, stolperte ein kleiner Mann aus dem Gebüsch. Dichte Augenbrauen, ein dicker Haarzopf und langes Barthaar waren die markantesten Züge des verärgerten und vor allem verschlafenen Zwergs.

Raena brauchte eine Sekunde, bis sie verstand, dass vor ihr tatsächlich ein kleiner, lebendiger und muskulöser Mann aufgetaucht war, dessen Blöße nur von abgetragener Unterwäsche bedeckt wurde. Doch nicht nur sie war perplex, auch Lanthan schien von der Erscheinung überrumpelt. Er war es auch, der die Stille unterbrach und schallend zu lachen begann: „Rizor, Unterhand die Eiserne!"

Der kleine Mann schien wenig begeistert. „Das ist die falsche Oase", knurrte er angriffslustig, „oder habt ihr euch verlaufen? Ich *hasse* die Wüste.

Verflucht nochmal, ich schwöre dir, das hier mache ich kein zweites Mal und selbst wenn sie mich dafür bezahlen!" Er schüttelte sich wie ein nasser Hund, dann schlug er die Hände zusammen, während es in seinen dunklen, leicht schräg gestellten Augen erregt funkelte. „Also, wo ist sie?"

Raena war wie gefesselt von seinem Anblick. Nicht einmal die Scham zwang sie, ihre Augen von ihm abzuwenden. Seinen Körper verglich sie mit dem eines dünnen Mannes, den man zu einem Meter gepresst und in die Breite gezogen hatte. Solch dicke Schenkel gehörten bestimmt einem gut trainierten Krieger, doch sie hätte ihn eher mit einem Arbeiter verglichen, der sein Leben lang im Wald schwere Meter hatte schleppen müssen. Unter den dichten Locken auf seiner Brust war die Haut mit zwei dicken Narben gezeichnet. Wer ihn da wohl verletzt hatte?

„Sie steht vor dir."

Ertappt blinzelte sie. Ihr Blick flog zu Lanthan, der sich scheinbar prächtig amüsierte.

Rizor kniff die Augen so fest zusammen, dass sie komplett unter den buschigen Augenbrauen verschwanden. Einen Augenblick später wich er zurück, erbleichte und salutierte: „Verzeiht, meine Königin!" Peinlich berührt wechselte er mit Lanthan einen kurzen Blick und verschwand im Gebüsch.

Königin?

Irritiert starrte sie ihm nach. Dunkel erinnerte sie sich, dass sie bereits einmal so genannt worden war, doch da hatte sie es nicht ernst genommen. Vielleicht war es für ihn ein anderes Wort für Herrin, eine andere Form der Hochachtung. Dennoch war es seltsam. Es waren zwei verschiedene Worte mit unterschiedlichen Bedeutungen.

Ihr wurde kalt.

Sollte sie Lanthan fragen? Raena schluckte.

Gehört das vielleicht zu den Dingen, die er mir nicht erzählen will?

Aus Angst erneut abgewiesen zu werden, wagte sie es nicht.

„Ich Armer, hätte ich das nur geahnt", klagte er, während er sich immer weiter von ihnen entfernte, „dummer Vogel, meldet immer zu spät."

Meinte er den Vogel, der vorhin über ihren Köpfen gekreist war?

„Schon in Ordnung!", rief sie ihm hinterher und hoffte, dass sie ihn damit beruhigen konnte. Ihr kam in den Sinn, dass sie sich für ihr Verhalten entschuldigen sollte, denn es gehörte sich nicht für eine junge Frau, einen halbnackten Mann anzustarren.

Sie warf Lanthan einen Blick zu, doch der sah sie nicht an. Er führte beide Pferde mit den Köpfen zusammen, Fleck eher unwillig und strich einmal über jeden Nasenrücken. „Kommt, gehen wir ihm nach, bevor er endgültig den Verstand verliert", schlug er vor und nahm Lagunas am Trensenring. Fleck folgte ihnen.

Raena blickte ein letztes Mal zurück. Von den anderen war noch immer keine Spur zu sehen. Sie sollte sich ein Beispiel an Lanthan nehmen, der offensichtlich keine Sorgen hatte, doch das konnte sie nicht. Seufzend folgte sie den Pferden.

Hinter dem Gebüsch wuchs weiches Gras. Zudem war in der Mitte der Oase ein kleiner Teich verborgen, den sie umrundeten. An den Rändern war er mit Lilien bewachsen, die ihre Blüten im Schutz der Nacht geöffnet hatten und dem Mondlicht ihre Schönheit preisgaben. Raena holte tief Luft, ignorierte ihre stechenden Rippen und lauschte dem Plätschern des Wassers.

Bevor sie den Anfang der Quelle erreichten, führte Lanthan sie zu einem Lager, bei dem das Feuer längst abgebrannt war. Ein paar Holzreste glühten noch. Daneben lag ein Tier, das einer übergroßen, braunschwarz gestreiften Katze ähnelte und tief und fest schlief. Lediglich die Nase zuckte mehrmals, als hätte ein Staubkorn die feinen Härchen berührt. Raena bemerkte die Reißzähne, die riesigen Pranken und blieb erstarrt stehen.

Davor stand der Zwerg, der gerade den Verschluss seiner Hose zuzog und sich schwer auf einen nahen Baumstamm fallen ließ. Sein Oberkörper blieb nackt. War ihm nicht kalt? Er schien sich jedenfalls nicht unwohl zu fühlen und Raena hatte zu tun, um nicht die Kringel anzustarren, die sich auf seiner Brust im kühlen Windzug bewegten.

„Gut, dass wir uns endlich treffen", stieß er mit einem Seufzen hervor, streckte sich und kratzte über seine Brust. „Wasser ist vorhanden. Nur eines möchte ich noch erwähnen, bevor ...", er zögerte, „Ihr daraus trinkt." Er sah sie kurz an und dann wieder weg, als schien er nicht sicher, ob er es auch wirklich sagen sollte.

„Du hast darin gebadet?", fragte Lanthan leichthin. „Es ist ohnehin die falsche Oase. Du hast nicht mit uns gerechnet, weshalb du dir keine Gedanken zu machen brauchst. Wir haben uns getroffen und damit ist alles in bester Ordnung."

Der Zwerg errötete heftig. Dann flüsterte er in Raenas Richtung: „Schmutz sinkt bekanntlich schnell gen Grund, Ihr könnt also unbesorgt sein." Er lachte nervös und warf die Hand mehrmals zurück, um zu verdeutlichen, dass sie sich nichts dabei denken sollte.

Raena lächelte unsicher. Sie wollte sich eigentlich für ihr Starren entschuldigen, aber irgendwie schien der Moment nicht ganz zu passen. „Ist das Euer Reittier?", fragte sie zögernd, denn die Katze war mindestens genauso groß wie Grashalm und ihre Beine wollten keinen Schritt mehr in ihre

Richtung tun. Ein Stück weiter lagen Geschirr und eine Vorrichtung, die stark einem Sattel ähnelte. Sie zählte eins und eins zusammen, denn das, was dort im Sand lag, war sein Reittier.

„Das ist Ciro. Meine Säbelzahntigerin. Sie schläft wie ein Stein. Immer. Sie ist kein guter Wachhund."

Da segelte plötzlich ein Schatten vom Himmel herab, vollführte zwei Kreise und landete auf einem Sandhaufen. „Und das ist mein Nichtsnutz von Wachvogel, der eigentlich ein Greifvogel der Rasse Harpyie ist. Sie ist ein wenig kleiner als ihre Artgenossen, aber sehr treu." Er grinste schief.

Raena, die noch immer unschlüssig herumstand, trat von einem Bein aufs andere.

Rizor winkte sie näher. „Habt keine Angst. Ich beiße nicht und Ciro auch nicht. Das vorhin war nur ein dummer Zufall, ein Missgeschick meinerseits, ich hoffe, Ihr verzeiht mir", entschuldigte er sich rasch.

„Ich ... ich habe keine Angst vor Euch. Ihr scheint nett zu sein", formulierte sie vorsichtig. Er entschuldigte sich, obwohl sie ihn bei seiner nächtlichen Ruhe gestört hatten? „Es ist nicht Eure Schuld. Mir tut es auch leid." Jetzt, da sie es ausgesprochen hatte, klang es seltsam. Sie räusperte sich und blickte zur Harpyie. „Sie ist sehr schön."

Die Harpyie war wahrlich ein schöner Vogel. Ihre Größe war bemerkenswert. Sie hatte prächtiges Gefieder auf dem Kopf, eng zusammenstehende Augen und einen kräftigen Schnabel. Ihre Färbung war in der Nacht schlecht erkennbar, doch Raena schloss, dass sie vielleicht einem Habicht ähnelte, wobei der natürlich viel kleiner war. Sie fragte sich, wie ein so kleiner Zwerg einen so schweren Vogel unter Kontrolle halten konnte.

Lanthan, der die Pferde mittlerweile sich selbst überlassen hatte, erschien in ihrem Augenwinkel und deutete auf einen weiteren Stamm, der auf der anderen Seite des Feuers lag. „Kommt", sagte er, als er an ihr vorbeiging und sie folgte ihm. Mit ihm an ihrer Seite fühlte sie sich sicherer.

Beim Hinsetzen entwich ihr ein leises Keuchen, bei welchem sie ihre Blicke ungewollt auf sich zog.

„Seid Ihr verletzt?" Rizors Miene veränderte sich und Raena konnte sie schlecht deuten. „Nein, bin ich nicht", log sie und öffnete ihre Lederjacke. Nachdem sie sie von ihren Schultern gestreift hatte, schob sie das Hemd hoch. Die Blicke der Männer folgten ihr. „Nur blau", stellte sie erleichtert fest. Auch ihre Arme wiesen dunkle Flecken auf, die sie sich bestimmt beim Sturz zugezogen hatte.

„Bei Ara's behaartem Arsch, *Lanthan*! Was hast du mit ihr angestellt?!" Rizor schien ehrlich empört. Er sprang von seinem Sitzplatz auf und eilte auf sie zu. „Sieh dir das Mädchen doch nur an! Sie ist blass, hat einen Fleck im Gesicht und die Augenringe ..." Er schnalzte mit der Zunge. „Hast du sie durch den Fleischwolf gejagt? Was ist geschehen?!"

Raena wich vor ihm zurück. Er kam ihr so nah, dass sie die Poren auf seiner Nase sehen konnte.

„Herrin", brummte er mit einer Stimme, die rauer war als der Wind im Winter, „geht es Euch wirklich gut? Ihr könnt es mir ruhig sagen. Ich kann ihn auch verprügeln, wenn Ihr das wünscht."

Verprügeln? Für einen Moment verlor sie den Faden.

Sie warf Lanthan einen Blick zu und sah ihn mit den Augen rollen. Dann schüttelte er den Kopf und brummte: „Als ob."

„Wollt Ihr einen Schluck?", gehetzt sah Rizor sich nach seinen Taschen um, „wo hab ich's nur hingetan ..."

„Nein, wirklich, das ist sehr nett, aber mir geht es gut ...", versuchte sie ihn zu überzeugen, „mir fehlt nichts."

„Vielleicht mag ja Lanthan was?", er hörte nicht auf, sich umzusehen, „Lanthan?"

„Nein, danke", winkte der Anführer mit erhobenen Händen ab und lächelte Raena zu, die blinzelnd ihre Augen von ihm abwandte. Dann sah sie die beiden Einhörner, die samt ihren Reitern ins Lager einritten. Sofort richtete sie sich auf und bemühte sich, möglichst unbeschadet auszusehen.

Die Harpyie am Boden gab einen entrüsteten Laut von sich und hüpfte auf den Baumstamm, auf dem Rizor gesessen hatte.

Der Zwerg winkte den Neuankömmlingen mit erhobenen Händen. „Die Hübschen sind da!"

Raena wusste nicht, ob das ernst oder sarkastisch gemeint war.

„Was auch immer den Sturm ausgelöst hat", teilte ihnen Fenriel mit seiner weichen Stimme mit und rutschte aus dem Sattel, als Grashalm abrupt abbremste, „ist jetzt fort." Sein weißes Haar hing ihm ungeordnet über beide Schultern. Den Bogen hatte er wieder auf seinem Rücken festgeschnallt.

Esined sah bei weitem nicht so entspannt drein, wie ihr furchtloser Begleiter. Tiefe Schatten, als wäre sie zwei Nächte lang durchgeritten, lagen unter ihren Augen und der lange, makellose Hals wies einen zackigen, mit Blut gefüllten Kratzer auf. Sie taxierte jeden Anwesenden stechenden Blickes, ehe sie von Schleier kletterte und sichtlich unzufrieden die Arme verschränkte.

Bei ihrem Anblick kehrte Raenas Unbehagen zurück.

„Und ich wollte schon fragen, wo der Rest der Gruppe abgeblieben ist", hieß Rizor die beiden schelmisch willkommen und strich mit einer Hand über das weiche Gefieder seines Greifvogels.

„Wir hatten, nicht weit von hier, ein Lager aufgeschlagen. Der Sturm hat uns überrascht", ergriff Lanthan das Wort und beugte seinen Oberkörper ein Stück vor, „wir haben aber fest damit gerechnet, dass uns noch ein Unglück ereilen wird, bevor wir auf dich treffen."

Rizors Augenbrauen wanderten in die Höhe, während sich seine Mundwinkel zu einem ungläubigen Grinsen verzogen. „Und da kam euch nicht zufällig in den Sinn, bis zu mir zu reiten?"

„Das ist die falsche Oase", fauchte Esined.

Es vergingen mehrere Sekunden, bis Lanthan halb ernst, halb scherzend entgegnete: „Du kennst mich doch. Meine Orientierung ist miserabel."

Fenriel stellte sich vor die Sirene und legte eine Hand auf ihre Wunde. Sie zuckte zusammen, erdolchte ihn mit mörderischen Blicken und doch wartete sie, bis der Lichtschein versiegte, der aus seiner Handfläche strahlte.

Raena beobachtete fasziniert, wie er das Blut mit einem Tuch wegwischte, ehe er es zurück in die Jacke stopfte. „Du warst zu nah", tadelte er Esined leise, „und du hast nicht auf mich gehört."

Grashalm schüttelte ihre Mähne aus. „Als ob sie jemals auf dich hören würde."

Esined sah aus, als würde sie der Stute am liebsten den Kopf abhacken, doch dann bedachte sie Fenriel mit einem Blick, bei dem Raena sich wie ein Eindringling zu fühlen begann, als beobachte sie eine Szene, die nicht für ihre Augen bestimmt war.

Während sich Lanthan und Rizor besprachen, gähnte Raena in ihre Handfläche und blickte den Himmel hoch. Ihr war kalt, was vermutlich an der Müdigkeit lag, die sie verspürte.

Da setzte sich plötzlich Fenriel neben sie und überkreuzte seine Beine. Instinktiv rückte sie von ihm ab. Sein Ohrring bewegte sich im Wind, sie sah es im Augenwinkel. Sein Profil war nah und sein Gesicht eine Augenweide, im Gegensatz zu Lanthans malträtierter Miene.

Raena fühlte sich überfordert und überrumpelt zugleich.

„Die Nacht kam viel zu schnell", meinte Fenriel. Obwohl seine Worte Rizor galten, spürte sie seinen Blick auf sich ruhen. Dadurch angezogen, erwiderte sie ihn einen Moment später und blickte erstaunt in violette, vor Erheiterung funkelnde Augen. „Ihr habt Sand im Haar."

Es war nur ein einfacher Satz, eine gewöhnliche Aussage und doch gelang es ihm, dass ihr Herz einen Schlag lang aussetzte und sie tiefrot wurde. Am liebsten hätte sie sich selbst geohrfeigt. „W-wirklich?" Nachdem sie die

Frage ausgesprochen hatte, schüttelte sie den Kopf und löste den Pferde-schwanz, der ihr verfilztes Haar zusammenhielt.

„Seid Ihr gestürzt?" Sein Sinneswandel war dahin, nun wirkte er ge-nauso ruhig wie sonst auch immer. Raena war sich aber sicher, einen Fun-ken in seinen Augen gesehen zu haben.

„Ja", gab sie zu und wich seinem Blick aus. Es war ihr unangenehm, in der Gesellschaft von Esined über ihren Unfall sprechen zu müssen.

„Seid Ihr verletzt?"

Raena blinzelte.

Hat er mich das gerade wirklich gefragt?

Sie wusste nicht, was sie sagen sollte.

„Ob sie verletzt ist!" Esined, die bis jetzt nur stumm zugesehen hatte, warf die Hände in die Luft.

„Ich ...", Raena verlor den Faden. Sie begriff nicht, was sie getan hatte, weshalb Esined auf einmal wütend war.

„Gibt es ein Problem?", fragte Lanthan trocken.

„Nein!", fauchte Esined in seine Richtung und entfernte sich vom Lager. Da forderte er: „Fenriel, bring das in Ordnung."

Fenriels Gesicht versteinerte. Konfrontiert mit seiner grenzenlosen Be-geisterung, ergänzte Lanthan beschwichtigend: „Erzähl ihr irgendeinen Blödsinn. *Bitte.* Sorge dafür, dass sie mit diesem Unsinn aufhört, bevor ich meine Geduld mit ihr endgültig in den Sand setze."

Fenriel stand auf und ging.

Lanthan war der Anführer, das hatte Raena mittlerweile verstanden. Dennoch waren seine Worte mehr eine Bitte, statt ein Befehl gewesen. Sie fühlte sich schuldig und blickte zu ihm und Rizor, suchte nach einer Erklä-rung, einem Wort, um sich die Last, die ihr Esined aufgeladen hatte, von den Schultern zu reden. Doch der Mut verließ sie und so klappte ihr Mund wieder zu.

Raena war den Tränen nahe.

Lanthan lächelte schwach. „Macht Euch keine Gedanken. Fenriel beru-higt sie nicht zum ersten Mal. Sie hat eine Schwäche für ihn. Das wird schon wieder."

Das ist mir schon aufgefallen. Seine Worte vermochten sie nicht zu beruhi-gen. Wenn er an ihrer Stelle wäre, ihm dieses grässliche und unerklärliche Verhalten entgegengeschleudert werden würde, würde er sich dann ge-nauso fühlen? Bevor der Gedanke über ihre Lippen kam, streckte Ciro den Hals in die Höhe und gähnte herzhaft. Ihre Zunge erschien zwischen den Reißzähnen und leckte die Barthaare glatt. „Besuch?", ertönte eine tiefe, eingerostete Frauenstimme, die klang, als wäre sie schon eine Weile nicht mehr benutzt worden. Raena lief ein Schauer den Rücken hinunter.

„Ja. Lanthan kam wieder mal zu spät", entgegnete Rizor.

Der Anführer zuckte teilnahmslos mit den Schultern. „Falsche Oase", meinte er zu seiner Verteidigung und sie hörte es nun schon zum vierten Mal.

Ciro hob den Kopf und sah sich um. Ihre Augen waren riesig, dunkel und geheimnisvoll. Sie blickte einmal in die Runde, wobei sie zuletzt bei Raena verweilte und aufmerksam, wenn auch ein wenig verschlafen, fragte: „Wie heißt Ihr?"

Wie schön die großen Augen der Tigerin doch waren. Sie erinnerten Raena an eine bunte Glaskugel, durchzogen von einer schmalen Pupille, die sich je nach Interesse und Fokus weitete oder verengte, auch wenn sie diese kaum, bis gar nicht sehen konnte. Dafür reichte das Licht nicht aus.

Sie begegnete dem forschen Blick mit Zurückhaltung. „Raena."

Ciro grüßte, indem sie ihr Haupt gen Boden neigte und mit der Schnauze ihre Tatzen berührte. Ihre Ohren zuckten. Die Mähne, die ihren Nacken und Hals umrahmte, sah so unglaublich weich und flauschig aus, dass sie regelrecht zum Streicheln einlud. Doch die langen Reißzähne ließen daran zweifeln, dass es sich um eine Schmusekatze handelte, die sich gern berühren ließ.

„Nachdem wir nun endlich zueinander gefunden haben, wie lautet unser Plan?" Rizor stützte beide Hände an seinen Oberschenkeln ab und blickte in die Runde.

Grashalm, die sich, anstatt ihrem Reiter zu folgen, einfach dazugesellte, schlug leise vor: „Wir überqueren nach Plan beim ersten weißen Turm, den wir antreffen."

Lanthan nickte: „Wir verraten ihnen nicht, dass wir die Königin eskortieren. Zu ihrem und unserem Schutz."

Schon wieder dieses Wort. Es war ihnen ernst damit.

„Das ist nicht wahr", hörte sie sich sagen.

„Was? Dass Ihr die Königin seid? Doch. Es stimmt", meinte Rizor verwundert. „Hast du es ihr nicht gesagt?", fragte er an Lanthan gewandt.

Und Lanthans dunkle Augen bohrten sich in ihre. „Was dachtet Ihr denn? Ihr seid das Gleichgewicht. Natürlich gehört Ihr auf den Thron."

Darauf fiel Raena nichts ein.

„Jedenfalls möchten wir keine bösen Überraschungen."

Rizor klatschte in die Hände. „Bin ganz deiner Meinung."

„Was meint Ihr mit Überraschung?", fragte sie misstrauisch. Das mit der

Königin würde sie noch einmal hinterfragen.

Lanthan stützte sich links und rechts mit beiden Händen am Holz ab und lehnte sich ein Stück zurück. Er sprach langsam und gedehnt, als müsse er jedes Wort sorgsam abwägen: „Nun, Ihr müsst wissen, dass der Auftrag Euch aus dem Streifen zu holen, nicht direkt vom derzeitigen Herrscher stammt. Viele haben es beschlossen."

Raena rührte keine Miene.

„Wenn Ihr eintrefft, dann ..."

Ein Muskel in seinem Gesicht zuckte.

„Nun, der Rat hat noch nicht entschieden, was tatsächlich mit Euch geschehen wird."

Ihr drehte sich der Magen um.

„Wie bitte?", röchelte sie, „a-aber, ... Ihr sagtet ..."

Er stand auf und kam zu ihr. Dann setzte er sich dorthin, wo Fenriel gesessen hatte und obwohl sie sich nicht berührten, konnte sie seine Körperwärme spüren. „Versteht das nicht falsch. Euch wird nichts geschehen."

„Wie könnt Ihr das sagen, wenn Ihr es nicht wisst?", schleuderte sie ihm aufgebracht entgegen.

Sein Blick brannte sich in ihren. Sie sah, wie ernst es ihm war und dennoch spürte sie, dass etwas nicht stimmte.

„Solange nicht klar ist, wer Euch damals entführen ließ und einer Familie im Streifen zuteilte, seid Ihr nicht in Sicherheit."

Raena rückte von ihm ab. Seine Nähe machte sie nervös und schien ihr unangebracht. Seine Augen waren so dunkel, so tief, so voller Gefühle, sie hatte Angst davor, darin zu ertrinken.

„Ich d-dachte, Fürst Duran ...?", stammelte sie, „Ihr habt es mir doch gesagt!"

„Er hat Euch nicht gestohlen. Das kann er nicht. Dazu ist er nicht imstande", Lanthan schüttelte den Kopf und seufzte, „aber, wir haben vor, einen Trupp zu ihm zu entsenden. Sie sollen ihn gefangen nehmen und verhören."

„Dafür müssten wir zuerst mit dem Erzherzog in Fallen sprechen", meinte Rizor, „und das kann dauern. Bis dahin kann er längst geflüchtet sein."

„Das Risiko müssen wir eingehen. Wir müssen das Gesetz achten, damit alles seine Richtigkeit hat."

Raena konnte es nicht glauben. Sie hatten sie angelogen.

„Wieso habt Ihr nicht die Wahrheit gesagt?", hauchte sie.

„Es war tatsächlich nicht sicher, ob wir es bis hierher schaffen würden.

Ihr hättet uns jederzeit entrissen werden können. Vielleicht hätte man Euch verhört, über uns, über Eure Familie, über alles, was Ihr wisst. Deshalb müssen wir nach wie vor vorsichtig sein, wie viel wir Euch verraten. Ihr seid nicht nur das weiße Gleichgewicht." Er sah sie bloß an. Ungerührt und ausdruckslos.

Diese Augen. Sie machten sie verrückt!

Raena wandte sich ab und in ihrer Brust schmerzte es.

„Ihr glaubt uns ohnehin nicht, also ist es nicht von Belang", tat er es ab.

„Euch glauben", schnaubte sie empört, „mir bleibt ja nichts anderes übrig! Wie habt Ihr mich überhaupt gefunden? Darf ich wenigstens das wissen oder habt Ihr auf einmal keine Angst, dass ich Euch entrissen werden könnte?" Sie war beleidigt und wütend und enttäuscht. Und sie sprach nicht gerade freundlich mit ihm.

„Durch einen Spion", kam, ohne ein Zögern, als Antwort. Er blieb gelassen, ihr Ärger beeindruckte ihn nicht im Mindesten.

„Ja, aber wie?", hakte sie nach, wurde jedoch von Esined unterbrochen, die mit Fenriel im Schlepptau wieder dazustieß und sämtliche Blicke auf sich zog. Da war es wieder, das Gefühl von Minderwertigkeit.

Lanthan ging nicht näher auf ihre Frage ein und schwieg.

Sie schluckte ihren Ärger hinunter.

Unter der kühlen Fassade, die sich die Sirene zweifellos in den letzten Minuten angeeignet hatte, brodelte es.

Raena verstand ihr Verhalten nicht. Ihr rechtes Bein zuckte, ihre Hand erzitterte. Ein Schwall negativer Gefühle fegte über ihre Seele hinweg und brannte jegliche Sympathie für diese Frau zu Asche. Hinter ihrer Stirn pochte es.

Die Gruppe verbarg etwas vor ihr. Und nicht nur das, sie hatten sie ihrer Familie, ihrem Zuhause entrissen und forderten nun Gehorsam von ihr, obwohl sie sie zugleich freundlich behandelten. Das ergab keinen Sinn. Und wenn alles nur Lügen waren und sie im Endeffekt ein Monster, welches man wegsperren und nie mehr wieder ans Licht lassen würde?

Sollte ich diesmal wirklich fliehen? Ihr Herz wurde schwer und doch erschienen ihr ihre eigenen Leiden nichts im Vergleich zu ihrem Bruder und ihrem Vater, die im Staub vor ihr gekrochen waren. *Nein,* dachte sie einen Atemzug später und erinnerte sich an Fenriels Warnung, sie zu fesseln.

Sie würden mich ohnehin wieder einfangen.

„Wie gehen wir vor?", fragte Esined.

Raena rang um Fassung. Ihr fiel auf, dass sie von Rizor gemustert wurde und mied jeglichen Augenkontakt. Er sagte nichts und doch war sie sich sicher, dass er etwas bemerkt hatte.

„Wir gehen nach Plan vor", Lanthans sachliche Stimme stach in ihr Bewusstsein wie eine Nadel.

Kopfschmerz.

Sie versuchte sich zu beruhigen.

Auch Schleier war wieder zu ihnen gestoßen.

Ciro streckte ihren langen Körper und erhob sich. „Ich schlage vor, jetzt gleich weiterzureisen. Die Nacht ist kühl ... und ich hasse Hitze", sagte sie und verließ danach die Gruppe, um zum Wasser zu gehen. Graziös schlich sie über den Sand und zeigte ihnen ihren kleinen, stumpfartigen Schwanz, der gerade von ihrem Hinterteil abstand.

Rizor nickte. „Ich bin dafür."

Raena, die vom Ritt wunde Beine, verhärtete Muskeln und einen Schmerz im Rücken verspürte, von den blauen Flecken ganz zu schweigen, wäre durchaus froh gewesen, hätten sie eine längere Rast eingelegt. Doch Esineds Anwesenheit erlaubte ihr nicht zu sprechen. In ihrer Nähe wollte sie ihren Stolz bewahren.

Lanthan verschränkte die Arme. „Von mir aus." Nachdem er zum Mond geblickt hatte, urteilte er: „Die Sonne geht frühestens in zwei bis drei Stunden auf. Und wir haben noch einen weiten Weg vor uns."

Voller Elan und Tatendrang sprang Rizor auf die Füße. „Worauf warten wir noch?", rief er und verbarg den breiten, haarigen Oberkörper hinter einem weißen Hemd, welches er sich mit einer Handbewegung überstreifte.

Esined schien mit Lanthans Antwort nicht zufrieden. „Das bedeutet, wir passieren beim weißen Wachturm?"

Fenriel stand stumm neben ihr und hatte sichtlich kein Interesse daran, sich ins Gespräch einzumischen.

„Ja. Dann reiten wir durchs Moor und verkürzen uns mit ein wenig Glück den Weg."

Raena hielt es nicht mehr aus. Sie brauchte mehr Freiraum, konnte nicht mehr seelenruhig sitzen bleiben und darauf warten, endlich wieder in den Sattel zu steigen. Mit einer hastig gemurmelten Entschuldigung erhob sie sich und floh. Ob sie sie beachteten oder nicht war ihr gleich, es antwortete jedenfalls niemand.

Sie ging zu den Pferden und ließ bald darauf ihre Maske fallen. Doch sie brach nicht in Tränen aus. Ihre Augen blieben trocken. Esineds Anwesenheit, ihre Stimme, ihr Dasein bohrte sich in ihr Fleisch wie eine Nadel, wie ein Dorn, den sie sich unter den Nagel getrieben hatte. Sie dachte an die Mordlust zurück, die sie ihr gegenüber verspürt hatte und schauderte.

Sauer war der Geschmack in ihrem Mund und Abscheu schnürte ihr die Kehle zu, Abscheu vor sich selbst.

Die Pferde standen abseits, direkt unter einer Palme. Sie streckte die Hand nach Lagunas Nase aus und feine Härchen kitzelten ihre Handfläche, als sie von ihm angestupst wurde.

Sollte sie Lanthan davon erzählen? Und dann? Was würde dann geschehen? Damit wäre das Problem nicht beseitigt.

Problem.

Sie dachte an Assia, mit der sie sich zwar auch manchmal gestritten hatte, aber gegenüber der sie nie das Gefühl verspürt hatte, sie erwürgen zu wollen. Nicht nur das Gefühl, sondern die Vorstellung davon, was sie absolut nicht verstand. Sie musste das vergessen, als hätte sie es nie gedacht oder gefühlt. Esined war einfach Esined und das sollte sie akzeptieren.

Raena ließ die Hand wieder sinken, lächelte Lagunas und Fleck an, berührte ihr Gesicht und fragte sich, ob es noch immer geschwollen war. Es tat weh. Wahrscheinlich sah sie damit nicht besonders ansehnlich aus, wobei sie mit Lanthans Narben nicht konkurrieren konnte.

Sie lächelte schwach und dachte an die Angst in seiner Stimme zurück, als sie sich übergeben hatte. Die Wärme in ihrer Brust, was war das? Freute es sie, weil er sich um sie sorgte? Und das trotz dieser seltsamen Heimlichtuerei, die ihr gehörig auf den Geist ging.

„Seid Ihr in Ordnung?"

Fenriels jähes Erscheinen ließ sie erschrocken zusammenfahren. Mit großen Augen sah sie ihn an, der Mund stand ihr offen. Sie fühlte sich ertappt, obwohl sie nicht vorgehabt hatte zu fliehen. Sein Gesicht verriet nichts über seine Gedanken. Hatte Lanthan ihn geschickt oder war er von selbst nachgekommen?

„Verzeiht, Ihr habt mich erschreckt", sie suchte fiebrig nach einer passenden Antwort, „ich war gerade ..."

Als wäre es ihm im Grunde gleichgültig, ließ er sie nicht ausreden: „Wir reiten demnächst los. Falls Ihr Durst habt, solltet Ihr trinken. Unsere Vorräte sind begrenzt." Damit ließ er sie stehen und ging zurück zu Grashalm, die mit ihren tiefgründigen Augen in ihre Richtung blickte.

Raena fühlte sich durch sein Benehmen seltsam schuldig. Sie hatte keinen Durst, entschied aber Flecks Flasche, die er in der linken Satteltasche trug, mit Wasser aufzufüllen. Doch ehe sie das tun konnte, hielt Lanthan sie davon ab. Er ragte über ihr auf, denn sie war in die Knie gegangen, um die Öffnung in die Fluten zu tauchen.

„Das würde ich lassen. Schon vergessen? Rizor hat darin gebadet. Ihr könnt meine haben oder wir gehen dort rüber, wo die Quelle aus dem Boden sprudelt."

Raena sah kurz zu ihm hoch, sein vernarbtes Gesicht war in ihre Richtung gedreht und die Gefühle in ihrer Brust verschwammen irgendwo zwischen Abneigung, Angst und dem sanften Gefühl, welches sie spürte, wenn sie an seine Sorge dachte.

Was sah sie in ihm? Einen Beschützer vielleicht? Sie kannte ihn kaum zwei Tage. Wie konnte sie ihn da bereits mögen?

Er sah sie noch immer an. Ihr fiel auf, dass sie ihm nicht geantwortet hatte und stotterte: „N-nein, schon gut. Ich habe noch Wasser."

„Macht Euch keine Sorgen, hört Ihr?", raunte er, deutete ihr Stottern und ihren Blick völlig falsch. Sie war nicht besorgt. Sie war nur verwirrt ... oder so etwas in der Art.

„Das habt Ihr schon gesagt", sagte sie ihm und verfluchte sich für ihre schwache Stimme. Sie sollte wütend auf ihn sein, weil er nicht alles erzählen wollte!

Rizors Blick traf sie und Raena fühlte Unbehagen in sich hochsteigen. Von ihrem unglücklichen Ausdruck gezwungen, hörte sie ihn seufzen: „Meine Königin ..."

Was auch immer er sagen hat wollen, Lanthan unterbrach ihn, indem er in sein Blickfeld trat. Daraufhin schwieg der Zwerg und murrte etwas Unverständliches in seinen Bart hinein, Worte, die wie *Idiotie* und *Holzpfosten* klangen.

Lanthan sank neben ihr nieder und wartete, bis Rizor ein Stück gegangen war, ehe er sprach. „Hört mir bitte zu", dem Unterton in seiner Stimme nach war es keine Bitte, sondern ein strikter Befehl, dem sie Folge zu leisten hatte, „Esined ist es gewohnt mit Respekt und Angst in den Augen angesehen zu werden. Zu ihren Füßen kniet jedes Jahr eine Vielzahl von Männern, die nicht davor abschrecken, ihr ihre Gunst sogar durch einen Zweikampf bis in den Tod zu beweisen. Esined ist grausam und", er machte eine kurze Pause, in der er Luft holte, „nicht freiwillig unter uns. Sie ist mit der Tochter des derzeitigen Herrschers befreundet. Darum weigert sie sich vermutlich, Euch zu akzeptieren."

Jetzt sprach er wieder offener mit ihr. Wer sollte das verstehen ...

Fenriel sagte etwas und Esineds glockenhelles Lachen hallte über ihren Köpfen hinweg.

„Warum ist sie dann hier?", zischte Raena, die sich nicht über Esined unterhalten wollte, solange sie in der Nähe war.

Lanthans Worte waren kaum verständlich: „Ich denke, dass sie ausgewählt wurde, um eine Beobachterin zu sein. Sie sammelt Informationen für den Herrscher. Denn ...", er wurde noch leiser, „er vertraut mir nicht."

Raena war das gleich.

„Wollt Ihr mein Vertrauen gewinnen?", herrschte sie ihn an, „oder lügt Ihr mich wieder an?"

Nach ihrer Aussage griff er sich an den Kopf und fuhr zerstreut durch sein lockiges Haar. „Es ist für alle nicht einfach." Auf einmal wirkte er unendlich müde. „Ich bin froh, wenn all das hier vorbei ist."

Raena forschte in seinen tiefen Augen nach der Wahrheit, doch sie blieben unergründlich. „Aber Ihr seid doch ein weißer Reiter?", platzte es aus ihr hervor.

Langsam ließ Lanthan seine Hand sinken und blickte sie unter den Stirnfransen hinweg forsch an. „Wie kommt Ihr darauf?"

Raena war überrascht, dass er ihr eine Gegenfrage stellte und warf die Hände überfordert in die Luft. „Was weiß ich? Kam mir gerade in den Sinn." Und dann wurde es ihr klar. „Ihr seid keiner."

„Ich habe auch keinen Pegasus", meinte er, „dennoch gehöre ich zu den Verbündeten der Weißen."

Sie begegnete seinem verschlossenen Blick und fühlte, wie sich ihr Herzschlag beschleunigte. Seine Lippen bewegten sich und dann unterbrach Rizor ihr Gespräch, indem er zwischen sie trat, seine Stiefel in Raenas Blickfeld, sein stämmiger Körper direkt vor ihr.

„Ich unterbreche euch nur ungern, aber die Sonne geht pünktlich auf."

Raena blinzelte.

„Schon gut, wir reiten los", Lanthan erhob sich räuspernd und reichte ihr die Hand.

Raena ließ sich von ihm aufhelfen und riss ihm ihre Hand weg, um den Kontakt so kurz wie möglich zu halten. Falls es ihm aufgefallen war, so ließ er sich nichts anmerken. Dennoch sah sie seine Arme an und fragte sich, wie es sich wohl anfühlen würde, von ihm gehalten zu werden. Ihr Magen reagierte merkwürdig warm und sie erschauerte.

„Wenn wir uns beeilen, haben wir bald den Streifen hinter uns gelassen", sprach Rizor, der damit beschäftigt war, den Arm auszustrecken. Er trug einen unglaublich langen Handschuh, der ihm fast bis zur Schulter reichte und pfiff den Vogel herbei, der sich binnen weniger Sekunden dort absetzte und zufrieden die Flügel zusammenlegte.

Raena ging an Fenriel und Esined zu ihrem Hengst vorbei und mied ihre Blicke. Sie saßen bereits auf.

„Sobald wir zurück sind, gehst du mit mir da hin", verlangte die Sirene von Fenriel.

„Werde ich."

„Versprich es."

„Ja", sagte der Elf genervt und sandte ein Seufzen hinterher.

„Hier", Lanthan machte Fleck vom Sattel los und überreichte ihr die Zügel. Still nahm sie das raue Leder entgegen und sah ihre Hände an, während er mit ihr sprach. „Nun dürfte es nicht mehr gefährlich werden und selbst wenn sie uns verfolgen." Sie hörte, wie das Leder ächzte, als er in den Sattel stieg. „Dann befinden wir uns schon im Moor."

Raena fasste nach dem Vorderzwiesel und zog sich verkrampft den Sattel hoch. Der erste Versuch scheiterte kläglich, denn als sie ihre Arme belastete, heulten ihre beleidigten Muskeln schmerzerfüllt auf. Ein brennender Stich in ihrem Rücken ließ sie nach Luft schnappen. Sich der Augen bewusst, die auf ihr ruhten, schaffte sie es dann doch und war dankbar, dass Fleck stillgestanden hatte. Er drehte nur seinen schlanken Kopf, schnaubte und inspizierte sie mit dunklen Augen. „Wir können", hörte sie sich selbst sagen und spürte die Röte auf ihren Wangen, die ihr vor Anstrengung ins Gesicht gestiegen war. Gekonnt wickelte sie die Zügel um ihre Finger und rutschte ein Stück vor.

„Ich reite voraus." Lanthan führte Lagunas einmal im Kreis herum und blickte jeden Einzelnen von ihnen ernst an. Nichts ließ er sich anmerken, als hätte es ihr Gespräch vorhin nie gegeben. Ihr kam es so vor, als würde er nicht wollen, dass der Rest der Gruppe Wind davon bekam, und so schwor sie sich, zu schweigen wie ein Grab.

Mit dem Blick auf sie gerichtet, ordnete er an: „Ihr werdet mir folgen und die anderen reihen sich wie gewohnt hinter uns ein. Rizor bildet das Schlusslicht." Lagunas blieb knapp vor Fleck stehen. „Irgendwelche Einwände?"

22. KAPITEL

Zufälligerweise fand Raena Esineds violettes Tuch in ihrer Satteltasche, den Mundschutz, den ihr die Sirene gegeben hatte. Sie wickelte den Stoff halbherzig um ihren Mund und knotete ihn am Hinterkopf fest. Raena war sich sicher gewesen, dass die Zeit bis zum Sonnenaufgang nur langsam voranschreiten würde, doch sie hatte sich getäuscht. Nach unzähligen Dünen ging am Horizont die Sonne auf. Ihr Licht tauchte die Wüste in gelbrote Farben und der Anblick lenkte sie für einen Augenblick lang von der Realität ab.

Es schaut nach Feuer aus, als würde hinter dem Sand ein Inferno lodern.

An ihren Traum zurückerinnert, schüttelte sie sich.

„Es wird sehr heiß heute", rief Rizor von weiter hinten, „der Himmel ist klar. Noch kann man die Sterne sehen und dort drüben ist der Mond!"

Sie suchte, bis sie ein sichelförmiges Objekt gefunden hatte.

Die Sonne und der Mond.

Sie dachte an ihr Zuhause und spürte Wehmut in sich hochsteigen. Oft genug hatte sie vom Dachboden aus einen klaren Morgen beobachten können. Daran zu denken tat weh, doch wie sich ablenken? In der Wüste gab es nichts, nur Sand.

Nachdem die Sonne aufgegangen war, geriet sie in Versuchung, ihre Lederjacke ein wenig zu öffnen. Es half nur für einen kurzen Augenblick. Manchmal blies der Wind stärker, sodass feine Körner in ihre Augen gerieten. Zudem war die Luft unglaublich trocken und schon bald war sie gezwungen, einen Schluck von ihrem Wasser zu trinken. Sie war überrascht, wie schnell die Temperatur stieg, wie schnell sich kleine Schweißperlen auf ihrem Gesicht sammelten und wie schnell ihr Rücken schweißdurchtränkt war. Am Vortag war es ihr leichter gefallen.

Als sie sich auszog und die Jacke vor sich am Sattel befestigte, reihte sich Lanthan kurz neben ihr ein und überreichte ihr ein Tuch für ihren Kopf. Das sanfte Lächeln inmitten seines verschwitzten Gesichts zauberte ein warmes Gefühl in ihrem Bauch. Sie vertrieb es mit einem Zwicken in den Unterarm.

Auch Fleck schwitzte, kleine Perlen glänzten in seinem Fell. Sie klopfte auf seinen Hals und fragte sich, wo sie die Pferde tränken und ob ihnen die Stunden in der Hitze schaden würden. Sie erinnerte sich an die Mengen, die der alte Gaul stets getrunken hatte und hoffte, dass sie bald eine weitere Oase fänden, wobei sie keine Ahnung von ihrer tatsächlichen Häufigkeit hatte.

Mit Mühe zwang sie sich, ihre Aufmerksamkeit wieder zu bündeln und die Müdigkeit zu unterdrücken, die ihre Augenlider permanent niederdrückte. Sie wollte schlafen. Ihr Körper schrie förmlich nach Ruhe, ihre Beine schmerzten, ihre Lippen waren ausgetrocknet, ihr Gaumen rau. Raena trank noch ein paar Schlucke, ihr Beutel neigte sich dem Ende zu. Sie hatte Lanthan kein einziges Mal trinken sehen. Er musste doch in der Hitze verglühen! Und sie wusste nicht einmal mehr, wie sie sitzen sollte, ohne dass ihr ein Fuß einschlief. Von Minute zu Minute verspürte sie quälenderen Hunger und ihr grummelnder Magen verhöhnte sie. Sehnsüchtig dachte sie an Schleiers Taschen, die zweifellos voller Proviant sein mussten, und fragte sich, woher sie ihren Appetit nahm, da sie sich erst vor Stunden übergeben hatte. Fast schon unbewusst strich sie über den feuchten Stoff, unter welchem sich ihr Magen befand, und verzog das Gesicht. Alles klebte ihr auf der Haut. Die Bandagen, das Hemd, die Unterwäsche, die Lederhose. Sie dachte an die Oase, ans kühle Nass und konnte es Rizor nicht verdenken, dass er darin gebadet hatte.

Aber ausgezogen hätte ich mich nicht.

Sie schob den Stoff der Maske ein wenig höher, da er von ihrer Nase zu rutschen drohte. Weit und breit war nur Sand zu sehen. Woher wusste Lanthan, wohin sie reiten mussten? Hatte er nicht gemeint, seine Orientierung wäre miserabel? Sie betrachtete nachdenklich seinen Rücken und fragte sich, wie oft er den Weg bereits genommen hatte. Sie hatte keine Ahnung von der Welt. Sich in der Wüste zurechtzufinden erschien ihr unmöglich. Es sah alles gleich aus und aus den Büchern wusste sie, dass sich der Sand schnell verändern konnte, am nächsten Tag alles anders aussehen konnte.

Es gab hier nichts. Keinen Strauch, kein Tier, kein Leben. Nur die Sonne strahlte als einziger Anhaltspunkt und Raena hatte keine Ahnung, wie man sich danach orientieren sollte. Man konnte es vermutlich, denn manchmal sah sie, wie Lanthan den Kopf bewegte und den Himmel hochsah und dabei nicht die Harpyie betrachtete, die hoch über ihnen kreiste. Natürlich hätte sie ihn einfach fragen können, doch sie fürchtete sich, ihre Stimme könnte vor Müdigkeit und rauer Kehle versagen. Lanthan würde schon wissen, wohin sie ritten, schließlich war er der Anführer. Und falls man sie hier angriff, so, nun ...

Raena sah sich um.

Es gab nichts, wo sie sich hätten verstecken können. Allerdings war die Landschaft weitläufig und man könnte es sehen, sollten Reiter ihnen folgen, außer, sie befanden sich unterhalb der Dünen, was sie aber nicht glaubte.

Man hätte sie bestimmt gesehen. Wenn nicht Lanthan, dann Fenriel oder Esined oder Rizor.

Und die Geister? Wo waren die? Bisher hatte sie keinen Spuk über die schmalen, windverspielten Spitzen tanzen sehen. Sie fürchtete sich nicht davor, genauso wenig wie vor Suneki und der Lava. Sollten sie doch kommen, die Geister, dann würde sie vielleicht ein wenig wacher werden.

Wenige Zeit später blickte sie nachdenklich zur Sonne hoch und rätselte, ob Mittag längst vorüber war oder noch nicht einmal angefangen hatte. Zu ihrem Verdruss blieb die Gruppe die gesamte Zeit über stumm und diese Stille dröhnte in ihren Ohren schlimmer als jegliches Kindsgeschrei. Sie wollte nur noch absteigen und ihre müden Glieder ausstrecken. Die Zeit zog sich dahin und die Augen fielen ihr zu.

Umso erleichterter war sie, als Fleck plötzlich stehenblieb und Lanthans Stimme rau zu ihrem Bewusstsein vordrang. „Dort vorn halten wir an."

Endlich.

Raena erwachte aus ihrem dämmrigen Zustand und entdeckte eine öde und sandige Landschaft, in der vereinzelt ein paar Sträucher und geknickte Gräser wuchsen. Wo waren die großen Dünen hin? War sie eingenickt?

Raena wollte sich die Augen reiben, hielt sich aber davon ab, ehe sie sich Sand reinreiben konnte. Ihre Hände waren damit bedeckt. Nun war sie endgültig verwirrt, ihr Blick fokussierte sich und dann ... riss sie die Augen auf. Dort, wo Lanthan hinzeigte, war etwas. „Was zu ...", murmelte sie und unterbrach sich, „was *ist* das?"

Zuerst dachte sie, dass ihr ihr benommener Verstand einen Streich spielte. Nicht weit weg von ihnen war ein niedriger Hügel und ein Stück davor lag ein Skelett. Und nicht nur irgendein Skelett. Sie kniff die Augen zusammen und rieb mit der Innenseite des Tuchs über ihr Gesicht.

Tatsächlich, das sah aus wie ein ...

„Drache", half ihr Rizor auf die Sprünge, der sich auf einmal links von ihr befand. Er grinste wie ein Honigkuchenpferd, als er sie von der Seite musterte. „Wenn Ihr Euer Gesicht sehen könntet!"

Raena war fasziniert. Ihr war egal, wie lächerlich sie dabei aussah und strich eine verlorene Haarsträhne hinter ihr Ohr zurück. Ihr Augenmerk lag auf dem reichlich mit Stacheln versehenem, länglichem Drachenkopf, dem dank der Witterung bereits die halbe Schnauze abgebrochen war. *Oder jemand hatte sie ihm abgesägt.* Am Gebiss und ein gutes Stück unter den Nasenlöchern, bog sich ein einzelner Zahn mit Zerfallspuren nach unten. Der untere Teil des Gebisses war nicht mehr vorhanden. Daneben lag der Hals mit dem gesamten Brustkorb und dem abgetrennten Schwanz.

„Er ist … unglaublich groß", fand sie schließlich die passende Beschreibung für das ungewöhnliche Phänomen.

Lanthan zuckte mit den Schultern. „Ich würde ihn nicht klein, aber auch nicht als groß bezeichnen. Es gibt wahrlich viel größere Exemplare. Er ist vermutlich erst vor kurzem aus dem Sand getreten. Wenn man die halbe Wüste umgraben würde, dann fände man noch genügend von ihnen."

Raena blickte ihn an und runzelte fragend die Stirn: „Und man baut ihn nicht ab, weil es zu teuer und verboten ist? Richtig?"

Lanthan wandte ihr den Oberkörper zu. Sein Gesicht schwitzte und unterstrich die Narben und Furchen, die seine Haut kennzeichneten. Er war es nicht, der ihr antwortete. Sein Blick flog zu Fenriel, der unerwartet seine Stimme erhob: „Es ist verboten. Der Streifen verbietet es. Grabesruhe. Erlass vom Erzherzog von Fallen."

„Nun", fügte Lanthan hinzu, eine Augenbraue wanderte in die Höhe, „hin und wieder wird es gemacht und die Fundgegenstände werden dann teuer unter der Hand verkauft. Aber das ist äußerst selten."

Rizor verschränkte die Arme vor der Brust. „Einige sind mir schon begegnet. Sie nennen sich selbst „die Sammler". Ein bescheuerter Name, wenn ihr mich fragt."

Lanthan kräuselte die Stirn, sagte aber nichts.

Esined stach mit dem Zeigefinger in Rizors Richtung: „Und so wie ich dich kenne, hast du es natürlich nicht gemeldet." Die Sirene sah trotz Schweiß und Sand noch immer wunderschön aus. Selbst das Tuch vor ihrem Gesicht und auf ihrem Kopf, unter welchem ihre blonden Locken hervorlugten, stand ihr gut. Raena war sich nicht sicher, ob sie ihn aufzog. Sie konnte ihre Miene nicht deuten.

Rizor riss die Hände in die Luft. „Geht mich einen feuchten Dreck an, was die machen. Mischlinge sind wie Aasgeier. Wenn wir heute drei von ihnen einsperren, kommen am nächsten Tag weitere nach. Irgendwann sind die Gefängnisse voll und wer soll dann ihre Mäuler stopfen? Sollen sie doch im Streifen bleiben, dort, wo sie hingehören."

Raena spürte, wie die Worte in ihr Herz stachen. Was auch immer er mit den Gefängnissen meinte, er betitelte den ganzen Streifen als *Mischlinge*. Und das waren sie im Grunde auch, denn vor Jahrhunderten hatten die Reiter jeden verbannt, der ihnen nicht passte.

Wie abfällig ihm das Wort über die Lippen kam. Sie dachte an ihre Eltern und ihre Geschwister zurück. Sie sah Baras verblassendes Gesicht vor ihrem inneren Auge aufblitzen und schluckte. Als würden die Menschen, die im Streifen lebten, minderwertig und schäbig sein. Hatte er vergessen, dass sie ebenfalls dort aufgewachsen war? Er sah sie nicht einmal an, denn seine Worte galten Lanthan, der ihn niederstarrte und dessen Gesicht aussah, als wäre es in Stein gehauen worden.

Grashalm trat vor.

„Wir sollten weiterreiten", meinte Fenriel kühl.

Lanthan nickte ihm zu, schenkte Rizor einen letzten, unergründlichen Blick und trieb Lagunas den Hang hinunter. Raena folgte ihm und biss die Zähne fest zusammen, als sie durchgeschüttelt wurde.

Rizor, wenig beeindruckt von Lanthans Reaktion, stieß einen unbekannten Schrei aus und stürzte mit Ciro im schnellen Galopp hinunter. Sein Greifvogel folgte ihm im Sturzflug. Dafür, dass er so kurze Beine hatte und wie eine Kugel auf Ciros Rücken aussah, war er ein wirklich guter Reiter, der sich fabelhaft im Sattel hielt. Wie der Rest der Gruppe trug er nur Leder.

Fenriel und Esined galoppierten ihm nach und Raena kam zu dem Schluss, dass sie sich erneut ein kleines Rennen bis zum Skelett lieferten. Da Fleck nur träge hinterhereilte und wenig begeistert in die schnelle Gangart miteingefallen war, ließ sie es zu, dass er abbremste. Es geschah derart ruckartig, dass sie vorwärts rutschte, sich aber an der Mähne festhielt und verhinderte, dass ihr linkes Bein aus dem Steigbügel glitt. Auf einen weiteren Sturz, dieses Mal kopfüber, konnte sie gern verzichten. Sie hatte vor die Grenze lebendig und ohne Brüche zu erreichen.

Lanthan bemerkte erst, nachdem er die Hälfte der Strecke erreicht hatte, dass sie zurückgefallen war und hielt an. Sein Blick brannte sich in ihren, doch sie konnte ihm nicht lang genug standhalten und sah an ihm vorbei. Der Rest der Gruppe war längst beim Skelett angekommen. Lachend und scherzend zogen sie sich gegenseitig auf, wobei Rizor wild mit den Armen gestikulierte und verrückte Grimassen riss.

Nun wurde ihr erst richtig klar, wie groß der Drachenkopf in Wirklichkeit war. Ohne einen passenden Vergleich dazu hatte er längst nicht so imposant gewirkt. Nun, da Grashalm direkt daneben stand, konnte sie sehen, dass er doppelt so hoch und breit war als die Stute.

„Habt Ihr genügend Wasser?", erkundigte sich Lanthan höflich, als sie bei ihm ankam. Auf seiner Stirn klebten Sandkörner und sein Gesicht wirkte durch die von der Sonne zusammengekniffenen Augen verzerrt und irgendwie schief. Aus irgendeinem, ihr unbekanntem Grund, erheiterte sie das ungemein und ein ebenso schiefes Lächeln erschien auf ihren Lippen. Sie zog die Zügel zurück, wartete, bis Fleck stehengeblieben war, und nahm das Tuch von ihrem Gesicht. Es tat gut, wieder frei atmen zu können.

Als ihre Augen den seinen begegneten, vergaß sie die Worte, die sie sagen hatte wollen. Er ließ ihr Zeit und sie schluckte, während sie einen Satz in ihrem Kopf zusammenreimte. „Ich habe noch ein wenig." Sie lächelte noch immer, diesmal unsicher.

Die Falten in seinem Gesicht glätteten sich. Er lächelte ebenfalls. „Ihr seht glücklich aus."

Raena riss überrascht die Augen auf, schüttelte den Kopf und begann zerstreut in der Satteltasche nach dem Wasser zu wühlen. „Glücklich?", wiederholte sie ungläubig. „Alles, bloß das nicht. Ich weiß nicht, warum ich gelächelt habe", wich sie ihm aus. Vielleicht, weil sie innerlich angespannt war, die Sonne erbarmungslos auf ihre Schultern niederbrannte und der Schwindel, gepaart mit gefährlicher Müdigkeit, ihre Sinne benebelte. Sie war erschöpft und müde zugleich, wollte endlich absteigen und dem bei-ßenden Schmerz in ihrem Rücken entkommen, der sie noch immer plagte.

Ihre Finger zitterten, als sie die Flasche zu fassen bekam, öffnete und an den Mund hob. Der heiße Wind blies einzelne Strähnen in ihren Mund hin-ein, die sie mit dem Zeigefinger genervt hinter ihr Ohr strich. Sie hatte nicht gemerkt, wie ausgetrocknet sie bereits war. Längst lauwarm, aufgewärmt unter dem heißen Leder des Sattels, war die Flüssigkeit nicht mehr so ange-nehm kühl wie in der Oase. Und doch reichte es, um den Großteil ihres Durstes zu stillen.

„Verzeiht. Ich habe die falschen Worte gewählt. Es war unklug, so etwas zu behaupten."

„Ja", stimmte sie zu und wich seinem Blick aus. Wieso zum Henker wurde sie nicht wütend? Sie sollte wütend sein. Fehlte ihr die Kraft dazu? Vermutlich. Sie war todmüde und er ... er war so nett zu ihr. Nach wie vor.

Und wie, zum Suneki kam er auf die Idee, dass sie glücklich war?

Glücklich.

Sie war alles andere als glücklich.

Wie fühlt sich das überhaupt an?

Sie konnte sich nicht mehr erinnern.

In ihrer derzeitigen Lage konnte Raena an nichts anderes mehr denken, als ihre Unsicherheit, die Angst davor, was sie im weit entfernten Land er-wartete und Esineds abscheuliche Abneigung, die sie jedes Mal zu spüren bekam, wenn der Sirene danach stand. „Ich bin nur müde", entgegnete sie entkräftet, nachdem sie den Behälter verschlossen und verstaut hatte. „Das ist alles."

„Ihr hättet etwas sagen sollen. Nicht, dass Ihr uns noch vom Pferd fallt."

Raena schluckte den Schleim, der sich in ihrer Kehle gebildet hatte hin-unter und wusste nicht genau, was sie dazu sagen sollte.

Er hatte seinen Mundschutz während des Ritts entfernt und am Sattel festgeklemmt. Sein nasses Hemd klebte an mehreren Stellen auf seinem Oberkörper fest. Er war so kräftig gebaut, doch vor allem sein Rücken hatte es ihr ...

Sie erschrak so heftig über ihren eigenen Gedanken, dass es aus ihr hervorsprudelte: „Der Sand! Er ist so fein."

Die Hitze war der Ursprung allen Übels.

Er legte den Kopf schief, seine Mundwinkel zuckten: „Atmet nur nicht zu viel davon ein. Morgens werdet Ihr schwer husten. Er kratzt ein wenig, aber man wird ihn, nachdem man sich gewaschen hat, schnell wieder los." Er wandte sich ab. „Kommt, beeilen wir uns."

Und sie überließen es den Pferden, ihr Tempo selbst zu wählen.

Je näher sie dem Skelett kamen, desto mehr Details konnte sie erkennen. Die Knochen der Schwingen, sie glaubte, dass es einst Flügel gewesen waren, waren einige Meter von ihrem ursprünglichen Träger entfernt und längst zu Einzelteilen zerfallen. Davon befand sich die Hälfte des Gebildes bestimmt noch im Sand, da der Rest, der an der Oberfläche herumlag, viel zu kurz war, als dass der Drache damit fliegen hätte können.

Rizor, Esined und Fenriel hatten sich vor dem Kopf versammelt. Rizor war gerade dabei eine große Decke auszubreiten, um dann mit der Hilfe von langen Stäben eine Art Zelt aufzubauen. Nachdem sie den Rest der Gruppe erreicht hatten, staunte sie nicht schlecht, als er bereits die zweite Plane montiert hatte. Sie kletterte von Flecks Rücken und unterdrückte ein befreiendes Seufzen, als sie festen Boden unter ihren Füßen spürte. Obwohl fester Boden in dieser Hinsicht wohl übertrieben war. Der Sand unter ihren Sohlen gab nach und sie musste aufpassen, wenn sie nicht hinfallen wollte. Kein Wunder, dass es für die Pferde anstrengend war, über solch einen undankbaren Untergrund zu laufen.

„Die ausziehbaren Stäbe sind ein Traum, meine Königin. Die schwarzen Reiter sind ausgezeichnete Erfinder und der Streifen ist voller Importe", erklärte Rizor, als er ihren Blick bemerkte. Er unterbrach seine Arbeit, kratzte sich im Bart und deutete auf ihre elbische Kleidung: „Wie Euer Gewand." Ein kurzes Lächeln erhellte sein Gesicht, bevor er sich wieder seiner Aufgabe widmete.

Raena führte Fleck an ihm vorbei und blieb neben Lagunas stehen, der von Lanthan an eine aus dem Boden ragende Rippe festgebunden wurde. Weiß war der Knochen, durchzogen von kleinen Löchern und feinen Rissen. Doch als sie prüfend ihre Handfläche dagegen drückte, gab er nicht nach. Weiter oben war er abgebrochen und seine Verbindung zur Wirbelsäule unterbrochen. Seine Dicke war bemerkenswert. Fast zweimal so breit wie ihr Handgelenk.

Raena band Fleck an, strich ihm über den Hals und versank in seinen braunen Augen, die unter gesenkten Augenlidern genauso müde aussahen, wie sie sich fühlte. Sein Fell war unerträglich warm unter ihrer Handfläche. Ihr Blick glitt prüfend seinen schlaksigen Körper entlang und sie entdeckte nichts außer weißen Flecken, die seine Brust zierten. Vorsichtig streckte sie die Hand danach aus und verrieb die, wie sie dachte, feinen Sandkörner zwischen ihren Fingern.

„Hier, gebt ihm etwas Wasser." Lanthan war hinter sie getreten und hielt einen Beutel in seinen Händen, den er ihr überreichte. Er zeigte ihr, wie man ihn öffnete, indem er gleichzeitig an mehreren Schnüren zog. Der Inhalt war halb leer und roch nicht sonderlich appetitlich. „Das ist Wasser mit beigemengtem Pulver. Es stillt den Durst viel schneller." Dann ging er wieder.

Raena verzog den Mund und kniff die Augen zusammen. Sie konnte den Geruch nicht einordnen. Es roch abgestanden, vielleicht ein wenig salzig und süßlich gleichzeitig. Irgendetwas schwamm auf der Oberfläche auf, kleine Kreise, die aussahen wie Fett und sie an die Sonntagssuppe ihrer Mutter erinnerten.

„Nun, denn ...", murmelte sie ergeben und hielt dem Hengst die Erfrischung entgegen, die er überraschenderweise rasch akzeptierte. Gierig verschwand seine Nase im Beutel. Nach drei Schlucken hob er den Kopf an, zog die Nüstern kraus und machte keine Anstalten, erneut trinken zu wollen. „Lagunas auch?", rief sie über ihre Schulter hinweg.

Lanthan, der am Boden hockte und getrocknetes Fleisch in kleine Scheiben schnitt, blickte bei dem Klang ihrer Stimme auf. „Nein. Ich habe ihn vorhin getränkt. Schnürt es zusammen und befestigt es am Sattel."

Raena drückte Lagunas Kopf ein wenig zur Seite, als er spielerisch nach ihren Haaren schnappte und verschloss den Beutel. „Tut mir leid, Großer. Für dich habe ich nichts."

Sie knotete den Beutel auf der linken Seite fest und ihr Blick fiel auf das Schwert, das am Sattel hing. Bis jetzt hatte Lanthan es selten, wenn überhaupt benutzt. Es steckte in einer Scheide, die aus feinem, hellem Leder gemacht worden war. Am Knauf glänzten kleine, blaue Edelsteine, fein säuberlich ins Material gearbeitet. Hübsch brach sich das Licht im Schliff.

Wen er wohl damit getötet hatte? Hatte er damit getötet?

Es sah jedenfalls so aus, als hätte er es noch nie benutzt, das Leder nicht abgegriffen, der Knauf poliert, die Steine hell und strahlend.

„Was macht Ihr da?", ertönte hinter ihr Fenriels Stimme.

Ertappt ließ sie ihre Hand sinken, die sie unbewusst gehoben hatte, und kam sich vor wie ein kleines Mädchen, welches man bei etwas Verbotenem erwischt hatte. „Ich habe mir nur sein Schwert angesehen", verteidigte sie sich ein wenig empört. Doch als sie sich umwandte und in seine Augen sah, konnte sie keinen Vorwurf in ihnen erkennen.

„Wir sollten sie absatteln", sagte er und begann im selben Moment Lagunas Sattel zu lösen. Raena wich zurück, um ihm Platz zu machen.

Fenriel hatte sein Haar zusammengebunden. Und doch umspielten wenige Haarsträhnen sein Gesicht und klebten an seinen Wangen fest. Er sah jünger aus, als er vermutlich war. Fasziniert beobachtete sie, wie geübt er den Gurt löste und den Sattel in den Sand fallen ließ. Zum Vorschein kamen ein verschwitztes Fell, verstrubbelte Wirbel und glänzende Nässe. Er hätte sich Fleck ebenfalls gewidmet, wäre sie nicht mit den Worten „Ich mach das schon" dazwischengegangen. Seine violetten Augen streiften sie nur kurz. Er nahm ihre Aussage zur Kenntnis und ließ sie stehen.

Raena blickte ihm kurz hinterher und wandte sich einen Augenblick später Fleck zu. Mit der flachen Hand strich sie über seinen Hals in Richtung Widerrist, hob das Sattelblatt samt seinen Taschen an und machte sie sich an dem Gurt zu schaffen, der ihrer Meinung nach viel zu eng gezogen worden war. Nachdem es ihr gelang, den Riemen zu lösen, rutschte das Gebilde wie von selbst. Sie hörte sein erleichtertes Schnauben und hievte den Sattel von seinem Rücken. Unter dem Gewicht des Leders gaben ihre Beine nach und doch spürte sie, wie sie an Stellen, an denen sie zuvor keinen einzigen Muskel gefühlt hatte, neue Kraft gewann. Tapfer hielt sie sich aufrecht und legte den Sattel langsam in den Sand ab.

„Seid Ihr fertig? Kommt zu uns!", rief ihr Rizor zu.

Sie saßen im aufgebauten Zelt, während zwischen ihnen geschnittenes Fleisch und Scheiben Käse auf einem Brett lagen. Brot gab es auch, doch schien es ein wenig hart zu sein. Lanthan brach zwei Stücke auseinander und kaute fast gequält daran.

Sie setzte sich ganz nah am Ausgang hin und bekam etwas Käse und Fleisch überreicht. Der Geschmack war nicht schlecht, es war sättigend und bereits nach dem zweiten Stück Brot schüttelte sie den Kopf, als Fenriel ihr ein weiteres anbot. Er hielt sich vom Fleisch fern, während Rizor hauptsächlich nur das in sich hineinstopfte. „Also ein Festessen ist etwas anderes", gab er zwischen zwei Bissen von sich und schüttelte die Brotkrümel aus seinem Bart. Lanthans kühler Blick ließ ihn zusammenzucken. „Ich mein ja nur."

Esined war die Erste, die ihr Mahl beendet hatte und sich gleich danach erhob, um das Zelt zu verlassen. Ihr Schleier stand draußen, nur wenige Meter von den Hengsten entfernt. Grashalm beschnupperte einen Knochen, während Ciro mit geschlossenen Augen zufrieden im Sand lag und ihre Pfoten von sich gestreckt hatte.

Lanthan folgte Raenas Blick und lehnte sich, nachdem er seine Arme im Sand abgestützt hatte, leicht zurück. „Ich frage mich, ob Esineds Anschluss insgeheim ein Fehler war."

Fenriel blickte ihn kurz an und Rizor flüsterte aufgebracht: „Ich habe es euch ja gesagt!" Mit dem Handrücken wischte er sich über den Mund.

Lanthan ignorierte ihn und sah Fenriel an. Es schien, als hinge eine unausgesprochene Frage zwischen ihnen.

„Sie ...", überlegte der Elf, „nun ... sie wurde nicht gefragt."

Lanthan verengte die Augen ein wenig. „Das ist mir bekannt. Jeder von uns erfüllt seine Pflicht oder nicht?"

Nachdem die Aussage im Zelt verklungen war, verschluckte sich Rizor am Brot und begann zu husten. Fenriel klopfte ihm kameradschaftlich auf den Rücken und verzog dabei keine Miene. „Was soll das? Hegst du einen Verdacht gegen uns?", brachte er schließlich atemlos hervor und würgte.

Raena hatte keine Lust, ihnen zuzuhören. Was sie benötigte, war Ruhe, um ihre strapazierten und angespannten Nerven für einen kurzen Moment zu beruhigen. Warum auch immer die Sirene mit der Gruppe mitgekommen war, Raena war nicht dumm und würde ihr, falls sie sich doch noch dazu entschied, normal mit ihr zu sprechen, nicht vertrauen. Doch sie bezweifelte, dass dies geschehen würde.

„Hat man Euch über die Details unserer Reise ausgefragt?"

Lanthan ließ nicht locker und was auch immer er vermutete, Raena entschied sich, das Zelt zu verlassen. Vielleicht sprach er dieses Thema nur wegen ihr an, damit sie sich keine Sorgen machen musste. Doch im Moment wollte sie einfach nicht. Ihr Inneres schrie regelrecht, sie möge mindestens zwanzig Meter zwischen sich und das Zelt bringen.

„Entschuldigt", murmelte sie leise, stand auf und flüchtete in den Sand hinaus. Draußen holte sie erst einmal tief Luft und eilte an den Einhörnern und Esined vorbei. Sie stolperte über den Sand, während die Sonne auf ihr Gesicht niederbrannte.

Rizor hätte ein zweites Zelt aufbauen sollen. Dann hätte sie sich dort hingelegt und ihre Glieder entspannt. Vielleicht wäre sie dabei eingeschlafen und hätte ihren Geist den Traumwelten hingegeben.

Sie schritt in das Skelett hinein. Ihre Hände berührten die Rippen und ihr Blick wanderte die Wirbelsäule hoch, die einen halben Meter über ihrem

Kopf von wenigen, noch intakten Knochen in der Luft gehalten wurde und anschließend in einem gewölbten Bogen im Sand verschwand. Am höchsten Knochen saß die Harpyie und drehte ihren Kopf in alle Richtungen, während der Wind mit ihrem grauen Schopf spielte.

Sie war ein prachtvolles Tier. Mit ihren kräftigen Beinen konnte sie bestimmt problemlos die Augäpfel eines jeden Lebewesens herausreißen.

Raena lächelte und begegnete dem forschen Vogelblick ohne Zurückhaltung. „Gefällt's dir dort oben? Würde es mir auch, wenn ich Flügel hätte."

Fliegen.

Sie stellte sich vor, wie es wäre, über dem Sand zu schweben und den Wind im Gefieder zu spüren. Nur ein einziges Mal hatte sie vom Fliegen geträumt, über einem Urwald, in den sie schließlich gefallen war und der ihre Gestalt verschluckt hatte. Schlingpflanzen hatten sich um Arme und Beine gewickelt, sie hatte geschrien, doch niemand hatte es gehört.

Raena wurde plötzlich kalt.

„Ihr hattet Recht vorhin. Es war ein großer Drache."

Lanthans Worte ließen sie zusammenfahren. Er war ihr nachgekommen. *Natürlich.* Warum sollte man sie auch allein herumspazieren lassen.

Raena ließ sich ihren kurzen Schreck nicht anmerken. „Wie lange brauchen wir noch, bis wir bei der Grenze angekommen sind?"

Lanthan lehnte sich mit dem Rücken gegen eine Rippe und verschränkte entspannt die Oberarme vor seiner Brust. Dann sah er zum Vogel hoch. „Nicht mehr lange, einen halben Tag, vielleicht auch weniger."

Raena musterte ihn. „Wir sind keinem einzigen Reisenden begegnet."

„Das habt Ihr gut beobachtet. Ich habe entschieden, dass wir die Hauptwege meiden, weil sie gut bewacht sind, zu Recht, dort sind viele Händler unterwegs. Eure Identität muss geheim bleiben und mit sehr hoher Wahrscheinlichkeit werden diese Wege nach Euch abgesucht."

Raena kam langsam auf ihn zu und musste erneut feststellen, dass er bei weitem nicht mehr so furchteinflößend aussah, wie noch am Anfang. Und getrunken hatte er auch nicht mehr, sie hatte es zumindest nicht an ihm gerochen.

„Ich war noch nie so weit weg von zuhause", sagte sie, weil sie den Drang verspürte, irgendetwas sagen zu müssen.

Daraufhin lächelte er. „Wenn Ihr einmal den Rücken eines fliegenden Reittieres bestiegen habt, werdet Ihr merken, dass die Welt gar nicht so groß ist, wie Ihr vielleicht glaubt."

Raena zog die Augenbrauen zusammen. „Bis jetzt habe ich noch keines gesehen."

„Das liegt daran, dass solche Tiere im Streifen verboten sind", erklärte er und deutete mit dem Kinn zum Zelt. „Ihr solltet rasten und nicht in der Sonne herumstehen."

Raena nickte und wollte ihm schon gehorchen, als ihr etwas in den Sinn kam. „Ich bin also die Königin? Die zukünftige, meine ich."

Stutzig erwiderte er ihren Blick und nickte einen Moment später zögerlich.

„Also kann ich die Aussage ignorieren und sie als gut gemeinten Rat verstehen?"

Er blinzelte verdutzt, war kurz sprachlos und grinste dann: „Ihr lernt schnell." In seinen grünen Augen blitzte es und Raena spürte, wie sie ihre Brust in die Höhe reckte.

Sie blieben nicht lange. Kurze Zeit später wurden die Pferde wieder gesattelt und das provisorische Zelt abgeräumt. Die Tiere waren ausgeruht und Fleck wirkte nicht mehr müde. Sie freute sich auf das Tagesende, weil sie die Hitze kaum noch aushielt. Durch die Bandagen, die zusätzlich ihren Oberkörper zusammenschnürten, fühlte sich der Schweiß noch unangenehmer an. Zudem wusste sie nicht, welche Position sie im Sattel einnehmen sollte, ohne die Druckstellen zu belasten. Raena schwor sich, nach diesem Abenteuer erst einmal wochenlang den Sattel zu meiden und jeden Weg zu Fuß zu bewältigen. Sie klemmte die Jacke zwischen ihren Oberschenkeln und dem Zwiesel ein, um sie griffbereit zu halten, falls es bald kalt werden sollte.

Die anderen hievten sich ebenfalls in ihre Sättel, wobei Rizor am längsten brauchte, da er erst die Harpyie überreden musste, vom Skelett auf seinen Arm überzuwechseln. Danach prüfte Lanthan, ob jedes Gruppenmitglied vorbereitet war und Raena reihte Fleck sofort hinter ihm ein, verwundert, dass sie den Hengst nicht einmal dazu zwingen musste. Er schien zu wissen, wo sein Platz war.

Ein leises Seufzen entwich ihren Lippen. Sie wagte noch einen letzten Blick zum Drachen zurück und sog das Bild, das sich ihr in der tief stehenden Sonne darbot, in sich auf. Sie ahnte, dass sie diesen Ort wohl nie mehr wiedersehen würde. *Falsch. Ich will wieder nachhause zurück, sobald sich der Irrtum aufgeklärt hat. Ich komme wieder hierher.* Doch die Stimme des Zweifels in ihr wurde immer leiser.

Dabei blieb ihr Esineds Kopfbewegung nicht unbemerkt. Die Sirene hatte die Augenlider niedergeschlagen, vermutlich, um ihrem Blick auszuweichen, und blickte nun ihre behandschuhten Hände an, die sie in Schleiers Mähne vergraben hatte.

Ab da begann sich Raena erneut unwohl zu fühlen. Und auch nach vielen Metern und vergangenen Minuten wurde es nicht besser.

Die Umgebung wurde mit der Zeit flacher, der Sand gröber. Gräser und Gestein traten vermehrt auf. Sie entdeckte sogar eine bunte Echsenfamilie, die hastig in ihren nächtlichen Unterschlupf floh, als die großen Pferde an ihnen vorbeischritten.

Kurz bevor die Sonne den Horizont mit ihren letzten Strahlen küsste, glaubte sie im leisen Flüstern des Windes Stimmen zu vernehmen. Ihr Herz setzte einen kurzen Schlag aus, es kam ihr wie eine halbe Ewigkeit vor, andere Menschen gesehen zu haben.

Sie drehte den Kopf, war sich aber ziemlich sicher, dass die drei hinter ihr in eisernes Schweigen verfallen waren. Hin und wieder hörte sie die Tiere schnauben und die krächzende Harpyie über ihren Köpfen meldete auch, dass sie noch am Leben war. Fast die ganze Zeit über hatte sie nur ins Nichts gestarrt und die Falten in Lanthans Hemd gezählt. Je nach Winkel und Bewegung kam sie auf zwölf bis sechszehn Falten. Durch ihre geistige Abwesenheit, was ein verzweifelter Versuch war, den langen Weg möglichst schnell hinter sich zu bringen, war ihr entgangen, dass sie geradeswegs einen gepflasterten Weg ansteuerten.

Sie reckte den Hals, blickte an ihrem schweigenden Anführer vorbei und erkannte zwei spitze Türme am Horizont.

Ihr Herz blieb kurz stehen.

„Ist es das, was ich glaube, das es ist?", hörte sie sich sagen.

Und Lanthan erwiderte: „Ja, die weißen Wachtürme."

Raena holte zittrig Luft.

Dahinter lag das Land der weißen Reiter. Sie waren tatsächlich kurz davor, den Streifen, ihre Heimat zu verlassen, und jetzt, wo sie die Grenze mit ihren eigenen Augen sah, wurde es ihr erst richtig bewusst. Sie würde eins der Länder betreten, das sie vom Wachstein aus beobachtet hatte. Mit einem Mal fühlte sie sich seltsam. Fort war die Aufregung, fort die Neugierde. Ihr Herz wurde schwer. Sie fühlte sich leer, als wäre ihr Geist nicht in ihrem Körper, sie fühlte ... unendliche Traurigkeit.

23. KAPITEL

Die beiden Türme waren in der Mitte mit einer Hängebrücke verbunden, auf der zwei Männer mit langen Speeren ihre Wache schoben.

„Jeder seine Dokumente bei der Hand?" Lanthan drehte sich zu ihnen um.

Raena nickte und die anderen schienen es ihr gleichgetan zu haben, da er nur ein zustimmendes Geräusch von sich gab und wieder nach vorn blickte.

Je näher die Türme rückten, desto unruhiger wurde sie. Ihr Hände schwitzten und sie konnte förmlich fühlen, wie ihr die Farbe aus dem Gesicht wich. Gänsehaut überzog ihre Arme und das, obwohl es noch relativ warm war. Für sie war das ein deutliches Zeichen, die Lederjacke wieder anzuziehen. Raena klemmte die Zügel zwischen ihre Beine und zog sich an. Danach schauderte sie. Fleck stolperte einmal kurz über seine eigenen Beine und sie hoffte, ihn nicht mit ihrer wachsenden Unruhe angesteckt zu haben.

Der Weg wurde breiter, die Türme höher. Rund ragten sie über der Wüste auf. Gleich große, grob behauene Gesteinsbrocken hatte man aufeinandergestapelt und dazwischen mehrere Glasfenster eingelassen. Schlangenförmig wanderten sie im gleichen Abstand in die Höhe. Die eckigen Zinnen erinnerten sie entfernt an eine Burg, die sie einmal auf einem Bild gesehen hatte.

Hinter den Fenstern flackerte Licht. Sogar einen Stall gab es. Dieser war zwar erheblich kleiner, bot aber genügend Platz für mindestens zehn Pferde. Davor hatte man drei an einer länglichen Stange angebunden, gesattelt und für einen Ritt bereit gemacht.

So sehr sich Raena auch anstrengte, sie konnte keinen Zaun, keine Mauer, keine Pfeiler erkennen, die die Menschen daran hindern sollten, illegal in das andere Land einzudringen. Ihr brannte eine Frage auf der Zunge, doch bevor sie sie stellen konnte, kam ihr Lanthan zuvor. „Falls Ihr verwundert seid, weil Ihr keinen Zaun sehen könnt. In beiden Türmen sitzen mehrere Grenzmagier, die eine unsichtbare Barriere heraufbeschwören können. Sie spüren, wenn jemand unbefugt die Grenze überquert. Die Wächter reiten regelmäßig von Süd nach Nord. Sie haben sogar mehrere Pegasi, falls ihr Einsatz schnell gehen muss".

Ihre Blicke kreuzten sich. Sein ruhiges Verhalten, der beherrschte Ausdruck in seinen Augen, all das ließ sie schwer schlucken. Ihr wurde die

Ernsthaftigkeit der Situation klar und welche Konsequenzen es haben würde, falls ihr Vorhaben scheitern sollte.

Kerker, Prozess, Pranger.

„So ist es", pflichtete Rizor ihm bei.

„Was passiert, wenn wir scheitern? Wenn der Betrug auffliegt?", kam ihr kleinlaut über die Lippen, obwohl sie es wusste.

„Man stirbt", ertönte Esineds schnippische Stimme. „Mischlinge dürfen nur im Streifen leben. Gesetz ist Gesetz."

Raena kämpfte mit der Angst. Vielleicht war es Esined egal, wenn sie ihr Leben verlor. Vielleicht hatte sie schon lange genug gelebt und war dazu bereit. Aber Raena hatte keine Lust, ihr Blut im Sand verlaufen zu sehen.

War Esined nicht auch ein Mischling? Ab wann definierte sich ein Mischling? Raena hatte keine Ahnung.

„Ich kann mir denken, was Ihr Euch denkt", meinte Esined hochnäsig, „für mich gilt das nicht. Ich bin keine gewöhnliche Halbsirene. Ich habe Rechte und mächtige Freunde."

Aha.

„Sie werden uns passieren lassen", war Lanthan sich sicher und doch konnte Raena nicht umhin, einen harten Ton aus seiner Stimme herauszuhören, der klang, als müsse er sich selbst zuerst davon überzeugen.

Lanthan ritt auf den ersten Wachmann zu, der sich eine Hand über die Augen gelegt hatte, um sie besser sehen zu können. Nach wenigen Sekunden ließ er den Arm sinken und winkte jemanden herbei, der, wie sich herausstellte, ein kleiner Junge war, der eine goldblaue Robe am Leib trug. Der Wachmann wirkte überrascht und wich sogar ein Stück von ihm ab. Obwohl er eine dunkle und imposante Rüstung trug, war er befangen.

„Der Junge ist einer von ihnen. Einer in Ausbildung", brummte Lanthan leise, aber laut genug, sodass man ihn hören konnte. „Die Magier sind es, die für gewöhnlich stichprobenartig die Dokumente prüfen. Wir scheinen heute vom Glück gesegnet zu sein, dass gerade uns diese Ehre zu Teil wird", erklärte er schroff, „schweigt und lasst mich sprechen. Sie werden uns nichts tun, sofern wir in seinen Augen seines Vertrauens würdig sind."

Als er sein Gesicht von ihnen abwandte, konnte Raena die tiefe Furche sehen, die seine Stirn in zwei Hälften teilte. Ihre Dokumente hatte sie inzwischen bei der Hand, hielt mit der anderen krampfhaft die Zügel fest und bemühte sich um einen neutralen Gesichtsausdruck.

Die Anzahl der Wachmänner hatte sich innerhalb kürzester Zeit verdoppelt. In ihren Händen hielten sie brennende Fackeln und ihre Gesichter blickten neutral in ihrem Schein. Der Mann, der von Beginn an Wache gehalten hatte, nahm seinen Helm ab und klemmte ihn unter seinem Arm ein. Es handelte sich um einen älteren Herrn mit strengen Gesichtszügen und unzähligen Altersflecken im Gesicht.

Eigentlich hatte sie damit gerechnet, dass hinter der Grenze keine öde Landschaft mehr sein und der Sand von Bäumen, duftenden Blumen und plätschernden Flüssen ersetzt werden würde. Nun, sie hatte sich mächtig getäuscht. Sand, Sträucher und Gräser, wohin das Auge reichte.

Lanthan hielt vor dem älteren Mann an, grüßte ihn und den jungen Magier freundlich und stieg ab.

Zu ihrer Überraschung sprach der Magier zuerst: „Zur späten Stunde unterwegs? Wie unüblich." Er musterte jeden Einzelnen von Kopf bis Fuß, schenkte seine Aufmerksamkeit sogar den Reittieren. Obwohl er etwas Erhabenes an sich hatte, seine Haltung gerade war und man ihn seiner Ausstrahlung wegen respektieren musste, war da etwas an ihm, das sie an sich selbst erinnerte. Es war Traurigkeit, sie war sich dessen ganz sicher.

Seine Augen waren unheimlich, unergründlich und dunkel, viel zu tief für einen solch jungen Menschen, ein Junge, nicht einmal vierzehn Jahre alt! Aber seine Augen waren die eines anderen, eines alten und erfahrenen Wesens. Sie konnte Gift drauf nehmen, dass er kein gewöhnlicher Mensch war. Dann war der Moment vorüber und Raena fühlte sich, als hätte jemand nach ihrem Geist gegriffen, zugepackt und wieder losgelassen.

„Wir sind Reisende", begann Lanthan mit dem Schauspiel. „Das hier ist meine Verlobte." Raena hätte sich beinahe verschluckt, als er in ihre Richtung deutete. Er sprach mit solch einer Zuversicht, dass sie ihm sofort geglaubt hätte. „Und das hier sind meine Freunde." Er vollführte eine weit ausladende Geste und stellte alle der Reihe nach vor. „Wir wählten einen anderen Weg, weil uns eine Horde Wilder auf den Fersen war."

Was? Wilder? Raena blinzelte irritiert.

Der kleine Junge blieb stumm, stattdessen entgegnete der Soldat neben ihm lächelnd: „Ihr hattet Glück. Vor ein paar Tagen haben wir Tote gefunden. Man hat sie regelrecht in der Luft zerrissen." Er streckte ihm die Handfläche entgegen. „Eure Dokumente, bitte."

„Einen kleinen Moment", bat Lanthan gespielt hektisch, drehte sich zu Lagunas um und wühlte in den Satteltaschen.

Raena wusste nicht, ob alles nach Plan verlief und wurde kein bisschen ruhiger.

Die Harpyie drehte Kreise über ihren Köpfen und kreischte hin und wieder leise. Zu Raenas Verwunderung wurde sie nicht beachtet und auch nicht als mögliche Bedrohung eingestuft.

Sie lauschte den wehenden Fackeln im Zugwind, betrachtete jedes Gesicht kurz und blieb schließlich beim jungen Magier hängen, der alles andere als zufrieden dreinblickte. Wenig überzeugt von dem, was Lanthan ihnen aufgetischt hatte, war seine Mimik wie eingefroren. Seine dünnen Hände waren das Einzige, was sich bewegte, als er sie vor seinem Bauch ineinander verschränkte.

Sie begegnete seinem Blick.

Und plötzlich fühlte sie es. Es war wie eine Ohrfeige, wie ein Stich eines Stachels und doch kaum vergleichbar mit dem, was sie tatsächlich empfand. Seine starke, pulsierende und warme Kraft raubte ihr den Atem, nahm ihr die Luft weg. Sie hatte das Gefühl, als teste er sie, als wollte er sie bis auf den Grund ihrer Seele durchleuchten. Diesmal packte er sie wirklich und sie spürte, wie er nach ihrem Geist tastete. Aber er ging nicht über die Schwelle. Sie hatte das Gefühl, als wage er es nicht und sie wusste, dass er all ihre Geheimnisse erfahren hätte, hätte er es getan. Es war beängstigend und ihr wurde bewusst, wie knapp davor sie waren, dass die Wahrheit ans Licht kam.

Die Realität holte sie ein, als Lanthan leise, liebliche Worte zu ihr heraufmurmelte. Sie hörte seine geduldige Stimme. „Deine Dokumente, Liebste", und es klang so fremd in ihren Ohren.

„J-ja, entschuldige", stotterte Raena und reichte ihm mit einem scheuen Lächeln ihr Kästchen. Sie war aufgewühlt und nicht imstande, es zu verbergen. Sie sah die Warnung in seinen Augen aufblitzen und fühlte sich schuldig, obwohl sie niemand darauf vorbereitet hatte, was sie hier erwarten würde.

„Eure Verlobte fühlt sich unwohl. Habt Ihr sie geschlagen?"

„Nein. Sie ist vom Pferd gefallen."

Es war nicht einmal gelogen.

Lanthan streckte ihr seine Hand entgegen, die sie zögerlich entgegennahm und umfasste. Sie empfand die Berührung als äußerst eigenartig, aber nicht als unangenehm. Seine Fingerspitzen waren eiskalt, vermutlich der Nervosität wegen, während seine Handfläche deutlich wärmer war. Er hatte unglaublich große Hände, lange und dicke Finger, die Hand eines starken Mannes.

„Du brauchst keine Angst zu haben, wir sind bald Zuhause", seine samtweiche Stimme passte nicht zu dem harten Ausdruck in seinen Augen.

„Ja, ich weiß. Entschuldige", stammelte sie und schluckte.

Lanthan ließ ihre Hand wieder los. Und dort, wo er sie berührt hatte, brannte es. Er blieb neben ihr stehen. Die Dokumente nahm der Wachmann entgegen.

Raena ergriff Ärger, Ärger auf sich selbst, die gesamte, unehrliche Situation und den Magier, der ungläubig und nach wie vor misstrauisch die Gruppe fixierte und kein bisschen besänftigt wirkte. Es kam ihr so vor, als würde er zwanghaft nach einem Grund, nach einem Problem suchen, welches er ihnen vorhalten konnte. Als würde er sie unbedingt an einer Weiterreise hindern wollen.

Dennoch ... er hatte nicht in ihren Geist gesehen.

Rasend vor Wut ballte sie die Hände zu Fäusten.

Sollte sie ihm ein Motiv geben, einen Grund? Sollte sie ihn in ihre Gedanken schauen lassen, ihnen zeigen, wie man sie behandelt hatte?

Sollte sie ... *sollte sie* ...

Plötzlich war da ein Bild. Sie sah, wie sie den Jungen an der Kehle packte, ihn hochhob, zudrückte und gegen die Steine des Turms schleuderte, wo er entlangrutschte und betäubt liegenblieb. Sie sah, wie sie ein Schwert aus dem Gürtel des linken Mannes riss, wie sie es in seine Gedärme stach, immer wieder, bis sein Lebenssaft und alles andere aus ihm hervorquoll und er nach hinten kippte, mit verdrehten Augen, einem Schrei auf den Lippen.

Raena spürte, wie ihr schlecht wurde. Die Gedanken entglitten ihr, die Vorstellung schwand. Ihre Hände begangen zu zittern, die Zügel bebte zwischen ihren Fingern.

Was ist das nur? Warum fühle ich das?

Raena verspürte den Drang zu lachen und zu weinen, sie wollte schreien und gleichzeitig vor Scham im Boden versinken. Ihre Atmung wurde schneller, flacher. Sie bekam kaum Luft. Die Kontrolle über ihre Sinne entglitt ihr und ihr wurde schwindlig. Und doch empfand sie eine Art Triumph, Überlegenheit der Wache und dem Jungen gegenüber. Eine absurde Überzeugung, wenn man die Waffen der Wachen und den Magier in Augenschein nahm. Es war eine Zerrissenheit in ihr, die an ihr nagte.

Mit Sicherheit wurde sie wahnsinnig!

„Das Dokument sieht vielversprechend echt aus. Ihr seid im Streifen geboren? Hat Eure Familie Eure Dokumente bezahlt? Ihr wisst, dass Ihr um eine Aufenthaltserlaubnis in Narthinn ersuchen müsst? Das ist wichtig, sonst könnt Ihr nicht in der Stadt oder am Land leben", die Stimme des Knaben drang wie durch einen dicken Schleier zu ihr durch.

Der Schwindel schwand. Wut und Ärger wie weggeblasen. Zurück blieb nur tiefe, erdrückende Scham. Sie war eine erbärmliche Schauspielerin, zu lügen hatte sie noch nie gekonnt. Jedes Mal war sie fast von ihrem schlechten Gewissen erdrückt worden. Sie wollte antworten, doch Lanthan packte ihr Fußgelenk. Er drückte fest zu, eine Warnung und sie hielt den Mund.

Es war nicht gerecht. Man hatte sie nicht darauf vorbereitet.

Der Junge drehte das Dokument um, betrachtete es von allen Seiten und wirkte schlussendlich doch noch zufrieden. Den anderen Papieren schenkte er ähnlich viel Beachtung, kratzte einmal über den Namen und wischte beiläufig einen Krümel beiseite. Am längsten verweilte er bei Rizors Dokument, wobei er ihn über den Rand hinweg misstrauisch anblinzelte: „Ein Zwerg, noch dazu Unterhand und so weit weg von Frostkante? Sieht man nicht alle Tage."

Rizor zuckte daraufhin bloß mit den Schultern und gab sich unbekümmert. „Was tut man nicht alles für einen guten Freund", erklärte er, hob den Arm und die Harpyie nahm krächzend auf seinem Handschuh Platz.

Der Magier machte Anstalten, die Dokumente an einen weiteren Wachsoldaten weitergeben zu wollen, doch der winkte ab. „Nichts Neues, dass Männer Frauen aus dem Streifen als Ehefrauen zu sich nachhause holen. Sollen als besonders arbeitsfreudig gelten, nicht mein Problem", er zuckte die Achseln, „die Weißen sehen es nicht gern, aber was soll's. Ihr seid beide Menschen? Wärt ihr es nicht, müsstet ihr im Streifen leben und dort um eine Aufenthaltserlaubnis ansuchen. Mischlingskinder aus gemischten Ehen gehören in den Streifen, aber das wisst Ihr, nehme ich an."

„Eure private Meinung interessiert keinen", meinte der Junge barsch, der sich von ihm abwandte und Lanthan die Dokumente zurückgab, der sie umgehend jedem Einzelnen von ihnen weiterreichte, ehe er zurück in den Sattel stieg. Raena mied seinen Blick und verstaute ihr Kästchen mit bebenden Fingern in der Satteltasche. Sie hätte geweint, wenn sie gekonnt hätte.

Mischling.

Sie hatte sich mit der Bedeutung dieses Wortes noch nie wirklich befasst. Wie genau sich das definierte, war ihr nicht klar.

Sie wusste, dass unterschiedliche Rassen nicht heiraten durften. Die Ehe zwischen Elfen und Menschen war verboten, genauso wie von Weiß und Schwarz, außerhalb des Streifens zumindest. Im Streifen war es möglich. Ein Mischling war, ihrer Meinung nach zumindest, ein direkter Nachkomme, doch zehn Generationen später, so wie es bei den Leuten im Streifen mit auffälligen Merkmalen üblich war, sollte man doch nicht mehr als Mischling gelten, oder? Sie dachte an Lila, die Verlobte von Arik, die damit prahlte, von einer alten Mischlingsfamilie abzustammen. Doch musste man den gesamten Streifen gleich als *Mischlinge* betiteln?

„Verzeiht unser Misstrauen. Ihr seid eine ungewöhnliche Gruppe. Die Dokumente sind in Ordnung." Der Knabe deutete eine Verbeugung an. Sein

Gesichtsausdruck war unergründlich, fast teilnahmslos. „Ich sollte lernen, deshalb hat mich mein Meister zu Euch geschickt. Es war mir eine Freude, Reisende. Geht mit Ara." Er drehte sich zum Wachmann um. „Sie dürfen passieren", sagte er noch, ehe er schnurstracks zum rechten Turm davonging.

Raena fiel auf, dass er ein wenig humpelte.

„Ihr habt es gehört. Der Magier hat gesprochen. Ihr dürft passieren!"

Lanthan verabschiedete sie und ritt voraus. Raena folgte ihm. Als sie unter der Brücke hindurchritten, spürte sie keine Barriere, falls diese überhaupt existierte. Nur der Wind spielte mit ihren losen Haarsträhnen und kühlte ihre leicht vor Aufregung erröteten Wangen ab.

Jetzt war es also geschehen. Sie hatte den Streifen verlassen. Freiwillig oder nicht, es spielte keine Rolle. In ihrem Inneren bebte sie, ob vor Angst oder Aufregung, sie wusste es nicht. Ihr war klar, dass sie nicht ewig an ihre Familie denken konnte. Jedes Mal wurde sie krank vor Sorge, ihre Atmung klamm, ihr Herz blutend. Wenn sie überleben wollte, musste sie ihre Vergangenheit ablegen, zumindest für eine Weile, bis sie sich sicher war, wirklich *die* Königin zu sein. Vielleicht konnte sie dann zurückkehren. Mittlerweile war es ihr gleich, ob sie gelogen hatten. Sie wollte sie wiedersehen, sie wollte sie umarmen und nie mehr wieder loslassen.

Ich habe Heimweh.

Sie kämpfte gegen den Wunsch an, den Hengst zu wenden und in die geschützte Zone zurückzukehren, die ihr gesamtes Leben lang ihr Zuhause gewesen war. Nur mit großer Mühe gelang es ihr, den Kopf nicht zu drehen und einen letzten Blick zurückzuwerfen.

Sie wollte stark erscheinen.

Raena holte zittrig Luft. Dann blickte sie den Himmel hoch. Wenn sie sich doch irgendwie ablenken könnte! Ihre Augen füllten sich mit Tränen und ihre Lippe begann zu zittern.

Reiß dich zusammen.

Natürlich dachte sie daran, ihre düsteren Gedanken mit Lanthan zu teilen, doch dann erinnerte sie sich an seinen eisernen Griff und den Schmerz, der durch ihr Fußgelenk gezuckt war und etwas verschloss sich in ihr.

Erste Sterne erhellten den Himmel. Die Luft wurde frisch und die Nacht brach herein. Raena konnte sich kaum noch im Sattel halten. Sie war müde und ausgelaugt.

„Lanthan!", fauchte Esined unvermittelt.

Raena zuckte zusammen.

Der Angesprochene zügelte Lagunas und dessen Schnauben übertönte

Rizors Gefluche, da Ciro fast gegen Schleier gelaufen wäre, der unerwartet stehengeblieben war. Auch der Greifvogel auf seinem Arm war wenig einverstanden mit dem Manöver und erhob sich in die Lüfte.

„Was ist?", er klang mürrisch, seine Brauen zusammengezogen, das Gesicht eine einzige, runzelige Grimasse. Offenbar war er tief in Gedanken versunken gewesen und sie hatte ihn gestört.

„Ich will, dass wir hier unser Lager aufschlagen", verlangte sie und sprang vom Rücken ihres Einhorns.

„Jetzt geht das schon wieder los", stöhnte Rizor auf. Er warf sein langes, zu einem Zopf geflochtenes Haar zurück und verschränkte die kräftigen Oberarme vor seiner Brust.

Fenriel schwieg. Er war nicht sonderlich gesprächig. Auch bei der Grenze hatte er keinen Laut von sich gegeben. Würde man nicht hin und wieder Grashalms Schnauben hören, so würde man denken, er sei gar nicht da.

Für einen kurzen Moment sah Lanthan so aus, als würde er explodieren.

Er war, seit Raena der Gruppe beigetreten war, ständig beherrscht gewesen. Die Anspannung in der Luft knisterte und stellte ihre Nackenhaare auf. Seine Kiefermuskeln malmten und seine Augen strahlten dunkel. Energisch rutschte er vom Sattel. „Gut. Wir bleiben bis zum Morgengrauen abseits des Weges."

Esined entgleisten die Gesichtszüge. Demnach hatte sie nicht damit gerechnet, eine Zustimmung zu erhalten. „Warum tust du das", sagte sie beinahe tonlos.

Lanthan wirkte verwirrt. Er zog eine Augenbraue in die Höhe und seine Lippen zuckten: „Was meinst du?"

„Warum gibst du mir Recht?!" Sie brachte sich in Kampfstellung. „Warum hast du *sie* nicht zurechtgewiesen?!" Um ihren Worten Ausdruck zu verleihen, stach sie mit dem Zeigefinger in Raenas Richtung.

Die erstarrte zu einer Salzsäule. *Was?* Ihr war klar, wer mit *sie* gemeint war, aber verstand nicht wofür.

„Sie hätte uns fast verraten!"

Rizor murrte irgendetwas von: „So schlimm war's aber auch nicht."

Lanthan sah aus, als hätte jemand einen Eimer eiskalten Wassers über seinem Kopf ausgeschüttet. Er trat auf sie zu, packte ihre Schultern und, zu Raenas Entsetzen, schüttelte er sie.

Esined attackierte ihn. Sie trat nach ihm, ballte eine Hand zur Faust und schlug ihm ins Gesicht. Er wich ihr aus, doch sie setzte nach, stieß ihn mit ihren flachen Händen weg und das mit solch einer ungeheuren Kraft, dass er zurückstolperte und gefallen wäre, hätte er nicht nach dem Sattelgurt gegriffen und sich ächzend daran festgehalten.

Lagunas hob sich auf die Hinterbeine.

Raena dachte nicht nach. Instinktiv sprang sie in den Sand, sackte ein, rappelte sich wieder hoch und eilte ihnen entgegen. Wild gestikulierend, verzweifelt rief sie: „Hört bitte auf damit! Es tut mir leid!"

Lanthan hatte mit Lagunas zu tun, der sich aufbäumte und nicht beruhigen wollte. Er warf ihr einen kurzen Blick zu, während Esined zu ihr herumfuhr, ihre schmale Brust hob und senkte sich unregelmäßig. Sie sah aus wie ein wildgewordenes Tier, welches Blut geleckt hatte. Raena las den Hass, die Mordlust in ihren Augen, die wirkten wie glühende Kohlen inmitten eines Kohlebeckens. Sie sah furchteinflößend aus, die Kleidung unordentlich, die Locken durcheinander. Sie kam auf Raena zu, die wiederum schockiert zurückwich, unsicher, was sie tun sollte.

Dann hob Esined die Hand und Raenas Herzschlag setzte aus.

Ein Funke erschien, gleißend hell.

„Nein!" Lanthan sprang dazwischen, packte ihren Arm und riss ihn nach oben. Das Funkeln in ihrer Handfläche erlosch.

Raena sah nur seinen Rücken. Er wirkte wie ein Riese, breitschultrig, groß.

„Lass mich!", schrie Esined und ihre Stimme stach in ihre Ohren.

„Hast du den Verstand verloren?!", herrschte er sie an.

Esined wollte ihn schubsen, doch er packte ihren anderen Arm.

„Du hast mir nichts zu sagen!"

„Ich bin der Anführer, verdammt nochmal", zischte er und Raenas Geist gefror zu Eis, „wohin, warum, wieso und weshalb, ich entscheide, wo's langgeht und du hast meinen Befehlen Folge zu leisten, hast du mich verstanden?! Mir ist egal, ob du freiwillig hier bist oder nicht. Du hast dich zu benehmen. Was wolltest du tun? Sag schon! Wolltest du sie prüfen? Wolltest du sehen, was passiert, wenn du deine Magie gegen sie richtest?! Sprich!"

Esined verzog den Mund und es sah aus wie ein spöttisches Lächeln. „Lässt du mich los? Du tust mir weh."

Aber er ließ sie nicht los, hielt sie fest und sie starrten sich an. Esined glich einem Zwerg neben ihm, doch sie behielt ihre stoische Haltung, hatte nicht die Absicht nachzugeben.

„Du wirst es nicht mehr tun, hast du verstanden?"

Raena wagte nicht, sich zu rühren. Sie stand da wie angewurzelt und die Stille, die sich daraufhin über der Gruppe ausbreitete, zerbarst wie Glas, als

Fenriel sich rührte. Seine Stiefel knirschten im Sand und dann murmelte er beruhigende Worte dem großen Schlachthengst zu, ehe er ihn und Fleck miteinander verband. Er verhielt sich völlig unbeteiligt, als ginge es ihn nichts an, als wäre er nicht Zeuge einer äußerst unangenehmen Auseinandersetzung.

„Jetzt beruhigen wir uns erst einmal. Ich wette, sie hat es nicht so gemeint. Du kennst sie doch, Lanthan. Sie hat ein hitziges Gemüt. Es ist ja nichts passiert", warf Rizor ein paar unsichere Worte ein.

„Der Zwerg sagt die Wahrheit", sagte Esined, „du kennst mich, ihr alle kennt mich."

Rizor drückte beide Parteien auseinander, indem er seinen Körper dazwischen zwängte. „Lass los", murmelte er besänftigend und Lanthan gehorchte. „Für gewöhnlich würden Mann und Frau jetzt ins Bett hüpfen und gemeinsam ihren Frust abbauen, aber da unser Lanthan hier ...", scherzte er, doch Lanthan war nicht zu Scherzen aufgelegt. „Lasst uns einen Lagerplatz aufschlagen!", befahl er brüsk.

Esined bekam also genau das, was sie gewollt hatte. Mit einem kurzen Blick auf Raena ging sie erhobenen Hauptes zu Schleier, der sich keinen Millimeter gerührt hatte und begann ihn abzusatteln. Fenriel folgte ihr mit gewissem Abstand. Währenddessen nahm er den Bogen von seinem Rücken und befestigte ihn an Grashalms Sattel.

Rizor warf die Hände in die Luft und rollte mit den Augen.

Raena wollte etwas sagen, doch sie fand keinen Mut dazu. Stattdessen stand sie einfach nur da, ließ die Schultern hängen und starrte ins Nichts. Sie fühlte sich wie ein fünftes Rad am Wagen. Und sie hatte Angst. Was hätte sie auch sagen sollen. Jedes Wort erschien ihr lächerlich.

Warum magst du mich nicht? Sag es mir ins Gesicht.

Und weiter? Was würde dann geschehen? Sie wusste es auch so. Esined würde sich weiterhin feindselig benehmen, sich über sie belustigen und auf ihre Kosten amüsieren, sie von oben herab behandeln und belächeln, als wäre Raena nur ein Bauernmädchen, das von der Welt keine Ahnung hatte. Und sie war bloß ein Bauernmädchen und zufrieden damit gewesen.

Trotzdem habe ich mein Schicksal nicht selbst gewählt. Willst du mit mir tauschen? Sei das Gleichgewicht. Nimm meinen Platz ein. Ich will es nicht sein!

Sie schwieg und Tränen der Verzweiflung traten in ihre Augenwinkel.

Ich sollte froh sein, dass es mir einigermaßen gut geht. Sie hätten mich auch knebeln und auf Lagunas Rücken hieven können. Oder schlimmer, ich hätte auch beim Fürsten bleiben können.

Lanthan drehte sich zu ihr um. „Helft mir, bitte", sagte er, und der unerwartet ruhige Klang seiner Stimme riss sie aus ihrer Starre. Sie zuckte zusammen, nickte hastig und während sie ihm half, das Lager aufzubauen, versuchte sie sich zu entschuldigen, doch er winkte nur ab: „Es besteht kein Grund dafür." Sie sah ihm an, dass er nicht mit ihr sprechen wollte, also unterließ sie es mit Magenschmerzen. Sie wollte nicht für Streit, nicht für Ärger sorgen. Sie wollte nur zurück nach Hause.

Das Lager war schnell aufgebaut. Keiner von ihnen verlor ein Wort. Raena ertappte sich mehrere Male dabei, wie sie gedankenverloren in den Sand starrte, nur um den anderen nicht in die Augen sehen zu müssen. Und als jeder seinen Schlafplatz in den Boden gegraben hatte, die Pferde zusätzlich an Grashalm gebunden waren, legte sie sich stumm hin und täuschte Schlaf vor. Ihren Kopf bedeckte sie bis zur Hälfte mit der Decke, um möglichst viel Wärme bei sich zu behalten. Es prasselte kein Feuer, weil es kein Holz gab. In der Gegend wuchsen nur winzige Sträucher, die für eine kleine Flamme nicht genügten.

Die erste Wache hatte Rizor übernommen. Freiwillig hatte er sich zu Wort gemeldet und ein eher karges Gespräch eröffnet, welches aber schnell wieder verstummt war.

Irgendwann, als der Mond hoch am Himmel stand, schlief sie dann doch noch ein. Sie träumte nichts, vor ihren Augen huschten nur bewegte Bilder vorbei, die sie nicht zuordnen konnte. Irgendwann war Lanthan aufgestanden, hatte sich in eine Decke gewickelt und Rizor abgelöst. Er hockte sich in den Sand, öffnete einen Beutel und trank. Raena, die bei dem kleinsten Geräusch wieder aufgewacht war, fragte sich, ob es sich dabei um Alkohol handelte. Da es tiefste Nacht war und er ihr den Rücken zugekehrt hatte, konnte sie sein Gesicht nicht gut sehen, doch die Art, wie er dasaß und den Kopf hängen ließ, ließ sie glauben, dass er über Dinge nachdachte, die ihn sorgten.

Danach brauchte sie lange, bis sie wieder einschlief.

Am frühen Morgen war Raenas Schlaf dahin. Ihr geschundener Leib war ruhelos und ihr Geist unruhig. Lanthan, inzwischen aufgestanden, stand mehrere Meter vom Lager entfernt. Er starrte den Horizont an und hatte die Arme vor seinem Oberkörper verschränkt. Einige Meter weiter schlief Esined. Im Schlaf sah die Sirene bei weitem nicht so arrogant und böse aus. Mit entspannten Gesichtszügen wirkte sie ruhig und ausgeglichen.

Raena wandte ihren Blick von ihr ab und drehte sich auf den Rücken. Diesmal erschien ihr der Sand unbequem, auch wenn sich eine weiche Matte dazwischen befand. Ihr Rücken war verspannt, ihre Schenkel schmerzten vom Reiten und die blauen Flecken, die nahm sie nicht einmal mehr wahr.

Sie betastete ihr Gesicht. Wenigstens das schien zu heilen.

Danach beobachtete sie Lanthan und erntete ein Lächeln von ihm, als er zurückkam und sein Blick sie streifte. Raena tat so, als hätte sie es nicht bemerkt, weil es ihr peinlich war, und drehte sich auf die Seite.

„Aufstehen!", rief er und begann seine Matte zusammenzurollen.

Rizor, der am längsten brauchte, um sein Lager zu räumen, sie war in der Nacht wegen seines Schnarchens zweimal wach geworden, nahm erst einmal gemütlich einen Schluck von seinem Wasser, ehe er stöhnend und murmelnd auf die Beine kam, sich kratzte und streckte.

Sie aßen im Stehen ein paar Bissen Trockenfleisch und Kohl, während die Sonne hinter ihnen langsam ihre Strahlen über die Wüste gleiten ließ und das Schauspiel vom Vortag sich wiederholte.

Ein Zug aus drei Wägen, von Maultieren gezogen, rollte unweit entfernt die Straße entlang, die sie gestern verlassen hatten. Reiter folgten der Gruppe und bildeten zu sechst eine Art Schutzkreis.

„Ah, ein Händler, der den Streifen beliefert." Rizor ließ die Harpyie den Himmel hochfliegen. Der erste Kutscher winkte ihnen zu und Lanthan antwortete mit derselben Geste. Sie waren viel zu weit entfernt, als dass Raena sein Gesicht hätte ordentlich sehen können.

Lanthan wandte sich der Gruppe zu. „Heute reiten wir zum Sumpfauge. Gebt Acht, denn dort gibt es Sumpfnixen." Der letzte Satz galt Raena, denn er sah sie dabei an. „Sie werden einen falschen Schritt unsererseits abwarten. Darum müssen wir unbedingt zusammenbleiben. Die Formation behalten wir bei."

Sie wunderte sich zwar, ob es eine gute Idee war, in ein gefährliches Gebiet zu reiten, doch wagte nicht zu fragen. Alle taten so, als wäre gestern nichts geschehen und sie war die Letzte, die für neuen Streit sorgen wollte, indem sie Fragen stellte, die Esined womöglich ärgern könnten.

24. KAPITEL

Die Zeit schleppte sich dahin. Raena hatte gedacht, vor Schmerzen nicht ordentlich reiten zu können, doch ihr Körper schien sich damit abzufinden, ihr blieb schließlich auch nichts anderes übrig.

Die Nixen ließen ihr keine Ruhe und sie erinnerte sich an eine alte Geschichte aus Mutters Bibliothek, an ein Bild einer rothaarigen Nixe, die erst einen Fischer verführte, sich mit ihm paarte und dann in die Tiefe hinabzog, um ihn zu fressen.

Arik hatte mal gemeint, der Tod durch eine Nixe wäre gar nicht unangenehm und hatte dümmlich gegrinst, während Bara und Raena ihn angestarrt hatten, als wüssten sie nicht, was paaren bedeute. Jeder wusste, dass Nixen dafür bekannt waren, Männer zu verspeisen. Sie wollte das hinterfragen und Lanthan sah aus wie jemand, der weit herumgekommen war, wobei sie das Thema mit der Paarung peinlichst auslassen wollte. Kurze Zeit später drosselte er ihr Tempo und Raena, die feuchte Hände hatte, hielt es nicht mehr aus. Vielleicht, wenn sie es nur leise genug aussprach, würde Esined sie in Ruhe lassen.

Sie musste einfach fragen.

Trotz seiner Anweisung holte sie zu ihm auf. Ihr Nacken kribbelte und sie spürte die Blicke der anderen. „Nixen?", lautete ihre leise, wenngleich unsichere Frage. *Ist es eine gute Idee, dort hinzureiten?* Sie sagte es nicht, doch er verstand. Daraufhin lächelte er und sie schrak ein wenig zurück, denn auch wenn seine Narben ihr inzwischen keine Angst mehr einjagten, er sah nach wie vor übel zugerichtet aus. Zudem lagen dunkle Ringe unter seinen Augen, was an der Wache liegen musste, die er nachts geschoben hatte. Dennoch, sein Lächeln war seltsam. Er sah heute anders aus. Kantiger und jünger. Woran lag das?

„Nixen sind Wasserfrauen, die sich am liebsten von Menschenfleisch ernähren. Sie sind wie Raubfische, nur schlimmer. Verführung ist für sie keine Kunst. Aber niemand präsentiert sich ihnen freiwillig auf einem Silbertablett." Er runzelte die Stirn. „Noch nie davon gehört?"

Außerdem war da noch sein Atem. *Alkohol.* Also hatte sie sich nicht getäuscht. Er hatte getrunken.

Krampfhaft hielt sie Fleck zurück, der Lagunas zu überholen drohte.

„Gelesen", erwiderte sie, nun mutiger, „gibt es keine anderen Wege?" Sie versuchte doch tatsächlich, ihn umzustimmen. Der Wind blies ihr Strähnen in den Mund hinein, die an den trockenen Lippen hängen blieben. Schnell strich sie sie beiseite und fühlte ein Brennen, als ihre Haut riss. Sie schmeckte Blut und Salz vom ganzen Schweiß, der ihr am Vortag das Gesicht hinabgelaufen war.

„Nixen sind tückisch und vor allem tödlich", murmelte er und blickte düster drein, „und sie halten unsere Verfolger fern. Deshalb tun wir es."

Raena knetete die Zügel zwischen ihren Fingern. Hatte er deshalb den Horizont angestarrt? Sie wollte in seinem Gesicht lesen, doch bis auf die Müdigkeit darin blieb es ihr verschlossen.

Mit zügigem Tempo näherten sie sich dem Händler mit seiner Truppe und trotz des Grußes vorhin warf man ihnen misstrauische Blicke zu und war offensichtlich bereit, die Wägen zu verteidigen.

„Die denken, dass wir sie überfallen", murmelte Lanthan belustigt, wenn auch sein Gesicht ernst blieb.

Raena betrachtete die gepanzerten Tiere, ihre muskulösen Hälse und die in Lederrüstung gehüllten Reiter. Das waren erfahrene Männer. „Söldner?"

„Vermutlich."

Sie hatte noch nie welche gesehen, zumindest nicht bewusst.

„Wahrscheinlich ein Gemüsehändler, der Angst vor Räubern hat. Nirgends wächst so süßes Obst wie im Streifen."

Welcher Gemüsehändler lässt seine Wagen von Söldnern bewachen? „Das müssen ja erlesene Früchte sein."

Lanthan zuckte die Achseln.

Bevor sie den Zug erreichten, reihte sich Raena zurück hinter Lagunas ein. Grashalm verlangsamte ihren Schritt und Raena lächelte das Einhorn dankbar über die Schulter hinweg an, während sie genau darauf achtete, nicht in Esineds Richtung zu blicken.

Der hintere, mit einer Plane zugedeckte Wagen, glitt an ihnen vorbei.

„Guten Morgen!", grüßte Lanthan die Gruppe und lächelte freundlich. Ein paar Stimmen antworteten ihm, doch die fehlende Begeisterung war ihnen deutlich anzusehen. „Wir überholen euch nur", zwinkerte er einem der Männer zu, der glotzte, als hätte er noch nie so ein vernarbtes Gesicht gesehen. Raena konnte es ihm nicht verübeln. Ihr war es ähnlich ergangen.

„Reitet doch mit uns!", rief ihnen der Händler zu, der sie vorhin gegrüßt hatte. Doch auch der gaffte. Sie waren in der Tat eine ungewöhnliche Gruppe.

„Nein, danke", lehnte Lanthan höflich ab, „Ihr meidet das Sumpfauge, nehme ich an?"

Der Händler folgte der Harpyie mit den Augen, die über seinem Kopf hinwegflog. „Nur Wahnsinnige gehen dorthin! Es gibt sichere Wege!"

„Mag sein", entgegnete Lanthan mit einem Lächeln und wünschte ihm noch einen schönen Tag.

Danach verließen sie den Hauptweg, um auf schmalen Pfaden weiterzureiten, und begegneten keiner Menschenseele mehr.

Bereits nach kürzester Zeit veränderte sich die Landschaft. Der Sand wurde zu Kies, zu Steinen, die Gräser grüner, die Sträucher höher und die Hügel zu Felsbrocken, die aus dem Boden ragten wie Pfeiler.

Raena und Lanthan schwiegen beide, wobei der Rest diskutierte, wo sie als nächstes rasten sollten.

Schließlich füllten sie an einer Quelle ihre Beutel auf und tränkten die Pferde. Raena aß zwei schrumpelige Äpfel und nahm sich etwas Brot. Rizor fütterte seine Harpyie mit Trockenfleisch, während Esined und Fenriel sich unterhielten. Lanthan prüfte bei Fleck und Lagunas die Hufe, ob die Eisen noch richtig saßen. Danach sah er sich ihre Gelenke an, was er, Raenas Meinung nach, gleich nach dem Sturz hätte tun sollen.

Ich hätte es tun sollen, schalt sie sich selbst.

Danach ging es weiter und ihr wurde bewusst, wie schnell sie den Streifen mit seiner Wüste zurückgelassen hatten. Sie roch den Duft von feuchter Erde in ihrer Nase, ihre Kehle fühlte sich nicht mehr trocken an und die Luft war frischer. Fleck sank im weichen Boden ein und schwankte, als er die Hufe aus dem Schlamm hob. Kleine Sträucher, verkrümmt und mit dürren, dunkelgrünen Ästen, wuchsen karg verteilt an Orten, wo es nicht ganz so nass war. Fleck schwitzte weniger, wenn auch ihm jeder Schritt schwerfiel. Kurz hielten sie an, um die Reittiere an Sträuchern und Gräsern grasen zu lassen.

Von einem Extrem ins andere, schoss ihr durch den Kopf. Niemals hätte sie gedacht, dass hinter der Wüste ein derartig feuchtes Gebiet anzutreffen war. Sie meinte sich zu erinnern, dass die Steppen eine weitläufige Landschaft von Süd nach Nord bedeckten.

Lanthan sah sich immer wieder um, er sah aus, als suche er etwas oder jemanden, doch er schien ruhig, somit dachte sie sich nichts dabei. Ihre Gedanken, die ziellos und ohne Anhaltspunkt umherstreiften, sammelten sich, als Esined eine, wie ihr vorkam, besorgte Frage stellte: „Was ist das?"

Raena blickte an Lanthan vorbei und konnte einige hundert Meter weiter vorn Fichten, umgestürzte Bäume und dicke, morsche Baumstämme erkennen. Grauer Dunst hing in der Luft und hauchte der Umgebung eine trübe Stimmung ein. Kleine Schwaden wanderten wie Wolken zwischen den Kronen umher und manchmal verschwand eine der schiefen Spitzen im unheimlichen Weiß. Nur wenige Sonnenstrahlen erreichten den dunklen Boden.

„Das Sumpfauge."

Raena musterte Lanthan, dann den Wald vor ihnen und verstand Esineds Missfallen durchaus.

„Ich wusste, dass es einen gewissen Ruf hat, aber das da entspricht bei Weitem nicht meiner Vorstellung", murmelte sie übellaunig.

Raena hob die Augenbrauen. Sie hatte gedacht, dass sie bereits öfter durch den Sumpf geritten waren.

„Tja, worauf warten wir noch", lachte Rizor, dem der Wald nichts auszumachen schien.

„Es führt ein Weg hindurch. Er ist sicher, breit und von den Nestern der Nixen weit genug entfernt. Der Händler hat übertrieben, aber bekanntlich ist Vorsicht besser als Nachsicht." Lanthan verschränkte die Arme vor der Brust und Lagunas senkte seinen Kopf, um an den Seggen zu knabbern. „Eigentlich dachte ich, der Weg befände sich hier ..."

„Dann reiten wir rundherum", schlug Esined vor, die heute wohl eine bessere Laune hatte, „macht das einen Unterschied? Du sagst zwar, der Weg sei sicher, aber der Händler wird nicht zum ersten Mal hier vorbeiziehen."

Rizor und Ciro glitten in ihr Blickfeld. Raena zuckte überrascht zusammen und atmete geräuschvoll aus. Die Raubkatze war erstaunlich leise, das Gewicht des Zwergs störte sie nicht im Mindesten. Zwar war sie doch ein wenig kleiner als ein Pony, aber unglaublich kräftig gebaut.

„Sie werden es nicht wagen, uns zu stören", schnurrte Ciro kehlig.

„Wir sind bereits hindurchgeritten." Rizor verschränkte die Arme vor der Brust, um seinen Standpunkt zu unterstrichen.

„Außerdem brauchen wir fast drei Tage, wenn wir den Sumpf umrunden wollen", mischte sich Ciro erneut ein.

Raena war so fasziniert von der Stimme der Tigerin, dass sie ihren Blick nicht von ihr abwenden konnte. Erst als sich ihre Blicke kreuzten, grün auf dunkelbraun traf, drehte sie peinlich berührt den Kopf weg und widmete ihre Aufmerksamkeit Lanthan, der sich am Kinn kratzte. Da fiel ihr auch zum ersten Mal auf, dass er sich rasiert hatte. Er besaß ein breites, scharf geschnittenes Gesicht mit markanten Zügen. Der Bart hatte ihn wie einen Landstreicher aussehen lassen, doch jetzt wirkte er beinahe gepflegt, wären da nicht die grausamen Narben gewesen, die ihn entstellten. Hatte er sich etwa in der Nacht rasiert, so ganz ohne Spiegel?

Raena konnte nicht aufhören, ihn anzustarren.

„Sie werden uns nicht belästigen", trug nun auch Fenriel zum Gespräch bei, „Nixen halten sich von Gruppen fern. Wir sind ohnehin schon spät dran."

„Ich schlage vor, Raena auf meinen Rücken zu setzen. Falls wir angegriffen werden, kann ich mit ihr fliehen." Grashalm gesellte sich neben Ciro und blickte in die Runde. „Ich bin das schnellste Reittier der Gruppe."

Schleier schnaubte, als hätte sie ihn beleidigt.

Bei dem Gedanken, erneut den Rücken des Einhorns zu besteigen, wurde Raena mulmig zumute. Sie öffnete den Mund und wollte einwerfen, dass sie auch auf Grashalm keine gute Figur abgeben würde, als Esined einwarf: „Es gibt einen Absatz im Gesetzbuch, der besagt, dass Reiter ausdrücklich ..."

„Das lass Fenriel selbst entscheiden", fiel Lanthan ihr gereizt ins Wort.

Rizor stöhnte. „Könntet ihr euch endlich am Riemen reißen? Wir eskortieren immerhin die wichtigste Person des Landes, der Welt, wenn man's genauer nimmt. Wollt ihr, dass wir alle draufgehen? Nein? Dann benimmt euch endlich wie Erwachsene." Ciro fletschte die Zähne, die Harpyie über ihren Köpfen kreischte und daraufhin herrschte erst einmal Stille.

Raena spürte die Spannung in der Luft auf ihrer Haut prickeln. Es war äußerst unangenehm, der Grund für ihre Auseinandersetzung zu sein, und da hatte sie nicht einmal etwas gesagt. Sie ballte die Hand zur Faust.

„Seid Ihr einverstanden, wenn ich Euer Pferd nehme und Ihr Grashalm?"

Raena erwiderte Fenriels Blick, der sie aufmerksam ansah. Ihr Herz setzte einen Schlag aus. Fragte er sie tatsächlich nach ihrer Meinung? Aber ... a-ber ... Alle Augenpaare, einschließlich der der sprechenden Reittiere, ruhten auf ihr. „Ja, n-natürlich", entwich überfordert ihrem Mund, als wäre es ihr letzter Atemzug.

Habe ich das gerade wirklich gesagt? Ja, das hatte sie. Frustriert stieß sie die Luft zwischen den Zähnen aus.

„Auf meinem Rücken seid Ihr sicher", versicherte ihr Grashalm mit einem sanften Ton, sodass sie Raena ein wenig ihrer Nervosität nahm.

Fenriel schwang sich aus dem Sattel und strich liebevoll über ihren Hals, wobei Grashalm ihn sachte mit ihren Nüstern am Oberschenkel berührte. „Kommt", winkte er Raena zu sich.

Die gab sich einen Ruck. Sie rutschte vom Sattel, reichte Lanthan die Zügel, stolperte auf Fenriel zu, denn ihre Beine waren vom Ritt ganz weich und kletterte auf Grashalms Rücken. *Bei Suneki. Was tue ich hier nur?*

„Ich passe die Gurte Euren Beinen an." Fenriel verlängerte geschickt das Leder der Schnallen und kürzte ein wenig die Steigbügel, wobei sie ihm half, indem sie ihr Bein ein wenig nach oben hob. Ihre Muskeln zitterten. Danach umrundete er sie, um auf der anderen Seite dasselbe zu tun.

Esineds Blick bohrte sich in ihren Rücken. Sie musste nicht nachsehen, um sich dessen gewiss zu sein. Sie spürte es an dem Kribbeln in ihrem Nacken und an der Unsicherheit in ihrer Magengrube.

„Gut", sagte Fenriel zu sich selbst und schenkte ihr ein kurzes Lächeln, ehe er eine der drei Satteltaschen zu lösen begann. Was sich darin wohl befand? Dokumente? Geheime Briefe? Nur falls ihr in den Sinn kam, darin zu wühlen. *Absurder Gedanke.*

Nachdem er die Tasche an Flecks Sattel befestigt hatte und aufgestiegen war, fragte Lanthan nach ihrem Empfinden und sie erwiderte: „Geht schon". Viel Bewegungsfreiheit hatte man ihr nicht gelassen und das, obwohl ihr die Ösen und Ringe am Gewand fehlten. Die dafür vorhergesehenen Riemen hatte er mehrfach gefaltet und am Sattel befestigt.

„Verzeiht mir die Frage, aber", Rizor schenkte ihr einen entschuldigenden Blick, „ist das die beste Lösung? Könnt Ihr gut reiten? Versteht mich nicht falsch, nur, ich finde es verdammt gefährlich, Euch auf einem Einhorn reiten zu lassen."

Sie merkte ihm an, dass er besorgt war und das rührte sie. Bevor sie ihm antworten konnte, mischte sich Esined ein: „Sie hat Grashalm schon einmal geritten."

Raena klappte der Mund zu. Ärger ersetzte ihre Unsicherheit.

Ich kann für mich selbst sprechen!

Anstatt es auch zu sagen, biss sie sich auf die Unterlippe.

„Das ist wahr", Grashalm war nach wie vor von ihrer Sache überzeugt.

„Ich schaffe das", entwich Raenas Mund zuversichtlicher, als sie sich fühlte.

„Hm", man konnte dem Zwerg sein Missfallen deutlich ansehen.

Lanthan schien zufrieden. „Wir behalten unsere Aufstellung."

„Wie du befiehlst", brummte Rizor in seinen Bart hinein, bevor er den letzten Platz einnahm. Ciro schenkte ihr nur kurz ihre Aufmerksamkeit, wandte sich dann aber schnell wieder ab, nachdem Raena ihren Blick erwidert hatte. Sie rutschte im Sattel herum, unfähig, ruhig sitzen zu bleiben.

„Euch geschieht nichts, seid unbesorgt." Grashalm hatte den Kopf zur Seite gedreht und blickte sie aus grasgrünen Augen aufmerksam an.

Raena holte tief Luft und ließ sie langsam zwischen ihren Zähnen entweichen. „Ich versuche es."

Sie bogen nach links ab und zwängten sich durchs Gebüsch. Äste griffen nach ihren Armen und Beinen. Ein Blatt verfing sich in ihrem Haar und sie riss daran. Unter ihnen ragten kleine Mooshügel auf, in denen Lagunas bis über die Fesseln versank. Mehrmals stolperte er und Lanthan sah immer wieder von einer Seite zur anderen, um den Untergrund zu prüfen. Im Gegensatz zu Grashalm wirkte der Hengst plump und unsicher. Raena konnte es ihm nicht verdenken und sorgte sich um ihn. Allein die Vorstellung davon, das riesige Tier aus den braunen Tiefen zu zerren, stellte sämtliche Nackenhärchen bei ihr auf. Sie kamen nur langsam voran.

„Dieser Sumpf ...", Rizors Stimme ertönte aus dem Hintergrund, „er ist so *still.*"

War er doch nicht so mutig, wie er vorgab zu sein?

Krumme Äste und vernarbte Baumstämme begleiteten ihren Weg. Dunkles Wasser blubberte zwischen grauen Sträuchern und gelben Gräsern, floss dahin und verschwand im Untergrund. Sie sah kleine, grünliche Vögel im Geäst herumflirren, doch wenige Augenblicke später war da nur mehr Nebel, der ihre Laune nicht besserte. Sie dachte daran, wie es wohl wäre, in einem Schlammloch zu versinken, dachte an die Kälte, die sich durch ihre Kleidung fressen würde. Diese Gedanken waren nicht hilfreich und doch konnte sie ihre Sorgen nicht abstellen.

Lanthan fluchte leise, als er zur Seite rutschte. Der Hengst schnaubte angestrengt und streckte den Hals, ehe er das Bein hob und ein lautes Schmatzen von dem Loch zeugte, in dem er steckengeblieben war. „Ruhig, mein Freund", tätschelte er ihm den Hals.

„Wenn ich genau hinhöre, kann ich ihre Stimmen hören. *Sie rufen nach uns.* Männer, haltet euch die Ohren zu!"

„Du bildest dir Sachen ein, Rizor", meinte Esined genervt, „hier ist niemand."

Raena räusperte sich. „Seid Ihr schon einer begegnet?" Sie sah über ihre Schulter zurück und suchte seinen Blick. Als sie ihn fand, starrte sie ein braunes, zusammengekniffenes Augenpaar schockiert an. „Bei Aras Arsch, nein! Und ich hoffe, dass das auch so bleibt!" Seine Wangen färbten sich dunkelrot und er hustete rau.

Im Augenwinkel konnte sie erkennen, dass Fenriel einen Mundwinkel verzog, aber ansonsten keinen Kommentar dazu gab.

Esined trabte mit Schleier an Raena vorbei, bis sie Lanthan erreicht hatte. „Bist du dir sicher, dass wir hier richtig sind? Mir kommt es so vor, als wären wir kurz davor, uns zu verirren."

Raena verkrampfte sich bei dem Klang ihrer Stimme und widerstand dem Drang, mit den Zähnen zu knirschen. Sie fühlte ein nervöses Zucken in ihrem Inneren und ein Teil von ihr wollte ihr diesen selbstbewussten

Ausdruck aus dem Gesicht wischen. Und wieder war sie über ihre Gefühle verwundert, die ihr wie seidene Fäden aus den Fingern glitten. Sie hatte nicht gewusst, dass sie zu solch einem Abscheu einer einzigen Person gegenüber fähig war. Sie war erwachsen genug, um es einfach hinzunehmen und doch konnte sie es nicht.

„Ich bin mir ziemlich sicher", antwortete Lanthan und Esined lächelte ihn süß an.

Ab da hatte Raena das Gefühl, ihr ins Gesicht schlagen zu wollen.

„Du siehst aber nicht so aus, als wärst du überzeugt davon."

„Ich war noch nicht oft im Sumpfauge."

„Gar nicht, wenn ich mich nicht irre." Esined grinste ihn triumphierend an. Ihre Augen blitzten herausfordernd und sie reckte ihm ihr Kinn entgegen, als wolle sie, dass er sie küsste.

Raena bemühte sich, nicht zu glotzen und blinzelte stattdessen Grashalms Mähne an.

Versuchte Esined Lanthan zu verführen? *Jetzt gerade? Direkt vor meinen Augen?* Sie spannte sich an. Wie kam sie nur darauf? Die beiden konnten sich offensichtlich nicht leiden, doch ihr Verhalten eben ... es gefiel ihr nicht, ganz und gar nicht. Die Vorstellung, Esined vor Lanthan im Sattel reiten zu sehen, seine breite Hand auf ihrer Taille, sein Kopf nah bei ihrem, erhitzte ihr Blut. *Und ... was geht mich das an?*

Dennoch, ihr war warm, sie kochte innerlich und spürte etwas Säuerliches, was sie nicht zuordnen konnte. Sie schimpfte sich selbst und schüttelte den Kopf. *Lenk dich ab. Es geht dich nichts an!* Trotzdem tat es seltsam weh.

In den Sumpf starren wollte sie nicht, aus Angst, dort irgendetwas zu sehen, was sie lieber nicht gesehen hätte. Dann nahm sie Grashalms Horn in Augenschein. *Horn. Genau.* Es war gerillt, weiß und spitz. Welche Wunder Grashalm damit bewirken konnte? Kranke heilen und Tote zum Leben wiedererwecken? Das Zweite war wohl eher ein Mythos, reiner Irrglaube geschichtsliebender Streifenbewohner. Fragen wollte sie nicht, da sie eine böse Bemerkung seitens Esined befürchtete.

Jetzt hör endlich auf damit. Du denkst nur an Esined!

Grashalm blieb stehen und Raena wurde aus ihren Gedanken gerissen.

„Was habe ich gesagt", Lanthan klang erleichtert, „hier haben wir unseren Weg."

Ohne noch ein Wort zu verlieren, trabte die Sirene zurück auf den ihr zugewiesenen Platz.

„Ab jetzt gilt es zusammenzubleiben. Grashalm hat den Befehl, Raena in Sicherheit zu bringen, wenn die Situation es erfordert. Seid wachsam. Je tiefer wir gelangen, desto aufmerksamer solltet ihr sein."

Keiner widersprach ihm. Einzig allein das Pferdezaumzeug rasselte, als ein eisiger Wind durchs Geäst fuhr und ihre Gesichter abkühlte. Raena sah Wölkchen vor ihrem Mund tanzen und fragte sich, wie das möglich war, da sie doch direkt aus der Wüste kamen. Nichtsdestotrotz glühten ihre Wangen. Sie war nervös und aufgeregt, als ob sie insgeheim ahnte, dass dieses Unterfangen kein gutes Ende nehmen würde.

Alles wird gut, versuchte sie sich selbst zu beruhigen und streckte ihren Rücken, um sich etwas zu entspannen.

Der Weg, den Lanthan gemeint hatte, hatte mit einem Weg nichts gemein. Wurzelwerk behinderte die Pferde beim Gehen, tiefe Schlaglöcher, gefüllt mit schwarzem Wasser, sahen aus wie Tümpel, in denen man versinken und vielleicht für immer verschwinden konnte.

Raena betrachtete einen Baumstamm, der die Hälfte des Weges blockierte und zum Teil aus dem Schlamm ragte. Dahinter wirkte das Moor trostlos, wie ein dunkles, kaltes Grab. Nebelschwaden überquerten vor ihnen den Weg und verschluckten Lagunas für einen kurzen Moment.

„Passt auf, wohin ihr tretet." Lanthans Stimme wurde auf seltsame Art verzerrt.

Raena schauderte und zog die Jacke enger um sich. Mittlerweile verstand sie, warum der Händler das Auge lieber umrundet hatte und wünschte, sie hätten es auch getan. Kein Karren konnte hier durchfahren.

Es wurde immer kälter, finsterer und sie war froh, elbische Kleidung zu tragen, die wärmte und einem das Gefühl gab, der Natur nicht völlig ausgeliefert zu sein. Sie passierten große, morsche Holzstämme, dicker als die Bäume, die am Wegesrand wuchsen. Woher kamen sie? Waren hier Holzfäller verunglückt? Doch sie sah keine Hilfsmittel, keine gebrochenen Räder oder faule Bretter. Die Stämme wirkten völlig deplatziert und waren über und über mit hellbraunen und filzartigen Pilzen überwuchert. Die Bäume wurden dichter, höher, ihre Kronen dunkler. Mehrere Wegweiser begegneten ihnen, doch sie waren unlesbar. Einmal flog die Harpyie geräuschlos an ihrem Kopf vorbei, sodass sie erschrak und quietschte.

„Biest!", knurrte Rizor von hinten und fauchte, „komm her!" Er stieß einen scharfen Pfiff aus. Dann zeterte er: „Seid nicht alle so angespannt, ihr macht mich nervös. Wieso sollten wir nicht unbeschadet passieren, anderen ist es auch gelungen." Als ihm keiner antwortete, wurde er ungeduldig: „Ich halte diese Stille nicht mehr aus. Ich hatte während meiner Einzelreise genügend Ruhe. Verdammte Ruhe, die mich noch ins Grab bringt, das schwör ich euch."

Irgendjemand lachte leise.

„Scht!" Lagunas blieb stehen. Lanthan hatte seine Hand gehoben.

Raena krallte sich am Sattel fest und erbleichte.

„Was zum ...", Rizors Kommentar wurde durch einen knurrenden, tiefen Laut unterbrochen, der aus Ciros Kehle stammte.

Grashalm richtete den Kopf auf und die Art, wie sie das tat, gefiel Raena überhaupt nicht.

„Es kommt jemand auf uns zu", stellte Esined leise fest.

Fenriel blieb neben Lanthan stehen. „Der Fürst", zischte er.

„Ich kann ihn riechen", fügte Grashalm hinzu.

„Hier? Das ist nicht möglich", stritt Lanthan die Behauptung ab, doch irgendetwas an ihm ließ Raena daran zweifeln, ob er es ernst meinte. Da war etwas in seinem Gesicht, etwas, das wie *Erkenntnis* aussah. Er hatte es gewusst oder zumindest geahnt.

Schleier tänzelte und Esined schimpfte mit ihm, bis er sich beruhigt hatte.

„Fürst Duran konnte unmöglich den Streifen passieren, ohne entdeckt zu werden", meinte Lanthan scharf.

„Was hat das damit zu tun?", brauste Rizor auf.

Fenriel meinte: „Hier ist kein Streifen mehr, Lanthan. Er ist es. Ohne Zweifel. Es war klar, dass man uns verfolgen würde. Du weißt, dass es bloß Wunschdenken war."

„Ja", dann fluchte er irgendein Wort, das Raena nicht verstand, „aber ich hätte nicht gedacht, dass er höchstpersönlich aufkreuzt." Sein Gesicht war mit einem Mal kreidebleich, der Ausdruck in seinen Augen ernst.

Raena blickte an den beiden vorbei den unförmigen Weg entlang, bis sie einen schwachen Lichtschein erkannte, der sich langsam, aber stetig auf sie zuzubewegen schien. Mehrere Feuer tanzten wie Glühwürmchen zwischen den Ästen, wirkten wie ein Spuk, wie Geister aus dem Moor emporgestiegen. Es waren einige, mehr als zehn, vielleicht mehr als zwanzig.

Und Raena begriff. Sie kamen, um sie zu holen.

„Grashalm, bring sie fort von hier. Lauf so schnell du kannst, meide die Nester der Nixen. Raena ..."

Nester der Nixen? Was?

„Entschuldigt, ich kann, ich will ... wir, ihr ...", stammelte sie zerstreut, hatte kurzzeitig sogar die Zügel fallen gelassen und sah ihm schockiert dabei zu, wie er zum Sattel griff und sein Schwert zog. Der Stahl glitt wie eine Armverlängerung aus der Scheide, glänzte silbern im schwachen Licht und schien aus mehreren Schichten zu bestehen, die zur Mitte hin immer schmäler wurden. Diesmal würde Blut fließen. Sie spürte es und ihr Körper reagierte mit Angst.

„Ihr werdet Euch nicht umsehen. Ihr werdet Euch festhalten, als hinge Euer Leben davon ab, habt Ihr mich verstanden? Ich würde Euch nicht verzeihen, wenn Ihr Euch den Hals brecht. Versteckt Euch, wir finden Euch."

Wie vom Blitz getroffen, starrte sie in sein Gesicht. Sie wollte ihn aufhalten, etwas Sinnvolles sagen, ihm viel Glück wünschen, ihm sagen, dass sie Angst hatte. Stattdessen verließ kein Laut ihre Kehle.

25. KAPITEL

Raena hatte gerade noch Zeit, die Mähne zu packen, ehe Grashalm sich ins Moor stürzte. Den Abhang übersehen, rutschten sie einen halben Meter hinab und der feuchte Boden gab unter ihnen nach, als sie Halt fanden.

Die Stute schnaubte, kämpfte sich durch den Morast. Hinfort waren ihre schwebenden Schritte, es schmatzte und gluckerte im Untergrund. Raena sah sich um, doch der Nebel verschlang den Weg und ihre Gefährten im schaurigen Grau. Sie konnte keine Fackeln mehr sehen, die Verfolger waren verschwunden und ihre Sicht wurde vom Geäst der Bäume in ihrer Nähe behindert. Sie war praktisch blind, ohne Richtung und Sonnenlicht, denn die dichten Baumkronen ließen keinen Strahl den Boden erreichen.

Ihr Herz schlug schnell.

Schlamm spritzte bis zu Raenas Gesicht hoch und sie rieb ihn fort, schmeckte ihn säuerlich auf ihrer Lippe und hörte ihre Schulter krachen, als Grashalm stolperte. Sie packte ihre Mähne fest, die Gurte spannten um ihre Beine. Sie hätten bei den anderen bleiben sollen. Blind in den Sumpf zu stürzen war eine dumme Idee gewesen. Was, wenn sie für immer darin verschwanden? Verführten Nixen auch Frauen? Es war nicht einfach, den Damm zu halten, damit keine üblen Vorstellungen ihren Verstand fluteten.

„Wir hätten bei den anderen bleiben sollen", flüsterte sie ängstlich, doch Grashalm hörte sie nicht. Im Nachhinein war Raena sich nicht einmal mehr sicher, ob sie überhaupt etwas gesagt hatte.

Nach einem Baum folgten zehn weitere. Kleine Moosinseln und Sträucher, die am Rande von dunklen Tümpeln wuchsen. Grashalm keuchte, wurde langsamer. Der warme Atem, der von ihren Nüstern emporstieg, vermischte sich mit dicken Nebelschwaden, die bald darauf ihre Sicht verschleierten, immer dichter wurden, sodass kein sicherer Schritt mehr möglich war. Würde der Boden vor ihnen enden, so würden sie es nicht sehen.

Raena lauschte.

Irgendwo über ihnen krähte eine Krähe. Einmal, zweimal, dann war es still und die Stille erdrückte sie mehr als die Stille nach einem Streit zwischen Esined und Lanthan. Nichts war zu hören. Weder ein Plätschern noch eine Stimme, kein Kampfesgebrüll, kein Gestöhne oder Gebell, so wie sie es bei der Verfolgungsjagd nach ihrem Entkommen erlebt hatte.

Gänsehaut kroch ihren Rücken hoch. Ihr Atem raste und als sie sich dessen bewusst wurde, drückte sie die Hand gegen ihre Lippen und dämmte den Laut. Sie spürte ihre Finger kaum, die Haut war runzelig, die Adern sichtbar.

Sie hatte nicht einmal eine Waffe, mit der sie sich verteidigen konnte.

Versteckt Euch, wir finden Euch.

Lanthans Worte waren wie ein Rettungsring, der ihren Verstand über Wasser hielt.

Grashalm blieb stehen. Schwer atmend blickte sie um sich, schien unsicher, welche Richtung sie einschlagen sollten. Raena hatte keine Ahnung, wie weit sie inzwischen in den Sumpf vorgedrungen waren oder in welcher Richtung der Weg lag.

Grabesruhe. Kein anderes Wort schien passender für diesen Ort.

„Selbst wenn ich im Wald schreie, so hört man mich noch weit über die Felder hinaus. Hier hört man nichts. Hier ist es wie tot." Sie hätte es nicht aussprechen sollen, denn die Angst, die ihr im Nacken saß, wurde schlimmer. Die Nebelschwaden sahen aus wie Geister, Schemen, die an ihnen vorbeiglitten, doch sie spürte keinen Windzug, nichts, nicht einmal die Baumkronen bewegten sich. Raena legte den Kopf in den Nacken. Über ihnen war nur trostloses, trübes Grau, beängstigende Schwärze und dichtes Nadelwerk.

„Macht Euch keine Angst", murmelte Grashalm zwischen zwei schweren Atemzügen, „das hilft uns nicht weiter."

Raena schluckte und befeuchtete ihre trockenen Lippen. Der Leib der Stute unter ihr dampfte und war warm. Wenigstens war sie nicht allein.

Grashalm trottete vorsichtig weiter, ihre Flanken bebten vor Anspannung. Sie blickte von links nach rechts und der Ausdruck in ihren Augen war alles andere als gelassen. Nun verstand Raena Rizors Verhalten, warum er vorhin die Stille zwischen ihnen nicht ausgehalten hatte. Und auch sie brach nun das Schweigen. „Alles in Ordnung?"

„Das ist sein Werk."

Sein Werk.

Grashalm musste nicht erklären, wer gemeint war.

Der Fürst.

„Wie kann das sein Werk sein? Meinst du den Nebel oder die Dunkelheit oder ...", Raena brach ab. Duran schien noch mächtiger zu sein, als sie bereits geglaubt hatte. Nicht nur, dass er eine wichtige Streifenpersönlichkeit war, offenbar besaß er überragende magische Fähigkeiten.

Da drang plötzlich ein Laut zu ihr vor, der ihre Gedanken über den Haufen warf. Ein Plätschern. *Wasser.* Grashalm hörte es ebenfalls. Darunter mischte sich ein anderes Geräusch, ein schillernder Klang, der entfernt an klirrende Münzen erinnerte.

Die Geräusche wollten nicht in ihrem Kopf zusammenpassen. Es kam immer näher, wurde lauter. Sie hörte einen schweren Atem, lautes Schnauben und Hufgetrampel. Raenas Herz begann zu flattern.

Es hörte sich nach ... *einer Rüstung an.*

„Er hat uns", murmelte Grashalm überflüssigerweise.

„Habe ich Euch endlich gefunden. Das war einfach."

Fürst Duran.

Er sprach mit solch kindlicher Freude, dass ihr prompt übel davon wurde. Raena fühlte sich zurück in die Vergangenheit versetzt. Es war genauso wie vor Tagen, als der Fürst mit seinem schneeweißen Einhorn auf sie zugeritten war, neben ihm seine Soldaten, die ihr mit erhobenen Waffen gehuldigt hatten, nur um sie zu beeindrucken.

Der Nebel lichtete sich. Funkelndes Metall blitzte. Die goldene Plattenrüstung raubte ihr die Sicht, sie blinzelte, legte eine Hand über ihre Augen und dann sah sie ihn in voller Pracht. Umgeben von dunkler Umgebung leuchtete sein Körper wie eine Fackel.

Ozean schnaubte. Kein einziger Schmutzfleck zierte seine helle Erscheinung. Er wirkte größer als beim letzten Mal, sein Horn glühte und hielt die Finsternis in Schach. Er wirkte unwirklich. Auf seinem Rücken saß der Fürst. Er trug einen mit weißen Federn besetzten, goldenen Helm und nahm ihn ab, als sie ihm in die Augen blickte.

„Ich bin so *aufgeregt*, ich weiß gar nicht, was ich sagen soll."

Er erinnerte sie an Rino. Als ihr Bruder letztes Jahr sein Geschenk ausgepackt hatte, darin war eine kleine, geschnitzte Pfeife aus Weidenholz gewesen, hatte er gestrahlt wie ein Honigkuchenpferd. Der Fürst strahlte auch, nur auf eine unheilvolle, beängstigende Art. Seine lauernde Haltung ließ sie schaudern. Er sah auf sie hinab und lächelte verschlagen, mit leuchtenden Augen und bebendem Spitzbart, als könnte er es kaum erwarten, sie zu verspeisen.

Raena saß still da, wie eine Maus ins Eck getrieben und starrte ihn an. Sie wagte kaum zu atmen.

„Ich ...", er holte kurz Luft, „ich bewunderte Euch schon eine ganze Weile, *Raena.*" Er rollte das R auf eine Art, die ihr nicht gefiel. „Ihr seid wahrlich zu einer reizvollen Schönheit herangewachsen."

Sie dachte an ihr verfilztes, abstehendes und ungewaschenes Haar, den Schlamm auf ihrem Gesicht. Nein, sie sah nicht schön aus.

„Euer Haar glänzt wie das Korn, welches im Sommer am Felde erblüht und mit einem Hauch von Asche vermengt, abstammend von Feuern, die den späten Frost von der Ernte fernhalten." Er hatte die Hand ausgestreckt wie ein Poet, der seiner Angebeteten einen selbstgedichteten Vers vortrug. Es klang holprig, fast, als müsse er sich davon abhalten zu stottern wie ein Trottel. „Eure Augen sind so braun wie die süßeste Schokolade, die ich je gekostet habe. Ihr seid die Sonne, die mich blendet. Ihr gehört in den Tanzsaal und nicht auf den Rücken eines, nun ... *Ponys.*" Das letzte Wort hatte er sorgsam gewählt, seine Augen hatten wenig Anerkennung für Grashalm übrig, doch die Stute ließ sich dadurch nicht aus der Ruhe bringen.

Raenas Magen rebellierte. Wie lange er sich wohl darauf vorbereitet hatte, ihr gegenüberzutreten? „Wieso sagt Ihr das? Was meint Ihr damit?", ihre Stimme versagte zu einem kümmerlichen Laut.

„Ich kenne Euch", meinte er, „schon sehr lange. Ihr seid eine leibhaftige Legende, die Fleisch geworden ist."

Sehr lange? Leibhaftige Legende? Raena kniff die Augen zusammen und blinzelte. Wie alt war er? Sie schätzte Mitte vierzig. War er vielleicht unsterblich? *Niemals.* Das ... *nein,* sie hätte das gewusst, es sprach sich herum, wenn Leute dank ihrer Ahnen ewiges Leben in sich trugen, mancherorts auch Geschenk der Götter genannt. Sie bekleideten für gewöhnlich höhere Ränge, wobei ein Fürst eigentlich ein hoher Rang war. Und er hatte keine Frau, zumindest keine, von der man wusste. Aber er war schon immer hier gewesen, Fürst Duran von Anah. Und er war ein Elf, wenn auch einer mit braunem Haar, was sie verwirrte. Ein Mischling konnte er wohl kaum sein, oder? Wie alt wurden elfische Nachkommen? Sie hatte keine Ahnung, ob sie je davon gelesen hatte. Vermutlich, aber sie erinnerte sich nicht.

„Was geht Euch durch den Kopf? Schaut mich nicht so an. Ihr wirkt misstrauisch, dabei habe ich Euch nett behandelt."

„Ihr habt meinen Vater und Bruder misshandelt!" Raena fuhr sich mit der Hand über den Mund. Was dachte sie sich nur dabei! Ihn zu verärgern

konnte sie, *kann mich den Kopf kosten! Aber, laut Lanthan darf ich nicht sterben.*
Grashalm wich mehrere Schritte zurück.

Duran sah erstaunt aus und schüttelte lachend den Kopf. Raena behielt ihn im Auge. Sie suchte nach Anzeichen, ob er die Kontrolle verlieren und sich auf sie stürzen würde. Sie war sich nicht sicher, was er mit seinem Verhalten bezweckte. Noch hatte er nicht gesagt, was genau er wollte. *Mich natürlich wieder mitnehmen, was sonst.*

„Ihr könnt mir nicht entkommen. Nicht so!", er stach mit dem Zeigefinger in ihre Richtung, deutete zuerst auf sie und dann auf Grashalm, „nicht als Einhorn und Frau. Wenn dann als Reiter und Tier. Euch ist klar, dass Ihr keine Chance gegen mich habt? Ihr könnt nicht verschwinden. Dafür seid Ihr einfach zu *langsam*."

Raena blickte ihn entgeistert an. Sie dachte an den Wettstreit zwischen Schleier und Grashalm und schluckte schwer.

Sein spitzer Bart zuckte, als er lachte: „Die Bindung der Reiter, habt Ihr schon davon gehört?"

Ozean kam näher. Muskeln spielten unter der Plattenrüstung auf seiner Brust, die Hufe breiter als Teller, die Vorderbeine lang und wohl proportioniert. Seine Statur war der von Lagunas nicht unähnlich und sie verstand nicht, warum er nicht im Moor versank. Sein Fell erstrahlte, als brenne in ihm ein helles Feuer, das ihn von innen nach außen leuchten ließ. Sein Horn funkelte, schien zu pulsieren, als wäre es mit Energie aufgeladen. Es war so lang wie ihr gesamter Unterarm und gefährlich spitz. Seine Augen blickten wachsam auf sie hinab, blau und stürmisch wie die See.

Grashalm, mit ihrem schmutzbefleckten Fell und kleiner Erscheinung, wirkte in der Tat wie ein Pony mit aufgesetztem Horn neben ihm.

Ozean, dachte sie wehmütig. Heute war er nicht auf ihrer Seite. Sie hatte das Gefühl gehabt, er wolle ihr helfen und nun kam es ihr so vor, als stünde er vollkommen hinter dem Vorhaben seines Reiters.

„Das soll die Bindung der Reiter darstellen?", fragte sie mit bebender Stimme und er streckte sich wie ein Gockel, der vor seinen Hühnern stolzierte.

„Und was ist mit den anderen?", rief sie ihm zu, versucht ihre Stimme klar und stark erklingen zu lassen. Beim letzten Wort verschluckte sie sich fast an ihrer eigenen Spucke.

„Meint Ihr Eure Begleiter?", er klemmte den Helm unter seinem Arm ein und zuckte gleichgültig mit den Schultern. Dann schloss er die Augen für einen kleinen Moment und ein heimtückisches Grinsen breitete sich von einer Wange zur anderen aus. Weiße, leicht schräg stehende Zähne zogen ihren Blick auf sich. Er sah aus wie jemand, der kurz davor war durchzudrehen.

Woran dachte er? Ihr Herzschlag setzte aus. Sie verbat sich jegliche Vermutungen, wollte nicht, dass ihr Geist vor Sorge benebelt wurde. Erste Zweifel keimten in ihrem Herzen.

„Sie, nun, wie soll ich sagen", er legte den Kopf schief und sein kalter Blick gefror ihr das Blut in den Adern, „sie stellen nun kein Problem mehr für mich dar. Ihr seid hier allein. Niemand kann Euch retten. Ihr reitet ein fremdes Einhorn, zum Suneki, Ihr habt nicht einmal die Macht eines Reiters. Ihr seid mir hilflos ausgeliefert. Habt Ihr eigentlich schon Magie gewirkt, Raena?"

Nein. Ich habe keine Magie gewirkt.

Als hätte er mit seinen Worten die Zeit angehalten.

Versteckt Euch, wir finden Euch. Lanthans Versprechen verlor seinen Wert.

Raena ließ die Schultern hängen. Die Zügel glitten ihr aus den Fingern. Lanthan, tot? *Nein.* Das konnte sie nicht glauben!

„Das stimmt nicht", vernahm sie Grashalms ruhige Stimme, „ich kann Fenriel spüren. Er hätte ..."

„Aber nicht mehr lange." Fürst Durans Gesichtsausdruck verfinsterte sich. Er zog den Kopf an wie ein Stier und Schatten bedeckten seine Lider.

Raena blinzelte. Erschrocken merkte sie, dass sich eine Träne aus ihrem linken Augenwinkel gelöst hatte.

„Genug geredet. Ihr kommt mit mir!"

Die Plattenrüstung klirrte, als Ozean sich auf sie zubewegte, noch näher kam. Bald würde er sie erreichen, brauchte nur einen Arm nach ihr auszustrecken. Raena spürte einen Kloß im Hals.

Ich werde nicht mit ihm gehen. Ich kann nicht mit ihm gehen.

„Nein!", keuchte sie und packte die Zügel fester. „Niemals!" Einem wahnsinnigen Impuls folgend, drückte sie ihre Oberschenkel zusammen und gab Grashalm ein Zeichen zur Flucht.

„Hört auf damit", entgegnete er frostig, nahm den Helm unter seinem Arm hervor und setzte ihn wieder auf. „Ihr werdet mir nicht entkommen."

Nur noch vier Schritte, Ozean brauchte nur das Bein zu heben, über die Wurzel zu steigen und, *und* ... der Fürst würde sie zu fassen bekommen.

Raena hielt den Atem an. Grashalm trat zurück und stieß mit ihrem Hinterteil gegen unnachgiebigen Widerstand. Ein krummer Baum krachte protestierend, Nadeln segelten auf ihren Kopf herab.

„Seid ein braves Mädchen und tut was ich sage!" Langsam, aber sicher, verlor er die Geduld mit ihr.

Raena gab einen weiteren Befehl und fragte sich verzweifelt, warum die Stute keine Anstalten machte zu flüchten. Hatte sie von vornherein aufgegeben, weil sie wusste, dass sie nicht entkommen konnten?

Ozean tat einen Satz und die Platte auf seiner Brust wippte. Duran streckte sich ihr entgegen, seine Bewegungen durch die Rüstung ungelenk.

„N-nein", keuchte sie, drückte den Kopf zur Seite und duckte sich, als er mit seiner behandschuhten Hand nach ihrem zusammengebundenen Haar griff und an ihrer Schulter abrutschte. Fluchend versuchte er es erneut, war mit Ozean bereits so nah, dass sie mit ihren Knien seine Stiefelspitzen berühren konnte.

„Seid nicht dumm. Ihr seid viel zu wichtig für die Welt. Nehmt doch mein Angebot an, werdet meine Frau. Gebt mir ein Kind von Euch und ich lasse Euch in Frieden weiterziehen."

„Ihr habt meinen Vater und Bruder misshandelt!", schrie sie ihn an und wäre aus dem Sattel gerutscht, hätten die Gurte sie nicht an Ort und Stelle gehalten.

„Hört doch auf mit dieser alten Geschichte. Ich gebe zu, ich habe unklug gehandelt, aber versteht doch ..."

Grashalm wieherte. Der Ton zerschnitt die Luft, stach in ihre Ohren, ließ sie schaudern und brachte selbst Duran ein schmerzverzerrtes Gesicht ein. Die Stute tänzelte und hob sich auf die Hinterbeine. Raena klammerte sich an ihr fest, stellte sich schräg in den Bügeln auf. Ozean zuckte zurück und Grashalms Vorderhufe verfehlten nur knapp Fürst Durans ausgestreckten Arm. Er fluchte.

Ein waghalsiger Sprung folgte, Grashalms Horn begann zu leuchten, greller als die Sonne, heller als Ozeans Erscheinung, ein Licht, welches Raena kurzerhand blind wie einen Maulwurf werden ließ. Sie war gezwungen, ihre Augen zu schließen, sah nur noch Blitze und Funken, die sie an ein Sommergewitter erinnerten.

Äste knackten, Schlamm spritzte, sie spürte ihn auf ihren nackten Armen, auf ihrem Gesicht.

Grashalms Fell war warm, glühte unter ihren Fingern, sie spürte die Energie, fühlte ein Kribbeln in ihren Fingerspitzen und fragte sich, ob Fenriel in der Nähe war. Es war, als stünde er direkt neben ihr, als zeige er ihr seine schwebende Lichtkugel, als hätte die Energie seinen Stempel.

Raena konnte sie spüren, Fenriels Gegenwart.

Beflügelt drückte sie ihr Gesicht in Grashalms Mähne, fühlte die Hitze auf ihren kalten Wangen und schöpfte Hoffnung. Sie hielt die Lider geschlossen, aus Angst presste sie ihren Leib flach in den Sattel. Die schnellen

Bewegungen unter ihr waren fließend, die Stute versank nicht mehr. Sie war flink wie ein Eichhörnchen und wich allen Hindernissen geschickt aus, als flöge sie.

Raena schluckte, hob den Arm, blickte unter der rechten Achsel zurück und sah die düstere Landschaft an ihnen vorbeifliegen. Knorrige Äste schienen nach ihr zu packen, doch sie spürte nicht einmal, wie sie über ihre Jacke kratzten.

Fürst Duran folgte ihnen, er kam näher, holte auf. Ihre Augen kreuzten seinen hitzigen, gnadenlosen Blick, der ihr endlose Pein und noch viel mehr versprach. Panik schnürte ihr die Kehle zu. Ozean war um einiges größer, seine Schritte länger. Auch sein Horn leuchtete und die Magie trug ihn ebenfalls über das Moor hinweg.

„Schneller!", schrie sie kaum verständlich gegen den eiskalten Wind an.

Grashalm bog scharf nach rechts ab und ihre Hinterbeine rutschten zur Seite, wobei das Horn kurz schwach aufflackerte. Raena folgte ihrer Bewegung, die Gurte spannten und drückte ihren Körper anschließend wieder in den Sattel zurück. Sie hörte den Fürsten etwas rufen, wagte es jedoch nicht, den Kopf zu drehen.

Plötzlich lichteten sich die Bäume. Von einer Sekunde zur nächsten verschwand der harte Untergrund. Das Grauen wurde zur Wirklichkeit, nur einen Sprung weit entfernt. Sie sah es kommen und doch war es zu spät.

Ein schwarzer See erstreckte seine Ufer so weit das bloße Auge reichte.

Raena stieß einen spitzen Schrei aus. Grashalm riss den Kopf hoch.

Zwei Sekunden später stürzten sie in die Fluten.

Raenas erster Gedanke galt dem Tod, ertrunken im dunklen Grab inmitten dieses furchtbaren Moores.

Es blieb nur Zeit für einen Atemzug, bevor sich das eiskalte Wasser über ihrem Kopf schloss. Es drang in Nase, Mund und Ohren, schmeckte säuerlich nach Moder und morschem Holz, Schlamm und feuchter Erde.

Reflexartig ließ sie die Zügel los und stieß sich mit voller Kraft vom Sattel ab, nur um entsetzt festzustellen, dass die Gurte sie nach wie vor an Ort und Stelle hielten. Raena begriff, dass sie die Schnallen öffnen musste.

Und dann durchbrachen sie die Oberfläche.

Wasser brannte in ihrer Nase, sie fühlte Grashalms Tritte und hustete.

Grashalm röchelte, wieherte und spuckte Wasser. Ihr Horn hatte aufgehört zu leuchten und nur mit großer Mühe hielt sie ihre Nüstern über dem Wasser.

Raena rang nach Luft. „Warte, ich ...!" Sie begann erneut nach den Verschlüssen zu suchen, hörte ihre Zähne klappern und griff nach der ersten

Schnalle, als die Stimme des Fürsten zu ihr durchdrang.

„Wartet! Ich helfe Euch!" Er war wie ausgewechselt. Im Augenwinkel sah sie, dass er abgestiegen war.

Grashalm schwamm vom Ufer weg und schnaubte angestrengt. „Er darf Euch … nicht … fassen", ihre Stimme war abgehakt und es hörte sich so an, als verschlucke sie sich ständig.

Raena traten Tränen in die Augen. Sie durfte nicht zulassen, dass Grashalm ihretwegen ertrank. Ihr Nagel brach ab, doch sie spürte es nicht und jauchzte auf, als ihr rechtes Bein befreit war.

Der Fürst legte einen Teil seiner Rüstung ab und achtete dabei nicht darauf, wohin er sie warf. Der Helm bohrte sich in den Schlamm, die Federn knickten ab und Raenas Nervosität steigerte sich bis ins Unermessliche.

Grashalm schwamm weiter hinein. Ihr Atem ging schwer. „Er kommt", sagte sie. Und Raena sah, dass Duran sich in die Fluten geworfen hatte.

Es gelang ihr, die letzten Verschlüsse zu öffnen und sie sank in den See. Kälte durchdrang jeden Stoff, jede Pore ihres Körpers. Überfordert sog sie die Luft zwischen die Zähne ein, breitete die Arme aus und schwamm los.

Raena wusste nicht wohin, trat Wasser, machte große Armbewegungen. Sie sah die Dunkelheit, die den See umringte, die düsteren Schatten zwischen den Bäumen, die schwarze Flüssigkeit, die über ihre Arme schwappte und die Angst, die tief in ihrer Brust saß, brachte sie fast um.

Sie spürte Durans Atem bereits in ihrem Nacken, konnte seine Finger spüren, die um ihren Arm griffen, sie hinter sich herzerrten, aus dem Wasser, in seinen Sattel, in seine Burg, in sein Ehebett. Mit weit aufgerissenen Augen und wild pochendem Herzen zwang sie sich zu schwimmen und keinen Gedanken an das Wasser zu verschwenden, in dem sie sich bewegte.

Ihre Beine kribbelten und ihre Zähne klapperten.

„Schwimmt zum Rand!" Grashalm rief ihr mit schwerer Stimme zu. „Ihr ertrinkt sonst!"

Raena keuchte, blickte zu ihr, dann zu Duran und erschrak. Er war nur noch wenige Armlängen von ihr entfernt. Er schien ein guter Schwimmer zu sein.

Aufstöhnend schwamm sie tiefer in den See, doch als sie Grashalm wiehern hörte, riss die den Kopf herum. Sie sah Ozean, der sie davon abhielt, den Rand zu erreichen. Er verweigerte ihr den Aufstieg, indem er sein Horn gegen sie richtete, sie zwang, in meterhohen Schlamm zurückzuweichen, bis ihr Fell schwarz verfärbt war. Die Stute wand sich, versank und ihr Schwanz verknotete wie ein Seil. Das Moor blubberte.

„Lass sie in Ruhe", Wut entflammte in ihrem Inneren.

Doch Ozean hörte sie nicht.

„Lass sie in Ruhe!", schrie Raena zwischen zwei Atemzügen und ihre Stimme flog über den See bis zum anderen Ende. Sie drehte ab, steuerte auf den Rand zu und es war ihr gleich, ob Duran sie vorher erwischte.

„Hör auf damit!" Sie brüllte sich heiser und sah im Geiste ein Bild. Sich selbst, ein Horn in der Hand, Blut auf ihren Händen und Ozeans geweitete Augen, dumpf und leer.

Etwas berührte sie am Bein und sie vergaß das Bild.

„Was war das", hörte sie Duran keuchen.

Hatte er es auch gespürt?

Raena trat auf der Stelle. Obwohl sie nicht weit vom Rand entfernt war, starrte sie auf die schwarze Oberfläche, als könne sie bis auf den Grund hinabblicken. Auch der Fürst hielt inne. Kleine Wellen, die durchs Schwimmen verursacht wurden, trieben zwischen ihnen.

Dann öffnete sich auf einmal die Oberfläche.

Eine kleine, blaue Flossenspitze trat ans Licht, verschwand jedoch genauso schnell, wie sie aufgetaucht war.

Raena begegnete Durans Blick. Sie erkannte Unsicherheit und Furcht, dieselben Gefühle, die auch sie verspürte. Und dann schwamm er zurück. Plötzlich war sie ihm nicht mehr wichtig genug.

Ozean und Grashalm starrten auf irgendetwas, das sich hinter ihnen befand.

„Raena, schwimmt!", schrie die Stute jäh, die es aufgegeben hatte, dem dickflüssigen Schlamm zu entkommen. Nun versuchte sie wieder zurück ins Wasser zu gelangen.

Und Raena schwamm. Ihre Glieder zitterten vor Anstrengung. Ihr linkes Bein krampfte und ihr fiel auf, dass Duran schnell Abstand gewann.

„Schneller, schwimmt schneller!"

Raena hörte ihren scheppernden Atem, blinzelte und stellte entsetzt eine weitere Berührung am Bein fest. Im selben Moment, als sich das Wasser neben ihrem Gesicht teilte, stieß sie einen kraftlosen Schrei aus.

Eine Frau musterte sie. Ihre Haut war so weiß wie Marmor und ihr nasses Haar, welches die Farbe eines späten Sonnenunterganges hatte, glänzte, als würden dort unzählige Sterne leuchten. Das Moorwasser glitt über ihre Haut wie eine Liebkosung. Die Schönheit der Nixe war wie ein Schlag ins Gesicht, als wäre ihre Erscheinung einem Traum entsprungen. Kurz versank Raena in großen, rotgelb gesprenkelten Augen, bevor sich die Unbekannte von ihr abwandte und wieder untertauchte.

Raena war wie verzaubert. Lange, schmale Schatten schwammen unter der Wasseroberfläche an ihr vorbei. Windende, gemächliche Bewegungen, deren Schnelligkeit den Zuschauer regelrecht einschüchterte. Die Grazie verschlug ihr den Atem. Einen Augenblick später durchbrach eine breite und bläuliche Schwanzflosse die Oberfläche. Die Schuppen glänzten in den verschiedensten Tönen, wanden und bogen sich wie bei einer Echse.

Die Nixe mit den roten Haaren erschien vor dem Fürsten. *„Ihr wollt schon gehen?"*, die leise Stimme, ihr sanfter, bezaubernder Klang, betörte den Zuhörer. Es war Liebe auf den ersten Blick. Duran war ihr sofort verfallen und einen Wimpernschlag später war er verschwunden.

Entgeistert starrte Raena die Stelle an, wo er in die Tiefe gezogen worden war. Sie konnte sich nicht erinnern, ob er gelächelt, genickt oder sonst irgendwie reagiert hatte. Es war, als wäre sein Gesicht für immer erstarrt.

Ozean, der vom Ufer aus zugesehen hatte, wieherte, wollte sich ins Wasser stürzen, konnte sich aber letzten Endes nicht dazu überwinden.

Die Oberfläche glättete sich, als wäre nie etwas geschehen. Die letzten Wellen stammten von Raena, die noch immer auf derselben Stelle verharrte. Sie würde krank werden, wenn sie nicht bald aus dem Wasser kam.

„Schnell, kommt zu mir", drängte Grashalm.

Raena zitterte am ganzen Leib, schwamm einen großen Bogen um die Stelle und griff rasch nach dem nassen Sattel. Entkräftet presste sie ihr Gesicht gegen den mit Schlamm bedeckten Hals des Einhorns und fühlte die Hitze, die vom Fell aufstieg auf ihrer Wange. Tief saß der Schock.

Ozean schrie in menschlicher und tierischer Sprache, brüllte und klagte. Dann lief er davon, seine Schritte waren bald nur noch ein leises Echo, bis es ganz verklungen war, für immer vom Sumpfauge verschluckt. Fort waren er und seine klirrende Rüstung, nur noch Durans Panzer, Arm- und Beinschienen, erinnerten an die Begegnung beim Nixennest.

26. KAPITEL

Raena zog ihren schweren Körper den Sattel hoch, rutschte mit dem rechten Bein darüber hinweg und fühlte, wie sich die Stute langsam in Bewegung setzte. Watend und teilweise schwimmend, erreichten sie letztendlich ein paar Meter weiter das Ufer. An dieser Stelle war es viel einfacher, den Fluten zu entkommen. Raena drückte die stechenden, halb tauben Oberschenkel zusammen und rutschte ein wenig rückwärts, hielt sich aber ansonsten tapfer im Sattel fest.

Als sie dem Wasser entstiegen, sich über die Böschung aufwärts kämpften, fühlte sie nur beißende Kälte. Ihren Kopf auf Grashalms Mähne gebettet, mit krummem Rücken, knirschte sie mit den Zähnen. Es war ihr unmöglich, sich im Sattel aufzurichten. Der Wind schnitt in ihre Haut, kühlte ihren Körper nur noch mehr ab. Raena bekam Schüttelfrost und wischte ihre schmutzigen Hände so gut es ging am Leder ab. Am liebsten hätte sie geweint.

Sie war den Fürsten los, musste nicht mehr bangen, zwangsverheiratet zu werden. Obwohl sie sich gestehen musste, dass sie seit ihrer Begegnung nicht mehr viel an ihn gedacht hatte. Ob Duran nun gefressen wurde? Sie hatte zum Nachdenken keine Kraft mehr übrig. Es war ihr gleich, sie empfand kein Mitleid, keine Angst mehr, nur noch Kälte, Taubheit und die Erleichterung überlebt zu haben.

„Sie haben aufgehört zu kämpfen. Fenriel ist erschöpft … und Lanthan verletzt."

Raena spürte einen Stich. Es tat so weh, dass sie nach Luft schnappen musste. „I-ist e-es s-s-schlimm?", krächzte sie und blinzelte. Unter ihren Lidern kratzte es, doch auch das war ihr gleich. Sie vergaß ihr eigenes Leid und Sorge um Lanthan rückte in den Vordergrund. Am liebsten hätte sie Grashalm aufgefordert, vom Schritt in Galopp zu wechseln. Sie musste sehen, wie es ihm ging. Sie *musste* …

„Nein."

Raena zog die Schultern an. Das war eine gute Nachricht. „U-nd w-was p-passiert mit einem Tier o-ohne R-reiter?"

„Das hängt vom Tier ab."

Raenas Gedanken schweiften ab. Während sie an Lanthan dachte, versuchte sie sich an das Gefühl von Sonnenstrahlen auf ihrer Haut zu erinnern, wie sie im Sommer in nur leichten Stoff gehüllt, barfuß über die

Wiesen gerannt war, wie sich das Gras unter ihren Zehen angefühlt hatte, die Erde unter ihrem Gewicht nachgegeben hatte. Doch sie konnte es nicht fassen und es entglitt ihr immer wieder.

Grashalm versank im Morast. Raena rutschte zur Seite und knirschte mit den Zähnen, als sie gezwungen war, ihre Umklammerung zu lösen und die Mähne zu packen. Ihre Finger brannten wie Feuer.

„W-weißt d-du n-noch w-wohin ...", ihre Zähne hörten nicht auf zu klappern. Sie hätte sich gerieben, die Schenkel oder die Arme, doch sie konnte kaum eine Gliedmaße rühren.

„Ja", erwiderte die Stute sanft, „sollen wir anhalten?"

„N-nein." Wasser lief über ihre Schenkel hinab, tropfte von ihren Schuhen. Raena hatte das Gefühl von tausenden Nadeln, die in ihre Haut stachen und anschließend ein wirres Wärmegefühl, bei dem sie sich fragte, ob sie trocknete oder kurz vorm Erfrieren war.

Im schwerfälligen Tempo schritt die Stute den Weg zurück, den sie bis zum See bestritten hatten. Raena fragte sich, wie sie Spuren in dem Durcheinander erkennen konnte. Sie dachte an Lanthan, an seine schönen Augen, seine Locken, seine breite Brust und seine Stimme. Wärme und Sorge fluteten ihren Brustkorb. Das lenkte sie von der Kälte ab, gab ihr das Gefühl von Leben in ihre Glieder zurück. Er lächelte sie an und sie lächelte zurück. Die Sonne beleuchtete sein Haupt, ließ seine Augen erstrahlen und verwandelte ihn in einen hübschen, ansehnlichen Mann. Sie konnte es nicht erwarten, ihn wiederzusehen. Ihr Herz krampfte, ihr Atem stockte und sie betete zu Ara, dass es ihm gut ginge.

Und während sie die Umgebung stumpfsinnig mit ihren Augen verfolgte, fielen ihr mehr und mehr die Lider zu. Müde lauschte sie den Sumpfgeräuschen, den klingelnden Tönen der offenen Schnallen und Grashalms Atem. Sie spürte, wie sich ihr Bauch bei jedem Atemzug hob und wieder senkte, berührte ihren Hals und ergötzte sich an ihrer Wärme.

Ich bin so müde, so entsetzlich müde.

Raena schloss die Augen und gab sich der Trägheit hin.

Dann schrak sie hoch. War sie eingeschlafen? Ihr Kopf pochte, ihre Sicht war verschwommen. Als sie sich aufrichtete, fühlte sie einen Stich im Rücken und ein Stöhnen entkam ihren Lippen, vermischt mit den krächzenden Lauten eines Vogels, der über ihrem Kopf kreiste.

Die Harpyie!

Raena rieb sich die Augen. Sie konnte kaum etwas sehen, denn ihre Lider waren verklebt.

„Wir haben sie gefunden", hörte sie Grashalms Stimme.

Sofort war sie hellwach. Ihr Herz tat einen Sprung, neue Energie flutete ihre Glieder.

Da stand er, zwischen zwei schiefen Bäumen und tiefhängenden, dürren Ästen. Lagunas verschmolz mit der düsteren Umgebung, als gehöre er hierher. Grashalm blieb stehen und Lanthan sprang aus dem Sattel und eilte auf sie zu, wobei er sein linkes Bein nachzog.

Raena war froh ihn zu sehen und hätte am liebsten die ganze Welt umarmt. Trotz der nassen Kleidung wurde ihr warm und sie fühlte es auf ihren Wangen. Schwer rutschte sie aus dem Sattel, bewegte ihren Körper, streckte mühsam ihre Beine aus und schauderte, als die Bandagen, mit denen sie sich die Brüste umwickelt hatte, sich von ihrer Haut lösten. Das Leder hatte durch die Nässe einen Teil seiner Geschmeidigkeit eingebüßt und fühlte sich zäh und hart an. Sobald sie versuchte zu stehen, gaben ihre Knie unter ihr nach.

„Wartet!", rief er besorgt, „ich helfe Euch!" Seine Stimme war wie Musik in ihren Ohren.

Sie wartete nicht und woher auch immer sie die Kraft hernahm, es gelang ihr, sich aufzurichten. Raena keuchte, packte nach dem Sattel und hielt sich trotz brennender Hände daran fest.

„Ihr seht schrecklich aus", hauchte Grashalm, „Ihr braucht ein Feuer."

Als Lanthan ihren Blick einfing, konnte sie Sorge und Erleichterung in seinem Gesicht lesen. Er war bleich und die tiefen Narben ließen ihn alt erscheinen. Ein einziger Kratzer zierte seine Stirn. Mit dem Handrücken hatte er das Blut bereits verwischt. „Wie geht es Euch? Geht es Euch gut?" Seine schönen Zähne waren rot.

Und trotz alldem himmelte Raena ihn an. Hatte sie sich den Kopf gestoßen? Vermutlich, denn sie konnte sich ihre plötzliche Hingabe nicht erklären. „Lanthan ...", stieß sie hervor. Es klang schrecklich jämmerlich. Am liebsten wäre sie in seine Arme gefallen, hätte ihn umarmt und an seiner Schulter geschluchzt. Stattdessen blieb sie stehen und starrte ihn an. Wortlos, mit geröteten Wangen und bebend vor Kälte.

Er streckte die Hände nach ihr aus, doch ließ sie kurz vorher sinken, als wäre er sich seiner Geste bewusst geworden. „Ihr seid völlig durchnässt", seine Augen flogen über ihren Körper, „Decke. Ihr braucht eine Decke." Doch anstatt sie zu holen, stand er da und starrte sie genauso unverblümt an, wie sie ihn.

Raena verschränkte die Hände vor ihrem Oberkörper. „Seid Ihr verletzt?", hauchte sie.

Daraufhin lachte er, als hätte man ihm ein Reibeisen in den Hals gerammt. Fahrig strich er sich mehrere, feuchte Locken aus der Stirn. „Nichts Besorgniserregendes." Abrupt schwand seine überraschende Heiterkeit und Wut mischte sich in seine Stimme. „Wo ist der Fürst? Was ist geschehen? Seid Ihr gestürzt?" Er starrte sie an, als wäre sie schuld an allem.

Raena schluckte, ballte die Hände zu Fäusten und spürte kleine Steinchen zwischen ihren Fingern. Ein Zittern erfasste ihren Körper, als die Bilder des Erlebten vor ihrem inneren Auge erneut abgespielt wurden.

Sie wollte nicht daran denken, ihm nicht davon erzählen. Sie wollte es vergessen. Ihre Gedanken rasten, waren ein sinnloses Durcheinander. Sie wusste nicht, wo sie beginnen sollte. Es vergingen mehrere Sekunden und selbst die Stute schwieg, als wolle auch sie über das schweigen, was sich zugetragen hatte.

„Er ist tot. Die Nixen haben ihn mitgenommen", presste sie hervor.

Aus Angst vor ihm in Tränen auszubrechen, schlug sie die Augen nieder und starrte seine schlammbespritzten Beine an. Da fielen ihr auch die dunklen Flecken auf seiner Hose auf.

Blut. Sie umarmte sich verkrampft.

„Was sagt Ihr da?!" Esined erschien mit Schleier zwischen den Bäumen.

Raena wagte es, sie unter gesenkten Lidern hervor anzusehen und war überrascht, dass Fenriel hinter ihr im Sattel saß. Aus der Entfernung sah sein Haar klebrig und bräunlich aus. Mehrere Strähnen bildeten einen dicken Strang und klebten an seiner Kleidung fest. Am liebsten hätte sie weggesehen, doch sie konnte nicht.

Ihr wurde übel.

Esineds Anwesenheit war es, die Raena schließlich dazu zwang, ihren Rücken gerade und den Kopf hoch zu halten. Auf keinen Fall wollte sie wie ein Schwächling aussehen. „Wir fielen ins Wasser. Er hat uns eingeholt und ist nachgesprungen", erzählte sie weiter, als handele es sich nur um banale Ereignisse und nichts Tragisches. „Er hat seine Rüstung vorher abgelegt. Die müsste dort noch irgendwo herumliegen."

Über ihre eigene Gleichgültigkeit schockiert, schlug ihr Magen Purzelbäume. Die Wärme, die Lanthans Anwesenheit in ihr ausgelöst hatte, verflüchtigte sich wie Rauch.

Fenriel rutschte vom Sattel. Seine Bewegungen wirkten matt und er schleppte sich dahin, als wäre er stundenlang gerannt. Vor Grashalms Kopf blieb er stehen. Sein Gesicht wirkte fahl und er hatte tiefe Schatten unter den Augen. Der Bogen, den er bei sich getragen hatte, war verschwunden. Er streichelte die Nüstern der Stute, rieb den Dreck aus ihrem Fell und an seiner eigenen Kleidung ab. Nicht nur sein Haar war blutdurchtränkt, auch sein Leder war fleckig.

Raena zwang sich wegzusehen. Sie wollte nicht ergründen, bei welchen Flecken es sich um Blut oder um Wasser handelte.

„Sie haben Euch nicht angegriffen", stellte er fest und klang nicht überrascht.

Raena nickte steif. Schauer rieselten ihren Rücken hinunter, als sie an das dunkle, kalte Gewässer dachte.

Esined vergaß ihren Mund zu schließen. Sie glotzte Raena an.

Raena, ihr war noch immer schrecklich kalt, starrte zurück.

„Wie ist das möglich?!", hob sie ihre Stimme an, und zeigte mit dem nackten Finger auf Raena, als wäre sie ein böser Geist.

Wärst du froh gewesen, hätten sie mich gefressen? Raena biss sich auf die Lippe und hielt den Mund.

„Ungewöhnlich", murmelte Lanthan stirnrunzelnd, verlagerte das Gewicht und stolperte. Er fluchte leise und bückte sich, um sein verletztes Bein zu betrachten. Raena sah zu ihm hin und konnte frisches Blut auf seiner Hose glänzen sehen.

„Beim nächsten Mal", sie fuhr unter Rizors barschen Worten zusammen, „gehen wir kein Risiko mehr ein. Die Nixen hatten vielleicht nur einen guten Tag." Von wo auch immer er aufgetaucht war, der Zwerg stand auf einmal da. Ciro war von Kopf bis Fuß bespritzt. Ihr Fell war verklebt, aber sie schien unversehrt.

Raena stimmte ihm innerlich zu und schenkte ihm ein freudloses Lächeln. Sie wollte beim nächsten Mal nicht mehr Hals über Kopf davonlaufen und zum Beispiel in eine dunkle Grube voller Schlangen stürzen, die sie zuerst erwürgten und dann auffraßen. Eine Waffe zur Verteidigung wäre gut, ein kleines Messer oder ein Dolch. Raena hatte zwar keine Ahnung, wie man damit umging, aber alles wäre besser, als unbewaffnet zu sein. Sie wackelte mit ihren Zehen, rieb ihre Hände und Arme. Hatte man ihr nicht eine Decke versprochen? Jetzt, wo Esined da war, hatte sie wenigstens nicht mehr das Gefühl zu erfrieren.

Moment. Wo war eigentlich Fleck?

„Wo ist mein Pferd?", fragte sie und noch während sie es aussprach, wusste sie es. *Frag nicht*, schoss ihr durch den Kopf, *frag lieber nicht.* Doch da war es längst zu spät.

Niemand antwortete ihr.

Fenriel kniete vor Lanthans Bein und beäugte seine Wunde konzentriert. Er tastete ober- und unterhalb des Knies. „Der Schnitt ist zwar lang, aber nicht gefährlich."

„Mach schon", knurrte Lanthan und sah mit verzerrtem Gesicht den Himmel hoch.

Fenriels Hand fing an zu leuchten, flackerte und schien durch den Stoff direkt auf die Haut zu dringen. Lanthan biss die Zähne zusammen.

Esined ergriff das Wort. „Sie haben einen Speer durch seine Brust getrieben." Sie klang genauso gleichgültig wie Raena, als die über den Fürsten gesprochen hatte. „Lang hat er sich nicht gehalten. Ist steckengeblieben und Fenriel musste abspringen. Ein Glück, dass er sich dabei nicht den Hals gebrochen hat."

Raena spürte, wie ihr rechtes Augenlid zuckte.

Stimmt ja. Sie hatte ihn ausgesucht und gekauft. Hatte einen unruhigen und jungen Hengst ersteigert. Vermutlich insgeheim hoffend, dass Raena stürzen und sich sämtliche Knochen im Leib brechen würde. Und nun, nachdem sie gut mit Fleck ausgekommen war, hatte Esined selbst einen Speer zur Hand genommen und ihn getötet. Nur, um sie leiden zu sehen.

Fast hätte sie über ihre eigenen Gedanken gelacht. Vielleicht hätte sie sich schämen sollen, weil sie Esined absichtlich Dinge unterstellte, aber es war einfacher in Selbstmitleid zu versinken, als bei klarem Verstand zu bleiben.

In ihr Blickfeld trat Lanthan. Fast schien es so, als wolle er einen Arm um sie legen und sie umarmen, stattdessen meinte er: „Ihr könnt wieder mit mir reiten." Auf seiner Stirn standen Schweißperlen.

Das ist alles? Und sonst sagst du nichts? Raena mied seinen Blick, starrte sein rasiertes Kinn an und nickte knapp. Sie war dankbar für den Zorn, der in ihr loderte, da er ihren Körper von innen wärmte.

Eine kleine Zusammenfassung, was ihr so getrieben habt? Wie viele Männer waren es? Wie viele habt ihr umgebracht? Aber sie blieb stumm und verfluchte sich innerlich für ihre Mutlosigkeit. Das machte sie nur noch rasender. Als Antwort begann es hinter ihrer Schläfe unangenehm zu pochen. Wenigstens hatte sie aufgehört zu zittern.

Und Fleck ... Sein Körper würde nun für immer im Moor bleiben, so wie auch die Körper von denen, die gegen ihre *Beschützer* gekämpft hatten.

Raena wollte nicht daran denken.

„Nach dem Sumpfauge werden wir uns bei einem nahen Fluss waschen. Die Wächter in Antar würden uns für unser Aussehen einsperren."

Es war ihr egal, was er sagte oder was er vorhatte. Ihr blieb sowieso nichts anderes übrig, als sich zu fügen.

Raena ging an ihm vorbei. Sie hinkte, denn ihr taubes Bein war ihr im Weg. Ohne eine Aufforderung seinerseits zog sie sich in den Sattel. Zu ihrer

Überraschung gelang es ihr gleich beim ersten Anlauf. Blutspritzer, die bereits am dunklen Leder eingetrocknet waren, ekelten sie an. Obwohl ihre Hände dreckig waren, konnte sie den Abrieb gut auf ihren Fingerkuppen erkennen. Ihr Hals wurde eng und ihr Magen rebellierte. Daraufhin versuchte sie ihre Hände an der Lederhose abzuwischen, strich auf und ab, wurde schneller und schneller und hörte erst auf, als Lanthan in ihr Blickfeld trat. Stur starrte sie geradeaus und legte ihre Hände auf den Oberschenkeln ab. Er schien wiederhergestellt, zumindest bereitete es ihm keine Schwierigkeiten, in den Sattel zu steigen. Als wäre es das Normalste auf der Welt, legte er einen Arm um sie und griff nach den Zügeln, die er mit nur wenigen Handgriffen passend verlängert hatte, damit er gerade sitzen konnte.

Raena spannte sich an.

„Was willst du in Antar?", rief Rizor von hinten nach vorne.

Ein Gefühl in ihrer Brust überschattete alles. Sie konnte es nicht einordnen, doch es ließ ihr Herz schneller schlagen, gegen ihre Brust donnern, als gäbe es keinen Morgen mehr. Dank ihm wurde die Kälte erträglicher, aber das taube Gefühl im Bein blieb. Sie konzentrierte sich darauf, um sich von der Hitze abzulenken, die in ihr wütete und nichts mehr mit Zorn zu tun hatte. Es war verwirrend.

„Ich werde mich dort erkundigen", entgegnete er fast ebenso laut, „und außerdem könnten wir in der Nähe übernachten. Ein Bett wäre doch eine nette Abwechslung." Er lachte und sein Atem, der gegen ihren Nacken hauchte, bescherte ihr eine seltsam wohlige Gänsehaut. Raena wollte das nicht fühlen, wollte wütend sein. Doch stattdessen merkte sie, wie sie sich unwillkürlich gegen ihn lehnte und er sie enger an seine Brust zog, als hätte er nie etwas anderes getan.

Rizor fragte nicht weiter nach und Lanthan gab ein Zeichen zum Weiterziehen.

Plötzlich war der Sumpf voller Leben. Sie ritten unter geneigten Baumkronen hindurch, umrundeten kleine Tümpel, wo Frösche quakten, Insekten summten, Libellen flogen und irgendwo bellte sogar ein Fuchs, der selbst vor diesem Ort nicht zurückschreckte.

Raena lauschte dem rasselnden Zaumzeug.

Nachdem sich ihr Herzschlag beruhigt hatte, verfiel sie in einen Zustand, den man nur als geistig abwesend bezeichnen konnte. Ihr Kopf war leer und die Gedanken weit fort. Und als Lanthans gespendete Wärme nicht mehr ausreichte, fing sie von Neuem an zu zittern. Was harmlos bei den Fingern begann, endete in einem hässlichen Schüttelfrost. Blinzelnd und schlotternd bemerkte sie, wie Lanthan sich rührte. Wortlos überreichte er ihr den Riemen, drückte ihr das Leder gegen den Handrücken und wartete nicht, ob sie danach griff. Dann wühlte er eifrig in den Satteltaschen und zog zwischen einer Plane und etwas anderem, das wie eine braune Hose aussah, eine Schlafdecke hervor. Schweigend breitete er sie aus, legte den Stoff über ihre Beine, wickelte sie gänzlich darin ein und nahm ihr die Zügel wieder ab.

„Ich vergaß, verzeiht", entschuldigte er sich schroff, „ich bin ein Trottel."

„Danke", raunte sie peinlich berührt und suchte mit den Fingerspitzen unbeholfen nach den Zipfeln, um die Decke enger zu ziehen. Ihren Dank kommentierte er mit einem leisen Brummen. Nachdem er dann seinen Arm halb um sie gelegt hatte, fühlte sie sich wie in einem Spinnenkokon. Da begriff sie, dass sie es genoss. Sie genoss es, bei ihm zu sitzen, fühlte sich wohl in seiner Nähe.

Das ist ... nicht normal.

Um sich abzulenken, fragte sie nach dem Fürsten. „Was haben sie mit ihm gemacht?"

Sie hörte ihn leise Luft holen. Natürlich wusste er, wen sie meinte.

„Sie haben ihn wahrscheinlich auf den Grund gezerrt und gefressen. Denn das tun Nixen normalerweise."

Raena lauschte dem Klang seiner Stimme, dem Heben und Sinken der Töne. Sie mochte es wirklich und das ängstigte sie.

„Wieso haben sie ... mich nicht ...", sie konnte den Satz nicht beenden.

„Wenn ich ehrlich bin, weiß ich es nicht. Vielleicht spüren sie, dass Ihr anders seid."

Raena verkrampfte sich. Sie war froh, dass sie noch lebte, aber warum bemitleidete sie Duran auf einmal? Ja, er hätte sie erneut eingesperrt und zu einer Heirat gezwungen, aber immerhin war er ihr nachgesprungen. Niemand sollte auf diese Weise sterben. Hoffentlich war er in ihrem Zauber gefangen gewesen und hatte nichts gespürt.

„Sie war so schön", flüsterte sie schwach. „Sie hatte rotes, wallendes Haar. Es hat geleuchtet und ihre Augen erst. Und ich war so ... trunken davon." Sie war noch nie betrunken gewesen, aber ihr fiel beim besten Willen keine bessere Beschreibung dafür ein.

„Alle Nixen sind umwerfend. Ich hatte bis jetzt nicht das Vergnügen und ich hoffe, dass mir eine Begegnung mit solch einem Wesen erspart bleibt."

Raena gähnte. Trägheit erfasste ihre Glieder. Sie war entsetzlich müde. Sie fühlte sich um zwanzig Kilo schwerer und hielt den Kopf nur mit Mühe aufrecht. Unter gesenkten Augenlidern nahm sie die Umgebung wahr.

Bäume wurden abwechselnd dünner, dicker, schiefer, lagen irgendwann halb verdorrt im Schlamm. Hatte sie dort hinten tatsächlich ein verlassenes Haus erblickt oder hatte ihr ihr Verstand einen Streich gespielt?

Irgendwann, sie hatte keine Ahnung, wie viel Zeit inzwischen verstrichen war, fühlte sie angenehme Wärme auf ihren Wangen. Helles Licht stach in ihre Augen, als sie sie abrupt aufriss und direkt in die Sonne sah.

„Zu hell", stöhnte sie und bemerkte, dass ihre Rippen schmerzten und ihr Nacken unangenehm pochte. Nach kurzer Orientierung wusste sie, dass sie noch immer im Sattel saßen, sie Hunger hatte und die Decke noch immer um ihren Körper gewickelt war.

„Ihr seid eingeschlafen", half ihr Lanthan höflich auf die Sprünge.

„Für wie lange", wollte sie mit belegter Stimme wissen und räusperte sich, ehe sie sich aufrichtete. Ihr Körper war eine einzige Ruine und vor ihren Augen tanzten fröhlich Flecken.

Frischer Wind fuhr durch ihr verstrubbeltes Haar und der süßliche Duft nach frisch gemähtem Gras ließ ihr Herz höherschlagen. Sie hatten den Sumpf längst hinter sich gelassen. Raena ließ ihren Blick über die niedrigen, bewaldeten Hügel schweifen und betrachtete Hafer und Gerste, die man zu beiden Seiten neben dem Weg gepflanzt hatte.

„Einige Stunden. Ich wollte Euch nicht wecken. Ihr wart sehr müde."

„So habe ich mich auch gefühlt", entgegnete sie, löste die Decke und rückte von ihm ab, da er seinen Arm nach wie vor um sie geschlungen hatte. Ihre Füße waren noch immer leicht nass. „Wolltet Ihr nicht bei einem Fluss halten?"

„Das haben wir. Ihr habt weitergeschlafen", schmunzelte er und zog seinen Arm zurück.

„Aber wie konntet Ihr Euch dann waschen ...?", murmelte sie und blickte ihn vorsichtig über die Schulter hinweg an. Sofort bereute sie es. Er war ihr so nah. *Zu nah.* Ihr Herz tat einen Satz, obwohl er grauenvoll aussah.

„Gar nicht", erwiderte er mit einem müden Lächeln. Über dem Kratzer auf seiner Stirn hatte sich eine Kruste gebildet. Sein Gesicht war dreckig und die Kleidung staubig.

Sie errötete unter seinem Blick. „Wie geht es Eurem Bein?"

Er zuckte mit den Achseln und blickte in die Ferne: „Wie schon gesagt, es ist nicht schlimm. Schmerzt auch fast nicht mehr. Antar ist nicht mehr weit", änderte er das Thema.

Raena wollte indessen die Decke zu einem Viereck zusammenlegen, wobei sie sich ungeschickt anstellte, was zur Folge hatte, dass ihr Lanthan den Stoff letztendlich abnahm und in der Satteltasche verschwinden ließ.

„Wie geht es Euch?" Rizor erschien mit Ciro neben ihnen. Im Gegensatz zu Lagunas war er so unglaublich klein. Seinen Bart zierte ein breites Lächeln. Auch die Tigerin blickte erwartungsvoll zu ihr hoch.

„Gut", entgegnete sie ein wenig überfordert mit seiner überraschenden Frage. Auch er sah nicht gerade frisch aus. Lanthan schien nicht der Einzige zu sein, der dringend ein wenig Schlaf benötigte. Schlechtes Gewissen nagte an ihr. Während sie alle gewacht hatten, hatte sie geschlafen.

„Ihr habt geschlafen wie ein Stein. Ich wollte Euch wecken, aber der da ...", seine Augen blitzten kurz auf, als er Lanthan ansah, „hat's mir nicht erlaubt." Er war besorgt. Sie konnte es der Tonlage seiner Stimme entnehmen.

„Nein, wirklich, mir geht's gut", versuchte sie überzeugender zu klingen, lächelte freundlich und erntete ein stilles Kopfnicken von ihm. Ciro verlangsamte ihr Tempo und verschwand im Augenwinkel.

Ehrlich gesagt hatte sie noch nicht darüber nachgedacht, ob es ihr gut oder schlecht ging. Eigentlich konnte sie das nicht einmal beurteilen. Sie fühlte nur, ja, was fühlte sie eigentlich, sie war froh der Wüste und dem Sumpf entkommen zu sein. Ansonsten war da nicht viel. Und die Gefühle gegenüber Lanthan, nun, sie wollte sich nicht damit befassen ...

Die anderen sprachen kein Wort.

Sie passierten eine Kreuzung mit Wegweisern und Schildern. Das armdicke Rundholz war an vielen Stellen mit mehreren Nägeln durchschlagen worden, die Buchstaben waren kaum lesbar und von Wind und Wetter so stark abgenutzt, dass man nur noch vage ein paar Worte entziffern konnte. Ganz oben prangte Antar und jemand hatte sich einst die Mühe gemacht, die Schrift dick auszumalen.

Nachdem sie Gerste und Hafer hinter sich zurückgelassen hatten, führte ihr Weg geradeaus an einer riesigen, eingezäunten Weide vorbei. Graue Kühe, mindestens zwanzig an der Zahl, grasten seelenruhig und standen in kleinen Gruppen beieinander. Nur wenige hoben ihre Köpfe, um den Neuankömmlingen einen Blick zuzuwerfen. Drei kleine Kälber waren unter ihnen. Eines lief bis zum Holzzaun vor, beschnupperte ihn und formte einen Buckel, als Lagunas den Kopf wandte und in seine Richtung drehte. Er wurde kurz langsamer, doch Lanthan trieb ihn weiter.

Als sie an der kleinen Herde vorbei waren, entdeckte sie zwischen den aufgerichteten Ohren des Hengstes ein rechteckiges Bauernhaus am Straßenrand. Mit Freude begrüßte sie die bewohnte Gegend und suchte das Bauwerk nach Lebenszeichen ab. Im Moment konnte sie sich nichts Besseres, als ein warmes Bett und etwas zu Essen vorstellen, um ihren hungrigen

Magen zu beruhigen.

Wenn man müde war, konnte man überall schlafen. Hatte sie mal gehört, wenn auch sie sich eingestehen musste, dass dies nur zum Teil stimmte. Sie selbst hatte die letzten Tage übel geschlafen, vor allem in der Wüste. Ein weiches Bett war einfach unersetzlich und purer Luxus für einen zerschundenen Körper.

Die Außenmauern des Bauernhauses waren aus Holz und Gestein. Drei Stockwerke ragte es über dem Boden auf. Davon besaß jedes einen breiten Balkon, auf welchem sich große, rote und gelbe Hängeblumen in Tontöpfen befanden. Die Pflanzen waren ein ziemliches Dickicht, ihr Gewicht zog sie einen halben Meter über das Holz hinunter. Das Dach war mit dunkelroten Ziegeln gedeckt und von drei Schornsteinen war nur einer in Betrieb. Sie konnte Boxen in einem Stall daneben erkennen, da die Holztüren weit geöffnet waren. Sie sah auch einen Trog und davor ...

Raena blinzelte. *Das gibt's doch nicht!*

Davor stand ein schlankes, schneeweißes Pferd, die Nase tief im Getreide vergraben. Es war klein und hatte die Größe von Grashalm. Das, was ihre Aufmerksamkeit auf sich zog, waren die zusammengelegten Flügel, die unter dem Widerrist an den Schultern angewachsen waren.

Ein Pegasus!

Trotz der Entfernung konnte sie sehen, wie sich die einzelnen, leicht wegstehenden Federspitzen im Windzug bewegten. Sie war fasziniert. Wie groß die Flügel doch waren, die mussten eine enorme Spannweite haben!

Vor Aufregung sprang ihr fast das Herz aus der Brust. Wer wohl der Reiter war?

„Gasthaus „Zur grünen Weide", murmelte Lanthan geistesabwesend nah an ihrem Ohr, „wie es scheint, müssen wir hier Acht geben."

Raena runzelte die Stirn und drehte den Kopf ein wenig zur Seite, damit sie ihn besser verstand. „Wie meint Ihr das?"

„Der Pegasus gehört zu einem weißen Reiter", erklärte er schlicht, als hätte sie es nicht bemerkt. Da hob das Reittier den Kopf an und blickte ihnen entgegen. Raena schlug sofort die Augen nieder. Ihre Blicke hatten sich nur kurz gekreuzt, doch sie spürte die Röte auf ihren Wangen. Sie war ob ihrer Bewunderung peinlich berührt. „Ist das ein Problem?", murmelte sie leise und musste sich dazu zwingen, nicht mehr hinzusehen.

„Nein, warum?", war die überspielte Gegenfrage.

„Nur so", raunte sie und schwieg.

Sie hielten an. Der Rest der Gruppe folgte Lanthans Beispiel, wobei Esined die Erste war, die sich zu Wort meldete: „Was ist los?" Doch auch sie hatte den weißen Pegasus im Stall stehen sehen.

„Weiße Reiter, was für eine Überraschung. Möchtest du dich hier mit jemandem treffen?", fragte Rizor und Raena war sich nicht sicher, was sie von seinem Tonfall halten sollte.

Lanthan antwortete nicht gleich. „Nein, wir sollten weiter ...", murmelte er, sein Gesichtsausdruck verschlossen. Dennoch verweilten sie noch immer auf der gleichen Stelle, als wäre er unschlüssig und mit seiner Entscheidung unzufrieden. „Obwohl, nein", er wurde lauter, seine Stimme sicherer, „Rizor!"

Raena hörte Ciros schnellen Gang, als sie sich näherte und neben ihnen stehenblieb.

„Ich möchte, dass du mit ihr dableibst. Nehmt Euch ein Zimmer, ruht Euch aus und vergesst nicht ausgiebig zu speisen."

Überrascht starrte sie Lagunas Mähne an. Er würde sie nicht in die Stadt mitnehmen? Sie war zwar schmutzig, aber dennoch verspürte sie Unbehagen, wenn sie daran dachte, allein mit dem Zwerg zurückbleiben zu müssen.

Rizor wirkte alles andere als erfreut. Mürrisch blickte er zu Lanthan hoch. Doch Lanthan war der Anführer der Gruppe. Sein Wort war Gesetz.

„Ich verspreche, dass wir bald zurück sind."

Obwohl Raena noch im Sattel saß, vermisste sie ihn bereits, ihn und seine Nähe. Selten hatte sie sich so geborgen gefühlt, und nun, da sie seinem Befehl gehorchen und mit Rizor warten musste, hätte sie ihn am liebsten angefleht, sie mitzunehmen.

Zittrig stützte sie sich am Vorderzwiesel ab und rutschte aus dem Sattel, wobei sie ihn fast in den Magen getreten hätte. Eine leise Entschuldigung murmelnd, wich sie seinem Blick aus und verzog keine Miene, als ihr Körper protestierend aufschrie.

Eigentlich sollte sie froh sein. Hätte er Esined bei ihr gelassen, wäre ihre Situation um einiges unangenehmer gewesen.

Ihre Beine, nach wie vor kraftlos, sackten unter ihr weg. Sie packte nach dem Sattel und stemmte sich in die Höhe.

„Könnt Ihr gehen?", fragte er und Raena nickte. Das Leder ihrer Hose war an manchen Stellen zwar unfassbar hart und drückte unangenehm, aber es würde schon gehen. Wenigstens verhinderte das Futter, dass ihre Haut aufgerieben wurde.

„Wir beeilen uns", versprach er sanft.

Raena trat zurück und stellte sich neben Ciro. Dann verschränkte sie die Finger vor ihrem Schoß und sah den Boden an, der seit Tagen keinen Regen mehr gesehen hatte.

Lanthan pfiff durch die Zähne und Lagunas preschte los.

Reiß dich zusammen. Es würde schon nichts Schlimmes mehr geschehen. Rizor nahm, im Gegensatz zu Esined, seine Aufgabe sehr ernst, so ihr Eindruck zumindest.

Zögernd hob sie den Kopf und blickte ihnen nach. Von einer Staubwolke umhüllt, wurden ihre Silhouetten immer kleiner, bis sie von niedrigen Buchenkronen eines großen Hains verschluckt wurden.

Nach kurzem Räuspern grunzte Rizor: „Lasst uns die Wirtin oder den Wirten suchen, oder wem auch immer dieses verfluchte Gasthaus gehört." Er stieg ab und nachdem er sich ausgiebig gestreckt und gegähnt hatte, ohne sich die Hand vor den Mund zu halten, brummte er: „Ihr braucht dringend ein Bad und etwas zu Essen, ansonsten fallt Ihr noch vom Fleisch. Und ich ebenfalls."

Ciro tat es ihm gleich, wobei sie trotz Geschirr um einiges eleganter dabei aussah.

Raena warf einen Blick zum Stall zurück, in der Hoffnung, den Pegasus noch einmal betrachten zu dürfen. Der Durchgang war jedoch leer.

„Die könnt Ihr in Narthinn zur Genüge bewundern, glaubt mir!", tröstete er sie, da ihm ihr sehnsüchtiger Blick nicht entgangen war.

Ertappt lächelte Raena ihn an. „Sind sie dort auch so", sie überlegte, da ihr kein passendes Wort für ihre Gedanken einfiel.

„Groß? Schön?", half er ihr auf die Sprünge und meinte achselzuckend, „gibt auch hässliche Rösser. Ist bei denen nicht anders." Aufseufzend betrachtete er den Himmel über ihnen, die strahlende, helle Sonne und wurde grummelig. „Kommt jetzt. Es ist mir zu heiß hier draußen."

Raena war da anderer Meinung. Wie musste er sich dann in der Wüste gefühlt haben? Plötzlich kam ihr ein Gedanke. „Rizor! Wartet. Was ist eigentlich mit meinen Dokumenten geschehen?"

Verwundert blickte er sie mit hochgezogenen Augenbrauen an. „Ehrlich gesagt habe ich keine Ahnung."

Na, wunderbar. Falls sie sich doch noch dazu entschließen sollte, die Gruppe zu verlassen und zurück zum Bauernhof zu fliehen, hatte sie nichts, womit sie sich ausweisen könnte. Auch illegale Dokumente konnten nützlich sein, wie sie vor kurzem erfahren hatte.

„Wo ist eigentlich dieser dumme Vogel hin? Ist er ihnen gefolgt?", murmelte Rizor.

Während sie zum Gasthaus schlenderten, versuchte sie sich erneut damit aufzuheitern, dass Esined nicht anwesend war. Keine unsinnigen

Kommentare, keine vorwurfsvollen Blicke. Allein schon der Gedanke daran, zusammen mit ihr in dieser fremden Gegend unter einem Dach zu speisen und zu schlafen, ließ ihren Appetit verfliegen, also verbannte sie die Sirene weitestgehend aus ihren Gedanken. Trotz allem freute sie sich auf ein Bett.

Ein paar der unteren Fenster hatte man geöffnet und undeutliche Wortfetzen wurden vom leichten Windzug auf die Straße getragen.

Raena musterte das Namensschild oberhalb der Tür, während Rizor Ciro befahl, draußen zu warten und die massive Stahlklinke nach unten drückte.

„Bevor ich's vergesse", abrupt stoppte er mitten im Türrahmen.

Hätte sie nicht aufgepasst, wäre sie in ihn hineingelaufen. Erschrocken starrte sie in sein bärtiges Gesicht.

„Kein Wort darüber, wieso wir hier sind. Zu niemandem. Lasst mich für Euch sprechen."

Erst nachdem sie genickt und zugestimmt hatte, war er zufrieden und hielt ihr höflich die Tür geöffnet, damit sie eintreten konnte.

Kühle Luft schlug ihr entgegen. Von der Sonne geblendet, war es einen kurzen Moment stockdunkel um sie herum. Der kleine Raum, den sie betraten, endete in einem Gang, der mit drei Kerzenleuchtern beleuchtet war und in den helles Tageslicht aus der Stube strömte. Der dunkle Parkettboden, zerkratzt und alt, knirschte unter ihren Füßen. Klirrendes Geschirr und köstlicher Duft nach gebratenem Fleisch deuteten darauf hin, dass es ungefähr Mittag sein musste.

„Folgt mir." Rizor winkte sie in die Gaststube, in der Tische im ganzen Raum verteilt waren.

Einige Männer nahmen ein üppiges Mahl ein, plauderten und tranken gemeinsam Bier. In der Mitte der Stube saßen fünf Soldaten in einer silbergoldenen Rüstung. Ihr lautes Gelächter störte die Gespräche der anderen Gäste, was sie wenig zu kümmern schien. Einer von ihnen stopfte sich gerade Fleisch in den Mund und leckte sich die Finger ab. Als er Raena bemerkte, die ihn unverhohlen anstarrte, grüßte er sie mit einem Nicken, kaute und grinste. Dann wurde er ernst und bedachte sie mit einem Blick, der neugierig aussah, ihre Erscheinung war nicht gerade einladend.

Anstatt ihm mit dem gleichen Gruß zu antworten, eilte sie Rizors Rücken hinterher, zu einem kleinen Tisch, wo sie sich ihm gegenüber auf eine Bank sinken ließ. Gleich im Anschluss verfluchte sie sich für ihre Unhöflichkeit. Obwohl sie ihre Neugierde fast umbrachte, wagte sie keinen weiteren Blick. In seinem funkelnden Brustharnisch war fein säuberlich ein Pegasus eingraviert gewesen. Ob das herrliche Tier im Stall zu ihm gehörte?

„Verdammt! Warum müssen die Bänke immer so hoch gezimmert sein!" Rizors Beschwerde ging in den lauten Gesprächen der Gäste unter.

Nervös kaute Raena auf ihrer Unterlippe herum, während ihr rechtes Bein unter der Tischplatte unkontrolliert zu zucken begann.

„Hunger? Also ich schon." Er schlug die Hände zusammen, rieb sie aneinander und streifte die Handschuhe ab.

Raena konnte sich nicht entspannen. Unruhig legte sie ihre Hände auf dem Tisch ab und verschränkte die Finger. Ihr Rücken kribbelte und sie war sich sicher, dass der Mann von zuvor sie anschaute. „Ich denke schon", entgegnete sie ein wenig verspätet und lächelte.

„Die Gasthäuser in dieser Gegend sind gut für ihr geschmorrtes Fleisch bekannt, vielleicht wollt Ihr es probieren?"

Raena nickte, um ihn zufriedenzustellen, obwohl ihr Hunger durch ihre Unruhe verflogen war.

Rizor zog die Brauen hoch. „Ihr seht nicht gerade überzeugt aus."

„Nein. Ich w- ...", wollte sie sich verteidigen, als jäh eine Frau, in ein blaues Kleid gehüllt, aufgebracht in die Gaststube stürmte.

„Welchem Zwerg gehört der Tiger dort draußen?!"

Die Männer unterbrachen ihr Gespräch, sogar die anderen Gäste verstummten augenblicklich. Ein Raunen ging durch die Menge. Auch Raena hatte mit einem Schlag den Satz vergessen, da sie der aufgelöste Anblick der Frau zutiefst verstörte.

Tiger? Welcher Tiger?

Rizor rutschte von der Bank und sprang auf. Er wirkte, als fühle er sich unwohl in seiner Haut. Mit gerunzelter Stirn blickte er der Frau entgegen, die ihn anstarrte, als wollte sie ihn mit einem spitzen Gegenstand an die nächste Wand nageln.

„Das ist mein Reittier. Sie ist gezähmt, hört auf den Namen Ciro und folgt aufs Wort."

Gezähmt.

Raena konnte sich nicht vorstellen, wie er den buschigen Rücken Ciros erklomm und dabei Gefahr lief, in winzige Teile zerfetzt zu werden. Irgendwie fand sie die Vorstellung urkomisch.

Daraufhin schwieg die Frau erst einmal. Ihre Brust hob und senkte sich noch immer viel zu schnell, aber sie gewann allmählich ihre Fassung wieder zurück. „Ich habe Kinder, wisst Ihr", erklärte sie ihren Ausbruch, als müsse sie sich dafür rechtfertigen. Rizor entschuldigte sich mit einer kurzen Verbeugung und schien sie damit ein wenig milde gestimmt zu haben, da sie tief Luft holend murmelte: „Gut. Ich habe mich furchtbar erschrocken." Sie rieb ihre Hände an der hellblauen Schürze ab und eilte dann zwischen den Tischen auf sie zu. „Was möchtet ihr? Wollt ihr Speis und Trank?" Eine Strähne löste sich aus ihrer Frisur und fiel ihr in die Augen.

Nachdem Rizor wieder Platz genommen hatte, sagte er: „Ja und ein, eh nein, besser zwei freie Zimmer."

Aber wieso nur zwei? Was war mit den anderen?

Sie nickte zustimmend und warf Raena einen kurzen Blick zu. „Wie lange möchtet ihr bei uns bleiben?"

„Nur eine Nacht. Wir haben noch einen sehr weiten Weg vor uns."

„Was wollt ihr denn trinken?"

„Bringt uns etwas Wasser, das reicht völlig."

„Ich kann Euch geschmorrtes Rind mit Kartoffeln anbieten und frisch gedünstete Karotten von unserem Markt als Beilage."

„Seid Ihr damit einverstanden?"

Raena fühlte eine überraschende Berührung auf ihrer linken Hand, sein haariger Mittelfinger und zuckte zusammen. „J-ja, natürlich!"

„Gut", die Wirtin deutete auf das hohe Pult, das, wenn man den Raum betrat, in der linken, hintersten Ecke aufzufinden war.

„Ich bräuchte noch eine Unterschrift, bevor ich Euch die Zimmerschlüssel übergebe."

Rizor schob sich erneut von der Bank, breitete scherzend die Arme aus und grinste. „Alles, was Ihr wollt."

Röte schoss ihr ins Gesicht, bevor sie ihm kokett einen Stoß gegen die Schulter verpasste und: „Lasst das", murmelte. Aber sie war von ihm angetan. „Was macht ein Zwerg in dieser Gegend? Zwerge sieht man hier selten."

„Reisen", erwiderte er und zwinkerte zu ihr hoch. Es wirkte grotesk, sie war um mehrere Köpfe größer.

Raena wusste nicht, ob sie ihm folgen sollte, machte bereits Anstalten, wurde jedoch mit einem Handwink seinerseits abgewiesen.

„Wartet hier auf mich. Ich bin gleich zurück." Ohne ihre Zustimmung abzuwarten, wackelte er der Wirtin nach.

27. KAPITEL

Jetzt, nachdem die Sonnenstrahlen von ihrer Haut verschwunden waren und draußen fröhlich das Land beleuchteten, kehrte die Kälte zurück. Sie war noch nicht völlig trocken und froh sitzen zu dürfen, da ihr der Schritt und vor allem die Innenseiten der Oberschenkel kribbelten. Ihr war, als würde sie noch immer auf einem Pferderücken sitzen. Kurz dachte sie an Fleck und ließ die Schultern hängen. Obwohl es nur ein paar Tage gewesen waren, war ihr der Hengst ans Herz gewachsen. Und nun war er fort.

Einige Minuten später kam Rizor wieder zurück. Er wirkte verstimmt. „Als sie mir den Zimmerpreis gesagt hat, habe ich mich ziemlich entsetzt." Angestrengt zog er sich die Bank hoch. „Habe Euch warmes Wasser bestellt. Sie werden es aufs Zimmer bringen."

Raena hätte ihn am liebsten dafür umarmt. „Vielen Dank", flüsterte sie.

Rizor kratzte sich im Bart. „Ihr seid nicht besonders gesprächig, wie?"

Raena lächelte ihn scheu an und nickte zögerlich. „Ich weiß manchmal nicht, was ich sagen soll. Ich", sie holte tief Luft, wusste nicht, ob sie ehrlich sein sollte, doch schließlich war sie es, „vermisse meine Geschwister, meine Eltern, den Bauernhof. Es ist alles neu für mich." Ihre Gedanken kreisten um ihren Vater. Sie hoffte, dass es ihm und ihrem Bruder besser ging. Sie dachte an ihre Schwester und vermisste den Klang ihrer Stimme. Sie vermisste Mutters Umarmung, verspürte die Art von Sehnsucht, wenn man sich nach der Heimat sehnt.

Er blickte mitfühlend drein.

„Ihr habt mir etwas erzählt, was ich noch immer bezweifele, aber wenn es für meine Familie besser ist und für die Welt natürlich", sie lächelte gezwungen, „dann ist es wohl besser so." Und damit sie nicht so selbstbemitleidend klang, lachte sie leise und entschärfte ihre Worte. „Den F- ... Ihr wisst, wen ich meine", sie rollte mit den Augen, weil sie nicht auf ihre Wortwahl geachtet hatte, „zu heiraten, wäre bestimmt nicht angenehm für mich gewesen."

„Ihr seid unsere Königin", nuschelte Rizor leise, wobei das letzte Wort kaum zu hören war, „unser Gleichgewicht." Zumindest er klang überzeugt. Doch auch sein feuriger Blick zeugte von Gewissheit. „Im Ballsaal hängt ein Bild hinter dem Thron. Der Herrscher wollte es zwar abhängen, aber die Bewohner von Narthinn waren nicht damit einverstanden. Als sie davon erfahren haben, haben sie regelrechte Märsche veranstaltet und das

Rubinviertel geflutet", er kicherte, „jedenfalls könnt Ihr dort Eure Mutter bewundern. Und wenn ich sie ansehe, sehe ich Euch. Es gibt natürlich kleine Unterschiede." Er musterte sie aufmerksam und sie konnte sehen, wie angestrengt er nachdachte. „Während Eure Gesichtsform ovaler gehalten ist, ist die Eurer Mutter kantiger. Ihr müsst sie wohl von Eurem Vater geerbt haben. Aber die Form Eurer Brauen, die Augenfarbe und die breiten Wangenknochen, glaubt mir, Ihr seid ohne Zweifel Ihre Tochter." Rizor grinste über ihren erstaunten Gesichtsausdruck. Dann richtete er seinen Oberkörper wieder auf und rutschte auf der Bank hin und her. „Ich könnte schwören, dass wir belauscht werden." Mit verschränkten Armen musterte er jeden, der in ihrer Nähe saß. Vor allem den weißen Reitern schenkte er einen ausgiebigen Blick aus verengten Augenschlitzen.

Raena konnte es kaum glauben. Rizor erzählte von ihrer Mutter! Einfach so, ohne dass sie unangenehme Fragen stellen musste.

Sie beäugte die Reiter ebenfalls, konnte aber nichts Ungewöhnliches an ihnen feststellen. Sie hatten längst aufgegessen und tranken aus großen Krügen abwechselnd Bier. Zumindest dachte sie, dass es Bier war, da nach jedem Schluck weißer Schaum an ihren Oberlippen hängenblieb.

Vielleicht hätten sie lieber schweigen sollen, doch Raena hielt es nicht aus. Sie wollte mehr erfahren, solange es ihr noch möglich war. Unter Lanthans Adleraugen erfuhr sie nämlich gar nichts.

„Welche Haarfarbe hatte sie? Meine Mutter, meine ich." Selbst wenn es dabei nur darum ging.

Rizors Kopf zuckte ein wenig, bevor er sich von den Reitern abwandte. „Hell, fast weiß. Vielleicht ist aber auch nur die Farbe am Bild verblasst." Er kniff die Augen ein wenig zusammen. „Ich mein, ich habe sie zwar nie gesehen", und grinste von einem Ohr bis zum anderen, „aber wenn ich Euch sehe, ist es so, als säße sie vor mir."

In Raenas Hals formte sich ein dicker Kloß. Ara war doch vor tausenden Jahren gestorben. Wie konnte da noch irgendwo ein Bildnis hängen? Sollte das nicht längst zu Staub zerfallen sein? Sie dachte von Ara nicht als Mutter. Das ging ihr einfach nicht in den Kopf. Ara war eine Göttin, Raena war es nicht.

„Du da, ein Bier noch!"

Eine Magd kam gerade mit dem bestellten Essen aus der Küche und balancierte links und rechts einen Teller. Sie nahm die weniger höfliche Bitte mit einem energischen Kopfnicken hin, eilte zwischen den Tischen auf sie zu und brachte zwei Mal gekochtes Fleisch. Es roch köstlich. „Getränke kommen sofort", sagte sie.

274

Rizor bedankte sich kurz und Raena nickte.

„Guten Appetit!", wünschte er ihr erfreut.

Die Kartoffeln waren in einem Kreis um das Fleisch angeordnet und trieften nur so von Butter und frischer Petersilie. Ein paar aufgetürmte Karotten lugten zwischen ihnen hervor. Messer und Gabel hatte man ihnen seitlich am Tellerrand dazugelegt und Rizor leckte den Griff der Gabel ab, bevor er sie richtig in die Hand nahm. „Butter", erklärte er mit wackelnden Brauen.

Raena lächelte nur und schnitt ihr Fleisch klein. Es war so weich, dass es auseinanderfiel. Ihr Magen knurrte.

Im Hintergrund rülpste jemand und schallendes Gelächter brach aus. Sie verzog das Gesicht zu einer angeekelten Grimasse. Zum Glück würde sie später endlich allein im Zimmer sein können. An diesem Gedanken festhaltend, wagte sie den ersten Bissen. Dank der vielen Gewürze schmeckte es tausendmal besser als die kalte Kost aus der Satteltasche und nachdem man ihnen die Getränke gebracht hatte, trank sie gierig.

„Köstlich." Rizor wischte sich mit dem Handrücken über den Lippenbart.

„Es schmeckt wirklich gut." Sie schob eine Karotte in ihren Mund.

„Normalerweise bin ich die Kochkünste der Zwerge gewohnt, also glaubt mir, wenn ich das sage." Er beugte sich ein Stück vor und ertränkte seinen Bart im Essen. „Unsere Frauen können das trotzdem viel besser!" Augenzwinkernd verschlang er gleich drei Kartoffeln auf einmal. Der Saft lief ihm die Lippen entlang.

Raena unterdrückte ein Lachen und aß den Rest. Ihren Wasserkrug trank sie bis auf den letzten Tropfen leer und hielt sich anschließend den Magen, da sie dachte, gleich platzen zu müssen. Wo war das Volumen abgeblieben, welches sie normalerweise mit Leichtigkeit verdrücken konnte?

Und als hätte die Wirtin geahnt, dass sie fertig gegessen hatten, kam sie zwei Atemzüge später, um abzuräumen. Raena dankte ihr und erntete dafür ein zufriedenes Lächeln. „Wann geht Ihr hoch? Das Wasser steht bereit."

Überfordert suchte sie Rizors Blick. Durfte sie denn gehen?

„Geht ruhig. Ich bin später im Zimmer Zwölf, falls Ihr reden wollt."

Erleichtert stand sie auf. „Dankeschön."

Er winkte ab.

Schon wollte sie der Wirtin folgen, als sie mit einem lauten „Wartet!" aufgehalten wurde. Sofort blieb sie stehen und blickte ihn über die Schulter hinweg fragend an. Er war aufgestanden und hielt ihr einen eisernen Schlüssel mit einem ledernen Anhänger hin, der wie ein kleines

Hufeisen aussah. „Den werdet Ihr brauchen."

„Danke." Sie nahm den kühlen Gegenstand entgegen und lief der Wirtin hinterher, deren Rockzipfel draußen im Gang verschwunden waren. Ihren Gesichtsausdruck beherrschte sie nur so lange, bis sie die Gäste und Rizor hinter sich gelassen hatte. Sie fragte sich, wann die Schmerzen in ihren Beinen endlich verschwinden würden und wie viele Tage es wohl dauern würde, bis sie harte Knubbel bekam. Sie war für gewöhnlich hart im Nehmen, aber dieses Abenteuer ging weit über ihre Belastbarkeit hinaus.

Wenigstens habe ich mich noch nicht beklagt.

„Die Zimmer sind hier oben!" Der ungeduldige Ruf kam von der Treppe.

„Natürlich", erwiderte sie hastig und umschloss den Zimmerschlüssel fester.

Im ersten Stockwerk zeigte die Wirtin mit ausgestrecktem Arm in die rechte Seitengasse.

„Das Zimmer mit der Nummer Fünfzehn findet Ihr dort."

Dann ließ sie Raena allein.

Es roch staubig, die Luft schien sehr trocken. Ansonsten war der Gang sauber gekehrt und bis auf die alte Treppe, die bei jedem Schritt nachgab, hatte sie nichts am Haus auszusetzen. Sie schritt an vielen Türen vorbei, wobei sie nirgends die zugewiesene Nummer finden konnte. Am Ende des Ganges wurde sie schließlich fündig, schob den Schlüssel ins Schlüsselloch und betätigte die abgegriffene Türklinke. Verdutzt stellte sie fest, dass nicht abgesperrt war, das Holz aber kein Stück nachgab. Mit Gewalt drückte sie dagegen und quiekte leise auf, als sie plötzlich hineinstürzte.

Eine Mischung aus Lavendel und Rosenduft schlug ihr entgegen. Ihr Blick fiel auf eine hölzerne Wanne, die in der Mitte des Raumes stand und entfernt an einen Trog erinnerte. Bis zum Rand hatte man sie mit dampfendem Wasser aufgefüllt und die wenigen Fenster im Raum waren bereits beschlagen. Handtücher und eine gelbe Seife hatte man ihr auf einen runden Tisch gelegt, dessen Fläche mit besticktem Tuch verziert war.

Sie fragte sich, wann sie das Wasser wohl wieder abholen würden und schritt zum großen Bett, in welches sie zweimal gepasst hätte, um dort den Schlüssel abzulegen. Danach begann sie sich zu entkleiden. Knopf für Knopf arbeitete sie sich vor und schaffte es irgendwann, ihren Oberkörper zu befreien. Gänsehaut überzog ihre Oberarme. Bevor sie jedoch die Bandagen löste, zögerte sie. Ihr Blick wanderte prüfend durch den Raum, betrachtete jeden Gegenstand eingehend, als könne sich hinter dem dünnen Stuhlbein ein ungebetener Gast verstecken. Vor allem jetzt, da sie allein war, war die Angst beobachtet zu werden, am größten. Ohne ihre ständigen Begleiter fühlte sie sich seltsam schutzlos und ihr fiel nur auf, dass jemand frische Schnittblumen auf das Fensterbrett gestellt hatte.

Rosen und Lavendel.

Nachdem sie ihre Nerven beruhigt hatte, löste sie die Bandagen. An einigen Stellen war der Stoff noch feucht und sie brauchte mehrere Anläufe, bis es ihr gelang, den Verschluss zu öffnen. Das, was darunter zum Vorschein kam, schockierte sie. Gerötete, eingedrückte Haut, die fürchterlich juckte, als der kühle Windzug sie berührte. Zudem stank sie bestialisch.

Ohne groß über ihre Scham nachzudenken, schälte sie sich aus der Hose, streifte die engen Schuhe ab, bis sie nackt vor der Wanne stand. Ihr Haar, welches sie den gesamten Ritt über zusammengebunden hatte, löste sie und versuchte mit den Fingern zumindest einige der Verfilzungen zu lockern. Es war ungewohnt, die Haarspitzen wieder am Rücken zu fühlen.

Nachdem sie sich am gesamten Oberkörper gekratzt hatte, stützte sie sich am Rand ab und stieg vorsichtig ins warme Nass. Das Wasser umspielte ihre Oberschenkel und eine wohlige Gänsehaut lief ihren Rücken hinunter.

Sie seufzte. Es tat gut.

Jetzt war sie froh, dass Lanthan sie nicht mitgenommen hatte. Und wie froh sie war. Esined vermisste sie jedenfalls nicht. Während die ihren Hintern plattritt, durfte sie baden.

Raena lehnte den Kopf zurück und schloss die Augen. Sie musste Rizor für diesen überaus guten Einfall danken. Zwar war der Untergrund ein wenig hart, aber der Rest dafür umso schöner. Ihre gereizte Haut beruhigte sich, juckte bald nicht mehr und spätestens nachdem sie mit beiden Händen die Stellen massiert und gerieben hatte, war das Jucken verschwunden.

Ob die anderen bereits auf dem Weg zurück waren?

Irgendwie ahnte sie, dass dem nicht so war. Erstens, sie hatte keine Ahnung, wie weit Antar entfernt war und zweitens, sie wusste nicht, was genau sie dort taten. Es ging sie auch nichts an, so dachte sie zumindest und dennoch konnte sie an nichts anderes denken.

An Lanthan ...

Das wars mit der Entspannung.

Lanthan war es, der ihr nicht aus dem Kopf ging.

Vielleicht hätte sie sich schämen sollen, weil sie Flecks Tod einfach hingenommen und nicht getobt hatte. Er war im Kampf gestorben, der ihretwegen geführt worden war. Sie fühlte sich deshalb nicht schuldig. Vielleicht hätte sie es tun sollen. Aber sie hatte sich ihr Schicksal nicht selbst ausgesucht.

Lanthan fehlte ihr, seine beruhigende Haltung im Sattel und die Hand um ihre Taille. Bei ihm fühlte sie sich sicher.

Sie sollte sich nicht sorgen. Rizor war in der Nähe. Er würde sie beschützen. Trotzdem fürchtete sie das Kommende, denn der Fürst war bestimmt nicht der einzige Reiter, der versuchen würde, sie einzufangen. Was, wenn er anderen davon erzählt, gar Männer dazu angeheuert hatte, sie zurückzuholen? Ihm würde es zwar nichts mehr nützen, aber den anderen ... sie schauderte vor Ekel. Als sie an seine Erscheinung, sein bärtiges Gesicht dachte, durchzuckte sie blanke Wut, Aggression und auch ein wenig Schadenfreude. *So bin ich nicht,* dachte sie sich und dennoch ließ sie der wilden Gefühlsmischung freien Lauf und war überrascht, wie heftig ihr Herz schlug. Er war doch schon tot, warum also verspürte sie auf einmal Hass und Durst nach seinem Blut ... *nach Tod und Schmerz ...*

„Genug!", keuchte Raena schwer und unterbrach sich selbst, schockiert über ihre eigenen Gedanken. Mechanisch wollte sie nach der Seife am Fußboden greifen, doch da war nichts.

Raena öffnete die Augen. Hatte sie sie am Tisch liegen lassen?

„Braucht Ihr das hier?"

Ein junger, braungebrannter Mann kniete vor ihr.

Raena schnappte nach Luft, es verschlug ihr die Sprache und sein unverschämtes Grinsen ließ ihr den Geist im Leib zu Eis gefrieren. Bewundernd glitten seine Augen über ihr Gesicht, ihren Hals und ihren Oberkörper hinweg. Im gleichen Moment zog sie ihre Beine an und verdeckte ihre schwimmenden Brüste mit den Händen.

„Verschwindet!", zischte sie. *Hatte ich nicht abgesperrt?!*

Wie war er in den Raum gelangt? Wo war der Schlüssel?

Es traf sie wie ein Blitz. Sie hatte nicht abgeschlossen.

Schützend umarmte sie ihre Knie, presste sie so fest sie konnte an den Körper, bis ihre Schultern protestierend krachten.

„Ich habe Euch bereits gesehen", lachte er, seine Ohren glühendrot. „Es war offen. Also dachte ich, dass ich kurz vorbeischauen kann."

Raena wusste noch immer nicht, was sie sagen sollte. Ohne einen Anhaltspunkt zu finden, irrten ihre Augen in seinem Gesicht umher.

„Jetzt sagt mir nicht, dass Ihr mich nicht wiedererkennt. Ihr habt mich doch zuerst angesehen!", hob er anklagend die Stimme an und kam näher.

„Ihr seid der Mann aus der Gaststube", erkannte sie erschüttert.

Er trug keine Rüstung mehr, nur noch ein weißes Hemd. Sie konnte den Alkoholgeruch riechen, der ihn wie ein unsichtbarer Nebel umgab.

„Ich schreie, wenn Ihr nicht geht", drohte sie, bedacht darauf möglichst streng und sicher zu klingen. Es gelang ihr nicht, der ängstliche Unterton machte alles zunichte.

Er hockte sich auf die Knie, fuhr mit der Fingerspitze über seine Oberlippe. „Ohne Zweifel." Seine braunen Augen leuchteten kurz auf. „Und trotzdem habe ich eine Frage. Ich habe versucht, nicht zu lauschen und das habe ich tatsächlich, glaubt mir." Er beugte sich vor, sodass sie den bräunlichen Bartflaum auf seinem Kinn deutlich sah. „Stimmt es, was dieser Zwerg dort unten gesagt hat?"

Raena schluckte und log: „Nein."

Überraschung huschte über sein Gesicht, sein Mund öffnete und schloss sich wieder, ehe ein schmales Lächeln seine Lippen verzog. „Ihr zittert ja wie Espenlaub."

Sie war kurz davor in Panik zu geraten.

Schmerz durchzuckte ihren Kopf. Schwindel überkam sie. Ihre Hand zuckte zu seinem Hals, drückte zu und es knackte. Erneuter Schmerz ließ Schwärze vor ihren Augen tanzen.

Einen Augenblick später stellte sie blinzelnd fest, dass sie sich alles nur eingebildet hatte. Der Fremde lebte noch, nichts davon war geschehen.

„Verschwindet. Geht, *verlasst den Raum!*", flehte sie, dieses Mal mit mehr Nachdruck. Mit einem Mal hatte sie keine Angst mehr vor ihm, sondern viel mehr vor dem Tagtraum, dessen Verwirklichung sie befürchtete. Es ergab keinen Sinn, aber die Wahnvorstellungen jagten ihr eine Heidenangst ein und der Fakt, dass es ihr irgendwo tief in ihrem Inneren gefiel, entsetzte sie.

Sie verlor den Verstand. Das musste die Erklärung für diesen Zustand sein. Das im Moor. Ihr Schock. Ihr geschundener Körper. *Genug Gründe dafür.*

Er reagierte nicht auf ihren Wunsch, beugte sich vor, sodass sein Oberkörper die Wanne berührte. Ein feuchter Fleck bildete sich auf seinem Hemd und sein Gesicht war nur noch wenige Zentimeter von ihrem entfernt.

Raena bereute ihre Worte.

„Ihr seid mutig." Sein schwerer Atem widerte sie an. „Ihr seid nackt, denkt aber trotzdem, dass Ihr die Oberhand besitzt."

Sie starrte ihn an und rutschte zurück, so weit es ihr möglich war. Ihr Rücken drückte schmerzhaft gegen die harte Seitenwand. Es gab für sie keinen Ausweg mehr, außer aufzuspringen und nackt nach draußen zu rennen und sie wusste nicht, ob sie dafür genügend Mut besaß.

„Ich mache Euch einen Vorschlag", raunte er, „ich lasse Euch in Ruhe und dafür werdet Ihr Euch später an mich erinnern. Ich glaube den Schwachsinn ohnehin nicht, aber vielleicht habe ich ja Glück?" Er lachte heiser und sah sie an, als wäre sie eine Verrückte.

Raena wusste nicht, ob es Glück war, dass er ihr misstraute und einfach gehen wollte, ohne ihr etwas anzutun. Sie konnte das nicht glauben und war ihrerseits misstrauisch.

„Schutzlos seid Ihr in der Wanne gelegen, während ich so gnädig war, Euch nicht anzurühren. Ich bin ein Mann aus hohem Hause und meine Verlobung wurde vor kurzem aufgelöst. Passend, findet Ihr nicht?" Er grinste, ehe er langsam aufstand. „Sperrt beim nächsten Mal besser ab", warnte er, bevor er sich unbeholfen verbeugte und zum Ausgang schwankte. In der Tür warf er ihr einen letzten Blick zu, ehe er endgültig das Zimmer verließ.

Augenblicke später noch war sie wie gelähmt und nicht dazu fähig den Blick von der Tür abzuwenden. Aus Angst, dass er zurückkommen würde, wagte sie es nicht aufzustehen. Und so verharrte sie zittrig, bis sie genügend Mut angesammelt hatte, um aus der Wanne zu springen und zum Schlüssel zu stürzen.

Triefend vor Nässe schloss sie genau in dem Moment ab, als jemand ungeduldig zu klopfen begann: „Sollen wir die Wanne wieder entfernen?" Obwohl es nur irgendeine Magd war, die sich erkundigte, rief sie schärfer als beabsichtigt: „Nein!"

Stille breitete sich auf der anderen Seite aus und Raena begriff, dass sie zu laut geschrien hatte. „Danke, aber ich bin noch nicht fertig", antwortete sie erneut, diesmal ruhiger.

Daraufhin entfernten sich die Schritte wieder, bis sie völlig verstummten.

Raena stieß die Luft zwischen den Zähnen aus. Ihre Knie gaben nach und so rutschte sie zu Boden, winkelte die Beine an und presste den Kopf dazwischen. Ihr Kopf dröhnte. Übelkeit nahm ihr den Atem. Die Luft im Raum war furchtbar dick geworden. Es kam ihr so vor, als würde sie Flüssigkeit einatmen und bei jedem Atemzug langsam daran ersticken.

Sie versuchte sich zu beruhigen, versuchte an etwas Schönes zu denken, irgendetwas, nur nicht an diesen Mann, der ungeladen in ihr Zimmer gedrungen war. Doch es brachte nichts, als würden ihre Gedanken um sich selbst kreisen und immer wieder an den Anfangspunkt zurückkehren.

„Das Bad", murmelte sie, als müsse sie sich selbst zurück in die Realität zwingen, „das Bad."

Raena kroch ein Stück vorwärts, erhob sich schwerfällig und stolperte auf die Wanne zu. Ihr Sichtfeld schwand und Schwindel setzte ein.

Darum bemüht, nicht auf der Stelle in Ohnmacht zu fallen, kletterte sie zurück ins Wasser, schluckte hart und kauerte sich zusammen. Sie hatte Angst. Sie hatte solche Angst. Dank Mutter wusste sie, dass Männer oft taten, was sie wollten. Sie hatte es bereits an ihrer eigenen Haut erfahren, doch das hier ... dieser Blick, diese Augen, diese Gier darin. Sie dachte an ein Wort, welches sie einmal gehört hatte. *Begierde*. War es das gewesen?

Raena schluckte schwer.

Doch was wäre geschehen, wenn sie ihn wirklich erdrosselt hätte? Er war ein Mann und sie eine Frau. Wie sollte ihr das gelingen? Allein, dass sie darüber nachdachte jemanden umzubringen, verursachte ihr üble Magenschmerzen. Doch, wenn sie es tatsächlich geschafft hätte, hätte man sie dann eingesperrt? Hätte man ihr zugehört, wenn sie erklärt hätte, was sich zugetragen hatte? Dass sie aus Notwehr gehandelt hatte? Sie kannte die Gesetze in diesem Land nicht, wusste nicht, wie das Gericht darüber urteilen würde. Sie wollte nicht töten. Ihr Gewissen würde sie in Stücke reißen. Wer war er? Gehörte ihm der Pegasus aus dem Stall?

Bis sie sich wieder halbwegs im Griff hatte und klar denken konnte, verstrichen die Sekunden und das Wasser kühlte ab.

Rizor wird mich beschützen. Natürlich. Er steht ja auch vor der Tür und hält Wache. Konnte sie das von ihm erwarten? Eigentlich war sie eine „Gefangene". *Soll ich nach unten gehen und es ihm sagen?* Sie überlegte nicht lange. Es wäre ihr unangenehm, wenn er wüsste, wie dumm sie gewesen war. Raena schüttelte den Kopf. Nein, sie würde es ihm nicht sagen. Es war ihr peinlich und wenn sie es jemandem sagte, dann nur Lanthan.

Verärgert suchte sie nach der Seife und musste zähneknirschend feststellen, dass sie viel zu weit weg war, um mit der bloßen Hand danach greifen zu können.

Nachdem sie sich gewaschen und ihren Körper in ein Tuch gewickelt hatte, klopfte es erneut an der Tür. Widerwillig erlaubte sie den Mädchen, das Wasser abzuschöpfen und den Raum trocken zu wischen. Minuten später sperrte sie die Tür wieder ab, kontrollierte zweimal, ob sie das auch tatsächlich getan hatte, und stand danach im Zimmer.

Teilnahmslos betrachtete sie das Leder, welches noch immer dort lag, wo sie es ausgezogen hatte. Und so raffte sie sich dazu auf, es vom Boden aufzuheben und sorgsam über eine Stuhllehne zu legen.

Sie dehnte die Ärmel, knetete die Schultern und den Hosenbund. Sie hatte das Gefühl, dass es sich danach besser anfühlte, ließ es dann aber sein. Das Material schien zwar robust, aber nicht sonderlich wassertauglich. *Von wegen elbische Ware.*

Die plötzliche Aufregung hatte sich verflüchtigt. Sie war gerädert, ihr Körper vom Ritt zerschunden, und obwohl sie im Sattel geschlafen hatte, fühlte sie sich, als hätte sie tagelang wachgelegen.

Es war ironisch, dass sie zuvor noch gedacht hatte, Rizor würde sie beschützen. In dem Moment, wo der Fremde in ihr Zimmer gekommen war, hätte er eigentlich um die Ecke biegen und seine Waffe schwingen müssen. War er schon in seinem Zimmer, sollte sie nachsehen? Nein, dazu war sie zu feige.

Sie wagte sich zum Fenster, blickte durchs saubere Glas auf die staubige Straße hinaus und konnte keine Menschenseele vor dem Gasthof erkennen. Seelenruhig grasten wenige Meter weiter braune Kühe auf der Weide. Ciro war nirgends zu sehen.

Aufseufzend wandte sie sich von der Landschaft ab und roch gedankenverloren an den Blumen, die ihr ein wenig Trost spendeten. Ihre Mutter hatte auch immer Lavendel in ihrem Garten angepflanzt.

Bevor sie den Gedanken zu Ende gedacht hatte, verwünschte sie sich bereits. Sie sah ihren Rücken, während sie am Herd stand und Suppe kochte. In ihrem Kopf hallte ihre Stimme wider, die sich besorgt erkundigte, ob sie noch einen Teller voll haben wolle.

Die Erinnerung trieb ihr Tränen in die Augen.

Raena wandte sich von den Blumen ab und blickte zum Bett. *Schlafen.* Nach dem Schlaf würde alles besser werden. Mache Probleme lösten sich von selbst, während man in Traumlandschaften umherirrte. Sie war zu müde, um sich noch mehr Sorgen zu machen, zu müde, um sich den Kopf zu zerbrechen oder sich zu fragen, ob der fremde Mann erneut versuchen würde, in ihr Zimmer zu gelangen.

Bevor sie ihren allmählich immer schwerer werdenden Körper in die weiche, mit Gänsefedern gefüllte Matratze drückte, trocknete sie notdürftig ihr Haar ab. Danach kletterte sie unter die eiskalte Decke. Was sollte sie auch anderes tun, außer zu schlafen? Rausgehen und warten, bis sie zurückkehrten? Sie stellte sich Esineds Blick vor und das gab ihr den Rest.

Still und leise liefen ihr die Tränen über die Wangen.

Sollte sie zu den Göttern beten? Sollte sie um Schutz, Vergebung und Hilfe bitten? Fast hätte sie aufgelacht. Angeblich stammte sie von ihnen ab. Musste sie dann zu sich selbst beten? *Wohl kaum.*

28. KAPITEL

Es war die Hitze, die sie zwang, die Augen zu öffnen.

Nein. Nicht die Hitze. Vorfreude war der Grund.

Neben ihrem glühenden Körper lag eine zusammengeknüllte, fremde Decke. Ihre eigene Nacktheit machte ihr nichts aus, sie war sogar froh darüber. So konnte sie sich frei bewegen, ganz natürlich mit Grazie, bevor sie einen tödlichen Schlag vollführte. Kraftvoll und mit Schwung, warf sie ihre Beine über die Kante, erhob ihren Oberkörper und lächelte.

Vergnügen.

Sie spürte es.

Diese Kraft, die ihren Körper durchströmte. Als wäre alles möglich. Als könne sie Sonne und Mond vom Himmel holen und die Sterne auf ihren bloßen Handflächen schweben lassen. Es war seltsam und faszinierend zugleich. Vertraut. Als erlebe sie das nicht zum ersten Mal, obwohl sie sich sicher war, dass sie so noch nie gefühlt hatte.

Vorsichtig setzte sie ein Fuß vor den anderen, tanzte auf ihren Zehenspitzen und drehte sich im Kreis, immer schneller werdend, bis sie der Atem verließ und ihr Herz so schnell wie das eines Rennpferdes donnerte.

Ihr eigenes beschwingtes Lachen hallte in ihren Ohren.

Entzückt betrachtete sie ihre Hände, ballte sie zu Fäusten und wunderte sich, dass sie trotz der Dunkelheit so gut sehen konnte. Langsam löste sie jeden einzelnen Finger und spürte die Energie förmlich auf ihrer Haut knistern. Als ein kleiner, gelber Funke ihrem Mittelfinger entsprang und auf der linken Handfläche zu schweben begann, riss sie erstaunt die Augen weit auf. Er drehte sich immer schneller und heller werdend und mitten in diesem turbulenten Schauspiel, sah sie sein Gesicht. Das Gesicht des Mannes, der sie belästigt und bedroht hatte. Seine Stimme und sein vor Erregung beschleunigter Atem, dröhnten wie dumpfe Hammerschläge gegen ihre Schädelwand. Sie ballte die Hand zur Faust und die Spiegelung erlosch. Blutstropfen traten zwischen ihren Fingern hervor.

Tod.

Sie wollte seinen Tod.

Eine unbezwingbare, blutrünstige Aggressionswelle überflutete sie und fraß in ihre Seele ein tiefes, schwarzes Loch. Grausame Gier trieb sie an. Nackt und mit nichts als ihrer Haut am Leib, stand sie im Gang. Die kalte Luft vermochte ihren heißen Körper nicht zu kühlen. Sie wusste, dass sie nur von wenigen Türen voneinander getrennt waren, denn sein Duft war überall präsent, haftete am Boden und an den Wänden fest, schwebte unsichtbar um sie herum. Lautlos waren ihre Schritte und nur ein einziges Mal blickte sie über ihre Schulter zurück, als eine dunkle Maus die Treppe hinuntertappte.

Dort, wo der Geruch des Fremden am stärksten in ihrer Nase kitzelte, hielt sie inne. Es war die Tür mit der Nummer Zweiundzwanzig. Sie streckte die Finger nach der Klinke aus und schloss die Hand um das eisige Metall. Vor ihrem inneren Auge flackerte das Bild einer Blutlache auf, deren Ränder eingetrocknet und zum Teil in den Ritzen des Parketts versickert waren. Ihren Zeigefinger verließ ein kleiner, gelber Funke, der eins mit dem Metall wurde und die Tür schwang lautlos auf.

Finsternis begrüßte sie. Es roch nach kaltem Rauch, Schweiß, Alkohol, Essen und noch so vielen anderen Dingen, die sie nicht näher erkunden wollte. Trotz zugezogener Vorhänge war es ihr möglich, Schemen und Umrisse zu erkennen, doch die Einrichtung interessierte sie nicht. Ihr Blick fiel auf den Mann, der nackt und kaum von der Decke bedeckt im Bett lag und seelenruhig schlief. Seine Brust hob und senkte sich in gleichmäßigen Abständen, er ahnte nichts von ihrer Anwesenheit.

Sie schlich näher, spürte, wie sie immer aufgeregter wurde und süße Erwartung ihre Kehle eng schnürte. Als sie den Mund öffnete, war ihre Stimme ein singendes Krächzen: „Kleiner, unschuldiger Reiter ... wach auf."

Daraufhin zogen sich seine Brauen im Schlaf zusammen. Unruhig wälzte er sich auf die Seite und zerwühlte dabei die Decke so stark, dass sein Körper entblößt war. Schlaksig war seine Statur. Beckenknochen traten unter der hellen Haut hervor und auf einem Hügel aus schwarzem Lockenhaar ruhte ein kleines, zusammengezogenes Glied.

Sie schmunzelte leise und trat zur Bettkante. Wie ein kleines, rosa Schwein lag er vor ihr, bereit abgestochen und verspeist zu werden. Als sie ihn an der Hüfte berührte, erzitterte sie vor Erregung. Behutsam strich sie seine Seite entlang und spürte das Leben, welches unter der dünnen Haut dahinfloss. Ein Strom aus Zeit. Vielleicht fünfundzwanzig Jahre, aber mehr nicht. Er war noch jung. So unglaublich jung.

Ihre Berührung weckte ihn. Seine linke Hand spannte sich an, wanderte über die Matratze nach oben. Blinzelnd blickte er ihr entgegen. Als ihm klar wurde, wer da über ihm thronte und lächelnd auf ihn hinabsah, riss er jäh die Augen auf.

„Hallo", gurrte sie kehlig und umschloss im nächsten Augenblick seine Kehle mit ihren heißen Fingern. Grob schnitt sie ihm die Luft ab.

Seine Beine krümmten sich, die Augen quollen aus ihren Höhlen hervor. Er packte ihr Handgelenk, kratzte, drückte zu, zog die Beine an, versuchte sie zu treten, doch der Schmerz, den sie dadurch fühlte, versetzte sie in Ekstase. Kichernd packte sie ihn fester und spürte den angespannten Halsmuskel, den hin und her wandernden Kehlkopf hart unter ihren Fingern.

„Du bist eine Verschwendung, Reiter."

Ihre Nägel drangen in sein Fleisch.

Er röchelte, die Adern in seinen Augen platzten, färbten das Weiß seiner Augäpfel rot. Blut versickerte in der Matratze. Sie spürte die Luftröhre, die Speiseröhre und wandte ihr Gesicht von dem Grauen nicht ab, welches sie zu verschulden hatte.

Seine Augen tränten vor Schmerz und Todesangst. Kurz kam es ihr so vor, als wolle er sich mit ihr verständigen, also musterte sie ihn nachdenklich und gewährte ihm eine kleine, zischende Luftzufuhr. Seine Abwehr, die immer schwächer wurde, erschlaffte, als er gurgelnd Blut und Luft in seine Lungen aufnahm.

„Er ... s-sieht ... d-dich!"

Blut traf sie im Gesicht. Sie blinzelte.

Er konnte kaum sprechen.

„Wer sieht mich", wiederholte sie verwirrt.

„E-er s-sieht d-dich ..."

Wut erfasste sie. Ein Ruck ging durch ihren erhitzten Körper und sie riss ihm die Kehle auf. Er zappelte und sie hatte genug davon. Ihre andere Hand, die, die bis jetzt untätig geblieben war, packte seinen Nacken und mit einem unmenschlichen Ruck, brach sie ihm das Genick. Und es war das schönste Geräusch, das sie je gehört hatte.

Dann machte sie sich auf den Weg zum Stall.

29. KAPITEL

Raena, deine ältere Schwester.

Wer hätte das gedacht.

Jedes Wort davon war wie Gift in seinen Gedanken.

Torren saß in seinem Arbeitszimmer, hoch oben im Wachturm. Ein Glas voller Kornschnaps in seiner rechten Hand und in der linken eine Gänseschreibfeder, die er bereits in seinem Zorn entzweigebrochen hatte. Normalerweise vermochte ihn die klare Flüssigkeit zu beruhigen, doch an diesem Tag war es anders.

Er war unruhig, aggressiv und enttäuscht zugleich, dass ihm sein Vater solch ein überaus wichtiges Geheimnis all die Jahre, Jahrhunderte lang vorenthalten hatte. Sein eigener Vater und König. Sein Vater, der mit seinen zweihundert Jahren einst den Thron übernommen hatte. Und er war bereits achthundertachtunddreißig Jahre alt, verweilte noch immer in diesem Turm, dem Anschein nach für immer dazu verdammt die Stadt zu bewachen.

Entspann dich. Sie ist weit entfernt, unerreichbar für uns.

Torren verzog nach Balions Worten beide Mundwinkel, schwenkte das Glas und verlor sich kurz im Glanz der Flüssigkeit.

Für meinen Vater ist nichts unmöglich, entgegnete er und nahm einen tiefen Schluck. Der Schnaps brannte seine Kehle hinunter und stellte sämtliche Härchen auf seinen Armen auf. *Wenn er könnte, hätte er sie längst geholt. Ich frage mich, was genau ihn zurückhält.*

Ein Geheimnis?

Torren schnaubte und rollte mit den Augen. *Geheimnis. In jeder Tasche mindestens sechs Geschwister.* Er verzog das Gesicht bei der Vorstellung.

Er ist uralt, bestimmt war ihm langweilig. Balion seufzte schwer und es hallte in Torrens Kopf nach. *Der König hat in seiner Amtszeit hunderte Kinder gezeugt, aber nur wenige davon haben ewiges Leben erhalten. Wir wüssten es, wäre ein mächtiger Prinz oder Prinzessin vor dir in der Thronfolge. Du bist der Anwärter und das weißt du. Niemand würde es wagen, auch nur das Gegenteil zu behaupten.*

Torrens Hand begann zu zittern. Er umfasste das Glas fester und war kurz in Versuchung, es gegen die Mauer zu werfen.

Kommt Zeit, kommt Rat, versicherte ihm Balion optimistisch.

Der Drache saß am Dach des Turms, auf einer Plattform, die man eigens für ihn gefertigt hatte, und hielt dort Ausschau. Hin und wieder quietschte das Gebilde protestierend, da sein Gewicht die Tragkraft der Anlage überreichte, obwohl erst vor kurzem die dicken Pfosten mit Stahl verstärkt worden waren.

Ich kann nicht untätig herumsitzen, während dort draußen das Gleichgewicht herumrennt! Er kippte den letzten Rest in sich hinein.

Glaubst du wirklich, dass alles von diesem Mädchen abhängt? Ich kann es mir kaum vorstellen. Eine einzige Person für das Ende der Welt verantwortlich zu machen ist ziemlich gemein, findest du nicht?

Kennst du die Geschichten nicht?

Welche Geschichten? Ich habe Flügel, bin also nicht an diese Welt gebunden. Ich kann jederzeit vom Erdboden abheben.

Torren stellte das Glas etwas lauter als beabsichtigt ab, ignorierte das Klirren und schob sich samt Stuhl quietschend vom Arbeitstisch zurück. Die kaputte Gänsefeder warf er schwungvoll auf einen nahen Papierstapel. *Ich weiß nicht, was ich glauben soll. Das Einzige, was ich im Laufe der Jahre gelernt habe ist, dass mein Vater nicht dafür bekannt ist, Unsinn zu erzählen, vor allem dann nicht, wenn es die Familie betrifft.* Tief durchatmend fand er sich beim Fenster wieder, wo sein Blick sich im wilden Schneetreiben verlor.

Deine Schwester war nicht sonderlich erfreut darüber, dass sie die Verantwortung übernehmen muss.

Torren musterte die Schneeflocken, die im Rahmen hängenblieben. Seine Nasenflügel bebten.

Warum ausgerechnet Darina? Warum hat er Irillian nicht gerufen?

Du weißt, dass Irillian an seinen Eid gebunden ist.

Torren lachte hart auf. *Genau. Der Eid, der uns dazu verpflichtete, einen Prinzen als Pfand an die Elfen auszuliefern, damit der Friede zwischen uns bewahrt werden kann, da Lairn ihnen gestorben ist. Was können sie uns anhaben? Nichts. Sie sind viel zu wenige, damals bildeten sie eine kleine Armee, die an der Seite der weißen Reiter kämpfte und nur dadurch Ruhm erlangen konnte. Sie sind ein mickriges, kleines, unbedeutendes, eingebildetes, egoistisches Volk. Ich könnte es auslöschen, wenn ich es wollte.* Er war übermütig und schwang große Worte. Natürlich konnte er die Elfen nicht einfach auslöschen. Damals mochten sie vielleicht ein schwaches Volk gewesen sein, doch über die Zeit waren sie zu einer Macht angewachsen, die man nicht unterschätzen sollte. Torren hatte seinen Bruder seit einer halben Ewigkeit nicht mehr gesehen und jedes Mal, wenn er an ihn dachte, füllte Zorn seine Brust. „Ich würde lachen, wenn er tot wäre."

Die Dachbalken ächzten und krachten, Staub rieselte von der Decke.

Würdest du nicht, war Balion sich sicher.

Torren schwieg.

Das Wetter wurde immer schlechter, die Schneeflocken dichter. Er konnte nicht einmal mehr die Stadt erkennen. Wenn es so weiterging, würden die Dächer mitsamt ihren Häusern unter einer dicken Schicht begraben werden. Rekruten waren bereits dazu gezwungen, zwei Mal am Tag abwechselnd den Schnee im Innenhof zur Seite zu schaufeln. Die Jugend brauchte Ablenkung, ansonsten ging der Irrsinn mit ihr durch.

Was dachte er hier eigentlich?

Er drückte sich die flache Hand gegen die Stirn und atmete tief durch. Mord und Totschlag sollten ihn leiten, Wut und Aggression seine Sinne beherrschen und er saß einfach nur da, enttäuscht darüber, dass er nichts von einer Schwester gewusst hatte. War er tatsächlich so naiv gewesen zu glauben, Vater hätte in den tausenden Jahren davor keine weiteren unsterblichen Nachkommen gezeugt?

Nein. Es ging um den Fakt, dass das Gleichgewicht echt war und seine Existenz keine Legende, dass sie diejenige sein würde, die den schwarzen Thron bekäme. Daran gab es keinen Zweifel. Es würde so kommen. Deshalb war er mit Rakstein vertröstet worden, deshalb saß er seit Jahren untätig herum, wartete vergeblich auf ein Zeichen oder eine Nachricht, dass er übernehmen und König werden konnte.

Torren ließ die Hand wieder sinken, ballte sie zur Faust.

Ihm gehörte der Thron. Er sollte dort sitzen. Es war sein Erbe, war immer sein Schicksal gewesen. Und jetzt auf einmal doch nicht mehr? Wie sollte er lernen, das zu akzeptieren?

An der Tür klopfte es.

„Herein."

Eine Dienstmagd betrat den Raum. Auf ihrer linken Hand trug sie ein schmales silbernes Tablett, auf dem ein kleiner versiegelter Brief lag.

Torren erhob sich und schluckte, als sich der Raum zu drehen begann. Mit zusammengebissenen Zähnen umrundete er den Arbeitstisch, schnappte nach dem Papier und brach das Siegel. Zügig las er die versprochenen Anweisungen, die Reiter, die ihn begleiten sollten und blinzelte kurz, da ihm die Wörter vor den Augen verschwammen, als er den letzten Namen, nämlich *Irillian* entzifferte. „Geht", entließ er die Magd mit einem ungeduldigen Wink.

Sie gehorchte sofort, verneigte sich und huschte aus dem Raum.

Nachdem die Tür hinter ihr zugefallen war, keuchte er: „Wie soll das gehen, *Vater*?" Den Drang unterdrückend, den Brief einfach zu zerreißen und lauthals zu fluchen, knüllte er ihn wenigstens zusammen.

Balion ließ sich durch seine Stimmungsschwankungen nicht beeindrucken.

Irillian soll ebenfalls daran beteiligt sein. Ich glaub's nicht. Torren spürte, wie ihn ein wildes Zittern ergriff. Vor seinen Augen wurde es kurz dunkel. *Vater schreibt, er würde sich bereits in Narthinn befinden.*

Torren spürte Balions Überraschung, seine Aufregung. *Und du hast es gerade noch erwähnt.*

Um mich zu beschatten?! Zu kontrollieren?! Wutentbrannt schnappte er nach dem Glas und schleuderte es gegen die Tür. Holz krachte, Glas splitterte. Die Wucht war so gewaltig, dass ein kleiner Splitter in seine Richtung zurückflog und nur knapp sein Gesicht verfehlte.

Das lass ich nicht zu. „Das lasse ich mir nicht bieten!"

Torren kochte und es pfiff in seinen Ohren.

Er hörte, wie Balion ein lautes Brüllen ausstieß, welches sogar die Turmfenster zum Beben brachte. *Jetzt beruhige dich!*

An Beruhigung war nicht zu denken. Torren drehte sich taumelnd im Kreis, stolperte zum Arbeitstisch, die Hand nach einem weiteren Glas ausgestreckt, welches er vor einer Stunde für den Fall hingestellt hatte, dass ihn die Gefühle übermannen sollten. Die halb leere Kornflasche stand unmittelbar daneben. Es brauchte viel Alkohol, um ihn beschwipst und erst recht betrunken werden zu lassen. Sein Körper regenerierte viel zu schnell. Aber er liebte dieses bodenlose Nichts, welches unmittelbar nach einem Ohnmachtsanfall eintrat. Es war wie die Umarmung einer Geliebten, die einen in ihren Armen willkommen hieß.

Wir können nicht einfach, nur weil wir es wollen, über die Grenze ins Land der Weißen reisen. Wäre bestimmt amüsant, wenn wir alle Reiter dort einfach in Brand stecken und davonfliegen. Ich möchte nicht für einen neuen Krieg verantwortlich sein, du etwa?

Torren zog den Korken aus der Flasche und leerte, weil seine Hände zitterten, einen guten Schluck daneben. Nur mit Mühe unterdrückte er den erheiterten Lacher, der in seiner betrunkenen Kehle gurgelte und hob fluchend die Flasche an die Lippen. Wer brauchte schon Gläser.

„Fliegen, mein Freund", sprach er weise, nachdem er getrunken hatte, und wischte die Tropfen von seinen Lippen mit dem Handrücken fort. *Du bist ein Drache. Für dich müsste es kein Problem sein, einen Vogel vorzutäuschen.*

Torren, du trinkst zu viel, bemerkte Balion grimmig und die starke Windböe, die durch die Turmritzen heulte, unterstrich seine Aussage. Irgendwann würden ihm die verfluchten Dachbalken noch um die Ohren fliegen!

Sag du mir nicht, was ich zu tun habe. Würdest du hunderte Jahre zu spät erfahren, dass du eine Schwester hast, die zu all dem Überfluss auch noch älter ist als du, würde es dir auch nicht besser gehen. Er wusste, dass er wie ein kleiner Junge klang. Doch er konnte nicht aus seiner Haut. Die Situation war viel zu absurd, um wahr zu sein. Aber er würde damit klarkommen. Irgendwie.

Also, ich würde mich freuen, entgegnete Balion trocken und etwas verspätet.

Die Flasche in der Hand haltend, torkelte Torren durch den Raum und zertrat dabei mehrere Splitter. „Verfluchter ... Mist ...!", murmelte er, als er beinahe auf ihnen ausgerutscht wäre.

Im Kamin brannte Feuer. Es war schön warm im Raum, die trockenen Holzscheite knisterten und verbreiteten eine wohlige Atmosphäre. Doch ihm war, als würde sein Herz zu Eis gefrieren. Torren leerte die Flasche bis auf ein paar letzte Tropfen, die er anschließend in die Flammen wedelte und beobachtete fasziniert, wie sie zischend verdampften.

Du hast Recht. Bitter war der Geschmack in seinem Mund. *Ich bin ein Säufer und ein Trinker. Ab sofort ist Schluss damit.* Damit warf er die Flasche ins Feuer und legte die Hand schützend über seine Augen, als sie an der Rückwand des Kamins zersplitterte.

Der Drache ignorierte seine theatralische Vorführung gekonnt. *Wann brechen wir auf?*, fragte er stattdessen.

Der Nebel im Raum wurde dichter. Torren brauchte einen klaren Kopf, konnte in diesem Zustand keinen brauchbaren Gedanken fassen. Auch wenn er mit dem Kornschnaps seine Gefühle in Schach halten konnte, er hatte genügend Erfahrung gesammelt, es auch ohne hinzubekommen. Er musste es nur versuchen. Einmal. Er würde es schaffen.

Sobald ich wieder bei Sinnen bin, entgegnete er etwas verspätet, lehnte seinen Körper seitlich an den Kaminsims und verschränkte die Arme vor der Brust. Schwach war er, ließ sich verleiten, anstatt einen kühlen Kopf zu bewahren, so wie es sich für einen Prinzen ziemte. Denn er war hier und Raena weit entfernt, wusste vermutlich nicht, dass ihr Vater noch am Leben war und sie seine Nachfolge antreten musste. Vielleicht hatte er Glück und sie wollte das alles gar nicht. Vielleicht konnte er rechtzeitig verhindern, dass sie davon erfuhr.

So schlimm betrunken bist du nicht. Solange du dich noch mit mir verbinden kannst, bin ich zufrieden.

Fast hätte Torren gelacht. Früher hatte er so viel getrunken, dass er sich einen ganzen Tag lang nicht mehr mit seinem Drachen hatte verbinden können. Nun, *das,* gehörte nicht zu seinen Lieblingserinnerungen und war nicht gerade etwas, worauf man stolz sein konnte.

Resigniert schloss er die Augen, hielt den Körper reglos und wartete ab. Als ihm Balion ein Bild von der Umgebung schickte, erschien es vor seinem geistigen Auge. Nichts außer wildem Schneetreiben war am Horizont erkennbar. Entfernt erinnerte ihn die öde Landschaft, deren blühende Wiesen im Sommer ein beliebter Ort für verliebte Paare waren, an die weite Eiswüste im Osten. Noch waren ein paar der Häuser sichtbar, doch wenn es so weiterging, würde bald die gesamte Stadt verschwunden sein. Sogar der imposante Kirchturm, dem König und Gott Eran geweiht, war in einer weißgrauen Wolke verborgen.

Der König hätte keinen passenderen Tag wählen können, meinst du nicht?

Torren, der es zwar schätzte, dass sein Reittier ihn von seinen Gefühlen ablenken wollte, verfluchte ihn aber, da er bei den grellen Bildern hinter seiner Stirn einen stechenden Kopfschmerz bekam. Und da Torren ihm keine Antwort gab, entschied Balion, ihn vorerst in Ruhe zu lassen.

Er zwang sich gleichmäßig zu atmen, schaffte eine rettende Leere in seinem Kopf und versuchte damit dem Alkohol zu entfliehen, der sich nur langsam in seinem Körper abbaute. Nun, er übertrieb, bei ihm ging es vergleichsweise schnell zu anderen Trinkern.

Er war müde. Seine Glieder waren träge, seine Beine bleischwer und seine Arme wie aus Granit. Im leisen Knistern des Feuers, dem kaum vernehmbaren Zischen, als die Restfeuchte aus den Scheiten verdampfte, fand er ein wenig Ruhe.

Nachdem das Warten langsam unerträglich wurde, löste er seinen schweren Körper vom Kaminsims und knirschte entnervt mit den Zähnen, als die Aggression mit einem Schlag zurückkehrte.

Aleron wird uns begleiten, teilte er Balion knapp mit und stampfte zielstrebig auf den Schrank zu, wo er so grob mit dem Holz umging, dass er die Türen fast aus ihren Angeln gerissen hätte. In einen Ledersack, den er zwischen den Schuhen verstaut hatte, stopfte er frische Hemden, Bandagen, weiche und gefütterte Lederhosen, Gürtel, Unterwäsche, Schals, Wollpullover und Mundkopftücher, mit denen er gelegentlich das Gesicht vor Erkältungen schützte, wenn er hoch oben mit Balion patrouillierte. Den dicken, gepolsterten Mantel, der ihn vor der beißenden Kälte schützen würde, würde er gleich beim Rausgehen anziehen.

Es handelte sich, bis auf die praktischen Mundkopftücher, um Kleidung, die dem Stil und der Mode der weißen Reiter entsprach. Er hatte, nachdem er mit der Mission beauftragt worden war, eine ganze Truhe voller Importwaren erhalten, aus der er sich aggressiv passende Kleidung herausgepickt hatte. Danach hatte er sie in den Schrank geworfen und nicht mehr angesehen.

Balion seufzte. *Das ist nicht verwunderlich.*

Nicht nur ihn hatte überrascht, wem Aleron eigentlich gehörte, sondern auch Balion. Wie auch immer das möglich war, sie hatten es nicht hinterfragt und einfach akzeptiert, das Aleron dafür bestimmt war, Raenas Reittier zu sein, es offenbar schon immer gewesen war. Torren verstand es nicht. Sie konnten unmöglich miteinander verbunden sein, dafür brauchte man Blut und Raena hatte das Königreich nie betreten, sonst gäbe es die Mission nicht und er wäre weit minder überrascht, eine ältere Schwester zu haben.

Torren drehte den Waffengürtel zwischen seinen Händen. Sollte er am besten alle Dolche oder doch nur zwei mitnehmen?

„Torren! Wie lange soll ich denn noch auf dich warten?!", klopfte es ungeduldig an der Tür.

Darina! Die hatte er komplett vergessen.

In Hast zog er die Lederschnüre zu, warf sich sein Gepäck auf den Rücken und schloss die Schranktüren. „Komm rein!", murrte er mit belegter Stimme, die eine sagenhafte Ähnlichkeit mit einem Reibeisen aufwies.

Die Tür schwang quietschend auf und krachte gegen die Turmmauer.

Staub wurde aufgewirbelt und ihm wurde klar, wie lange er keine Bediensteten mehr in diesen Raum zum Putzen geschickt hatte.

Ins Arbeitszimmer stürmte eine junge Frau, augenscheinlich jung, denn eigentlich war sie ein paar hundert Jahre alt, gekleidet im typischen Gewand der Adeligen, schwer schnaubend und mit bebenden Schultern. Dunkelbraune und schrägstehende Augen funkelten ihm entgegen, ihr bleiches Gesicht glühte. „Seit über einer Stunde warte ich darauf, dass du hier oben rauskommst, und ich schwöre dir, es war nicht angenehm für mich mit diesen, diesen blutigen Jugendlichen in der ...", vor Ärger bekam sie kaum Luft, ihr fest eingeschnürter Oberkörper hob und senkte sich unregelmäßig. Er hatte noch nie verstanden, wie man sich in solch enge Mode zwängen konnte.

„Es tut mir leid, Schwester", erwiderte er daraufhin höflich, bemüht darum ein wenig Mitgefühl und Demut zu zeigen.

„Nein, tut es nicht!", entgegnete sie eine Oktave höher, verschränkte die Arme vor der flachen Brust und schlich langsam näher, taxierte ihn wie ein Tiger. Sie war bis zum Kinn in ein enges und festes Kleid geschnürt, welches kaum Bewegung erlaubte und ihre Schritte dementsprechend kurz ausfallen ließ. Auch wenn die schwarzen Reiter ein wenig brutal erscheinen mochten, waren sie für ihre prüde Lebensweise bekannt. *Nach außen hin, zumindest.* Dementsprechend wenig nackte Haut wurde gezeigt und toleriert. Küsse, Umarmungen, Liebe und Sex fanden nur hinter verschlossenen Türen statt.

Darina war schmal gebaut, ihre Brüste flach, ihre Hüften klein. Das einzig Eindrucksvolle war ihr langes, schokoladenbraunes Haar, welches ihr bis zu den Knien reichte. Sie trug es meist geflochten, doch immer hochgesteckt, so wie die Etikette es vorschrieb. Früher hatte er sie oft wegen des Abtritts aufgezogen. Eine lange Mähne konnte ziemlich unpraktisch sein, vor allem dann, wenn man sich den Hintern abwischen musste. Sie hatte erwidert, dass ihr Haar nie offen sein würde, nicht einmal beim Schlafen und er sich gefälligst um seinen eigenen Kram kümmern solle.

„Schön siehst du aus. Keine frisch gepresste Wurst kann dir das Wasser reichen."

„Lass die Scherze!", fauchte sie bissig, umarmte ihn stürmisch und roch an seinem Gesicht. „Du hast getrunken", stellte sie trocken fest, ließ ihn wieder los und musterte ihn skeptisch.

Zweifelnd zog er beide Brauen hoch. „Was du nicht sagst."

„Du könntest ein wenig netter zu mir sein, da ich ab jetzt in deinem grauenvollen Turm hausen werde." Angeekelt betrachtete sie sein Bett, rümpfte die Nase ob der zerwühlten Decken und murmelte: „Da drin schlaf ich erst, nachdem es frisch bezogen wurde."

Torren war das einerlei, denn er würde einige Wochen lang unterwegs sein. Welche Laken sie benutzte oder ob sie in seinem Arbeitszimmer schlief war ihre Sache.

„So wortkarg kenne ich dich gar nicht", ein Schatten huschte über ihr ansehnliches Gesicht. Sie schien besorgt.

Torren grinste sie schief an, wobei der gewünschte Effekt, nämlich ein Lächeln ihrerseits, ausblieb. Stattdessen legte sie ihm die kühle Hand auf die Wange und ließ ihn unter der Berührung überrascht zusammenzucken. Sein Grinsen schwand. „Lass das." Berührungen waren ihm unangenehm.

Laut seufzend ließ sie ihre Hand wieder sinken und betrachtete ein paar Sekunden lang den Boden vor ihren Füßen, bevor sie ihn aus gesenkten Augenlidern traurig musterte.

„Was hast du dir gedacht, als Vater dir erzählte, dass wir noch eine Schwester haben?"

Torren erstarrte. „Vater ist uralt. Vielleicht ist der Nachbar unser Onkel." Den letzten Satz spie er ihr regelrecht entgegen.

Beruhige dich, sie kann nichts dafür.

Darina wich nicht zurück, sah ihn auch nicht verärgert an, sondern erdolchte ihn mit ihren enttäuschten braunen Augen, die ihn innerlich zum Schreien brachten. Danach blickte sie unbeteiligt aus dem Fenster. „Er behandelte dich nie so, wie es sich einem Thronfolger gegenüber gehört. Ich denke, das hast du zuletzt vor ungefähr zweihundert Jahren begriffen. Nun hast du ja die Antwort."

Torren stellte den Sack auf dem Boden ab, ging zum Arbeitstisch und deutete auf den Stapel, den er seit drei Tagen nicht mehr angerührt hatte. Daneben war sein Geldbeutel, welchen er an sich nahm. „Falls du Hilfe bei den Papieren brauchst, der Festungsaufseher wird dir zur Seite stehen." Er durchquerte den Raum, holte seinen angelehnten Schwertgürtel und legte ihn an. Dann nahm er den dicken Mantel vom eisernen Nagel an der Wand und streifte sich ihn über.

„Das ist doch nicht dein Ernst!" Sie folgte ihm und versuchte ihn am Arm zurückzuhalten. Geübt entwand er sich ihrer Umklammerung, ging ihr aus dem Weg und nahm den Sack wieder an sich.

„Du kannst doch nicht ..."

Bevor er zur Tür eilte, schenkte er ihr einen kurzen Blick und ein schmales, ehrlich gemeintes Lächeln. „Pass auf dich auf, Darina."

„... einfach so gehen ..."

Und als er die Treppe hinunterrannte, schrie sie ihm nach: „Aleron wurde freigelassen!" Eine kurze Pause, dann: „Ich liebe dich! Komm bitte heil wieder zurück!"

Am halben Weg war Torren zur Salzsäule erstarrt, hatte ihr zugehört und war ohne ein weiteres Wort wieder weitergegangen.

Der Wind pfiff durch die Ritzen und erinnerte ihn an den erbärmlichen Zustand des Gebäudes.

Innerlich gereizt und angespannt, dachte er über Darinas Worte nach. Seine Schwester hatte ihm des Öfteren bereits erklärt, dass irgendetwas faul sei, ihr hoher Vater ihn nicht als *den* Thronerben behandele, lediglich über die Zeit hin vertröste und ihm nur zur Ablenkung erlaubt hatte, die Arena zu erweitern. Zusätzlich hatte er den Landeplatz vergrößern dürfen und es war ihm wie ein Wunder erschienen. Mehrere Monate hatte es gedauert und in seinen Ohren hatte es tagelang gehämmert und Männer hatten rumgeschrien, bis er am fünften Tag beschlossen hatte, die restliche Woche mit Saufen zu verbringen.

Das lag Jahre zurück.

Er hasste Störgeräusche und konnte keine weiteren Menschen um sich herum ertragen. Er fühlte sich nicht einsam, zuletzt hatte er sich einsam gefühlt, da war er ein kleiner Junge gewesen, doch die Zeit lag sehr weit in der Vergangenheit zurück und war lange vorbei.

Torren fuhr sich mit der Hand durchs Haar.

Er hatte keine Ahnung, wo er mit der Suche beginnen sollte.

Laut Vaters Anweisungen, der seine Spione überall hatte, war sie nach Narthinn unterwegs. Einen Drachen bis dorthin zu schmuggeln, würde ihn sehr viel Geld und bei viel Pech, auch seinen Kopf kosten und er hatte nur den einen.

Die kleine Flamme in seiner Brust loderte kurz auf, wurde stärker und Balions Stimme ertönte in seinem Kopf. *Wo sollst du dich mit ...*

Torren betrat die Halle der Rekruten und unterbrach ihn. *Dem Rest treffen? Nicht hier. Ich soll nach Zíl „Zur silbernen Mähne" reiten. Hier weiß noch niemand, dass ich nicht der Thronerbe bin.* Da fiel ihm zum ersten Mal auf, dass er verletzt war. Die Bemerkung war sinnlos, voller Bitterkeit und Enttäuschung gewesen, sodass er sich sofort zu schämen begann. Balion fühlte es, doch er reagierte nicht darauf, wofür Torren ihm dankbar war. Er beeilte sich, lief an den leeren Stühlen vorbei, den breiten Gang hinaus und nickte den wenigen Reitern zu, die ihm entgegenkamen.

Soll ich Aleron Bescheid sagen?

Torren rannte durch die Festung und fand sich einen Augenblick später im Hof wieder. Natürlich hätte er auch anders zu den Stallungen gehen können. Aber er wollte möglichst vielen Leuten aus dem Weg gehen.

Nein. Er wird uns von selbst folgen müssen, entgegnete er knapp. Es war ihm egal, wie Aleron vorgehen würde. Der Drache konnte sich ruhig in Lava ertränken. Er würde ihm damit einen großen Dienst erweisen.

30. KAPITEL

Eisiger Wind schlug ihm entgegen. Schneeflocken blieben in seinem Haar und auf seiner Kleidung haften. Für einen Moment war er blind, sah nichts außer weiß und verfluchte den Tag, die Uhrzeit, das Wetter, Raena und ihren verdammten Wachdrachen.

Er ist älter als wir, erinnerte ihn Balion streng, aber auch vorsichtig, er wollte Torren nicht unnötig verärgern, *er ist mit gebührend Respekt zu behandeln. Wenn nicht von dir, dann wenigstens von mir. Eine Pranke von ihm und ein Mich gibt es nicht mehr.*

Respekt!? Den hätte *er* genauso gut verdient. Wurde ihm genügend Respekt erwiesen? Wurde er mit Angst und Schrecken in den Augen seiner Untertanen angesehen? Leckte man ängstlich seine Schuhspitzen, wenn man eine Audienz bei ihm erwünschte?! Nein, stattdessen hockte er seit Jahren in diesem Arbeitszimmer fest, mit der Aussicht auf nichts.

Wenn du meine Meinung wissen willst, er hätte ihn ruhig dortbehalten können. Er hat mir keine Anweisungen zukommen lassen, die ihn irgendwie beträfen, fauchte er, *von mir aus kann er gern versuchen, dich zu töten, denn dann werde ich ihn töten. Und glaube mir, ich werde es genießen. Vielleicht sollte ich sie vorher töten und ihn leiden lassen. Er wird am Schmerz zugrunde gehen. Ich frage mich, ob er sie die ganze Zeit über gefühlt, es aber nie erzählt hat. Eigentlich macht er sich damit des Verrates schuldig, man sollte ihn bestrafen, ihm den Kopf abhacken.* Und wie er sich an dem Gedanken ergötzte. Trotzdem fühlte er sich wie ein kleiner Junge, dem sein Lieblingsspielzeug weggenommen worden war. Und das machte ihn rasend. Er wusste ganz genau, dass es ab einer gewissen Entfernung nicht mehr möglich war, sein Reittier zu spüren. Die Distanz war einfach zu groß.

Balion ignorierte ihn. *Wir müssen dafür sorgen, dass sie nachhause kommt.*

Torren, der sich einen Weg durch den kniehohen Schnee gebahnt hatte, hielt mitten in der Bewegung inne.

„Nachhause?", echote er. Sie war hier nicht zuhause. Sie war eine Fremde in diesem Land. *Sie soll dort bleiben, wo sie jetzt ist*, entgegnete er scharf.

Balion seufzte. *Aleron ist der wichtigste Grund, warum sie zurückkehren könnte. Schwarze Reiter brauchen ein Tier, ansonsten sind sie ihrer Natur hilflos ausgeliefert. Ich wette, dass es schlimm enden wird, wenn sie keinen Drachen an ihrer Seite hat. Wenn man es ihr erklärt und auf die Gefahren hinweist, versteht sie es bestimmt.*

Torren fühlte sich, als hätte man ihn mit Eiswasser übergossen.

„Und wer erklärt es ihr?", hauchte er und wusste, dass es Balion hören konnte. Er wusste auch schon die Antwort.

Du natürlich.

Ihr Drache kommt mit, sie könnte genauso gut bei den weißen Reitern bleiben und dort regieren. Wieso muss sie ausgerechnet hierherkommen? Vater ist wahnsinnig geworden.

Sie gehört doch zur Familie oder nicht? Vielleicht hat sie Angst.

Torren kochte. Die Wut brodelte in ihm, pochte hinter seiner Stirn. *Du hast mir nicht vorzuschreiben, wer meine Familie ist und wer nicht.*

Nein, aber versuch dich doch in sie hineinzuversetzen, nur einen einzigen Augenblick.

Nein.

Wie würdest du dich fühlen, wärst du ganz allein auf dich gestellt?

Du weißt nicht, ob sie allein ist verdammt nochmal.

Aber es wäre denkbar.

Ist mir gleich, ob sie allein ist!

Da fiel Balion auf, wie kurz Torren davor war, die Kontrolle über sich zu verlieren. *Gut, vergiss das. Wir machen es, so wie du es willst*, versuchte er ihn zu besänftigen, ehe er aus dem Ruder lief.

Doch es war zu spät.

Torren konnte sich nicht mehr halten. Er hatte das Gefühl, vor Hitze zu vergehen. Er wollte es nicht, nicht hier, nicht in der Nähe der Festung, sodass jeder Zeuge seiner Schwäche wurde.

Ein Strudel aus Aggression und Lust, Hass und blindem Zorn ergriff ihn, schleuderte ihn herum und drückte ihn nieder. Er kämpfte dagegen an, wusste, er konnte, durfte es sich nicht leisten.

Er war alt genug, um dem zu widerstehen!

Als er sich krümmte, krachte sein Rücken. Schmerz stach in sein Hirn, raubte ihm die Luft zum Atmen. Der Druck wurde unmenschlich, stieg an, verlegte ihm die Ohren. Hitze fegte über seinen Körper hinweg und er hatte das Gefühl, sein Kopf würde platzen. Sein Herzschlag holperte dahin, raste, wurde immer schneller und obwohl er den Mund zu einem Schrei aufgerissen hatte, verließ kein einziger Laut seine Kehle.

Sich gegen die eigene Natur zu wehren war nicht einfach, es war wie der Kampf gegen eine Sucht.

Es dauerte nur wenige Sekunden, ihm kam es wie eine halbe Ewigkeit vor und dennoch fiel er, war nicht fähig, am schmalen Grat zwischen Kontrolle und Verlust zu wandern. Schlagartig ließ die Körperspannung nach und er brach mit den Händen voran in den Schnee zusammen. Der Durst nach Schmerz hallte in jeder Ecke seines Körpers wider.

Er wollte töten. Er *musste* töten, seinen Drang befriedigen.

Allmählich ließ der Krampf nach und wurde durch blutige Vorfreude ersetzt. Ein winziger Teil in ihm schämte sich und ein kleines, kaum wahrnehmbares Stimmchen, welches pausenlos, *Arena des Todes*, murmelte, ein letzter Hilfeschrei seines Bewusstseins, ging unter in seinen entzückenden Vorstellungen über Tod.

Torren.

Eine Welle der Erleichterung durchflutete ihn. Er war nicht allein. Balion würde ihn nicht allein lassen. Balion würde ihn begleiten, ihm nicht von der Seite weichen. Balion würde es wieder einrenken.

Das wohltuende Gefühl verflog, als die Flamme in seiner Brust unkontrolliert zu einem Inferno aufloderte und stechenden Schmerz folgen ließ, der keine Grenzen zu haben schien und ihn entzweizureißen drohte. Keuchend griff er sich mit der schneebedeckten, bloßen Hand an die Brust und fühlte, wie ein unsichtbares Loch in seinem Brustkorb aufklaffte. Die Pein, die ihm förmlich das Herz aus der Brust riss, schnürte ihn ein wie ein Hundehalsband, ließ die Blutlust verpuffen und entriss ihn dem Strudel.

Sein Kopf wurde wieder klar, er konnte Sterne vor seinen Augen tanzen sehen und war kurz davor zu betteln, dass es aufhören möge. Vermutlich hätte er es auch getan, würde er Balion nicht besser kennen, der nach wenigen Sekunden schweigend „die Strafe" fallen ließ.

Danke, schoss ihm durch den Kopf und er bedankte sich nicht wegen der Gnade, sondern dafür, dass Balion schnelle Maßnahmen ergriffen hatte. Der Schmerz, der wellenartig abebbte, war nebensächlich. Schmerzen machten den Kopf wieder klar, sie waren Mittel zum Zweck.

Es spielte sich immer auf die gleiche Weise ab. Er versuchte selbst dagegen anzukämpfen und scheiterte, während Balion die Aufgabe bekam, ihn wieder einzurenken. Aber die meiste Zeit hatte er Kontrolle.

Ich bin alt genug.

In seinem Kopf klang es wie Hohn. Tief in seinem Inneren wusste er, dass selbst manche Rekruten besser mit ihrer Natur zurechtkamen. Doch er weigerte sich, das zu akzeptieren oder auch nur einen Gedanken daran zu verschwenden. Wenn er auch nur daran dachte, spürte er ein saures Gefühl in seiner Brustgegend, Neid nicht unähnlich.

Beschämt und schweratmend lag er im Schnee, hörte sein Blut in den Ohren rauschen und zitterte. Manchmal fragte er sich, wer von ihnen eigentlich die Oberhand besaß. Es war wie ein Fluch und Segen zugleich, wenn ein Drache Jahrhunderte mit einem zusammenlebte. Manchmal kannte Balion ihn besser und wusste genau, wo er nun einschreiten musste, um eine bevorstehende Katastrophe zu verhindern. Dieses Kunststück, mit dem man die dunkle Seite zurückhalten und jederzeit hervorrufen konnte, erlernte ein Drache, sobald er sich mit einem Reiter verband, ein Mysterium, das seinen Anfang vor tausenden Jahren genommen hatte und dessen Ursprung unbekannt war.

Denn einem Reiter, der sein *Ich* verlor und seine Instinkte einschaltete, war es unmöglich, ohne Blutvergießen wieder in die Realität zurückzufinden. Erst nachdem die Gelüste befriedigt waren, konnte derjenige wieder klar denken. Ein Fluch, den manche liebten und fleißig ausübten. Andere wiederum verabscheuten und hassten ihn. Die Stärke der Empfindung war unterschiedlich. Manche, die Seltenen, besaßen Magie, aber keine Raserei, was höchst ungewöhnlich war. Solche Rekruten hatten Vorrang bei der Aufnahme in die Akademie. Doch selbst wenn zwei Elternteile zusammenkamen, die keine Raserei empfanden, so konnten ihre Kinder dennoch zu blutrünstigen Mördern werden.

Steh wieder auf. Oder willst du krank werden?

Torrens Lippen verzogen sich zu einem freudlosen Lächeln. *Als ob ich krank würde.*

Schweratmend kam er wieder hoch, putzte seinen Mantel und einen Teil seines Gesichts ab. Seine Finger waren rot und eiskalt, der Schnee schmolz bereits. Nachdem er verstohlen die Umgebung betrachtet hatte und niemanden im Schneetreiben entdecken konnte, fiel ihm ein schwerer Stein vom Herzen, froh, dass keiner beobachtet hatte, wie sein Drache ihn züchtigte. Hätte ihm noch gefehlt, dass er kurz vor seiner Abreise Gerüchte über sein Verhalten in Umlauf brachte.

In seiner Agonie hatte er den Sack einen Meter weiter achtlos in den Schnee fallen lassen. Leise aufseufzend hob er ihn wieder hoch und warf ihn sich über die linke Schulter, bevor er den Weg durch den Schnee fortsetzte.

Nur mit großer Mühe gelang es ihm, der folgenden Windböe zu widerstehen, die ihn beinahe von den Beinen gerissen hätte. Auf ein zweites Bad im Schnee konnte er gern verzichten. Einen Augenblick später wurde ihm klar, wer den unmenschlichen Windzug verursacht hatte. Bewundernde Schreie erklangen, er hoffte inständig, dass diejenigen ihn vorhin nicht gesehen hatten, als ein großer Schatten über den Innenhof hinwegglitt.

Torren blickte empor und erhaschte kurz einen Blick auf imposante Flügel, die einen länglichen Körper elegant in die Lüfte hoben.

Balion hatte sich den Turm herabgestürzt und knapp vor dem Boden seine Flügel ausgebreitet.

Torren lächelte geistesabwesend, wartete, bis wieder Ruhe eingekehrt war, und setzte seinen Weg zu den Ställen fort. Die Kälte, die durch seine Stiefel kroch, ignorierte er weitgehend und hoffte, dass die Stiefel, zumindest bis er im Sattel saß, der Nässe widerstanden. Irgendwann hatte er sich bis zum Eingang gequält, griff mit steifen Fingern nach dem eiskalten Griff und mühte sich ab, bis ihm das Tor quietschend Einlass gewährte. Gänsehaut überzog seinen Körper, als ihm Wärme und der Duft nach Heu und Mist entgegenschlugen.

Das Wetter wird immer schlimmer.

Bist du dir sicher? Du warst doch derjenige, der gerade einen halben Orkan verursacht hat, schmunzelte er und widmete seine Aufmerksamkeit den Stallburschen, die damit beschäftigt waren, die Pferde zu versorgen. Er stellte den Sack am Boden ab. Zuerst nahmen sie ihn gar nicht wahr. Still in ihre Arbeit versunken, eilten sie kreuz und quer, mal mit Heu, dann mit frischem Stroh.

Ein kurzhaariges Mädchen bemerkte ihn zuerst. Er war genauso überrascht wie sie. Die Mistgabel, die sie verkrampft mit beiden Händen umklammert hielt, wäre ihr fast aus den Händen gerutscht.

„P-Prinz ...", begann sie zu stammeln. Röte schoss ihr ins Gesicht. Einer der Burschen kam angerannt und beide fielen vor ihm auf die Knie. „Wie können wir Euch behilflich sein, Prinz Torren?"

Er empfand es äußerst belustigend, dass er sie so sehr aus der Fassung gebracht hatte, und wandte den Blick von ihr ab. Nachdenklich musterte er den Jungen, der statt ihr gesprochen hatte, und befahl in seinem üblichen scharfen Ton, wenn er mit Bediensteten sprach: „Sattelt Hurriles. Legt ihm seine zweite Rüstung an." Die anderen, die sich sonst noch im Stall aufhielten, eilten herbei und begrüßten ihn auf die gleiche Art. Insgesamt waren sie zu viert. Nur das Mädchen schien unschlüssig, wusste nicht so recht, wo sie mitanpacken sollte. Die Gabel wie einen Rettungsring umklammernd, erhob sie sich zögerlich. Wachsam beobachtete sie die zwei jungen Männer, die das Fell und die Hufe säuberten, während der dritte Bursche hastig die Einzelteile der Rüstung herbeischaffte.

Dank des teuren und illegalen Handels mit den Elfen aus dem Westen, Irillian war eine fabelhafte Kontaktperson, hatte er eine Sonderfertigung für Hurriles erhalten, die ihn allerdings ganze zehn Pferde dieser Rasse gekostet hatte. Es handelte sich um eine Stahllederkonstruktion, wo stählerner Kern außen mit hartem und widerstandsfähigem Leder verkleidet worden war. Fairer Tausch für guten, fabelhaften und verzauberten Schutz.

„Mein Prinz ... Herr ... Prinz Torren", ihre piepsige Stimme holte ihn in die Realität zurück. „Braucht Ihr vielleicht Handschuhe? Draußen ist es kalt und Ihr habt keine", bot sie ihm an, nachdem er zufällig in ihre Richtung geblickt hatte.

Überrascht schwieg er. Unter seiner wachsamen Beobachtung wurde sie immer unsicherer, faltete ihre Hände vor dem Körper zusammen. Sie hatte kleine, aber hübsche, sichelförmige Augen, schwarzes, zu einem Zopf geflochtenes Haar, kleine Herzlippen und ein breites Gesicht. Er fand sie recht hübsch. Und irgendetwas in ihm, wurde zu einem Raubtier.

„Verzeiht, ich wollte Euch nicht zu ..."

Torren streckte die Hand nach ihr aus und winkte sie näher. „Nein, nein. Das ist eine gute Frage. Komm her!"

Blinzelnd und bis zu den Haaransätzen vor Freude errötend, machte sie einen Schritt auf ihn zu.

Sie war die Unschuld selbst, klein und unerfahren, jung und zart, voller Ecken und Rundungen, die er nur viel zu gern entdeckt hätte, wenn die Zeit es zuließe. Ohne jegliche Spur von Sänfte, packte er sie an den schmalen Schultern, zog sie näher an sich heran und labte sich regelrecht an dem Schock, der sich in ihren aufgerissenen Augen zeigte.

Er mochte es, wenn sie Angst hatte.

„Wie wäre es, wenn du mitkommst? Wie alt bist du?"

„Neunzehn, Eure königliche Hoheit."

Sie roch nach Heu, Mist und ... es flackerte in ihm auf, erneut.

Blutlust, Begierde, Aggression.

Er wollte sie lieben und töten. Es war abartig und doch ...

Nur am Rande vernahm er, wie die Mistgabel auf dem Boden aufschlug.

Hör auf damit, Balions drohender Unterton rüttelte an ihm.

Auch ohne seinen Drachen wusste er, dass er sich entfernen sollte.

Torren stieß sie von sich und beobachtete ausdruckslos, wie sie das Gleichgewicht verlor und nach hinten stolperte. Ihr weiblicher Duft kitzelte ihn in der Nase und versetzte ihn innerlich in Aufruhr, machte ihn gereizt und seltsam unsicher. Das musste aufhören.

Gekonnt hatten die Stallburschen von dem Schauspiel abgesehen. Sie kamen ihr nicht zur Hilfe, als sie stürzte.

Plötzlich war er überfordert, ließ sie dort liegen und hob, ohne sie eines letzten Blickes zu würdigen, seinen Ledersack an.

„Lasst mich vorbei", bellte er.

Während sie sich überschlugen, um ihm zu Diensten zu sein, ertönte in Torrens Kopf Balions Lachen.

Hurriles wurde unruhig, schwang seinen mächtigen Kopf hin und her und trat von einem Bein aufs andere. Torren überprüfte seine Rüstung, band den Sack am Sattel fest, schnappte nach dem Seil, mit dem man den Hengst an den Stäben festgebunden hatte und löste es. Heftig trat Hurriles gegen die Steinmauer hinter ihm. Er wieherte und seine Augen blitzten durch die Löcher der Schädelkopfrüstung. Torren klopfte ihm beruhigend auf den massiven Hals und führte ihn eilig am Halfter aus der Box hinaus.

Das Mädchen und ihre Mistgabel waren vom Boden verschwunden. *Hat vermutlich das Weite gesucht.* Hätte er auch, wenn er sie gewesen wäre.

Der Reihe nach hatten sich die Stallburschen neben dem Ausgang aufgestellt. „Wir wünschen Euch eine gute Reise, Eure Hoheit", flüsterte einer von ihnen, die anderen beugten in demütiger Haltung ihre Köpfe und Torren realisierte, dass ihm gefütterte Lederhandschuhe entgegengehalten wurden. Er streifte sie über, verwundert, weil sie passten. *Merkwürdig.*

Danach stieg er in den Sattel, zog sich die Kapuze seines Mantels über den Kopf und ritt in den verschneiten Hof hinaus.

Du hast eine Verehrerin, bemerkte Balion amüsiert.

Das glaube ich kaum, entgegnete Torren ausweichend, der die Augen wegen der Schneeflocken zusammengekniffen hatte und krampfhaft den Ausgang suchte. Eiskalt bohrte sich der Wind in seine Wangen und trocknete seine Lippen binnen weniger Sekunden aus.

Dank den fleißigen Rekruten, die einen Teil des Innenhofs frei von Schnee geschaufelt hatten, kam der Hengst gut voran. Außerhalb, so wusste er, wurde nur vormittags geräumt oder wenn ein hoher Besuch anstand. Vielleicht hätte er in weiser Voraussicht einen Reiter beauftragen sollen, was er, weil er zu abgelenkt gewesen war, natürlich versäumt hatte.

Torren kannte alle Wege auswendig, wusste um jede Biegung, jeden Stein und Acker. Es war für ihn kein Problem, sich bis nach Zíl zurechtzufinden und Hurriles war ein robustes Pferd, als Schlachtross gut gebrauchbar. Schnee machte ihm nichts aus und durch Wehen kämpfte er sich wie ein Soldat.

Torren blickte nicht zurück, spürte kein Bedauern. Er gestand sich, dass ihm ein bisschen Abstand von der grauen und öden Festung guttun würde, wenn auch der Grund dafür ein ärgerlicher war.

Du solltest dich beeilen, ehe es dunkel wird. Balions drängende Worte trieben ihn schließlich dazu an, dem Hengst die Stiefel in die Flanken zu drücken und Rakstein zurückzulassen. Offiziell wussten nur wenige, dass er auf Reisen ging. Morgen würden sie alle überrascht sein, wenn Darina sein Arbeitszimmer umkrempeln und von seinem Schreibtisch aus Befehle erteilen würde. Gerüchte verbreiteten sich in der Regel schnell und er ahnte, trotz geheimer Mission, dass nicht lange geheimbleiben würde, warum er losgezogen war.

Er nahm die Zügel in die Hand und zog mit der anderen den Mantel enger um seinen Leib. Er hätte sich den Mundkopfschutz überziehen sollen.

Vor ihm breitete sich eine schneeweiße Landschaft aus, die ihn bergab bis hin zur Stadt begleiten würde. Manchmal wurde sie durch einen breiten Weg unterbrochen, den man durch die dicke Schneedecke nur mehr erahnen konnte. Sein langes Schwert, aus schwarzem Kristall hergestellt und ein Abschlussgeschenk der Akademie, schlug rhythmisch gegen seinen Oberschenkel. In seiner Abwesenheit musste seine Schwester unbedingt für Nahrungsmittel sorgen. Gemüse und Obst waren diesen Sommer nur wenig gewachsen, vieles war durch Hagel zerstört worden. Sie würde Handel treiben müssen. Er war froh, dass er sich nicht auch noch um die Städte hinter den Toren Velenímars kümmern musste.

Hast du Aleron nun Bescheid gegeben?

Ja.

Solange er nicht mit ihm reden musste und der Wachdrache sich an seine Anweisungen hielt, würde er seine Anwesenheit stillschweigend erdulden.

Bei gutem Wetter herrschte auf der Hauptstraße zwischen Zíl und Rakstein reger Tumult. Wenn die Rekruten nicht gerade ihren Pflichten nachgingen, waren sie meist in der Stadt bei diversen Unterhaltungseinrichtungen anzutreffen.

Die Pferderennbahn war eine absolute Lieblingsbeschäftigung vieler junger Männer, wenn man sie nicht gerade in der Arena antraf, wo sie sich gegenseitig erbarmungslos abschlachteten. Dann war da noch der Drachenhort, wo die ruhigsten und fleißigsten von ihnen die Jungdrachen aufziehen und betreuen durften. Nicht alle Drachen legten ihre Eier, sofern sie Nachwuchs bekamen, weit oben in den Bergen. Manche waren dazu bereit, sie den Reitern zu bringen, weil sie sich entweder nicht selbst darum kümmern wollten oder der Meinung waren, dass junge Drachen sich schnell an ihre Umgebung und zukünftige Zusammenarbeit gewöhnen sollten.

Gen Süden waren die Bauern anzutreffen, die gut dafür bezahlt wurden, ihr Vieh an Rakstein abzugeben, damit die Reiter ihre Drachen füttern konnten. Denn die Drachenarmee verschlang pro Woche durchschnittlich zehn Kühe, sechzig Schweine und tausendfünfhundert Hühner, die es aber nur für die kleinen Drachen gab. An Gold mangelte es den Reitern nicht, die Berge waren reich an Mineralien und somit konnte bis zum heutigen Tag mühelos jede Schuld abbezahlt werden.

Über seinem Kopf breitete Balion seine ledernen Schwingen aus. Ein starker Windzug fegte ihm die Kapuze vom Kopf, als der monströse Drache knapp über ihm hinwegflog, ihn überholte und nur wenige Meter über dem Boden dahinsegelte. Mit seinen kräftigen Flügelschlägen wirbelte er den Schnee beiseite. Torren war blind und musste die Augen zusammenkneifen, als eine Ladung davon in sein Gesicht gefegt wurde. Hurriles schnaubte protestierend und buckelte.

Danke für die Abkühlung, kommentierte er trocken, pfiff scharf durch die Zähne, um den Hengst zu beruhigen, und blickte Balion genervt hinterher, bevor er sich die Kapuze wieder tief ins Gesicht zog.

Keine Ursache. Träge glitten seine hinteren, elfenbeinfarbigen Krallen durch den Schnee und schufen ein gleichmäßiges Muster. Die Schuppen glänzten, besaßen ein klares Weiß, wie man es von einem Eisdrachen kannte. Balion wurde nie kalt. Er konnte mit dem Eis zu einer Einheit verschmelzen.

Seinen Kopf, der ungefähr die Hälfte von Hurriles imposanter Statur besaß, zierten zwei lange, kräftige und nach hinten gebogene Hörner, die so lang wie Torren selbst waren. Obwohl Balion eine schmale Nase besaß, so war sein Kiefer dennoch unglaublich kräftig. Innerhalb kürzester Zeit konnte er mehrere Pferde in Stücke reißen.

Seine Stirn war ungewöhnlich breit, denn sein Kopf musste das Gewicht der gigantischen Hörner mit Leichtigkeit tragen und sie zur Verteidigung anwenden können. Vom Halsansatz, den Rücken bis zur Schwanzspitze hinab, die ein gespaltener Dorn zierte, ragten kleine Stacheln aus seinem Rücken empor. Einzig allein die Mulde, die sich vor dem Flügelansatz befand und wo für gewöhnlich der Sattel ruhte, war von den Stacheln verschont geblieben.

Balion spie kein Feuer, sondern einen Atem, der einem jede Gliedmaße, jeden Tropfen Blut im Körper gefrieren lassen konnte. Seine Rasse war sehr selten. Torren hatte in seinem Leben nicht viele Eisdrachen gesehen. Die meisten hatte man umgebracht, weil sie sich den Reitern nicht untergeordnet hatten und sie zu fangen viele Nerven und eine Menge Tote gekostet hatte. Das war bereits Jahrhunderte her und kaum einer konnte sich noch daran erinnern. Es gab kaum Aufzeichnungen darüber.

Balion war länger als Aleron. Der Wachdrache hatte vor Jahrhunderten mit dem Fressen aufgehört, während Balion mit gesundem Appetit alles verschlang, was sich bewegte und seinen hungrigen Magen anlächelte.

Wie eine Bogensehne spannte er seinen Körper an und wurde eins mit dem Schnee, als er einem Pfeil gleich in die Lüfte emporschoss.

Die Nähe des Drachen brachte den Hengst aus dem Konzept. Torren wollte ihm beruhigend zuflüstern, verschluckte aber eine Schneeflocke und musste husten. Also drang er in Hurriles Geist ein und zwang ihn zur Ruhe. Bei Tieren konnte er das ziemlich gut. Sie hatten keine Schutzmauern um ihr Bewusstsein aufgestellt, man konnte ungehindert in ihr Denken eindringen.

Ich werde in der Nähe bleiben, falls du mich brauchst.

Balion würde ihm nicht bis in die Stadt folgen. Er war schlichtweg zu groß und in Zíl gab es keinen passenden Landeplatz für ihn. Zwar konnte er sich auf einer der zwei Schutzmauern absetzen, aber die Schäden, die seine Krallen verursachen würden, würden wohl kaum Begeisterung bei den Einwohnern hervorrufen, die zumeist panisch reagierten, wenn sie einem übergroßen Drachen begegneten. Und man würde Rakstein für die Reparaturen verantwortlich machen.

Balion entfernte sich und die Flamme, die sie seelisch miteinander verband, wurde kleiner, bis nur noch ein kaum wahrnehmbarer Funke zurückblieb. Nachdem ihn die innere Wärme fast gänzlich verlassen hatte, wurde ihm erst richtig klar, wie kalt es eigentlich war.

Hurriles wurde langsamer, rutschte einen kleinen Hang hinunter. Torren hielt sich mühelos fest. Nach hinten gelehnt, ausbalanciert und mit ausgestreckten Beinen in den Steigbügeln, überstand er das Manöver unbeschadet.

Torren legte sich eine Hand über seine halb geschlossenen Augenlider und suchte die Ferne nach den Wachtürmen ab. Wenn ihn sein Gefühl nicht täuschte, müsste er Zíl bald erreicht haben. Er glaubte bereits einen von ihnen erkennen zu können, ein schemenhaftes, geisterhaftes Gebilde, welches im nächsten Moment wieder im wilden Schneetreiben, wie hinter einer dicken Nebelwand, verschwand.

Je näher er kam, desto klarer wurden die Umrisse, bis er schließlich den Eingang, der aus riesigen Doppelflügeltoren bestand, deutlich erkennen konnte. Eingeschlossen hinter dicken Mauern, lag die Stadt Zíl vor ihm.

Er blickte zum rechten Wachturm hoch. Eine seiner vielen und durchaus langweiligen Aufgaben war es, die Dienstpläne zu unterzeichnen, die jeden Monat neu festgelegt und unter den Reitern aufgeteilt wurden, deren Ausbildung längst beendet war.

Doch er konnte nicht sagen, wer zu welchen Zeiten, wo Dienst schob. Es interessierte ihn schlicht und einfach nicht.

Das Dach des Turms war aus Holz gebaut, rechteckig und flach mit schwarzen Schindeln gedeckt, deren polierter Glanz bei gutem Wetter weit zu sehen war. Nun lag auf den Schindeln eine meterhohe Schneedecke und jemand stand darauf, bemüht den Schnee mit der Hilfe einer Schaufel abzutragen.

Das Dach stand auf vier dicken Steinsäulen, die in die breite, massive Außenmauer bereits beim Bau eingelassen worden waren. Zwischen Dach und Turm befand sich eine Fläche, auf welcher meist drei Soldaten ihre vierstündige Winterwache abhielten. Im ersten Moment konnte Torren nichts erkennen, bis ihm eine Gestalt ins Auge fiel, die sich krampfhaft hinter einer Säule zu verstecken versuchte, um dem Wind keine allzu große Angriffsfläche zu bieten.

Torren trieb Hurriles bis zum Trab an und zügelte ihn in knapper Nähe des Turms, wo er in Sichtweite war und seinen steifen Arm gen Himmel hob. Um möglichst schnell die Aufmerksamkeit auf sich zu lenken, bewegte er ihn langsam von links nach rechts. Der Wind fuhr in seine Seite und eine Böe drückte ihm die Kapuze in die Augen.

Das Männlein dort oben regte sich nicht. Bibbernd vor Kälte stand es da.

Torren gab ein mürrisches Geräusch von sich. Da hoch zu schreien hatte keinen Sinn und so setzte er seinen Versuch, dieses Mal mit der zweiten Hand fort und atmete erleichtert aus, als von irgendwoher ein zweiter Wachsoldat unter dem Dach auftauchte und ihm energisch zuwinkte. Danach verpasste der Wachmann der kauernden Gestalt eine solche Kopfnuss, dass ihr der gefütterte Helm vom Kopf flog.

Torren befand die Strafe nicht als ausreichend genug.

Natürlich war es kalt. Es war *eiskalt*. Doch die Wachsoldaten hatten genügend warme Kleider zur Verfügung und waren selbst schuld, wenn sie diese aufgrund persönlicher Präferenzen nicht anlegten. Sicher, er wusste, dass die Felle manchmal nach Moder stanken, auch nach den Mitteln, mit denen sie in der Gerberei behandelt wurden, doch in der Kälte ging es ums Überleben und nicht um eine feine Nase.

Torren drückte die Oberschenkel zusammen und führte Hurriles im

Schritt bis zum Tor. Einen Augenblick später ertönte ein ohrenbetäubendes Quietschen und das Holz begann sich zu bewegen. Ein Teil davon schwang träge auf und blieb nur einen kleinen Spalt breit offen. Schamlos nutzte der Wind das kleine Schlupfloch aus und fegte ihm augenblicklich die Kapuze vom Kopf. Fluchend zog er sie wieder hoch.

Da sich keiner die Mühe gemacht hatte, den Schnee vor den Toren Zíls wegzuschaufeln, türmte er sich nun hinter dem Holz zu einem meterhohen Hügel auf. Jemand brüllte Befehle. Ketten rasselten.

Ein Wachsoldat, bis an die Zähne bewaffnet und in einen dunklen Mantel gehüllt, trat hinter dem Tor hervor. „Wer seid Ihr und was wollt Ihr?!", brüllte er ihm harsch entgegen, das blanke Schwert gegen Hurriles Brust gerichtet. Den Hengst interessierte das lange und spitze Metall nicht im Geringsten. Drachen waren ihm eine viel größere Bedrohung.

„Prinz Torren, zu deinen Diensten", erklärte er abfällig.

Vermutlich hatte ihn der Torwächter nicht verstanden, denn er kam ein wenig näher. Unter der dicken Kapuze war ein faltiges Gesicht versteckt, welches sich zu einer Fratze verzogen hatte. Nachdem er ihn erkannt hatte und kalkweiß im Gesicht wurde, fiel ihm fast das Schwert aus der Hand.

Torren verkniff sich einen bissigen Kommentar, trieb den Hengst an ihm vorbei und zwängte ihn durch den schmalen Spalt hinter die Mauer. Der Windzug war so stark, dass ihm für einen Moment die Luft aus den Lungen gepresst wurde. Anschließend stand er einer Reihe Soldaten gegenüber, die sich kerzengerade in einem Halbkreis vor ihm aufgestellt hatten. Jeder von ihnen trug einen schwarzen Mantel und hielt ein Schwert in der Hand. Ihre Gesichter waren unter Kapuzen verborgen. Sie glichen sich wie ein Ei dem anderen und nur ihre Größe verriet, dass es unterschiedliche Personen waren.

Der, der ihn eingelassen hatte, deutete den anderen ihre Waffen sinken zu lassen und vier seiner untergestellten Männer eilten herbei, um das Tor zu schließen. Einer von ihnen betätigte den Mechanismus, eine Kurbel an der Turmmauer, der die armdicke Kette lockerte, die das Tor zur Seite gezogen hatte. Mit äußerster Kraftanstrengung drückten die anderen drei das Holz wieder an seine Position zurück und das Windgeheul erstarb abrupt, nachdem die Lücke geschlossen worden war.

„Wir wurden nicht über Euren Besuch informiert, Eure Hoheit." Der Soldat klang, als hätte Torren ihn beleidigt. Doch da dieser höherrangige Soldat, was auch immer er war, vielleicht Offizier oder Kommandant, es war ihm einerlei, weit unter ihm stand, überhörte er höflichst seine Aussage.

„Warum ist das Falltor noch geschlossen?", entgegnete er ruhig und durchbohrte ihn mit seinen Blicken.

Man hatte um die alte und bröckelnde Mauer vor ungefähr dreihundert Jahren, plus minus fünfzig Jahre, eine zwanzig Meter hohe und drei Meter dicke Mauer gebaut. Mittlerweile waren beide renovierungsbedürftig. Man hatte ihn nicht nach seiner Meinung gefragt, da der König selbst über diesen Umstand entschieden und die Pläne entworfen hatte. Damals war sein Vater zwar auch nicht mehr bei klarem Verstande gewesen, aber hatte sich noch mehr für Zíl und seine Bewohner interessiert.

Torren blieb die peinliche Röte im Gesicht seines Gegenübers nicht unbemerkt. Gehorsam verneigte er sich und brüllte der kleinen Versammlung knappe Befehle entgegen. Sie stoben auseinander und wenige Sekunden später setzte sich das schwere, metallische Falltor, welches kaum Einblick ins Innere der Stadt zuließ, knarrend in Bewegung.

Dahinter war der Schnee zum großen Teil beiseite geräumt worden. Freiwillige, die sich ein wenig Kupfer verdienen wollten, konnten sich beim Rathaus melden und sich dort nach Arbeit erkundigen. Vor allem im Winter wurden oft bis zu einhundertzwanzig Leute zum Schneeräumen eingeteilt. Nachdem der Freiwillige seine Arbeit erledigt hatte, konnte er sich wieder im Rathaus melden und ein Begutachter entschied, ob derjenige seinen Lohn verdient hatte oder nicht.

Nachdem das Falltor genügend hochgezogen worden war, trabte er mit Hurriles unten durch. Ohne groß über den Weg nachzudenken, da er jeden Winkel und jede Straße Zíls wie seine Unterhosen kannte, steuerte er Hurriles gerade aus auf die breite Hauptstraße, die den Namen „Königsehre" trug.

Das klappernde Geräusch der Hufe auf den glatten Pflastersteinen wurde von den steinigen Hausmauern zurückgeworfen. Das Gestein, das man für den Bau der Adeligenstadt Zácpa in Iritél hervorgeholt hatte, war hier als Baumaterial verwendet worden.

Auch bei schlechtem Wetter waren viele in den Straßen unterwegs. Zwar herrschte noch Ausgangssperre, doch das kümmerte die Bewohner weniger als die Vögel, die sich zum Schutz vor dem beißenden Wind auf den Dachböden oder in Mauerritzen verkrochen hatten, denn wer länger als eine Stunde im Freien blieb und nicht genügend Pelz anzog, erfror binnen kürzester Zeit. Rakstein stand an einem undankbaren Ort, zumindest im Winter.

Torren mochte Zíl sehr gern. Es wurde peinlichst auf Sauberkeit geachtet, sodass auch im hohen Sommer, was jedoch sehr selten vorkam, kein

Gestank durch die Straßen zog. Dank der Kanäle unter der Stadt war es möglich, stinkende Brühen von den Straßen fernzuhalten. Auch da gab es Freiwillige, schließlich musste jemand Verstopfungen beseitigen und gezahlt wurde das Dreifache, als man für das Schaufeln des Schnees bekam.

Torren rieb seine Handflächen aneinander und atmete tief durch, froh darüber, dass ihm die Flocken nicht mehr um die Ohren peitschten. Die Menschen, an denen er vorbeiritt, warfen ihm nur beiläufige Blicke zu. Niemand erkannte ihn als den Prinzen, was vielleicht auch gut war.

Unruhe ergriff ihn, da er nicht wusste, was ihn im Gasthaus erwartete. Vater hatte nichts Genaueres erwähnt.

Es verging eine Weile, er hatte bereits mehrere Gassen hinter sich zurückgelassen, da tauchte das Gasthaus „Zur silbernen Mähne" wie aus dem Nichts vor ihm auf.

31. KAPITEL

Das Gebäude war aus ungeschliffenen Gesteinsbrocken erbaut, dazwischen hatte man weißen Putz und Mörtel gefüllt. Äußerlich erinnerte die Fassade an eine Birke, bei welcher dicke Äste mit einer unscharfen Säge abgeschnitten worden waren. Ein länglicher Vorsprung schützte die Treppe vor Schnee. Zwei links und rechts herabhängende und bläulich brennende Glaslampen, luden zum Aufwärmen ein. An einer davor angebrachten Stange waren zwei Pferde angebunden, die erbärmlich aussahen. Ihre Köpfe waren gen Boden geneigt und die Farbe des dichten Fells war vor Schneeflocken kaum noch zu erahnen.

In Zeitlupe stieg er ab. Schnee knirschte unter seinen Sohlen. Mit tauben Füßen berührte er den Boden und verzog den Mund zu einer unwilligen Grimasse. Obwohl der Ritt nur etwa eine Viertelstunde gedauert hatte, fühlte er sich, als wäre er mindestens eine Stunde lang durch das Mistwetter geritten.

Zähneknirschend schob er sich an Hurriles zur Stange vorbei, wo er die Zügel um das Holz wickelte. Dann klopfte er ihm beruhigend auf den Hals. Sein Fell dampfte und winzige Wölkchen stiegen aus seinen Nüstern empor.

Als er den Gasthof betrat, strömte ihm heiße Luft entgegen und brannte auf seinen Wangen. Stimmen drangen an seine Ohren, lachende und kichernde Laute, die sich unregelmäßig abwechselten. Geradeaus befand sich eine weitere Tür mit eingelassenem Buntglas, darin war eine Rose und beim näheren Hinsehen bemerkte er, dass die grünen Blätter silbern behaart waren und wie ein weicher Flaum aussahen.

Gasthaus „Zur silbernen Mähne" also, er wäre nie darauf gekommen, dass eine behaarte Rose der Grund dafür war. Früher hatte das Gasthaus „Zur flinken Rechten" geheißen, was nicht selten unter den jungen Leuten für einen Lacher gesorgt hatte.

Gereizt betrat er die warme Gaststube.

Die Besitzer der silbernen Mähne hatten gut eingeheizt. Die Hitze brannte die Kälte in seinen Gliedern fort und zauberte kleine Schweißperlen auf seine Stirn.

Die Stube war voll mit Gästen. Ein Mädchen eilte zwischen den Tischen umher und teilte schwungvoll Getränke aus. Frauen waren ebenfalls anwesend. Manche von ihnen hatten ein oder zwei Kinder bei sich. Torren erinnerte ihre Versammlung an eine Klatsch- und Tratschgruppe, die sich nur dann traf, wenn es etwas Wichtiges oder Skandalöses zu besprechen gab. Eine von ihnen stillte ihr Kind und Torren zwang sich wegzusehen.

Da er noch immer unschlüssig im Raum herumstand und allmählich die Blicke der Anwesenden auf sich zog, nicht, dass es ungewohnt für ihn wäre, entschied er sich nach jemandem zu suchen, der ihm verdächtig vorkam.

Sein Blick fiel auf ein einsames Pärchen, welches nicht ins Gesamtbild der Stube zu passen schien. Beide waren in ähnlicher Pose nach vorne geneigt, hatten ihre langen, schwarzen Mäntel neben sich am Holz abgelegt und schienen eine leise Unterhaltung zu führen. Zwischen ihnen brannte eine Kerze und standen zwei Bierkrüge.

Torren dachte nicht lange nach.

Als er vor dem Tisch stand, bemerkte ihn die junge Frau zuerst. Verblüffung erschien auf ihrem ovalen Gesicht, als sie ihn erkannte. Hastig sprang sie auf und verneigte sich steif. „Ich grüße Euch, Prinz Torren. Mein Name ist Bahira Zollrist, Ihr könnt mich Hira nennen. Ich wurde ausgewählt, um Euch zu begleiten und im Notfall zu beschützen."

Er starrte sie ungerührt an, unbeeindruckt und von ihrer Lautstärke genervt. Sie plapperte wie ein Waschweib.

Ihr braunes und hüftlanges Haar, welches eine erstaunliche Ähnlichkeit mit Darinas Haarpracht aufwies, rutschte dabei von ihren Schultern und blieb knapp neben der Kerze auf der Tischplatte liegen. Überraschenderweise ging es nicht in Flammen auf.

Der Mann, dem er bis jetzt kein Interesse geschenkt hatte, brach in schallendes Gelächter aus.

Torren ignorierte es.

Hiras kräftigen Körper schützte eine Rüstung, die der seinen ähnlichsah und vermutlich ebenfalls von den Elfen stammte. Darüber waren in unzähligen Schnallen und Gurten Wurfmesser befestigt. Eine silberne, schuppige und glasig feine Haut hing über ihrer linken Schulter, verlief quer über die Brust und war an der Hüfte mit einem einfachen Band am Schwertgürtel festgebunden. Ihm fielen ihre Hauptwaffen ins Auge, zwei Dreizackdolche oder auch Saigabeln genannt, die an ihren Hüften in vergoldeten Scheiden steckten.

Interessant.

In Torrens Brust flackerte Balions Flamme heiß auf. *Das sollen deine Helfer sein?* Er wusste, dass Balion die zwei Fremden durch seine Augen ansah und fühlte seine Zweifel. *Wo sind ihre Drachen?*

Torren schwieg, als Hira dem Mann wüste Beschimpfungen an den Kopf warf, ihn schließlich peinlich berührt von der Seite ansah und stumm wie ein Fisch zurück auf die Bank sank. Ihr Gesicht glühte und es lag nicht an der Hitze im Raum. „Verzeihung", murmelte sie und ließ den Kopf hängen.

Nicht nur, dass sie offensichtlich nicht erzogen war, auch hatte sie keine Ahnung, wie man sich gegenüber einem Prinzen zu verhalten hatte.

Woher kam sie? Er hatte sie noch nie in der Akademie gesehen. Dort hätte man ihr Benehmen eingeprügelt, hätte sie es gewagt, ihre Stimme in irgendeiner Art einem Älteren gegenüber zu erheben.

„Ich bin Mando, der Berater des Königs, mein Prinz. Ich grüße Euch herzlich."

Der Berater? Torren durchforstete sein Gedächtnis. Vater hatte mehrere Berater und nicht alle waren ihm bekannt.

Freundlich blickten ihm grauen Augen aus einem kantigen Gesicht entgegen, welches von kurzen, grauen und überaus dichten Haaren umrahmt wurde. Wie Hira erhob er sich, um ihn persönlich mit einer kurzen Verbeugung zu begrüßen. Auch seine Rüstung war Torrens ähnlich, jedoch mit weniger Schnallen und einem Schwertgürtel, in dem ein gewöhnliches Schwert und ein Dolch zu finden waren. Seine Statur erinnerte entfernt an einen muskelbepackten Arenasüchtigen, denn er war groß und breit gebaut.

Torren nickte ihm knapp zu und der Geschmack in seinem Mund war bitter, als er kühl erwiderte: „Bedauerlich, denn ich kenne Euch nicht. Dennoch bin ich erfreut, Euch, Herrin Zollrist und den Berater Mando, kennenzulernen." Die Etikette verlangte, dass jede Partei angesprochen wurde. Ohne auf eine Aufforderung zu warten, setzte er sich am Kopf des Tisches hin. Als er sich zurücklehnte, quietschte der Stuhl unter ihm.

„Ich bin keine Herrin, Eure königliche Hoheit", murmelte Bahira geknickt, „Fräulein genügt."

Während Mando seinem Beispiel folgte, schnalzte er verärgert mit der Zunge in ihre Richtung. Sie wurde noch röter und murmelte eine weitere Entschuldigung. Torren unterdrückte seine Gereiztheit. Beide sahen ihn erwartungsvoll an, als wisse er, wo ihre Reise ihren Anfang nehmen sollte und er hatte verdammt nochmal keine Ahnung von Garnichts, nur, dass das Gleichgewicht auf dem Weg nach Narthinn war.

Ohne sich seine Gefühle anmerken zu lassen, schickte er einen Hilferuf an Balion. *Was soll ich ihnen sagen? Wo soll ich beginnen?*

So warte doch. Oder frage, was sie über die Reise wissen. Vielleicht hat ihnen der König mehr verraten.

Aber er kam nicht dazu. Wie aus dem Nichts erschien das Mädchen, welches er zuvor erblickt, als er den Raum betreten hatte. „Wollt Ihr etwas trinken?"

Torren musterte sie kühl. „Einen Met."

Ernst nickend stob sie davon.

In aller Seelenruhe entledigte er sich seines Mantels, schüttelte den Schnee aus und legte ihn säuberlich über die Lehne. Mit den Handschuhen tat er das Gleiche, ehe er die Arme vor der Brust verschränkte. Hira beobachtete ihn starr. Sie erinnerte ihn an eine Besessene, die er vor langer Zeit gekannt hatte. Nur schien sie jetzt gerade von ihm besessen zu sein.

Abwechselnd blickte er seine zwei Gegenüber an, wachsam, wobei er schließlich Mando auffordernd zunickte. „Was hat Euch mein Vater bezüglich unserer bevorstehenden Reise erzählt? Fangt an."

Falls ihn seine Aussage verwunderte, so ließ sich der Berater nichts anmerken. Er beugte sich ein Stück vor und senkte die Stimme zu einem leisen Flüsterton herab. „Euer Vater, der König, möchte seine Tochter und somit Eure Schwester aus den Fängen der weißen Reiter befreien."

Torrens Gesichtsmuskel zuckten. Als ob er nicht wüsste, dass es um seine Schwester ginge. „Befreien? Nein. Er will, dass wir sie zurückholen. Von Befreien war niemals die Rede."

Hira bewegte sich unruhig, von Torren eingeschüchtert, der innerlich kochte. „Ich will Informationen. Ich will keine Zusammenfassung von Euch. Ich kann mir nicht vorstellen, dass ein Berater wie Ihr, ich weiß zwar nicht welcher Ihr seid, aber Ihr seid einer, nur einen selten dämlichen Satz zu hören bekam." Seine Hand erzitterte und er krallte sie in seinen Unterarm hinein, bis es wehtat. Dann senkte er seine Stimme zu einem drohenden

Flüsterton herab. „Und wenn einer von Euch glaubt, sich über mich stellen und mir Befehle erteilen zu können, werde ich denjenigen, ohne mit der Wimper zu zucken umbringen. Haben wir uns verstanden?"

Beruhige dich. Du willst sie doch nicht verärgern?

Torren ignorierte Balions Zurechtweisung. Er war der Prinz. Er sollte am Thron sitzen und mehrere Berater haben. Ihm gehörte die Krone, verdammt nochmal.

Schweigen breitete sich zwischen ihnen aus. Ob der Berater sich etwas aus Torrens Drohung machte, sah man ihm nicht an.

Hiras stotternde Stimme holte ihn aus den Gedanken. „I-ich weiß noch n-nicht viel über diese Aufgabe", Torren rutschte ein wenig näher, um sie besser verstehen zu können, „j-jedenfalls haben wir Dokumente mit falschen Namen erhalten, damit wir in keine Schwierigkeiten geraten, falls man uns aufhalten sollte. Die haben ..."

Torren unterbrach sie, indem er die Hand hob. „Wo sind die Dokumente?"

Mando mischte sich ein. „Ich habe sie sicher in meiner Tasche verwahrt." Er lächelte knapp und Torren wusste jetzt schon, dass sie keine guten Partner werden würden und da der Berater keine Anstalten machte, sie hervorzuholen, forderte Torren ihn verbal dazu auf: „Ich möchte sie sehen."

Der Met kam und wurde vor Torren hingestellt. Nachdem er sich kurz bedankt hatte, musterte er den Berater kalt.

Mando schüttelte den Kopf. „Nicht hier, Prinz Torren. Hier ist es nicht sicher genug." Er deutete mit dem Kinn auf die Frauenversammlung zu ihrer linken und die Trinker zu ihrer rechten, die sich ebenfalls zu einer Gruppe zusammengeschlossen hatten.

Wie sicher können die Dokumente sein?

Darum wollte ich sie sehen. Einen schwarzen Reiter wird man nicht über die Grenze passieren lassen, vorausgesetzt, er kann sich fälschlicherweise als weißer Reiter ausweisen. Nur frage ich mich, welcher Fälscher es zustande bringt, sichere Dokumente bereitzustellen. Ich kann mich nicht erinnern, wann ich zuletzt einen weißen Reiter gesehen habe. Das war vor hunderten Jahren.

Frag ihn einfach. Wie simpel Balions Vorschlag doch klang.

Torren lehnte sich zurück. „Und woher habt Ihr diese Dokumente?"

Mando tippte mit dem Zeigefinger auf die Tischfläche und leckte sich nachdenklich über die Unterlippe. „Von einem gewissen Herrn ... Laiek. Ist Euch der Name bekannt? Wir haben einen Informanten. Dadurch könnt Ihr Euch sicher sein, dass die Dokumente täuschend echt angefertigt wurden ..." Er verstummte und taxierte die weibliche Bedienung, die an ihnen vorbeieilte.

Erinnerst du dich an irgendeinen Laiek? Ich habe keine Ahnung, wer das sein soll.

Leider, nein. Frage ihn nach ihren Drachen.

Torren rollte kurz mit den Augen. Ihre Reittiere waren ihm gleichgültig. „Balion lässt fragen", Hiras Augen glänzten angetan, als er ihn erwähnte, „wo eure Drachen sind."

Daraufhin ließ Hira die Schultern hängen. „Ich habe noch keinen."

Torren runzelte verwirrt die Stirn. „Was tut Ihr dann hier? Seid Ihr etwa Rekrutin?"

Sie errötete und verschränkte die Hände in ihrem Schoß. „Ja. Ich bin die Beste meines Jahrgangs. Wenn wir diese Mission, ich meine, wenn Ihr diese Mission erfolgreich abschließt, bekomme ich einen Drachen."

Beste ihres Jahrgangs? Balion war skeptisch.

„Wie alt seid Ihr?", murmelte er erstaunt und vielleicht ein wenig überfordert.

„Fünfunddreißig", entgegnete sie leise. Vor Schock brachte er kein einziges Wort hervor.

„Fünfunddreißig!", raunte er fassungslos.

Sie sah nicht aus wie fünfunddreißig. Sie sah überhaupt nicht aus wie eine Rekrutin. War sie etwa unsterblich? Trug sie den Samen des ewigen Lebens mit sich herum? Nein. Das hätte er gewusst. Sie war lediglich alt. Nicht, dass das ein Hindernis gewesen wäre, es war bloß ungewöhnlich.

Er musterte sie prüfend, ihr Gesicht, ihr Haar, ihre Haltung und fragte sich, was sich sein Vater bei der Auswahl wohl gedacht hatte. Sollte er jetzt auch noch eine angehende Reiterin davon abhalten, sich in ihrer wahren Natur zu verlieren?! Zum Henker, er hatte keine Zeit dafür! „Ich habe keine Arena des Todes dabei."

„Wie bitte?", fragte Hira unsicher. „Ich brauche keine Arena. I-ich ...", sie verschluckte sich an ihren Worten.

„Sie ist äußerst außergewöhnlich", kam ihr Mando zur Hilfe, der ihr auf den Rücken klopfte. Sie versuchte sich ihm zu entziehen, wodurch er nur noch stärker zuschlug und sie zum Würgen brachte.

„Ihr seid die Beste, habt aber keinen Drachen?" Nicht, dass es ihn sonst irgendwie interessiert hätte, es war bloß seltsam.

„Ich will einen Eisdrachen", presste sie zwischen zwei Atemzügen hervor.

Da kannst du lange warten.

„Mein Drache wartet jedenfalls vor der Stadt", der Berater lächelte schmal und Bahira gelang es, seine Hände endlich von sich wegzudrücken. Ihr Augen waren rot und quollen hervor.

Torren blickte sie teilnahmslos an, fand beide lästig und nickte. „Balion wartet auf einem schneebedeckten Hügel, ebenfalls vor der Stadt." Er packte den Krug und trank ihn halb leer. Am liebsten hätte er direkt nach der Flasche verlangt. „Meine zwei Vorschläge wären", begann er, nachdem er den Krug wieder abgestellt hatte, „sie hoch genug fliegen zu lassen, bis sie die Barriere überquert haben. Die wird hoffentlich zwischen den Wolken ihr Ende haben. Natürlich könnten wir auch versuchen, das Meer zu nutzen, wobei sie im weißen Reich zu verstecken nicht leicht werden wird. Wie Ihr vermutlich wisst, wurden früher Drachen, die die Grenze überquerten, gnadenlos getötet oder eingefangen und zur Knechtschaft bei den grauen Reitern gezwungen." Torren hob beide Brauen an. „Ich habe keine Macht im Streifen. Ich kann weder jemanden bezahlen, noch jemanden anheuern, der jemanden bezahlt. Wie macht es Ihr geheimnisvoller Informant, Mando?" Vater hatte ihn nur mit der Akademie betraut, ihm Rakstein und Zíl überlassen. Vom Streifen hatte er kaum eine Ahnung, was in Anbetracht seiner Position als „Thronerbe" ziemlich dumm war, wie er sich eingestehen musste. Es ärgerte ihn.

„Er besitzt Dokumente. Die erlauben es ihm zu ..."

„Jaja ...", winkte Torren gelangweilt ab, bereuend, überhaupt nachgefragt zu haben, „Vater hat diesbezüglich nichts erwähnt?" Er trank den Krug leer, wischte sich die Flüssigkeit aus den Mundwinkeln und verschränkte die Arme vor der Brust.

Mando schüttelte den Kopf. „Den König interessiert nicht, wie wir über die Grenze gelangen. Er hat nur Hilfsmittel zur Verfügung gestellt. Er meinte, das Meer ..."

Torren hatte keine Lust, ihm zuzuhören. „Nun, einen Ratschlag hat er bestimmt nicht vergessen zu erwähnen", freudlos zogen sich seine Mundwinkel ein Stück hoch, „ich zitiere: Bringt sie oder Ihr werdet in meinem Saal von der Decke baumeln."

Ihre entgleisten Gesichtszüge wärmten seine Seele. Er genoss den Anblick.

Mando räusperte sich. „Der König ist zwar alt, aber seine Freude an Qualen hat er noch nicht verloren", versucht Torrens Aussage zu überspielen und Hira zu beruhigen, sprach er mit fester Stimme weiter, „der König hat mir genügend Gold mitgegeben, damit wir für eine Weile unter den weißen Reitern als ihresgleichen leben können. Noble Kleidung können wir uns nach der Grenze besorgen. Prinz Irillian wird uns dabei behilflich sein.

Außerdem werdet Ihr doch bestimmt versuchen, Eure Fähigkeiten zu unseren Gunsten einzusetzen, Eure königliche Hoheit." Mando neigte den Kopf gen Tischplatte. „Ich bitte Euch", murmelte er noch, um nicht anmaßend zu wirken.

Torren kniff die Augen zusammen. *Vielleicht werde ich euch so bald wie möglich los und nehme die Sache selbst in die Hand.*

„Angeblich werden oft Feste, also Bälle veranstaltet", warf Hira vorsichtig ein.

Torren zuckte mit den Achseln. Feste mochte er nicht. „Zu jedem Anlass. Es wird gemunkelt, dass sogar beim ersten Gänseblümchen ein großes Fest veranstaltet wird. Der, der zuerst die besagte Pflanze findet und einem Verantwortlichem zeigt, bekommt am Ende des Abends eine Überraschung vom Herrscher höchstpersönlich." Seine Stimme triefte vor Spott.

„Gänseblümchen", Hira lachte auf.

„Ja, Gänseblümchen", wiederholte Torren gereizt und warf ihr einen bösen Blick zu. Sofort hörte sie damit auf und starrte stumm ihre Hände an.

Verdammt, geht mir die Frau auf die Nerven. Sie glaubt doch tatsächlich jedes Wort.

Mando klopfte mit einer Faust auf die Tischplatte und meinte: „Bis wir dort angekommen sind, liegt noch ein sehr weiter Weg vor uns. Wir sollten aufbrechen."

Torren spürte die Flamme in seinem Inneren flackern. Er schätzte, dass Balion den fremden Drachen gefunden hatte, und hatte Recht, als der ihm ein Bild zusandte.

Dann sah er aus dem Fenster hinaus. Dicht fielen die Schneeflocken. Keine gute Idee, heute noch zu reiten. Die Pferde würden das nicht überleben und sie, nun, wenn sie unsterblich waren, hielten sie wenigstens länger durch als Sterbliche, bis auch sie erfroren.

„Wir sollten noch eine Nacht hierbleiben."

Mando wirkte beleidigt. „Nun, der König war der Meinung, wir sollten so bald wie möglich aufbrechen. Sein Befehl lautete, sofort nach Eurem ..."

Torren unterbrach ihn ungeduldig: „Wir bleiben. Für eine Nacht. Morgen ziehen wir los."

„... Erscheinen", murmelte Mando mit einem Seufzen.

„Aber der König", murmelte Hira verständnislos, „wie können wir ..."

„Mein Vater", Torren missachtete nicht zum ersten Mal Vaters Anweisungen, „hat vergessen, wie kalt es nachts im Winter wird. Er sitzt in seiner warmen Höhle, während wir uns dort draußen mit sehr hoher Wahrscheinlichkeit den Arsch abfrieren werden. Kennt Ihr den Weg zum Streifen auswendig? Wollt Ihr am nächsten Morgen einem Eisklotz ähneln? Ich nicht. Wir reiten morgen früh." Seine Stimme duldete keine Widerrede. „Ich bezahle die Zimmer und für die Pferde im Stall. Kümmert Euch darum, dass sie jemand da draußen losbindet, sonst können wir sie am nächsten Tag vom Pflaster kratzen."

Warum er ihnen anbot, für den Schlafplatz zu bezahlen, wusste er selbst nicht. Vielleicht, weil er sie zwang zu warten und sie sich seinetwegen ihrem König widersetzen mussten. *Geschieht dir recht, Vater.* Doch anstatt Genugtuung zu spüren, fühlte er nur Ärger.

Geistesabwesend griff er zum Krug, hob ihn an die Lippen, fühlte die letzten Tropfen auf seiner Zunge zergehen und fluchte unterdrückt. Er warf eine Münze auf den Tisch, erhob sich und blickte seine Gruppenmitglieder ein letztes Mal an, bevor er zur Theke marschierte. Beide sahen nicht gerade glücklich aus.

32. KAPITEL

Raena öffnete die Augen. Sie gähnte herzhaft und strich sich die Haarsträhnen aus dem Gesicht.

Die Decke über ihrem Kopf war ihr fremd. Sie war weiß, mit dünnen und deutlich sichtbaren Rissen durchzogen. Unter dem Putz erkannte sie Mauerwerk und Holzmatten.

Kurz war sie verwirrt, bis Lanthans Gesicht vor ihrem inneren Auge erschien. *Gasthaus.* Rizor und sie waren in einem Gasthaus zurückgelassen worden.

Sie rieb sich die Schläfen, befühlte ihr Gesicht und ihr fiel überrascht auf, dass sie keine Schmerzen hatte. Sie betastete ihr Kinn, ihre Wange, drückte dagegen und war sich sicher, dass sie gestern den blauen Fleck noch gespürt hatte. Irritiert ließ sie ihre Arme sinken, drehte den Kopf zur Seite und blickte zum Fenster.

Draußen regnete es.

Trüb und dunkel hingen die Wolken am Himmel und erinnerten sie an die Atmosphäre im Moor. Doch ehe sie an den Fürsten denken konnte, schüttelte sie ihn ab wie ein lästiges Insekt, fest entschlossen ihn zu verdrängen, wenn auch sie sich sicher war, die Erinnerungen an die Sumpfnixe, die Nässe und Kälte, nie mehr wieder vergessen zu können.

Als ihre Hand unbeabsichtigt ihren Bauch berührte, zuckte sie zusammen, denn ihr fiel auf, dass sie nackt war.

Was zum ...?

Raena war sich sicher, dass sie bekleidet ins Bett gekrochen war.

In ihrem Kopf erschien das Bild des Mannes, der sie bedrängt hatte, und ihr Herz tat einen Satz. War er zurückgekommen ...? Sie dachte an die Kühe im Stall, die Stiere, wenn sie eine von ihnen besprangen, an ihr großes hängendes Glied und ... *und* ... Schauer rieselten ihren Rücken hinunter. Aber ihr fehlte nichts. Ihre Arme, ihre Beine ...

„Was zum Henker", verwirrt erhob sie sich, betrachtete ihre Schenkel und betastete ihr Fleisch, ihre Knie, ihre Fußgelenke und die Stellen, wo sie sich sicher gewesen war, Abschürfungen davongetragen zu haben. Da war *nichts*. Keine Sehne spannte unangenehm, kein Muskel schrie auf.

Sie warf die Beine über die Bettkante und ihre Zehenspitzen berührten überraschend warmen Boden.

Raena wickelte sich in die Bettdecke ein. Dann kontrollierte sie den Schlüssel in der Tür, betrachtete ihr achtlos hingeworfenes Gewand und kratzte sich am Kopf. Anschließend trat sie zu einem der Fenster und warf einen vorsichtigen Blick nach draußen.

Sie hörte Stimmen.

War sie deshalb aufgewacht? Draußen vor der Tür war jedenfalls niemand. Aber sie war sich sicher, jemandes Rufen gehört zu haben.

Raena lauschte, drückte nach kurzer Überlegung das Ohr gegen die eisige Scheibe und versuchte, die Wortlaute zu verstehen. Es waren mehrere Personen beteiligt. Männer, wenn ihr Gehör sie nicht täuschte und es klang nach einem Streit.

Raena wusste nicht wieso, aber ein unangenehmes Kribbeln tief in ihrer Brust warnte sie, wie eine üble Vorahnung, dass etwas Schlimmes geschehen würde. *Ich sollte mich anziehen,* schoss durch ihren Kopf und mit einem Mal nervös, wandte sie sich vom Fenster ab.

Wie spät war es? Eigentlich hatte sie damit gerechnet, dass Lanthan, Rizor oder sonst jemand aus der Gruppe kommen und sie wecken würde. Hatte man sie zurückgelassen? Das Gefühl war so stark, dass sie fast geweint hätte.

„Jetzt reicht's aber", sagte sie zu sich selbst und wollte die Decke auf das Bett werfen, da fielen ihr die Flecken und ihre schmutzigen Fingernägel ins Auge.

Sie hob ihre Hand ins Tageslicht und runzelte die Stirn über die roten Ränder am Nagelbett. Dann betrachtete sie die Decke genauer und erstarrte.

Schmierflecken. Teilweise abgebröckelt, fleckig und zerronnen.

Raena zögerte, dann roch sie daran.

Der Eisengeruch war unverkennbar. Sie erinnerte sich daran, als sie ein Schwein geschlachtet hatten, sie mit bloßen Fingern das Hirn aus dem gespaltenen Schädel hervorgeholt hatte, sich die Hände gewaschen hatte und anschließend geklagt hatte, dass das Blut unter den Nägeln nur mit einer Feile gut zu entfernen war.

Verkrustetes Blut.

„Bei Suneki", keuchte sie, unfähig zu begreifen.

Woher kam all das ... *Blut?*

Ihre Hände zitterten. Eiskalte Angst fraß sich durch ihre Gedärme.

Aufgelöst starrte sie die Flecken an, die vor ihren Augen verschwammen. Dann warf sie die Decke zu Boden und tastete trotz des Wissens, dass sie völlig unverletzt aufgewacht war, ihren Körper erneut ab. Doch sie war unversehrt. Schwer atmend eilte sie zum Bett, starrte die Matratze an und suchte nach weiteren Anzeichen, nach irgendeinem nützlichen Hinweis. Als sie graue Leinenlaken vorfand, die rote Wischspuren aufwiesen, war sie kurz davor in Panik zu geraten. Waren die Flecken vorher schon dagewesen, lag dies am Stoff oder war sie ... *war sie* ... schuld daran?

Panisch zerrte sie am Laken. Was war geschehen? Woher kam es?

Zitternd hielt sie inne. Sie erinnerte sich nicht.

Im Zimmer war nur sie und selbst unter dem Bett, sie bückte sich und kroch halb darunter, befanden sich nur Staub und Krümel, die verdächtig nach toten Spinnen aussahen.

Und wenn die Männer ihretwegen stritten?

Sie fasste sich an den Kopf, dann betrachtete sie ihre Nägel und verzog das Gesicht. Nein, das war zu weit hergeholt. Sie war die ganze Zeit über in ihrem Zimmer gewesen. Sie hatte nichts getan.

Und wenn doch? Der Raum begann sich zu drehen.

Und wenn das vom Wasser kam? Irgendetwas im Wasser gewesen war? Nein, die Flecken auf der Bettdecke, als hätte sich jemand darin abgewischt, stammten deutlich von Blut.

Raena wich vom Bett zurück, umarmte sich und grub ihre Nägel in ihr Fleisch. *Denk nach!*

Niemals würde sie es wagen, einen Menschen zu töten. Ja, sie hatte bei Esined fantasiert und ja, sie hatte eine Lust dazu verspürt, aber sie hätte es niemals wirklich getan. Sie war zu keinem Mord fähig, sogar bei Tieren fühlte sie sich schlecht, auch wenn ihr von klein auf eingetrichtert worden war, Fleisch zu essen und dafür zu töten sei normal. Es gehörte zum Leben dazu.

Ziellos huschten ihre Augen im Raum umher. Ihr Kopf pochte.

Sie kniff sich in die Wange, doch es war kein Traum. Erschüttert blickte sie zum Fenster. *Der Regen* ...

Sie musste sich waschen. Doch was sollte mit der Decke geschehen? Sollte sie sie aufs Dach werfen und so tun, als hätte sie nie eine Decke erhalten? Und was war mit den Laken?

Raena schluckte überfordert, als sie hörte, wie laut mittlerweile die Stimmen draußen geworden waren.

Man würde es merken, kam ihr in den Sinn.

Wenn sie jetzt das Fenster öffnete, würde es jemand hören, zu ihr aufsehen, mit dem Finger auf sie zeigen und schreien, dass sie, was auch immer getan hatte.

Raena sank zu Boden, zog ihre Knie an und fühlte sich hilflos. Sie erinnerte sich daran, was Lanthan ihr erklärt hatte, dass niemand wusste, was genau geschehen würde, sobald das Gleichgewicht in ihr erwachte. Gehörte das zu jenem Prozess, den er erwähnt hatte? Erwachte man mit blutverkrusteten Nägeln und Flecken im Bett? Angestrengt versuchte sie sich an die vergangenen Stunden zurückzuerinnern.

Sie war ins Zimmer gegangen, hatte gebadet und anschließend war sie ins Bett gegangen. Dann musste sie eingeschlafen sein. Danach war nichts mehr geschehen. Weder ein Traum, noch etwas anderes.

Ihr Blick fixierte starr eine Stelle. Was würde Lanthan sagen? Sie sollte zu ihm gehen, sie wusste das, doch sie konnte nicht. Sie wagte es nicht, hatte Angst vor seiner Reaktion.

Da dachte sie an ihre Familie und hätte am liebsten verzweifelt aufgeschrien. Sie vermisste Bara, ihre Mutter, vermisste das ungeduldige Muhen der Kühe, die Arbeit im Garten, den Ritt auf dem grauen Gaul. Sie vermisste Mutters Suppen, ihr gutmütiges Lächeln, ihre warme Umarmung. All das erschien ihr unerreichbar weit weg.

Raena fing an zu schluchzen.

Als es dumpf an der Tür klopfte, zuckte sie ängstlich zusammen. Fieberhaft überlegte sie, ob sie schnell in ihre Kleidung schlüpfen und aus dem Fenster flüchten, trotz allem aufs Dach steigen sollte, als eine, ihr bekannte Stimme, gegen die Tür raunte: „Ich bin es, Lanthan."

Ihr Herz stolperte. *Lanthan.* Kurz erfüllte sie Freude, dann Scham und dann erneute Panik.

Hastig erhob sie sich. Rapide stieg der Druck in ihrem Schädel an und sie tänzelte wie eine Betrunkene durch den Raum. Als sie über ihre eigenen

Füße fiel, auf die Knie stürzte und ihre nackte Haut den Boden berührte, wurde ihr schlagartig klar, dass sie noch kein einziges Kleidungsstück am Leib trug. Beim Klang seiner Stimme hatte sie es vergessen, so stark sehnte sie sich danach, ihn trotz allem ins Zimmer einzulassen.

„Wartet!", keuchte sie nervös, drehte sich um die eigene Achse und suchte nach ihrer Kleidung.

„Beeilt Euch!", zischte er kaum verständlich, „die Zeit drängt!"

Tränen vernebelten ihre Sicht, als sie nach der Unterwäsche wühlte, daran zupfte und mühsam die Bandagen befestigte. Kaum hatte sie das Hemd über ihren Oberkörper gezogen, hörte sie ihn erneut. „Seid Ihr endlich fertig?"

Und ab da wurde ihr klar, er *ahnte* etwas. Er schien etwas zu wissen.

Sie *war* schuld.

„E-einen Moment n-noch!", entgegnete sie mit leiser Stimme, während es sie vor Anspannung fast zerriss.

Nachdem sie auch die Lederhose angezogen, das Hemd hinter den Bund gestopft hatte, stolperte sie zurück zur Tür und riss den Schlüssel herum.

Er platzte herein. Erschrocken wich sie zurück. Hinter ihm fiel die Tür krachend ins Schloss und ein leises Klicken verriet ihr, dass er abgesperrt hatte.

Stille breitete sich im Raum aus. Im Hintergrund peitschte der Regen ungestüm gegen die Fensterscheibe, die Stimmen waren verstummt. Sie hörte ihn atmen, sah ihn vor sich aufragen, spürte seine Unruhe. Sie sah, dass er eine Hand am Schwertgriff hatte, die andere hing neben seinem Körper herab. Er vermittelte ihr ein Gefühl von unmittelbarer Bedrohung. War sie es, vor der er sich in Acht nahm?

Ihr wurde übel.

„Was ist mit Euch geschehen?"

Raena zuckte unter seinen Worten zusammen. „Nichts", erwiderte sie erschrocken. Sie starrte seine mit Erde und Schlamm verklebten Schuhspitzen an, um sich zu sammeln. *Du hast etwas getan*, und es hörte sich so an, als flüstere jemand in ihr Ohr hinein.

„Nichts?", echote er.

Raena schüttelte den Kopf. Das Einzige, woran sie sich erinnerte, war der gestrige Abend, als sie ihr verheultes Gesicht ins Kissen gedrückt und aus vollem Halse geflennt hatte. Es war keine schöne Erinnerung.

Heiße Tränen kullerten ihre Wangen hinunter. Sofort rieb sie mit den Händen über ihre Augen, versuchte es zu verschleiern. Es war unangenehm, beschämend. Sie wollte nicht vor ihm weinen, barg das Gesicht in ihren Händen. Er sollte nicht sehen, wie groß ihre Angst war. Sie hörte seine Schritte und dann spürte sie, wie warme Finger sich um ihr Handgelenk schlossen und es nach unten drückten.

„Seht mich bitte an", sprach er sanft und ihr Herz wurde weich.

Raena schluckte, hob ihren Kopf und ihre Augen wanderten seine, in dunkles Leder gehüllten Beine, seine Hüften und den breiten Brustkorb hoch, bis sie bei seinem vernarbten Gesicht hängen blieben. Es war anders, als sie erwartet hatte. Sie sah keine Wut darin, keinen Vorwurf.

Röte schoss ihr ins Gesicht.

Er ließ sie los.

Sie konnte seine Gefühle, den Ausdruck in seinen Augen nicht deuten, denn die zahllosen Narben zauberten tiefe Furchen, ließen es verzerrter wirken als sonst. Sorgte er sich? Seine Augen schimmerten, als habe er Mitleid, waren dunkel und von dichten Wimpern umrandet. Sie fand sie noch immer sehr schön. Er schrie sie nicht an, sondern schien zu warten, bis sie zum Sprechen bereit war.

Doch davon war Raena weit entfernt.

Mit aller Kraft kämpfte sie gegen den Schluchzer an, der sich in ihre Kehle drängte und wurde wütend auf sich selbst, weil sie sich nicht besser im Zaum halten konnte.

Seine Stimme, die so gar nicht zu dem zerfurchten Gesicht passen wollte, murmelte: „Ihr habt Euch weiterentwickelt, nicht wahr?"

Raena starrte ihn verständnislos an.

„Wie geht es Euch? Was empfindet Ihr?", fragte er und beäugte ihre Wange, deutete darauf, „Euer Gesicht ist geheilt."

Was? Wie sie sich ... *fühlte?* Sie war kurz davor zusammenzubrechen und er fragte nach ihrem *Empfinden?*

„Ist das Euer Ernst?!", funkelte sie ihn an und vergaß, dass ihr noch zwei Atemzüge zuvor fast ein Schluchzer entwichen wäre. „Was ich empfinde? I-ich ...", hilflos riss sie ihre Hände in die Höhe, zuckte mehrmals mit den Schultern und schüttelte wild den Kopf, „ich kann mich an nichts erinnern, das fühl ich!" Sie kam sich vor wie ein Tier, welches aufmerksam beobachtet wurde.

Er überraschte sie, als er ihre Hände in seine nahm und sie zwang, sie sinken zu lassen.

Raena wurde mit einem Mal bewusst, wie nah sie ihm war, welch angenehme Wärme von ihm ausging. Ihr Herzschlag beschleunigte sich und in ihrem Magen spürte sie etwas, das sie wie ein Flattern wahrnahm, das sich mit der Übelkeit vermischte und ein Gefühl weckte, bei dem ihre Knie weich wurden.

Schockiert wich sie zurück.

Lanthan ließ sie los. Sein Gesicht verdüsterte sich.

„W-was soll ich tun? W-was wird nun mit mir geschehen?" Sie umarmte sich, hatte ihm noch immer nicht vom Blut erzählt.

„In Euch ist die schwarze Seite erwacht, nehme ich an", er zuckte mit den Schultern, „wir wussten, dass etwas geschieht, nur nicht wie. Jetzt ist es passiert und wir kamen sogar recht gut davon, bis jetzt zumindest." Ein schwaches Lächeln huschte über seine Lippen, aber es erreichte seine Augen nicht. Dann trat er auf sie zu und machte den Abstand zunichte, den sie zwischen sie gebracht hatte.

Hatte er Angst, dass sie davonlaufen würde? An ihm konnte sie wohl kaum vorbei. Außerdem wollte sie das nicht. Jetzt nicht mehr. Zuvor vielleicht, aber nun, wo er da war, musste er ihr helfen. Sie war dem allein nicht gewachsen.

„Ihr seid nur mehr zur Hälfte die Person, die Ihr vorher wart, nehme ich zumindest an. Mehr kann ich Euch nicht sagen."

Raena mied seinen Blick. „Was wird nun mit mir geschehen?" Ihre Stimme brach.

Sie hörte ihn lächeln, als er meinte: „Nichts. Eure Magie erwacht zum Leben. Ihr werdet zum Gleichgewicht. Was dachtet Ihr, würde mit Euch geschehen?"

„L-letzte Nacht, i-ich habe b-bloß geschlafen und aufgewacht bin ich m-mit", bebend löste sie ihre Umarmung und betrachtete ihre Finger, zeigte sie ihm, hielt sie vor seine Augen und ihr schlechtes Gewissen brachte sie fast um, „m-mit ... Blut a-auf ..."

„Nicht so laut, sonst kommen sie schneller als unbedingt nötig", brummte er und holte tief Luft, „letzte Nacht ist jemand getötet worden. Ein Soldat der weißen Reiter, den man blutüberströmt in seinem Bett auffand. Sein Pegasus ist ebenfalls tot. Ich erspare Euch die Einzelheiten." Er klang, als handele es sich nur um beiläufige Informationen, als wäre es ihm im Grunde gleich oder treffe ihn nicht sonderlich. Und dennoch hatte er, während er sprach, eine Hand auf seinen Schwertgriff gelegt. Natürlich war es ihr aufgefallen.

Fassungslos starrte sie zuerst ihn und dann seine Hand an. „Ihr habt Angst vor mir", begriff sie, ließ ihren Mund halb offenstehen, stotterte, „hab ich Recht?"

Er musterte sie argwöhnisch, antwortete ihr zuerst nicht, bis er merkte, dass sie zu zittern begann. „Versteht mich nicht falsch", sagte er vorsichtig, seine Augen verloren ihren mitfühlenden Glanz und wurden ernst, „Ihr seid zwar das Gleichgewicht, aber Ihr könnt auch eine Gefahr für uns sein, wie Ihr nun bewiesen habt."

„*Bewiesen*", hauchte Raena atemlos, „ich kann mich an nichts erinnern! Wie soll ich dafür ver- ...", sie unterbrach sich selbst, fuhr sich durch ihr Haar und betrachtete ihre Fingernägel. Dann dachte sie an Esined. „Wart Ihr nachts bereits wieder zurück?"

„Nein", erwiderte er prompt, „vorhin erst. Ich habe mich umgezogen, dann bin ich zu Euch gerannt. Die Umstände", er zögerte, „haben es so gewollt. Die Tore waren verschlossen, ehe wir die Stadt wieder verlassen konnten. Es war dumm, das gebe ich zu."

Vielleicht hätte es Esined getroffen. Raena spürte, wie ihr die Farbe aus dem Gesicht wich. Das wollte sie nicht. Sie wollte nicht töten. „Ara, *hilf*", hauchte sie. Ihre Augenlider zuckten unkontrolliert.

„Es ist nicht Eure Schuld", beruhigte er sie, „die schwarzen Reiter sind ...", er schien zu überlegen und die passenden Worte zu suchen, „ihrer Natur ausgeliefert. Sie verfallen in rasende, blutrünstige Gewalt, weil sie eben so sind. Manche werden nur durch ihre Wut und ihren Hass geleitet, wenn ich meinen Lehrer damals richtig verstanden habe." Wieder ein Lächeln. „Fehler passieren. Daran müssen wir uns gewöhnen."

Gewöhnen. Raena war nicht gewillt, über den Tod eines Menschen einfach so hinwegzusehen, auch wenn es angeblich zu ihrer Natur gehören sollte. „Also bin ich eine Mörderin, die zu Vergesslichkeit neigt?", ihre Stimme klang bitter.

Lanthan schüttelte den Kopf. „Eine Mörderin seid Ihr nicht."

„Nicht? Ich habe jemanden getötet", sie rang mit den Händen, „*getötet*, Lanthan."

„Gefühle kann man kontrollieren. Man kann sie im Zaum halten. Es braucht nur Übung. Sobald die weiße Seite in Euch erwacht, wird das Gleichgewicht Oberhand gewinnen und ihr werdet Herrin Eurer ..."

„Und was, wenn nicht?", sie funkelte ihn an, „Ihr wisst nicht genau, wie es geschieht. Was, wenn es schlimmer wird und ich wieder töte?"

Er verschränkte die Arme vor der Brust. „Wenigstens könnt Ihr mir nun glauben."

„Was?"

„Nun, dass Ihr das Gleichgewicht seid."

„Ich bin nur eine Mörderin, sonst nichts."

Lanthan seufzte resigniert.

Wütend rieb Raena sich über die Augen. Verdammt, wieso konnte sie nicht aufhören zu weinen? Ihr Kinn bebte. „Letzte Nacht war ein Mann in meinem Zimmer", sagte sie leise und noch während sie es zu erzählen begann, konnte sie kaum noch einen klaren Faden fassen. Dennoch reckte sie ihm ihr Kinn entgegen und suchte seinen Blick.

„Wer", wollte er wissen.

„Ein Mann. Vielleicht war es er."

„Wie konnte er in Euer Zimmer gelangen?" Er klang wütend, doch Raena war viel zu aufgewühlt, um genauer darauf zu achten.

„Ich habe nicht abgesperrt. Er hat …"

„Hat er sich Euch aufgedrängt?", knurrte er, nun deutlich wütend. Seine Augen blitzten gefährlich.

Raena schüttelte steif den Kopf. „Vielleicht war er es", wiederholte sie, hoffend, dass er ihr zustimmen würde.

Doch stattdessen fluchte er lauthals: „Verdammter Zwerg! Er hätte besser auf Euch aufpassen sollen."

Raena schüttelte den Kopf, einmal, zweimal, konnte nicht mehr damit aufhören. „E-es ist nicht wichtig, ich habe jemanden u-umgebracht u-u-und ich kann es nicht r-rückgängig machen", ihre Zähne schlugen aufeinander, „s-schlägt Ihr mich jetzt? B-bitte b-bestraft mich." Sie schluchzte auf, ließ die Schultern und den Kopf hängen, während Tränen und Rotz über ihr Gesicht liefen.

Als sie seine Umarmung spürte, erstarrte sie schockiert.

„Das geht nicht", murmelte er und seine leise Stimme sandte Schauer ihren Rücken hinunter. Sein Atem hauchte gegen ihr Ohr. „Ich kann Euch nicht bestrafen, weil ich glaube, dass man Euch für solch eine Tat bei den schwarzen Reitern gelobt und gepriesen hätte. Eigentlich sollte zu solch einem Ereignis ein großes Fest zu Euren Ehren veranstaltet werden. Der Mann sollte sich glücklich schätzen."

Was sagte er da? Sie begriff es kaum.

Raena atmete zittrig aus und ein. Steif hingen ihre Arme hinab. Während er sie festhielt, sie spürte seine Hände auf ihrem Rücken, widerstrebte es ihr, ihn zu umarmen. Sie war überfordert und wusste nicht, was sie tun sollte. Vor ihren Augen war seine Brust, sie roch hauptsächlich Ringelblumenseife und starrte seine Brusthaare an, die aus dem leicht geöffneten Hemdkragen hervorlugten.

„Es bringt nichts, sich den Kopf zu zerbrechen. An der letzten Nacht könnt Ihr nichts mehr ungeschehen machen. Blickt nach vorn und versucht Euer Bestes, um so etwas nie mehr wieder vorkommen zu lassen." Seine Stimme vibrierte in seiner Brust.

Raena holte erstickt Luft, viel mehr ob der Nähe, als ob ihres Gewissens. Sie spürte, dass er sie am Rücken streichelte, auf und ab, immer wieder von vorn. Lanthan wollte sie tatsächlich trösten, obwohl er kurz vorher noch sein Schwert gehalten hatte. Er mochte misstrauisch sein, aber er war warm und sie fühlte sich wohl in seiner Nähe und eigentlich mochte sie es, wie sie sich fühlte, wenn er da war.

Er war nett, hilfsbereit, sorgte sich um sie. Solange sie ihn nicht ansah, hatte sie das Gefühl, er wäre wunderschön.

Sie mochte ihn.

Nach dieser Erkenntnis seufzte sie schwer, drehte den Kopf zur Seite und drückte ihre Wange flach an seine Brust. Es war gut und sie hatte sich noch nie so frau gefühlt, wie in diesem einen Moment.

Geborgenheit lullte sie ein und seine Wärme vertrieb all die negativen Gefühle, die in ihrem Inneren wüteten. Ihre Kehle wurde eng. Zaghaft hob sie ihre Hände hoch, berührte ihn an den Hüften, spürte den Gürtel unter ihren Fingern und befühlte seine Jacke. Ein Stromschlag fuhr durch ihren Körper.

Ihr Herz flatterte, ihre Hände wanderten seinen Rücken hoch, klammerten sich am Leder fest und verharrten im mittleren Bereich der Wirbelsäule. Mit ihrer ganzen Kraft drückte sie sich an ihn, jeden Zentimeter, den sie berühren konnte, nutzte sie aus. Hätte sie in dem Moment die Möglichkeit gehabt, mit ihm zu verschmelzen, hätte sie es vermutlich getan.

Er erwiderte ihre Umarmung mit derselben Intensität, presste ihr die Luft aus den Lungen. Obwohl sie kaum atmen konnte, ihr Rücken durch seinen packenden Griff schmerzte, labte sie sich an den wunderschönen Gefühlen, die sie in seinen Armen empfand und nicht zuordnen konnte.

Raena vertraute ihm, glaubte fest daran, dass er sie beschützen würde.

Als ihr klar wurde, dass sie ihn nicht mehr loslassen wollte, ließ er sie abrupt los. Er trat von ihr zurück, blickte sie an, doch sie war nicht fähig, seinen Blick zu erwidern.

Ihre Wangen glühten. Sie konnte kaum klar denken. Chaos herrschte in ihrer Gefühlswelt. Sie wandte ihr Gesicht von ihm ab, hoffte, er würde es nicht bemerken.

„Wir sollten gehen", sagte er und nichts deutete darauf hin, dass er ebenfalls verwirrt war, „wir waren bereits viel zu lange hier. Und wenn sie Euch sehen, werden sie merken, dass etwas nicht stimmt. Beweise gibt es genug."

Raena gab ihm Recht. „Sie werden uns verfolgen."

„Werden sie nicht. Und wenn sie's doch tun, töten wir sie. Diese Mission ist geheim."

Gänsehaut rieselte ihren Rücken hinunter. Sie rang mit sich selbst, wohl wissend, dass ihnen die Zeit davonlief. „Gut", lenkte sie ein, weil ihr nichts anderes dazu einfallen wollte.

Als Lanthan zur Tür eilte, knirschten seine Stiefel. „Folgt mir. Wir gehen sofort in den Stall."

„Und die Decke, das Leintuch?"

„Lasst alles hier", befahl er.

Raena nickte ernst, streifte sich schnell ihre Jacke über und fluchte leise, als sie mit den Fingern am Verschluss abrutschte. Eine eigenartige Leere nahm von ihr Besitz. *Resignation oder Hoffnungslosigkeit?* Und Enttäuschung darüber, weil sie ihm unmittelbar nach der Umarmung nicht ins Gesicht geblickt hatte. Hatte er es auch gefühlt?

Nachdem er den Schlüssel im Schloss gedreht hatte, folgte sie ihm in den Gang hinaus.

Lanthan verlor keine Sekunde und eilte auf die Treppe zu. Ihre Augen waren auf seinen breiten Rücken gerichtet und sie stolperte ihm hinterher.

Hinter ihnen donnerte jemand mit flacher Faust gegen eine der Türen. „Kommt raus!", bellte derjenige barsch, „unten findet eine Befragung statt!"

Sie wagte nicht darüber nachzudenken, ob derjenige sie beim Rauslaufen gesehen hatte und als die Stufen unter ihren hastigen Schritten knarzten, blieb sie erschüttert stehen. Er fuhr zu ihr herum, in seinem Gesicht zuckte es.

Oben flog eine Tür auf. „Was soll der Scheiß? Welche Befragung?!"

„Du wirst tun, was ich dir sage, sonst zerquetsche ich dir dein hässliches Gesicht!"

„Ich habe nichts verbrochen, lasst mich in Ruhe!"

Sie nahm den Ausgang des Gesprächs nicht mehr wahr, da Lanthan am Treppenende stehenblieb und um die Ecke zu blicken versuchte. Auch unter ihm knirschten die Bretter. Sie spannte sich an, schlich hinter ihn und wartete auf ein Zeichen. Das Herz schlug ihr bis zum Hals.

„Komm jetzt, verdammt! Die Wache ist unterwegs, sie werden die Sache untersuchen", schwere Schritte waren zu hören, „nimm ihn mit. Vielleicht hat er was gesehen."

Ein Stolpern, dann nervös: „Ich habe nichts gesehen. Ich schlief im Stall, im Heu!"

„Na, eben. Und er war im Stall, also raus mit dir. Sei keine Heulsuse. Wir werden dich schon nicht fressen", dann flog irgendeine Tür zu und kurz war es still, ehe jemand in der Gaststube wüst zu fluchen und zu schreien begann.

Lanthan neigte ihr den Kopf zu, zischte beiläufig ein leises: „Hier lang", bevor er um die Ecke bog und eine Tür öffnete, die ihr am Vortag völlig entgangen war.

Sie betraten eine Vorratskammer, in der man an den Seiten Holzscheite bis zur Decke gestapelt hatte. Es roch nach Harz und Staub. Dahinter lag ein weiterer Raum, der einer heruntergekommenen Scheune ähnelte. Als sie zum Dach blickte, den Kopf in den Nacken legte, bemerkte sie dicke Holzbalken. Der Duft nach süßem Heu, der sie schmerzlich an ihr Zuhause erinnerte, zwang sie stehenzubleiben und sich umzusehen. Nur drei Meter weiter türmten sich Stroh und Heu nebeneinander zu Bergen auf. Sie sah eine Katze darin liegen, zusammengerollt zu einem Fellknäuel.

„Wo bleibt Ihr? Kommt!", hörte sie ihn zischen und bemerkte, dass sie in der Mitte der Scheune stehengeblieben war. Sie unterdrückte einen Fluch und folgte ihm. Durch einen kurzen und breiten Gang gelangten sie in den Stall. Sie erkannte es am beißenden Pferdegeruch und an der stechend stickigen Luft.

Raena konnte kaum atmen, wusste zwar, dass am Vortag das Tor weit offen gestanden hatte, doch war sich sicher, dass die Stallburschen unzuverlässige Arbeit leisteten. Ein leises Pferdeschnauben erinnerte sie an das Schicksal des Pegasus und ihr Herz wurde schwer.

In der Dunkelheit sah sie drei gesattelte Pferde. Daneben löste sich eine Gestalt aus der Starre. Fenriel, dessen Haar sie überall wiedererkannt hätte, trat auf sie zu. „Da seid Ihr endlich", brummte er, wandte sich ab und ging zum Tor, um es zu öffnen.

Raena war einerseits froh ihn zu sehen, andererseits hätte sie sich am liebsten in irgendeiner Ecke verkrochen.

„Steigt auf", Lanthan dirigierte sie zu einem Schimmel, „Esined und Rizor sind längst fort. Wir müssen uns beeilen."

Raena sah in sein Gesicht hoch. „Ich soll wieder selbst reiten?", hörte sie sich fragen, ihre Stimme hoch und ängstlich. Er erwiderte nichts und sie war sich nicht sicher, ob sie laut gesprochen hatte.

Ich schaffe das schon, machte sie sich Mut, *ich kann reiten.* Und als sie dem Schimmel entgegentrat, blickte der sie aus ruhigen Augen an. Er sah nicht böse aus. *Bitte wirf mich nicht ab,* bat sie inständig.

„Ich reite vor", Fenriel schwang sich in den Sattel, Lanthan widersprach ihm nicht und Grashalm trabte hinaus.

Raena ließ sich in den Sattel heben. Es war nichts Neues für sie und doch wurde ihr warm, als sie seine Hände auf ihrer Taille spüren konnte. Gewohnt knirschte der Sattel unter ihr und als sie nach dem Zügel packte, war sie froh, dass sich ihr Körper über Nacht auf seltsame Weise erholt hatte. Sie fühlte sich erfrischt und zum Ritt bereit. Sie konnte es schaffen.

„Ich bin Euch dicht auf den Fersen", noch während er sprach, verpasste er dem Schimmel einen Klaps auf sein Hinterteil und schenkte ihr ein Lächeln, bei dem sie beinahe ihren Fokus verloren hätte.

Der Schimmel wieherte, hob sich auf die Hinterbeine und sprang vorwärts. Raena, die noch nicht einmal die Füße in die Steigbügel geschoben hatte, wurde durchgeschüttelt bis ins Mark. Ein paar Meter weiter blieb er ruckartig stehen, offenbar benötigte er eine harte Hand, die ihn ständig antreiben musste, und Raena nutzte es, um ihre Füße ordentlich in die Steigbügel zu schieben.

„Was tut Ihr?", keuchte Lanthan Sekunden später hinter ihr, ehe er mit Lagunas neben ihr anhielt.

„Wartet bitte", ihr rechtes Bein traf die Öffnung nicht, „ich kann so nicht reiten."

„Da waren noch mehr Besucher letzte Nacht, ich schwör's Euch!", wimmerte eine Frau, die im selben Moment auf den Hof flog und von einem Mann brutal in den Dreck gestoßen wurde.

Alarmiert riss Raena den Kopf in die Höhe.

Der Mann fluchte, als er mit einem Stiefel im Schlamm stecken blieb. Er befreite sich mit hochrotem Kopf. Augenblicklich blitzte in seiner Hand ein schlanker Dolch auf, den er bedrohlich auf die liegende Gestalt vor seinen Füßen richtete.

Raena konnte die Panik in den Augen der Frau sehen.

„Wie waren ihre Namen?!", schrie er zornig, bebte am ganzen Leib und sah aus, als würde er gleich explodieren.

Raena war wie erstarrt, unfähig zu reagieren. Noch waren sie unentdeckt, vielleicht wenn ...

Hinter ihm trat ein junger Mann ins Freie. „Quetsche ihr den Arm, vielleicht sagt sie es dir dann."

Gelangweilt blickte er den grauen Himmel hoch, hob eine Hand und fuhr sich durchs Haar, als wäre ihm all das lästig. Gehörte er ebenfalls den weißen Reitern an? Er trug eine Rüstung.

Raena wusste, dass er sie sehen würde, er brauchte nur den Kopf zu drehen und als es geschah, ihre Blicke sich kreuzten, erbleichte sie. Misstrauen huschte über sein schmales Gesicht und dann ... *Erkenntnis*.

Fast zeitgleich rüttelte er seinen wütenden Kameraden an der Schulter.

Endlich gelang es ihr, ihren Fuß in den Steigbügel zu schieben.

„Was ist denn?!", spuckte der Bewaffnete aufbrausend, „siehst du nicht, dass ich beschäftigt bin?!"

Raena presste ihre Schenkel zusammen, drückte ihre Fersen in die Flanken des Tieres unter ihr. Der Gaul stieß ein scharfes Wiehern aus und trabte an.

Der Mund des Jüngeren bewegte sich unhörbar schnell und er deutete immer wieder mit dem Kinn in ihre Richtung.

Der Mann ließ seinen Dolch fallen und riss den Mund auf: „Du! Warum bei Aras Arsch sitzt *du* auf meinem Pferd?!"

Raena sah weg, trieb das Tier zu einem halsbrecherischen Galopp an und gemeinsam mit Lanthan jagten sie die Straße hinunter, weg vom Gasthof.

33. KAPITEL

Raena hatte noch nie gestohlen. Gleich ein Pferd zu stehlen und damit davonzureiten hatte etwas an sich, das sie nicht zu wiederholen gedachte.

Der Schimmel gehorchte ihr widerstandslos. Er tat, was sie von ihm verlangte und als Lanthan die Führung übernahm, Lagunas schwer an ihnen vorbeilief, hielt sie ihn zurück und reihte sich gewohnt hinter dem großen Streitross ein.

Frische Luft drang in ihre Lungen, kühl wehte der Wind an ihren Wangen vorbei und gab ihr für einen kurzen Moment das Gefühl von Freiheit, welches allerdings von ihren düsteren Gedanken sofort wieder vertrieben wurde. Schlechtes Gewissen nagte nach wie vor an ihr und auch wenn sie sich nicht erinnerte, ihre Hände, die sie vehement vermied anzusehen, waren und blieben blutbefleckt.

Sie versuchte sich auf den Ritt zu konzentrieren. Mehrmals wurde sie durchgeschüttelt, da der Schimmel ein paar Mal die Gangart wechselte, doch die meiste Zeit drückte sie sich mit gebücktem Körper an seinen Hals und ließ sich tragen.

Kurvig schlängelte sich der Weg durch grüne Wiesen. Sie trieben die Pferde weiter an, gönnten ihnen keine Ruhe, bis selbst Raenas Muskeln irgendwann merkten, dass es ihnen zu viel wurde. Sie biss die Zähne zusammen, lauschte dem zischenden Atem des Schimmels und spürte seine Ermüdung. Noch waren sie nicht außer Reichweite, sie wusste das.

Sie galoppierten durch einen hohen Mischwald und scheuchten ein paar schwarzweiße Vögel mit rötlichem Schopf auf, die aufgeregt in den

Baumkronen Schutz suchten. Danach führte ein schmaler Weg einen Hügel hoch, wo eine Eiche eine breite Kreuzung markierte.

Lanthan warf einen flüchtigen Blick auf die Wegweiser, drehte Lagunas einmal herum und entschied sich für geradeaus.

Raena holte ihn ein. Sie betrachtete seinen geraden Rücken und fragte sich, ob er wohl jemals müde wurde, im Sattel zu sitzen.

Kurz wagte sie einen Blick zurück, wollte wissen, ob sie verfolgt wurden, und musste zweimal hinsehen, um sich zu vergewissern, dass dem tatsächlich der Fall war. Sie konnte die Reiter aber nur sehen, weil das Land wie ein grüner Teppich vor ihnen ausgebreitet dalag.

„Wir haben Glück", rief Lanthan ihr zu, „es war nur ein weißer Reiter. Wären es mehrere gewesen, hätten sie uns längst eingeholt."

Zwar waren sie noch weit weg, vermutlich hatten sie ihre Pferde zuerst satteln müssen, aber Raena war sich sicher, solche Männer konnten selbst im Schlaf Spurenlesen.

Bei dem Gedanken wurde ihr kalt.

Der Wind blies Raena die Haare ins Gesicht, für einen Moment konnte sie nichts sehen und erschrak, als Grashalm an ihr vorbeitrabte. Fenriel rief Lanthan ein paar Worte zu, deren Zusammenhang sie nicht verstand. Aber sie konnte sehen, wie Lanthan den Kopf zur Seite neigte und ein Schatten über sein Gesicht huschte, ehe er nickte. Daraufhin wurde Grashalm langsamer und fiel wieder zurück. Fenriel ignorierte Raena, ehe ihr bewusst wurde, dass sie ihn anstarrte.

Was zum ...

Sie wollte ihm weiter nachsehen, doch da tat der Schimmel einen Satz und sie verlor den Rhythmus. Hart schlug sie mit dem Schritt am Sattel auf und biss sich keuchend auf die Unterlippe.

Danach war er wie vom Erdboden verschluckt.

Nachdem sie sich wieder gefangen hatte, hielt sie den Schimmel zurück und zwang ihn zum Stillstand. „Wohin reitet er?"

Spielte er den Lockvogel? *Natürlich tat er das.* Er hatte das schnellste Tier der Gruppe.

„Raena", rief Lanthan ihren Namen, klang verärgert, „wieso bleibt Ihr stehen? Wir müssen *weiter*."

Sie sah sich nach ihm um. Er hatte einen düsteren Blick aufgesetzt und der zwang sie, sich wieder hinter ihm einzureihen. Sie trabten noch eine Weile, Raena mit ihren Gedanken bei Fenriel, bis Lanthan entschied, den Pferden eine Pause zu gönnen und ihr Tempo zu verlangsamen.

„Was hat er vor?", fragte sie kurz darauf, schließlich war sie schuld an ihrer Situation. *Ara, steh mir bei.* Sie wagte sich gar nicht auszumalen, welche Strafe auf den Mord eines Reiters stand. Der Fakt, das Gleichgewicht zu sein, erschien ihr nun weit weniger schlimm als eine Mörderin. Wäre kein Blut auf ihren Fingernägeln gewesen, so hätte sie auch der Behauptung, sie hätte jemanden getötet, keinen Glauben geschenkt.

Lanthan antwortete nicht sofort. Verzerrt war sein Gesichtsausdruck, seine Haltung steif. „Er wird sie beschäftigen", wich er aus und dann schwieg er, bis sie eine Gabelung erreichten.

Von dort aus ging es wieder im Galopp weiter.

Raena versuchte sich nicht den Kopf darüber zu zerbrechen, doch *sie beschäftigen,* ließ sie daran denken, dass er sie vermutlich töten würde. Lanthan hatte vorhin erwähnt, diese Mission sei geheim. Er hatte ihr aber auch erzählt, dass sie geschickt worden seien, um sie zu holen. Wieso erzählten sie den Männern nicht einfach den Grund für ihr Missgeschick, anstatt mit Blutvergießen zu antworten? War es so geheim, dass selbst die Männer des Herrschers nichts davon wissen durften und dafür sterben mussten? Wollten sie sie in Wahrheit doch wieder wegsperren?

Mit jeder verstrichenen Minute wurde sie übellauniger und trauriger, weil sie noch immer viel zu wenig über ihre Zukunft wusste. Die *Mission* stank zum Himmel und Raena hatte das Gefühl, betrogen worden zu sein.

Die Landschaft wurde hügeliger, der Untergrund steiniger. Sie ließen den Wald hinter sich zurück, trabten über eine schmale Brücke und galoppierten eine kurze Strecke bis hin zu einer steilen Kuppe, überwuchert von Gebüsch und moosbewachsenen Felsen. Dahinter erstreckte sich ein kleines Tal, in dem eine Handvoll Häuser gebaut waren. Vielleicht war dort der nächste Treffpunkt ausgemacht worden, denn Lanthan steuerte geradeswegs auf das kleine Dorf zu. Obwohl sie kaum glaubte, dass sie sich irgendwo in einem Haus verstecken würden.

Rizor und Esined konnten nicht mehr weit entfernt sein.

An die Halbsirene wollte sie am liebsten keinen Gedanken verschwenden, bekam Magenschmerzen, wenn sie nur an ihre Stimme dachte. Ihr war klar, dass sie sich nicht davor drücken konnte. Esined würde ihr ihre Meinung sagen und abfällige Kommentare reißen, egal ob es ihr gefiel.

Sie fürchtete sich vor ihren Gesichtern, den Gefühlen darin und konnte nicht einschätzen, ob Rizor wie Lanthan reagieren und zu seiner Waffe greifen würde.

Nur nicht daran denken.

Sie trabten den Hang hinunter und ritten am Ortsschild vorbei ins Dorf hinein. Bereits nach wenigen Metern ging es wieder steil bergauf. Die

Flanken des Schimmels bebten, sein Atem ging schwer und sein Fell glänzte vor Schweiß. Raena blickte zurück, konnte jedoch nicht sonderlich weit das Gelände überblicken. Der Horizont war voller Wälder und ganz weit hinten befanden sich ein grüner Wiesenstreifen und der Weg, den sie entlang galoppiert waren. Fenriel war nirgends zu entdecken. Hätte sie auch gewundert, wenn sie Grashalm zwischen alldem Grün hätte erblicken können.

Sie seufzte leise. Hoffentlich würde alles gut gehen. Hoffentlich würde Fenriel nichts passieren. Beim letzten Mal war Fleck getötet worden. Als sie zurück an den eiskalten See dachte, wurde ihr ganz anders. Schnell verwarf sie jeden Gedanken an das Sumpfauge und blickte Lanthan an, der neben dem Dorfbrunnen angehalten hatte. Sein Gesicht glich einer steinernen Maske. Raena hielt neben ihm an. „Was ist los?", fragte sie leise, suchte seinen Blick.

„Die Steigbügel", entgegnete er stattdessen und nickte ihr auffordernd zu, „Ihr solltet sie kürzen."

Raena runzelte die Stirn. Sie hielt seinen Blick fest, doch er wandte sich ab. Sie lauschte ihrem verräterischen Herzschlag, spürte Enttäuschung und Ärger zugleich. Sie kaute auf der Innenseite ihrer Wange herum und wollte ihn fragen, was als nächstes geschehen würde.

„Was ist?", fragte er sie schroff.

Raena blinzelte, spürte die Röte auf ihren Wangen und hörte ihren Magen grummeln. Sie stotterte. „H-hunger", und machte sich daran, die Steigbügel zu kürzen.

„Hunger", es klang wie eine Frage, dann begann er in seiner Tasche zu wühlen und zauberte ein paar Bissen Brot und Käse hervor. Er wartete, bis sie die Schlaufen gekürzt hatte und überreichte ihr ihr spätes Frühstück. Sie aß schnell, versuchte ihn nicht anzustarren. Ein paar Leute gingen an ihnen vorbei, doch hatten für sie nur beiläufige Blicke übrig.

Sollte sie ihn fragen, warum sie nach Antar geritten waren? Raena musterte sein Profil, sein Blick verlor sich irgendwo am Horizont und folgte mit ihren Augen den Narben, die sein Gesicht verunstalteten. Sein Haar war durcheinander, der Wind hatte es aufgebauscht und eine Locke hing ihm in die Stirn.

Ich sollte ihn nicht mögen, schoss ihr durch den Kopf und ein bitterer Geschmack breitete sich in ihrem Mund aus, *ich kenne ihn überhaupt nicht.* Doch trotz ihrer Unwissenheit und ihrem Ärger darüber, schienen ihre Gefühle sich für ihn entschieden zu haben. Es war seltsam und doch war es so.

Die Sonne kam zwischen den Wolken hervor und blendete sie. Raena rieb sich die Augen, dann zog sie ihr Haar zu einem Zopf zusammen.

Schließlich hielt sie es nicht mehr aus und fragte: „Was ist los?" Wenn er ihr schon nicht erklärte, was mit ihr geschehen würde, hatte sie wenigstens Anrecht auf das.

Er antwortete ihr nicht sofort. Mit zusammengezogenen Augenbrauen murmelte er schließlich: „Ihr werdet vielleicht bemerkt haben, dass ich nicht ganz mit Fenriels Vorhaben einverstanden war." Als er den Kopf zur Seite drehte, wich sie seinem Blick aus.

„Wieso nicht?"

„Ich bin mir nicht sicher. Nennt es schlechte Vorahnung."

In ihren Augenwinkel rührte sich etwas. Ein kleines Mädchen trat aus einem der Häuser hervor und ließ die Tür offenstehen. Raena schätzte, dass es ungefähr zehn Jahre alt sein musste. Kein Erwachsener kam, um es zu ermahnen oder zurück ins Haus zu holen. Die Art, mit welcher sie beide gemustert wurden, war ihr höchst unangenehm.

„Kommt, reiten wir weiter. Er holt uns schon ein", brummte Lanthan, klang aber eher, als müsse er sich selbst davon überzeugen.

Sie verließen das Dorf, ritten die steile Straße den Hügel hinauf. Bald wurden sie von hohen Nadelbäumen umringt, von großen und stacheligen Ästen, die die Sonne und somit auch den Großteil des Lichtes davon abhielten, den Boden zu erreichen.

Die Hufe der Pferde bohrten sich in feuchten, durch den Regen aufgeweichten Untergrund. Vögel zwitscherten über ihren Köpfen und flogen aufgeschreckt in kleinen Kreisen den graublauen Himmel hoch. Der Wald war überwuchert von Sträuchern und kleinen Setzlingen. Farne sprossen zu Tausenden aus der weichen Erde empor und ihre langen, dunkelgrünen Halme wogten sich langsam im immer kühler werdenden Windzug.

Den Duft nach frischem Harz saugte sie tief in ihre Lungen ein. Für einen Moment erlaubte sie sich, die Augen zu schließen und den beruhigenden Geräuschen der Umgebung zu lauschen, als wie aus dem Nichts Fenriels Gesicht durch ihre Gedanken schoss.

Sie hatte nicht mehr das Gefühl, verfolgt zu werden. Lanthan schien gleicher Ansicht, denn im gemächlichen Schritt erreichten sie ein paar Atemzüge später eine Weggabelung.

Lanthan wählte den schmäleren, steinigeren Weg und zuckte nicht einmal zusammen, als Lagunas Hinterbein am Grund abrutschte. Kleine Kieselsteine kullerten den steilen Hang links von ihnen hinunter, wo sie ungesehen im Moos verschwanden.

Raena verkrampfte sich, krallte ihre Fingern fest in die Mähne und schluckte trocken. Sie war bereits einmal umgekippt und hatte nicht vor es ein zweites Mal geschehen zu lassen.

Bereits nach wenigen Metern wurde ihr klar, dass der Schimmel sich seiner Schritte sicher war und einen festen Tritt hatte. Ein Stück weiter oben wurde der Pfad wieder gerader und als sie dort ankamen, entwich Luft aus ihren Lungen. Ihre Körperspannung blieb. Starr richtete sie ihren Blick vorwärts, während sie in ihrem linken Augenwinkel eine starke Steigung wahrnahm, bei welcher man sich bestimmt das Genick brechen konnte. Lanthan indessen warf nur einen beiläufigen Blick hinunter, stemmte eine Hand in die Hüfte und klopfte mit den Fingern dagegen.

„Lanthan", begann sie vorsichtig, „kann ich Euch etwas fragen?"

Er neigte seinen Kopf zur Seite. „Natürlich", und sah sie schwach über seine Schulter hinweg an.

„Ich habe manchmal ... düstere Gedanken." Raena konnte nicht glauben, dass sie das erzählte, doch jetzt gab es kein Zurück mehr. „Aggressive Gedanken." Sie merkte, dass sie nervös wurde und kurz davor war zu stammeln. „Kommt das von dieser Gleichgewichtssache?"

Nun hatte sie seine vollste Aufmerksamkeit. Lanthan drehte sich im Sattel um, blickte sie genauer an und ließ Lagunas selbst seinen Weg wählen. „Aggressiv, sagt Ihr? Seit wann?"

Raena spürte ihr Herz rasen. „V-versprecht Ihr, mir nicht böse zu sein?" Sie fummelte an ihren Ärmeln herum.

Er hob die Brauen an und die Narben verzerrten sein Gesicht bis zur Unkenntlichkeit. Dann schüttelte er den Kopf.

„Seit ein paar Tagen", murmelte sie.

Kurz war er still, dann meinte er. „Wenn Ihr es mir oder den anderen aus der Gruppe früher verraten hättet, wäre klar gewesen, dass bei Euch demnächst eine Veränderung bevorsteht. Vielleicht hätte dann keiner sterben müssen."

Ach. Wäre es das? Sie sagte es nicht. Stattdessen überlegte sie fieberhaft.

Er hatte sich wieder von ihr abgewandt und sie glotzte ihn an. „Wie hätte ich das ahnen sollen?", stieß sie fassungslos hervor, „keiner von euch hat mich, in was auch immer, eingeweiht."

„Ich werfe Euch nichts vor. Die anderen auch nicht", fügte er hinzu, „Ihr habt völlig Recht. Wir waren unvorsichtig."

Warum klang er so gleichgültig? Raena überlief es eiskalt.

„Was werdet Ihr tun?", hauchte sie atemlos, „wie könnt Ihr verhindern ..."

„Wir werden Euch fesseln."

Raena glaubte, sich verhört zu haben. „Was habt Ihr gesagt?", raunte sie.

„Wir werden Euch fesseln. Im Schlaf seid Ihr offensichtlich eine Gefahr für uns alle."

Ihr wurde schwindlig. Kalte und gleichzeitig heiße Schauer rieselten ihren Rücken hinunter. Sie wollte irgendetwas erwidern, irgendetwas Sinnvolles, etwas, das ihn von seinem Vorhaben abbringen würde. Doch die Worte irrten in ihrem Kopf umher und entglitten ihrem Verstand.

„Beherrschen könnt Ihr Eure schwarze Seite erst, nachdem Ihr Euer Reittier habt. Es lernt Euch die Magie zu verstehen, sie anzuwenden. Wir nehmen an, dass Ihr dafür einen Drachen benötigt. Wir hoffen es zumindest." Seine Worte waren wie Staub im Wind und glitten an ihren Ohren vorbei, ohne richtig wahrgenommen zu werden. „Ihr seid das Gleichgewicht. Es gibt keine Aufzeichnungen darüber, wie genau Ihr damit umgehen sollt. Wir selbst sind auch nur Laien und können nur Vermutungen anstellen."

Überfordert sah sie ihre Hände an. Wenn sie sich doch nur an die Einzelheiten der letzten Nacht erinnern könnte! In ihrem Kopf herrschte Leere. Nicht einmal ein Bild, eine Erinnerung oder ein bestimmter Geruch waren ihr geblieben. Da war nur das Blut.

Zitternd drückte sie ihre Handfläche gegen die Brust und fühlte ihr schnelles Herz durch ihre Kleidung hindurch pochen. „Kann das nicht auch am Tag geschehen?", flüsterte sie zu sich selbst. Ihr wurde übel bei dem Gedanken, gefesselt wie ein Sack Kartoffeln am Pferderücken transportiert zu werden. Doch was sollten sie tun? Sie war eine Gefahr. „Lanthan ...", hob sie ihre Stimme an, „was passiert, wenn ... wenn ...", sie suchte verzweifelt nach den richtigen Worten, um ihre Frage zu verdeutlichen, „wenn die schwarze Seite am Tag von mir Besitz ergreift?"

Er sah sich nicht nach ihr um, ließ sich Zeit mit der Antwort und spannte sie auf die Folter.

„Das werden wir sehen, wenn es so weit ist", entgegnete er schließlich ruhig, „bis dahin müsst Ihr Euch bemühen, möglichst ruhig zu bleiben, Euch nicht zu ärgern. Ihr müsst Euch zügeln, versteht Ihr?"

Zügeln.

Raena ballte die Hand zur Faust. Was war das nur für eine bestialische Kraft, wenn man sie nicht kontrollieren, geschweige denn benutzen konnte? Sie ließ die Schultern hängen, in ihrem Inneren blühten Unsicherheit und Angst. Doch sie sagte nichts mehr, denn er strahlte mit einem Mal Distanz aus und das verunsicherte und enttäuschte sie zugleich.

Minuten später wurde der Pfad breiter und mündete in einen größeren, ebenen Weg, der weiterhin bergauf führte. Irgendwann blitzten zwischen den niedrigen Baumkronen bröckelige und verfallene Steinmauern auf. Wer auch immer hier gelebt hatte, es musste vor Jahrhunderten gewesen sein.

In diesem Bereich des Waldes waren die Bäume kleiner, sie konnte zwischen ihren nadeligen, dürren Baumkronen die weiten Felder und Wiesen erkennen, die sie hinter sich zurückgelassen hatten.

Lanthan führte sie zu einer halb zerfallenen Brücke mit einem tiefen Graben. Überwuchert wurde der von Gebüschen, Haselnusssträuchern und Brennnesseln. Es sah danach aus, als hätte man versucht, die Brücke intakt zu halten, da im Laufe der Zeit einige der alten Balken gegen neue eingetauscht worden waren. Nur mehr leere Pfeiler ließen vermuten, dass es ein Geländer gegeben hatte. Nach dem gewagten Gerüst, welches dem Gewicht beider Pferde erstaunlich gut standhielt, befand sich ein hoher und gebogener Eingang ohne Tor.

Im Hof angekommen, staunte sie über die große Grasfläche, da der Bau nach außen hin nicht besonders imposant gewirkt hatte. Bis auf die dicken Außenmauern war von der einst bestimmt prächtigen Burg nicht mehr viel übriggeblieben.

Ungefähr in der Mitte hatte man den Bergfried gebaut, der nackt und nur mehr zu einem Teil vorhanden, stolz in die Höhe ragte. Wind und Wetter ausgesetzt, war er mit zahlreichen Kletterpflanzen bedeckt, die sich mit der Zeit tief ins Gestein gegraben hatten und nun sehnsüchtig der Sonne emporwuchsen. Fasziniert musterte sie die letzten Reste der Behausungen, die sie dank der steinigen Mauern und deren quadratischer Anordnung gut erraten konnte. Finstere Eingänge, die man mittels steiniger Treppen erreichen konnte, weckten ihre Aufmerksamkeit.

„Wir sind da", teilte ihr Lanthan mit, während sie damit beschäftigt war, sich umzusehen. Und er hatte Recht, denn abseits des Bergfrieds brannte Feuer. Rauchwolken stiegen empor und wurden außerhalb der Mauern vom Winde verweht. Keine zehn Meter davon entfernt stand Schleier und daneben lag Ciro. Beide Köpfe drehten sich in ihre Richtung.

Raenas Herz rutschte in die Hose. Sie ertrug den Augenkontakt nicht länger und musste wegsehen.

Kreischend meldete sich die Harpyie zu Wort, flog über ihren Köpfen einen kleinen Kreis und landete elegant am Bergfried, wo sie ihre Flügel zusammenlegte und gespannt nach unten blickte.

„Wo wart ihr so lange?!", mit schnellen Schritten eilte Rizor auf sie zu.

Raena konnte keinen Vorwurf in seinen Worten erkennen. Eher kam es ihr so vor, als hätte er sich große Sorgen gemacht. Gekleidet war er in Lederhose und Hemd, wobei er Letzteres achtlos und nur bis zur Hälfte hinter den Bund gestopft hatte. Sein Haar und sein Bart waren zerzaust, als hätte er sich ewig nicht gekämmt.

Rizor war besorgt. Sie sah es seinem Gesicht an.

„Wir wurden aufgehalten", entgegnete Lanthan ausweichend und schwang sich aus dem Sattel. Raena folgte seinem Beispiel und spürte ihre Knie weich werden. Ihr Körper kribbelte vor Nervosität. Sie war sich sicher, dass man sie auf die letzte Nacht ansprechen würde.

„Wo ist Fenriel?!"

Kein Wort zur Begrüßung, kein herzliches Willkommen, nur eine vorwurfsvolle Frage seitens Esined.

Obwohl sich Raena auf ihr ungewolltes Wiedersehen vorbereitet hatte, rieselten kleine Schauer ihren Rücken hinunter. Esineds melodische Stimme verursachte unangenehme Bauchschmerzen und einen Frosch im Hals, den sich Raena am liebsten mit bloßen Händen herausgerissen hätte. Die Sirene glich einem schweren Stein, der tief in ihrer Magengrube lag und permanent gegen ihre Bauchdecke drückte.

Nervös klopfte sie dem Schimmel auf den warmen Hals, strich mehrmals seine Mähne glatt und bemerkte verärgert, wie stark ihre Hand zitterte.

„Wo ist er?!", wollte Esined wissen.

Raena schwieg. Ihr war klar, dass die Frage Lanthan und nicht ihr galt.

Eine Sekunde später: „Er hat unsere Verfolger abgelenkt und kommt so bald wie möglich nach."

Nachdem Raena einen Seitenblick gewagt hatte, bereute sie es sogleich wieder, denn Esined atmete schwer, ihr Brustkorb hob und senkte sich in erregtem Aufruhr. „Wer hat Euch verfolgt?", fuhr sie ihn aufgebracht an.

Lanthans Gesicht wirkte gelangweilt, als wäre er genervt von ihr.

„Esined, du hilfst keinem von uns, wenn du überreagierst", wies Rizor sie trocken zurecht, „du weißt genau, wer sie verfolgt hat."

„Gebt mir bitte die Zügel." Wie aus heiterem Himmel stand Lanthan neben ihr und hielt ihr seine behandschuhte Hand hin.

Raena zuckte zusammen, wich ein Stück vom Schimmel zurück und überreichte sie ihm zögerlich.

„Halt die Klappe, Zwerg", fuhr Esined Rizor an, „sag's mir, Lanthan. Wer war's?"

„Die Männer, die mit dem Toten ritten", antwortete er und ohne sich auch nur einmal nach ihr umzusehen, band er den Riemen an Lagunas Sattel fest. Er strich dem Schimmel über die Nase und klopfte auf seinen langen Hals.

„Fabelhaft. Der Herrscher wird ausrasten", knurrte Esined giftig, warf die Hände in die Luft. Sie sah trotz ihres wütenden Gesichts wunderschön aus. „Und was tun wir jetzt mit *ihr*?", das letzte Wort würgte sie regelrecht hervor, „sie ist erwacht! Sie bringt uns alle noch um, ehe wir Narthinn erreichen. Wir sollten sie ohnmächtig schlagen oder unter Drogen setzen, damit sie den restlichen Weg über keinen Mucks mehr von sich gibt."

Raena kam sich vor, als hätte man ihr eine Ohrfeige verpasst. Ihr Herz brannte und ihre Seele schrie. Unfähig sich zu rühren stand sie da, starr wie eine Salzsäule. Sie hatte gewusst, das Esined verletzende Worte sagen würde und konnte es ihr diesmal nicht verübeln.

„Esined", murmelte Rizor, „es reicht."

„Sie hat nicht unrecht", murmelte Raena leise, doch Esined hörte nicht hin, ansonsten hätte sie ihr mit ihrer Zustimmung vermutlich den Wind aus den Segeln genommen.

„Ihr werdet das bereuen. In Kürze werden wir alle tot sein und sie wird unser Blut trinken und auf unseren Körpern tanzen." Esined durchbohrte jeden mit anklagenden Blicken, stemmte die Hände in die Hüften und schüttelte den Kopf. „Ich gehe ihn suchen", sie drehte sich um, stieg auf Schleiers Rücken und verschwand zum Burgtor hinaus.

„Dieses Weib", abfällig spuckte Rizor auf den Boden, „kriecht mir ständig unter die Haut. Ich kann sie nicht ausstehen!" Lanthan tat so, als hätte er nichts gehört. „Habt ihr lange auf uns gewartet?"

„Nicht lange, eine halbe Stunde vielleicht", Rizor zuckte mit den Schultern, „wir wollten uns gerade um die Wache streiten." Lanthan führte Lagunas zum Feuer und deutete ihr mit einem Kopfnicken. „Kommt her und wärmt Euch etwas auf."

Raena löste sich widerwillig aus ihrer Starre und ging steif auf ihn zu.

Rizor folgte ihr und ließ sich mit einem schweren Seufzen und gespreizten Beinen auf einen Stamm nieder. Dann starrte er ins Feuer.

„Wir können nicht lange bleiben", Lanthan holte einen Beutel aus den Satteltaschen, klopfte Lagunas auf den Hals und hockte sich auf eine weiche Decke, die ausgebreitet auf dem feuchten Gras lag. Der Hengst trottete davon, im Schlepptau den Schimmel und beide begannen unweit entfernt zu grasen.

Raena ließ sich vorsichtig neben Lanthan nieder, achtete peinlichst genau auf mindestens einen Meter Abstand und verschränkte die Hände in ihrem Schoß. Sie murmelte ein leises Danke, als Lanthan ihr einen Trinkbeutel reichte.

„Vorhin haben wir zwei Hasen getötet. Eigentlich wollten wir warten, bis alle da sind, aber ich ..."

„Gut so. Warten wir", unterbrach ihn Lanthan, bevor er enden konnte. Rizor zog das Gesicht lang und schwieg.

Ciro, die bis jetzt nur untätig auf ihrem Platz verweilt hatte, erhob sich und kam langsam auf das Feuer zu. Raena erschrak, als sich die Tigerin neben ihr plump auf die Seite fallen ließ und der Boden unter ihrem Gewicht erzitterte. Den Kopf auf der rechten Pranke abgelegt, blickte sie Raena unter gesenkten Augenlidern hervor aufmerksam an. Ihr wurde unwohl bei ihrem Blick. Sie trank vier Schlucke und reichte den Beutel an Lanthan zurück. Dann beobachtete sie, wie auch er trank und fühlte ihre Lippen dabei kribbeln.

„War eure Suche gestern erfolgreich? Du hast noch kein einziges Wort darüber verloren", sagte Rizor, der offensichtlich keine Stille ertragen konnte.

„Die Kleidung, die wir im Streifen gesehen haben, ist den Zwischenhändlern unbekannt. Die Lederrüstungen waren nicht bei ihnen erhältlich. Da die Stadt ein starker Handelspunkt ist, gibt es dort viel zu viele Händler, als dass man alle hätte befragen können. Ich musste drohen, um an irgendeinen Hinweis zu gelangen."

Raena starrte ins Feuer hinein.

„Ein Elf hatte einen älteren Herrn dazu beauftragt, die Rüstungen an eine Kontaktperson im Streifen zu verkaufen, die sehr viel Geld dafür zahlen würde. Er hatte ihn bestochen, da sich der Händler geweigert hatte zu liefern. Ansonsten hat der Elf kein Geld verlangt. Er wollte nur, dass die Sachen den Streifen erreichen. Warum die Mühe? Es gibt im Streifen genügend Schmieden und an Schneidern mangelt es ebenso wenig."

„Vielleicht waren sie gestohlen."

„Vielleicht."

Nun starrten alle ins Feuer, Lanthan nachdenklich, Rizor mürrisch und mit fest zusammengekniffenen Augen, sodass man sie zwischen Bart und Haaren kaum erkennen konnte.

Raena zog die Füße an und legte ihren Kopf auf den Knien ab. Wohlige Wärme entströmte dem prasselnden Feuer. Langsam tauten ihre steifen Glieder auf und sie wurde schläfrig. Ihr unruhiger Geist jedoch war viel zu aufgewühlt und unausgeglichen, um sich von ein paar tanzenden Flämmchen einlullen zu lassen. Schuldgefühle erdrückten sie und tief in ihrem Inneren musste sie sich gestehen, dass sie froh war, sich an nichts erinnern zu können. Abwesend betrachtete sie ihre Fingernägel, die noch immer nicht sauber waren. Leider waren sie nirgends stehengeblieben, damit sie sich hätte waschen können.

„Seid Ihr in Ordnung, Majestät?", erkundigte sich Rizor, „Ihr habt es nicht leicht, mit Euren Fähigkeiten."

Raena blickte auf und lächelte. „Es geht schon." Seine Freundlichkeit rührte sie.

„Es ist nicht Eure Schuld. Ihr habt Euch Euer Schicksal nicht ausgesucht."

Falls er sie damit trösten wollte, so schlug dies fehl. Seine Worte glitten wie Wassertropfen an einem glatten Stein hinab. Ihr Schicksal brachte den Mann nicht wieder ins Leben zurück, er hatte es nicht verdient, auch wenn er in ihr Zimmer gekommen war. Trotzdem nickte sie, um ihn zu beruhigen. Hoffentlich würden sich die Fesseln als nützlich erweisen, fehlte nur noch, dass sie wie eine Verbrecherin an einem Baum angebunden wurde.

Ihr Kiefer krachte protestierend, als sie ihre Wange viel zu fest auf ihr rechtes Knie presste.

Sie wollte nicht töten, nie wieder.

Wenn sie früher wütend gewesen war, Wut war ein Gefühl, das einem vorgaukelte stark und unbesiegbar zu sein, war sie gerannt, bis sie keine Luft mehr zum Atmen übriggehabt hatte. Doch wo sollte sie nun rennen, wenn sie wütend wurde? Man ließ sie ja nie aus den Augen.

„Ich gehe mal den Hasen abziehen", warf Rizor vorsichtig ein, erhob sich aufseufzend von seinem Sitzplatz und verließ das Feuer.

Lanthan hob nur kurz seinen Blick, hielt ihn aber nicht davon ab, obwohl sie eigentlich beschlossen hatten zu warten.

Raena folgte ihm ebenfalls mit den Augen. Sie beobachtete, wie der Zwerg einen Dolch aus seinem Stiefel fischte und das erste Tier, welches man achtlos einige Meter weiter im Gras liegen gelassen hatte, zu häuten begann. Geübt tanzten seinen Finger übers Fell, zogen links und rechts mit gleichmäßigem Ruck an und befreiten das Fleisch aus seiner pelzigen Hülle.

Als sie noch ein kleines Kind gewesen war, hatte sie ihrem Vater oft dabei zugesehen, wie er die Hauskaninchen geschlachtet und für das Mittagessen ausgenommen hatte. Gänse und Enten zu rupfen hatte man ihr mit zwölf bereits das erste Mal aufgetragen. Und da sie sowieso nur in der Gegend herumsaß und dringend etwas Ablenkung benötigte, beschloss sie aufzustehen und ihm ihre Hilfe anzubieten.

Beinah fluchtartig ließ sie Lanthan hinter sich zurück und konnte seinen Blick in ihrem Rücken brennen spüren.

Rizor hörte ihre Schritte und hob den Kopf. Er grinste. „Habt Ihr das schon einmal gemacht?"

Kopfschüttelnd verschränkte sie die Arme vor der Brust.

„Habt Ihr Euch Euer Fleisch immer vom Metzger geholt?"

„Nein", entgegnete sie halblaut, „früher hielten wir zuhause oft Kaninchen. Meistens von Frühling bis Herbst, bis mein Vater sie geschlachtet und gehäutet hat. Ich durfte zusehen."

Rizor blinzelte sie kurz an und hielt ihr den Hasen hin. „Könntet Ihr bitte kurz die Beine halten?"

„Natürlich", murmelte sie und war dankbar dafür, dass er sie in seine Arbeit miteinbezog.

Feucht war das rote und sehnige Fleisch unter ihren Handflächen, als sie es mit den Fingern umschloss und fest zudrückte. Sie konnte den Geruch nicht beschreiben, der dem toten Tier entströmte, aber sie empfand ihn nicht als unangenehm.

„Wisst Ihr, es freut mich zu hören, dass ihr Erfahrung mit solchen Dingen habt. Die meisten Adeligen würden ein totes Tier nicht einmal anrühren wollen." Fast hätte er sie von den Beinen gerissen, wenn sie sich nicht dagegengestemmt hätte.

„Verzeiht", murmelte er leise in seinen Bart hinein und rümpfte die Nase. „Wenn Ihr denen eine Stute mit einem Hengst hinstellt, würden die nicht einmal den Unterschied zwischen ihnen erkennen", verdeutlichte er das miserable Allgemeinwissen der weißen Adeligen mit Hohn in der Stimme.

„Wirklich?" Ihre Augen waren auf seine blutigen Hände fixiert, denn er war bereits beim dünnen Hals angekommen und nahm nun den Dolch zur Hilfe, den er zuvor neben sich ins Gras gerammt hatte. Die Schneide wischte er an seinem Hosenbein ab, bevor er ruckartig den Kopf abschnitt und ihn ins braune Fell wickelte. Mit einem Japsen riss Raena den Hasen in die Höhe, bevor er zu Boden fallen konnte.

„Vorhin habe ich bereits einen Stock zum Aufspießen vorbereitet", teilte er ihr mit, sah sich ein paar Sekunden lang stirnrunzelnd um und lief mit einem lauten „Ahhh" zum zweiten Tier, wo der erwähnte Stock herumlag. Einen Augenblick später nahm er ihr den Hasen ab und spießte ihn der Länge nach auf.

Raena betrachtete ihre klebrigen und leicht fettigen Finger. Bevor sie auch nur einen Gedanken an letzte Nacht verschwenden konnte, wischte sie sie schnell mehrmals im hohen Gras ab.

„Danke für Eure Hilfe", rief er ihr zu und eilte zum Feuer, wo Lanthan ein Gestell aus dicken Holzstöcken aufbaute. Rizor legte den Hasen darauf ab und prüfte, ob die Konstruktion hielt. Zufrieden nickend schlug er die

Hände zusammen. „Wenn wir nicht genug haben, werde ich den zweiten Hasen ebenfalls häuten. Ansonsten frisst ihn Ciro." Die Tigerin gab einen zufriedenen Laut von sich, blieb aber ansonsten ruhig liegen.

Raena stemmte ihre Hände in die Hüften und beobachtete die Flammen, die über die Hinterbeine des Hasen leckten. Als Rizor mit einem Stock herumstocherte, wurden sie niedriger.

Lanthan war mittlerweile zu den Pferden gegangen, um die Sättel von ihren Rücken zu heben. Nachdem er damit fertig war, durchsuchte er die Taschen des gestohlenen Schimmels. Seinem neutralen Gesichtsausdruck nach fand er nichts Brauchbares und rieb im Anschluss die Pferde mit einem Tuch trocken.

Über ihren Köpfen ertönte ein lauter Donner und sein tiefer Hall ließ die Mauern der Ruine erbeben. Die Sonne hatte sich wieder verzogen. Raena war das nicht aufgefallen.

„Scheiße", fluchte Rizor und schüttelte sich, „ich hasse das. Zuhause donnert es nicht. Habt Ihr schon jemals zuvor von Frostkante gehört?"

Raena schüttelte den Kopf. Rizor lächelte sie an und legte sanft eine Hand auf Ciros Haupt. In seinen Augen tanzten kleine Funken und sein Lächeln wirkte warm.

„Wo liegt Frostkante?"

„Frostkante gehört zum Gebirge weit im Norden. Ich wurde in Finarst geboren, als Sohn eines adeligen Zwergenpaars. Wir Ihr vielleicht bemerkt habt, wurde ich an der Grenze mit Unterhand angesprochen. Eigentlich bin ich ein Oberhand. Ich habe mein Können oft unter Beweis gestellt und auch wenn ich keine Magie beherrschen kann, mich den ..."

„Rizor", schnitt ihm Lanthan scharf das Wort ab.

„Ja, ich weiß!", knurrte dieser mürrisch und verzog das Gesicht zu einer verärgerten Grimasse.

Raena blinzelte verwirrt. *Warum unterbricht er ihn?* Gern hätte sie seine Geschichte zu Ende gehört. Frostkante sagte ihr nicht viel. Über bärtige Männer und Frauen, die einen großen Berg namens Frostkante ihre Heimat nannten, kursierten im Streifen nicht gerade viele Geschichten. Und dann begriff sie plötzlich und eine schlechte Vorahnung breitete sich in ihrer Brust aus.

„Warum kann er mir nicht von seiner Heimat erzählen?", fragte sie. Früher hätte sie wie ein Grab geschwiegen, hätte es sein lassen, wäre nur vor Scham über ihre dreiste Aussage errötet. Ihre Zurückhaltung war dahin, denn sie hatte eingesehen, dass es nichts Schlimmeres geben konnte, als den Mord letzte Nacht.

Und Lanthans angespannte Haltung, sein starrer Gesichtsausdruck, hielten sie am allerwenigsten davon ab, es bleiben zu lassen. Je länger er sich mit der Antwort Zeit ließ, desto gereizter wurde sie.

„Wir können Euch nicht alles anvertrauen. Ihr wisst das."

Wie leicht diese ablehnenden Worte über seine Lippen kamen.

Raena versteifte sich. „Warum nicht?", lautete ihre Gegenfrage und der Klang ihrer Stimme wurde von einem weiteren Donner übertönt. Gänsehaut lief ihren Rücken hinunter und in ihren Ohren rauschte es.

Als hätte er sie nicht gehört, blickte er den Himmel hoch. Schwarze Wolken hatten sich über ihren Köpfen gebildet. „Rizor, bauen wir die Zelte auf", befahl er schneidend.

„Wir haben aber nur eines", brummte der.

„Esined kann sich ihres selbst aufbauen."

Raena ballte ihre Hände zu Fäusten und knirschte mit den Zähnen.

Ist das Absicht? Warum wollte er sich nicht erklären? Wovor hatte er Angst? Nein, da steckte mehr dahinter. Es musste mehr dahinterstecken!

Während Rizor gehorsam eine Plane hervorholte, bekam sie ihre Antwort.

„Ihr werdet mehr erfahren, sobald wir in Narthinn sind und Ihr in Sicherheit seid. Wir müssen vorsichtig sein", endete er und seufzte dann leise, als er ihre Verärgerung bemerkte. „Ihr seid gefährlich. Und um den Schaden gering zu halten, solltet Ihr Euch einmal gegen uns wenden, bekommt Ihr nur notwendige Informationen." Mit anderen Worten, er vertraute ihr nicht.

„Ihr habt mir, bevor dieser Mord geschah", sie zwang sich, es auszusprechen, „auch nichts erzählt, mit ähnlicher Begründung." *Lass dir etwas Neues einfallen!* „Wieso sollte ich mich gegen Euch wenden?"

Die tiefen Narben in seinem Gesicht glätteten sich, fast schien es, als habe er Mitleid mit ihr. „Es tut mir leid", sagte er nur.

Raena fühlte sich vom Kopf gestoßen, unfair behandelt und seltsam hilflos.

Versöhnlich streckte er ihr seine Hand entgegen. „Wollt Ihr uns beim Aufbau behilflich sein?"

Und ich war enttäuscht, weil ich nicht gesehen habe, ob er mich auch mag. Er mochte sie nicht, sonst hätte er ihr alles erzählt, das war zumindest ihr Gedanke. *Ich muss damit aufhören.* Ihre Umarmung hatte nichts zu bedeuten.

Raena zwang sich, aus- und einzuatmen. Sie nickte steif. „Ja."

„Gut", murmelte er sichtlich erleichtert und ließ die Hand hängen, als sie an ihm vorbeistapfte und Richtung Rizor marschierte.

Der Zwerg mit dem Beinamen Oberhand statt Unterhand, hatte bereits eine Plane auf dem Boden befestigt. „Das Gras ist verdammt nochmal nass", beschwerte er sich laut.

Lanthan meinte: „Solange wir trockene Decken zum Sitzen und Schlafen haben, ist mir das gleich. Raena, holt bitte ein paar Decken, Ihr findet sie bei Lagunas Sattel." Er sprach mit ihr, als hätte sie ihre gesamte Reise über nicht bemerkt, wo er die besagten Decken aufbewahrte. Ohne ihn darauf anzusprechen, schluckte sie ihren Ärger hinunter.

Der nächste Donner war lauter als seine Vorgänger. Wind kam auf.

Raena lief auf die Sättel zu. Sie lagen noch immer dort, wo Lanthan sie den Pferden abgenommen hatte.

„Wir hätten in den Wald reiten sollen", beschwerte sich Rizor, „wir sind völlig ungeschützt."

Raena nahm den ganzen Sattel hoch. Bestimmt hatte er noch andere Dinge darin verstaut, die nicht nass werden sollten. Reisedokumente zum Beispiel.

Unter dem Gewicht des Sattels stolpernd, schaffte sie es bis zum Zelt zurück. Sie legte ihn vor seinen Füßen ab und beeilte sich den zweiten zu holen, den er ihr schließlich kurzerhand mit einem gemurmelten Dank abnahm.

Raena bemerkte im Augenwinkel, dass der Wind ein paar brennende Holzscheite zur Seite geblasen hatte und um aus Lanthans Nähe zu fliehen, beeilte sie sich den Stock zu holen, mit welchem Rizor zuvor im Feuer herumgestochert hatte. Damit schob sie die Holzscheite zurück ins Feuer, wagte es nicht, sie mit bloßer Hand anzurühren.

Ein Regentropfen berührte ihre Wange. Blinzelnd blickte sie den Himmel hoch. Bis hinter die Mauern der Ruine türmten sich die Wolken zu einer schwarzen Formation auf, die aussah wie die Oberfläche eines Sees bei stürmischem Wetter.

„Raena!", wurde sie schwach herbeigerufen. Sie fuhr herum.

Rizor hielt die Plane des Zelts geöffnet, während Lanthan neben ihm stand und ihr mit einer Geste deutete, sie solle hineinkrabbeln.

34. KAPITEL

Im Zelt hatten sie mehrere Decken ausgebreitet. Raena griff nach einer, denn trotz ihrer Lederjacke war ihr kalt. Sie legte sie über ihre Beine und kauerte sich anschließend in einer Ecke zusammen.

Der Wind hob sich. Tosend fuhr er durch die Ruine und der Hall war ohrenbetäubend laut. Bäume raschelten und sie hörte Äste knacken. Raena vermisste ein Dach über dem Kopf.

„Wir kommen gleich", hörte sie Lanthans Stimme, als wäre er unendlich weit entfernt.

Besorgt sah sie, wie der Wind von jeder Seite gegen die gewebte Plane drückte und sie kräftig einbeulte. Die ersten schweren Tropfen fielen darauf nieder und liefen seitlich daran ab. Nach einem weiteren Donner erbebte sogar der Boden unter ihr.

Raena zog ihre Knie an.

Bei der nächsten Windböe unterdrückte sie einen leisen Schrei, denn nur die mittlere Stange verhinderte, dass die Plane gegen den Boden gedrückt wurde.

Den Kopf gesenkt, die Haare auf der Stirn klebend, war Lanthan der Nächste, der das Zelt betrat. Auf allen vieren kroch er vorwärts, Rizor folgte ihm, fluchte und schloss die Schnüre, bevor der Regen ins Innere gelangen konnte. Beide hatten einen Teil der Satteltaschen bei sich, Dokumente und Unterlagen, Decken und Tücher, Geldbeutel und in Leder gehüllte Behälter, die nicht nass werden sollten. Sie warfen alles auf einen Haufen und hockten sich hin, Lanthan gebückt, Rizor fast aufrecht.

„Den Regen habe ich in der Wüste nicht vermisst." Rizor rieb sich die Hände und kratzte sich die Nase. Anscheinend war ihm kein Wetter recht.

Mittlerweile trommelten die Tropfen so laut gegen die Plane, dass sie ihre Ohren spitzen musste, um ihn verstehen zu können.

Lanthan, der ein wenig verkrampft wirkte, seine Statur nahm fast die Hälfte des Zelts ein, hob den gesenkten Kopf und schenkte ihm ein verschmitztes Lächeln. „Wir hätten uns in der Tat keinen besseren Treffpunkt ausmachen können."

Rizor lachte kurz auf. „Deinen Sarkasmus verstehe ich nicht."

Raena zog instinktiv ihren Fuß weg, als ihr Lanthan mit seinem Bein viel zu nahekam. Falls es ihm auffiel, ließ er es sich nicht anmerken.

Seine Anwesenheit schüchterte sie ein. Seine grünen Augen, im Zelt nun unergründlich dunkel, entfachten einen Wirbelsturm in ihrem Inneren, ließen ihr Herz höher schlagen. Kurz war ihr, als fühle sie seine Hände erneut auf ihrem Rücken, seine breite Brust unter ihrer Wange, seinen Geruch in ihrer Nase. Die Erinnerung daran war viel zu intensiv, unmöglich, dass er nichts dabei gefühlt hatte.

Dennoch, er vertraute ihr nicht.

War sie überhaupt noch eine Gefangene? Selbst wenn nicht, jetzt konnte sie nicht mehr gehen. Allein würde sie ihrer dunklen Kraft unterlegen sein. Dabei ging es nicht um Vertrauen, sondern um Sicherheit.

„Ein kleiner Schluck gefällig?"

Überraschung stand in ihrem Gesicht geschrieben, als sie die kleine silberne Flasche bemerkte, die ihr Rizor grinsend hinhielt. Misstrauisch schüttelte sie den Kopf.

„Du?"

„Gib her", Lanthan riss ihm die Flasche aus der Hand, grinste und prostete ihm zu.

„Was ist das?", murmelte Raena und zuckte zusammen, als es blitzte und dann krachend donnerte.

„Brand. Aus meiner Heimat", antwortete Rizor stolz, während Lanthan den Deckel abschraubte und einen tiefen Schluck nahm. Seinem verzogenen Gesicht nach war die Flüssigkeit stärker, als er erwartet hatte. „Was ist das für ein ekelhaftes Zeug", keuchte er atemlos und wischte sich die restlichen Tropfen von den Lippen mit dem Ärmel ab.

Rizor lachte rau und Raena wich seinem Arm aus, als er nach der Flasche griff und ebenfalls trank. „Der Wahnsinn, ich liebe es", pries er mit glänzenden Augen, „dagegen kann euer Pflaumenwein einpacken und das hier ist noch das billigere Zeug. Erst das teure macht dem Gaumen eine Freude."

Raenas Magen knurrte, sie konnte ihre Bauchdecke vibrieren spüren.

„Was ist mit dem Lagerfeuer?", fragte sie und dachte an den Hasenbraten. *Dumme Frage eigentlich.*

Rizor verstaute die Flasche zurück in seiner Brusttasche. „Der Regen hat es gelöscht, meine Königin." Er hielt sich die Hand vor und hüstelte, selbst mit der Schärfe der Flüssigkeit kämpfend. „Esined besitzt all unsere Vorräte. Bevor es Fleisch gibt und das wird zweifellos noch dauern, könnt Ihr Unmengen an Käse und Brot in Euch reinstopfen", er rülpste.

Raena verzog das Gesicht. Sie roch den Alkohol in ihrer Nase.

Danach schwiegen sie.

Ihre Gedanken entglitten ihr, ihr Bewusstsein verlor sich im strömenden Regen. Dann kam ihr etwas in den Sinn.

„Warum ist die schwarze Seite zuerst erwacht?", fragte sie unvermittelt.
Beide blickten sie fragend und verwirrt zugleich an.

„Wie kommt Ihr darauf?", fragte Lanthan und neigte ihr seinen lockigen
Kopf zu.

„Nun, da ich ja das Gleichgewicht sein soll, besitze ich Weiß und
Schwarz. Warum also Schwarz? Warum nicht Weiß?"

„Das ist eine verdammt gute Frage", Rizor verzog das Gesicht, „wobei,
worin war Göttin Ara eigentlich gut? Sie hatte einen starken Geist und laut
einer Legende konnte ..."

Lanthan unterbrach ihn. „Das kann verschiedene Ursachen haben. Man
hat Euch aus Eurer gewohnten Umgebung gerissen, wollte Euch verheiraten. Veränderungen haben Euch belastet, Ihr habt Euch bedroht gefühlt und
reagiert mit Angst, Empörung, Wut ... vielleicht ist es wie ein Schutzmechanismus."

„Ihr glaubt, die schwarze Seite wollte mich schützen? Indem sie vor der
Weißen erwacht?"

„Möglich. Darum habe ich Euch nach Eurem Empfinden gefragt, als ich
in Euer Zimmer kam."

Raena löste ihre steife Haltung und stützte ihre Hände an den kalten Decken ab. Seine Begründung klang plausibel. Esineds Sticheleien und die
Verfolgungsjagden hatten ihr tatsächlich Vieles abverlangt. Sie trauerte ihrem früheren Leben nach und machte sich Sorgen, ob man sie in Narthinn
willkommen heißen oder wie eine Verbrecherin einsperren würde. Vor allem jetzt, da sie kein normaler Mensch mehr war und sich noch dazu auf
der falschen Seite des Landes befand.

„Manche werden Euch vergöttern, andere werden Euch hassen." Rizor
zuckte mit den Schultern.

„Habe ich ...", sie schluckte den Kloß, der sich in ihrer Kehle gebildet
hatte, hinunter, „noch Verwandte? Lebt mein Vater noch? Mein richtiger,
meine ich."

„Er ist vor hunderten Jahren von der Bildfläche verschwunden", erwiderte Lanthan nachdenklich, „auch die Schwarzen haben gute Spione, weshalb man annahm, er wisse womöglich über Euch Bescheid. Man hatte
Angst, er würde Euch selbst aus dem Streifen holen, doch das hat er nie
getan. Zuletzt saß er auf seinem Thron wie erstarrt, kurz davor zu sterben,
so die Berichte."

„Bei den Zwergen ist nicht viel über den letzten schwarzen König bekannt", meinte Rizor, „man nimmt an, dass gegenwärtig hohe Adelshäuser
die Städte der Schwarzen regieren. Die Bibliothek im Schloss wird Euch

bestimmt ein paar Antworten liefern, nicht wahr, Anführer?"

Raena spürte, wie ihr Herz einen aufgeregten Sprung vollführte.

„Als Königin werdet Ihr Euch dort jederzeit aufhalten können", meinte Lanthan und lächelte ihr zu. Seine untere Gesichtshälfte verzog sich, weiße Zähne blitzten. Verwirrt stellte sie fest, dass ihr der schiefe Eckzahn noch nie aufgefallen war.

Sie erwiderte sein ansteckendes Lächeln.

Da erhellte ein greller Blitz das Zelt und sie sah ihr Abbild in seinen Augen spiegeln. Es war nur ein kurzer Moment und doch sah sie es deutlich vor sich.

Eine Frau mit zerzausten Haaren, müdem Gesicht, doch es war die Farbe ihrer eigenen Augen, die sie erschrocken aufschreien und von Lanthan zurückweichen ließ. In ihrem Gesicht klafften zwei große, bodenlose Löcher, die alles Licht zu verschlucken schienen.

Schwarz war ihre Iris.

Schwarz wie die Pupille und schwarz wie die Nacht.

„M-meine Augen!"

Ihr wurde heiß und kalt. Panik schnürte ihr die Kehle zu.

Sie musste hier raus.

Hände schoben sich in ihr Blickfeld, hielten sie an den Schultern fest, schüttelten sie leicht und drückten zu.

„Atmet tief durch. *Eins*. Gut so. *Zwei*. Atmet weiter. Nicht aufhören!"

Sie konzentrierte sich auf seine Worte, schluckte und keuchte.

„Du hast es ihr nicht gesagt", drang zu ihr durch.

„Was ... *was* ...", sie brachte keinen sinnvollen Satz über ihre Lippen und starrte Lanthan entgeistert an, „was war *das*?!" Ihr eigener Schrei gellte in ihren Ohren, als in der Nähe ein Blitz einschlug und der Donner über das Zelt hinwegrollte.

„Beruhigt Euch. Das ist nur das Wetter", murmelte Lanthan rau. Er war viel zu nah. Sein entstelltes Gesicht nur Zentimeter weit entfernt.

Sie spannte sich an.

Seine Berührung verströmte Geborgenheit. Fast hätte sie sich in seine starken Arme geworfen, hätte wie ein Schlosshund geheult und sich seinen tröstenden Worten hingegeben. Sie schimpfte sich eine Närrin, hielt sich krampfhaft zurück und schüttelte nervös, aber bestimmt seine Hände ab. Unter diesen Umständen konnte sie nicht klar denken. Wenn er sie berührte, waren ihre Gedanken das reinste Durcheinander.

„Warum sind meine ... warum sind meine Augen schwarz?", japste sie.

„Ihr braucht Euch deswegen keine Sorgen zu machen", erklärte er schnell.

„Seid Ihr Euch dessen sicher?", fuhr sie ihn an, „und warum habt Ihr mir nichts ...", das letzte Wort blieb ihr im Hals stecken.

„Ich wusste nicht, wie Ihr reagiert", verteidigte er sich, „und vielleicht auch, weil ich nicht wusste, wie ich es Euch erklären hätte sollen." Verärgert zog er die Augenbrauen zusammen.

„Wunderbar", kommentierte Rizor trocken.

Lanthan warf ihm einen wütenden Blick zu.

Raena biss die Zähne zusammen. „Schon in Ordnung", winkte sie ab, versucht, möglichst gleichgültig zu klingen.

Schweigen folgte ihren Worten.

Raena räusperte sich. „Wann hört der Regen endlich auf? Es ist kalt. Wieso kann die Sonne nicht länger scheinen? Dabei war der Ritt bis jetzt ganz angenehm. Der Wind war sehr erfrischend."

Sie sahen sie bloß an.

„Sind die Gewitter immer so schwer in dieser Gegend?"

Sag einfach nichts mehr. Hör einfach auf damit.

Rizor zuckte ergeben mit den Achseln. „Nur ein Schauer. Ist bestimmt bald vorüber."

Raena spürte Lanthans Blick auf sich ruhen. Stur starrte sie geradeaus, als würde sie der Ausgang des Zelts brennend interessieren und sah im Augenwinkel, wie er den Kopf senkte. Seine Stimme klang seltsam verloren, als er murmelte: „Unbeständiges Wetter eben."

Dann schwiegen sie eine Weile und warteten, bis der Regen leiser wurde und der Wind abnahm. Ein allerletzter Donner rollte übers Land, sein Klang war wie ein wisperndes Echo, welches von den bröseligen Mauern zurückgeworfen wurde.

„Es hört auf", schnurrte Ciro draußen, ihr langer Schatten fiel auf das Zelt und ihr Katzenkopf bewegte sich merklich in ihre Richtung, „ihr könnt rauskommen."

„Sehr schön!", jubelte Rizor. Die trübe Stimmung schien ihm nichts auszumachen oder aber er war nicht sensibel und konnte ihr beider Unbehagen nicht fühlen. Raena war sich sicher, welches zu spüren.

„Ich beschäftige mich dann mal wieder mit dem Feuer, ansonsten müssen wir alle hungern." Verschmitzt grinsend drehte er ihnen seinen Rücken zu, öffnete die Fäden des Ausgangs und kroch hinaus. Draußen dehnte er sich geräuschvoll, bevor er davonging.

Lanthans Blick brannte auf ihrem Gesicht. Es vergingen mehrere Sekunden, in denen sie einfach nur ihre Hände anstarrte und vorgab, ihn zu ignorieren. Ihr Herz pochte laut. Warum ging er nicht? Wollte er etwas sagen? Wie lange hatte er vor sie anzustarren? Plagte ihn sein Gewissen?

Soll ich etwas sagen?

Als Lanthan schließlich Rizor folgte, wagte sie es, seinen Rücken anzusehen. Und sie spürte etwas in ihr, Heimweh nicht unähnlich und doch ein wenig anders.

Sehnsucht? Enttäuschung?

Sie kroch ihm nach.

Draußen war es merklich abgekühlt. Ein Luftzug strich über ihr Gesicht und sie kämpfte gegen den Schauer an, der ihr über den Rücken lief.

Es nieselte nicht einmal mehr, doch der Himmel war am Horizont noch immer pechschwarz. Der schwere Regen hatte den Boden unter ihren Füßen aufgeweicht. Mit beiden Schuhsohlen blieb sie stecken und hinterließ tiefe Fußabdrücke. Über ihrem Kopf krächzte die Harpyie, drehte mehrere Runden und flog im Gleitflug an ihnen vorbei.

Ciro hatte ihren Platz neben Rizor eingenommen. Ihre Tatzen waren voller Schlamm und ihr Fell an einigen Stellen mit braunen Spritzern bedeckt. Und doch sah die Tigerin trocken aus, hatte also Schutz gesucht.

Lanthan pfiff nach Lagunas. Lautes Gewieher ertönte. Einen Augenblick später trabte der Hengst mit dem Schimmel im Schlepptau in den Hof. Lagunas Ohren zuckten, sein Körper stand wie unter Spannung, als er knapp vor seinem Herrn die Hufe in die Erde grub.

„Das war's mit dem Abendessen!", murrte Rizor aus dem Hintergrund.

Wie durch ein Wunder hing der Hase noch immer über dem gelöschten Feuer, welches nur durch den Brandfleck am Boden als solches zu erkennen war. An mehreren Stellen war das Fleisch bereits leicht angebraten, aber essen konnte man es noch lange nicht.

Rizor suchte nach möglichst trockenem, nicht mit Wasser vollgesogenem Holz. „Unbrauchbar!" Wütend trat er gegen ein herumliegendes, halbverkohltes Holzstück und kickte es quer übers Gras in hohe Brennnesseln hinein. Leise vor sich hin schimpfend, ging er zur Feuerstelle zurück.

Da sie nicht untätig herumstehen wollte und sein Ausbruch sie in Verlegenheit versetzte, ging sie auf ihn zu und schlug vor: „Soll ich im Wald nachsehen? Vielleicht finde ich ein paar trockene Scheite."

Er war so sehr in seine Raserei vertieft, dass er ihre Frage überhörte. Erst nachdem sie ihr Angebot wiederholt hatte, reagierte er perplex. „Ich weiß nicht, ob Ihr etwas findet, aber Ihr könnt es gerne versuchen. Wäre schade um den Rammler hier", er räusperte sich, „soll ich Euch begleiten?"

Wild mit dem Kopf schüttelnd verneinte sie, froh darüber eine Weile allein sein zu dürfen.

„Ah ...", entgegnete er und nickte mehrmals, „dann passt bitte auf Euch auf." Unschlüssig blickte er sie an, als wisse er nicht, was er als Nächstes tun sollte.

Die Entscheidung wurde ihm schließlich von Lanthan abgenommen, der ihn mit einem lauten Ruf zu sich holte: „Rizor, komm mal bitte kurz her!"

Raena straffte die Schultern und atmete tief durch, bevor sie fluchtartig den Lagerplatz durch das Tor und über die Brücke verließ. Die Luft roch frisch nach Harz und feuchtem Moos. Dicke Nebelschwaden glitten zwischen den Baumstämmen hindurch, wanderten langsam die Nadelbäume hoch und verschmolzen mit den dunklen Wolken am Himmel zu einer Einheit. Sie wanderte den Hang hinauf und irrte zwischen kleinen Tannenbäumen umher.

Ihr Kopf war leer.

Das Gras unter ihren Füßen glänzte feucht. Dicke Tropfen glitzerten an den länglichen Halmen und der weiche Boden trug sie wie eine gestopfte Federdecke. Am nächsten Baum wuchsen tellergroße Pilze und der Speichel lief ihr im Mund zusammen, als sie an die Reizker dachte, die ihre Mutter oft im Herbst in der Pfanne angebraten hatte. Sie bezweifelte, dass man diese hier essen konnte. Trotzdem knurrte ihr Magen auf und schmerzlich wurde ihr ihr eigener Hunger bewusst.

Eine Weile später hielt sie an. Ihre Nase lief. Schuldbewusst wurde ihr klar, dass sie bis jetzt nicht einmal Ausschau nach brauchbarem Holz gehalten hatte und fand bald heraus, dass Rizor Recht gehabt hatte. Morsches Holz, welches reichlich am Waldboden verstreut war, hatte sich mit Wasser vollgesogen und drückte sie mit dem Finger dagegen, so quoll auf der anderen Seite die Flüssigkeit wieder hervor. Sie seufzte und ging weiter.

In diesem Teil des Waldes lagen mittelgroße Steinbrocken im niedrigen Gras verteilt. Bewachsen waren sie mit Flechten und kleinen Heidelbeersträuchern, die sogar kleine Früchte trugen, wie sie überrascht feststellte. Zwei davon kostete sie, ihr Geschmack war säuerlich süß und so suchte sie den ganzen Strauch nach weiteren Früchten ab.

Minuten vergingen. Ihr Zeitgefühl längst verloren, entschied sie sich zurückzugehen, bevor man sie zu suchen begann. Eilig lief sie den Hang hinunter. Ihre Füße wurden immer schneller, kalte Luft brannte in Nase und Lunge, ehe schließlich die Ruine zwischen den Nadelzweigen aufblitzte. Erleichtert stellte sie fest, dass sie doch nicht so weit gegangen war und ihr Blick fiel auf den dicken Rauch, der hinter den abgebröckelten Mauern schlangenförmig emporstieg.

Rizor hatte doch gesagt, dass das Holz unbrauchbar war.

Ob Fenriel und Esined zurückgekehrt waren?

Plötzlich wollte sie nicht mehr zurück.

Schwer atmend lehnte sie sich an einen Baum und legte die Handflächen auf die raue Rinde. *Ich schaffe das.* Sie stieß sich ab. Doch trotz ihrer selbstmotivierenden Gedanken wurde ihr übel.

Irgendwo krachte ein Ast.

Erstarrt hielt sie inne. Von ihrer Position aus konnte sie bereits ein gutes Stück von der Brücke sehen und erhaschte einen Blick auf einen Mann, der gehüllt in einen dunklen Umhang, über die Brücke und direkt in den Burghof hineinlief. Die Kapuze fegte es ihm vom Kopf. Raena hielt den Atem an. Sie erkannte braunes Haar und markante Gesichtszüge eines völlig Fremden. Innerhalb von Sekunden war er aus ihrem Blickfeld verschwunden.

Sie duckte sich und beschleunigte ihre Schritte.

Hatte man sie doch noch eingeholt? Sie musste die anderen warnen!

So schnell sie konnte, stolperte sie den steilen Hang hinunter und hielt sich an mehreren Ästen fest, um nicht zu fallen.

Kurz vor der Brücke klopfte ihr das Herz vor Aufregung bis zum Hals.

Sollte sie sich verstecken? Unschlüssig geisterte die Frage in ihrem Bewusstsein umher. Auf der Brücke war sie ungeschützt und falls es mehrere Angreifer waren, würde man sie sofort entdecken. Angst schnürte ihr die Kehle zu und sie dachte an Fürst Duran, der allerdings längst tot war.

Trotz ihrer Bedenken eilte sie über die Holzplanken und drückte ihren Körper so flach wie möglich gegen den rechten Torbogen. Mit angespannten Nerven lauschte sie den Geräuschen der Umgebung, hörte Vögel und den kalten Wind, der über das Gras, durch die Bäume und die Ritzen der Mauern pfiff.

Raena spürte, wie ihr Blut brodelte. Bevor sie jedoch den nächsten Atemzug tätigen konnte, wurde ihr schwarz vor Augen.

Niemand wird es wagen, mich anzurühren. Niemand wird es wagen, eine Hand gegen mich zu erheben. Denn ich bin du und du bist ich. Denn wir sind eins. Zischend entwich Luft aus ihren Lungen. Ihre Hände begannen zu kribbeln. *Ich werde ihnen wehtun. Ich werde sie zu Brei zusammenschlagen, ihre Eingeweide herausreißen und verknoten. Sollen sie doch schreien. Niemand wird sie hören. Niemand.*

Bilder huschten vor ihrem inneren Auge vorbei, Bilder einer zerfetzten, blutüberströmten Leiche, die man nicht mal mehr als solche identifizieren konnte. Ihr eigener Körper auf einmal nackt, ihre Kleidung verschwunden.

Wie von Sinnen sah sie sich selbst darin wälzen, den Geruch der Säure und den Fäkalien tief in die Lunge einsaugend. Aus Nervosität und Anspannung wurde reinste Erregung. Es gefiel ihr. *Sie liebte es.*

Kälte kroch ihren Rücken, ihre Arme hoch. Raena hätte geschrien, wenn sie gekonnt hätte, doch ihre Kehle war wie zugeschnürt.

Stimmen durchbrachen den Wahnsinn in ihrem Kopf.

„Ob das so eine gute Idee ist, entlang der Küste zu reiten?"

„Wir sind nicht die Einzigen, die das tun."

„Willst du Piraten begegnen? Das ist doch schwachsinnig!"

Raenas Sicht wurde wieder klar. Ihre Augen tränten. Wie eine Ertrinkende schnappte sie nach Luft, atmete gierig aus und ein. *Warnen.* Sie musste sie warnen! Vorwärtstaumelnd stützte sie sich am Torbogen ab, zwang sich ums Eck und hob den Blick.

Verblüfft blieb sie stehen.

Man hätte den Fremden bemerken müssen, denn das Tor war von ihrem Lagerplatz aus gut überschaubar und kein mögliches Versteck befand sich in der Nähe, was ihm Schutz hätte bieten können.

Zuerst realisierten ihre Augen das verschwommene Lagerfeuer. Rizor, der den Hasen um die eigene Achse drehte, Lanthan, Fenriel und Esined beieinanderstehend. Raena wollte etwas sagen. Ihr Mund öffnete und schloss sich wieder. *Lanthan, ich habe einen Mann gesehen. Er ist über die Brücke gelaufen ... bitte, wir müssen uns verstecken!* Ein kleines, verrücktes Lächeln stahl sich auf ihre Lippen, während ihre Hände schwächer wurden und ihre Knie unter ihr nachgaben.

„Sie kommt wieder zu sich."

„Ihr Gesicht ist ganz blass."

„Sie sollte mehr essen."

„Sie wird uns alle töten."

„Unsinn!"

„Von mir aus kann sie bis Narthinn durchschlafen, dann haben wir ein Problem weniger."

„Welche Probleme haben wir denn, außer dir?"

„Du verfluchter ..."

„Leise, sie kann euch hören!"

Bekannte Stimmen holten sie aus dem Nebel zurück.

Was ist passiert?

Sie fühlte sich benommen. Warme Arme hielten sie in einer beschützenden Geste fest. Mit einem Schlag öffnete sie die Augen, sah Lanthans

Gesicht vor sich schweben und fuhr erschrocken in die Höhe.

„Vorsicht!", warnte er und wich zurück, als sie nur knapp seine Stirn mit ihrem Schädel verfehlte. Seine Umarmung verschwand und sie war frei.

Ungeschickt rappelte sie sich vom Boden auf und bemerkte vieles gleichzeitig. Man hatte sie auf eine Decke gebettet, Lanthan, noch immer mit gerunzelter Stirn, kniete daneben, Rizor war blass und starrte sie an, als wäre sie ein leibhaftig gewordener Geist, Esined rümpfte die Nase und Fenriel verzog die Lippen zu einem schmalen Lächeln. „Ihr seid wach", sagte er. Im Nachhinein fragte sie sich, ob sie sich seine Worte nur eingebildet hatte.

„Es war doch zu nass", brachte sie schließlich mühsam hervor, den Fakt ignorierend, zuvor noch bewusstlos am Boden gelegen zu haben, „ich habe kein Holz gefunden."

Rizor musterte sie aus zusammengekniffenen Augen. „Seid Ihr in Ordnung?"

Sie nickte und spürte Unbehagen in sich aufsteigen. Unter Esineds abschätzigem Blick wurde ihr unwohl.

„Geht es Euch gut?", fragte nun auch Lanthan.

Raena zögerte für einen Moment, sah in seine Augen und konnte sich selbst darin erkennen. Es dauerte, bis sie sich gesammelt hatte und sprechen konnte.

„Ich habe einen fremden Mann gesehen. Er trug einen Umhang und ging über die Brücke in die Ruine hinein."

Lanthan hob die Brauen.

„Ein Mann, sagt Ihr?", ertönte Fenriels Stimme von links.

Raena, die sich noch immer schwach fühlte, blickte in die Runde. „Er schien es eilig gehabt zu haben. Ich habe mich gefragt, ob es sich vielleicht um einen Verfolger handelt, und bin ihm nachgelaufen. Dann, als ich bei der Brücke war ..." Ihre Gedanken überschlugen sich und auf einmal wusste sie nicht mehr, was sie gesagt hatte. „Dann", sie kräuselte verwirrt die Stirn, „dann wurde mir ganz seltsam und ..." Raena brach ab. Sie war sich so sicher gewesen, etwas Dunkles gespürt zu haben, was nun allerdings wieder fort war.

Besorgte Blicke beobachteten sie.

„Also ich habe niemanden in die Ruine kommen sehen." Rizor wischte sich über die laufende Nase.

Lanthan erhob sich mitsamt der schmutzigen und feuchtgewordenen Decke, die er sich kurzerhand über die Schulter warf. „Fenriel und ich sehen uns um", beruhigte er sie und nickte ihr mit verschlossener Miene zu.

Die Männer machten sich an die Arbeit, durchstreiften hohes Gras, bis ihre Oberschenkel vor Feuchtigkeit dunkel gefärbt waren. Sie sahen hinter jede Mauer, spähten in jedes Loch, wo sie bloß Gestein und haufenweise Sand vorfanden.

Währenddessen stand Raena starr neben Esined und wagte sich nicht zu bewegen, geschweige denn einen Blick in ihre Richtung zu riskieren. Zwischen ihnen herrschte eine beängstigende Spannung, die sich zu entladen drohte. Aus Angst, dass der Funke schließlich überspringen könnte, löste sie ihre verkrampfte Haltung und stolperte den beiden nach.

Mehrere Runden später, wobei sie mehrmals beim gleichen Loch stehenblieben und ohne zu blinzeln hineingestarrt hatten, fragte sie Lanthan eindringlich, ob sie sich sicher war, tatsächlich jemanden gesehen zu haben. Dabei klangen seine Worte seltsam, doch sie wusste nicht, woran das lag.

„Wenn ich es Euch doch sage. Ich *habe* einen Mann gesehen", betonte sie müde.

Fenriel, der außerhalb der Ruine nachgesehen hatte, ob sich in der Nähe weitere Angreifer versteckten, stieß zu ihnen und schüttelte den Kopf.

„Meine Harpyie hätte Alarm geschlagen!", schrie ihnen Rizor vom Feuer aus zu.

„Ich bin nicht verrückt", stellte sie fest, es klang unsicher.

Lanthan nahm die schmutzige Decke von seiner Schulter und legte sie über seinen Arm. „Das ist uns bewusst, aber ..."

Grashalm erschien wie aus dem Nichts neben ihnen und unterbrach sie leise. „Vielleicht habt Ihr nur einen Schatten gesehen. Die Wälder sind geheimnisvoll. Vor allem nach dem Regen kann der Nebel einem oft die Sinne täuschen."

Raena überlegte fieberhaft, versuchte sich das fremde Gesicht ins Gedächtnis zu rufen. Ein handfester Beweis oder ein Merkmal würde ihre Behauptung stärken, bis ihnen nichts anderes mehr übrig blieb, als ihr zu glauben.

„Essen ist fertig!", Rizors Stimme wurde von den Mauern der Ruine zurückgeworfen und jäh wandten alle Beteiligten den Blick von ihr ab und niemand hinterfragte mehr ihre seltsame Ohnmacht, die sie sich selbst nicht erklären konnte.

Der Abend brach schnell herein.

Raena, die bereits einen großen Teil der Ruine erkundet hatte, ging zum prasselnden Feuer, dessen warme Strahlen die Dunkelheit der anbrechenden Nacht zurückhielten. Ihr Blick fiel auf die aufgestellten Zelte und sie dachte daran zurück, was Lanthan ihr gesagt hatte.

Fesseln.

Sie schauderte. Ihre Kehle war wie ausgedorrt.

Sie hatten sich entschieden, über Nacht zu bleiben, da es Fenriel gelungen war, die Männer auf eine falsche Route zu führen, weshalb sie vorläufig in Sicherheit waren.

Der Rest der Gruppe saß in einem Kreis beim Feuer. Rundherum hatten sie Decken ausgebreitet, damit keiner von ihnen nass wurde. Zwar hatte das Feuer längst die Erde ausgetrocknet, doch niemand war gewillt, sich eine Erkältung zu holen.

Sie unterhielten sich angeregt, wobei Rizors Brand in der Runde wanderte. Gelegentlich nahmen Esined und Lanthan einen Schluck davon, ließen den Schnaps auf ihren Zungen zergehen und brachten ihre Anregungen ins Gespräch mit ein.

Grashalm lag mit geschlossenen Augen nicht weit entfernt im hohen Gras und Schleier tat es ihr gleich. Ihr beider Horn schimmerte geheimnisvoll, ließ ihre Köpfe transparent erscheinen, als wären sie zwei ruhende Waldgeister.

Ciro wärmte ihren Leib am Feuer und hatte den großen Kopf neben Rizors Oberschenkel abgelegt. Im Schein des Feuers glänzte ihr Fell golden und Schatten tanzten unter ihren buschigen Wimpern. Ihre langen Reißzähne steckten zum Teil im Boden fest und hatten die Erde mitsamt dem Gras zur Seite gedrückt.

Raena setzte sich neben Lanthan. Esined, die ihr fast gegenübersaß, hatte bereits eine gesunde Röte im Gesicht. Ob dies am Alkohol oder an der Hitze des Feuers lag, wusste Raena nicht.

Im Großen und Ganzen wirkte sie zufrieden und entspannt, während ihre geöffneten Hände auf ihren Knien ruhten und ihre glockenhelle Stimme verträumt erzählte: „Damals habe ich ein hellblaues Kleid getragen, angefertigt von der Schneiderin, die für ihre wunderschöne Handwerkskunst im ganzen Land bekannt ist. Die Prinzessin hat es mir persönlich überreicht." Ihre Augen leuchteten tiefblau. „Ihr hättet ihre Gesichter sehen sollen. Sie waren grün vor Neid!"

Rizor stieß ein kehliges Lachen aus. „Ihr Weiber habt nur Kleider im Kopf!"

Esined rammte ihm den Ellbogen in die Rippen, was er mit einem gepressten Japsen quittierte. „Hier", röchelte er, „trink noch was", und drückte ihr den Alkohol in die Hand.

Fenriel saß still da und blickte in die Flammen. Lanthan hatte einen Ast in der Hand und stocherte in der Glut herum. Schatten tanzten auf seinem Gesicht und ließen ihn zehn Jahre älter aussehen.

„Bald kommt der Herbst. Das bedeutet eine Menge Ballfeste." Lanthan streckte sein Bein zur linken Seite aus.

„Dieses Jahr habe ich für ein Kleid aus Brokat gespart."

Brokat? Raena kannte den Stoff nicht. Seide war ihr eher bekannt, denn das Hochzeitskleid ihrer Mutter war aus diesem Material gewebt worden und hatte ihre Familie zwei Monatslöhne gekostet.

„Unterhemdchen aus dünner, spitzenbesetzter Seide, dazu weiße Strümpfe und weiße, mit Süßwasserperlen besetzte Schuhe." Esined starrte ins Feuer hinein und es funkelte in ihren Augen. „Ich möchte, dass das Mieder vorne zusammengeschnürt wird und man am Rande des Dekolletés rote Rubine befestigt."

„Willst du etwa wie der Herrscher aussehen?", grinste Rizor.

„Nein, du Idiot!"

Verstohlen musterte Raena ihre Gegenüber. Wenn Esined betrunken war, war sie eine angenehme Gesprächspartnerin. Vielleicht sollte sie ihr Wasser mit Alkohol eintauschen, dann wäre ihre Anwesenheit für die ganze Gruppe erträglicher.

„Wir sollten uns ausruhen", lenkte Lanthan schließlich ein und klopfte sich dabei laut auf die Oberschenkel, „wer übernimmt die erste Wache?"

Raena wurde hellhörig und das gute Essen in ihrem Magen wurde schwer.

„Ich", meldete sich Rizor freiwillig.

Vielleicht würde man ihr erlauben, dass sie mit ihm wach blieb? Doch in ihrem Inneren wusste sie, dass kein Weg am Schlaf vorbeiführte. Wo wollte er sie eigentlich fesseln? In der Nähe gab es keinen Baum. *Bei Suneki.* Das würde er doch nicht tun? Sie spürte, wie ihr die Farbe aus dem Gesicht wich.

Fenriel erhob sich als Erster und Esined folgte ihm auf wackeligen Beinen zu einem nahen Zelt. Nachdem die Plane hinter ihnen zugefallen war, wandte Raena ihren Blick von ihnen ab.

Ciro riss ihr Maul auf und gähnte herzhaft.

„Alles in Ordnung, Majestät?", fragte Rizor, „Ihr seht so blass aus." Seine Hand wanderte zu Ciros Kopf und seine Finger verschwanden in ihrem Fell.

„Wirklich?" Ihre Stimme war schwach und sie räusperte sich.

„Ihr solltet ebenfalls schlafen gehen", sprach Lanthan sie direkt an, „damit Ihr Euch morgen im Sattel halten könnt."

Zittrig verschränkte sie die Hände in ihrem Schoß. Vielleicht konnte sie noch ein wenig sitzen bleiben? Um ein Haar hätte sie über sich selbst gelacht. Als ob sie unsichtbar werden würde, wenn sie den Moment hinauszögerte und einfach ruhig sitzen blieb, bis er sie direkt ansprechen musste. „Ich würde gerne noch ein wenig sitzen bleiben." Sekunden vergingen, in denen sie bereits bereute, widersprochen zu haben. Eigentlich sollte er ihr gehorchen. Zumindest hatte er es einmal getan und sie sogar dafür gelobt.

Sein Gesicht blieb ausdruckslos. Dennoch hielt er ihr augenblicklich die Hand entgegen. „Ihr werdet es bereuen, wenn Ihr Euch nicht schlafen legt."

Raena warf einen hilfesuchenden Blick zu Rizor, der aufmunternd lächelte. „Schlaft schön, meine Königin." Es war so seltsam, wenn er sie mit *Königin* ansprach.

Raena drehte sich zu Lanthan um. „Ihr habt gesagt, dass Ihr mich fesseln wollt. Ihr tut es aber nicht an einem ... Baum?"

Rizor fuhr hoch. „Das ist doch nicht dein Ernst! Wir sind ihre einzigen Verbündeten, warum sollte sie uns", es folgte ein kurzer, eindringlicher Seitenblick in ihre Richtung, „töten wollen? Hast du ihr einen Grund gegeben?"

„Es ist für uns alle sicherer", entgegnete Lanthan, „du weißt das. Wie oft bist du einem schwarzen Reiter begegnet? Einmal, Zweimal?"

In Rizors Augen blitzte es bedrohlich.

„Es ist schon in Ordnung", versuchte Raena den Zwerg zu beruhigen, „ich verstehe das."

„Folgt mir."

Raena ergriff Lanthans kalte Hand und stand auf. Er führte sie zu dem Zelt, in dem sie sich versteckt hatten, als es wie aus Gießkannen geregnet hatte. Vorteilhaft war die Nähe zum Feuer. Dank der Wärme, die sich im Inneren bestimmt angesammelt hatte, würde sie zumindest nicht frieren, sofern es ihr vergönnt war, überhaupt einschlafen zu können. Und doch war dies nur ein schwacher Trost vor dem, was ihr noch bevorstand.

Neben dem Eingang blieb er stehen, zog an den Schnüren und deutete ihr mit einer beiläufigen Handbewegung.

Raena straffte die Schultern, kniete nieder und kroch auf allen vieren hinein. Bestürzt stellte sie fest, dass es im Inneren kalt war. Das weiche Deckenmaterial unter ihren Händen war nicht einmal annähernd warm. Mit beklemmendem Gefühl zog sie sich in die hinterste Ecke zurück und nachdem sie sich wieder zu ihm gedreht hatte, konnte sie erkennen, wie er bereits am Eingang herumfingerte.

Dank dem hellen Schein des Feuers, welcher zu ihrer linken auf der Schräge der Plane vor sich hin flackerte, war es ihr möglich, die Umrisse seiner Statur zu erkennen. Die dichten Locken in seinem Nacken bewegten sich. Würde er bei ihr bleiben oder würde er wieder gehen, nachdem er sie gefesselt hatte? Da es nur zwei Zelte gab, würde er wohl bleiben.

Lanthan rutschte näher und sie hörte den Stoff unter ihm rascheln, spürte, wie ein Stück weiter die Decke unter seinem Gewicht nachgab. Verkrampft zwang sie sich, ruhig zu atmen und widerstand dem Impuls beiseite rutschen zu wollen.

„Ich habe vier Decken bereitgelegt. Ihr könnt Euch gern Eurer Lederjacke entledigen, damit es für Euch bequemer wird."

Kleidung raschelte, Verschlüsse knackten und wurden gelöst.

„Ich werde es jedenfalls tun."

Ihre Kehle wurde trocken. Sie konnte seinen Worten kaum folgen. Mit zittrigem Atem beschloss sie, seinem Rat Folge zu leisten, und suchte im Dunkeln nach den Verschlüssen, die sie zunächst wegen ihrer zittrigen und feuchten Finger nicht finden konnte. Und als es ihr endlich gelang und sie das nervige Kleidungsstück neben sich abgelegt hatte, suchte er scheinbar die Decken nach etwas Bestimmtem ab, da er ohne Anhaltspunkt umhertastete und nochmal zum Ausgang kroch.

Sie konnte die Falten seines Hemdes erkennen und war erleichtert, dass er sich nicht bis auf die Haut ausgezogen hatte. Ihre Ohren glühten, wenn sie daran dachte, dass er sich im Schutze der Dunkelheit seiner Sachen entledigte. Erstens war es viel zu kalt dafür und zweitens wollte sie nicht mit einem halbnackten Mann in einem Zelt schlafen, für den sie verwirrende Gefühle hegte.

„Gefunden", murmelte er einen Augenblick später und krabbelte zu ihr zurück.

Wie soll ich in seiner Nähe überhaupt schlafen können?

Raena glaubte, in seinen breiten Händen ein Seil zu erkennen, da sich ihre Augen langsam, aber sicher an die dunkle Umgebung zu gewöhnen begannen. Ab da schrie jeder Nerv in ihrem Körper nach Flucht. Ihre Beine zuckten, sie war bereit, jeden Moment zum Ausgang zu robben. Sein massiver Körper versperrte ihr den Weg nach draußen und sie bezweifelte stark, dass sie ihn niederringen könnte. Wer wollte schon freiwillig gefesselt werden?

„Wie wollt Ihr das anstellen?", fragte Raena und zwang sich zur Ruhe. Sie dachte an letzte Nacht zurück und wollte sich dadurch klar machen, dass seine „Strafe", sofern man „fesseln" dazu zählen konnte, viel schlimmer hätte ausfallen können. Immerhin hatte sie einen Reiter auf dem Gewissen und es war nur fair, notwendige Vorkehrungen zu treffen, dass so etwas nicht noch einmal geschah.

Hoffentlich würden die Fesseln ihnen gute Dienste leisten. Ansonsten wünschte sie ihm viel Glück.

Und dann beschloss sie, dass sie nicht für seinen Tod verantwortlich sein wollte. Er musste leben.

Sie fragte sich, ob er in ihrer Nähe schlafen konnte. Er war es gewesen, der seine Hand am Schwertknauf hatte ruhen lassen, als er die Nacht danach in ihr Zimmer gekommen war. Sie wollte nicht, dass er Angst vor ihr hatte, denn es machte sie traurig.

„Raena?"

Sie zuckte zusammen. „Ja?"

„Ihr hört mir nicht zu", murmelte er und sie hörte das Lächeln in seiner tiefen Stimme.

„Verzeiht", raunte sie kaum verständlich, „was habt Ihr gesagt?"

„Wenn Ihr erlaubt, würde ich gerne Eure Hände und Füße fesseln. Legt Euch bitte so bequem wie möglich hin, dann wird es für Euch leichter."

Sie holte langsam Luft. Ihr Kopf begann sich zu drehen. War er sich bewusst, wie sehr sie durch seine Anwesenheit durcheinandergebracht wurde? *Hoffentlich nicht.* „Wohin ... soll ich ..."

„Da, zum Rand, ansonsten haben wir keinen Platz."

Vor Aufregung wurde ihr speiübel und sie war verärgert, weil sie sich derartig den Magen vollgestopft hatte. Unbeholfen streckte sie die Beine aus, rutschte ein Stück nach hinten, winkelte ihre Knie an und legte den Kopf auf die weiche und kalte Decke nieder.

„Ich werde ein Tuch um das Seil winden, damit Eure Haut geschützt bleibt."

Ihr Körper glühte. Sie nahm seine Worte nur am Rande wahr.

„Liegt Ihr bequem?"

Raena suchte die Dunkelheit nach seinem Gesicht ab und fand nur Umrisse, die in einer Hocke vor ihr knieten. „Ich denke schon."

„Streckt mir bitte Eure Hände entgegen."

Raena gehorchte und spürte sogleich, wie er ihre Handgelenke umfasste. Bestimmend war seine Berührung, während seine Finger fest über ihre Haut glitten. Sie waren eiskalt.

Behutsam wickelte er das verkleidete Seil mehrere Male um ihre Gelenke und zog es kräftig mit einem dicken Knoten fest. „Das sollte reichen", brummte er nach einer kurzen Kontrolle und wanderte zu ihren Füßen hinunter.

Da Raena im Schlaf meist den Kopf auf ihre Hand bettete, legte sie ihre Wange auf das strammgezogene Seil. Still lauschte sie seinen Bewegungen und schauderte, als er sie am Knöchel berührte. Vorsichtig, als könnte sie zerbrechen, nahm er ihr rechtes Bein hoch und legte es auf das linke, damit ihre Zehen in die gleiche Richtung zeigten.

Nachdem er ihre Füße gefesselt hatte, wagte sie, wieder einzuatmen.

Behutsam legte er eine Decke über ihren ausgestreckten Körper und zog ihr den Stoff bis zum Kinn hoch.

„Könnt Ihr so einschlafen?"

Raena unterdrückte einen hysterischen Lacher.

„Ich denke schon." *Lüge.*

Dem Anschein nach gab er sich damit zufrieden, kroch auf die andere Seite des Zelts und streckte seinen Körper stöhnend eine halbe Armlänge neben ihr aus.

Und während er versuchte, eine geeignete Schlafposition zu finden, sich mehrmals hin und her drehte, berührte er ihre angewinkelten Knie, denn das Zelt war viel zu klein für ihn.

Instinktiv zuckte sie weg und verfluchte ihr Herz, welches einen Schlag lang aussetzte. „Ihr könnt gern draußen schlafen."

Hatte sie das gerade wirklich gesagt?

„Schon in Ordnung", seufzte er in die Dunkelheit, „jemand muss auf Euch aufpassen."

Einen Augenblick später, nachdem sie ruhelos seinen Rücken niedergestarrt hatte, bewegte er sich erneut und legte sein Schwert zwischen sie. Wann hatte er es mit ins Zelt genommen?

„Schlaft gut und weckt mich, falls etwas ist." Er zog die Decke hoch und blieb dann endgültig mit dem Rücken zu ihr liegen.

„Gute Nacht", entgegnete sie und schluckte den bitteren Geschmack in ihrem Mund hinunter.

Raena bewegte ihren Kopf und zog ihre Hände an den Oberkörper an. Bereits nach wenigen Sekunden wurde ihr die Position ungemütlich und sie legte ihre Wange zurück auf das Seil. Der Knauf des Schwertes, die Edelsteine funkelten im blassen Schein des Feuers schwach, lag knapp vor ihrem Gesicht. Sie hoffte, dass ihm der Stahl würde helfen können, falls sie ihn in der Nacht überfallen sollte.

Sekunden verstrichen, wurden zu den angespanntesten Minuten ihres Lebens.

Zu ihrer Überraschung wurde mit der Zeit Lanthans Atem ruhiger. Raena, noch immer hellwach und nicht fähig, ein Auge zu schließen, starrte seinen, zumindest glaubte sie das, lockigen Hinterkopf an.

Sie konnte nicht fassen, dass er neben ihr eingeschlafen war. Läge sie neben sich selbst, hätte sie vermutlich die ganze Nacht wachgelegen.

Irgendwo krächzte ein Vogel.

Sie lauschte, ob der Laut sich wiederholte, und schnappte stattdessen Rizors leise Stimme auf, der hin und wieder Worte mit seinem Reittier wechselte. Sie konnte nicht verstehen, was er sagte, fast so, als spräche er eine fremde Sprache.

Ein leiser Seufzer entwich ihren Lippen.

Erneut ihrer Liegeposition überdrüssig geworden, drehte sie sich langsam auf den Rücken, während ihre zusammengebundenen Hände unbeholfen die Decke festhielten, damit sie ihr nicht von den Schultern rutschte. Mittlerweile war ihr warm geworden, sie fror nicht mehr und ihre Nervosität war abgeklungen.

Raena gähnte und blickte zur Seite, als er sich regte. Die Linien seines Profils zeichneten sich klar in der Dunkelheit ab. Gerade Nase, leicht gewölbte Stirn und wirre Locken, die ihm in die geschlossenen Augen hingen. Seine leicht geöffneten Lippen bebten leicht, als er ein- und ausatmete. Seltsam, sie war sich sicher gewesen, seine Nase wäre schief. Vielleicht hatte sie es sich auch nur eingebildet. Wer ihm wohl das Gesicht verunstaltet hatte? Vielleicht hatte er die Narben nicht nur im Gesicht, sondern auch am restlichen Körper. Seine Hände waren unversehrt gewesen, wenn sie sich richtig erinnerte.

Raena wandte den Blick von ihm ab und starrte die Decke hoch. In ihren Gelenken pochte es dumpf, während ihre Zehen kribbelten. So gut es ging, blendete sie die schmerzenden Glieder aus, fiel hin und wieder in einen Halbschlaf und schrak Augenblicke später ruhelos auf. Es wurde die anstrengendste Nacht, die sie je gehabt hatte.

35. KAPITEL

Zwitschernde Vögel, die über der Ruine zu hunderten hinwegflogen, rissen sie aus dem Schlaf. Raena öffnete die Augen und blinzelte, bis sie sich an die Helligkeit gewöhnt hatte. Der Platz neben ihr war leer. Die Decke zerwühlt, das Schwert verschwunden. Raena wollte sich aufsetzen, wurde aber schmerzlich daran erinnert, dass sie noch immer gefesselt war. Keuchend fiel sie zurück. Ihr Kopf meldete sich mit einem dumpfen Schmerz und ein Gähnen brach aus ihrem Mund hervor.

Zum Glück kein Blut. Erleichterung durchflutete sie.

Nichts deutete darauf hin, dass sie in der Nacht über ihn hergefallen war. Wie denn auch, die meiste Zeit hatte sie wach neben ihm gelegen.

Nach einem weiteren Gähnen fragte sie sich, ob sie vielleicht nach jemandem rufen sollte. Ihre Arme kribbelten und ihre Finger waren taub.

Sie drehte sich auf den Rücken, stemmte sich hoch und richtete sich auf. Ihre Stirn berührte die gespannte Zeltplane, ihr Haar lud sich auf und stand ihr zu Berge. Die Decke rutschte ihr von den Schultern und kühle Morgenluft ließ sie frösteln. Ein Stück weiter lag ihre warme Lederjacke. Sie konnte es kaum erwarten, ihre Arme im warmen Ärmelfutter zu vergraben.

„In der Nacht war es ruhig. Sind nur Wölfe vorbeigezogen. Kein Grund zur Besorgnis, war nur sterbenslangweilig." Rizor klang müde.

„Hast du die Harpyie entsendet?"

„Ja. Ich habe sie sogar bis ins Dorf geschickt. Keine Verfolger."

„Gut. Wir brechen so bald wie möglich auf. Baut euer Zelt ab", hörte sie Lanthan sagen, „gegessen wird zu Pferd!"

Genau in dem Moment, als Raena auf sich aufmerksam machen wollte, wurde der Eingang des Zelts geöffnet und er steckte den Kopf herein. Durch sein plötzliches Erscheinen erschrocken, quiekte sie auf und erntete dafür ein schiefes Lächeln.

„Guten Morgen", grüßte Lanthan höflich, „wie habt Ihr geschlafen?" Dunkle Schatten lagen unter seinen Augen, doch das Funkeln darin sprach dafür, dass er gut gelaunt in den Tag gestartet hatte.

Raena starrte ihn an und entgegnete zurückhaltend: „Ganz gut", obwohl es nicht einmal annähernd der Wahrheit entsprach.

Er warf ihr einen skeptischen Blick zu. „Also ich hätte besser schlafen können", gab er zu und kroch zu ihr ins Zelt.

Raena rutschte zurück und hielt ihm nach kurzer Aufforderung die steifen Handgelenke hin. Er suchte das Seil nach dem Knoten ab und hielt mitten in der Bewegung inne.

Sie blickte zuerst ihn und dann ihre Gelenke an. „Stimmt etwas nicht?"

Er zog die Stirn kraus und Raena konnte sehen, wie es in seinem Kopf zu arbeiten begann, als er die hervorstehenden, bläulich angelaufenen Adern auf ihrem Handrücken betrachtete.

„Warum habt Ihr mich nicht geweckt?", fragte er mit gesenktem Blick.

Raena knabberte nervös an der Innenseite ihrer Wange herum und wusste nicht, was sie ihm sagen sollte. In Wahrheit hatte sie ihn einfach nicht stören wollen.

„Ich bitte Euch, dass Ihr es mir beim nächsten Mal mitteilt", wies er sie zurecht und die Verstimmung war ihm nun deutlich anzusehen.

Mit einem Ruck wurde der Knoten gelöst und Raena hielt die Luft an, presste die Zähne aufeinander, als das Blut stechend durch ihre Hände rauschte. Ihre Finger kribbelten, als würden hunderte Ameisen unter ihrer Haut laufen. Prüfend bewegte sie sie und ballte beide Hände zu zitternden Fäusten zusammen.

Lanthan legte das Seil beiseite. „Könnt ihr jeden Finger problemlos bewegen?"

Langsam nickte sie. „Ja, ich habe nur keine Kraft in meinen Händen." Es war ihr kaum möglich, die Gelenke abzuwinkeln. Dann kam ihr in den Sinn, was er wenige Sekunden zuvor gesagt hatte. „Was habt Ihr gesagt? Beim nächsten Mal?", verständnislos suchte sie seinen Blick, dabei fielen ihr die braunen Sprenkel in seiner Iris auf und fast hätte sie sich davon ablenken lassen.

Seine Pupillen weiteten sich, als hätte er mit solch einem Einwand nicht gerechnet. „Dachtet Ihr, dass diese Maßnahme nur für eine Nacht gedacht wäre?"

Daran hatte sie nicht gedacht. Stumm presste Raena die Lippen zu einem schmalen Strich zusammen.

„Bis wir im Schloss angekommen sind, brauchen wir eine Absicherung. Ich kann die Leben der Gruppe nicht riskieren", versuchte er seine Handlungsweise zu rechtfertigen und wandte den Blick von ihr ab. Beiläufig begann er die Decke, die er zum Schlafen benutzt hatte, zusammenzurollen. Die gute Laune, mit welcher er sie begrüßt hatte, war verschwunden.

„Verzeiht, ich habe nicht mitgedacht. Natürlich wollt Ihr das nicht. Ich will auch nicht für ihre Tode verantwortlich sein", entschuldigte sie sich hastig und musterte ihn von der Seite. Warum auch immer sie zu diesem Mann eine Anziehung verspürte.

„Helft Ihr mir bitte beim Aufräumen? Wir hätten längst auf dem Weg sein sollen", bat er sie, wobei seine Aufforderung wie ein holpriger Befehl in ihren Ohren klang.

„Meine Beine ...", murmelte sie.

Lanthan erstarrte mitten in der Bewegung, warf die Decke fort und wandte sich ihren Füßen zu. „Verzeiht", quetschte er kaum verständlich hervor.

Habe ich etwas falsch gemacht?

Raena beobachtete, wie er mit dem Knoten kämpfte und seine Finger ungewöhnlich stark bebten. Sein Gesichtsausdruck war verschlossen und verriet nichts über seine Gedanken, höchstens seine buschigen Brauen waren leicht zusammengezogen, was auf Konzentration hindeuten mochte. Nachdem ihre Füße befreit waren und das Seil zur Seite gerutscht war, zog er sich schnell zurück.

Nachdenklich sah sie ihn ein letztes Mal an und rieb sich ihre schmerzenden Beine mit ihren geröteten Händen, bis das Gefühl in ihre Glieder zum Teil wieder zurückgekehrt war.

„Ist es egal, wie ich sie zusammenlege?"

„Sie sollten in die Satteltaschen passen", entgegnete er.

Einen Moment später drückte sie ihm ihre säuberlich gefalteten Decken in die Arme und folgte ihm nach draußen, wo die anderen bereits die Feuerstelle mit Erde bedeckt und die Zelte abgebaut hatten. Der Wind hatte über Nacht die Wolken vertrieben und ein klarer Himmel mit einer leuchtenden Sonne kündigte einen warmen Tag an.

„Einen wunderschönen guten Morgen, Herrin", grüßte sie Rizor mit einer kleinen Verbeugung, die dank seiner Größe eher plump ausfiel. Er lächelte breit. Neben ihm stand die gesattelte Ciro, die ebenfalls ihr Haupt senkte, mit den Reißzähnen fast den Boden berührte und Raena auf ihre stille Art morgendliche Grüße entgegenbrachte. Beide waren bereits für die Weiterreise gerüstet.

„Guten Morgen", erwiderte sie und lächelte. Ihr fielen seine dunklen Augenringe auf und sie fragte sich, wie viel er wohl geschlafen hatte. Dem Anschein nach hatte er ihren Gedanken erraten, denn er beugte den Oberkörper in ihre Richtung, zog keck beide Augenbrauen in die Höhe und sah wissend zu ihrem Gesicht hoch: „Viel Schlaf hattet Ihr wohl auch nicht?"

Raena gab ihm mit einem kurzen Nicken recht und musste gestehen, dass sie sich liebend gern noch für eine Stunde hingelegt hätte. Sie fühlte sich, als hätte sie wie auf Nägeln geschlafen.

Hoffentlich würde ihre schwarze Seite am Tag verborgen bleiben. Ihr Magen rumorte, allerdings nicht vor Hunger, sondern vor aufkeimender Nervosität. Nicht, dass man sie auch noch am Tag fesselte.

„Guten Morgen", drang Fenriels Stimme in ihr Bewusstsein und holte sie in die Realität zurück. Keine Gefühlsregung deutete auf seinen Gemütszustand hin, ehe er unerwartet die Lippen zu einem kleinen Lächeln verzog, welches innerhalb einer Sekunde wieder verschwunden war, als hätte es diese kleine Freundlichkeit nie gegeben.

Sie war zu überrascht, um ihm eine passende Antwort darauf zu geben.

„Auch schon wach?", ertönte Esineds überhebliche Stimme, ehe sie hinter dem Elf hervortrat. „Macht Euch ein wenig nützlich."

Raenas Gesichtsausdruck wurde starr.

Esined war, wie auch an diesem Morgen, wunderschön, strahlte pure Eleganz und Grazie aus, als hätte sie gestern Abend keinen Tropfen Alkohol getrunken.

Lanthan, der keine drei Meter weiter eifrig am Zeltabbauen war, blickte auf und warf trocken ein: „Muss sie nicht, da ich fast fertig bin."

Raena, die ihren Ärger mit eiserner Gelassenheit erstickte, blieb dort stehen, wo man sie begrüßt hatte. Sie presste ihre Lippen zu einem schmalen Strich zusammen und atmete tief ein. Dann blickte sie beherrscht über die Ruine. Er hatte ihr geraten, sich zu zügeln. Das tat sie nun.

Fenriel, der sie angesehen hatte, ging an ihr vorbei. Sie fühlte den kühlen Luftzug über ihre Wange streichen. Was er sich bei ihrem Anblick wohl gedacht haben mochte?

Schlussendlich sah sie Lanthan dabei zu, wie er die Stäbe mitsamt der zusammengerollten Plane am Sattel befestigte. An der Stelle, wo sie beide geschlafen hatten, war das Gras zu einem Rechteck plattgedrückt.

„Ich würde sagen", sprach er, nachdem er die Satteltasche fest verschlossen und noch einmal den Sattelgurt nachgezogen hatte, „dass wir uns auf den Weg machen können."

Raena ging zielstrebig auf ihr Pferd zu. Sie musste sich unbedingt einen Namen für ihn einfallen lassen. Nur wenige Zentimeter von seinem schneeweißen Kopf entfernt blieb sie stehen. Gelassen reagierte er auf ihre Berührung, als sie mit ihrer Hand sanft über seinen rauen Nasenrücken strich. Ihr fiel die kahle Stelle unter seinem Maul, seitlich am Kieferknochen auf und sie fragte sich, ob er sich da wohl öfters gekratzt hatte.

„Wir reiten also an Mizerak vorbei?"

Den Kopf stolz erhoben, schwer schnaubend und zum Aufbruch bereit, tänzelte Schleier auf Lagunas zu. Esined saß bereits im Sattel, hatte eine Hand in die Hüfte gestemmt, während die andere die Zügel hielt. Ihre Haltung spiegelte exakt das Verhalten ihres Reittiers wider.

Raena blinzelte und wandte sich dem Schimmel zu, der zu grasen begonnen hatte. Sanft strich sie über seinen weichen Hals, schnappte nach dem Vorder- und Hinterzwiesel und kletterte mühselig in den Sattel. Das steife Leder quietschte leise.

Große Tatzen, voller Erde und Grasbüschel, traten aus dem linken Augenwinkel in ihr Sichtfeld. Rizor, der entspannt auf Ciros Rücken saß, raunte amüsiert: „Passt auf, in weniger als einer Minute werden sie sich zerfleischen", und damit ihn keiner hören konnte, hielt er sich die Hand vor den Mund.

Raena wollte etwas erwidern, verstummte aber, als sie Lanthans Stimme hörte. „Das werden wir nicht", verneinte er ein wenig verärgert, nun selbst im Sattel sitzend und Raena die Zügel des Schimmels reichend. Unsicher begegnete sie seinem stechenden Blick, nicht wissend, wie sie reagieren sollte. Er sagte nichts und sah sie nur stumm an. Daraufhin errötete sie und schlug die Augen nieder. „Danke."

„Wir reiten die Küste hinunter und dann das Meer entlang. Ja, dort segeln Piraten, das ist mir bekannt, aber es gibt dort keine Reiter. Und warum ist das so? Weil dort alles schmutzig und dreckig ist. Riechst du Gestank und Neid, dann ist Mizerak wohl nicht mehr weit." Er verzog die Lippen zu einem schmallippigen Lächeln. „Wir reiten eine alternative Route, die der Bauern und Pilger. Wir zahlen keine Gebühr und werden weniger auffallen. Keine Verfolger, mehr Sicherheit."

Esined warf ihm einen letzten, fast tödlichen Blick zu und reckte ihr wohlgeformtes Kinn in seine Richtung. „Hoffst du zumindest, Anführer." Das letzte Wort spuckte sie ihm förmlich ins Gesicht. Dann schnalzte sie mit der Zunge und reihte Schleier hinter Grashalm ein.

„Ich reite vor, Raena folgt mir und ihr bildet die Nachhut."

Sie taten, wie ihnen befohlen wurde.

Als sie an der Stelle vorbeikamen, an der sie gestern Nachmittag den Mann erspäht hatte, lief ihr ein kalter Schauer den Rücken hinunter. Ob sie sich den Fremden tatsächlich nur eingebildet hatte, würde vermutlich für immer ein ungelöstes Rätsel bleiben.

Lanthan führte sie um die Ruine herum auf einen schmalen Waldpfad, wo links von ihnen ein steiler Abhang meterweit den Abgrund hinunterführte. Bewachsen war er mit Nadelbäumen und dichtem Gebüsch, sodass man, falls man fiel, nicht einmal sehen konnte, wo man aufschlagen würde. Heidel- und Brombeeren überwucherten den Waldboden und ihre langen, stacheligen Arme griffen nach ihrer Lederhose und schnalzten zurück, wenn sie überdehnt wurden. Dem Schimmel machte die raue Natur nichts aus. Hin und wieder hob er den Kopf und schnappte nach grünen Blättern, die er knirschend zermalmte.

Raena indessen versuchte mit ihren Beinen dem Geäst auszuweichen und senkte schnell den Kopf, als ein Brombeerast nur knapp ihr Auge verfehlte. Kurz konnte sie schwarze, von der Sonne längst gesättigte Früchte aufblitzen sehen und ihr Magen knurrte.

Als hätte Lanthan den kläglichen Laut vernommen, drehte er sich im Sattel um und blickte sie über die Schulter hinweg lächelnd an. Seine schlechte Laune war wie weggeblasen. „Falls Ihr Hunger habt, in die rechte Satteltasche habe ich Euch ein wenig Proviant gepackt, damit wir nicht rasten müssen."

„Danke", entgegnete Raena überrascht und froh zugleich. Er nickte ihr zu, musterte sie ein wenig länger als sonst und wandte seinen Blick dann wieder von ihr ab.

Brot, getrocknetes Fleisch, Käse und drei Karotten fand sie in der linken Tasche. In ihrem Mund lief das Wasser zusammen. Und während sie hastig ihren Hunger stillte, glitt die Harpyie kreischend über ihrem Kopf hinweg und einen kahlen Nadelbaum hoch. Dort setzte sie sich auf die Spitze und flog im nächsten Moment unzufrieden im Sinkflug weiter, bis Raena sie aus den Augen verlor.

„... Jagd", ertönte Rizors Stimme hinter ihr.

„Wie bitte?", fragte sie, da sie den ganzen Satz nicht gehört hatte.

„Sie geht jagen."

Raena schluckte, aß den letzten Bissen und kratzte sich an der Wange. „Was frisst sie eigentlich?"

„Nun", Rizor hielt für einen Augenblick lang inne, „Zwerge, Menschen, alles, was vier Beine und die richtige Größe hat", lachte er, „nein, sie jagt gern Wild, aber sie begnügt sich auch mit einem Hasen oder einem anderen kleinen Tier."

Raena stutzte. Bevor er verraten hatte, dass es nur als Scherz gemeint gewesen war, war sie bleich um die Nase geworden.

„Aber ich könnte es ihr befehlen, also, einen Menschen anzugreifen. Ich muss aber gestehen, dass ich das nur einmal gemacht habe. War kein schöner Anblick."

Schockiert blickte sie der Flugbahn des zwischen den Bäumen verschwundenen Greifvogels nach. Niemals hätte gedacht, dass der freundliche Rizor zu solch einer Grausamkeit fähig wäre. Sie war erschüttert und hatte jegliche Lust auf ein Gespräch verloren.

Der steile Hang wurde mit der Zeit flacher, bis der Pfad nur noch durch dichte und niedrige Nadelbäume führte, wo kein einziger Sonnenstrahl den moosbewachsenen, hügeligen Boden erreichen konnte. In Raenas Haaren verfingen sich Nadeln und zerrten an ihren Strähnen.

Sie schätzte, dass sie sich in etwa vor zwei Stunden auf den Weg gemacht hatten und gähnte. Ihr Kiefer krachte und der folgende Schmerz schoss durch ihre Wange und stach in ihr Ohr hinein. Doch egal wie unangenehm sich das auch anfühlen mochte, sie gähnte erneut. Der schwankende und warme Pferdekörper unter ihr war wie eine Wiege, die rhythmischen Bewegungen versprachen einen tiefen und sorglosen Schlaf.

Tapfer kämpfte sie gegen die Müdigkeit an, dachte an ihre schwarze

Seite, daran, dass sie womöglich erneut töten würde, doch nicht einmal ihre beängstigenden Gedanken schafften es, ihre sinkenden Lider aufzuhalten.

Feuer. Schreie. Blut. Überall war Blut.

Die Welt brannte. Über dem Sand loderte ein Wirbelsturm, der die Kämpfer mit sich riss und der ein Feuerinferno auslöste, das sämtliche Lebewesen innerhalb kürzester Zeit zu Asche vernichtete. Sie roch verkohltes Fleisch, seltsam vertraut und doch ganz anders. Der Sand unter ihren Füßen ertrank in roter Flüssigkeit. Sie waren geschlagen. Man würde sie gefangen nehmen.

Sie hatte verloren.

Raena schrak hoch.

Hellwach und mit rasendem Herzen blickte sie von links nach rechts. Übelkeit schnürte ihr die Kehle zu. Sie bemerkte, dass sie noch immer im Sattel saß und eingenickt sein musste. Der Schimmel unter ihr, dem ihre Unruhe keinesfalls entgangen war, beschleunigte nervös und wäre fast mit Lagunas zusammengeprallt. Überfordert zog sie kräftig am Zügel und er schnaubte entrüstet.

„Alles in Ordnung?", fragte Rizor hinter ihr besorgt.

„J-Ja", stammelte sie zerstreut, während sie ihre Gedanken sortierte.

Mit Sicherheit hatte sie gerade eben den Streifen gesehen.

Sah sie die Zukunft voraus? Aber warum sollte ... das ergab keinen Sinn.

Dennoch, aufkeimende Angst schlich langsam durch ihre Magengrube und nagte an ihren Gedärmen.

Nicht nur Rizor wurde auf den kurzen Zwischenfall aufmerksam, auch Esined rief nach vorn: „Passt doch ein wenig auf! Ihr könnt doch ein Pferd reiten, nehme ich an?!"

Ihre vorwurfsvollen Worte trieben Raena die Schamesröte ins Gesicht, doch sie war so müde, dass sie nicht einmal mehr die Kraft dazu besaß, wütend zu werden. Trotzdem wuchs der Hass mit jeder beleidigenden und gehässigen Aussage. Wenn sie auch nur an Esined dachte, stieg ihr die Galle bis zum Hals.

„Sollen wir anhalten?" Lanthan klang besorgt.

Wie in Trance schüttelte sie den Kopf. „Ich war nur in Gedanken."

Er sah nicht so aus, als würde er glauben, was sie da sagte. Und doch schwieg er und wandte den Blick wieder von ihr ab.

Sie verließen den Pfad und erreichten die Spitze des Hügels, wo die kleinen Nadelbäume endeten und hoch gewachsene Kiefern ihren Anfang nahmen. Hier war das Gras dürr und gelb, ausgetrocknet von der Sonne, die zu

Mittagszeiten unbarmherzig niederbrannte. Kleine, hellgrüne Setzlinge wuchsen zwischen sanften Grashügeln, die einem flauschigen Kaninchenfell ähnelten und in alten und längst zerfallenen Baumstümpfen sammelte sich dunkles, spiegelglattes Wasser, in dem man sein Gesicht sehen konnte, wenn man nah genug vorbeiritt.

Lanthan führte die Gruppe durch die Bäume auf einen breiten Weg, auf dem erst vor kurzem eine Kutsche ihre Spurenrinnen hinterlassen hatte.

Raena, die die Abdrücke in der hellen Erde betrachtet hatte, blickte auf, als die Harpyie an ihnen vorbeiflog. Im Schnabel trug sie ihre Beute, ein kleines, buschiges Tier in der Größe eines Marders. Raena sah ihr nach, bis sie weit oben auf einem krummen Ast die Flügel zusammenlegte und begann, ihre Beute in kleine Stücke zu zerreißen.

Der Weg führte vom Hügel hinunter, verlief in langgezogenen und geneigten Kurven bis zum Ende des Kiefernwaldes. Dort erwartete sie eine grüne Ebene mit grasenden, dunkelbraunen Kühen, die eine untypische Färbung des Rückens aufwiesen. Jede von ihnen, sogar der Stier, der mitten unter ihnen liegend wiederkäute, besaß einen weißen Strich auf dem Rücken, der vom Hals abwärts breit an der buschigen Spitze des Schwanzes endete. Allesamt waren sie schlaksig und ihre hohen und schlanken Beine ließen darauf schließen, dass es sich um eine leichte, aber ihr völlig unbekannte Rasse handelte. Wenige Kälber hüpften zwischen den Müttern umher und blieben stehen, als sie die Reisenden entdeckten, die seelenruhig auf sie zuritten. Keine dreißig Meter weiter entfernt hielten drei Jungen und ein Mädchen auf einer kleinen Kuppe Wache. In ihren Händen hatten sie lange Stöcke und bei ihrem Anblick wurde Raena von Sehnsüchten geplagt.

Früher hatte sie an deren Stelle gestanden und hatte ihre Aufgabe mehr oder weniger mit Begeisterung gelebt. Ein trauriges Lächeln huschte über ihre Lippen. Damals hatte sie sich bloß wegen der ungehorsamen Tiere geärgert und nun musste sie sich mit anderen Sorgen herumplagen, wie einem Mord zum Beispiel.

Obwohl sie sich ihres Selbstmitleids sehr wohl bewusst war, trieb sie den Strudel vergangener Zeiten hinunter.

Nur am Rande nahm sie wahr, wie Stunden vergingen, wie aus dem kalten Morgen Mittag, Nachmittag und schließlich früher Abend wurde. Wälder und Wiesen hatten sie durchquert und drei Dörfer gemieden. Viele Reisende waren am Tag unterwegs gewesen, Händler mit ihren Karren, Reiter auf edlen Pferden, Kutschen und Bauern, die den Weg zu Fuß zurücklegten. Oft waren sie gemustert worden, die Aufmerksamkeit galt vor allem den außergewöhnlichen Reittieren, die man vermutlich in dieser Gegend nicht zu Gesicht bekam. Im Streifen schienen die Einhörner unsichtbar, doch hier war ihre wahre Gestalt enthüllt.

Irgendwann hatte Lanthan verkündet, dass sie beim Schafsvolk übernachten würden, wobei Raena seine Ankündigung nur mit halbem Ohr wahrgenommen hatte.

Am Rande der völligen Erschöpfung, mit Kopfschmerzen und pochenden Gliedern, kam sie sich wie in Trance vor. Ihre Augen brannten und sie offen zu halten kostete Ausdauer, die sie nicht mehr hatte. Jedes Mal, bevor ihr Körper der Müdigkeit nachgab, rief sie sich den brennenden Streifen in Erinnerung und ihre Angst vermied, dass ihre Augenlider von selbst zufielen. Je später es jedoch wurde, desto schwieriger war es für sie, der dringend benötigten Rast zu widerstehen.

Der Schimmel, den sie mittlerweile Flocke getauft hatte, da ihr nichts Besseres eingefallen war, schwitzte und sein Gang wirkte müde und zäh. Auch wenn sie einmal für fünf Minuten gerastet hatten, genügt hatte es ihm nicht.

Sie ritten neben einem breiten Fluss her, dessen blaugrünliche Farbe je nach Blickwinkel heller oder dunkler wurde. An manchen Stellen blitzten längliche Algen auf der verwirbelten Oberfläche auf, deren zackige Arme wie dünne, dunkelgrüne Fische mit der Strömung mitzappelten, als wollten sie davon mitgerissen werden. Nicht viele Brücken führten auf die andere Seite und bis jetzt war ihnen nur eine einzige begegnet.

Weit und breit war kein Wald mehr zu sehen. Die Landschaft bestand nur mehr aus grünen Wiesen und vereinzelt traf man große Steine an, manche von ihnen so hoch und breit wie ein stattliches Pferd. Die Harpyie blieb auf mehreren von ihnen sitzen und folgte ihnen in ihrem eigenen Tempo.

Kühl wehte die Brise über die Felder und die langen Halme wogten sich im Wind. Verstreut wuchsen welke Mohnblumen mit trockenen Blättern zwischen alldem Grün.

Weiter vorn bemerkte sie, dass die Landschaft einen unerwarteten Knick aufwies, als befände sich dort ein Hang oder ein Abgrund. Auch der Fluss türmte sich in plätschernden Wellen auf. Der Weg führte sie direkt darauf zu. Ihre Aufmerksamkeit war geweckt und sie reckte den Hals. Tatsächlich entpuppte sich aus dem Knick ein riesiges und grünes Tal, welches sich weit in die Ferne erstreckte und wo sie das Ende im spärlichen Abendlicht nicht erblicken konnte.

Es war gigantisch. Überall, wo man hinsah, waren grüne und steinige Flächen, Mulden, Becken und Vertiefungen anzutreffen. Und in der Mitte des breiten Tals floss rasend schnell der Fluss in einem bläulich grünen

Wasserfall hinunter. Mit donnerndem Getöse schlug das Wasser auf der Oberfläche eines Sees auf. Von dort aus entsprangen drei dünne Arme, die die Landschaft im Tal fast gleichmäßig aufteilten und sich schließlich glänzend und in sanften Schlingen am Horizont verloren.

Der breite Weg wurde zu einem schmalen Pfad, der entlang des Wasserfalls nach unten verlief. Kleine Trampelpfade führten im Abstand von mehreren Metern in die Wiese hinein und erst beim näheren Hinsehen bemerkte man, dass sich in der Erde kleine Spuren von Paarhufern befanden. Kahlgefressene Stellen, wo vermutlich Schafe an saftigen Kräutern kauten, deuteten darauf hin, dass sie sich langsam ihrem Ziel näherten.

„Es riecht nach Landluft!", ertönte Rizors Stimme erheitert hinter ihr. Schwach stach daraufhin der Geruch nach frischem Kot in ihre Nase. Raena lächelte und genoss den kühlen Windzug, der über ihre Wangen strich.

Lanthan drehte sich im Sattel um und deutete mit der ausgestreckten Hand zum Horizont. „Dort hinten befindet sich das südliche Meer. Wir rasten im naheliegenden Dorf und am nächsten Tag werden wir das Tal passieren." Erst sprach er zu ihr und dann wanderte sein Blick zu den anderen, die seine Aussage nur schweigend hinnahmen.

Auf der Suche nach dem erwähnten Dorf glitt ihr Blick tief ins Tal. Das Erste, was sie sah, waren hell erleuchtete Fenster einer kleinen Ansammlung von Häusern, fünf mit Stroh gedeckte Gebäude, kreisförmig angeordnet. Daneben war ein großer, in die Länge gezogener Stall und in einer angrenzenden, eingezäunten Weidefläche, tummelten sich wohlgenährte Tiere. Es waren so viele, dass Raena nicht einmal zu zählen begann.

„Dort unten leben Familien, die ihre Einnahmen hauptsächlich aus dem Verkauf der Wolle und dem Fleisch beziehen. Sie stellen hübsche Wollkleider her, die im Winter sehr beliebt sind."

Raena dachte an ihr altes Wollkleid zurück und konnte nicht behaupten, dass es jemals ansehnlich gewesen wäre. Ihre Bekleidung hatte sie stets nach der Sauberkeit getrennt und die „Schönheit" außen vorlassen. Wenn das Material nicht gut genug verarbeitet war, kratzte es unangenehm und juckte an manchen Stellen derartig stark, dass man sich bis zum Ende des Tages wund kratzte.

Ein unerwarteter Ruck riss sie aus den Gedanken.

Sie spürte, wie Flocke am glatten Untergrund abrutschte, das Gleichgewicht verlor und nach vorne kippte. Erschrockenes Gewieher gellte in ihren Ohren, als ihr Oberkörper von der Kraft mitgerissen wurde.

„*Bei Aras Arsch!*", brüllte irgendjemand laut.

Innerhalb von Sekunden stand Flocke wieder auf den eigenen vier

Beinen. Raena, die zwar nicht wusste wie, aber noch immer fest im Sattel saß, versuchte sich zu beruhigen. Sie schmeckte Blut auf der Zunge.

„Alles in Ordnung?!"

Lanthan, der es zwar nicht gesehen, aber gehört hatte, sprang vom Pferd und eilte herbei.

„Der Gaul ist ausgerutscht", meldete Rizor zu ihrer linken verärgert.

Raena kämpfte ihren Schock nieder.

„Ich wusste, dass er zu nichts zu gebrauchen ist", murmelte Rizor in seinen Bart hinein und verschränkte die Arme vor der Brust, „sieh, seine abgeschürften Knie."

Raena schloss die Augen und bemerkte, dass sie Kopfschmerzen bekam.

„Ist dir sein Schritt aufgefallen? Er überkreuzt die Beine. Irgendwann stolpert er und sie bricht sich das Genick."

Es war, als hätte er eine Stichflamme entzündet.

Missfallen rauschte durch ihre Adern.

„Das ist nicht wahr", stieß sie zwischen zusammengepressten Lippen hervor, wobei ihre untere bereits erkenntlich angeschwollen war, „hätten wir länger gerastet, wäre das nicht passiert."

„Nun, wir stehen unter Zeitdruck", meinte Rizor achselzuckend. „Hundert Mal zu lagern würden uns nur verlangsamen."

„Wir hätten länger rasten können, wenn Ihr mich darum gebeten hättet", meinte Lanthan.

„Du weißt, das hier könnte in einem Blutbad enden", mischte sich nun auch Fenriel mit ein.

Sie war genervt, müde und hungrig obendrein. Jetzt tat auch noch ihr Kopf weh, von ihrer Lippe ganz zu schweigen. Sie wollte einfach nur noch absteigen und ins Bett kriechen.

Als sie ihre Hand sinken ließ und ihre Augen einen Spalt breit öffnete, wurde sie von einem erregten Zittern erfasst. Sie wusste, dies war der Moment, in dem sie die Kontrolle bewahren musste. Sie musste sich ablenken, doch das Pochen hinter ihrer Stirn machte es ihr nicht gerade leichter.

Und als hätte sie es geahnt, mischte sich nun auch Esined mit ein.

„Wenn Ihr aufmerksam genug gewesen wärt, dann wäre das nicht geschehen. Eure schlechte Führung, Eure Haltung, die Winkel Eurer Beine, Ihr sitzt nicht ordentlich. Warum krümmt Ihr Euch so? Setzt Euch gerader hin!"

Raena drehte sich im Sattel um und blickte der Sirene direkt ins Gesicht.

Esineds Augen waren schmal, ihre Lippen missbilligend gerunzelt.

Raena kochte. Doch ihr wollte kein Konter einfallen, nichts, womit sie ihrem Ärger Luft gelassen hätte.

„Was starrt Ihr so? Glotzt mich nicht mit diesen Augen an."
Raena verlor sich selbst.

Sie konnte nicht mehr denken. Ihre Selbstbeherrschung *war dahin. Hitze fegte über ihren Körper hinweg. Ihre Haut begann zu jucken, zu brennen, drohte regelrecht in Flammen aufzugehen. Verschwommen war ihre Sicht. Schwer die Luft. Wut explodierte in ihrer Magengrube, griff nach ihrem Herzen. Der Hass in ihrer Brust loderte höher und höher und fraß sie mit Haut und Haaren auf. „Du hast mir nichts zu sagen!"*

Der Schimmel zuckte zusammen und stieg.

Sie konnte die Angst ihrer Gegenüber förmlich riechen. Sie spürte die Panik des Tieres unter ihr, ergötzte sich daran und es gefiel ihr.

„Seht mich an!", keuchte sie, überwältigt von den Gefühlen, die sie überkamen. „Ich ... ich ...", sie brach ab. Der Hengst wieherte, versuchte sie loszuwerden, doch sie packte ihn fester, zog am Leder und riss es zurück. Er würde gehorchen!

Sie lachte.

36. KAPITEL

Da Lanthan dem Schimmel viel zu nahegestanden hatte und die Vorderhufe knapp an seinem Kopf vorbeigesaust waren, hatte er sich mit einem kleinen und gezielten Sprung in Sicherheit gebracht. Zu seiner linken Brennnesseln, zu seiner rechten Steine, hatte er sich verbrannt und gleichzeitig die Hand aufgeschlitzt. „Verdammt!", fluchte er und verwünschte den Hengst, der für seine Angst nichts konnte.

Trotz des Schmerzes, den er, wenn er Raena ansah, als völlig harmlos einstufen konnte, war sein Körper angespannt, gebückt und bereit auf Angriffe mit entsprechenden Maßnahmen zu reagieren. Für einen kurzen Moment erlaubte er sich einen zornigen Blick in Esineds Richtung, die aussah, als hätte sie in eine saure Frucht gebissen. Wenn Raena ihren Verstand verlor, dann waren sie alle tot und nur die Götter wussten, welche Fähigkeiten in ihr schlummerten. *Ironie, dass sie von ihnen abstammt,* dachte er spöttisch und fuhr zusammen, als Rizor von hinten an ihn herankroch. „Sie ist nicht mehr sie selbst."

Was du nicht sagst.

Er schwitzte, sein Gesicht glänzte vor Feuchtigkeit. „Wir müssen etwas unternehmen", forderte er ungeduldig, die Axt bereits in seiner Hand.

„Das können wir nicht", Lanthans Ablehnung galt der Waffe, die er bereit war zu ziehen, „dafür, dass du sie letzte Nacht vor den Fesseln bewahren wolltest, verhältst du dich nun äußerst unehrenhaft."

Rizor schien unbeeindruckt.

„Sie ist das Gleichgewicht", redete Lanthan auf ihn ein. Ein blutrünstiger Zwerg und ein mordlustiges Weib auf einem weißen Ross. Seine Laune war im Keller. Auf solche Ausnahmesituationen war er nicht vorbereitet.

„Sagt wer? Vielleicht ist das nur ein Märchen", entgegnete Rizor gereizt, „und wenn sie es tatsächlich ist, wird sie es überleben."

„Das solltest du mit dem Rat besprechen und nicht mit mir", gab Lanthan verärgert zurück, da er keinen Nerv dazu hatte, eine Diskussion über Aberglauben zu führen, während ihnen das Gleichgewicht in Raserei verfiel und sie alle abzuschlachten drohte.

Sie, die den Schimmel währenddessen unter ihre Kontrolle gebracht, sich kerzengerade im Sattel aufgerichtet hatte und die Zügel in den Händen hielt, starrte auf die knienden Personen hinunter. Ein Lächeln huschte über ihre Lippen.

Sie fühlte sich ... unbeschreiblich!

Ihre Müdigkeit war dahin, sie war kurz davor ...

Der unvorhergesehene Schwung riss sie aus dem Sattel. Hart schlug sie am Boden auf. Schmerz explodierte in ihrem Kopf, wanderte ihren Nacken, ihren Rücken, ihre Beine bis zu den Zehenspitzen hinunter und entlang der Spur, die das peinigende Gefühl zog, verschwand die Hitze.

Der Aufprall und das Gewicht, welches nun auf ihr lag, hatte jegliche Luft aus ihren Lungen gepresst. Raena ächzte, atmete gestockt aus und ein und ließ ergeben den Hinterkopf auf den harten Untergrund sinken.

Schlechtes Gewissen schlug zu.

Wie hatte sie nur zulassen können, die Kontrolle über ihr Handeln zu verlieren? Wie hatte sie sich nur in diesen Strudel werfen können, ohne Rücksicht auf Verluste, ohne auch nur einen Gedanken daran zu verschwenden, dass sie ihren Mitmenschen schaden konnte? Sie war angewidert von sich selbst, wagte sich nicht zu bewegen und hielt die Augen krampfhaft geschlossen, um Lanthan nicht ansehen zu müssen.

Wie sollte sie nur lernen, diese Macht zu kontrollieren?

Raena spürte, wie sich das Gewicht über ihr bewegte und langsam zur Seite abrutschte. Neben ihr raschelte Gras.

Wer hatte sie aus dem Sattel geholt?

Sie spitzte die Ohren, hörte Pferde atmen und schnauben, wobei sie daraus schloss, dass es sich dabei nur um den gestressten Schimmel handeln konnte.

„Lebt sie noch?", ertönte Esineds Stimme aus unmittelbarer Nähe besorgt.

„Ich hoffe es", entgegnete Rizor bissig, „hast du deinen Platz vergessen? Willst du sterben?"

„Nein", keifte sie zurück.

„Seid Ihr in Ordnung?"

Ihr Herz tat einen Satz. Sie öffnete die Augen und blickte in Fenriels Gesicht, nur wenige Zentimeter vor ihr. Er war wohl derjenige gewesen, der ihren Wahnsinn unterbrochen hatte und sie war ihm aus vollstem Herzen für sein Einschreiten dankbar.

„Ja", murmelte sie.

„Sie lebt", gab er lauter weiter. Den Blick jedoch wandte er nicht von ihr ab. Sein weißes Haar ergoss sich über seine Schultern und kitzelte sie in der Nase.

Lanthan eilte herbei, blickte auf sie nieder und lächelte kurz, wobei das Lächeln seine Augen kaum erreichte: „Ich dachte schon, wir hätten Euch verloren."

Raena fühlte einen Stich in der Brust, als sie bemerkte, wie achtsam er sie ansah. Einige der braunen Locken umspielten sein vernarbtes Gesicht und bedeckten ein Stück seiner Lippen. „Wir müssen uns beeilen. Das Dorf ist nicht mehr weit." Seine Worte galten nicht mehr ihr, da er Fenriel dabei ansah, der noch immer neben ihr auf dem Boden kniete.

Raena sah weg. Wenn er sie so ansah, tat ihre Brust weh. Der Druck war unerträglich und sie verspürte das Verlangen, ihre geballte Faust dagegen zu drücken, um das grausame Gefühl zu überdecken.

Zu ihrer Überraschung rutschte Lanthans Hand in ihr Blickfeld. „Kommt, ich helfe Euch beim Aufstehen", nickte er ihr zu.

Fenriel erhob sich. „Ich reite voraus. Im Gasthof werde ich mich nach Zimmern erkundigen."

„Tu das", pflichtete ihm Lanthan bei, den Blick weiterhin auf Raena gerichtet.

„Ich komm mit", rief Esined sofort.

Niemand beachtete sie. Sogar Fenriel tat so, als hätte sie nichts gesagt. Und auch wenn sie nicht dazu aufgefordert worden war, folgte sie ihm das Tal hinunter.

„Soll sie nur", murmelte Rizor abfällig und Ciro pflichtete ihm mit einem Knurren bei. Der Zwerg hielt die Zügel des Schimmels in seiner Hand, berührte ihn am Nasenrücken und klopfte ihm anschließend beruhigend auf den Hals.

Raena, die die Hand noch immer nicht angenommen hatte, wurde aus ihrer Starre gerissen, als sie erneut angesprochen wurde. „Könnt Ihr Euch bewegen?"

Hastig nickte sie, wollte ihren Körper erheben und keuchte, als sie ein Stich im Rücken zurück auf den Boden beförderte.

„Ich ...", murmelte sie, drehte ihren schweren Körper zur Seite und suchte einen Platz, wo sie sich abstützen konnte. Nachdem sie es in eine Hocke geschafft hatte, nahm sie Lanthans Hand entgegen und ließ sich mit seiner Kraft auf die Beine hochziehen. Sobald sie stand, ließ sie sofort los. Seine Berührung war kühl und fest gewesen. Anstatt ihre Gedanken an ihn zu verschwenden, mahnte sie sich, sollte sie erst einmal innerlich ihre Verfassung ergründen. Das schmerzende Rückgrat bereitete ihr die meiste Sorge. Doch falls etwas gebrochen wäre, dann hätte sie das gespürt, so dachte sie zumindest.

„Doch nicht so ganz, wie gedacht?", meinte Lanthan.

Raena schluckte, blickte ihn von der Seite kurz an und murmelte eine leise Entschuldigung.

„Macht Euch wegen Esined keine Gedanken", mischte sich nun auch Rizor mit ein, „sie sollte nicht so mit Euch reden. Ich könnt Gift drauf nehmen, dass es mir manchmal so vorkommt, als würde sie es darauf anlegen wollen." Zur Verdeutlichung spuckte er auf den Boden. Lanthan warf dem Zwerg einen schiefen Blick zu.

„Es kam einfach über mich." Sie hob die Hände in die Höhe, betrachtete ihre bleichen Finger und ließ sie wieder sinken.

Rizors Miene wurde ernst. „Ihr braucht ein Reittier. Wir können im Moment nichts anderes für Euch tun, als Euch schnellstmöglich nach Narthinn zu geleiten. Dort werden sie wissen, wie Ihr die Macht im Zaum halten könnt. Ich kann Euch nur empfehlen, Euch nicht allzu sehr zu ärgern."

Raena unterdrückte ein Seufzen.

„Ihr seid doch eine starke Frau oder nicht?" Rizor, der sich neben Lanthan in seiner vollen Größe aufgebaut hatte, blickte ihr mit hochrotem Kopf entgegen. „Ihr werdet das meistern. Ich glaube an Euch!"

Verblüfft blickte Lanthan zur Seite, musterte den kleinen Mann von Kopf bis Fuß und verzog die Mundwinkel zu solch einem verschmitzten Grinsen, dass Raena kurzzeitig unwohl wurde.

„Was?!", knurrte ihn Rizor wütend an. Mittlerweile waren seine bärtigen Wangen so rot, dass sie sich markant vor seinem Gewand abhoben.

„Weiter so", klopfte ihm Lanthan beipflichtend auf den Rücken, ehe er sich abwandte und zu Lagunas zurückging. „Besser als die Axt, die du ..." Mehr hörte sie nicht.

„Was?!", brauste Rizor auf. Die Zügel des Schimmels loslassend, lief er hinter Lanthan her. „Was sollte das!?", wiederholte er jähzornig.

Raena nahm Flocke am Trensenring.

„Beruhige dich. Ich habe es nicht böse gemeint." Lanthan stieg in den Sattel.

„Du machst mich hier zum Idioten ...", ärgerte sich Rizor, das Gesicht bereits von ihm abgewandt.

„Lasst uns weiterreiten", schlug Lanthan vor und warf Raena ein freundliches Lächeln zu, bei dem ihr ganz warm ums Herz wurde.

Sie betrachtete den Schimmel, der sie aus geweiteten Augen ängstlich beäugte. Besorgt ließ sie ihren Blick über seine abgeschürften Knie gleiten und runzelte die Stirn. Es sah nicht schlimm aus.

„Kommt." Lanthans Stimme gab ihr einen Ruck und sie stieg auf.

Je näher sie den Häusern kamen, desto lauter wurden die blökenden Schafe. Sie passierten zwei Brücken und Raena konnte es kaum erwarten, in einem Bett zu versinken. Auch wenn sich ihre Müdigkeit wegen des Aufruhrs von vorhin in Grenzen hielt und auch wenn sie vermutlich mit Fesseln schlafen musste, eine warme Decke und prasselndes Feuer waren genau das, was sie benötigte.

Weiter unten waren Fenriel und Esined längst von ihren Reittieren abgestiegen. Eine Person, gekleidet in ein braunes, breitrockiges Kleid, kam ihnen aus einem der größeren Häuser entgegen. Vermutlich handelte es sich dabei um die Herrin, da sie die Neuankömmlinge mit geöffneten Armen und einer leichten Verbeugung begrüßte. Raena war überrascht. Bei einer Schafhirtin hätte sie weniger schöne Kleidung erwartet. Fenriel war derjenige, der mit ihr sprach und mit ausgestrecktem Arm anschließend in ihre Richtung deutete. Raena kniff die Augen zusammen. Sie konnte ihren Gesichtsausdruck nicht sehen, nur das zustimmende Nicken erkannte sie.

Es war bereits stockdunkel, als sie die Häuser erreichten. Helle Kerzen brannten in vielen Fenstern, die warme Schatten durch das Glas auf den staubigen Boden vor den Gebäuden warfen. Fenriel war zurückgeblieben, um auf sie zu warten, und hatte die Arme vor der Brust verschränkt. „Ich habe mehrere Zimmer bezahlt und einen Stallplatz für jedes Tier reserviert."

„Hast du warmes Essen bestellt?", fragte Rizor sehnsüchtig.

„Wir haben noch Proviant", erinnerte ihn Lanthan und Raena konnte ihn seufzen hören. „Ich *weiß*. Aber es schmeckte so gut beim letzten Mal."

„Nein, habe ich nicht", erwiderte Fenriel trocken.

„Danke", Rizors Tonfall klang sarkastisch.

Raena rutschte vom Sattel und nahm die Zügel in die Hand.

„Gleich neben den Schafen sind Stallplätze. Sie meinte, wir können selbst wählen."

Raena tat ein paar Schritte und sah sich um. Flocke hauchte ihr ins Ohr und verursachte ihr Gänsehaut, die ihren Rücken hinunterrieselte. Sie lauschte dem Blöken der Schafe, suchte die Dunkelheit nach einem Tor ab und konnte nicht viel erkennen. Warum waren die Tiere so unruhig? Lag es an der Anwesenheit des Säbelzahntigers? *Vermutlich.*

„Kommt mit, ich zeige es Euch."

Fenriel führte sie über den runden Platz direkt hinter das Haus zu einem kleinen Schuppen. Beide Tore waren geöffnet und zur Seite geklemmt. Fackeln schufen genügend Licht, um ins Innere blicken zu können. In der ersten Box konnte sie Grashalm erkennen, die zufrieden Heu kaute. Gleich daneben stand Schleier, der stumm in ihre Richtung sah. Beide waren nicht mehr gesattelt.

„Hier, die Zimmerschlüssel."

Da nicht mit ihr geredet wurde, vergaß sie die Worte sogleich wieder. Am Eingang blieb sie kurz stehen und streckte den Hals. Da waren noch mehr Pferde. „Kann ich ...?", sie räusperte sich, da ihre Worte wie ein Krächzen klangen.

Lanthan hob seine Hand, sie hatte sein Gespräch mit Fenriel unterbrochen, doch noch bevor sie sich entschuldigen konnte, fiel seine Antwort: „Geht ruhig. Sucht Euch eine Box aus."

Von neugierigen Blicken brauner Pferde verfolgt, geleitete sie Flocke auf einen sauberen Platz, wo sie die Zügel um einen rostigen Haken wickelte und mit einem leichten Knoten befestigte. Wohin mit dem Sattel? Sie suchte nach einem Vorsprung, nach Brettern, irgendetwas, das sie als Ablage nutzen konnte. Währenddessen streckte Flocke seinen Hals quer über die Box hinweg und schnupperte an seinem Nachbarn.

„Ich stecke Ciro ganz bestimmt nicht *da* hinein", hörte sie Rizors empörten Ausruf, „sie ist kein Pferd, bei Ara!"

„Es ist nur für eine Nacht."

Raena verkniff sich ein Lachen.

Nach drei sinnlosen Runden, die sie um Flocke gedreht hatte, fand sie schließlich eine eiserne Stange, die man vor der Box befestigt hatte. Verwirrt blickte sie zu den anderen Pferden hinüber, entdeckte Sättel, welchen man genau dort abgelegt hatte, und schüttelte den Kopf über sich selbst und nachdem sie den Sattel auf der Stange platziert hatte, wurde Lagunas in die Box daneben geführt.

„Kann ich ihm Heu geben?", fragte sie laut, da Grashalm ebenfalls welches bekommen hatte.

„Nehmt Euch von dem Haufen da hinten", erklärte Lanthan mit gedämpfter Stimme, da er sich zwischen Lagunas und der Holzwand der Box befand.

Daraufhin holte sie mehrere Arme voll und warf sie auf den Boden vor Flockes Vorderbeine.

Rizor hatte sich inzwischen überreden lassen, Ciro zwischen den „schimmligen Grasfressern" zurückzulassen und zu dritt verließen sie den Stall erst, nachdem sie die Tore geschlossen und die Fackeln gelöscht hatten.

Im Tal hatte es merklich abgekühlt. Erste Tautropfen glänzten im Gras.

Raena fröstelte und konnte es nicht erwarten, endlich im Inneren zu sein. Steinchen knirschten unter ihren Fußsohlen, als sie auf die Eingangstür zusteuerten und den warmen Vorraum betraten. Dicke Holzbalken stützten die Decke, saubere und gehobelte Bretter schufen ein ebenes Parkett. Hinter der weiteren Tür hörte sie Stimmen, Männer, die sich lautstark unterhielten. Als sie die Gaststube betraten, stach der Duft von gebratenem Fleisch und süßlichem Wein in ihre Nase. Ihr Magen zog sich schmerzhaft zusammen. Mit verzerrtem Gesicht konnte sie sich gerade noch davon abhalten, nicht mit einem Krampf stehenzubleiben.

In der Ecke brannte Feuer und in den Fenstern standen weiße Stumpenkerzen, die den Raum in ein wohliges Licht tauchten und ihm etwas Heimeliges verliehen. Drei Männer, Esined und Fenriel, waren die einzigen Gäste, die sich im Raum aufhielten. Während der rechteckige Tisch der Fremden mit Essen und Getränken vollgestellt war, so gaben sich Letztere mit zwei Krügen zufrieden. Bei dem Anblick der Sirene wurde Raena unwohl und die Bauchschmerzen verstärkten sich.

„Angenehm ist es hier. Schön warm." Rizor setzte sich am Rand hin. Er gähnte und stützte seinen Kopf mit einer Hand ab.

Zu Raenas Erleichterung saß die Sirene gegenüber von Rizor, nämlich am rechten Rand und so flüchtete sie zum linken, um möglichst weit weg von ihr zu sein. Lanthan machte ihr die Entscheidung leicht. Still verharrte er, bis sie sich einen Platz ausgesucht hatte und füllte anschließend die entstandene Lücke mit seinem breiten Körper aus. Als er sich setzte, ächzte die Bank protestierend auf und ihre Oberschenkel berührten sich. Raena schauderte und er war es, der das Bein wegzog. „Met wäre jetzt genau das

Richtige", sagte er.

„Ich bin dabei!" Rizor riss den Kopf in die Höhe und schlug mit der flachen Hand auf den Tisch. „Zeit für einen guten Schlaftrunk!"

Da sie wenig Lust verspürte, sich an ihrem Gespräch zu beteiligen, ließ sie verstohlen ihren Blick durch die Gaststube schweifen. Sie war schön eingerichtet, mit feinen, handgearbeiteten und bunt bemalten Möbeln ausgestattet. In die dicken, quadratischen Balken über ihren Köpfen hatte man Schafe geschnitzt, hunderte von ihnen im dunkelbraunen Holz verewigt. Es sah edel und teuer aus und sie hätte nicht gedacht, dass man mit Schafen einen guten Gewinn erzielen konnte und war überrascht.

Zuletzt blieb ihr Blick an den Fremden haften, die so fest mit ihren Krügen zusammenstießen, dass die Flüssigkeit überschwappte und es an ein Wunder grenzte, dass sie unter der groben Behandlung nicht zerbrachen. Ihr Verhalten war sonderbar, fast so, als würden sie etwas feiern. Geburtstag vielleicht oder waren es Schafhirten, die sich dazu entschieden hatten, den Abend gemütlich in der Gaststube ausklingen zu lassen?

Zwei der Männer, ihr Alter musste sich etwa zwischen zwanzig und dreißig bewegen, trugen ein blaues Kopftuch und ein ebenso blaues Hemd. Ihre Gesichter waren glattrasiert und bereits rötlich vom Alkohol gefärbt. Der dritte Mann trug kein Kopftuch und auch kein blaues Hemd. Ein dunkelbrauner Mantel mit umgekrempeltem Kragen verhüllte seine mittelgroße Statur. Er besaß längliches, aschblondes Haar, welches ihm knapp bis zum Hals reichte. Einige der Strähnen hingen ihm ins Gesicht und verdeckten seine Augen. Wenn er den Kopf bewegte, konnte sie eine Narbe erkennen, die ihm vom Auge, quer über die Wange, bis hin zum Kiefer verlief. Er besaß markante Gesichtszüge, die durch den hellen Dreitagebart weicher erschienen und seine Körperhaltung allein zeugte davon, dass er kein Schafhirte sein konnte. Irgendetwas an ihm machte sie neugierig. Ob es seine Ausstrahlung oder sein eigenartiges Aussehen war, das wusste sie nicht.

„Raena."

Ertappt zuckte sie zusammen, blickte zur Seite und genau in Lanthans grüne Augen hinein.

„Möchtet Ihr etwas trinken?"

„Wasser", sagte sie prompt, weil es ihr zuerst in den Sinn kam.

„Wasser", wiederholte Rizor ungläubig und schüttelte den Kopf. „Ihr müsst den Met probieren, den *Met!*"

„Säufer", kommentierte Esined.

„Säufer, sagt sie", äffte er, „du bist nicht besser!"

Die Wirtin, die neben dem Tisch stand und ihre Wünsche schweigend annahm, beobachtete ohne mit der Wimper zu zucken ihre wenig nette Unterhaltung, bis Fenriel ihr gegenseitiges Anstacheln unterbrach und trocken einwarf: „Zweimal Met und einmal Wasser, bitte."

„Fenriel! Ich kann sehr wohl für mich selbst sprechen. Und du, kümmere dich lieber um dich selbst."

„Dann hör auf deine miese Stimmung an mir auszulassen!" Hilfesuchend blickte Rizor Lanthan an, der nur teilnahmslos mit den Schultern zuckte. Dann seufzte er schwer. „Verdammt, jetzt habe ich vergessen, warm zu bestellen."

„Vielleicht fängt dein dummer Vogel dir etwas."

Raena sah ihre Hände an. Anscheinend war die Sirene nicht nur ihr eine Plage.

„Was hast du gesagt?!"

„Guter Mann", erklang eine angenehm belegte Stimme, „auf unserem Tisch liegt noch ein halbes Spanferkel. Ihr könnt Euch gern hinzugesellen!"

Der Fremde, welchen sie zuvor betrachtet hatte, hatte seinen Oberkörper in ihre Richtung geneigt. Sein Gesicht war breiter als angenommen und sein Lächeln freundlich und einladend. Weiße Zähne und der Mann hatte wirklich lange Eckzähne, blitzten zwischen den blassen Lippen hervor.

Rizor, zuerst überrascht und anschließend hoch erfreut, stand auf und verneigte sich vor Esined mit einem Grinsen, ehe er hinübertorkelte.

Im Augenwinkel fiel Raena auf, dass Lanthan mit dem Zeigefinger unaufhaltsam gegen den Handrücken seiner linken Hand trommelte.

„Was ist los?", wisperte sie, während sie über ihre Schulter sah und Rizor musterte, der sich zwischen den Begleitern des Fremden niedergelassen und ihnen die Hand geschüttelt hatte.

„Wir sollten Abstand wahren, es könnte die Mission gefährden", sagte er leise.

„Rizor würde doch nichts verraten", sagte sie ebenso leise und spürte, wie sie von Esined angesehen wurde. Und als sich ihre Blicke kreuzten, sah Raena Abscheu und Ablehnung in ihren stechend blauen Augen aufblitzen.

„Zwerge sind nicht umsonst als das Lügenvolk bekannt. Ein Geheimnis zu wahren ist für sie dem Gold gleichgestellt", spottete sie. Hätte Esined auf Rizor gespuckt, wäre das die perfekte Abrundung ihrer Aussage gewesen.

„Sollte man sich nicht selbst eine eigene Meinung bilden, bevor man den Klatsch alter Tratschweiber nacherzählt?", fragte Fenriel seelenruhig, während er seine langen Strähnen zu einem Zopf im Nacken band.

Ihr frostiger Blick ließ Raena das Blut in den Adern gefrieren. Winzige Falten erschienen auf ihrer makellosen Stirn, als sie verbissen den Mund zu einem schmalen Strich verzog. Man merkte ihr an, dass sie am liebsten noch mehr gesagt hätte.

„Setzt Euch rüber! Es ist noch mehr da!" Rizor lief der Saft über die Finger, als er sie energisch heranwinkte.

Fenriel und Lanthan tauschten Blicke aus. Raena rieb ihre Füße aneinander und verschränkte die Hände in ihrem Schoß. Sie blickte auf, als Esined ohne Worte aufstand und sich dem Festmahl anschloss.

Fenriels Kopf zuckte kaum merklich und Lanthan blinzelte. Nach einem zweiten Blick, wo sich das Ganze in weniger als einer Sekunde wiederholt hatte, wurde ihr klar, dass die beiden miteinander kommuniziert hatten.

Einen Augenblick später tauchte die Wirtin mit den Getränken auf.

Lanthan sagte ihr, sie solle sie auf den anderen Tisch stellen, da sie sich ebenfalls dazusetzen würden. Raena erhob sich nur widerwillig und setzte sich erneut neben Lanthan.

Die Begleiter des Fremden waren reichlich angetrunken. Dennoch stießen sie mit Rizor an, als könnten sie noch Unmengen in sich reinschütten. Das Spanferkel hatte sie vom Vorraum aus bereits riechen können, aber aus unmittelbarer Nähe roch es noch besser und ließ das Wasser in ihrem Mund zusammenlaufen. Dicke Fetttropfen hatten sich in Rizors Bart verfangen und mehrere Strähnen zusammengeklebt.

„Unser Gastgeber heißt Jan. Er befehligt ein Schiff, welches im Hafen vor Mizerak ankert."

Lanthan begegnete dem leicht amüsierten Blick des Kapitäns mit Vorsicht.

„Ich bin Lanthan. Fenriel, Raena ...", bevor er Esined vorstellen konnte, mischte sie sich selbst ein und lächelte keck in die Runde. „Esined mein Name, schön Euch kennenzulernen." Ihre Lederjacke hatte sie geöffnet und ihr Mieder zurechtgerückt, sodass ihre beiden Brüste aus dem Ausschnitt hervorquollen.

Raena biss die Zähne zusammen.

Jan ließ seine graublauen Augen über ihr Gesicht, ihren Hals und ihr Dekolleté wandern, als wäre sie ein seltenes Ausstellungsstück. Man merkte ihr an, wie angetan sie von ihm war und ein verführerisches Lächeln erschien auf ihren Lippen.

Jan legte einen Arm auf den Tisch und winkelte ihn an. „Freut mich", entgegnete er schließlich. „Das sind Thich und Sezjal", stellte er seine Begleiter vor, wobei derjenige, der angesprochen wurde, einmal kurz die Hand zum Gruß hob.

Raena, die zum Teil von Lanthans Körper verdeckt wurde, linste an seiner Schulter vorbei und fand jäh den durchdringenden Blick des Kapitäns, der im gleichen Moment in ihre Richtung gesehen hatte. Ertappt sah sie weg und rutschte instinktiv ein wenig zurück. Die Männer waren ihr erster richtiger Kontakt, seit sie den Streifen verlassen hatte. Der Händler und die Grenzmänner zählten nicht. Obwohl sie sich nur kurz angesehen hatten, meinte sie ein Funkeln in seinen Augen gesehen zu haben.

„Was treibt einen Elfen, einen Zwerg und drei Menschen in diese Gegend?", fragte Jan scheinbar ohne großes Interesse nach.

„Wir kehren von unserer Reise heim." Lanthans Stimme blieb neutral und doch war Raena, als könne sie einen vorsichtigen Unterton heraushören.

„Was für ein Zufall. Wir ebenfalls." Jan streckte die Hand nach dem Spanferkel aus und nahm eine gebratene Kartoffel in die Hand. Er nahm einen Bissen und kaute. „Greift ruhig zu", lud er ein.

Raena wagte nicht zuzugreifen, da Lanthan und Fenriel sich zurückhielten.

„Wie heißt Euer Schiff?" Esined beugte ihren Oberkörper vor und rutschte näher.

Jan ließ sich Zeit und nahm einen zweiten Bissen, ehe er sich die Hände mit einem weißen Tuch abwischte. „Albatros."

„Und Ihr seid ...?"

„Händler. Ich reise zwischen den elfischen Inseln und Mizerak hin und her. Verkaufe Waren und hin und wieder überbringe ich sie auch persönlich."

Lanthan hob den Met an seine Lippen. „Ihr verdient gut, nehme ich an?" Dass Jan ihm nicht gerade sympathisch war, merkte man ihm an.

„Das tue ich. Kann mir kein besseres Leben vorstellen."

Jan schien kein Interesse an seinen ungewöhnlichen Narben zu haben. Er glotzte nicht, genauso wenig seine Männer und Raena fiel auf, dass auch die Wirtin nichts dergleichen getan hatte.

Raena fand ihn interessant und musste sich gestehen, dass er auf eine ganz eigene Art ansehnlich war. Vielleicht war er nicht direkt schön, aber da war etwas an ihm, das ihre Aufmerksamkeit auf sich zog. Sie konnte verstehen, dass Esined ihm zu gefallen versuchte. Und doch verstand sie das Gefühl nicht, welches dabei in ihrer Brust ausgelöst wurde. War es Ärger? Eifersucht? Neid? Sie kannte den Mann kaum. Der Kapitän war kleiner und schlanker als Lanthan. Er hatte ...

Raena biss sich auf die Innenseite ihrer Mundwinkel.

Hör auf sie zu vergleichen!

Man konnte keine zwei Männer vergleichen, die kaum unterschiedlicher sein konnten. Ihre Ausstrahlung war eine gänzlich andere. Lanthan war jemand, der ruhig agierte, immer wusste, was zu tun war, jemand, dem sie inzwischen vertraute, unter anderem auch, weil ihr nichts anderes übrigblieb. Jan hingegen war jemand, der ... sie konnte es nicht einordnen, aber seine Ausstrahlung fesselte sie. Ob auf die gute oder schlechte Art, vermochte sie nicht zu sagen.

Raena hatte keine Ahnung vom männlichen Geschlecht, hatte Jungen lediglich aus der Ferne bewundert. Abgesehen von ihren Brüdern, war Sakul der Einzige gewesen, mit dem sie mehr gesprochen hatte. Vielleicht spielten ihre Gedanken aus diesem Grund verrückt, ihre mangelnden Kenntnisse ließen sie jeden Mann anschmachten, der ihr über den Weg lief.

Und er war ein Kapitän! Ein echter Seemann.

Das war bewundernswert.

Sie hatte noch nie einen getroffen, lediglich Geschichten gehört und hätte ihn am liebsten über alles Mögliche ausgefragt. Zufrieden, ihre Gefühlswelt ein wenig geordnet zu haben, entspannte sie sich. Eine leise Stimme in ihrem Hinterkopf rief ihr in Erinnerung, dass Esineds Verhalten nicht so ganz in ihr zurechtgerücktes Bild passen wollte. War sie auch mit ihrer Weiblichkeit überfordert? *Wohl kaum.* Ihre Stimmung sank.

Esined wickelte sich kokett einige Strähnen um ihren Zeigefinger. Raena glaubte, eine kleine rosa Zunge zwischen ihren Lippen aufblitzen zu sehen, während sich ihr Mund bewegte. Die Sirene war so schön, dass sie sogar eine Küchenschabe betört hätte.

Es reicht.

Vielleicht aus Eifersucht, vielleicht wegen ihrer Schönheit, vielleicht, weil ihr der geheimnisvolle Kapitän ebenfalls gefiel und auch wenn sie bereits Gefühle für Lanthan hegte, beschloss sie einzugreifen. Sie musste handeln, bevor ihr Mut nachließ. Herausfordernd reckte sie das Kinn vor. Ihre linke Augenbraue zuckte, als sie mit lauter Stimme einwarf: „Ihr wart bestimmt schon oft und lange unterwegs." Überrascht, dass ihre Stimme sie nicht verlassen und deutlich genug geklungen hatte, lächelte sie.

Verwunderte Blicke ließen sie erröten.

Aufmerksam wandte Jan ihr sein breites Gesicht zu. Und als er ihr Lächeln erwiderte, schlug ihr Herz schneller.

„Erzählt doch bitte von Euren Abenteuern!", warf Esined ein.

Jan verschränkte die Arme vor der Brust, während er sich zurücklehnte.

„Ich habe schon einmal den Kontinent, also das Land der weißen und schwarzen Reiter mit meinem Schiff umrundet. War eine interessante

Erfahrung für mich, vor allem, als ich zum ersten Mal einen Drachen gesehen habe. Ich denke, da ist sogar ein kleiner Kindheitstraum von mir wahrgeworden."

Raenas Augen weiteten sich. „Wirklich? So weit seid Ihr gesegelt?"

„Wir waren bestimmt einen ganzen Monat lang unterwegs. Unser Kapitän hat Inseln entdeckt und die haben wir dann näher erkundet. Mehrere Schiffe, die dort an der Küste zerschellt sind, hatte das Meer zum Teil ausgespuckt. Überall zerbrochenes Porzellan, bemalte Krüge, leere Fässer, Kanonen."

Lanthan runzelte die Stirn, sagte aber nichts.

Weil Raena die Namen seiner Begleiter vergessen hatte und nicht wusste, wer da nun eigentlich mit ihr sprach, lächelte sie nur höflich. Ihre Begeisterung war ansteckend.

„Und Drachen", fügte Jan kurz auflachend hinzu.

Sein zweiter Begleiter schlug mit der flachen Hand auf den Tisch. „Ekelhafte, steinspuckende Flughörnchen!"

„Die Biester waren überall. Mit den ganz Großen, die angeblich in der Mitte der Hauptinsel beheimatet sein sollen, hatten wir zum Glück keinen Kontakt. Habt Ihr schon einmal einen Drachen gesehen?"

Raena schüttelte den Kopf.

Lanthan blickte von seinem Krug auf. „Auf Bildern in Geschichtsbüchern." Seine Antwort war so trocken, dass man die Luft mit einem Funken hätte entzünden können. „Haben Euch die schwarzen Reiter nicht gefasst?"

Jan blickte ihn unter gesenkten Augenlidern hervor wachsam an. „Nein. Dazu hätten sie mich erst erwischen müssen." Dann lächelte er.

Rizor, den Mund vollgestopft und sichtlich zufrieden mit dem Ferkel, gähnte. „Ich bedanke mich herzlich!"

„Das freut mich", Jan gab ihm einen groben Klaps auf den Rücken, sodass er zusammenzuckte und im Sitzen einen Satz nach vorn tat. „Die wissen hier, wie man ein Spanferkel brät."

Rizor grinste. „Das auf jeden Fall", und nahm seinen Krug in die Hand. „Auf das wunderbare Fleisch und den Met, der so herrlich schmeckt, dass ich mich nur liebend gern damit besaufen würde!" Nachdem er den Trinkspruch ausgesprochen hatte und die Begleiter Jans in Gelächter ausgebrochen waren, schielte er zu Raena rüber und raunte leise: „Verzeiht mir meine Ausdrucksweise."

Als sie die Krüge zusammendroschen, lief Flüssigkeit über sein Handgelenk, doch er beachtete sie nicht und wandte sein breit lächelndes Gesicht seinem schlecht gelaunten Sitznachbar zu.

„Lanthan?", fragte er und der Angesprochene stieß eher widerwillig mit ihm an.

Der Abend zog sich in die Länge. Esined war in ein Gespräch mit Jan vertieft und der angetrunkene Rizor scherzte mit seinen Gefährten, während Fenriel und Lanthan in ebenbürtiges Schweigen verfallen waren. Der Letztere horchte zwar zu, aber seinem Gesichtsausdruck nach zu urteilen, war er kurz davor zu verkünden, dass sie schlafen gehen sollten, damit sie am nächsten Morgen ausgeruht für den Ritt waren.

Raena hatte aufgegeben, ein Gespräch mit Jan aufbauen zu wollen, da Esined ihr immer wieder ins Wort gefallen war und trank den letzten Schluck Wasser aus. Irgendwann hatte sie dann doch gegessen und dankbar die letzten Bissen verschlungen, die Rizor übriggelassen hatte.

Die Wirtin hatte sich seit einer, wie ihr vorkam, halben Ewigkeit nicht mehr blicken lassen. Ein paar Kerzen in den Fenstern waren bereits heruntergebrannt und kein zweites Mal ausgewechselt worden. Hoffentlich wurden sie nicht von ihr verflucht, weil keiner von ihnen den ersten Schritt zum Zimmer unternahm.

„Ich war der Meinung, dass die Reiter nicht so unfreundlich und aggressiv sind, wie sie beschrieben werden. Ihre Gastfreundschaft hat mich überrascht. Sie waren zuvorkommend und als prüde hätte ich sie nicht eingeschätzt."

Esineds glockenhelles Lachen tat in ihren Ohren weh. „Ihr klingt so, als hättet ihr bereits Erfahrung", gurrte sie und Raena unterdrückte den Impuls, ihr Gehör mit den Zeigefingern zu stopfen.

„Ich beneide Euch. Irgendwann will ich auch dorthin." Rizor wankte beträchtlich.

Die angenehme Wärme war erdrückend. Raena war so müde, dass wenn sie gesprochen hätte, bestimmt nur sinnloses Gebrabbel dabei herausgekommen wäre. Dadurch war Esineds Geschwätz nur noch unerträglicher. Ihr Singsang tanzte auf ihren angespannten Nerven, nämlich genau auf den Nerven, die sie nach ihrem Ausbruch so mühsam wieder geflickt hatte.

„Die Frauen im Reich sind nicht übel. Die „Weiße Lilie" in Narthinn birgt viele Wunder. Da müsst Ihr hin, mein Freund." Rizor hatte eindeutig zu viel getrunken. Er lallte, seine Sätze wurden immer langsamer, als könne er nur schwer überlegen.

„Sag mir nicht, dass du in diesem Etablissement warst!", rief Esined empört, „die Mädchen dort sind doch viel zu überteuert!"

„Das ist mir doch egal. Solange die Bedienung schön ist und der Dienst zufriedenstellend. Was macht das schon, ein paar Münzen mehr oder weniger?"

Raena begann zu bereuen, dass sie sich keinen Alkohol bestellt hatte. Vielleicht hätte sie den Abend dadurch leichter ertragen. Das Thema schweifte in eine Richtung ab, von der sie absolut keine Ahnung hatte und auch keine haben wollte.

„Wenn man sich drei auf einmal nimmt, bekommt man sogar Preisnachlass", fügte einer der Begleiter hinzu und beide verfielen in dreckiges Gelächter, welches dröhnend von den Wänden der Stube widerhallte.

„In der „Weißen Lilie"? Nein, da nicht. Aber um's Eck schon."

„Bei den Schwarzen schmeißen sie dir sogar einen Jungen hinterher."

„Das reicht." Lanthan, der zwar mehrere Krüge getrunken hatte, aber doch noch bei klarem Verstande war, unterbrach die Männer mit scharfer Stimme. „Wir müssen morgen früh aufbrechen."

Raena verspürte Erleichterung, stützte sich am Tisch ab und stand auf. Rizor sah enttäuscht aus, gehorchte aber und streckte seinen Arm in die Höhe. „Der Anführer hat gesprochen!"

„Ich bleibe noch ein wenig", verweigerte Esined Lanthans Anweisung.

Raena hatte nichts anderes erwartet und er anscheinend auch nicht, da er bloß seufzte. Ihr Lächeln war Gold wert, als sie seine Erlaubnis bekam. Raena fiel auf, wie Jan ihre Person mit deutlichem Interesse betrachtete. Hoffentlich würde er an ihr ersticken. Er, ein Seemann und sie, eine Sirene. Trotz ihres herablassenden Gedankens durchzuckte sie Sorge. Hoffentlich war er schlau genug und fiel nicht auf ihr trügerisches Wesen herein. Sie wollte nicht, dass Esined ihm wehtat.

Lanthan zog sie leicht am Ärmel und deutete ihr, ihm zu folgen. Sie blickte in sein Gesicht hoch, blinzelte ihm entgegen und nickte. Zum letzten Mal sah sie den halb leeren Tisch an und verabschiedete sich leise, bevor sie Lanthan nacheilte. Fenriel stützte Rizor, der gefährlich schwankte und zur Seite zu kippen drohte. Die Tür, welche sie zu den vorhergesehenen Zimmern führen sollte, ließ er ihnen offenstehen.

Im Gang roch es angenehm nach Kamille. Um die Luft frisch zu halten, hatte man die Pflanzen in Bündeln an der Mauer mit der Hilfe von kleinen Schrauben und Garn aufgehängt. Sie folgte Lanthan in einen kleinen Raum mit einem Doppelbett hinein. Durch ein großes Fenster schien genügend Mondlicht, es war ihnen also möglich, ein paar wenige Einzelheiten zu erkennen, wie die zwei Stühle, die am Ende des Raumes aufeinandergestapelt waren. Es war bei weitem nicht so warm wie in der Stube. Aber es gab eine kuschelige Decke, in welche man sich wickeln konnte.

„Ich war kurz davor, Rizor in Grund und Boden zu schlagen", hörte sie ihn murmeln und vernahm, wie er seinen Schwertgürtel öffnete und an der Mauer abstützte.

Sie lachte leise und überlegte, ob sie ihm sagen sollte, dass sie fast vor Müdigkeit gestorben wäre.

„Verdammt. Ich habe Eure Fesseln vergessen."

Raena blieb mitten im Raum stehen und suchte seine Silhouette im Dunkeln, bevor sie leise entgegnete: „Ich kann sie holen." Er schien genauso überrascht wie sie, als ihr Angebot verklang. Warum auch immer sie es ihm vorgeschlagen hatte, er antwortete verblüfft: „Ihr findet sie in der Satteltasche im Stall."

„Ich beeile mich."

37. KAPITEL

Im Gang schlug ihr erneut Kamille entgegen. Für einen kurzen Moment verharrte sie still und lauschte. Eine Tür weiter hörte sie Rizors Stimme, seiner Tonlage nach zu urteilen war er nicht zufrieden, dass man ihn „so bald" ins Bett geschickt hatte, während Esined ihren Spaß mit den „armen Seemännern" hatte. Wie konnte Lanthan sie nur ungeschützt diesem stinkenden Fisch überlassen?

Sie straffte die Schultern und tat den ersten Schritt, nur um sich sogleich hilfesuchend am nächsten Türstock festzuhalten, als sie von plötzlichem Schwindel erfasst wurde. Im gleichen Moment gab ihr Magen ein herzzerreißendes Geräusch von sich, bei welchem ihre Gedärme erzitterten und sie sich mit der flachen Hand auf die Bauchdecke griff. *Habe ich das Essen nicht vertragen?*

Nachdem der Druck nachließ, bemerkte sie, wie taub ihre Knie waren. Es fühlte sich an, als hätte sie dicke, geschwollene Knollen zwischen den Ober- und Unterschenkeln. Als sie sich entschlossen entlang des Gangs zur Tür schleppte, fragte sie sich, ob vielleicht die Müdigkeit der Grund für ihre seltsame Körperverfassung war, immerhin hatte sie letzte Nacht kaum geschlafen. Diesmal, sie war sich sicher, würde sie innerhalb weniger Minuten einschlafen.

Als sie vor der Stube stand und Esineds glockenhelle Stimme durch das Holz vibrierte, hätte sie beinahe kehrtgemacht. Lanthan zu bitten, selbst in den Stall zu gehen, erschien ihr verlockend, doch sie tat es nicht.

Raena atmete tief durch und drückte die Klinke hinunter. Mit klopfendem Herzen und ohne die am Tisch sitzenden, angetrunkenen Personen eines Blickes zu würdigen, eilte sie durch die Gaststube bis zum Vorraum hinaus. Den Blick auf die Holztür gerichtet, schickte sie ein Stoßgebet an Ara und betätigte den Griff, der sich problemlos nach unten drücken ließ. Der Wirtin dafür dankend, dass sie noch nicht abgesperrt hatte, flüchtete sie in die eiskalte Nacht hinaus.

Auf der Treppe blieb sie stehen, die kalte Nachtluft verdauend, die ihr durch Mark und Bein ging und ihr Herz einen Schlag lang aussetzen ließ. Scheppernd fiel die Tür hinter ihr ins Schloss und mit verschränkten Armen, ein verzweifelter Versuch zumindest ein wenig Wärme bei sich zu behalten, sah sie sich um.

Hell schien der Mond auf die kleine Siedlung nieder und tauchte die Häuser in ein gespenstisch weißes Licht. Die Geräusche im Stall eingesperrter Schafe beruhigten sie, leises Scharren und stilles Grasen, bis Rizors kreischender Greifvogel plump vom Himmel herabsegelte und zwei Meter vor ihr im Sand landete. Mit einem leisen Aufschrei, den sie sogleich mit ihrer Handfläche erstickte, stieß sie hervor: *„Suneki*, hast du mich erschreckt!"

Der Harpyie zeigte sich unbeeindruckt und legte den Kopf schief, während sich ihr Gefieder im Nacken aufblähte.

„Bei den Göttern." Die Augen auf den Vogel gerichtet, umrundete sie langsam das Haus und als er aus ihrem Blickfeld verschwunden war, drehte sie sich um und lief hastig zum Stall zurück, wo sie zu ihrer Enttäuschung feststellte, dass das Tor fest verschlossen war. *Natürlich.* Sie hatten es ja geschlossen. Angestrengt beäugte sie das schwarze Schlüsselloch unterhalb des eisernen Knaufs und fragte sich, ob sie einen Schlüssel in Lanthans Hand hatte aufblitzen sehen.

„Grashalm?", raunte Raena. Als keine Antwort zurückkam, rüttelte sie fest am Tor, doch es bewegte sich keinen Millimeter. „Grashalm?" Keine Antwort. Das war seltsam, vielleicht, wenn ...

„Darf ich Euch behilflich sein?"

Eine fremde Hand erschien in ihrem Blickfeld.

Mit einem hohen Fiepen fuhr sie zurück, glaubte, ihr Herz würde ihr aus der Brust springen und traute ihren Augen nicht, als der Kapitän vor ihr stand, am Tor zog und es wie durch Zauberhand unter einer starken Armbewegung aufschwang. Ein beißender Geruch schlug ihnen entgegen und ließ ihre Augen tränen.

„Was zum ... was macht Ihr hier?!", platzte sie schwer nach Atem ringend hervor.

„Ich habe gesehen, wie Ihr Hals über Kopf in die Nacht gerannt seid und da hat mich die Neugierde gepackt", erklärte er sachlich und verbeugte sich tief vor ihr.

Raena blinzelte. „Aha", mehr brachte sie nicht hervor.

„Nun, ich habe mich gefragt, was eine junge Dame wie Ihr so ganz allein hier draußen macht. Dann habe ich gesehen, dass Ihr zum Stall geht und das Tor nicht aufbekommt. Meine Absicht war Euch zu helfen und nicht Euch einen Schrecken einzujagen."

Jan überragte sie um einen ganzen Kopf. Sie konnte nicht in sein Gesicht sehen und sah nur das Mondlicht in seinen hellen Haaren leuchten. Sein Atem roch nach Alkohol, dennoch klang seine Stimme klar und beherrscht, als wüsste er genau, was er da von sich gab.

„Allerdings, muss ich zugeben, hat mich der Vogel ein wenig erschreckt", gab er beiläufig zu und Raena konnte hören, dass er lächelte, „ich nehme an, er gehört zu Euch?"

Warum ging er nicht einfach? Er hatte seine Neugierde doch gestillt. Nervös überlegte sie, wie sie ihm antworten sollte und entschied sich für die Wahrheit. „Er gehört Rizor. Vielen Dank für Eure Hilfe, aber ich muss zum Sattel. Lanthan hat etwas vergessen."

In der Hoffnung, ihn abzuwimmeln, betrat sie den Stall. Ihre Nackenhaare stellten sich auf, als sie seine Schritte hörte.

Er folgte ihr. „Was hat er denn vergessen?"

Irgendetwas an seiner Tonlage gefiel ihr nicht. Warum fragte er? Es ging ihn nichts an. Ihre Kehle wurde eng, als sie daran dachte, vor ihm die Seile aus der Satteltasche ziehen zu müssen. Wo waren Grashalm und Ciro? Die müssten sie doch hören! „Grashalm?", erkundigte sie sich leise. Kein weißes Fell blitzte auf. *Wenn es nicht so verdammt dunkel hier drin wäre!*

„Wer ist denn Grashalm?"

Da sie sowieso nichts sehen konnte und wegen ihrer Nervosität kaum Orientierung fand, blieb sie stocksteif stehen und wandte sich zu ihm um. Seine Silhouette zeichnete sich klar in der Dunkelheit ab. Er war viel zu nah, nur eine Armlänge weit entfernt. Sie schluckte trocken. „Was wollt Ihr?", fragte sie ihn geradeheraus.

„Was ich will?", er klang erstaunt, doch mit einem Mal wurde er ernst, „ich frage mich, was eine bunt zusammengewürfelte Gruppe beim Schafsvolk zu suchen hat. Keiner von euch ist ein gewöhnlicher Reisender. Eine süße Sirene habt Ihr da. Woher kommt sie, stammt sie aus der Küstenstadt?"

Kalt lief es ihr den Rücken hinunter. Wie hatte er herausgefunden, dass Esined eine Sirene war? Hatte er es von Anfang an gewusst oder hatte

Esined es ihm selbst gesagt? „Wie kommt Ihr darauf?", fragte sie unruhig und wich einen Schritt vor ihm zurück. Kühler Wind fuhr durch ihr Haar und sie roch Kartoffeln, Spanferkel, Schweiß und Pferd.

„Das war einfach", Spott schwang in seiner Stimme mit, „in Mizerak gibt es viele Mädchen, deren Mütter aus dem Meer sind. Sie haben alle die gleiche *Ausstrahlung.*"

Sie trat mit der Ferse gegen eine Heugabel, die daraufhin scheppernd umfiel. Spätestens nun müsste Grashalm sie doch gehört haben! Doch im Stall blieb es still. Irgendwo hinter ihr donnerte ein Pferdehuf gegen die Stalltür. Wo war Ciro?

„Was wollt Ihr von mir?!", blaffte sie ihn an und stieß mit dem Rücken gegen unnachgiebigen Widerstand. Ihre Wange kitzelte. Beiläufig strich sie sich die Haare aus dem Gesicht, bis ihr klar wurde, dass es sich dabei um Spinnenweben und einen kleinen behaarten Körper handelte, der über ihre Finger und ihren Handrücken krabbelte. Bevor sie schreien konnte, drückte sich eine behandschuhte Hand grob auf ihren Mund und erstickte jeglichen Laut. Ihre Zähne schlugen aufeinander. Ihr ganzer Körper begann zu kribbeln und sie glaubte sterben zu müssen, wenn sie nicht bald von der Wand wich.

Jan riss sie herum. „Seid still!", knurrte er nah an ihrem Ohr und sie spürte seinen heißen Atem ihren Nacken streifen. Schauer rieselten ihren Rücken hinunter. Ihre Knie wurden weich und gaben nach.

„Frau!", grollte er warnend und zog sie wieder hoch. Fluchend packte er nach ihrer Taille, musste dafür seine Hand von ihrem Mund nehmen und wollte ihr den linken Arm auf den Rücken drehen.

Raena begriff schnell.

Mit der gesamten Kraft, die ihr müder Körper hergab, stemmte sie sich hoch, entriss sich seiner harten Umklammerung und hörte, wie ein Knopf ihrer Lederjacke riss und über den Boden kullerte.

„Weib! Bleib stehen!", hörte sie ihn keuchen, als sie kopflos aus dem Stall in die Nacht floh. Das Herz schlug ihr bis zum Hals. In Panik rannte sie auf das Gebäude zu und holte tief Luft, um nach Hilfe zu schreien.

„Wirst du wohl stehenbleiben?!", fauchte er aufgebracht.

Die Worte blieben ihr im Hals stecken, als ein Peitschenhieb die Luft zerschnitt. Instinktiv riss sie ihre Hände hoch und duckte sich, um ihren Kopf zu schützen. Als sich der Lederriemen um ihr linkes Fußgelenk wickelte, schrie sie auf und verlor das Gleichgewicht. Mit einem kräftigen Ruck riss er sie zu Boden. Schmerz explodierte in ihrer Stirn. Blind tastete sie umher, wollte etwas sagen und sog Staub in ihre Lunge ein. Es brannte in der Kehle.

Sie hustete. Und dann war er auf einmal über ihr.

„Mir ist befohlen worden, die Frau mit den schwarzen Augen zu fangen und ich glaube, dass ich sie gefunden habe." Er sprach schnell und atemlos.

Benommen blickte sie zu ihm hoch und bemerkte im Augenwinkel, wie sich ein Schatten auf ihn hinabstürzte.

Die Harpyie!

Kreischend schlug der Vogel die scharfen Krallen in seine Schulter, schnappte mit dem Schnabel nach seinem Gesicht und im nächsten Moment kämpfte Jan fluchend um sein Augenlicht.

Raena kroch von dem kämpfenden Duo weg. Ihr Atem ging schwer, sie hustete noch immer, ihr Herz flatterte. Immer und immer wieder wischte sie sich mit der flachen Hand über die Augen, da ihr Blick von etwas Feuchtem getrübt wurde.

Sie zitterte wie Espenlaub.

Ich muss aufstehen!

Sie versuchte es, stieß sich mit wackeligen Armen vom Boden hoch, stand auf und wankte vorwärts. Ihr Kopf drehte sich, sie fühlte sich wie betrunken. Der Gasthof schien unendlich weit entfernt, die Kerzen in den Fenstern verdoppelten sich, ihr flackerndes Licht erinnerte an einen pochenden Herzschlag. Sie wollte um Hilfe schreien, doch ihre Lippen gehorchten ihr nicht. Raena war stumm wie ein Fisch und die Umgebung verschwamm zu einem schwarzen Strudel.

38. KAPITEL

Unter den schweren Schritten des Hengstes erbebte der moosbewachsene Pfad, der links und rechts von einer faden Landschaft mit dürren Ulmen umgeben war. Kalter Morgenwind pfiff an seinen Ohren vorbei, als er Hurriles scharf nach rechts steuerte und ihn den sanften, hügeligen Abhang hinuntergaloppieren ließ. Tautropfen hatten sich in seinen Haaren, seinen Wimpern und in seinem Bart gesammelt. Er spürte, wie ihn die Feuchtigkeit auf der Oberlippe kitzelte.

Bereits am frühen Morgen, noch während die Sterne und der Mond hell am Himmel geschienen, der Hahn noch kein einziges Mal gekräht hatte, hatte er sein Gemach für einen kopfklärenden Ausritt verlassen. Nun kehrte er nach ungefähr zwei Stunden sinnlosen Umherreitens zurück, sein Magen knurrte und er war müde, weil er fast nichts geschlafen und am Vorabend viele Gläser Wein in sich hineingeschüttet hatte.

Torren blickte finster drein, als er am Ende des Pfades die Hausmauer eines alten, mit Flechten überzogenen Steinhauses erkannte.

Aufgrund der Erschöpfung von Pferd, Drache und Mensch, waren sie gezwungen gewesen, am Vortag in einem kleinen Gemüsedorf anzuhalten und sich dort nach drei freien Betten und einer warmen Mahlzeit zu erkundigen. Gemüse war in diesen niedrigen Lagen übers ganze Jahr pflanzbar, da es aufgrund der Nähe zum warmen Meer kaum einen Winter gab und die Temperaturen meist nur leicht absanken.

Kurz bevor er den Ulmenhain verließ, den die Bewohner des kleinen Gemüsedorfes, welches passenderweise den Namen Rettich trug, zur Jagd von Moorhühnern nutzten, zügelte er Hurriles und trabte gemächlich unter den dicken Ästen hervor, die ihn vor Stunden fast das Augenlicht gekostet hätten.

Er ritt an der Hausmauer, dem Garten und dem kleinen Schuppen vorbei, bevor er endlich einen gepflasterten Weg ansteuerte, an dessen Rand sich zwei alte Frauen unterhielten. Beide trugen einen Korb voller Lauch bei sich und hatten sich diesen jeweils an der rechten Hüfte abgestützt. Die vermutlich Älteste, ihr Gesicht wies eine grobe Ähnlichkeit zu einem verwaschenen Mantel auf, gestikulierte aufgeregt, während ihr die andere aufmunternd mit der Hand auf die Schulter klopfte.

Als er an ihnen vorbeiritt und ihnen höflich „Guten Morgen" wünschte, blickten sie von ihrem Gespräch auf und lächelten ihn mit ihren zahnlosen Mündern an, weshalb ihm flau im Magen wurde.

Obwohl dreimal in der Woche ein Gemüsemarkt veranstaltet wurde und kaum zweihundert Menschen in Rettich ansässig waren, hatte man ihn gestern sofort erkannt. Die Bauernfamilie, die ihnen freundlicherweise für ein paar Kupfermünzen ein Dach über dem Kopf angeboten hatte, hatte in der Küche ein Bildnis aufgehängt. Auch wenn er das Original noch nie zu Gesicht bekommen hatte, erkannte er sich selbst neben seinem, am Thron sitzenden Vater wieder. Es war die Tochter gewesen, die sich vor ihm auf die Knie geworfen und ihn überschwänglich begrüßt hatte. Somit war ihre Tarnung aufgeflogen und nicht einmal eine halbe Stunde später hatte die besagte junge Dame ihre Freundinnen herbeigeholt, um ihn zu begaffen.

Torren wollte nicht wissen, wie viele der Einwohner bereits von seiner Anwesenheit in Kenntnis gesetzt worden waren, und verspürte nicht sonderlich das Bedürfnis, zurückzureiten.

Also, wir hatten eine erholsame Nacht, betonte Balion amüsiert, *kamen uns wie Schwalben vor.*

Torren führte Hurriles zum kleinen Hauptplatz, in dessen Mitte ein gro-ßer Brunnen war. Drei Kinder liefen schreiend mit ihren Steckenpferden im Kreis und versuchten, einander zu fangen.

Tatsächlich?

Balion und Mandos Drache Cerion, hatten die Nacht auf einer rostigen Kette aus längst vergangener Zeit verbracht. Da an diesem Morgen dichter Nebel über dem Dorf hing und die rauchenden Schornsteine einhüllte, war es ihm nicht möglich, den imposanten Pfeiler aus Lavastein und Granit zu erblicken, der mehrere Kilometer weiter auf spitzen und hohen Klippen er-baut worden war. Der Pfeiler, von denen es früher im ganzen Land mehrere gegeben hatte, hatte als einer der wenigen jeder Witterung standgehalten, sodass man ihn noch dreißig Kilometer weiter die Landschaft überragen se-hen konnte. Im Laufe der Zeit waren die Festungen zerfallen, die man in der Nähe solcher Pfeiler errichtet hatte. Nur Ruinen erinnerten an Zeiten, in de-nen sich Weiß und Schwarz bekriegt und niedergemetzelt hatten. Eine Zeit, die nicht einmal Torren erlebt hatte.

Ja. Der Wind war stark und ich fühlte mich wie ein Vogel am Ast.

Torren lächelte und wischte sich mit dem Handgelenk über die laufende Nase. *Stimmt es, dass am Ende der Kette Meerjungfrauen wohnen?*

Ich habe keine gesehen. Würde mich auch wundern, das Meer hätte ihre kleinen Körper gegen die Klippen geworfen und sie dort zerschmettert.

Einst war die Kette ein zusammenhängendes System gewesen, welches die Reiter als Transportmittel, Drachenleine oder auch Gefängnis genutzt hatten. Hie und da fehlten ganze Kilometer, die entweder unter der Erde begraben lagen oder eingeschmolzen worden waren. An dieser Seite des Landes lief ihr nutzloses Ende ins Meer hinein.

Man behauptete, dass die Meerjungfrauen früher mit den schwarzen Reitern zusammengearbeitet hatten und noch immer auf den Befehl des Kö-nigs warten würden, die mächtige Kette mit ihrem Gespann aus Wasser-pferden in Gang zu setzen. Gedenksteine, die man neben den letzten übrig gebliebenen Pfeilern aufgestellt hatte, erinnerten die Besucher daran, was einst gewesen war.

Aleron, der ihnen in seinem eigenen Tempo folgte und Torren schwere Kopf- und Magenschmerzen bereitete, wusste bestimmt noch, wie das da-mals ausgesehen hatte.

Wer würde freiwillig in der Finsternis dort unten leben wollen? Wenn ich nicht geschlafen habe, habe ich dort hinuntergestarrt. Kam mir unheimlich vor.

Torren schmunzelte und betrachtete die grüne Hausmauer, die ihm vom

Ende der Straße aus zulächelte.

Hast du Aleron gesehen?

Nein. Vielleicht ist er zum Meer hinausgeflogen.

Und was macht er dort? Fischen? Fast hätte er aufgelacht.

Vielleicht. Er ist zum ersten Mal seit Jahrhunderten frei.

Die warme Flamme in seiner Brust loderte kurz auf.

Ich wünschte, man hätte ihn nicht freigelassen.

Wenn sie Pech hatten und Torren war von Natur aus Pessimist, so würde sich Aleron an kein Gesetz halten und einfach über die Grenze hinwegfliegen, als gäbe es dieses unsichtbare, lästige Ding nicht, welches nach Übertretung höchstwahrscheinlich einen Krieg auslösen würde.

Torren fuhr sich mit der flachen Hand übers Gesicht und wischte die Feuchtigkeit fort.

Die Eingangstür des grünen Hofs wurde geöffnet und eine alte Dame, er erkannte sie als die Mutter des Mannes, dem der Bauernhof gehörte, fegte mit einem Rutenbesen den Schmutz über die Türschwelle. Ein kleines Mädchen, vielleicht zehn Jahre alt, zwängte sich an ihr ins Freie vorbei. In der linken Hand einen Handfeger, in der rechten eine Schaufel, rief es anklagend: „Großmutter! Ich wollte dir doch helfen, wieso hast du nicht auf mich gewartet!"

„Anneliese, wie oft soll ich dir das noch sagen, bevor du den Bartwisch gefunden hast, bin ich längst fertig."

Anneliese ließ die Schultern hängen. „Papa sagt, du brichst dir irgendwann den Rücken!"

„Schwachsinn!", kommentierte die Alte unzufrieden und stützte sich am Rutenbesen ab. „Bevor ich mir den Rücken breche ...", sie hielt inne, als sie ihn im Augenwinkel näherkommen sah.

„Guten Morgen, gnädige Frau", grüßte Torren und zog kräftig am Zügel, um Hurriles zum Stillstand zu bewegen. Er stieg ab und klopfte dem kräftigen Hengst auf den Hals.

„Prinz Torren!", sagte sie und lächelte ihm aus ihrem runzeligen Gesicht entgegen, „ich dachte, Ihr hättet uns verlassen."

„Bald reiten wir weiter", versicherte er ihr.

Sie beäugte ihn von oben bis unten, hielt bei seinem Gesicht inne und nickte wissend.

Torrens Augenbraue wanderte in die Höhe.

„Anneliese. Führe den Hengst des Prinzen in den Stall. Er sieht ausgehungert aus und das Frühstück steht auf dem Tisch. Er sollte essen, solange es noch warm ist."

Das kleine Mädchen strahlte, als es mit solch einer großen Aufgabe betraut wurde. Torren hingegen hatte seine Zweifel, ob Anneliese tatsächlich mit Hurriles umzugehen wusste. Ihr kleiner Körper konnte leicht übersehen werden.

„Ihr müsst Euch keine Sorgen machen. Meine Enkelin hat schon viel größere Tiere gebändigt", beruhigte ihn die Alte mit einer beiläufigen Handbewegung und winkte ihn herein. „Kommt, kommt, damit Ihr nicht vom Fleisch fallt! Und außerdem", murmelte sie, als Anneliese mit Hurriles hinter dem Haus verschwand, „werfen die Frauen heutzutage schneller, als die Kinder sterben."

Torren warf ihr einen Seitenblick zu, die Alte war ihm nicht geheuer, doch als er sie lächeln sah, wurde ihm klar, dass sie nur gescherzt hatte.

Im Inneren des Hauses war es warm. Es roch nach frisch gebackenen Brötchen, nach angebratenem Speck und Eiern. Er knöpfte sich die Lederjacke auf und betrat die niedrige Stube, wo er jedes Mal, wenn er unter einem Tragbalken hindurchging, den Kopf neigen musste. Die Menschen aus dieser Region waren klein und reichten ihm nur knapp bis zur Brust. Erst letzte Nacht hatte er sich den Kopf zweimal beim selben Türrahmen gestoßen und geflucht, bis ihn irgendwo im Haus ein leises Hüsteln daran erinnert hatte, dass kleine Kinder im Haus wohnten.

„Guten Morgen, königliche Hoheit!" Die Frau des Bauern trat an ihn heran und grüßte ihn überschwänglich, indem sie einen plumpen Knicks vollführte. Sie roch nach Ingwer und Liebstöckel. Der kleine Schmutzfleck, der am gestrigen Tag ihre Wange geziert hatte, war verschwunden. Ihre Wangen färbten sich leicht rosa, als sie sich erhob und seinem Blick begegnete. Wie alt mochte sie sein? Siebenundzwanzig? Sofern er sich nicht verzählt hatte, hatte sie bereits neun Kinder zur Welt gebracht.

„Guten Morgen, gnädige Frau", erwiderte er.

Mit ausgebreiteter Hand deutete sie auf den reichlich gedeckten Tisch. „Bitte, nehmt Euch, so viel Ihr wollt."

Sein Blick blieb an Hira hängen, die im selben Moment eine mit Butter und Marmelade bestrichene Scheibe in den Mund schob. „Guten Morgen, Prinz Torren", hüstelte sie verspätet und spuckte in ihre Handfläche ein paar Brösel. Röte überzog ihre Wangen, als sie hastig ihre Kehle mit etwas Wasser nachspülte.

„Guten Morgen, mein Prinz", Mando saß neben ihr auf einer länglichen Bank. Sein graues Haar stand ihm zu Berge, während er Speck und Ei auf seinen Teller schaufelte. „Dachten nicht, dass Ihr so bald von Eurem Ausritt zurück sein würdet."

„Dachte ich auch nicht", entgegnete er trocken, die bohrenden Augen des Beraters ignorierend und nahm ihm gegenüber auf einem quietschenden Stuhl Platz.

„Mögt Ihr Tee?", erkundigte sich die Frau des Bauern zuvorkommend, er glaubte, sie hieße Marlis und hielt ihm daraufhin ein Tablett mit einer Kanne unter die Nase.

„Ja, vielen Dank", murmelte er. Am liebsten hätte er gern seine Gedanken geordnet, sich in Ruhe hingesetzt und dann entschieden, nach was es ihn gelüstete.

Ihr Ellbogen streifte seine Schulter, als sie ihm einen Becher hinstellte und dampfende, bräunlich grüne Flüssigkeit hineingoss. „Frauenmantel", erklärte sie, „Brennnessel und Weizen. Hoffe, Ihr mögt Ihn."

Torren wusste nicht, was er mit der Information anfangen sollte, sein Wissen in Kräutern und Blumen war nicht gerade berauschend, doch er zwang sich zu einem Lächeln und entledigte sich seiner Jacke, bis er nur noch im Hemd dasaß. Der Stoff klebte an seinem Rücken fest und er hoffte, dass die Wärme im Raum seine Haut trocknen würde.

„Habt Ihr Moorhühner gesehen?", fragte ihn Hira.

Torren hob den Kopf, betrachtete ihr geöffnetes Haar, welches ihr in wilden Wellen über die Schulter in den Schoß fiel und blickte ihr in die Augen.

„Ja, ein paar. Sie sind aufgeschreckt davongeflogen, als ich in ihre Nähe kam." Er nahm sich ein Brötchen und biss ab.

„Oben im Zimmer hängt ein ausgestopftes Huhn an der Mauer. Und im Stall habe ich auch eines gesehen", erzählte sie ihm und lächelte.

Zwar hatte ihm Mando versichert, dass Hira ihre Qualitäten hatte und doch hatte er während ihrer Reise nichts, außer vielleicht ihre außergewöhnliche Beherrschung bemerkt. Sie war eine Gefühlskünstlerin, die es verstand, ihre gewalttätigen und blutrünstigen Neigungen zu verbergen. Entweder besaß sie keine oder konnte sich wahnsinnig gut kontrollieren. In diesem Punkt verstand er Vater, denn auch wenn Hira kaum Erfahrung besaß, so konnte man sie fälschlicherweise auch für eine weiße Reiterin oder gar für eine normale Sterbliche halten.

„Ich denke, dass wir noch mehr solcher Hühner sehen werden", entgegnete er und nahm das Messer zur Hand.

Minuten später, nachdem sie gegessen und ihren Tee ausgetrunken hatten, Marlis aufgeräumt und die Küche verlassen hatte, entschied Torren, seine Sorgen loszuwerden und seine Befürchtungen auszusprechen.

„Aleron", sagte er und verschränkte die Arme vor der Brust.

„Der Wachdrache lässt sich nicht befehligen", Mando starrte auf die

Tischplatte, während sich eine dicke Falte zwischen seinen Augenbrauen bildete, „ich hätte Cerion versucht zu überreden, aber er weigert sich mit ihm zu sprechen."

„Ja, ich weiß", grollte Torren schlecht gelaunt, „trotzdem müssen wir mit ihm reden. Er kann uns nicht verfolgen. Entweder fliegt er mit uns oder er fliegt gar nicht. Wenn wir so weitermachen, wird er uns spätestens auf der anderen Seite des Landes verraten. Warum hat Vater ihn freigelassen? Der Unterhaltung wegen?" Er hätte es ihm zugetraut.

„Ich glaube nicht, dass ein Krieg ausbrechen wird, Eure königliche Hoheit", Mando wählte seine Worte mit Bedacht, „was ich glaube, ist, dass sie ihn jagen und töten werden."

Torren zog gleichzeitig eine Augenbraue und einen Mundwinkel hoch.

„Tatsächlich? Ich frage mich, wie viele er töten und fressen wird, bis er sie endlich findet. Er ist kein gewöhnlicher Drache, der sich mit ein paar Pfeilen und weißen Reitern zur Strecke bringen lässt. Aleron ist alt, uralt", betonte er trocken, „da beiß ich vorher ins Gras, bevor er vom Himmel abgeschossen wird."

Obwohl er den Drachen bis in den hintersten Winkel seiner Seele verabscheute und ihn am liebsten tot sehen würde, wagte er nicht seine Stärke zu verharmlosen. Als er ihm im Berg von Angesicht zu Angesicht gegenübergestanden hatte, waren zwischen ihnen faustdicke Ketten gewesen, die ihn im Falle des Falles zurückgehalten hätten. Nun war die Kette verschwunden.

Raena war an allem schuld. Vor zwei Wochen hatte er seine Beherrschung über den Haufen geworfen und hatte kopflos gehandelt. Damit musste Schluss sein. Ein verfluchter Narr war er gewesen, der sein ganzes Leben lang geglaubt hatte, den Thron übernehmen und das Land regieren zu können. *Raena, du verdammte Hure.* Unter dem Tisch ballte er die Hand zur Faust und ein harter Zug huschte über sein Gesicht. *Ich werde dich kriegen und wenn es das Letzte ist, was ich tue! Gleichgewicht hin oder her.*

Hira spielte mit ihren Strähnen. „Soll ich versuchen, mit ihm zu sprechen?"

„Das wollt Ihr nicht, glaubt mir", erwiderte er und sie war noch immer rot im Gesicht, „er wird Euch fressen."

Ich kann. Balions Flamme flackerte auf.

Torren ignorierte ihn.

„Vielleicht hört er trotzdem auf mich. Ich kann sehr überzeugend sein", versuchte sie es erneut und wurde von Mando unterbrochen, der bestimmend den Kopf schüttelte.

„Seht Ihr, ein schlechter Vorschlag", ergänzte Torren. Sein Bart juckte und er kratzte sich. Gott, hatte er Kopfschmerzen! Wie er seinen Kornschnaps vermisste. Am liebsten hätte er sich darin ertränkt.

„Wir könnten versuchen ihn abzuhängen ..."

„Oder ihn schlicht und einfach umbringen."

Zwei schockierte Gesichter blickten ihm entgegen.

„Nur ein Scherz", er lächelte kühl und machte eine verwerfende Handbewegung. Seine Gesichtsmuskeln erschlafften. Sogar ein Lächeln tat ihm weh.

„Nun, seine königliche Majestät hat mir bezüglich Aleron keine Aufgaben erteilt. Ich denke, er ging davon aus, dass der Drache auf sich aufpassen kann. Ich glaube aber, dass er nicht einverstanden wäre, wenn wir ihn abhängen oder gar töten würden."

Hira mied Mandos Blick und schielte verstohlen in Torrens Richtung. Dem war aufgefallen, dass ihr Interesse für seine Person vielleicht ein wenig mehr, als nur über „reine Kameradschaft" hinausging. Vielleicht faszinierte sie, dass sie mit dem Prinzen unterwegs war. Sie errötete ziemlich oft, wenn er sie ansprach, und es nervte ihn. Er kannte solche Frauen. Wenn sie gerade keine Angst vor ihm hatten, himmelten sie ihn auf diese Weise an. Er bevorzugte die erste Variante.

„Da wir den Drachen nun geklärt hätten", änderte er das Thema, „wie haben wir nun vor, die Grenze zu überqueren? Wir haben zwar Dokumente, die uns ausweisen können, aber ..."

„Ich hätte da einen Vorschlag, wenn Ihr erlaubt, mein Prinz."

Torren rümpfte die Nase. Er hatte es nicht gern, wenn man ihn unterbrach und doch hinderte ihn Mandos beunruhigend aufgeregter Gesichtsausdruck daran, ihn zurechtzuweisen. „Der wäre?"

„Mit dem Schiff."

Schiff? Tief in seinem Hinterkopf vernahm er Balions Grollen und bildete sich ein, dass seine Brust vibrierte.

„Wisst Ihr noch, wie ich Euch von dem Informanten erzählt habe, als wir uns das erste Mal getroffen haben? Er befehligt ein Schiff, welches zwischen den Ländern Weiß und Schwarz hin und her segelt. Er weiß genau, wo der Streifen endet und wo seine Magie nachlässt."

Torrens Gesichtszüge versteinerten. „Ich meine mich zu erinnern, dass Ihr mir bei unserer ersten Begegnung ausgewichen seid", entgegnete er kalt.

Mando zuckte mit den Schultern und fuhr sich mit der linken Hand durchs Haar. „Ich hatte erwartet, dass mir der König noch mehr Informationen zukommen lässt. Ob ich Euch einweihen soll, war optional."

„In was solltet Ihr mich nicht einweihen? Euren Informanten?" Der Berater des Königs wurde ihm zunehmend unsympathischer.

„Was hat Euch Euer Vater mitgeteilt, als er Euch auf die Reise schickte?" Die Art, wie langsam und vorsichtig Mando sprach, ließ Torren misstrauisch werden. Ein ungutes Gefühl beschlich ihn. Verärgert presste er die Zähne aufeinander. Hätte er nur seinen Ausritt verlängert, dann wäre er erst zu Mittag zurückgekehrt. „Dass ich Raena zurückholen soll und Irillian mich dabei begleiten wird", kam ihm nur schwer über die Lippen.

„Die Sache ist ...", begann Mando, während seine Augen über die Tischplatte huschten, als würde er dort einen vorgeschriebenen Text ablesen.

„Wer, *bei Suneki*, ist nun der Informant?! Raus damit, da er so wichtig zu sein scheint", unterbrach ihn Torren barsch und griff sich an die Stirn, als ihn ein dumpfer Schmerz an seinen pochenden Kopf erinnerte.

Ich frage mich, wann du wieder die Besinnung verlierst und wütend durch den Raum rennst.

Wenn es so weitergeht, dann in den nächsten paar Minuten.

Seine Brust vibrierte erneut, als Balion einen lauten Lacher von sich gab.

Mando legte beide Hände auf den Tisch, verschränkte sie und zog die Augenbrauen zusammen. Er setzte zum Sprechen an, kam jedoch nicht dazu, da die Tür aufgerissen wurde und ein Mädchen hereinstürmte.

„Eure königliche Hoheit!" Die Tochter, die ihn als Erste erkannt hatte und den Namen Rosinde trug, stürzte mit geröteten Wangen in die Stube. Ihre Brust hob und senkte sich in schnellen Atemzügen, während ihre Augen auf ihm lagen und ihr kleiner, rosiger Mund einen Spalt breit geöffnet war. Einen Augenblick später wurde ihr klar, dass sie gerade in eine wichtige Besprechung geplatzt war, und ihre Stimme wurde zu einem Krächzen: „Ein Eichelhäher ist da." Sie schien verwirrt. „Er fliegt gegen die Tür und so dachte ich, er gehöre Euch."

Kaum hatte sie zu Ende gesprochen, flog ein faustgroßer Vogel dicht an ihrer Schulter vorbei. Leise setzte er sich mitten auf die Tischplatte und sein braun, schwarz und weiß gefleckter Kopf blickte sich aufmerksam um. Der kräftige, schwarze Schnabel öffnete und schloss sich mit einem Rätschen, während die dunklen Knopfaugen Torren blinzelnd entgegenblickten. „Dchää-dchää", machte er und schüttelte sein braunrötliches, lehmfarbenes Gefieder aus. Die Flügelansätze schimmerten bläulich schwarz.

Ein Eichelhäher, bemerkte Balion überrascht.

Torrens Augen wurden schmal.

Er blähte sich auf, seine kleinen Knopfaugen quollen hervor und dann explodierte er in einer Wolke aus Gefieder und Blut. Zurück blieb ein kleines und blutiges Kästchen.

39. KAPITEL

Hiras erschrockener Aufschrei ließ ihn zusammenfahren. Auch die Bauerntochter, die noch immer wie erstarrt im Raum stand, stieß einen hohen Überraschungslaut aus.

Torren verspürte ein eigenartig flaues Gefühl im Magen, welches gefährlich nah an kranker Begeisterung und gleichzeitiger Verwunderung grenzte. Zu den uralten Sitten der schwarzen Reiter gehörte die Eichelhäherzucht, eine geheime Art Briefe zu versenden. Er wusste, dass die Magier, die die Grenze bewachten, im Laufe der Zeit ein Gespür für bestimmte Wesen entwickelt hatten und auf magische Geschöpfe achteten, deren Geist sie spüren konnten, doch die Eichelhäher gehörten nicht dazu. Ihr Geist war so klein und scheu, dass man sie schlicht nicht beachtete.

Entschlossen streckte er die Hand nach dem Kästchen aus, strich das Gedärm beiseite und schraubte den feuchten Deckel ab. Zum Vorschein kam ein mehrmals zusammengefalteter Bogen Papier. Ungeachtet seiner blutigen Finger faltete er ihn auf und sein Blick fiel auf die geschwungene, teils krakelige Schrift.

Geliebter und teuerster Bruder,
unsere letzte Begegnung liegt Jahre zurück. Hoffentlich hast du sie gut überstanden und dein jugendliches Aussehen beibehalten. Die Elfen legen einen großen Wert darauf, denke, dass sie mich ein wenig damit angesteckt haben.
Meine familiären Fähigkeiten sind die letzten Jahre eingetrocknet, wenn kaum noch vorhanden. Muss mich erst wieder daran gewöhnen, dass ich einen älteren Bruder habe und nun auf ein (bestimmt) erfreuliches Treffen mit dir hoffen kann.
Viel zu gut kann ich mich noch an unseren gemeinsamen und letzten Besuch der Arena erinnern. Verflucht sein wir, sie waren alle so jung! Aber es hat mir unendlich viel Spaß gemacht.
Leider blieb mir nichts anderes übrig, als mich dem Wunsch des allmächtigen Königs zu beugen und seinem Befehl Folge zu leisten, nämlich dich bei deinem (oder sollte ich schreiben, unserem) Vorhaben zu unterstützen.
Vater hat mir bereits vor einiger Zeit geschrieben. Ich weiß nicht, was er dir erzählt hat, wage aber zu behaupten, dass er Vieles unbeantwortet ließ.

Bei dir war er immer zurückhaltender, hat angenommen, dass du bereits über alles informiert bist. Darum schreibe ich dir, lieber Bruder, mit einem Eichelhäher, wie du siehst, der übrigens stolze vier Jahre alt war, bevor er auf seinen letzten Weg geschickt wurde.

Wie auch immer, ich weiß gar nicht, wo ich beginnen soll. Ich möchte dir Vieles erzählen, denn ich habe geheiratet und bin nun wieder glücklich verwitwet ...

„Schwafeln kann er", knurrte Torren, bleich im Gesicht. Mit bebenden Händen übersprang er die nächsten Absätze über irgendeine unbekannte Frau, die ihn nicht im Mindesten interessierte.

Esined, murmelte Balion in seinem Hinterkopf, *kein Nachname?*

Darum freue ich mich umso mehr, um unsere Schwester wetteifern zu können! Du oder ich, Bruder, das ist hier die Frage. Ich bin zweifellos der Schönere, mit einem Hauch von Poesie und Sensibilität, frage mich aber, ob sie lieber die härtere oder die weichere Variante Mann bevorzugt. Wird uns wohl nichts anderes übrigbleiben, als es herauszufinden. Du musst dich beeilen. Mit etwas Glück erreichst du Narthinn noch vor mir und hast somit bessere Chancen, um ihre Hand anzuhalten.

Torren blickte auf. Balions überraschtes Keuchbrüllen wurde von seinem unregelmäßig trommelnden Herzen übertönt. Ihm war, als hätte man ihn geschlagen, gefressen und gleichzeitig wieder ausgespuckt. Fast reflexartig öffnete und schloss sich seine Handfläche, als könnte er nach dem imaginären Kornschnaps greifen, den er vor seiner Abreise im Arbeitszimmer getrunken hatte. „Was wolltet Ihr mir sagen?"

Irgendetwas in seinem Tonfall ließ den Berater des Königs sämtliche Gesichtsfarbe verlieren. „Ist es Euer Bruder, der Euch geschrieben hat?", entgegnete er vorsichtig.

„*Ich!*", brüllte Torren und schlug mit der flachen Hand auf den Tisch, „habe Euch was gefragt!" Seine Nasenflügel bebten. Er war kurz davor, ihm den Hals umzudrehen.

Hira war bleich geworden, stocksteif saß sie da und rührte keinen Finger. Ihre Angst nährte sein Ego.

„Willst du noch etwas?", sagte er kalt, als er hinter sich Bretter quietschen hörte.

„N-nein, mein Prinz, i-ich wollte nur ..."

„Raus."

Nachdem die Tür hinter Rosinde zugefallen war, knurrte er: „Redet", und mit stark zitternden Fingern hielt er den Brief fest, „oder muss ich Euch zuerst beide Hände abschlagen, bis Ihr endlich ein Wort rausbekommt?"

Kaum war seine Drohung verklungen, sagte Mando: „Wie Ihr bereits wisst, ist Eure Schwester das Gleichgewicht. Aufgrund von Beischlaf mit der Königin der weißen Reiter vor tausenden Jahren, hat sich das Gleichgewicht auf eine Person übertragen. Da unser König keine weiteren Kinder mit der weißen Königin hat ..."

„Jaja, ich weiß, wovon Ihr redet." Er beugte sich über die Tischplatte und in seinen Augen blitzte es. „Aber warum erfahre ich erst jetzt davon, dass mein Vater mich als Zuchtbock haben will? Mit, mit ...", er wurde immer lauter, *„mit dieser Hure?!"*

Mando, zwar eingeschüchtert, aber nicht so eingeschüchtert, dass ihm die Sprache fehlen würde, setzte schnell fort: „Es geht ihm nicht nur darum. Er möchte, dass sie nachhause gebracht wird. Ihr, Eure Hoheit, seid ein Verwandter von ihr, Euer Vater, der König, *ist* auch ihr Vater. Sie hat sonst niemanden. Eure Schwester ..."

„Wenn", zischte er angriffslustig, „Ihr sie noch einmal so nennt, schneide ich Euch die Zunge heraus." *Dieser verfluchte Kopfschmerz!* Torren krallte seine Finger in die Oberschenkel und sein linkes Augenlid zuckte.

Mando blickte missbilligend drein. „Der König glaubt, dass Raena ihm höhergestellt ist. Sie vereint Schwarz und Weiß, sie ist", er blickte um sich, suchte nach dem richtigen Wort, „unbeschreiblich mächtig. In ihren Händen liegt das Herz der Welt, Ihr ahnt nicht, wie stark sie ist. Wir sind nur Staubkörner im Vergleich zu ihrer Existenz", verdeutlichte er den krassen Unterschied, „und er möchte, dass ihre Macht weitergegeben wird. Denn wenn sie mehrere Kinder hat, wird das Gleichgewicht auf diese übertragen und ihre Macht verteilt, womit die Gefahr für uns alle zu sterben, abnimmt."

Torren sah ihn an, als hätte er den Verstand verloren. „Ihr glaubt tatsächlich daran. Das ist der größte Schwachsinn, den ich je gehört habe." Mit Abscheu las er die letzten Zeilen, unter welche Irillian seine zackige Unterschrift gesetzt hatte.

Ich trinke ein Glas Wein auf uns zwei, auf dass unsere Zusammenarbeit mit Erfolg und nicht mit Misserfolg gekrönt wird.

Torren verzog das Gesicht. *Lass uns zurückkehren.*

Er spürte Balions Verstimmung. *Das kannst du nicht. Er würde dich umbringen.*

Würde er? Er lachte freudlos. *Nein,* entgegnete er, *was hätte er davon? Ich habe ihm gut gedient. Er müsste meine Stelle nachbesetzen lassen und die Mühe, die macht er sich ganz bestimmt nicht.* Dabei dachte er nur kurz an Darina.

Irillian scheint es jedenfalls nicht erwarten zu können, sie zu schwängern, meinte Balion, *vielleicht kannst du dich ja rauswinden.*

Torren schloss die Augen. Mit seinem Bruder um eine Frau wetteifern, die er nicht leiden konnte, die den Thron besteigen und anstatt seiner regieren würde, missfiel ihm. Am liebsten hätte er sich in eine Grube geworfen und sich alle Knochen gebrochen, damit er nicht weitermachen musste. Doch das würde er nicht tun. Knochen brachen einfach und er heilte viel zu schnell.

Frauen gehörten in den Harem, wo sie Kinder hüten und den Mann zufriedenstellen sollten. Natürlich wusste er, dass Frauen im schwarzen Reich gleichgestellt waren, ebenso einen Harem haben konnten, trotzdem würden seine Frauen, falls er jemals welche haben sollte, ganz bestimmt nicht kämpfen.

„Eure königliche Hoheit?", flüsterte Hira befangen, „Ihr seht so blass aus. Seid Ihr in Ordnung?"

Nun hatte er mehrere Möglichkeiten. Entweder er schrie sie an oder er blieb höflich und versicherte ihr, dass es ihm gut ginge. Er entschied sich, sie einfach zu ignorieren.

Vor seinen Augen verschwamm die Umgebung, als er sie widerstrebend öffnete. Hira sah aus, als würde sie jeden Moment in Tränen ausbrechen. Irgendwie rührte ihn das.

Torren legte den Brief beiseite, nahm seine blutigen Finger davon. Federn klebten auf seiner rechten Handfläche und er zupfte daran.

Es gefällt mir ebenso wenig wie dir. Aber, wenn du sie dir erst einmal ansiehst? Du kannst sie immer noch umbringen, wenn du nicht an das Gleichgewicht glaubst. Dennoch, denk an Aleron, er wird sie beschützen.

„Als ihr Ehemann würdet Ihr in der Gesellschaft hohes Ansehen genießen. Sogar bei den weißen Reitern würde man über Euch sprechen, wenn nicht sogar mit Euch sprechen wollen."

Hatte Mando vergessen, dass Torren nichts mit der Gesellschaft zu tun gehabt hatte, seit er auf Burg Rakstein residierte? Er hatte keine Ahnung von Festen und Geburtstagsfeiern, Hochzeiten und kleinen Kindern, die schreiend nach der Geburt bis ins oberste Stockwerk zu hören waren. Wie sollte er die Bälle überstehen? Er wusste nicht einmal, wann und wo er zuletzt getanzt hatte, denn das war Ewigkeiten her! Aber höheres Ansehen war ein Punkt, über den man reden konnte.

Vielleicht würde man ihn dann endlich regieren lassen. Die Tatsache, dass er seine Schwester würde schwängern müssen, wurde dadurch ein wenig, wenn auch nicht ganz gemildert.

Seine Kehle war ausgetrocknet und seine am Gaumen klebende Zunge wog mindestens eine Tonne. Schwerfällig schob er den Stuhl zurück, die Füße knirschten über den Fußboden und seine Gelenke ächzten, als er sich erhob.

Ohne ein Wort ging er zur hölzernen Anrichte, wo ein Eimer mit Wasser stand. Ihm war egal, ob die Bäuerin damit das Mittagessen kochen oder den Boden wischen wollte, und tauchte seine Hände hinein. Seine Gedanken trieben davon, als er beobachtete, wie das Blut das durchsichtige Wasser trübte und kleine Brocken an der Oberfläche gegen die Wand des Eimers schwammen.

Die Entscheidung liegt ganz bei dir, mein Freund.

Es dauerte eine Weile, bis Balions Worte Torren erreichten. Während er seine Fingerkuppen abrieb, formten sich seine Lippen zu einem schmalen Strich. *Ich kann sowieso nicht nachhause zurück. Nicht, solange ich nicht weiß, was Vater vorhat. Was wird er tun, wenn Irillian derjenige ist, der sie zurückbringt? Schickt er mich dann zu den Elfen und setzt ihn auf den Thron? Das kann und werde ich nicht zulassen.* Blanke Wut durchzuckte ihn, ließ Funken vor seinen Augen tanzen. Schwankend hielt er sich an der Kante fest und rotes Wasser spritzte auf den Fußboden.

„Prinz Torren!" Und dann stand Hira neben ihm und sah ihn aus ängstlich geweiteten Augen an. Ihr langes Haar hing ihr ins Gesicht und verdeckte die Hälfte. Wie lang es doch war. Hatte sie es jemals geschnitten? Wäre schade, mit einem Dolch ... zwanghaft musste er sich zurückhalten, um sie nicht anzuspringen. „Setzt Euch wieder hin", befahl er mit zusammengebissenen Zähnen und mied ihren Blick. „Mando", hob er die Stimme an, „ich dachte, mein Bruder wäre bereits in Narthinn?"

„Ist er es nicht? Der König sagte, dem wäre so", der Berater klang ehrlich überrascht.

„Hm", brummte er und wischte seine nassen Hände an einem trockenen Tuch ab, welches er neben dem Eimer fand. „Bevor der Brief hereingeflogen kam, habe ich Euch gefragt, wer der Informant ist", erinnerte er ihn seelenruhig, drehte sich um und ging zum Tisch zurück. Nachdem er steif platzgenommen hatte und die Hände im Schoß verschränkt hatte, blickte er ihn ausdruckslos an.

„Bahira, bitte wischt den Tisch, bevor die Bäuerin einen Anfall bekommt." Mando deutete mit dem Kinn auf die Überreste des Eichelhähers, ehe er sich Torren zuwandte. „Der Informant, also der Kapitän des Schiffs heißt Jannek. Sein Nachname ist mir nicht bekannt, er hat ihn mir nie verraten. Er ist ein verlässlicher Mann und in den Schiffshäfen sprach man gut über ihn." Er zuckte mit den Schultern. „Er hat immer alles erledigt, was wir ihm aufgetragen haben. Zum ausgemachten Zeitpunkt ist er an den Orten erschienen, wo wir ihn haben wollten."

Mit einem Mal war Torren unendlich müde. Er rutschte zurück und beobachtete, wie Hira geübt mit dem Lappen den Tisch abwischte, ihn auswrang und wieder von vorne begann. Teilnahmslos beobachtete er, wie eine gestreifte Feder vom Tisch auf sein Handgelenk herabsegelte und quälend langsam an seinem Oberschenkel vorbei auf den Boden fiel.

„Wie würdet Ihr mit ihm in Kontakt treten wollen? Oder ist er zu diesem Zeitpunkt in irgendeinem Hafen in der Nähe?" Er hob den Kopf und begegnete Mandos ernstem Blick. Dieser trommelte mit beiden Zeigefingern gegen die Tischkante und wirkte ein wenig nervös. „Ich bin nicht sicher. Wir müssten die Küste entlangreiten und die Häfen absuchen. In zwei davon macht er häufig Halt, er besitzt dort eigene Anlegeplätze, weshalb ich glaube, dass wir ihn mit großer Wahrscheinlichkeit dort antreffen könnten."

Mir gefällt seine Idee nicht. Torren fühlte Balions Unzufriedenheit auf seiner Haut prickeln.

Warum nicht? Hast du Angst vor dem Meer?

Ich bin ein Eisdrache, kein Wasserdrache, zischte Balion wenig begeistert, *viel zu viele Wassermassen, allesamt unkontrollierbar.*

Ich glaube, dass du ein kleiner Angsthase bist.

Sagt der Richtige!

Torren verzog den Mund zu einem schmalen Strich und verkniff sich eine bissige Bemerkung.

„Gut", stimmte er ihm schließlich widerwillig zu, „ich verlasse mich auf Euch."

Der ratlose Gesichtsausdruck seines Gegenübers war Gold wert. „Wie meint Ihr das?"

Selbstgefällig verschränkte er die Arme vor der Brust und nickte ihm erhaben zu. „Liebend gerne überlasse ich Euch die Suche nach Eurem Informanten. Ihr habt zwei Tage." Er kostete den Anblick, der sich ihm darbot, aus vollsten Zügen aus.

Du bist gemein, Balions erheiterte Stimme strafte ihn Lügen.

Und es gefällt mir.

Einen Tag später hatte Mando den ersten Hafen erkundet und zu seiner bitteren Enttäuschung feststellen müssen, dass Jan sich dort derzeit nicht aufhielt und bereits seit einer Woche auch nicht dort aufgetaucht war. Während dessen hatte Torren seine Unruhe in einer Schenke ertränkt und war alles andere als erfreut gewesen, als ihm der Berater des Königs Bericht erstattet hatte. Daraufhin hatten sie die erste Hafenstadt verlassen und waren entlang der Küste weitergereist. Zu all dem Überfluss war Aleron bei ihrer Übernachtung im Gemüsedorf spurlos verschwunden und nicht wieder aufgetaucht. Torren zerfraßen Sorgen über einen bevorstehenden Krieg, würde der Wachdrache tatsächlich wagen, auf eigene Faust über den Streifen zu fliegen. Ihm war klar geworden, dass sie einen Fehler begangen hatten, sie hätten Aleron von Anfang an anders handhaben sollen. Doch nun war es zu spät und ihm blieb nur mehr die Aufgabe, die Splitter des drohenden Unheils möglichst säuberlich aufzusammeln und eine Katastrophe zu verhindern.

Keiner, der ihnen seither begegnet war, hatte einen schwarzen Drachen am Himmel fliegen sehen. Ein junger Mann von etwa zwanzig Jahren hatte die Frechheit besessen, sich über Torrens Frage zu belustigen und mit dem Zeigefinger auf den Himmel zu deuten, ob er wohl blind sei, dort oben zwei von ihnen ihre Kreise drehen würden.

Torren schwitzte. Seine Jacke hatte er ausgezogen und in die Satteltasche gestopft, das Kleidungsstück hätte ihn innerhalb weniger Minuten zu Tode gewärmt. Erbarmungslos brannte die Sonne auf seine Schultern nieder und jede Viertelstunde war er gezwungen, den Schweiß von seinem Gesicht mit dem Ärmel abzuwischen.

Gegen späten Nachmittag erklommen sie einen steilen Pfad und rasteten auf einer steinigen und ausgedörrten Wiese, die sich unmittelbar über tödlich hohen Klippen befand und unter welchen sich ein langer Sandstrand mit mehreren Landzungen weit ins Meer hinausstreckte.

Tief einatmend stützte er sich im Sattel hoch, streckte seinen angespannten Rücken und seine halb eingeschlafenen Beine durch, bevor er schwungvoll abstieg und Hurriles beruhigend auf den starken Hals klopfte. Er gähnte und hielt sich instinktiv die Hand vors Gesicht, als ein plötzlicher Luftschwall Sand und Dreck aufwirbelte und in seine Richtung blies. Zwei Sekunden später erbebte der Boden unter den Gewichten der tonnenschweren Drachen und seine Knie erzitterten. Hurriles schnaubte und trat mehrere Schritte zurück, denn die Nähe der Fleischfresser machte ihn nervös.

Torren ließ die Hand sinken und blickte zu seinem langjährigen und innigsten Freund auf, dem Schneedrachen Balion, dessen senkrechte Pupillen sich fokussierten, als er auf seinen Reiter hinabblickte. Das Weiß seiner Schuppen strahlte wie Diamanten, reflektierte die Sonnenstrahlen und ließ sie an mehreren Flecken über die trockene Erde tanzen, als wäre er ein lebendig gewordener Spiegel. Mit zusammengekniffenen Augen beobachtete Torren, wie Balion seine imposanten Flügel zusammenlegte und den Hals zu ihm hinunterstreckte.

Hurriles wieherte. Die Zügel fest in der Hand haltend, zischte ihm Torren eine Beruhigung zu und hielt ihn eisern zurück, als er sich tretend aus der Gefahrenzone bringen wollte.

Balions Schnauze war eiskalt, als sie seine Stirn berührte. Kurz durchzuckte ihn ein Blitzschlag und dann war der Moment vorüber.

Er wird sie nicht überqueren.

Ich hoffe, du hast Recht.

40. KAPITEL

Es war dunkel. Der Boden schwankte. Ihr Magen rebellierte. Stöhnend übergab sie sich und rutschte zurück, bis sie einen Widerstand im Rücken spürte. Die Welt drehte sich, stand Kopf. Schalen rollten und blieben, nachdem sie unsanft gegen die Mauer schlugen, klirrend neben ihr liegen.

Schwer keuchend suchte sie Halt auf dem glatten Untergrund und rutschte ab, als er sich neigte. Sie rollte nach rechts und prallte hart mit der Wange gegen die gegenüberliegende Wand. Sie biss sich auf die Unterlippe und schmeckte Blut.

Raena war sich sicher, dass sie sterben würde.

Die Schalen rollten davon, schienen zu verschwinden. Dann vernahm sie Schreie und eine tiefe Männerstimme, die lauthals Befehle brüllte. Der Boden unter ihr, der sich auf einmal hart und kalt anfühlte, erbebte und sie hörte Geräusche, die sich noch nicht nach Tod anhörten. Knirschendes, ächzendes Holz und gedämpfter Donner, der von weit oben zu kommen schien. Als sich der schwankende Untergrund beruhigte, tastete sie vorwärts. Kaum einen halben Meter weiter stieß sie sich den Kopf an der „Mauer" an, die sich als ein Gitter erwies.

„I-ich bin in einem Käfig!"

Verzweifelt versuchte sie sich an die letzten Geschehnisse zurückzuerinnern, konnte jedoch keinen klaren Gedanken fassen und drückte ihre Zeigefinger fest in ihre Schläfen, weil sie statt brauchbarer Antworten, mit beißendem Kopfschmerz belohnt wurde.

Der Boden kippte erneut.

Raena schrie auf.

Etwas schlug gegen den Käfig und einen Atemzug später stand die Welt still. Die Stimmen waren verstummt, die Donner verklungen. Als wäre sie von einem gewaltigen Tier verschlungen worden, spürte sie es unter sich vibrieren. Am Ende ihrer Kräfte zog sie die Beine an, lehnte ihren Rücken gegen das eiskalte Gitter und lauschte in die Dunkelheit. Wo war sie und wo waren die anderen? Wenn sie doch nur wüsste, warum sie ...

Eine Tür ging auf. Licht strömte herein und stach in ihre Augen. Gequält blinzelte sie dem Neuankömmling entgegen und erschrak, als sie in der tropfnassen Person Jan, den Schiffskapitän erkennen konnte, den Mann, mit dem sie gekämpft hatte, bevor sie im Käfig aufgewacht war.

„Ihr!", stieß sie ungläubig hervor.

Er trug ein eigenartiges Gefäß in der Hand, wo hinter der klaren Glasfront eine helle Flamme brannte. „Auch schon wach?", erwiderte er gelassen und hängte die geheimnisvolle Lichtquelle an einem Balken auf, in welchen man eine Halterung geschlagen hatte. „Habt Ihr das Unwetter auch so sehr genossen wie ich?"

Raena schluckte trocken und kroch auf das Gitter zu. „Warum bin ich eingesperrt?!" Sie suchte nach einem Schloss, an dem sie rütteln konnte.

„Meine Aufgabe war es, Euch zu fangen." Gemächlich kam er näher und ließ sich alle Zeit der Welt, obwohl sein Mantel vor Nässe triefte und ihm kalt sein musste.

Raena fröstelte. Sein Gesicht lag im Schatten, sein Haar klebte ihm am Kopf fest. Die stramme und aufrechte Haltung schüchterte sie ein.

„Ihr habt Euch übergeben", stellte er amüsiert fest.

Der Spott in seiner Stimme ärgerte sie. „Ja, das habe ich!", sie funkelte ihn durch das Gitter hindurch aufgebracht an. „Was wird nun mit mir geschehen?! Lasst mich frei!"

Der Ton in seiner Stimme veränderte sich. „Hm, nein und das weiß ich noch nicht."

Ihr Herzschlag beschleunigte sich. „Wie meint Ihr das?"

Er schwieg für einen Moment und fuhr sich mit der Hand durchs Haar, wobei ihm eine Strähne ins Gesicht fiel und sich ringelnd nach oben zog. „Ich kam nur, um nach Euch zu sehen. Nichts weiter."

Raena drückte ihr Gesicht gegen das Gitter, blickte ihn aus großen Augen an und stammelte: „W-wo sind die anderen? W-wo ist Lanthan?" Der Gedanke an ihn hätte sie beinahe in Tränen ausbrechen lassen.

„Für eine Gefangene habt Ihr viel zu viele Fragen, Mädel", bemerkte er kalt und drehte ihr den Rücken zu. Kurz war es ihr vergönnt sein Profil im Licht zu sehen. Dunkle Schatten hatten sich unter seine Augen gegraben. Den Bart hatte er sich abrasiert. Jan wirkte nun jünger.

„Wartet!", rief sie ihm nach, wollte ihn um jeden Preis zurückhalten. „Bitte, Ihr könnt mich doch nicht hier eingesperrt lassen!", gegen Ende hin war ihre Stimme weinerlicher, flehender geworden. Sie hasste sich dafür, weil sie gezwungen war, ihren Schluchzer hinunterzuschlucken, sonst wäre sie zu keinen klaren Worten mehr fähig gewesen.

„Ich muss an Deck", erklärte er sachlich und deutete mit der Hand auf das eigenartige Ding, das am Balken baumelte, „ich habe Euch Licht gebracht."

Er würde sie zurücklassen!

Nein, er konnte doch nicht einfach ...

„Bitte, lasst mich hier nicht eingesperrt!" Sie schluchzte auf, als die Tür hinter ihm zufiel, hörte seine Schritte in der Ferne verklingen. „Nein! Bitte! Bitte, lasst mich raus!"

Kopflos griff sie durch die größeren Öffnungen knapp über der Metallplatte des Käfigs ins Nichts, versuchte ihren viel zu breiten Körper hindurchzuzwängen, und schrie, als sie mit dem Oberarm steckenblieb und hilflos herumzappelte, bis sie sich mit einem kräftigen Ruck wieder befreien konnte. Aufgelöst drückte sie die flache Hand auf die schmerzende Stelle und kauerte sich zu einem Häufchen Elend zusammen. Nachdem der unangenehme Schmerz nachließ, löste sie ihre verkrampfte Haltung und blickte zur Decke hoch.

In ihrem Kopf sah sie sich selbst, halb verhungert und abgemagert im eigenen Dreck liegend, vergessen von ihren „Verbündeten", die sie sicher nach Narthinn hätten bringen sollen. *Sicher! Dass ich nicht lache!* Wut und Enttäuschung schossen wie Gift durch ihre Adern.

Mit aufgerissenen Augen starrte sie die Gitter des Käfigs an, in der Hoffnung, dass sie schmolzen. Nachdem sie nach wie vor nicht auf ihre Macht zurückgreifen konnte, in der Nacht und die letzten Tage davor einfach übernommen worden war, hoffte sie, dass ihr ihre geheime Fähigkeit zur Flucht verhalf. Doch obwohl sie ohne zu blinzeln und mit tränenden, halb blinden Augen einen einzigen Punkt anstarrte, ihr Herz vor Aufregung pochte und ihr der Gedanke neue Zuversicht eingeflößt hatte, blieb das Gitter, wo es war.

Aufschluchzend umarmte sie sich.

Auf der Suche nach etwas Wärme blieb ihr verklärter Blick an der ungewöhnlichen Lichtquelle hängen. „Ich habe Euch Licht gebracht", murmelte sie und rümpfte die Nase, als ihr der starke Geruch ihres eigenen Mageninhaltes bewusstwurde. Mit dem Ärmel wischte sie sich die tränennassen Wangen ab und rutschte angeekelt davon weg.

Lebten die anderen noch? Sie musste Jan fragen. Was, wenn sie tot waren? Ihr Herz schmerzte und ihre Brust brannte, wenn sie an Lanthan und seinen leblosen Leib dachte, an Fenriel und Rizor, selbst an Esined.

Wer hatte die Entführung angeordnet? Fürst Duran war tot. Unmöglich, dass er von den Toten zurückgekehrt war. Die Nixen konnten ihn nicht am Leben gelassen haben. *Aber dich haben sie auch am Leben gelassen.* Der Gedanke jagte ihr eine Heidenangst ein.

Raena biss die Zähne so fest zusammen, dass ihr Kiefer krachte. Der säuerliche Geschmack in ihrem Mund machte sie wahnsinnig und es gab nichts, womit sie ihn hätte ausspülen können.

Und wenn sie mich verkauft haben? Wenn sie mich in Wahrheit nicht eskortierten, sondern nur auf eine Gelegenheit gewartet haben, um mich loszuwerden? So wie ich es vermutet habe ...

Aber ... Lanthan hatte ihr ein Versprechen gegeben.

Und er hat es nicht gehalten.

Raena schluchzte. Es tat weh, es tat so weh.

Irgendwann wurde ihr bewusst, dass ihr Schluchzen nicht das einzige Geräusch war, das sie hören konnte. Ein regelmäßiges und dumpfes Klopfen, nicht wie das eines Nachbars, der zum Besuch vorbeikommt, sondern wie gegen ein volles Glas oder einen Behälter.

Ihr Blick flog zur Seite und sie bemerkte, dass der Raum größer war als angenommen. Während sie mit ihrem Leid beschäftigt gewesen war, war ihr nicht aufgefallen, dass sich links von ihr mehrere Kästen befanden, die ungefähr einen Meter hoch und zwei Meter breit waren. Durch den sanften Schein der Lampe, die von einer Seite zur anderen schaukelte, konnte sie das Licht in ihnen tanzen sehen. Binnen Sekunden wurde ihr klar, dass die Kästen mit Wasser gefüllt waren und das Glas der Grund für das glitzernde Schauspiel war.

Und als sie den Grund für das mysteriöse Klopfen fand, vergaß sie ihre eigene Not. Hinter dem dicken Glas im funkelnden Wasser befand sich eine Person. Nein, *eine Nixe.*

Sie hatte wenig Ähnlichkeit mit der rothaarigen Frau, die Fürst Duran in die Tiefe gezogen hatte. Im Kasten war ein kleines, verängstigtes Mädchen mit einem herzförmigen Gesicht und traurigem Blick. Ihre mandelförmigen Augen waren groß, größer als bei gewöhnlichen Menschen, doch vielleicht war auch das Glas schuld an der verzerrten Darstellung. Ihr Haar war blond und lang, besaß einen weißlichen Stich, vielleicht war es auch grau, Raena konnte die tatsächliche Farbe nur erahnen. In langen Wellen ringelte es sich um ihre schmale Taille und wickelte sich um ihr Handgelenk, jene Hand, mit der sie gegen die Glaswand geklopft hatte, um Raenas Aufmerksamkeit zu erlangen. Ihr dürrer Oberkörper war nackt und ihren Hals schmückte eine zierliche Kette aus goldblauen Muscheln. Zumindest dachte Raena, dass es Muscheln waren. Ihr Schwanz war unglaublich lang, die Flosse breit und durchsichtig.

Das ist keine Nixe.

Raena verspürte rein Garnichts bei ihrem Anblick. Als wäre das Mädchen eine Nixe ohne Anziehungskraft, als hätte man ihr diese Fähigkeit genommen. Eine Sirene vielleicht? Sie hatte keine Ahnung, welche Unterschiede zwischen den Meeresgeschöpfen vorherrschten, also entschied sie sich, das Mädchen als eine Meerjungfrau anzusehen, weil das Wort *Sirene* sie an Esined erinnerte. War das nicht ein und dasselbe? Wozu sperrte man sie in solch einem grauenvollen Glaskasten ein?

Ihr Herz vollführte einen aufgeregten Sprung, als ihr das Mädchen zunickte und ein schmales Lächeln auf ihren bleichen Lippen erschien.

Meine Güte, sie hat Schuppen im Gesicht!

Dort, wo bei Menschen normalerweise gesunde Gesichtsröte zu finden war, wuchsen bei ihr kleine Schüppchen, die das Licht auffingen und reflektierten. Es sah seltsam schön aus.

Raena kroch zur anderen Seite des Gitters, damit sie ihre unfreiwillige Gesellschaft besser sehen konnte. Zögerlich hob sie eine Hand und winkte ihr zu. Das Lächeln der Meerjungfrau wurde breiter. Sie erwiderte ihr Winken und zwischen ihren Fingern blitzten Schwimmhäute auf.

Wenigstens bin ich nicht allein in diesem Raum eingesperrt.

Was wohl in den anderen Kästen gefangen war? Sie hoffte, dass nicht alle mit Meerjungfrauen gefüllt waren. Bei dem Gedanken wurde ihre Kehle eng. Was würde mit ihnen passieren?

Für eine Weile sahen sie sich nur an. Um die Stille im Raum zu unterbrechen, öffnete sie den Mund, weil sie das Mädchen nach dem Namen fragen wollte. Doch dann wurde ihr klar, dass die Meerjungfrau ihre Frage kaum durch den Glaskasten würde hören können und so schloss sie ihn wieder.

Seufzend drehte sie ihr Gesicht weg und blickte zur Seite, wo ihr Erbrochenes langsam an der Luft trocknete. Raena legte ihre Wange auf dem rechten Knie ab. Sogar Esineds Gesellschaft würde sie diesem stinkenden Käfig vorziehen.

Warum war es so kalt?

Sie stellte sich Lanthans Gesicht vor, wie bleich er geworden war, als man ihm über ihre Entführung berichtet hatte.

Falls ... er sie nicht verkauft hatte.

Sie dachte an seine grünen Augen und ein Loch tat sich in ihrer Brust auf. *Unmöglich.* Er hatte mehrmals bewiesen, dass er sie schützen wollte. In der Luke, als er sich in die Menge geworfen hatte, im Sumpf und später im Zimmer, als er sie umarmt hatte, sie getröstet hatte und sie anschließend sicher in den Stall geleitet hatte.

Lanthan konnte es nicht gewesen sein.

In diesem, ihr noch fremden Land, kannte sie kaum jemanden und ihre Gruppenmitglieder hatte sie aus den Augen verloren. *Vielleicht ...,* ihr Atem beschleunigte sich bei diesem Gedanken, *vielleicht sind sie ebenfalls auf diesem Schiff eingesperrt?* Ihr kamen schwere Zweifel, denn Jan hatte ausdrücklich erwähnt, dass er die Frau mit den schwarzen Augen hatte fangen sollen.

Tief aufseufzend hielt sie sich den Kopf. Wie hatte sie nur so dumm sein können und im Alleingang ...

Zähneknirschend verwarf sie den Gedanken, denn es war zu spät, um sich darüber den Kopf zu zerbrechen. „Was alles hätte sein können", murmelte sie und ihre kratzige Stimme stellte ihre Nackenhaare auf.

„Jetzt beweg dich!"

Raena horchte auf.

„Haben wir dich umsonst an Bord geholt?!"

Ein gehässiges Lachen. Jemand stolperte.

Plötzlich war da ein Echo. Woher kam es?

Ihr war, als riefe jemand nach ihr, weit, weit weg ... aber sie hätte nicht zu sagen vermocht, ob es von oben, unten oder von draußen kam. Es schien nicht zu den Stimmen zu gehören, klang wie ein Ruf, wie ein Klagen. Dann war es fort und sie vergaß es.

„Ich schwöre dir, wenn du deine Arbeit nicht erledigst, werde ich dich eigenhändig am Hauptmast auspeitschen, du mickriger Wurm!"

Gelächter.

Den abwechselnden Schritten nach waren mehrere Personen auf dem Gang unterwegs.

„He-he, m-mickriger W-wurm! D-Du m-mickriger W-wurm!"

Zum Suneki, bitte, lass sie nicht zu mir kommen ..., schoss ihr flehend durch den Kopf, als die Schritte vor der Tür stehenblieben. Ihre Augenlider flatterten überfordert.

Sie vergaß zu atmen.

Die Tür flog auf, Holz krachte gegen die Wand.

Herein kamen drei Personen, zwei davon waren hämisch grinsende Matrosen und ein schlaksiger, dünner, wenn nicht sogar unterernährter Junge, dem sein schwarzes Haar wirr ins Gesicht hing und seine Augen verdeckte. Mit gebückter Haltung trat er durch den niedrigen Türrahmen und richtete sich zu seiner vollen Größe auf. Raena hatte nur Augen für seine einzigartige Statur, solch einen hohen und unförmig gebauten Menschen hatte sie noch nie in ihrem Leben gesehen. Seine Aura kam ihr im Gegensatz zu den anderen beiden Männern harmlos vor.

Einer von ihnen stieß ihn grob mit der Faust in den Rücken. „Beweg dich! Steh nicht so steif rum! Oder hat dir Rain letzte Nacht den Besen in den Arsch gerammt?!"

„In d-den A-arsch gerammt", echote der andere dümmlich.

Raena verkrampfte sich. Sein Gesicht war schief, die Nase mehrmals gebrochen und ein Auge schielte in ihre Richtung, während das zweite den schwarzhaarigen Jungen taxierte. Übelkeit breitete sich in ihrer Magengrube aus. Angestrengt atmete sie durch den Mund und verhielt sich ruhig, solange sie nicht angesprochen wurde.

Der Junge sagte nichts. Seine Schritte wirkten unsicher, als er in ihre Richtung ging. Er sah grauenhaft aus. Sie konnte nicht sagen, wie er einmal ausgesehen hatte, da er nur mehr aus Haut und Knochen bestand und seine langen Knochen seine einzige Masse ausmachten. *Wie grausam.* Zumindest sah seine Kleidung sauber aus. Irgendein brauner Lumpen, der vielleicht einmal ein Kartoffelsack gewesen war und eine graue Hose, die wie ein Rock um seine zerschundenen, blutigen Knie spielte, bedeckte seine Blöße.

Ihr fiel der Eimer ins Auge und sie rutschte ins hinterste Eck. „Was habt Ihr mit mir vor?!", fragte sie mit brüchiger Stimme.

„Nichts. Wir bringen dich zum Kapitän. Zum Abendessen", man merkte ihm an, dass ihm der Gedanke nicht besonders gut gefiel, aber er blieb freundlich zu ihr, „und der da", abwertend blickte er den Jungen an, „soll währenddessen deinen wunderschönen Käfig säubern." Er zog verärgert die Augenbrauen zusammen, als er bemerkte, dass sein verstümmelter Begleiter viel zu nah an den Glaskästen stand. „Verflucht nochmal ...!"

Ungeachtet der Verwünschung, das Auge auf die langhaarige Meerjungfrau gerichtet, murmelte der verträumt: „Schönes M-Mädchen ... k-knochiger Fischschwanz?"

„Halt die Klappe, Bloopi. Die kannst du dir nicht leisten", wies ihn sein Kumpane scharf zurecht und zog ihn grob mehrere Schritte am Ärmel zurück. „Bleib schön weg von dem Wal!"

In der Zwischenzeit war der Junge mit hängenden Armen vor dem Käfig stehengeblieben. Tatenlos und steif wie ein Brett stand er da.

„Was machst du da? Die Öffnung befindet sich oben", sichtlich verärgert, zwängte sich der „Anführer" an dem schwarzhaarigen Jungen vorbei und stieß ihn grob zur Seite. „Nichtsnutz!"

Raena unterdrückte einen Schrei, als er gefährlich zur Seite kippte und ein Schwall Wasser sich über den Holzboden ergoss. Doch bevor er wie ein Sack Mehl zusammensackte, hielt er sich zitternd am Käfig fest.

Er ist so schwach!

Erschüttert blickte sie in sein abgemagertes Gesicht hoch, die feinen Linien seiner Wangenknochen und seiner geraden Nase, die bleich unter den schwarzen Strähnen hervorblitzte und spürte eine erneute Welle von Traurigkeit ihr Herz umklammern. Wie gerne hätte sie ihn angesprochen, ihm ein wenig Mut gemacht, er solle sich nicht so herablassend behandeln lassen. Doch ihre missliche Lage erlaubte es ihr kaum, ihm aus der seinen zu helfen.

Mehr Essen solltest du auch ... warum bist du nur so dünn?!

„Verdammtes Weib, hörst du nicht, was ich sage?!"

Warum sorge ich mich um ihn? Er ist doch kein kleines Kind.

Sie spürte einen Lufthauch und eine kaum merkliche Berührung auf ihrer Kopfhaut. Da war eine Hand, die unsanft nach ihren Haaren griff. Ungeachtet ihres schmerzvollen Stöhnens zerrte derjenige sie gefühllos in die Höhe. Raena riss die Arme hoch, schlang die Hände um seine wulstigen Gelenke. Seine Haut fühlte sich fettig fest an. Ekel schnürte ihr die Luft ab.

„Schwerhörige Gans!", schimpfte er und schüttelte sie. „Wirst du mir wohl zuhören?!"

Mit zusammengekniffenen Augen und einem Stöhnen auf den Lippen nickte sie energisch. Ihre Kopfhaut brannte wie Feuer. Tränen schossen in ihre Augen.

„Gut", zufrieden ließ er locker.

Raena fiel in sich zusammen und blinzelte den nassen Schleier beiseite.

Lanthan ... wo bist du ...

„Komm raus."

Stumm gehorchte sie. Dank des geöffneten Käfigs war es ihr möglich aufzustehen. Vorsichtig legte sie ihre zitternden Finger auf das metallische Gitter, spannte ihre Arme an und zog sich hoch. Nach wenigen Zentimetern bereits, ihre Beine baumelten in der Luft, zitterten ihre Ellbogen. Sie schwitzte. Bis sie beide Beine nach oben gezogen hatte und auf die Holzplanken gerutscht war, kam es ihr wie eine halbe Ewigkeit vor. Sie atmete stockend, hielt sich am Gitter fest. Ihr Kopf drehte sich und ihre Beine knickten ein. Sie sah sich bereits in der Wasserlache am Boden liegen, als sie ein unerwarteter und überraschend heißer Ruck wieder auf die Beine stellte.

Der schwarzhaarige Junge war es, der einen Arm um ihren Rücken geschlungen, seine Hand auf ihre Taille gelegt und die Finger in ihre Kleidung gebohrt hatte, um sie aufrecht zu halten.

Mit schweren Augenlidern blinzelte sie ihm entgegen. Sein Kinn befand sich mehrere Zentimeter über ihr, seine Augen waren nach wie vor unter dichten Strähnen verborgen. Ihr kam der Gedanke, dass es sie immense Kraft kosten würde, ihn an der Wange zu berühren.

Warum dachte sie das? Das ergab keinen Sinn.

Aber sie wollte es. Sie wollte die Hand heben und diese Wange berühren. Raena fühlte sich wie betrunken. Sie versuchte zu lächeln.

„Was ist mit ihr? Kann sie gehen?"

Der Junge schwieg. Raena selbst kam sich vor wie in einem Traum. Übelkeit stieg in ihr hoch. Bevor sie sich zurückhalten konnte, übergab sie sich auf den schmächtigen Oberkörper ihrer knorrigen Stütze.

„Bei Suneki, *verdammt?!*", stieß der „Anführer" hervor und wich zurück, „du dreckiges Weib, kannst du dich nicht im Zaum halten?!"

Raena schüttelte den Kopf, berührte den Jungen an der Brust. „Es tut mir leid." Sie fühlte sich schrecklich. Auf der Suche nach etwas Trost klammerte sie sich an ihrem Retter fest und legte ihren Kopf auf seinem knochigen Brustkorb ab. Ihr war kalt und seine Haut unglaublich heiß, er fühlte sich an wie ein vorgewärmter Stein, der den ganzen Tag in der Sonne gelegen hatte.

„Bloopi, komm mit. Wir holen den Kapitän. Mit der stimmt etwas nicht. Und du", sie hörte, wie er kurz innehielt und tief Luft holte, „bleibst hier, hast du verstanden? Und passt auf."

Raenas Herz beschleunigte sich. Sie sah ihre dunklen Gestalten in den Gang hinausgehen. Die Tür ließen sie offen.

Obwohl es ihr miserabel ging, sie kaum auf den eigenen Beinen stehen konnte und sich an einen Fremden klammerte, konnte sie eine Möglichkeit zum Entkommen erkennen. Falls ihre Vermutung stimmte und dies tatsächlich ein Schiff war, ihr Blick flog zu der geheimnisvollen, schwankenden Lampe, dann konnte es sein, dass sie sich auf dem Meer befanden. Folgedessen würde sie vermutlich ertrinken, wenn sie von Bord in die Fluten sprang.

Sie keuchte und beugte sich vor. Ihr Magen krampfte.

Bitte, es soll aufhören! Speichel tropfte ihr aus dem Mund und sie fragte sich, ob sie sterben würde. *Lanthan ... bitte ... wo bist du nur, bitte hilf mir.*

Pochender Kopfschmerz ließ das Licht vor ihren Augen hin und her tanzen, bis ein Meer aus bunten Sternen ihr Bewusstsein der Ohnmacht näherrücken ließ.

Und dann umarmte er sie. Seine Berührung brannte wie Feuer, fühlte sich angenehm und gleichzeitig fürchterlich schmerzhaft an, drückte ihr jegliche Luft zum Atmen aus den Lungen und ließ sie wie eine Ertrinkende danach schnappen. Überrumpelt wollte sie ihn wegdrücken, presste ihre Handflächen fest gegen seinen Oberkörper und es war, als drücke sie gegen eine Wand, die sich einfach nicht zur Seite bewegen wollte.

Sie stöhnte: „Lass mich los!"

Und dann roch sie schweren Wein, gegrillte Hühnerspieße und in Fett gebratene Kartoffeln, als ein weiterer Ruck der stürmischen Umarmung ein jähes Ende bereitete. Dort, wo sie brennend heiße Wärme gespürt hatte, herrschte nun bittere Kälte.

Hinter dem Schleier ihrer müden Augen sah sie Jan, der den Jungen von ihr losgerissen und zu Boden geschlagen hatte, wo er nun in einer Wasserlache lag und sich keinen Millimeter mehr rührte.

„Komm mit, Mädel", befahl er eiskalt und schnappte nach ihrem Arm, an dem er sie ohne Rücksicht auf Verluste aus dem Raum in den hell beleuchteten Gang schleifte.

„Was sollen wir mit dem Waschlappen hier, Kapitän?"

„Schlagt ihn zu Brei, macht mit ihm, was ihr wollt."

41. KAPITEL

„Nein!", stieß Raena unerwartet für alle Beteiligten hervor. „Nein", wiederholte sie etwas gefasster und suchte den harten Blick Jans. „Er ist zu dürr. Er muss was essen."

Zu ihrer Überraschung wurde ihr tatsächlich Gehör geschenkt.

„Gut. Sperrt ihn unten ein und gebt ihm Brot. Dort bleibt er vorerst, bis ich mich entschieden habe, was wir mit ihm machen."

„Aye, Kapitän."

Ohne Rücksicht zerrte er sie weiter. Raena wankte. Sie musste sich an ihn klammern, sonst wäre sie zweifellos der Länge nach hingefallen.

Im Gang roch es angenehm nach Wildblumen und Bienenwachs, vermutlich hatte erst vor kurzem jemand die Planken poliert. Porträts von

Menschen hingen an den hübschen Wänden, aus edlen und dunklen Holzplatten bestehend. Es gab vier geschnitzte Säulen mit schnörkeligen Mustern, die Abstände zwischen ihnen schienen gleich zu sein. Wo war der Ausgang? Sie musste es wissen, damit sie so bald wie möglich fliehen konnte.

Am Ende des kurzen Ganges führten fünf Stufen zu einer Doppelflügeltür hinunter.

Jan tat ihr weh. Seine Finger waren hart wie Stahl, bohrten sich in ihren Arm und ließen ihre Haut unangenehm pochen.

„Wohin bringt Ihr mich?" Sie bekam es mit der Angst zu tun, als er nicht antwortete. Der Boden schwankte unter ihren Füßen und er murmelte irgendetwas Unverständliches, während er sie noch fester gegen seine Seite drückte.

Der Blumenduft war schrecklich. Ihr wurde nur noch übler dadurch.

Mit dem Ellbogen stieß er eine der Türen auf und zog sie ins Innere. Dort ließ er sie los, durchquerte den Raum und deutete auf einen Stuhl, den er quietschend zurechtrückte. „Komm her."

Doch Raena, die in den letzten Minuten nur eine ungewöhnliche Lampe mit kaum Licht beobachtet hatte, blieb stocksteif stehen und hatte nur Augen für die aufgehende, sich im ruhigen Meer spiegelnde Sonne, die sie hinter den mannshohen Fenstern am Horizont sehen konnte. Die vollständige Front der Kajüte war verglast. In der Mitte, ganz nah an die Fenster gerückt, stand ein riesiges Himmelbett mit schweren und weinroten Vorhängen. Hätte es dort nicht gestanden, wäre die Aussicht viel überwältigender gewesen.

Halb geblendet blinzelte sie, fühlte die Wärme auf ihrer Haut prickeln und spürte etwas Trost in diesem kleinen Geschenk, welches sie erleben durfte. Fast hätte sie ihre Umgebung vergessen, als Jan in ihrem Blickfeld erschien, das Möbelstück in ihre Richtung schob und die Hand auf ihre Schulter legte. Alles andere als behutsam zwang er sie in die Knie, bis ihr nichts anders übrig blieb, als sich zu setzen.

Raena verschränkte die Hände in ihrem Schoß und versuchte das Zittern zu unterdrücken, welches von ihr Besitz ergriff. Der Schwindel wurde weniger, der Boden unter ihren Füßen vibrierte nach wie vor, doch schien kaum mehr zu schwanken. In ihrer Kehle saß ein dicker Kloß. Sie fühlte sich in die Enge getrieben, gefangen und ausgeliefert.

In ihre Nase stieg der Geruch nach Hähnchen. Sie hatte es vorhin bereits an seiner Kleidung gerochen. Knapp neben ihr stand ein Tisch voll mit Essen, von welchem er den Stuhl fortgenommen hatte.

Sie folgte ihm mit den Augen, sah ihn rechts zum Schrank eilen, wo er die unterste Lade durchwühlte. Fläschchen und Kästchen mit unbekanntem Inhalt wanderten von einer Hand zur anderen, bis er das gefunden, wonach er gesucht hatte. Dann kam er zu ihr zurück und drückte ihr eine kleine Flasche in die Hand, die aussah wie eine übergroße Träne. Darauf stand in kleinen, schmierigen Buchstaben „Seekrankheit" geschrieben.

„Trink", befahl er, „ein Schluck müsste reichen."

Ich bin nicht seekrank, dachte sie noch, bevor sie mit bebenden Fingern den Verschluss abschraubte. In ihrem Kopf erschien Lanthans vernarbtes Gesicht. Sie konnte den Ernst in seinen Augen erkennen und hörte seine Worte: *Ihr seid das Gleichgewicht.* Hatte er nicht erwähnt, dass alles sterben würde, wenn sie es täte?

Ist das Gift? Raena fragte nicht.

Eingeschüchtert blickte sie zu Jan hoch, das breite, verhärtete Gesicht, in dem sie kaum die Freundlichkeit jenes Abends erkennen konnte. Und er hatte ihr gefallen. Sie konnte es kaum glauben. Sie hatte sich gesorgt und nun saß sie hier, vor ihm, während er auf sie hinabsah, als wäre sie nichts. „Trink", befahl er erneut, dieses Mal fordernder. „Dann geht es dir besser", fügte er hinzu.

Wozu der Käfig? Warum ... *warum* ...

Raenas Augenlider flatterten. Sie roch an der seltsamen Flüssigkeit, verzog das Gesicht und wagte einen Schluck. Das Zeug brannte ihre Kehle hinunter wie Schnaps, kratzte in ihrer Speiseröhre und zwang sie zu husten. Sie spürte seinen Blick auf sich ruhen und starrte seine Stiefel an. Nichts geschah. Ihr war noch immer schwindlig und ihr Magen schmerzte.

Es wurde nicht besser. Ganz im Gegenteil.

Sie begann so stark zu zittern, dass sie das Fläschchen fallen gelassen hätte, hätte er es ihr nicht aus der Hand genommen. Der Brechreiz kam binnen Sekunden. Instinktiv schoss ihre Hand zum Mund hoch.

„Lass es raus." Grob riss er sie am Arm, sodass sie vor seinen Augen auf die Knie erbrach. Ein leises Heulen verließ ihre Lippen, während sie ihre andere Hand gegen ihren Magen presste und ein tiefes Seufzen von sich gab.

Jan gab sie frei. „Keine Seekrankheit", hörte sie ihn murmeln, als spräche er zu sich selbst.

Raena fühlte sich gedemütigt. Feuchtigkeit tropfte von ihren Lippen, sie spürte sie zwischen ihren Schenkeln kleben. Ihr tat die Kleidung leid, die sie mit Lanthan im Streifen ausgesucht hatte.

Wo war die Kraft, die ihr das Bewusstsein raubte und über ihren menschlichen Körper Besitz ergriff?

„Ich bin gleich zurück. Rühr dich nicht vom Fleck, sonst sperr ich dich wieder ein."

Sie spürte einen kurzen Lufthauch, roch heiße Kartoffeln und Petersilie und dann war er weg.

Raena atmete gepresst.

Essen und der Geruch nach Erbrochenem ...

Ungeachtet des Verbots stützte sie sich mit beiden Händen am Stuhl ab, bevor sie ihren, zu ihrem Ärger, schwachen Körper in die Höhe quälte. *Ablenkung.* Sie brauchte Ablenkung. Es dauerte, bis sie das Gleichgewicht gefunden hatte und ohne fremde Hilfe stehen konnte. Für einen Moment schoss ihr Esined durch den Kopf, die sie bestimmt als Schwächling bezeichnet hätte, wenn sie sie in diesem Zustand gesehen hätte.

Die Bretter knarzten unter ihren Füßen, gaben nach wie eine viel zu weiche Matratze. Sie vermutete aber, dass das Einbildung ihrer verwirrten Sinne war. Das üppige Mahl würdigte sie keines Blickes, zwang sich vorwärts, nur noch ein Schritt und sie würde sich am Bettpfosten festhalten können.

„Du solltest doch sitzen bleiben."

Erschrocken zuckte sie zusammen und blickte um sich, denn die hohe und zweifellos weibliche Stimme, die wie aus dem Nichts im Raum ertönt war, jagte ihr eine unangenehme Gänsehaut den Rücken hinunter.

„Wo bist du?", stieß sie verwirrt hervor, als sie niemanden in ihrer Nähe sehen konnte.

„Hier", kicherte die Stimme.

Rechts von ihr war ein Paravent, auf welchem Jan mehrere Kleidungsstücke abgelegt hatte und direkt daneben ein kleiner Kamin. *Auf einem Schiff!?* Doch sie befasste sich damit nicht länger und stolperte zum Stuhl zurück, denn durch die verhängten Vorhänge des Himmelbetts konnte sie nicht auf die andere Seite sehen. Sie blickte zum Schrank, wo er das Fläschchen entnommen hatte, an seinem Schreibtisch und dem Bücherregal vorbei, bis sie ein eigenartig rundliches Gebilde erkannte, welches mit einem weiteren weinroten Vorhang zugehängt war.

„Komm und lass ein wenig Licht rein!"

Tatsächlich! Die Frau oder das Mädchen, sie hörte sich zumindest nach zweitem an, musste dahinter sein. Da sie glaubte, dass die Aufforderung nicht ernst gemeint war, blieb sie stehen. „Warum bist du hinter einem Vorhang?"

„Ich bin in einem Käfig. Also lass bitte ein wenig Licht rein."

Raena wurde bleich. *Zum Suneki,* wer war Jan? Sammelte Frauen in

Käfigen, Meerjungfrauen in Glaskästen und machte ... was genau mit ihnen? Sie erinnerte sich an die Aussage des Mannes, der behauptet hatte, Bloopi könne sie sich nicht leisten.

Ihr Magen rumorte.

Tief durchatmend wartete sie ab, ob sie sich übergeben würde, und schluckte erleichtert, als der Brechreiz vorüber war und nichts geschah. Raena wollte der Aufforderung gerade nahekommen, als die Tür geöffnet wurde und Jan hereinkam. Flüchtig erblickte sie sein mürrisches Gesicht, ehe er ihr auch schon seinen Rücken zuwandte und zwei Männer hereinließ.

„Ich sagte, du sollst dich nicht vom Fleck rühren", knurrte er und schnappte nach ihrem Arm, doch anstatt sie zurück auf den Stuhl zu zwingen, zerrte er sie beiseite und hielt sie fest.

Als die jungen Männer ihren Mageninhalt wegzuwischen begannen, schluckte sie schuldbewusst. Ohne ein abfälliges Wort zu äußern oder eine angeekelte Miene zur Schau zu stellen, wrangen sie mit bloßen Händen die Lappen in den Eimer aus. Binnen Sekunden waren sie fertig, hatten sogar den Stuhl von oben bis unten abgewischt und blickten anschließend abwartend ihren Kapitän an. Jan nickte ihnen kaum merklich zu. „Bringt mir warmes Wasser und die kleine Holzwanne aus dem Lager. Dann könnt ihr wieder zu euren Aufgaben zurückkehren."

Scheppernd fiel die Tür hinter ihnen zu.

Jan ließ sie los. Raena rieb sich die pochende Stelle und blickte seinen Rücken an, während er zum Himmelbett ging und die samtenen Vorhänge zurückschob. Den braunen Mantel riss er sich von den Schultern und warf ihn auf die ungeordneten und zerwühlten Bettlaken. Man merkte ihm an, dass er schlechte Laune hatte.

„Bist du krank?", fragte er, ging zur Glasfront und blickte mit verschränkten Armen zum Meer hinaus. Seine schmale Silhouette warf einen langen Schatten auf den Boden, die Sonne war ein Stück höher gewandert und ihre warmen Strahlen blendeten sie, als sie seinen Rücken anblickte.

„Ich weiß nicht", entgegnete sie unsicher. Seine Nähe machte sie nervös, er war jemand, den sie absolut nicht einschätzen konnte.

„Ich war beim Schiffsarzt", setzte er an, „er hat mir berichtet, dass dieses Mittel, welches ich dir eingeflößt habe, eigentlich bei jeder Person wirken sollte. Hast du Angst?"

Ob ich Angst habe?! Sie starrte ihn an, musterte seinen Hinterkopf, das aschblonde Haar, welches von den Sonnenstrahlen sanft durchleuchtet wurde. Natürlich hatte sie Angst. Das Herz schlug ihr bis zum Hals. Sie wusste nicht, wo die anderen waren, warum sie hier war und weshalb er sie entführt, warum er sie in einen Käfig gesteckt hatte. Sie wusste nicht, was sie sagen sollte, ihr kam die Frage äußerst dumm vor.

„Natürlich hast du Angst", gab er sich selbst eine Antwort, „du wirst nicht sterben, falls du das befürchtest. Ganz im Gegenteil. Mir ist sogar aufgetragen worden, dich nicht sterben zu lassen. Mir wurde gar berichtet, du würdest eine beachtliche Summe für meine Kasse einbringen. Aber, wenn ich dich genauer ansehe," er warf ihr einen kurzen Seitenblick mit hochgezogenen Augenbrauen zu, „kann ich nichts Besonderes an dir feststellen. Deine Augen sind zwar schwarz, aber das haben schwarze Reiter so an sich, ist nichts Ungewöhnliches. Sag, einen Drachen besitzt du nicht, oder?"

„Ich habe kein Reittier, aber was hat das mit meinen Augen zu tun." Sie verschränkte die Arme vor ihrer Brust und war sich bei seinem Anblick ihrer eigenen, aschblonden Haare bewusst, die sich aus dem Zopf gelöst hatten und ihr wild auf die Brust fielen.

„Du fragst dich bestimmt, warum du hier bist."

Raena holte tief Luft. „Ja, ich w-würde ..."

Er hob eine behandschuhte Hand und brachte sie zum Schweigen. „Das ist ohne Belang. Jemand hat mir persönliche Dokumente von dir mitgegeben, eine kleine Schachtel, die ich deinem neuen Besitzer geben soll. Er soll sie erst öffnen, nachdem er dich gekauft hat. Darin soll angeblich stehen, warum du so besonders bist." Sein ironischer Lacher ging ihr durch Mark und Bein. „Weißt du, was ich denke? Dass du und dieses Kästchen hier", von wo auch immer er es hervorgeholt hatte, er hielt auf einmal eine kleine, violette Schachtel mit einem roten Stein in der linken Hand, „reiner Betrug seid und dein Besitzer später einen kleinen Zettel hervorholen wird, wo draufsteht, dass du noch Jungfrau bist. Denn so läuft das Geschäft in meinen Kreisen. Jungfrauen gehen weg wie warme Brötchen."

Raenas Gedanken rasten. „Wie bitte? Neuer Besitzer?"

„Du wirst verschenkt oder verkauft, je nachdem, wie es mir passt. Wer würde dich schon wollen."

Raena konnte ihn nur anstarren.

„Jedenfalls, man hat mich sehr gut bezahlt, damit könnte ich mir ein neues Schiff leisten", klärte er sie gelangweilt auf, drehte sich von der aufgehenden Sonne weg und kam auf sie zu, „ich bringe dich zu einem Hafen, wo es einen guten Markt für solche Mädchen wie dich gibt."

Ungläubig starrte sie in sein Gesicht hoch. Seine graublauen Augen, hart wie Stein, betrachteten sie von oben bis unten als wäre sie ein Tier, ein Ausstellungsobjekt, nur ein Gegenstand, den man für ein paar Goldstücke am Markt verkaufen konnte. „Neuer Besitzer?", wiederholte sie fassungslos,

„ich bin kein ... kein ..."

„Kein was, Gegenstand? Doch, Mädchen. Du bist nun mein Besitz", er war nur mehr zwei Armlängen von ihr entfernt.

Ich bin kein Gegenstand! Hätte sie am liebsten geschrien, verschluckte sich aber. Als er nach ihrem Arm greifen wollte, wich sie angewidert vor ihm zurück. *Fass mich nicht an*, wollte sie zischen, keuchte stattdessen nur und stolperte hinter den Stuhl, um ein wenig Abstand zu gewinnen.

Ein schiefes Lächeln huschte über seine Lippen, erreichte aber seine Augen nicht. Trocken kommentierte er: „Hör auf damit. Wenn du so weitermachst, muss ich dich wieder einsperren."

Erschüttert sah sie zu, wie er den Stuhl umrundete und den Arm nach ihr ausstreckte.

„Ich gehöre niemandem! Das muss ein Missverständnis sein! Ich war auf dem Weg nach Narthinn, zu den weißen Reitern, sie haben mir gesagt, dass ich ihre ..."

„Ihre was? Königin seid?", fiel er ihr schneidend ins Wort.

Raena verstummte verdattert. Ihr Herz setzte einen Schlag lang aus.

In seinen Augen blitzte es erheitert. „Du siehst eher aus wie eine arme Schweinehirtin." Er grinste, ließ sie aber vorerst in Ruhe.

Nach mehreren wackeligen Schritten rückwärts griff sie nach dem rettenden Bettpfosten und hielt sich daran fest. Sie zitterte wie Espenlaub.

„Oder", Jan kniff beide Augen zu kleinen Schlitzen zusammen und überlegte laut, „wie eine Streunerin."

Raena hatte keine Worte mehr. Was hätte sie ihm auch sagen sollen, er würde ihr nicht glauben, sie glaubte es ja selbst nicht wirklich. Trotz allem reckte sie ihm ihr Kinn entgegen, hatte nicht vor, sich aufs Neue von ihm erniedrigen zu lassen: „Keine Schweinehirtin. Sondern eine Bauerntochter."

„Eine Bauerntochter", wiederholte er langgedehnt. Wieder grinste er, seine Belustigung zeichnete sich klar in seinem breiten Gesicht ab.

„Hast du ein wenig Bildung genossen oder haben dich deine Eltern zur Akademie geschickt?", verwerfend warf er eine Hand über die Schulter, „oder wie auch immer das bei euch heißen soll."

Raena versteifte sich. Akademie? Nein, man hatte sie nicht zur Schule geschickt. Lesen und Schreiben hatte ihnen ihre Mutter beigebracht. Vor allem die Bücher in der häuslichen Bibliothek waren sehr hilfreich gewesen.

„Ja", log sie, aus Angst, dass er über sie herziehen würde.

Für einen Moment schwieg er. Dann griff er sich nachdenklich ans Kinn, kratzte sich und murmelte undeutlich: „Kaum zu glauben. Eine Bauerntochter, die zur Akademie geschickt wurde. Dann wirst du wohl auch wissen, wofür man das braucht?" Er ging zum Schreibtisch und nahm etwas zur Hand, das wie ein Zirkel aussah, nur mit mehr Armen und einer Linse.

„Was macht man damit?"

„Kreise ziehen", erwiderte sie prompt und errötete tief, als er auflachte.

„Kreise ziehen", wiederholte er mit hochgezogenen Brauen.

Raena kniff die Augen zusammen. „Was soll das werden?", antwortete sie stattdessen, „eine Prüfung?" Innerlich verfluchte sie sich für den nervösen Unterton in ihrer Stimme und musste sich zwingen, den Blickkontakt nicht zu unterbrechen. Ihr war, als könnten seine graublauen Augen bis zum tiefsten Abgrund ihrer Seele hinabblicken.

„Nein", erwiderte er unschuldig, „pure Neugier." Ein schmales Lächeln breitete sich auf seinem Gesicht aus. Doch der belustigte Ausdruck in seinen Augen blieb.

Raena vertraute ihm nicht. Zwischen ihnen war eine schmale Brücke, seine Seite war dicker, ihre dünner und sie hatte Angst davor zu fallen und sich alle Knochen im Leib zu brechen. *Das Thema.* Sie musste unbedingt das Thema wechseln. „Warum haben mir die Reittiere nicht geantwortet, als ich in den Stall gerufen habe?"

Ehe er etwas sagen konnte, unterbrach ungeduldiges Klopfen ihre Unterhaltung.

Raenas Blick flog zur Tür.

„Herein", bellte Jan, jegliche Belustigung war aus seinem Gesicht verschwunden, auch seine Haltung hatte sich verändert. Er wirkte größer, wie ein richtiger Kapitän, eine Person, die man zu respektieren hatte.

Die zwei jungen Männer von vorhin platzten herein. Geschickt öffneten sie beide Flügeltüren, lehnten sie vorsichtig gegen die schönen, kunstvoll gestalteten Wände des Gangs und trugen eine kleine Wanne aus Holz herein. Geräuschlos stellten sie sie einen halben Meter neben dem Tisch auf und vier weitere Männer leerten Eimer voll Wasser hinein. Dampf stieg empor. Spritzer flogen in Raenas Richtung und benetzten das Holz unter ihren Füßen.

Er wird doch wohl nicht wollen, dass ich jetzt bade? Es gelang ihr nur mit Mühe, den Mund zu schließen. „Das mach ich nicht", zischte sie mehr zu sich selbst und krallte ihre Finger fester in den Pfosten. Da würde sie sich lieber freiwillig wieder im Käfig einsperren lassen! Sollte er ihr Wasser und Nahrung verweigern, würde es ihr egal sein. *Soll er mich doch bestrafen!*

Mit einem beiläufigen Handwink schickte Jan seine Männer wieder fort und wartete, bis sie die Flügeltüren geschlossen hatten.

„Zieh dich aus und wasch dich. Deine Kleidung braucht dringend einen

Wechsel", warf er ein, als sprächen sie übers Wetter. Sein breites Gesicht blieb ausdruckslos und ließ genügend Raum für Interpretationen übrig.

Raenas Kopf begann sich zu drehen. „Hier und jetzt?", krächzte sie, „v-vor dir?" Ihr Atem stockte und ihr wurde erneut speiübel.

„Wieso auch nicht. Du bist eine Frau und ich bin ein Mann. Ich mache selten Scherze."

„Aber wieso?"

„Weil ich es sage", erwiderte er schlicht, als wäre er es gewohnt nackten Frauen beim Baden zuzusehen, ihnen Befehle und Kommandos zu erteilen. So wie er aussah, agierte und sprach, war er bestimmt keine Widerworte gewöhnt.

Wie würde er sie bestrafen lassen, wenn sie sich weigerte? Sie hatte Angst vor den Konsequenzen, hatte sie immer, deshalb hatte sie immer das getan, was von ihr verlangt wurde. Ihr Vater hatte sie gut erzogen. Aber Jan war nicht ihr Vater und vor einem Fremden zu baden war mehr, als sie ertragen konnte. *Nicht noch einmal.*

Seine Augen wurden schmal: „Weil du dreckig bist, Mädel, deshalb. Also sei so gut und tu, was ich dir sage."

Frauen gehören hinter den Herd, dort wo sie ihrem Mann gutes Essen zubereiten und ihn verwöhnen können. Frauen müssen ihrem Mann gehorchen, egal was er von ihnen verlangt. Frauen sollen ihren Männern so viele Kinder wie möglich schenken. Dafür wurden sie gemacht. Wer soll denn sonst auf meine Söhne aufpassen, wenn ich nicht mehr da bin? Die paar Feldarbeiten bringen sie nicht um, danach kann sie kochen und putzen, so wie es sich gehört.

Der Gedanke an ihren Vater machte sie verletzlich.

Vor ihrem inneren Auge erschien Esined, ihr anhimmelnder Blick, als sie den Kapitän über den Tisch hinweg angelächelt und ihm ihre Brüste entgegengereckt hatte. Wie hätte sie in solch einem Moment reagiert?

Bei den Göttern, wie kam sie auf so einen absurden Gedanken? Esined wäre nicht einmal in ihre Situation geraten.

Die alte Raena hätte wohl gehorcht. Sie hätte geschluckt und getan, worum er sie bat. Eheleute taten solche Dinge. Aber Jan war nicht ihr Gemahl, er war ein gefährlicher und böser Mann.

Ich werde es ihm nicht einfach machen, beschloss sie. Sie hatte bereits jemanden umgebracht, war zwar nicht stolz darauf, aber sie konnte ihm gefährlich werden, irgendwann, so hoffte sie.

Angriffslustig stemmte sie eine Hand in die Hüfte. Allein durch ihren körperlichen Widerstand wurde die Brücke zwischen ihnen dünner. Es gelang ihr sogar, das Zittern in ihren Gliedern zu unterdrücken. *Zeige keine*

Angst. Er musste gehen, falls sie sich waschen sollte. *Bei Ara, was tue ich hier eigentlich. So bin ich nicht erzogen worden.*

Er erwiderte ihren Blick, ohne zu blinzeln, seine Haltung strotzte vor unangefochtener Autorität. „Was wird das?"

Ihr Augenlid zuckte. Ihre Zunge fühlte sich schwer wie Blei an, ließ sich kaum vom Gaumen lösen. Dann schmeckte sie saure Galle in ihrem Mund und wusste, dass sie kurz davor war nachzugeben.

Doch etwas Unerwartetes geschah und nahm ihr die Entscheidung ab. Ein gewaltiger Ruck ließ den Boden unter ihren Füßen erbeben.

Raena packte nach dem Pfosten, drückte ihr Gesicht dagegen und biss sich ungewollt auf die Unterlippe. Bücher fielen zu Boden und blieben offen liegen, lose, beschriftete Blätter segelten durch die Luft, Wasser schwappte über und aus der Ecke ertönte ein hoher, erschrockener Schrei des Mädchens, welches Raena wegen ihrer Aufregung und ihrer Angst vor Jan verdrängt hatte. Zu ihrer Verwunderung blieb ansonsten alles auf seinem Platz. Sogar das Holz, welches er neben dem Kamin gestapelt hatte, verharrte auf der gleichen Stelle, was am Eisengitter liegen mochte, in dem es lag.

Jan stieß ein tiefes Knurren aus, wie von einem wütenden Tier und polterte durch den Raum. Er hatte sich nirgends abgestützt, nur kurz die Arme ausgestreckt und sein Gleichgewicht damit ausgeglichen. Dabei war er in eine Wasserlache gestiegen. Er fluchte derb und Raena zuckte zusammen.

Jan blickte sie eisig an, seine Augen hatten kein Gefühl für sie übrig, als wäre der, den sie in der Gaststube kennengelernt hatte, ein gänzlich anderer. „Du wäschst dich. Wenn du nicht gewaschen bist, bis ich zurück bin, werde ich dich eigenhändig unter Wasser tauchen, hast du mich verstanden?"

Sie glaubte ihm aufs Wort. Er strahlte eine solch unheilvolle Aura aus, dass sie am liebsten durch den Boden gefallen wäre. Hätte er ihr in dem Moment befohlen, sich die Kleider vom Leib zu reißen, sie hätte es getan. Und so zwang sich Raena zu einem schwachen Nicken, hielt sich aber noch immer krampfhaft am Bettpfosten fest. Sie fürchtete, dass ihre Knie unter ihr nachgaben, wenn sie ihn losließ.

„Gut, dass wir uns verstehen." Das träge Verziehen seiner Lippen konnte wohl kaum als Lächeln gedeutet werden und nachdem er aus der Kajüte verschwunden war, ließ sie sich entlang des Pfostens zu Boden gleiten. Sie fühlte sich verloren und einsam. *Sie sind nicht hier,* dachte sie, war kurz davor zu weinen, *er hätte es erwähnt.*

„Machst du nun die Vorhänge auf oder nicht?", nörgelte das Mädchen,

„ich kann nichts sehen!"

Raena blickte zum weinroten Vorhang in der Ecke. Für einen kurzen Moment wollte sie so tun, als gäbe es sie nicht, einfach schweigen und ignorieren, sich taub stellen. Sie fragte sich, wer da wohl dahinter saß und welche Rolle das Mädchen in Jans Leben wohl spielte. War sie seine Sklavin, seine Geliebte vielleicht? In Wahrheit wollte sie es nicht wissen. Sie wollte einfach nur weg. Dennoch fragte sie: „Wer bist du?"

„Yinila ist mein Name", stellte sich das Mädchen ungeduldig vor, „nun mach schon!"

Raena starrte die Wanne an, als handele es sich um ein Schafott und meinte: „Du hast ihn gehört. Ich soll ihm gehorchen, sonst ertränkt er mich."

Seitens Yinila war zuerst nur ein genervter Seufzer zu hören, dann eine Pause und schließlich ein tiefer Atemzug: „Na gut, aber beeil dich!"

Raena erlaubte sich, für einen Moment die Augen zu schließen. Still blieb sie sitzen, streckte die Beine aus. Auch wenn sie am liebsten geschrien und sich die Seele aus dem Leib geheult hätte, sie zwang ihren Atem zur Ruhe, redete ihrem Magen ein, dass alles gut sei, solange sie tat, was von ihr verlangt wurde. Noch ehe sie auf den Beinen stand, begann sich alles um sie herum zu drehen. Sobald sie sich aufgerichtet hatte, wurde alles nur noch schlimmer und zu allem Überfluss quengelte Yinila: „Bist du schon fertig? Ich *will* nicht mehr warten."

Raena hatte keine Nerven für das Mädchen übrig. Sie ignorierte ihr Gerede, kämpfte um ihr Gleichgewicht und wankte durch den Raum. Sie stieg über einen Papierbogen hinweg und betrachtete den blau zerlaufenen Text, der für immer unlesbar bleiben würde. Als sie vor der Wanne stand und die dampfende Flüssigkeit anblickte wie Gift in einem Kessel, murmelte sie: „Ich stehe davor", mehr zu sich selbst, als zu dem Mädchen hinter dem Vorhang.

„Mach schneller! Der Kapitän könnte jeden Moment zurück sein!", drängte Yinila, die absolut keine Rücksicht nahm und nur an sich selbst dachte.

Raena sagte nichts. Sie kämpfte mit dem steifen Leder unter ihren Fingern, versuchte die Verschlüsse zu lösen. Als es nicht ging, selbst die Naht nicht nachgab, wurde sie frustriert und Tränen liefen über ihre Wangen. Sie holte tief Luft und strich ihr Haar zurück, denn es wickelte sich ständig um ihre Finger und war ihr im Weg.

Resigniert entledigte sie sich zuerst ihrer Schuhe, streifte die Lederhose mitsamt Unterwäsche ab und verzog das Gesicht, als sie in eine feuchte Stelle griff. Ihr eigener, unangenehmer Geruch, eine Mischung aus Schweiß,

Moschus, ungewaschener Haut und Erbrochenem, ließ sie die Nase rümpfen.

„Ich riech's bis hierher", stellte das Mädchen in der Ecke belustigt fest, „du riechst wie Eier, die man eine Woche roh in der Sonne liegen gelassen hat." Ihr Kichern trieb ihr die Schamesröte ins Gesicht und tat weh, obwohl es stimmte.

Als sie endlich splitterfasernackt vor der Wanne stand und die Sonne auf ihren Rücken schien, hatte sie das Gefühl, etwas Beschämendes zu tun.

Was machst du hier eigentlich? Solltest du nicht versuchen zu fliehen?

Raena floh nicht. Sie zog sich auch nicht wieder an, sondern stützte sich am Beckenrand ab. Ihre Haarspitzen kitzelten sie am Rücken und streiften ihren Ellbogen.

Sie kletterte in die Wanne und als sie in eine Hocke sank, ihre Schenkel warm empfangen wurden, empfand sie keine Freude daran. Mechanisch griff sie zur Seife, die man ihr am Rand hingelegt hatte und seifte sich ein. Füße, Arme, Hals und Gesicht, sogar ihr Haar. Sie kratzte den Schweißfilm ab und bald darauf war das Wasser trüb und kleine Schmutzteilchen trieben den Rand entlang.

Die Sonne hinter ihr stieg und das Wasser wurde kalt. Raena begann zu zittern, doch diesmal vor Kälte und nicht vor Angst. Ihr ging es besser, das Bad hatte sie abgelenkt. Während sie sich nach etwas umsah, das sie zum Trocknen benutzen konnte, klang Yinila wie jemand, der kurz davor war in Tränen auszubrechen: „Bitte mach doch endlich meinen Vorhang auf. Du weißt gar nicht, wie sich das anfühlt!"

Raena seufzte leise. Ihr Blick fiel auf ihre schmutzige Kleidung, die sie achtlos auf einen Haufen geworfen hatte. Mit einem leichten Anflug von Nervosität blickte sie aufs Bett, dort, wo Jans Mantel lag. Sie wusste nicht warum, aber sie dachte doch tatsächlich daran, ihn zu nehmen und sich damit zu bedecken. War sie noch ganz bei Trost? Er würde sie dafür umbringen.

„Bitte mach schon! Warum brauchst du so lange?"

„Ich komme ja schon!" Raena kletterte aus der Wanne und stieg unelegant über ihre Kleidung hinweg. Ihr Fuß verhedderte sich im Hemd. Hastig schüttelte sie den Stoff ab und eilte über die kalten Bretter. Sie fühlte sich tatsächlich besser. Ihr Kopf schmerzte nicht mehr und sie war durstig. Einen Atemzug später blieb sie allerdings stehen. Der Mantel zog ihren Blick an. Sie vergaß, dass sie nackt war, vergaß selbst die Kälte, die durch ihre Glieder kroch und ihr Gänsehaut bescherte.

Er war in einem einwandfreien Zustand, hatte keine Löcher, wirkte nicht abgenutzt, warf ein paar Falten und erinnerte sie an das Geschäft des Händlers in Anah, dessen Namen sie leider vergessen hatte. Die Harpyie hatte ihn doch angegriffen. Sollten da nicht zumindest ein paar Kratzer zu sehen sein? Lebte der Vogel überhaupt noch?

Raena versuchte sich zu erinnern, doch sie konnte die paar Bilder, die ihr von jener Nacht geblieben waren, nicht zu einem Ganzen zusammenfügen. Das Ereignis war nebelig, als hätte sie einen Traum gehabt, von dem nur Erinnerungsfetzen übriggeblieben waren. Sie ließ die Schultern hängen, dachte an Lanthan und dort, wo ihr Herz saß, herrschte eisige Leere. Trotz der warmen Sonnenstrahlen war ihr noch immer kalt. Kleine Tropfen perlten von ihren Haaren ab. Sie wollte am Bett vorbei zum Vorhang gehen und sah eine Gestalt im Augenwinkel.

Jan.

Mit einem Aufschrei sprang sie mehrere Schritte zurück und verschwand hinter dem Bettpfosten, wo sie hastig nach den Vorhängen des Himmelbetts griff, um sich damit zu bedecken.

Jan sagte nichts. Seelenruhig griff er nach dem Papierbogen, den er ausschüttelte und schließlich am Arbeitstisch ablegte. Dann hob er ein Buch auf. Sein Gesicht glänzte vor Schweiß und sein weißes Hemd war mit Flecken übersät. Sie schien ihm gleichgültig zu sein. Wie kam es, dass sie ihn nicht kommen gehört hatte? Raenas Herz pochte aufgeregt. Das Blut stieg in ihren Kopf und sie spürte, wie ihre Wangen erglühten.

„Öffne Yinilas Vorhänge." Jan stellte das Buch ins Regal.

Raena war sich nicht sicher, ob sie richtig verstanden hatte. Sie schielte zu seinem Mantel, dann wieder zu ihm, beobachtete ihn nervös, verharrte hinter dem Stoff, welcher sich samtig und weich anfühlte.

„Wird's bald?", der scharfe Unterton in seiner Stimme ließ sie zusammenfahren. Ansonsten beachtete er sie nicht, widmete sich ganz seinen Aufräumarbeiten und schob das mittlerweile längst erkaltete Essen beiseite, um Platz zu schaffen.

„Ich ...", flüsterte sie und umarmte sich. Sie fühlte sich unwohl, wagte es nicht nach dem Mantel zu greifen und zauderte mit sich. Er konnte doch nicht von ihr verlangen ... sie schluckte.

Jan, der ihr seinen Rücken zugewandt hatte, drehte sich mit halbem Körper zu ihr um. Sie riss die Augen auf, musterte ihn und ihr wurde klar, dass die Flecken auf seinem Hemd Blut waren.

Entsetzen ergriff sie.

„Das ist nicht mein Blut", klärte er sie mit wissendem Blick auf. Dann stützte er sich auf der Tischplatte ab und hob beide Brauen in die Höhe.

„Dir ist nicht klar, in welcher Position du dich befindest. Du gehörst jetzt zu meinem Besitz. Wenn ich dir sage, dass du die Vorhänge öffnen sollst, dann hast du mir zu gehorchen." Seine graublauen Augen bohrten sich in die ihren.

„Ich ...", flüsterte sie leise und zuckte zusammen, als er die Schultern hängen ließ, den Tisch umrundete und auf sie zuging. Mit zusammengekniffenen Augen wartete sie auf einen Schlag, verkrampfte sich, erwartete Schmerz, doch es passierte nichts. Stattdessen hörte sie Blätter rascheln und seine leisen Schritte, die sich langsam wieder entfernten.

„Ich muss dich leider enttäuschen. Ich habe gerade keinen Gewaltbedarf. Aber lass mich dich warnen. Bald kommen meine Männer herein und wenn du nicht folgsam bist, werde ich ihnen sagen, dass sie sich um dich kümmern sollen. Bloopi findet dich bestimmt reizend."

Raena erstarrte zu einer Salzsäule. Wie konnte er? War das sein verdammter Ernst? Sie war nicht seine Gefangene! Und auch nicht sein *verdammtes* Eigentum! Ihr Kiefer krachte, als sie die Zähne fest zusammenbiss.

Nur mit großer Mühe verkniff sie sich eine bissige Bemerkung. Aufs Neue war der Augenblick gekommen, wo sie ihre dunklen Kräfte vermisste, ihre zweite Hälfte, die den Kapitän in der Luft zerrissen und in winzige Stücke zerteilt hätte.

Mit geballten Fäusten stand sie da, glotzte ihn an und verfluchte das Schiff, die Mannschaft und ihn, der ihr so freundlich und charmant vorgekommen, als sie ihm zum ersten Mal begegnet war.

Mit hochrotem Kopf, sich ihrer Nacktheit und Verletzlichkeit bewusst, trat sie hinter dem Vorhang hervor. In dieser unmenschlich langen Sekunde hätte sein Schiff in die Luft fliegen oder die Welt untergehen können, Raena hätte keines von beidem wahrgenommen. Sie hatte nur Augen für Jan, der offensichtlich kein Interesse an ihrer Nacktheit zeigte und ihr mit einem Seitenblick nur einen zufriedenen Kommentar zuwarf: „Ich wusste, dass du vernünftig bist."

Ihre Unterlippe bebte und sie musste krampfhaft ihre Tränen zurückhalten. „Bist d-du nun zufrieden? Soll ich vielleicht auch noch tanzen?"

Jan schob quälend langsam einen Papierstoß ineinander, bevor er sich zu ihr umwandte. Sein Blick traf sie wie ein Blitz. Ein eiskalter Hauch strich über ihre Schultern hinweg. Sie hatte das Gefühl einer Dunkelheit, die sich zu einer Wolke hinter ihm aufbaute. Sie fröstelte und wich ängstlich einen Schritt zurück, ihre Blöße mit den Händen bedeckend.

Dann kam er auf sie zu, seine Schritte lang, seine Bewegungen hastig, erklangen wie Donnerschläge in ihren Ohren.

Ab da war ihr klar, dass sie den Mund hätte halten sollen.

Sie sah es in seinem Gesicht, sah die Mordlust in seinen Augen. Seine Narbe weitete sich grotesk, sein verzerrtes Antlitz sah grässlich aus, wie die Maske eines Barbaren. Das blutverschmierte Hemd ließ ihn wie einen Mörder aussehen, er sah aus wie jemand, der kurz davor war, sich zu vergessen.

Raena wusste nicht wohin. Sie begann ihre Worte zu bereuen, doch sie ahnte, dass es für Entschuldigungen bereits zu spät war.

Ihr Körper reagierte instinktiv.

Gekonnt wich sie seiner Hand aus, die grob nach ihren Haaren griff. Mit einem Sprung befand sie sich am Bett, riss die weinroten Vorhänge fast von der Stange und rutschte auf der anderen Seite wieder hinunter. Doch er war schneller. Breitbeinig und mit ausgebreiteten Armen wartete er bereits auf sie und sprang zur Seite, als sie einen Ausfallschritt tat.

Den Mund verzerrt, die Nasenlöcher gebläht, erinnerte er sie an einen rasenden Stier. Er würde sie zur Strecke bringen. Er würde sie töten. Seine Augen glühten, waren tiefschwarz und gleichzeitig lodernd wie Feuer.

Sie bekam Todesangst.

Raena kreischte und sprang zurück in der Hoffnung, dass er langsamer sein würde. Panik schnürte ihr die Kehle zu. Sie fürchtete um ihr Leben, spürte bereits seine Hände an ihrem Hals. Sie war sich sicher, dass er sie gnadenlos erdrosseln würde. Dort, wo sie war, war auch er. Jan war ihr immer einen Schritt voraus, wusste, wohin sie laufen würde, als könnte er ihre Gedanken lesen. Im nächsten Moment riss er sie an seine Brust und schleuderte sie einer Puppe gleich quer durch den Raum.

Raena knallte gegen den Schrank.

Kurz wurde ihr schwarz vor Augen. Sie stöhnte, hatte sich das Bein und den Ellbogen gestoßen. Schwindel erfasste sie. Sie konnte nicht mehr stehen, kniete, kroch über den Boden. In ihren Ohren begann es zu rauschen. Sie wusste weder wo ihre Beine, noch wo ihre Arme waren.

Wenige Sekunden später stand er über ihr, fasste nach ihrem Haar und zerrte sie daran in die Höhe.

Raena schrie auf vor Schmerz, als er sie aufzustehen zwang.

„Was glaubst du, wer du bist?!", brüllte er.

Erschüttert suchte sie seinen Blick, doch sie sah ihn doppelt.

„Du bist mein Besitz!" Spucke landete auf ihrem Gesicht.

Danach presste er sie mit seinem Körpergewicht gegen den Schrank hinter ihr, ließ sie seinen Zorn spüren, indem er ihr Haar um sein Handgelenk wickelte und anzog.

Raena öffnete den Mund zum Protest, doch ihr entwich kein Laut.

„Deine zukünftigen Besitzer werden dich an den Pranger stellen und dich lehren eine gute Sklavin zu sein."

Sie sah seine langen Eckzähne, seine Lippen, seine Augen. Er war überall und sein Atem stank nach Knoblauch. Als der Zug nachließ, schnappte sie nach Luft, keuchte und riss zu ihrer eigenen Verblüffung die Hand hoch.

Dann schlug sie zu.

Raena verpasste ihm eine solch schallende Ohrfeige, dass sie sehen konnte, wie er sich auf die Unterlippe biss. Blut lief ihm über sein Kinn und ihre eigene Fassungslosigkeit spiegelte sich in seiner wider.

Sie hatte doch nicht wirklich ... *doch*, sie hatte.

Kurz geschah nichts, sie hörte seinen und ihren Atem, beide fast im Einklang, als er unvermittelt den Arm hob und zuschlug, einmal-, zweimal-, *dreimal*-, bis sie endlich die Besinnung verlor und in seinen Armen erschlaffte.

42. KAPITEL

Wie lange ist es her, seit ich zuletzt in Ulliath war? Jahrzehnte? Die Hitze bringt mich noch um.

Du gewöhnst dich dran, meinte Balion amüsiert.

Bis vor einer halben Stunde war die Gruppe an der Küste unterwegs gewesen, bevor Mando sie über einen kleinen und unscheinbaren Pfad in einen Buchenhain geführt hatte. Sie waren nicht weit von Ulliath, der zweiten Hafenstadt entfernt, wo Mando Jan anzutreffen hoffte. Da Torren ihm freundlicherweise nur zwei Tage gegeben und ihm mit dem Tode gedroht hatte, waren sie sehr schnell unterwegs gewesen. Er war in der Tat verwundert, wie zäh der Berater des Königs war, wenn es um sein Leben ging. Als ob er seine Drohung tatsächlich wahr machen würde. Auch wenn es ihm nicht gefiel, er brauchte ihn noch.

Wenigstens nimmt er mich ernst. Der Gedanke stimmte ihn milde.

Sie hätten fliegen sollen, doch Mando war dagegen gewesen. Aus welchen Gründen auch immer, jagten sie zu Pferd über die Landschaft, Reisestaub und eisigen Wind im Schlepptau. Dank des Bauernfräuleins im Gemüsedorf waren sie ohnehin nicht mehr geheim unterwegs, auch wenn ihn seither niemand mehr mit königlicher Hoheit angesprochen hatte. Aleron war noch immer verschwunden und ihm war klar, dass er den König, gleich nachdem es ihm aufgefallen war, informieren hätte sollen.

Doch trotz aller Befürchtungen würde er es nicht tun.

Vater würde merken, wenn es Krieg gäbe. Die Weißen würden nicht bis nach Velenímar gelangen, vorher müssten sie erst am schwarzen Heer vorbei und Torren hatte sich Mühe mit dessen Aufbau gegeben. Denn ihm oblag nicht nur die Akademie, sondern auch das Heer, das er verwaltete. Und falls nicht, nun, vielleicht würde Vater endlich aus seiner verdammten Höhle kriechen und sich selbst am Geschehen beteiligen.

Ich habe kein gutes Gefühl bei der Sache. Sonst, wenn du erlaubst, kann ich zurückfliegen und ihn ...

Lass es. Torren spürte, wie Hurriles in eine schnellere Gangart verfiel. „Ruhig", murmelte er und hielt ihn zurück. *Aleron wird schon keine Dummheit begehen. Immerhin geht es um seine Reiterin.*

Er hörte Balions Knurren, spürte die Flamme in seiner Brust auflodern und wusste, dass sein Drache dagegen war.

Wo seid ihr eigentlich?, lenkte er vom Thema ab.

Hinter euch. Wir landen bald.

Torren lächelte schmal und fuhr sich mit der Hand über die Stirn, um sich feuchte Strähnen aus den Augen zu wischen.

Mando verfiel in schnellen Trab und anschließend in Galopp. Der Weg wurde breit und trocken, sodass die Pferde einen festen Tritt hatten. Torren passte sich dem Tempo an und war froh, dass die Baumkronen einen großen Schatten auf ihn warfen, denn sein Gesicht war schweißüberströmt und seine Kleidung klebte an ihm.

Wie sollen wir euch begleiten? Ich bin größer als jedes Schiffchen im Hafen.

Das weißt du doch.

Balions verärgertes Grollen vibrierte in seinem Brustkorb. *Du weißt, dass ich dir überall hin folgen werde. Trotzdem ist das eine Zumutung.*

Torren kniff die Augen zusammen, als der Buchenhain jäh sein Ende fand, die Sonnenstrahlen direkt in sein Gesicht stachen und ihn vorübergehend blendeten. Der Geruch nach frisch gemähtem Gras erinnerte ihn an seine früheren Tage, als er vor Jahrhunderten die Pferde versorgt und mehrere Stunden damit verbracht hatte, die Hengste einzureiten. Manchmal hatte er deswegen den Unterricht versäumt und war hart dafür bestraft worden. Es war ein gutes Training für seinen Geist gewesen. Seltsam, dass ihm das genau jetzt in den Sinn kam.

Als er wieder etwas sehen konnte, sah er im ersten Moment nur Acker und Wiesen. Hafer, Gerste und Weizen wogten sich bis zum Horizont im Wind wie ein gelbgrünes Meer. Mehrere Bauernhöfe hatten sich im Umkreis von Ulliath niedergelassen und mit Windschutzgürteln ihren Grund untereinander aufgeteilt.

Kilometerweit nur unerträgliche Hitze, schoss ihm durch den Kopf. Torren mochte Hitze nicht. Er war empfindlich, brauchte zwar Wärme, damit er nicht fror, hielt es aber in warmen Gegenden nie lange aus. Er schwitzte schnell, war reizbarer und brauchte viel Wasser, um bei Kräften zu bleiben.

Dahinter, direkt am Hügel gebaut und senkrecht nach unten zum Meer verlaufend, erstreckte sich Ulliath. Die Stadt erinnerte an eine lange und breite Zunge, deren weißliche Spitze der Hafen war, der weit ins Meer hinausreichte. Ulliath besaß keine Schutzmauer und solange es keinen Angriff gab, würde der Verwalter keinen Finger rühren, um die Stadt vor Bedrohungen zu schützen.

Es gab mal eine Mauer, erinnerte sich Balion an vergangene Zeiten, *die ist aber längst zerfallen. Man sieht am Hügel noch ein paar Umrisse.*

In der Ferne grollte es.

Es kommt ein Unwetter auf.

Über dem Meer türmten sich blauschwarze Wolken zu einer dicken Masse auf und rollten auf die Hafenstadt zu. Er gab sich und der Gruppe eine halbe Stunde, bis der Wind sich heben und der Himmel seine Pforten öffnen würde. *Dann sollten wir uns beeilen.*

Auch Mando fiel der nahende Wetterumschwung auf. Er trieb sein Tier noch schneller an. Hira, die zwischen ihnen unterwegs war, folgte ihm ohne Mühe. Torren war es einerlei. Er war froh über ein bisschen Regen, immerhin brieten sie seit mehreren Stunden in der Hitze.

Bald darauf erreichten sie die Stadtgrenze, über der ein Schild hing, in das irgendjemand Ulliath geschnitzt hatte. Man konnte es leicht übersehen, denn es hing schief und lud nicht gerade zu einem Aufenthalt in der Hafenstadt ein.

Eine von hinten heranpolternde Kutsche drängte Hurriles ab und zwang ihn, in die Wiese auszuweichen. Torren fluchte laut, zügelte seinen Hengst und sah im Augenwinkel goldenes Zaumzeug und drei Reiter, wahrscheinlich Leibwachen, die an ihm vorbeitrabten. Eine junge Dame lehnte sich aus dem Fenster, sah ihn verwundert an und ihre großen, fragend aufgerissenen Augen musterten ihn, ehe ihr das Haar ins Gesicht geweht wurde und eine Hand nach ihrer Schulter packte, um sie zurück ins Wageninnere zu zerren.

Torren verzog das Gesicht und schloss zur Gruppe auf.

Man hatte, wenn man an den ersten Holzhäusern vorbei war, entweder die Möglichkeit den Hügel hinaufzureiten oder den Weg nach unten zu nehmen. Wenn man zum Rathaus und dem Stadtverwalter wollte, so musste man bis zur Spitze des Hügels, wo ein großes, graues Anwesen seinen Aufenthaltsort markierte.

Die Straßen der Hafenstadt waren in diesem Teil sehr sauber, kaum Gossendreck klebte an den Hausrändern oder floss bergab zu stinkenden Lachen zusammen. Viel früher, als es noch keinen unterirdischen Kanal gegeben hatte, hatte Torren absichtlich Städte gemieden, außer es war ihm nichts anderes übriggeblieben, dann waren auch er und sein Pferd in Abwasser und Kloake versunken. Der Geruch nach menschlichen Ausscheidungen war besonders im Landesinneren intensiv gewesen, nämlich dort, wo der Fortschritt erst spät gegriffen hatte. Nach solchen Aufenthalten hatte er sich stundenlang gewaschen.

„Wie lange brauchen wir bis zum Hafen?", erkundigte sich Hira, als Mando sein Tempo verlangsamte und vor einem Wegweiser anhielt.

Torren überließ Hurriles die Führung und blickte sich um.

Die Stadt ist gewachsen.

Meinst du? Ich erinnere mich nicht mehr. Es ist Ewigkeiten her.

Frischer Wind kam auf und trug die Stimmen einer kleinen Mädchengruppe zu ihm rüber. Kichernd und ihm verstohlene Blicke zuwerfend, eilten sie an ihm vorbei. Ihre Bekleidung unterschied sich stark von der, die er sonst gewohnt war und sein Blick folgte ihren dürren Gestalten. Mit entblößten Schultern, mit Blumen und Federn geschmückten Hüten, breiten, keineswegs schlichten Röcken, kamen ihm die Mädchen unzüchtig gekleidet vor. Seine Schwester Darina hingegen würde, obwohl ihre Kleidung der Sitte und Moral entsprach, wie eine graue Maus neben den jungen Damen aussehen.

Dirnen vielleicht?

Ein aufwändig mit Steinchen, Perlen, Blümchen und Mustern besticktes Korsett betonte die Taille und hob die weiblichen Hüften und Brüste hervor. Ahmten sie die Mode der Weißen nach? Torren meinte sich zu erinnern, dass breite Röcke dort beliebt waren.

Das weißt du noch? Balion war erstaunt. Er selbst war es auch.

Natürlich waren ihnen seine Blicke nicht entgangen.

Sie waren stehengeblieben, hatten die Ellbogen ineinander verkeilt, gekichert und getuschelt, als wäre er ein exotischer Vogel. Er schätzte, dass sie kurz davor waren, zurückzugehen und ihn anzusprechen. Sie gefielen ihm, auch wenn er sie schamlos fand. Es war lange her, dass er ein Bett mit einer Frau geteilt hatte. Vielleicht lag es daran.

Den Gedanken an seine neue Schwester verdrängte er. Die Person, die nackt auf dem Bett lag und sich in den Decken wälzte, hatte kein Gesicht.

436

Er bevorzugte niemanden, tat es nur des Triebes wegen.

Ich bin gespannt, ob du deinem Bruder zuvorkommst.

Zweifelst du an mir?, fragte er provokativ.

Nein.

Torrens Gesicht verfinsterte sich und ein harter Zug erschien um seine Lippen. *Ich verabscheue sie und doch werde ich nicht hinter Irillian zurückstehen.*

Das wirst du nicht.

„Das werde ich nicht", murmelte er und hob eine Hand vors Gesicht, als ihm Staub entgegengewirbelt wurde. Hatte er sich verschätzt? Kam das Unwetter früher als erwartet? Ausdruckslos wandte er sich von den Mädchen ab, nur um Hiras stechendem Blick zu begegnen, die dunkelrot errötete.

„Ich komme schon", meinte er nur und trieb Hurriles an, der den Kopf hängen ließ. Man merkte ihm an, dass er die letzten Tage fordernder behandelt worden war. Torren nahm an, dass sie die Tiere ohnehin in Ulliath lassen würden, damit sie wieder zu Kräften kamen.

Hira beobachtete ihn immer noch. Und es war ihm lästig.

Der Wind hob sich. Ladenbesitzer trugen ihre Schilder und Tafeln ins Haus hinein. Hie und da schrie eine Mutter ihren Kindern etwas zu und im Nu war die Straße leergeräumt, als auch schon die erste starke Böe durch die Gassen fegte.

Torren hielt sich eine Hand vor die Augen und blinzelte gegen die Steinchen an, die an seiner Stirn und seiner Brust abprallten.

„Achtung!", rief Hira und Hurriles bockte, als eine weitere Kutsche mit rasender Geschwindigkeit den Weg heraufgeschossen kam. Fluchend drückte er die Beine zusammen und hielt sich im Sattel fest, bis sich der Hengst wieder beruhigt hatte.

Mando wendete seinen Gaul und trabte auf Torren zu. Auch er hielt sich die Hand vors Gesicht. „Wollt Ihr weiterreiten oder das Unwetter abwarten?", schrie er gegen den Wind an.

„Ich habe Euch zwei Tage gegeben, egal ob es regnet", entgegnete er genauso laut, wobei seine Stimme durchs Geschrei etwas an ihrer Bösartigkeit verlor. Mando nickte ernst und blickte den Himmel hoch. Die Wolken waren direkt über ihnen, rollten über die Stadt hinweg wie eine Walze.

Wie sieht's bei Euch aus?

Nichts, nur Wind.

„Gut, ich bringe uns zum Hafen", brüllte Mando und trieb seinen Hengst die Gasse hinunter.

Torren schloss sich ihm an.

Der Sog war brutal und der Druck gewaltig. Die Luft wurde ihm gewaltsam in die Lungen gepresst und bald schon knirschte Sand zwischen seinen Zähnen und er musste sich ducken, um nicht vom Sattel gehoben zu werden.

Was ist das nur für ein Wetterumschwung?, grollte Balion unzufrieden, es regnet immer noch nicht, aber die Wellen werden immer höher.

Das Bellen eines Hundes flog an seinem Ohr vorbei und verlor sich im Getöse.

Breitet auf keinen Fall eure Flügel aus!

Er spürte Balions Sorge. *Draußen am Meer ist ein Schiff. Es hat die Segel eingeholt und sieht aus wie eine Nussschale. Sagte ich nicht mal, das Meer sei gefährlich?*

Torren verzog den Mund zu einem kleinen Lächeln. *Du übertreibst.*

Balion schnaubte und zog seinen Geist zurück.

Wenige Sekunden später beruhigte sich der Wind wieder, doch die Wolken blieben dunkel und hingen tief. Die Sonne war verschwunden und eine trübe Atmosphäre legte sich über Ulliath.

Torren richtete sich im Sattel auf und putzte den Sand von seiner Kleidung ab, bevor er den Kopf zur Seite neigte und sich mit den bloßen Fingern durch sein Haar fuhr.

Hira seufzte langgedehnt und schüttelte ihren langen Zopf solange aus, bis die Staubwolke verebbte. „Solch einen Wind habe ich zum ersten Mal erlebt."

„Als befänden wir uns unmittelbar vor einer Wüste." Torren erntete einen scheuen Blick von ihr, den sie ihm über die Schulter hinweg zuwarf.

„Ihr wart schon einmal in der Wüste?" Sie hielt ihre Stute zurück, um ein wenig nach hinten zu fallen und sich neben ihm einzuordnen.

„Vor sehr langer Zeit", entgegnete er und betrachtete gedankenverloren Mandos Rücken, „war ich in der Nähe vom Streifen."

„Der Streifen ist doch der Ort, wo früher Weiß und Schwarz gegeneinander kämpften. Ich habe davon gelernt, in der Akademie, wisst Ihr."

Natürlich hast du das, doch er sprach es nicht aus.

„Wie ist es dort?"

Torren suchte in seinem Gedächtnis nach uralten Erinnerungen, nach Bildern und Eindrücken, von welchen er nicht einmal mehr wusste, ob er sie nicht mit anderen Orten verwechselte. „Durch das Land fließt ein Fluss und entlang davon blüht eine grüne Landschaft, die mehrere Kilometer breit ist. Danach folgen die Wüste und die Grenze", endete er. Wenn sie etwas über interessante Sehenswürdigkeiten erfahren wollte, so war sie bei ihm falsch.

„Ich habe gehört, dass die Bewohner des Streifens das Land nicht verlassen dürfen. Stimmt das?" Falls ihr seine halbherzige Antwort aufgefallen war, ignorierte sie es.

„Ich denke nicht, aber mit genügend Gold kann jeder ausreisen."

„Mit Verlaub, mein Prinz, aber ich finde es gegenüber den Bewohnern nicht gerecht."

Wieso fragte sie solch sinnloses Zeug? Ihn interessierten die Menschen nicht, die im Streifen wohnten. Was gingen ihn die Bewohner des Streifens an? *Im Leben ist nichts gerecht.* Torrens Blick schweifte die Gasse hinunter, die Häuser entlang und glitt über die Menschen, die langsam wieder aus ihren Häusern hervorkamen. Sie blickten ängstlich zum Himmel hoch und schüttelten ihre Köpfe, als könnten sie kaum glauben, dass es noch immer nicht regnete. „Mir steht es nicht zu darüber zu urteilen, ob es gerecht oder ungerecht ist, da ich nicht König, sondern Prinz bin. Es war nie meine Aufgabe, mich um den Streifen zu kümmern, so wie es auch nicht die Eure ist."

Damit ließ er sie stehen und trabte zu Mando vor. „Die Stadt war mal kürzer", meinte Torren desinteressiert.

Unter der Staubschicht, die seine Nase und seine Wangen bedeckte, war das Gesicht des Beraters bleich. Der Effekt wurde durch seine hellen Augen und Haare nur noch verstärkt.

„Ihr müsst Euch noch ein wenig gedulden, Prinz Torren", entgegnete Mando knapp. Er stand unter Stress.

Kein Wunder, schoss Torren durch den Kopf. Sein Magen knurrte, als der Geruch nach frischen Brötchen an seiner Nase vorbeiwehte. Kurzerhand griff er in seine linke Satteltasche und holte einen kleinen Lederbeutel hervor, aus welchem er getrockneten, in weiße Baumwolle eingewickelten Schimmelkäse zog. Drei Stück hartes Brot hatte er noch. Verdammt, sie sollten unbedingt Vorräte kaufen, bevor sie aufs Meer hinaussegelten. „Vorräte", sagte er zwischen zwei Bissen.

Mando warf ihm einen kurzen Seitenblick zu. „Wir brauchen keine Vorräte", meinte er, „auf dem Schiff sind wir Ehrengäste. Wir werden gut versorgt."

„Aha", meinte Torren, „ich weiß noch, dass man als Passagier selbst für Mahlzeiten sorgen musste."

„Das war vor hunderten Jahren", mischte sich Bahira ein, die unbedingt zum Gespräch beitragen wollte.

„Von mir aus."

Am Markt waren viele Leute damit beschäftigt, die Ordnung wiederherzustellen. Umgeworfene Stände, Geschirr und Gefäße, allerlei Kaufgut lag am Boden verstreut und ein paar Wachleute hielten Diebe davon ab, sich die Waren anzueignen.

Warum auch immer der Wind gekommen war, umso unheimlicher war die spontan eingetretene Windstille nun.

Torren warf einen Blick auf die Wände, die zu beiden Seiten an der Straße angrenzten. Ungefähr ein Meter hoch war der Schmutzstrich, der, je weiter bergab sie ritten, stetig stieg.

„Überschwemmung", erklärte Mando, dem sein Blick nicht entgangen war.

„Ich weiß." Auch dafür gab es Lösungen, allerdings ahnte er, dass sich Ulliaths Verwalter lieber die eigenen Taschen füllte, statt dafür zu sorgen, dass seine Bürger nicht obdachlos wurden. War das nicht immer der Fall? Ulliath gehörte nicht zu seinem Aufgabengebiet, aber er stand weit höher über dem Verwalter. Vielleicht konnte er einen Brief schicken, mit einem direkten Befehl des Königs, auch wenn es nicht ganz der Wahrheit entsprach. Die schwarzen Ingenieure waren sehr begabt und würden auch für dieses Problem eine Lösung kennen.

Am Hafen sah es jedenfalls nicht danach aus, als mache der Schmutz den Leuten ernste Sorgen. Schiffsleute schleppten Säcke mit sich herum, andere wiederum trugen große Truhen zu zweit oder zu dritt und stellten sie auf einen Haufen zusammen, wo neben Ochsen- oder Pferdekarren fleißige Männer vorsichtig aufluden. Wein- oder Bierfässer rollten über die Planken, Kisten voll Glasflaschen klirrten. Händler versuchten noch während der Übernahme den Preis zu drücken und stritten sich mit den Kapitänen darum. Frauen baten um importierte Lebensmittel, sodass es den Anschein hatte, als gäbe es auch hier einen Markt. Überall waren Kinder und es waren so viele, dass Hurriles nervös wurde und Torren darauf achten musste, keines von ihnen niederzustoßen.

Trotz des geschäftigen Treibens hatte Torren sich einen größeren Hafen vorgestellt und musste an die erste Hafenstadt denken, die viel mehr Platz für Schiffe bot. Man durfte sich in der Nähe der Anlegeplätze nicht mit dem Pferd bewegen und bezahlte fürs Betreten fünf Kupfermünzen, denn irgendjemand musste schließlich die Straßen erhalten, die Stege erneuern und für Ordnung sorgen.

Vor Anker lagen nur sechs Schiffe, eine Fregatte, zwei Briggs und zwei Schoner, wenn er sich nicht irrte. Die Fischerboote zählte er nicht. Als der Geruch nach vergammeltem Fisch in seine Lungen drang, rümpfte er die Nase. Der Käse von vorhin kam ihm wieder hoch.

„Er ist hier!", stieß Mando triumphierend aus und man sah ihm an, wie die Gesichtsfarbe in seine Wangen zurückkehrte.

„Wo?" Torren erwiderte den finsteren Blick eines kahlköpfigen Mannes, der mit einem schweren Sack am Rücken beladen, die Unverfrorenheit besaß, vor ihnen auf den Boden zu spucken. „Ihr steht im Weg", kommentierte er.

Hurriles Kopf zuckte nach oben, bereit bei einem Befehl zu beißen wie ein Hund und als der Mann an ihnen vorbei war, ballte Torren die rechte Hand zur Faust. Auf Kommando loderte die Flamme in seiner Brust auf, wanderte seine Schulter hoch und breitete Hitze in seinem Arm aus. Doch er ließ es nicht los. Er konnte nicht. Nicht hier. Es kostete fast zu viel seiner Beherrschung.

„Dort." Mando deutete mit dem Zeigefinger die Bucht hinaus, „lasst uns zum letzten Steg reiten und da auf ihn warten."

Sie trieben ihre Pferde zwischen den Seeleuten hindurch. Möwen kreischten über ihren Köpfen, irgendwo spielte jemand eine Flöte. Obwohl der Himmel gänzlich von Wolken verdeckt war, so war es dennoch warm und er spürte bereits, wie ihm erneut der Schweiß auf der Stirn ausbrach.

Janneks Schiff, ein prächtiges, dunkelbraunes, dreimastiges Gefährt mit einer rot gestreiften Flagge am Hauptmast, *die Flagge der Händler und Kaufmänner*, wie ihm Mando beiläufig erklärte, glitt langsam in den Hafen, während an Bord, *eine stolze Fregatte*, unzählige kleine Gestalten Vorbereitungen zum Anlegen trafen.

„Sie heißt Albatros", verkündete der Berater stolz. Man merkte Mando an, dass er offenbar eine kleine Leidenschaft für solche *Nussschalen* entwickelt hatte. Rechts am Bug des Schiffes und unter der geschnitzten Meerjungfrauengalionsfigur, prangte in goldenen Lettern der Name: *Albatros, die Kühne*.

„Seht Ihr wie lang der Steg ist? Sie haben ihn nur wegen der Albatros verlängert, weil hier der Strand schneller absinkt. Wenn der Meeresspiegel steigt, kann das Schiff auch weiter vorne halten."

„Warum hat es zwei zusätzliche Anker?", runzelte Torren die Stirn und betrachtete die dunklen Löcher, aus welchen links und rechts unter der Galionsfigur schwere, faustdicke Kettenglieder hingen. Nein, das waren keine Anker. Die Form des Metalls, welches am Ende an einem Ring angebracht war, war ein gewöhnlicher, länglicher Stab, der an beiden Enden leicht nach innen gebogen war.

„Zum Schiff gehört ein Wasserdrache."

Zum ersten Mal seit langer Zeit war er sprachlos. „Bitte?", wiederholte er, weil er dachte, sich verhört zu haben.

Wasserdrache? Sogar Balion wurde sofort hellhörig.

Mandos Lächeln war ansteckend. Seine Augen leuchteten geheimnisvoll auf und Torren sah, wie sich sein Gesicht in seinen geweiteten Pupillen spiegelte.

„Ein Wasserdrache", wiederholte er gelassen, „Altsas, wenn ich mich nicht täusche."

Ich dachte, die Wasserdrachen wären unabhängig und keinem Reiter verpflichtet?

„Ist Euer Informant ein schwarzer Reiter?", bohrte Torren misstrauisch nach, da er, warum auch immer, dies noch nicht in Erwägung gezogen hatte und irgendetwas in ihm, zog sich zusammen. „Ihr habt gesagt, er wäre gewöhnlich!"

„Habe ich das? Ich erinnere mich nicht und ja, er ist ein Reiter. Allerdings hat er niemals die Akademie absolviert."

„Sagt nicht, dass Ihr mich angelogen habt", stieß Torren scharf hervor.

Das kurze Zögern seitens des Beraters blieb ihm nicht verborgen. Ein schlechtes Gefühl beschlich ihn.

Er hat gelogen. Balions Knurren dröhnte in seinen Gedanken.

„Jan ist ein Reiter." Mando blickte ihn forsch von der Seite an. „Einer der übelsten Sorte, die unser Land zu bieten hat. Noch dazu ist er unsterblich. Man müsste viele Anstrengungen unternehmen, um ihn umzubringen." Er zuckte die Achseln. „Aufgrund diverser Verbrechen wurde er für sechsundsechzig Jahre Haft verurteilt. Der König erwies sich als gnädig und ließ ihn frei. Später schickte er mich zu ihm und als ich ihm diese Arbeit hier anbot, nahm er ohne zu zögern an."

Torren sah vor seinem inneren Auge eine fremde Gestalt in einem der Käfige hocken und spürte, wie es in ihm brodelte.

„Er war Euch etwas schuldig", stellte er überraschend ruhig fest, „deshalb hat er zugestimmt."

Sechsundsechzig Jahre sind nur ein Wimpernschlag für einen Unsterblichen. Jannek wäre ausgetrocknet, aber er hätte weitergelebt, bis man ihm den Kopf abgehackt hätte.

„Warum habt Ihr nichts davon erzählt?", zischte er verärgert und verspürte das Bedürfnis, ihn vom Pferd zu stoßen. „Wieso habt Ihr es verschwiegen?!" Zu seiner Schande wurde ihm klar, dass er dem Berater zu sehr vertraut hatte und das, obwohl er Fremden normalerweise nicht traute.

„Ihr wart an diesem Tag nicht gut gelaunt, mein Prinz. Wir wurden an der Tür belauscht. Noch dazu der Brief von Eurem Bruder ..."

Belauscht? Das glaube ich dir nicht. Wollte sein Vater ihn etwa loswerden und Irillian, den braven, jüngeren Sohn am Thron sitzen sehen?

Sofern Raena, diese *Hure*, es nicht übernahm.

„Ich wüsste nicht, was Euch das anginge." Torren war kurz davor, ihm an die Gurgel zu springen. „Ihr habt mich belogen", fasste er sich kurz und spannte seine Oberschenkel an, was Hurriles unruhig am Fleck tänzeln ließ. Und dann hatte er auf einmal einen Geistesblitz. „Gehört er zu den Verbrechern, die damals die Dorfschule in Brand gesteckt hatten?"

Kurzes Schweigen, dann: „Ja."

„Habt Ihr etwa *alle* Beteiligten begnadigt?", hörte er sich sagen. Auch wenn die anderen längst tot sein mussten, *verdammt nochmal*, er hätte sich besser darum kümmern sollen! Er hätte für ihren Tod sorgen müssen! Er hatte es befohlen!

„Ich nicht, aber Euer Vater, seine Majestät", verbesserte der Berater ihn.

Vater? Das konnte er nicht glauben. Das hätte er nicht getan. Torren begriff nicht. Und doch war es so einfach. Seine Gedanken brachen ab. Er brauchte Abstand, denn er hatte mit einem Mal das Gefühl zu ersticken. Ohne ein weiteres Wort wandte er sich ab, ignorierte die Männer, die schimpfend beiseite sprangen, erschrocken ihre Waren fallen ließen oder die Frauen, die ihre Kinder wegrissen.

Mordlust. Wut. Aggression.

Blutlust. Er spürte es. Es drohte hervorzubrechen.

Beruhige dich. Atme tief durch.

Torren jagte über den Strand, sprang in sicherer Entfernung vom Pferd und stapfte zum Meer hinaus. Heiße und kalte Schauer rieselten seinen Rücken hinunter, während sein Kopf zu pochen begann und ihm schwindlig wurde.

Er fühlte sich verraten. Und es brannte fürchterlich, tief drin, in seiner Brust.

Ein Dorf im Süden, die Sicht verschwamm vor seinen Augen, *wurde am helllichten Tag von jungen Reitern angegriffen.* Er beschleunigte seine Schritte und spürte, wie die Flamme in seinem Oberkörper aufloderte. *Wie alt mochten sie gewesen sein? Zwanzig? Dreißig? Verloren in ihrer Agonie, zerstörten, ermordeten und verbrannten sie jeden, der ihnen unterkam. Darunter fünfundzwanzig Kinder. Erinnerst du dich?* Plötzlich war ihm viel zu heiß. Einem Impuls folgend, riss er sich die Jacke vom Leib.

Ich habe sie zu Tode verurteilt. Vater hat meinen Vorschlag beherzigt, mich jedoch am Tag der Exekution wegen eines Auftrags woanders hinbestellt. Für mich war der Fall erledigt. Vater hatte in seinem Leben zigtausende Tode befohlen. Warum hätte er ausgerechnet da zögern sollen?

Torren knirschte mit den Zähnen. Er wusste, dass es unklug war, hier und jetzt der dunklen Macht nachzugeben. Umso dankbarer war er, dass Balion ihn begleitete und über ihn wachte. Allerdings wurde er sich bewusst, wie schwach seine Kontrolle in Wahrheit war und das nagte an ihm. Am liebsten hätte er sich der Länge nach ins Wasser geworfen, hätte sich für einen Moment den Wellen hingegeben, doch sein Stolz verbat es ihm. Genügte, dass er wie ein Feigling davongeritten war. Er ärgerte sich über sich selbst, über Vater und den Berater, dem er am liebsten den Hals umgedreht hätte.

Ich erinnere mich, war Balions einzige Antwort dazu.

Ich schwöre dir, ohne zu blinzeln starrte er die Bucht hinaus, bis seine Augen brannten, *dass ich ihn töten werde, sobald ich ihn nicht mehr brauche.* Seine Gelenke krachten, als er die Hände zu Fäusten ballte. *Ich bin der Prinz der schwarzen Reiter, ich stehe über ihm, auch wenn er ein Berater ist.*

Vielleicht hat man ihm aufgetragen, dich anzulügen. Du solltest ihn befragen, da du nicht jeden töten kannst, wenn dir der Sinn danach steht.

Torren lachte auf. *Warum sagt er es mir dann?*

Balion schwieg eine Weile, bevor er brummte: *Du hast ihm bereits mit dem Tod gedroht.*

Ich kann drohen, wem ich will.

Torren, du verlierst dich. Beruhige dich. Es bringt nichts, wenn du dich ...

Ich bin ruhig! Weit entfernt von seinem gewöhnlichen Zustand spürte er, wie ihn seine wahre Natur ergriff. Verloren im Strudel der Gefühle, suhlte er sich in Aggression und blinder Wut, die einzigen Freunde, die ihm immer beiseitestanden, egal wo er sich aufhielt. Feuer fegte über seinen Körper hinweg, fraß sich durch jede Zelle, jede Pore seines Körpers und schlang sich um sein Herz.

Nackter, blutüberströmter Leib. Sperrangelweit offener Mund. Leere Augenhöhlen. Ein halbverkohltes Mädchen unter glühenden Balken begraben.

Aufkeuchend taumelte er vorwärts, riss die Hand zu seinem Kopf hoch. Die Erinnerung stach in sein Bewusstsein und zog ihm regelrecht den Boden unter den Füßen weg. Wasser spritzte in sein Gesicht, als die heranahende Welle an seinen Füßen brach. Es war eiskalt.

Ihm wurde übel. Kurz davor sich zu übergeben, schnappte er nach Luft und bereute es sogleich, da der fischige Geruch seinen Zustand nur verschlimmerte.

„Prinz Torren!" Hilfsbereite Arme fingen ihn auf, hielten ihn fest. Weiches Haar kitzelte ihn an der Wange, Hira, die sich mit ihren Brüsten gegen seinen Arm drückte. Sie roch nach Zimt und Äpfeln.

Für einen Augenblick fühlte er sich furchtbar schwach und feige. Feige, weil er einfach davongeritten war und schwach, weil er dem Berater nicht standgehalten hatte. Der Anblick des Mädchens ließ ihn nicht los. *Wieso hast du das getan?*, hauchte er, hing in Hiras Armen wie ein Betrunkener.

Balion hatte jene Erinnerung, die er längst vergessen geglaubt hatte, aus den Tiefen seines Unterbewusstseins hervorgeholt und sie ihn erneut durchleben lassen. *Ich habe dich vor dem Verlust deines Selbst bewahrt.*

Meinem Selbst, dass ich nicht lache. „Lasst mich los", knurrte er angriffslustig und spürte, wie sie erschrocken von ihm abließ, zurückfuhr und steif das Haupt neigte, um ihm Respekt zu zollen. „Mir geht es gut", versichert er ihr trocken, bevor sie ihn mit ihren unnötigen Fragen überhäufen konnte, „fasst mich beim nächsten Mal nicht wieder an, Fräulein Zollrist."

„Ich habe gesehen, wie ihr davongeritten seid, k-königliche Hoheit. Darum bin ich Euch gefolgt."

Torren wandte sich von ihr ab und ging zu Hurriles zurück, der seelenruhig mit hängendem Kopf auf seinen Reiter wartete und interessiert die Augen aufriss, als Torren nach dem Zügel griff.

„Vielleicht solltet Ihr ..."

„Sagt mir nicht, was ich tun hätte sollen", unterbrach er sie schneidend und warf ihr einen Blick zu, der kälter nicht sein hätte können.

Sie starrte ihn an, als hätte er sie geschlagen.

„Euer Gesicht ist dreckig", lenkte er ein. Es war ihm unangenehm, wenn sie ihn so sah. Sie sollte gehen und ihn in Ruhe lassen, verflucht.

Bahira blinzelte und griff sich erstaunt an die Wange. Dann rieb sie mit ihren Fingern darüber, betrachtete ihre Handfläche und schien verwirrt.

Torren wandte sich ab. Er holte tief Luft und ließ sie langsam zwischen den Zähnen entweichen.

Kontrolle. Er hatte sie wieder. „Wir sollten zurück." Kurze Pause und dann sagte er: „Wollt Ihr mich begleiten?"

Und das tat sie.

Wenige Zeit später befanden sie sich wieder im Getümmel. Man ignorierte sie und Torren war froh darüber.

Mando hatte seinen Gaul an einem Pflock festgebunden und sie hätten das Pferd fast übersehen. Sie folgten seinem Beispiel und als er abstieg, tat Hira es ihm gleich. „Gehen wir den Berater suchen."

„Dort drüben, glaube ich." Sie reckte den Hals und deutete mit ausgestrecktem Finger auf den breiten Steg in Nähe der „Albatros". Torren folgte der Richtung mit seinen Augen und konnte zwischen all den Männern Mando erkennen, der sich mit einem Fremden unterhielt, dessen Uniform zweifellos der Mannschaft vom Schiff des Informanten gehörte. „Ja", entgegnete er sachlich und reichte ihr seinen Ellbogen. „Kommt."

Ihr Gesicht erhellte sich, ehe sie ihr Pferd umrundete und vor ihm knickste. „Vielen Dank, königliche Hoheit."

Er spürte ihre Körperwärme, als sie sich seitlich an ihn drückte und ihre Hand sich auf seine geballte Faust legte.

„Nein, lieber andersrum", murmelte er, da ihre Waffen gegeneinanderschlugen und sich ineinander verhedderten.

Mit einem Nicken gehorchte sie und stellte sich rechts neben ihm hin.

Im Gleichschritt betraten sie den Steg und man machte ihnen Platz.

Er bildete sich ein, erneut ihren Duft zu riechen, was an ihren Haaren liegen mochte. Hin und wieder berührte eine Strähne seine Wange und sie strich sie mehrmals hinter ihr Ohr zurück.

„Ein Zopf würde helfen", meinte er trocken.

Sie lachte kurz auf. „Verzeiht, königliche Hoheit."

Mando hat gut über Euch gesprochen. Über welche Fähigkeiten verfügt Ihr?

Doch er sagte nichts. Er war es nicht gewohnt beiläufige Gespräche zu führen und in seinem Kopf hörte es sich steif und unnatürlich an.

„Ah, hier seid Ihr!", stieß Mando überrascht aus, als wäre nichts zwischen ihnen vorgefallen.

Kühl erwiderte Torren seinen Blick. Er war bereit dazu, es ihm gleich zu tun.

„Der erste Kapitänleutnant, Herr Thich. Seine königliche Hoheit, Prinz Torren", stellte er den Mann sogleich vor.

Torren behielt seinen neutralen Gesichtsausdruck bei, als sich der kahlköpfige Matrose vor ihm verbeugte. „Es freut mich Eure Bekanntschaft zu machen, Hoheit. Erlaubt mir Euch an Bord der „Albatros" willkommen zu heißen. Und Ihr seid?"

„Bahira Zollrist." Hira machte Anstalten ihren Arm zu lösen, doch Torren drückte ihren Ellbogen sachte, aber bestimmend gegen seine Taille. Verdattert blieb sie stehen. Ohne, dass er etwas dagegen tun konnte, durchflutete ihn eine befriedigende Welle. Bemitleidenswert war er, sich an seiner Macht zu ergötzen, nur weil er eine Frau davon abhielt, ihren Arm von dem seinem zu nehmen. Angeekelt von sich selbst ließ er sie frei. Ihr verwirrter Blick ließ ihn zu einer Salzsäule erstarren. *Ich bin ein Idiot.* Dank Balions Hilfe war er neben der Spur und nicht mehr er selbst. *Ich brauche Schnaps.*

Nicht nur wegen mir. Du hast dich nicht unter Kontrolle.

Sei still.

„Wie war Eure Reise, Eure Hoheit?", fragte ihn Thich höflich.

„Angenehm", entgegnete er eisig, „wo ist Euer Kapitän?"

Mando warf ihm einen kurzen, warnenden Seitenblick zu.

Was bildest du dir ein, Berater?

„Wir haben bereits über den Kapitän gesprochen. Er wird so bald wie möglich zu uns stoßen."

„Habt Ihr das?", ließ Torren die Frage offen und blickte Mando an, „wann gehen wir an Bord?"

„Wenn ...", begann der Berater des Königs zu erklären, doch wurde jäh unterbrochen, als eine laute Stimme klar zu ihnen hinunter hallte.

„Berater Mando! Was für eine Freude, lange nicht gesehen!"

Er ist es.

Vor seinem geistigen Auge blitzten dürre Ärmchen auf. Daneben schwebte mit einem hämischen Grinsen das Gesicht des Mannes in der Luft, der da nun mit wehendem Umhang und dem gleichen Grinsen an der Reling stand und zu ihnen herabsah.

Jannek.

Eigentlich hieß er *Kupfer, der Bastard*. Er verdankte ihn einer längst verstorbenen Küchenmagd, die ihn in einer Vorratskammer auf Festung Rakstein vor hunderten Jahren geboren hatte. Seine Unsterblichkeit war ein Rätsel. Wer auch immer ihn gezeugt hatte oder ob das ewige Leben nur still in seiner Familie weitergegeben worden war, niemand wusste es.

Torren war machtlos gegen die Flut an Gefühlen, die durch seinen Körper jagten, als er dem kalten Blick des Mörders begegnete. Trotz des Abstands zwischen ihnen sah er deutlich, wie sich die Pupillen seines Gegenübers vor Erkenntnis weiteten.

Bastard, dachte er bitter, *ich habe dich auch nicht vergessen.*

43. KAPITEL

Von oben sah die Welt friedlich und wunderschön aus. Blaue Zungen glitzerten in der späten Nachmittagssonne, waren umgeben von grüngelben Wiesen und schwarzblauen, rötlichen, gelben sowie grünen Wäldern, die das Land wie einen Fleckenteppich aussehen ließen. Häuser gab es kaum in dieser ländlichen Gegend, waren sie viel zu weit von den Städten und dem Straßennetz entfernt. Die meisten von ihnen waren Bauernhäuser, seltener traf man eine Jagdhütte oder einen Gutshof an.

Unter ihm atmete Balion, der mit seinen gespreizten Flügeln elegant durch die Luft glitt. Mehrere Meter über ihnen war die Wolkendecke.

Torren fror nicht. Seine Jacke bot ihm genügend Schutz vor der beißenden Kälte, die in solch einer Höhe anzutreffen war. Und da sein Gesicht von einer Maske geschützt wurde, blieben auch seine Wangen davon verschont. Teils mit seinem Gleichgewicht und teils mit den Riemen, die er sich um die Beine geschnallt hatte, hielt er sich im Sattel fest.

Sind wir hier richtig? Wie hieß das Dorf noch gleich?

Wind sauste an seinen Ohren vorbei und hörte sich unter der Maske dumpf und unwirklich an.

Dort drüben.

Sein Kopf flog zur Seite und folgte Balions Blick, dessen ausgestreckter Hals sich plötzlich stark nach links neigte. „Ich sehe es", murmelte Torren, obwohl man ihn wegen des starken Windes nicht hören konnte. Vor seinem inneren Auge erschien der rußgeschwärzte Mann, der Koch, dessen schreckliche Nachricht ihn erst vier Stunden später nach dem Vorfall erreicht hatte. Zitternd und mit angstgeweiteten Augen hatte er vor ihm gestanden, während seinen Mund schnelle und kaum verständliche Worte verlassen hatten. Torren konnte sich kaum noch an seine wirren Sätze erinnern, nur, dass er um Vergebung gefleht und geheult hatte, weil er nicht mehr getan hatte, als seine eigene Haut zu retten. Zuerst hatte er es bei den Toren Zíls versucht, war aber als Verrückter abgewiesen worden. Danach war er nach Rakstein geritten, wo er umgehend zu Torren gebracht worden war. Der hatte sich die Bilder im Geist des Mannes angesehen und beschlossen, die Sache selbst in die Hand zu nehmen.

Er hätte gleich zu mir kommen sollen.

Hätte er.

Torren folgte der fließenden Bewegung des Drachens, legte sich in die Seite und verlagerte sein Gewicht. Die Gurte um seine Beine spannten und glätteten sich, als Balion wieder eine gleichmäßige Höhe annahm.

Bald darauf erschien das zerstörte Dorf, und ein schwacher Rauchfaden, der sich im Windzug im Nichts auflöste. Umgeben von großen Wiesen, erinnerte ihn der kleine Ort eher an eine Grafschaft oder einen größeren Besitz eines Adeligen. Dank dem Koch wusste er, dass sich dort eine Schule für Mädchen ohne magische Begabung befand und das Adelige, sowie Kaufleute mit gut gefüllten Beuteln, ihre Töchter hierher zur Ausbildung schickten, damit sie frei von Städten und sprunghaften Burschen ihre Studien angehen konnten.

Jan oder auch Kupfer, hatte inzwischen die Schiffsplanke überquert und war auf dem Weg zu ihnen. Er trug sich wie ein König. Seine Haltung war selbstbewusst, seine Ausstrahlung stark. Er hatte an Stärke gewonnen und

Torren konnte es an seiner Aura erkennen, die ihn wie ein Schutzschild umgab und die nur jemand sehen konnte, der Ahnung von Magie hatte. Sein geöffnetes Haar, aschblond und länger als damals, spielte um sein Gesicht und verdeckte zum Teil seine Augen. Dennoch wusste Torren, dass er von ihm angesehen wurde und je näher ihm der Kapitän kam, desto klarer konnte er sich zurückerinnern.

Die Mauern der dreistöckigen Schule, zumindest die, die noch übrig waren, bestanden hauptsächlich aus Stein, die, nachdem das Dach abgebrannt war, teilweise in sich zusammengestürzt waren. Das obere Stockwerk war völlig zerstört, während das Erdgeschoss, der erste Stock und Teile des zweiten Stockwerks noch halbwegs intakt waren. An mehreren Stellen glühten einzelne Balken, die meisten waren bereits verbrannt. Aus gesprungenen Glasfenstern gähnte schwarzes Gestein ihn an wie leere Augenhöhlen.

Torren konnte aus dieser Höhe keinen Angreifer erkennen. Es schien, als hätten sie den Ort vor Stunden verlassen.

Setz mich vorm Eingang ab, *bat er Balion, ehe er die Gurte langsam zu lösen begann, da er wusste, dass Balion vorsichtig sinken würde.*

Nachdem der Drache gelandet war, rutschte Torren aus dem Sattel. Seine Knie fühlten sich weich an, als er mit den Stiefeln den Boden berührte. Das taten sie jedes Mal, denn er flog nicht oft und sein Körper schien sich nicht ans Fliegen gewöhnen zu wollen. Er schob es auf die Körperspannung, die er halten musste, um nicht zu fallen. Es war anstrengend, einen Drachen zu reiten.

Nach zwei Atemzügen, er hatte sich am Vorderbein seines Freundes abgestützt, streckte er kurz seinen Rücken. Danach trat er mit wackeligen Beinen auf den Eingang zu, ein breites Eisentor, welches sperrangelweit offenstand.

Pferdespuren, *bemerkte Balion, der seinen Kopf über die niedrige Mauer hinwegstreckte und einen Blick hineinwarf.* Mehrere Reiter. Fünf, vielleicht auch acht.

Torren sah sich um, runzelte die Stirn und versuchte zu ergründen, aus welcher Richtung sie gekommen waren.

Plötzlich drehte sich der Wind. Er rümpfte die Nase und schnupperte. Zuerst roch er eine schwache Rauchnote und dann war ihm, als könne er Blut riechen.

Riechst du das?

Ja.

Vor der Mädchenschule war eine breite Straße, breit genug, damit Kutschen vorfahren konnten. Hinter dem zerstörten Gebäude mussten die Stallungen und der Hof liegen, der die Schule ernährte. Torren hatte von oben noch ein paar Gebäude gesehen, doch von denen war kaum mehr etwas übrig.

Er blieb kurz stehen und runzelte die Stirn. Warum ist nur der Koch entkommen? Wo ist der Rest?

Der Koch hatte derartig wirre Erinnerungen gehabt, dass es ihm schwergefallen war, überhaupt eine davon zu fassen zu bekommen. Der Mann hatte geschrien und gebettelt, Torren solle es ihn nicht noch einmal durchleben lassen und ihn mit Erinnerungsfetzen beschossen, die teilweise nichts mit dem Angriff zu tun gehabt hatten. Das meiste beinhaltete die Flucht aus der Küche und seinen panischen Ritt.

Die Straße sah aus wie ein Schlachtfeld. Als wären nicht nur acht Reiter, sondern mindestens einhundert Pferde durchs Tor gestürmt.

Schaumiges, klumpiges Blut mit Schlamm vermischt benetzte den Boden, als hätte hier vor kurzem eine Schlachtung stattgefunden. Er fand Gliedmaßen, zwei tote Frauen im Gras und einen Mann, der aussah wie ein Gärtner. Ein paar Meter weiter fand er drei Burschen, hinter einer Fichte einen Jungen, der mit einer Platzwunde am Kopf gestorben war. Torren hatte in seinem Leben viele Tote gesehen und war deshalb sachlich und beherrscht. Bei einem unbekannten Täter, dessen Stärke man nicht kannte, war es immer besser ihn oder seine Akademiemeister zum Tatort zu entsenden. Meistens waren seine Meister am Werk, doch diesmal, er wusste nicht warum, war er selbst geflogen.

Der Vorgarten des Grauens, *meinte Balion missmutig.*

Ein Drache war hier. Er hat ein paar gefressen und scheußlich gekleckert. Deshalb liegt dort ein Bein. Das können noch nicht alle gewesen sein.

Kann ich nicht nachvollziehen. Menschen schmecken nicht.

Obwohl sie niemanden gesehen hatten, war er bereit, jeden Moment auf einen Angriff zu reagieren. Bleibe wachsam.

Menschen zu fressen war verboten und wurde hart bestraft. Drachen taten dies nicht, solange man es ihnen nicht befahl oder sie wild waren. Trotz eines Befehls konnte ein Drache immer noch verneinen und sich weigern, denn ein Reiter konnte niemals seinen Drachen zu Dingen zwingen, die er nicht wollte. Außer er hieß Eran und war König der schwarzen Reiter. Der Mann konnte Erzählungen nach selbst eine ganze Armee unter seinen Zwang bringen.

Doch hier hatte kein wilder Drache gewütet. Torren brauchte mehr Beweise.

Stille lag wie eine Bettdecke über diesem Ort ausgebreitet. Nicht einmal die Vögel sangen. Es war beinahe wie in einem düsteren Mausoleum, nur die Dunkelheit fehlte. Siehst du jemanden? Ist der Himmel frei?

Wir sind allein. *Balion hob den Kopf.* Hier lebt niemand mehr. *Dann schickte er Torren ein paar Bilder von allen Himmelsrichtungen.* Kein Drache in der Nähe.

Dennoch wurde Torren das Gefühl nicht los, nicht allein zu sein. Berichte mir, falls es sich ändern sollte. *Er spürte, wie der Boden erzitterte, als sich der große Drache von der Stelle bewegte.* Ich sehe mich im Inneren um. *Er ging mit leerem Kopf, hatte keine Vorstellungen davon, was sich in der Schule abgespielt haben mochte. Kurz spürte er einen Anflug von Nervosität, hinzu mischten sich Erwartung und Gefahr. Er witterte Unheil, doch das war viel zu offensichtlich, als dass es ihn überrascht hätte. Torren kannte diese Gefühle. Es war, als wäre er kurz davor, die Arena des Todes zu betreten.*

Vor dem Gebäude blieb er stehen, seine Nasenflügel weiteten sich. Er legte den Kopf in den Nacken, blickte die schwarzen Mauern hoch und schätzte ab, wie lange es wohl gebrannt haben mochte.

Pass auf dich auf, *hörte er Balion in seinem Kopf.*

Es riecht verbrannt.

Natürlich tut es das.

Nein, es ist ..., *er zögerte,* **anders. Ich gehe hinein.**

Torren trat über einen Schutthaufen und befand sich daraufhin in einer Art Eingangshalle. Das Gestein strahlte Hitze ab. Er spürte es auf seinem Gesicht und durch seine Kleidung dringen. Mit dem Handrücken rieb er sich über die Wange, als Ruß auf ihn niederrieselte.

Gebogene Decken, Stützarme aus Stein und bröckelige Pfeiler, die die schweren Wände tragen sollten, erinnerten ihn an eine Kathedrale. Reinem Instinkt folgend, betrat er den ersten Raum, dessen Tür aus den Angeln gerissen und zu einem kümmerlichen Haufen zusammengebrannt war. Er hielt sich die Hand vors Gesicht, als ihm glühende Teilchen ins Gesicht geflogen kamen, und atmete zischend aus, als der Gestank übermächtig wurde und ihm jegliche Luft zum Atmen raubte.

Warum war es ihm nicht gleich aufgefallen? Es roch nach verkohltem Fleisch.

Im Raum war es dämmrig, da die Fenster hoch angebracht waren und kaum Licht hereinließen. Trotzdem konnte er die halb verbrannten Mädchenleichen erkennen, die man fein säuberlich nebeneinandergelegt hatte.

Eiseskälte schoss durch seine Glieder.

Obwohl das Feuer an ihnen geleckt hatte, sah man deutlich, dass man sie übel verstümmelt hatte. Eine leise Stimme in ihm fragte sich, ob sie noch gelebt hatten, als sie ...

Er schluckte schwer. **Ich habe sie gefunden. Sie sind alle hier.** *Starr wandte er den Blick ab und blickte geradeswegs in die geplatzten Augen eines unter einem Balken begrabenen Mädchens hinein, das, warum auch immer, nicht zu den anderen gelegt worden war.*

Torren schluckte erneut. Seine Kehle fühlte sich wie raues Papier an. Er war in Zeiten des Friedens geboren worden. Auch wenn die schwarzen Reiter für ihre Brutalität bekannt waren und gerne zum Vergnügen töteten, waren sie Menschen mit Gewissen. Es war ein großer Unterschied, ob man Freiwillige oder Unschuldige tötete. Die Reiter, die ihre Gelüste ohne Rücksicht auf andere auslebten, widerten ihn an.

Es kam ihm wie eine halbe Ewigkeit vor, bis Kupfer endlich vor ihm stand. Mit geradem Rücken und stolzem Blick sah er aus wie ein Kapitän mit angeborenem Selbstbewusstsein. Doch Torren wusste es besser. Der Bastard, den er von früher kannte, war ein verweichlichtes Stück Dreck, welches sich in den Schmerzen Unschuldiger gesuhlt und aufgegeilt hatte. Eines musste er ihm lassen. Er hatte sich über die Zeit eine perfekte Maske angeeignet.

Als wäre ein Schleier vor Torrens Augen, nahm er nur am Rande wahr, wie Jan sich verbeugte. Den respektvollen Gruß hörte er nicht.

„Schön verheilt ist sie, deine Narbe." Torrens Stimme war leise gewesen, doch der Kapitän hatte ihn trotzdem gehört. Jans Augen wurden dunkel.

Wenn man den Samen des ewigen Lebens in sich trug, hörte man irgendwann auf zu altern. Meist geschah dies in jungen Jahren, in seltenen Fällen erst später. Damit erwachten auch die Selbstheilungskräfte, die jede Wunde und jeden Bruch wieder flickten. Damals war Jan noch nicht so weit gewesen, was Torren bestätigte, dass der Berater ihn betreffend nicht nur einmal gelogen hatte. Wussten sie vielleicht doch, wer sein Vater gewesen war? Hatten sie ihn gar wegen der Möglichkeit, unsterblich zu sein, verschont? Torren war es einerlei. Es änderte nichts daran, dass er ihn am liebsten tot gesehen hätte.

„Ehrenwerter Kapitän Jan!" Mando schlug die Hände zusammen, ein schäbiger Versuch, die Anspannung zwischen ihnen zu lindern. „Wie ich mich auf unser erneutes Zusammentreffen gefreut habe. Wir möchten eine Überfahrt nach ..." Torren hörte nicht zu, denn ein weiterer Schwall längst verdrängter Erinnerungen zog ihn an den Ort des Verbrechens zurück.

Seine Hand begann zu zittern. „Beruhige dich, als hättest du noch nie Tote gesehen ...", murmelte er zu sich selbst. Aber in der Arena war es anders. Dort ging man hin, weil man zum Töten und zum Sterben bereit war. Die Bilder, die man dort erblickte, geschahen wie hinter einem Schleier, als befände man sich in einer anderen Realität.

Das hier war ... diese Mädchen ... sie taten ihm leid.

Torren zwang sich wegzusehen. Seine Kehle zog sich zusammen. Das halb verkohlte Gesicht hatte sich dennoch in sein Hirn gebrannt.

Es war nicht neu für ihn.

Er würgte trotzdem.

Der süßliche Geruch nach Menschenfleisch fraß sich durch seine Kleidung, seine Lungen und ihm wurde klar, dass er trotz seines stolzen Alters von vierhundertsiebenundsiebzig Jahren wohl doch noch nicht alles gesehen hatte.

Torren, komm da raus, hörte er Balions Stimme besorgt wie aus weiter Ferne durch seinen Kopf dröhnen, komm zurück, bevor das Gebäude einstürzt.

Verkrochen in Rakstein, hin und wieder in der Arena unterwegs, hatte er jedes Gemetzel mehr oder weniger überlebt. Es war ihm nie abscheulich oder unnatürlich erschienen, durch das Blut Freiwilliger zu waten. Es gehörte zu seinem Volk dazu und selbst trotz Raserei hatte er mehr oder weniger nach Regeln getötet. Sicher, es gab Hinrichtungen, aber die waren gerecht und nicht mit Abscheu zu betrachten. Doch das war kein Vergleich zu dem, was sich an diesem Ort abgespielt hatte.

Er wandte sich ab. Jemand muss ihre Eltern informieren und hier aufräumen. *Etwas Feuchtes glitt über seine Wange. Überrascht fuhr er sich mit den Fingern übers Gesicht, betrachtete schockiert den glänzenden Film auf seiner Haut.*

Ja, aber nicht du, *meinte Balion bestimmt,* komm zu mir zurück.

Torren fühlte sich schwach. Wo war seine Macht? Wo blieben Rachedurst und Blutlust? Seine Brust war eng zugeschnürt, ihm war, als könne er kaum atmen.

Du kannst nichts mehr daran ändern.

Ich weiß, ich ...

Doch Balion gab keine Antwort. Stattdessen spürte Torren den Boden unter seinen Füßen erzittern. Dann hörte er die Mauern über seinem Kopf ächzen, das Gestein knirschen. Ein unbekanntes Brüllen zerschnitt die Luft und er spürte Balions Überraschung.

Torrens Gesichtszüge entgleisten. Energie schoss durch seinen Körper und mit der Hand am Heft seines Schwerts, stürmte er aus dem Gebäude. Vom hellen Licht geblendet, war er gezwungen, die Hand hochzureißen. Zwei Drachen, einer rot, der andere weiß, wälzten sich über den Boden. Ein Baum krachte und splitterte, ehe er unter den massigen Leibern begraben wurde. Die Mäuler weit aufgerissen, versuchten sie sich ineinander zu verbeißen.

Torren konnte kaum sein Gleichgewicht halten, wankte und stolperte vorwärts. Er schrie Balions Namen, doch der Drache hörte ihn nicht. Hinter ihm bröckelte, fiel Gestein. Schreiend sprang er zur Seite und wich nur knapp einem Brocken aus, der ihm mit Leichtigkeit den Schädel entzwei gespalten hätte.

Wie ein Betrunkener blieb er erst mehrere Meter abseits wieder stehen. Sekunden später stürzte die Schule in sich zusammen und der Staub, der dabei aufgewirbelt wurde, ließ ihn husten und nach Luft schnappen. Steinchen kratzten in seinen Augen. Er war praktisch blind und blinzelte wie verrückt, während es hinter seinen Lidern brannte wie Feuer.

Wer, verdammt nochmal, ist das?!, *brüllte er in Gedanken und wurde nervös, als sein Freund nicht antwortete.*

In der Staubasche, die sich durch den Absturz gebildet hatte, konnte er nur schwach abwechselnd rote und weiße Schwingen erkennen. Ein Wirrwarr aus Gliedmaßen, bei dem es dem Zuseher schwerfiel, den Überblick zu behalten. Er musste ihm helfen. Aber wie?

Torkelnd, da der Boden durch die massigen Drachenleiber zitterte und ihm je-
derzeit das Gleichgewicht zu rauben drohte, suchte er sich einen Weg durch die
schwebende Aschewand und hielt sich schützend eine Hand vors Gesicht, als Kiesel
in seine Richtung flogen.

Eine Flut an Gefühlen schwappte über ihn hinweg, übermannte ihn und rang
ihn nieder wie eine Welle. Sein Herz reagierte mit nervösen Aussetzern, sein Ver-
stand mit Panik und Unglauben, da er noch nie zwei Drachen auf Leben und Tod
hatte kämpfen sehen. Ihr Brüllen, mit welchem sie sich gegenseitig zu überbieten
versuchten, klingelte in seinen Ohren.

Torren drehte sich im Kreis, verwirrt und orientierungslos, sah bloß trübes
Grau um ihn herum. Er hustete schwer.

Da. Ein Schatten. Eine Rüstung, eine Bewegung!

Mit Müh und Not sprang er zur Seite, als die Klinge neben ihm in den Boden
fuhr.

Dort stand er. Direkt vor ihm. Derjenige, der das Schwert geworfen hatte, trat
langsam und gemächlich aus der Staubwolke. Seine Plattenrüstung war mit feinem
Sand bedeckt und auf dem Brustpanzer tanzte ein goldroter Phönix, während sich
auf seinem Helm eine prächtige Schwanzfeder im Wind bewegte.

Torren hatte keine Ahnung, wem das Wappen gehörte. Er konnte sich einfach
nicht erinnern und verfluchte sein Gedächtnis.

Plötzlich lief der Mann auf ihn zu, riss sein Schwert aus dem Boden und griff
an. Von oben, von unten, von der Seite und ohne Muster, stach er immer wieder zu
und Torren, der eine hervorragende Ausbildung genossen hatte, war schneller,
leichtfüßiger und ohne Rüstung wendiger. Es gelang ihm, den Schlägen seines Geg-
ners auszuweichen und zusätzlich an Abstand zu gewinnen.

Torrens Blut kochte. Er wollte Antworten. Er hatte keine Zeit für Spielchen.

Die Flamme loderte empor.

Ein unmenschlicher Laut verließ seine Kehle, als er sein Schwert zur Seite warf.
Magie explodierte aus seinen Poren, quoll über, ließ die Kleidung von seinem Ober-
körper zu Staub zerfallen. Die Druckwelle fegte den gepanzerten Mann zu Boden.
Er schrie, doch ob aus Angst oder Überraschung, das wusste er nicht. Torren
wusste nur, dass es ihm Freude bereiten würde, ihn genauso qualvoll zu töten, wie
er die Mädchen getötet hatte.

Torren hob sein Schwert vom Boden auf, schloss die Finger um das Heft und
kam hastig auf ihn zu. „Ist das dein Werk?!", brüllte er.

Keine Antwort.

„Du wirst dich für deine Taten verantworten müssen", er war rasend vor Wut,
„ich befehle dir, deinen Drachen zurückzurufen!"

Sein Gegenüber blieb stumm. Genervt, weil er sein Gesicht nicht sehen konnte, legte Torren die Spitze seines Schwertes an die gepanzerte Kehle seines Gegners an und schleuderte ihm mit einem Ruck den Helm vom Kopf. Mit Genugtuung lauschte er dem Schrei des Unbekannten, aus dessen bartlosem Gesicht hellrotes Blut spritzte.

Entsetzen ließ seine Mordlust verfliegen.

Ein Junge ...

Noch nie hatte ein Kind in solch einem Alter die Akademie absolviert. Woher hatte er das Schwert? Nichtsdestotrotz überwand Torren seine Überraschung. „Ich befehle dir, deinen Drachen zurückzurufen!", brüllte er.

Im Hintergrund verfolgte er den Kampf der Reittiere. Obwohl er wusste, dass Balion ein überragend starker und zäher Drache war, so verspürte er dennoch einen dumpfen Schmerz in der Brustgegend, wenn er daran dachte, dass sein Freund verletzt, gar getötet werden könnte.

Als noch immer keine Antwort zurückkam, der Junge ihn bloß anstarrte, knurrte er: „Ich schwöre, dass ich deinem Haustier eigenhändig den Kopf vom Hals schneiden und ihn auf den Mauern Raksteins aufspießen werde, wenn du ihm nicht befiehlst ...!"

Auf einmal kam Leben in den Jungen. „Er gehört mir nicht!", rief er, der Schnitt klaffte auf. Mit den aufgerissenen Augen sah er aus wie ein Wahnsinniger, während Blut auf seinen Phönix tropfte, dessen eingravierte Schwanzfedern auf eine faszinierende Weise zum Leben erwachten.

„Was?"

Ohrenbetäubend laut zerschnitt ein tiefes Brüllen die Luft. In Torrens Ohren klingelte es, während der Boden einsank, eine erneute Staubwolke sie einhüllte und er Mühe hatte, aufrecht stehenzubleiben.

Ich habe ihn! Balion triumphierte.

Torren blieb keine Zeit zu antworten. Eisige Hände schlossen sich um seinen Hals und drückten erbarmungslos zu. Der Junge! Er ... er stand direkt hinter ihm! Wie konnte er so schnell sein? Die Luft wurde ihm abgeschnürt. Er schnappte danach wie ein Ertrinkender.

Ein Druck im Rücken zwang ihn zu Boden. Es schmerzte.

„Jetzt bist du nicht mehr so stark, was?!", zischte es nah an seinem Ohr, „ich wollte dich schon immer erdrosseln!" Die Feindseligkeit in seiner Stimme war haarsträubend.

„Das hättest du in der Arena versuchen können ...?", röchelte Torren. Er hatte Mühe, seine Gedanken zu ordnen und sein Verstand begriff nur langsam, was geschah.

Der Junge schüttelte ihn, als wäre er bloß ein Sack Korn. Kurz wurde ihm schwarz vor Augen. Torren dachte an seinen Drachen und daran, dass er etwas unternehmen musste. Und zwar schnell. Bevor ihm der Atem ausging.

„War es ansprechend genug?!", hörte er, *„sie haben uns gut unterhalten, diese kleinen hübschen Dinger!"*

Uns.

Torren spürte, wie etwas in ihm brach. Vielleicht seine Geduld, vielleicht der schmale Grat zwischen Vernunft und roher Gewalt. Feuer. Hitze. Schwärze. Lichtflecken tanzten vor seinen Augen und sein Kopf dröhnte, als hätte er viel zu viel Schnaps getrunken.

Die Zeit blieb stehen.

Plötzlich hielt er die Kehle des Jungen fest, hob ihn hoch wie eine Puppe. Blut lief über seine Hand. Der Schnitt war tief. „Ich will es sehen", donnerte er, „ich will sehen, was ihr getan habt!" Dann drang er gewaltsam in den Kopf des Jungen ein, riss mit Leichtigkeit die Mauern nieder, die sein Bewusstsein und seinen Geist schützten.

Es war grauenvoll.

Der Geruch nach Fisch holte ihn in die Realität zurück. An seine Ohren drang das Meer, welches sich in schaumigen Wellen an der Küste brach. Er schmeckte Salz auf seinen trockenen Lippen, spürte die Gischt in der Luft. Obwohl zuvor die Sonne auf ihn niedergebrannt und sein Rücken schweißdurchtränkt gewesen war, war ihm nun kalt. Sein Kopf wog schwer und er sehnte sich nach seinem Kornschnaps.

Torren fühlte sich, als wäre er um mehrere hundert Jahre gealtert.

Während seiner geistigen Abwesenheit war ein Fass ins Meer gefallen und der Kapitän war nun damit beschäftigt, seine Männer zurechtzuweisen.

Ich hätte ihn töten sollen. Es war zu spät, um an die Fehler der Vergangenheit zurückzudenken. Er musste es vergessen, zumindest für den Moment. *Fehler,* dachte er spöttisch, er hatte nach dem Gesetz gehandelt, als er ihn trotz seiner Mordlust mit nach Rakstein genommen hatte.

Hira fragte ihn nach seinem Empfinden, er sähe blass aus, doch das tat er immer, schließlich kam er aus einer kühlen Gegend, die im Winter bis zu den Fenstern zugeschneit war. Er ignorierte sie, aus Angst seiner Stimme nicht Herr werden zu können.

Thich war nach einem kurzen, unsicheren Blick in seine Richtung seinem Kapitän gefolgt und half ihm, die Situation zwischen den Seeleuten zu regeln.

Torren musste einen kühlen Kopf bewahren. Nun, da er wusste, dass Jan für Vater und Mando arbeitete, brauchte er mehr denn je eiserne Kontrolle, eine Maske, damit er in Ruhe beobachten konnte. Der Berater des Königs war ihm ein Dorn im Auge. Wie konnte jemand zulassen, dass Jan vogelfrei zwischen Weiß und Schwarz agierte und was auch immer tat, um sein ekelerregendes Dasein zu fristen? Er würde alles herausfinden, bis ins kleinste Detail.

Und Vater ...

Zornig stellte er sich vor, wie er ihn vom Thron stieß und Antworten auf Fragen forderte, die längst vergangen waren. *Ruhig. Du hast alles im Griff. Alles im Blick.* So wie es ihm gelingen würde, Raena ins Reich zu verschleppen, so würde es ihm auch gelingen, den Berater und Jan zu töten.

„Ihr benötigt eine Überfahrt, habt Ihr gesagt?", hörte er Kupfers Stimme.

„Genau!", pflichtete ihm Mando bei, indem er die Hände zusammenschlug, „unsere Ankunft sollte schnellstmöglich erfolgen, da wir dringende Angelegenheiten im Land der weißen Reiter erledigen müssen. Falls es eine Frage des Geldes ist, wir haben genug, um unsere Überfahrt zu bezahlen."

Torren hob eine Braue hoch. *Bezahlen?* Er konnte nicht glauben, was er da gehört hatte. *Als ob der Berater des Königs ihm etwas schuldig wäre!*

Hira neben ihm stand starr, vermutlich überwand sie noch immer die Enttäuschung darüber, dass er ihr auf ihre nette Frage keine Antwort gegeben hatte. *Soll sie sich denken, was sie will,* dachte er schroff.

„Von einem alten Freund kann ich doch kein Gold verlangen", versicherte ihm Kupfer großzügig und ein schiefes Lächeln tanzte auf seinen Lippen, als er sich wieder zu ihnen gesellte.

Torren blieb Mandos zufriedener Gesichtsausdruck nicht verborgen. Der Berater schien sich in der Aufmerksamkeit des Kapitäns regelrecht zu sonnen. „Das freut mich zu hören. Ach, und die Drachen werden uns begleiten."

„Sie sind zu groß, um am Heck landen zu können."

„Sie werden uns fliegend begleiten und falls sie sich ausruhen müssen, nun, so müssen sie das im Meer tun. Schwimmen können sie bekanntlich gut, die Drachen."

„Wie habt Ihr vor, sie vor den Weißen zu verstecken?"

Auf diese Frage schien der Berater des Königs gewartet zu haben. „Ihr habt doch noch diesen Magier auf dem Schiff? Mit seiner Hilfe dürfte es kein Problem sein."

Thich und Jan tauschten undefinierbare Blicke aus, ehe Letzterer vorsichtig entgegnete: „Nun, ich weiß nicht, ob er dazu in der Lage sein wird. Ihr wisst ja, die Energie ist erschöpfbar. Ich hatte damals nicht die Möglichkeiten, mir einen besseren Magier *auszuborgen.* Wenn es ihm nicht möglich ist, segeln wir ihnen am Meer davon. Auch ihre Macht hat Grenzen." Er lächelte leicht.

„Ihr seid aber Händler?", fiel ihnen Hira skeptisch ins Wort, wobei sich ihre Frage eher wie eine Feststellung anhörte.

„Ich bin Händler", stimmte Jan zu, „aber meine Waren sind *speziell*. Der Berater weiß Bescheid." Er wählte seine Worte mit Bedacht. Torren gefiel das nicht.

„Ach?", lautete Hiras überraschter Ausruf, „was verkauft Ihr für Sachen?"

Thich runzelte die braungebrannte Stirn, verschränkte die Arme vor der Brust und blickte seinen Kapitän fragend von der Seite an. Aber Jan überging ihre Frage, indem er ihr einfach seinen angewinkelten Arm hinhielt. „Kommt mit. Ich werde Euch alles zeigen, was Ihr sehen wollt", bot er ihr freundlich an, „einschließlich meiner kühnen Albatros."

Eine leichte Röte überzog ihre Wangen. Torren bemerkte im Augenwinkel, wie sie verstohlen zu ihm schielte, als warte sie auf eine Zustimmung seinerseits, doch er blieb stocksteif stehen und machte keine Anstalten, dem Hurensohn zuvorzukommen.

„Sehr gerne", sagte sie schließlich.

„Folgt mir, Herrschaften." Jan blickte in die Runde, wobei er sogar Torren ansah, ehe er die kleine Gruppe zur Schiffsplanke führte.

Die meisten Handelswaren waren bereits an Land geschafft worden. Weiter vorn standen ein paar Seeleute, tranken und unterhielten sich über Themen, die eindeutig nicht für die Ohren einer Dame bestimmt waren. Am Rande hörte er, dass es um Brüste und andere weibliche Partien ging. Der Kapitän wies sie zurecht und alle drei liefen rot an, ehe sie peinlich verstummten, als Hira an ihnen vorbeigeführt wurde.

Torren betrat die Planke und je mehr der Boden unter seinen Füßen zu schwanken begann, desto unwohler wurde ihm. Die Wellen spritzten über die untersten Bretter und er fragte sich, wie es allen gelungen war, nicht darauf auszurutschen.

Wenn es dich überfordert, hast du immer noch mich. Wir könnten davonfliegen.

Ja, entgegnete er mürrisch und blickte Mandos breiten Rücken an. *Aber du weißt genau, dass das nicht geht.*

Ich weiß, seufzte Balion.

Torren blickte die rechte Breitenseite des Schiffs an, wo ihn schwarze Kanonenlöcher grimmig von drei Decks aus anstarrten. Über ihm sang die Takelage ihr eigenes Lied. Er hörte, wie sich die Seile bewegten, wie die Rundhölzer der zusammengerollten Segel leise knarzten und knirschten.

„Ihr seid aber stark bewaffnet", die Bewunderung in Mandos Stimme war kaum überhörbar.

„Sechsundachtzig Kanonen", verkündete Kupfer stolz und hielt mitten auf der schwankenden Planke inne, um ausladend auf die Breitenseite und anschließend auf den Bug zu deuten, „vier Mörser am Heck und zwei am Bug, wobei ich nicht mit der Zielfertigkeit meiner Matrosen zufrieden bin. Aber Übung macht bekanntlich den Meister, nicht? Wir besitzen Drachenharpunen und Schleudernetze, mit denen es uns möglich ist, Echsen und Pegasi direkt vom Himmel zu schießen."

„Beim letzten Mal hattet Ihr ein deutlich kleineres Equipment zur Verfügung", Mando pfiff anerkennend, „Euer Geschäft hat Euch viel Gold gebracht, nehme ich an."

Kupfer ließ seine weißen Zähne aufblitzen. „Ihr schmeichelt mir. Es ist Euer Verdienst", er verbeugte sich galant, „ich kann Euch gerne den Rest des Schiffs zeigen, sobald wir an Bord sind ..." Er drehte sich um, wollte weitergehen, doch irgendetwas hielt ihn zurück. Auf einmal wurde sein Gesicht ernst und seine Züge hart wie Stein. Er sah wütend aus.

Torren zog die Stirn kraus. Dann hörte er Geschrei, vom Deck des Schiffs kommend.

„Kommt, gehen wir", sagte Jan mit etwas Nachdruck zu Hira und führte sie, sichtlich steif aber ohne Hast, bis zum Ende der Schiffsplanke, wo er sich höflich vor ihr verbeugte und ihren Arm losließ. „Es hat mich gefreut, Fräulein Zollrist", mit wehendem Umhang drehte er sich um und verschwand aus Torrens Blickfeld.

„Was ist denn da los?", säuselte der Berater mehr zu sich selbst, folgte ihm hastig und wurde dabei dicht von Torren verfolgt, der sein Interesse hinter kühler Ausstrahlung verbarg. Schließlich blieb Mando verdattert neben Hira stehen. „Was macht denn *die* da?"

Eine Frau?, schoss Torren verwundert durch den Kopf, als er eine blaue Gestalt zwischen den halbnackten Männern erkennen konnte.

Offensichtlich seid ihr nicht die einzigen Passagiere, dröhnte Balions Stimme in seinem Kopf.

44. KAPITEL

Von ihrem eigenen Hunger geweckt, erwachte sie. Raena hatte das Gefühl, als hätte sie ein riesiges Loch im Magen. Ihr Mund fühlte sich trocken und wund an, ihre Zunge klebte ihr am Gaumen fest. Sämtliche Muskeln taten ihr weh, als wäre sie stundenlang ohne Pause gerannt. *Schlimme Kopfschmerzen*, war ihr erster Gedanke. Sie lag auf einem weichen Untergrund, der sich ihrem Körper anpasste. *Gänsefedern*, war ihr zweiter, *sein Bett vermutlich*. Denn der Geruch kam ihr bekannt vor. Dennoch wäre sie nicht verwundert gewesen, hätte er sie allein und nackt am Boden zurückgelassen.

Sie erinnerte sich an seine Schläge und schauderte ob der Brutalität, mit der er sie behandelt hatte. Hatte sie blaue Flecken? War ihre Lippe aufgeplatzt? Sie berührte ihr Gesicht, doch es fühlte sich normal an. Bloß ihr Atem ging schwer und sie hatte Mühe, Luft zu holen. Es roch nach Rosen. *Warum fühlt sich alles so eng an?*

Raena öffnete die Augen und sah ein ovales Gesicht mit langen, spitzen Ohren über sich schweben. Blaues Haar kitzelte sie an der Stirn.

„Hallo."

Mit einem Aufschrei fuhr sie hoch und knallte gegen die Stirn eines Mädchens, eines beflügelten Mädchens wohlgemerkt, welches neben ihr saß und daraufhin leicht verärgert mit der Handfläche ihre Stirn rieb. Ihre Flügel waren durchscheinend, seidig weiß und schimmernd wie die eines Nachtfalters. Sie war es, die nach Rosen roch.

„Das tat weh!", beschwerte sie sich lauthals, während auf ihrer hellen und überaus hübschen Stirn ein roter Fleck erschien.

Raena rutschte von der Unbekannten weg und holte tief Luft, als sie ihre eigene Unbeweglichkeit bemerkte, die darauf zurückzuführen war, dass sie irgendjemand in etwas Enges gezwängt hatte.

„Was zum ... *wer bist du?!*", keuchte sie und griff sich an die Brust. Ihre Finger stießen gegen Stäbe aus Stahl und Haken, die in schmale Ösen eingefädelt worden waren. „Was habe ich da an?!", entwich ihr schockiert. Sie glaubte, sich fern an einen Stand in Anah zu erinnern, der noble Kleidung für edle Damen verkauft hatte. In ihrer vagen Erinnerung meinte sie dort Ähnliches gesehen zu haben.

Raena kam sich vor wie in einem schlechten Traum. Immer weiter weg rutschte sie von dem Mädchen, bis sie die Kante erreichte und sich in den weinroten Vorhängen verheddte, die sie in ihrer Panik nicht zur Seite schieben konnte.

„Ich bin Yinila. Du weißt schon, das Mädchen im Käfig!", wollte sie zwischen ihnen Freundschaft schließen, doch Raena hatte etwas anderes vor. Rückwärts rollte sie aus dem Bett, knallte mit dem Rücken auf dem harten Boden auf und rappelte sich hoch. Sie war barfuß und trug einen blauen Rock aus mehreren Teilen. Als sie sich aufrichtete, stolperte sie über mehrere Unterkleider, bis sie mit einem Schrei auf dem Gesicht landete.

Die Erkenntnis traf sie mit einem harten Schlag.

Er war nirgends zu entdecken. Sie *musste* fliehen!

Frustriert, mit leerem Bauch und einem Stöhnen auf den Lippen, hastete sie durch den Raum. Bilder rauschten durch ihren Kopf. Sie erinnerte sich an jede Einzelheit und wunderte sich nicht einmal, warum sie sich noch bewegen konnte. Wie lange war sie bewusstlos gewesen? Sie konnte es nicht einschätzen. Er hätte sie fast umgebracht. Er hätte ... *hat es versucht.*

„*Warte!* Bleib doch hier!", schrie Yinila und Raena sah im Augenwinkel, wie sie vom Bett kletterte. Raena rannte zur Tür, fasste nach der Türklinke und lief in den Gang hinaus. Um Yinila zu verlangsamen, schleuderte sie sie hinter sich zu. Da wurde ihr klar, dass sie noch immer nicht wusste, wo genau sich der Ausgang befand.

Wildblumen und Bienenwachs strömten ihr entgegen, über ihrem Kopf baumelte eine unbekannte Lichtquelle, dieselbe, die sie auch von ihrem Käfig aus beobachtet hatte. Nirgends stand ein Schild, irgendeine Beschriftung, die auf einen Ausgang hinwies. Und dann, wo sollte sie hin? Sollte sie es schaffen, über die Reling zu springen, würde sie mit hoher Wahrscheinlichkeit im Meer ertrinken.

Yinila kämpfte mit der Tür. Ein Flügel schien zu schwer für sie. „Bitte ... komm ... zurück!"

Raena ignorierte sie, eilte zu den Säulen und begann fieberhaft nach einem Hebel oder einer verborgenen Nische zu suchen. Sie kam sich vor wie in einer der Geschichten, die sie zuhause oft gelesen hatte. Eine Prinzessin auf der Flucht vor einem Söldner, der ihr nach dem Herzen trachtete.

Unkonzentriert tastete sie die dritte Säule ab. Als ihre feuchten Finger abrutschten, war sie kurz davor aufzugeben, bis ein unerwartetes Geräusch, welches sich fast wie Nüsse knacken anhörte, die Wand zwischen den linken Säulen zuerst nach hinten und dann zur Seite verschob.

Eine dunkle Treppe kam zum Vorschein. Oben erwartete sie eine flache und doppelte Glastür mit vergoldeten Griffen. Um sich in ihren Röcken nicht zu verheddern, hob sie diese hoch und schwer nach Luft schnappend, nahm sie zwei Stufen auf einmal.

„Bleib hier!", rief Yinila, doch Raena ignorierte es.

Es zeigte sich, dass man die Falltür nach oben drücken musste. Mit zittrigen Beinen zwängte sie sich bis zur drittletzten Stufe hoch und drückte ihren Rücken gegen das schwere Glas, um mit ihrem gesamten Gewicht mitzuhelfen. Es gelang ihr tatsächlich, eine Türhälfte schwang auf. Raena richtete sich triumphierend zu ihrer vollen Größe auf, doch ihr beflügelndes Gefühl erlosch jäh, als sie anstatt frischer Meeresluft, abgestandenen Rauch und eine eigenartig fremde Würze riechen konnte. Das war nicht die Freiheit, die sie sich erhofft hatte.

Sie war in einem Raum, der bis oben hin vollgestopft war. Kisten, Fässer, Behälter, Kästen, in welchen sich allerlei Gerätschaften stapelten, Tische, Stoffe, Decken, Matten, Ketten bis hin zu Karten, in der Ecke stand sogar ein Anker. In der Nähe einer Wand sah sie stehende Glasflaschen, halb so groß wie sie und mit einer klaren Flüssigkeit gefüllt, die Aufschrift verblasst.

Konzentrier dich!

Es war nicht einfach in dem Durcheinander irgendetwas zu erkennen, bis sie die weinroten Vorhänge direkt neben den Flaschen sah.

Ihr Herz tat einen Satz.

„Du wirst nicht weit kommen! Er wird dich töten, *bitte komm zurück!*"

Töten? Er hat es bereits versucht!

Kopflos lief sie barfuß über den Boden, riss an den Vorhängen, die Klinke war leicht zu finden und stürzte, Angst und Sorge zum Trotz, hinaus ins Tageslicht.

Raena war noch nie auf einem Schiff gewesen, hatte nie eines mit eigenen Augen gesehen. Auf Bildern und Zeichnungen waren ihr Boote inmitten von tobender See gezeigt worden, schäumende Wellen und Seemänner, die wild gestikulierend und mit Seilen in den Händen, ihre Schiffe über Wasser lenkten. In Erzählungen war ihr von ihrer Größe und Herrlichkeit berichtet worden und niemals hätte sie zu träumen gewagt, einmal im Leben auf einem Schiff reisen zu dürfen.

Geblendet stand sie auf warmen Brettern. Hinter ihrer Stirn pochte es.

Links und rechts von ihr befanden sich Treppen, die schräg nach oben verliefen. Über ihrem Kopf knirschte es dehnend, während der Hauptmast mit seinen aufgerollten weißen Segeln in kurzen Abständen Schatten auf ihr Gesicht warf. Männerstimmen drangen an ihr Ohr und ihr Blick fokussierte sich aufs Deck, welches nun ausgebreitet vor ihr lag.

Schwindel überkam sie. *Ich habe es geschafft.*

Mindestens zwanzig Seeleute, allesamt männlich, standen in kleinen Gruppen herum.

An der Reling, an die Masten gelehnt, bei den Rettungsbooten. Zu viele Details, die ihr überforderter Verstand sich weigerte zu begreifen. Stocksteif, unfähig sich zu rühren, flog ihr Blick nach rechts. Sie ankerten vor der Küste einer ihr völlig unbekannten Stadt. Schräg nach oben verlaufend, hatte deren Form eine große Ähnlichkeit mit einer Zunge.

Ein kleiner Hoffnungsschimmer keimte in ihrer Brust. *Vielleicht finde ich dort Hilfe!* Sie musste schnell fliehen, bevor ...

„He!"

Ertappt zuckte sie zusammen, stolperte mehrere Schritte zurück und stieß mit dem Rücken gegen die Rückwand der linken Treppe. Mit aufgerissenen Augen, in den Nacken gelegtem Kopf, blickte Raena geradeswegs einem zahnlosen, jungen Mann direkt ins Gesicht. Vermutlich auf einem Rundgang unterwegs gewesen, war er nun auf eine Fremde gestoßen, die auffällig gekleidet war und knapp vor der Tür stand, die zu den Kajüten hinunterführte.

Er beugte sich vor, legte beide Hände auf das schwungvoll geschnitzte Geländer und taxierte sie aus zusammengekniffenen Augen. Wenn sein Haar nicht ausgefallen und seine Zähne vollständig gewesen wären, hätte er durchaus einen gutaussehenden Mann abgegeben. Doch da seine Erscheinung halb heruntergekommen war, wirkte er wie ein mitternächtliches Schreckgespenst. „Was bist denn du für ein schönes Blümchen", sie merkte ihm seine Überraschung und seine gleichzeitige Neugierde an, „hast du dich verlaufen?"

Nein, habe ich nicht, wollte sie entgegnen, doch ihre Kehle war wie zugeschnürt. Kein einziges Wort kam über ihre Lippen. Sie war stumm wie ein Fisch, während sie ihn weiterhin nur ungerührt anstarren konnte.

„Hast wohl s'sprechen verlernt, wie?", meinte er belustigt und kam die Treppe herunter.

Raena lief los. Im Augenwinkel sah sie, wie er den Mund aufriss und einen wilden Schrei ausstieß. Als sie am Hauptmast vorbeilaufen wollte, stellten sich ihr drei Männer in den Weg.

Nackte Oberkörper, kurze Hosen, überraschte Gesichter.

Raena stoppte abrupt, packte nach der Reling, bevor sie mit ihnen zusammenprallte. Ihr ängstlicher Blick flog zu den gespannten Seilen hoch, die ein eigenartig geflochtenes Netz bildeten. Vielleicht war es ihr möglich, dort hinaufzuklettern. *Und dann?* Dort oben würde sie gefangen sein. So dumm war sie nicht. Angespannt wie eine Bogensehne blickte sie ihre massiven Gegenüber an. Ihr Atem rasselte.

„Des Kapitäns neue Gespielin", sagte einer grinsend, während der andere fragte: „Solltest du nicht in seiner Kajüte sein?"

Ihr war klar, dass sie ihr überlegen waren. Zähe Männer, jederzeit bereit, auf See einen Kampf ausfechten zu müssen, würden ein leichtes Spiel mit einer Frau wie ihr haben. Beklommenheit überkam sie. Niemals würde sie weit genug kommen, nicht in der Kleidung.

„Was machst du hier, Mädchen?", fragte sie ein in der Nähe stehender Seemann belustigt, er schien mit einem Netz beschäftigt, „gehörst du zu Fräulein Giselles Damen?" Mit einem Auge betrachtete er ihr Dekolleté und ihre Statur, während sein anderes starr nach vorne blickte. Sie schauderte bei seinem Anblick vor Ekel.

„Sie spricht nicht", klärte der Zahnlose seinen Kumpanen auf, „vielleicht müssen wir ihr zuerst ein wenig wehtun. Dann singen sie immer."

Derbes Gelächter ertönte und jagte ihr Angst ein. Umringt von gierigen Blicken und zu abscheulichen Grimassen verzogenen Gesichtern, kam sie sich vor wie eine Maus im Käfig.

Angelockt durch ihre Anwesenheit, wurden sie immer mehr, wie Drohnen, die vom Duft der Bienenkönigin magisch angezogen wurden, scharten sie sich um sie. Der kühle Meereswind, der eine leichte Note von Fisch mit sich trug, wehte ihr den Gestank verschwitzter Leiber entgegen. Ihr Magen rebellierte.

„Das ist das Mädchen, welches der Kapitän im Käfig versteckt hat", ertönte jäh eine Stimme von ganz hinten, „die soll angeblich gefährlich sein, was uns nicht erklärt, warum sie ohne Ketten herumläuft."

„Die sieht nicht gefährlich aus", widersprach Einauge fest überzeugt, während er seine Oberlippe seltsam nach oben krümmte.

„Was ist denn da los?!", rief irgendjemand und die Seemänner stoben auseinander, „habt ihr nichts Besseres zu tun, als hier herumzustehen? Geht an die Arbeit, faules Pa- ...!"

Spätestens nachdem die Menge auseinandergerückt war und ihrem Vorgesetzten Platz gemacht hatte, erkannte sie im Neuankömmling Sezjal, den Begleiter von Jan. Seine ausdruckslose Reaktion schüchterte sie ein, bis er: „Fangt sie", sagte und ihr starrer Körper wie durch Zauberhand erwachte.

Ihr Instinkt übernahm.

Da hinter ihr nur der Zahnlose stand, wich sie sekundenschnell zurück, hörte ihn fluchen, schlüpfte unter seinen grabschenden Händen hindurch und hastete die Treppe hoch.

Zwei Männer standen oben, hielten etwas in den Händen und sahen sie verwirrt an. Einer versuchte sie zu packen, doch sie entglitt ihm mit einem leisen Schrei und er stolperte über seine eigenen Beine.

Raena rannte am goldenen Steuerrad vorbei, sah Seile, Harpunen, Kisten mit Kugeln, sprang darüber hinweg und im letzten Eck des Hecks blieb sie keuchend stehen. Ihr Blick flog zum Meer hinaus.

Dort war sie. *Die Freiheit.*

Hinter sich vernahm sie das Durcheinander der Seeleute, hörte ihre schweren Schritte über die Bretter donnern. Verkrampft schloss sie ihre Hände um die breite Reling und warf einen hastigen Blick hinunter.

Dunkelblaue Wellen brachen sich gegen das Schiff. Weiße Gischt spritzte erschreckend tief gegen das dunkelbraune Holz und lief seitlich daran wieder ins Meer ab.

„Verdammt, ist das hoch." Sie war den Tränen nahe. Doch noch sprang sie nicht. Etwas hielt sie zurück, der schwarzhaarige Junge, der sich an sie geklammert hatte, der ausgesehen hatte, als bräuchte er ihre Hilfe. *Meine Hilfe,* dachte sie spöttisch. War es egoistisch von ihr zu fliehen, obwohl man ihn vielleicht quälen, misshandeln und schließlich verkaufen würde? Und warum kam er ihr ausgerechnet jetzt in den Sinn? Sollte sie nicht daran denken, was passieren würde, wenn Jan sie erneut in seine Finger bekam?

Ihre Fingernägel bohrten sich ins Holz und ein Splitter blieb in ihrem Daumen stecken. Der ziehende Schmerz rüttelte sie wach und Raena fasste einen Entschluss.

Die Schritte hinter ihr waren verstummt. Sie hatten sie eingeholt.

Wo blieb ihre dunkle Seite? Wo war ihre Rettung?

Sie biss sich auf die Lippe. *Sei nicht dumm. Rette dich selbst.*

„Bleib schön da stehen, Mädchen", ertönte hinter ihr eine leise Warnung, „wir werden dir nichts tun. Wir möchten nur mit dir reden."

Sie reagierte nicht und hob ein Bein über die Reling. *Reden! Pah!*

Als sie an die grapschenden Hände dachte, die womöglich nach ihr greifen könnten, schüttelte sie sich innerlich.

Raena warf einen Blick über ihre Schulter zurück und sah ihre dunkelbraunen Gesichter, die Schatten der Segel hüllten sie in ein malerisches Schauspiel aus tanzenden Lichtflecken. Wettergegerbte Seemänner mit halbnackten Leibern, mit breiten Händen voller Hornhaut. Sie kamen näher, vorsichtig, als hätten sie Angst, dass sie sich in Luft auflösen könnte.

Es waren so viele!

Sie hob das zweite Bein. Alles war besser als Jan und seine Männer.

Lanthan. Sein vernarbtes Gesicht war in Schatten gehüllt. Seine dunkelgrünen Augen stachen aus dieser trostlosen Dunkelheit hervor und gaben ihr Kraft.

Mit Sehnsucht im Herzen ...

„Nicht springen!"

... stieß sie sich ab, fühlte sich für einen Moment schwerelos und fiel mehrere Meter, ehe sie auf der Oberfläche aufschlug und das Wasser sich über ihrem Kopf schloss. Zuerst war da bloß Kälte, die sie brutal einhüllte und ihr erschrocken die Luft aus den Lungen entweichen ließ und im nächsten Moment wusste sie nicht mehr, wo oben oder unten war. Wasser drang in ihre Ohren. Ihr linker Arm brannte. Unkontrolliert gefallen, war sie ungünstig auf der Seite aufgeschlagen.

Raena riss die Augen auf.

Von blauer Seide eingehüllt, durchzuckte sie Panik. Bläschen verließen Mund und Nase. Ihre Lunge zog sich zusammen. Angestrengt kämpfte sie gegen den blauen Schleier an, der durch die Strömung wie Seegras um ihren Körper gewickelt wurde. Als sie Wasser trat, schrien ihre Muskeln auf. Sie versuchte, nach oben zu schwimmen.

Ich will nicht sterben, schoss ihr immer wieder durch den Kopf, eine Litanei ohne Ende, ein Gebet an Ara, an irgendjemanden, der es hören konnte. *Ich will nicht sterben.*

Die Strömung zerrte an ihr, schleuderte sie von einer Seite zur anderen. Das Wasser zog sie nach unten, das Korsett erlaubte ihr keine Bewegungsfreiheit.

Vor ihrem inneren Auge sah sie Vater, Mutter, ihre Geschwister. Sie roch Pferdemist und frisches Heu, den süßen Geruch von gemähtem Gras und hörte Baras Lachen ganz nah an ihrem Ohr. Sie spürte Lanthans Umarmung, seine starken Hände auf ihrem Rücken, spürte die Geborgenheit in seiner Nähe. Dann schmeckte sie das Meer und ihr Verstand weigerte sich zu akzeptieren.

Plötzlich durchbrach sie die Oberfläche. Hustend strömte Luft in ihre Lungen. Halb blind blinzelte sie die Wassertropfen beiseite, strich sich unkontrolliert die Haare aus dem Gesicht, während kleine Wellen ihre Schultern umspülten. Über sich sah sie die stechend gelbe Sonne, halb hinter den Wolken hervorblitzen und ihr strahlend helles Leuchten war das Schönste, das sie je zu Gesicht bekommen hatte.

Ich bin nicht tot, dachte sie und ihr Mund verzog sich zu einem kleinen, geistesabwesenden Lächeln. Fast kam es ihr so vor, als ob sie schweben würde. Die Strömung trug sie auf ihren Armen, Wärme lullte sie ein, nicht einmal mit den Füßen musste sie treten.

Bis sich ein nasser Schatten über sie beugte, war ihr nicht klar gewesen, dass sie von Lanthans Umarmung nicht nur geträumt hatte. Starke Arme hatten sie emporgezerrt, sie an die Oberfläche geholt und vor dem Ertrinken bewahrt.

Die Sache hatte einen einzigen Haken, denn es war nicht Lanthan und auch nicht Jan, der sie im Arm hielt, sondern ein schwarzhaariger Fremder, dessen schwarze Augen wie Kohlen in seinem Gesicht glühten. „Ich habe dich gehört", war das Einzige, was er sagte, bevor er sie an sich drückte und ausdruckslosen Blickes seinen Arm über ihren Rücken wandern ließ. Mit einer Hand vollführte er große Armbewegungen und schwamm in Richtung Sicherheit, Schiff oder Land, es war ihr einerlei.

Zu perplex, um ihm auf seine Aussage antworten zu können, starrte sie sein blasses Gesicht an. Er hatte sie davor bewahrt zu ertrinken. Er, der Held in Not, hatte sie daran gehindert zu fliehen. Und dann traf es sie wie ein Blitz. „Verdammt!", fluchte sie schwach. Auf keinen Fall wollte sie zu Jan zurück. Sie würde lieber sterben.

Verwundert sah er sie an. Seine Brauen wanderten hoch und immer höher. Er schien verwirrt.

Ihr wurde schlecht, als sie daran dachte, Jan von Angesicht zu Angesicht begegnen zu müssen. Sie wollte ihn nie mehr wiedersehen. Sollte er doch am Grunde des Meeres verrotten, der Bastard.

Angst ließ sie zittern und murmeln: „Lass mich los! *Bitte*, lass mich los!" Ihr wurde unwohl, als sie ihre Hände flach gegen seine Brust drückte. Das Material unter ihren Fingern war vollgesogen mit Wasser. Dennoch, obwohl seine Kleidung bessere Tage gesehen hatte, bemerkte sie die große Ähnlichkeit zu Lanthans Lederjacke, derer Herrin sie für einen Augenblick lang gewesen war. Nein, nicht nur seine Lederjacke, die ihre hatte ebenfalls einen solchen Schnitt besessen ...

Ihre Angst war ihr offensichtlich anzusehen, denn sein Mundwinkel zuckte. „Wovor fürchtet Ihr Euch? Seid Ihr ausgerutscht?"

„Nein, bin ich nicht", entgegnete sie zittrig, „bitte lasst mich einfach los." Unwillkürlich ihrzte sie ihn, da er damit angefangen hatte und sie ihn nicht beleidigen wollte.

„Wenn ich Euch loslasse", erklärte er geduldig, beinahe genervt, „werdet Ihr ertrinken. Ihr habt wie eine Irre gestrampelt und Eure Röcke haben sich um Euch gewickelt."

Raena schluckte trocken. Auf ihren Lippen schmeckte sie Salz.

Ertrinken? Röcke?

Mehr denn je wurde sie sich ihrer Kleidung bewusst und errötete. Sie biss sich auf die Lippe, atmete flach und fühlte dennoch ihre Brüste beben. „Wer seid Ihr?", hauchte sie und starrte ihn an. Im Hintergrund drangen die Stimmen der Seemänner zu ihr durch und sie weigerte sich, den Kopf zu wenden und nachzusehen, wie viele Meter sie noch vom Steg trennten. Auf seinem bleichen, herzförmigen Gesicht perlten die Tropfen ab, die aus seinen nassen Haaren liefen. Seine Lippen waren voll, nicht zu schmal und nicht zu breit. Buschige Augenbrauen verliehen seinen schwarzen Augen einen ausdrucksstarken Blick. Dichter Bart wuchs auf seinen Wangen und seinem Kinn. Er besaß keine spitzen Ohren, keine farbigen Augen wie Fenriel, also konnte er kein Elf sein.

Raena hatte noch nie so ein makelloses Gesicht gesehen. Keine Schramme, keine Narbe, keine Schatten vergangener Krankheiten verunstalteten ihn. Er war wie aus Stein geschaffen, aus weißem Marmor gemeißelt und zum Leben erweckt. Einzig allein die dunklen Schatten unter seinen Augen ließen ihn menschlich aussehen.

Ohne, dass es ihr aufgefallen wäre, begann sie sich zu beruhigen. Es war, als zwinge seine Anwesenheit sie dazu, Ruhe zu bewahren. Als hätte er eine Wirkung auf sie, der sie sich nicht entziehen, sich nicht erklären konnte.

Seine Augen, schoss ihr verwundert durch den Kopf, haben eine andere Form. *Sie sind schräger ... geformt wie ein Sichelmond.* Er war nicht von hier, sah nicht aus wie ein typischer Streifenbewohner und auch nicht wie ein weißer Reiter. Weshalb also die ihr bekannte Kleidung?

„Ihr habt meine Frage nicht beantwortet."

„Ihr ebenso wenig", schleuderte er zurück.

„Ich ertrinke nicht", widersprach sie ihm.

„Ach, wirklich? Soll ich Euch also loslassen?"

Unsicher überflog sie seinen Gesichtsausdruck. Sie konnte rein gar nichts darin erkennen. Doch irgendetwas an seinen Worten brachte sie völlig durcheinander. „Nein", murmelte sie schließlich kraftlos. Ihre körperliche Verfassung ließ zu wünschen übrig. Zudem war es zu spät. Überschätzt hatte sie sich und war Hals über Kopf ins Verderben geflohen. Bevor sie die Insel erreicht hätte, hätte man sie womöglich entweder aus dem Wasser gefischt oder abgewartet, bis sie von selbst an Land gekrochen kam. Der Moment war keine günstige Fluchtgelegenheit gewesen.

Sie hatte nicht nachgedacht, hatte einfach nur weggewollt.

Raena fühlte sich hilflos. Anstatt ihm zu helfen, ließ sie sich durchs Wasser tragen. Sein Atem ging gleichmäßig. Er schien ihr stark genug. Wie groß mochte er sein? Sie hatte das Gefühl, dass er schlanker war als sie.

„Wie wäre es mit etwas mehr Dankbarkeit?" Sein Gesichtsausdruck blieb der gleiche, doch sie hörte den Frost in seiner Stimme. Er war verärgert.

„Dankbarkeit?", wiederholte sie.

„Ich wollte nicht, dass man mich rettet."

Der Druck seines Arms um ihre Hüfte verstärkte sich.

„Ihr habt um Hilfe gerufen", erinnerte er sie.

„Habe ich nicht!", antwortete Raena erhitzt und verspürte einen schuldbewussten Stich in der Brust. Ihm sollte sie nicht zürnen. Immerhin hatte er sie vor dem Ertrinken bewahrt.

„Ihr habt geschrien, Frau Vergesslich", sagte er kalt, „dafür sollte ich Euch loslassen und Eurem halbnacktem Leib dabei zusehen, wie er wie ein Fisch zappelt, während er mit dem Tode kämpft!"

Ihr blieb die Luft im Hals stecken. Heiße und kalte Schauer liefen ihren Rücken hinunter und sie spürte ein Kribbeln im Nacken. Es beschlich sie das Gefühl, dass dieser Mann vor ihr kein gewöhnlicher Edelmann war. Sein Verhalten und sein reserviertes Auftreten waren Charakterzüge, mit denen sie nicht umzugehen wusste. *Wie*, wollte sie ihn fragen, *wie hätte ich schreien sollen*, denn sie war unter Wasser mit kaum Luft ausgestattet gewesen. Wer kam auf die blöde Idee unter Wasser zu schreien? Gewöhnlich war ein ... *Ich will nicht sterben*, erschien in ihren Gedanken wie aus dem Nichts.

Raena verlor den Faden.

Ihr wurde klar, dass sie sehr wohl geschrien hatte, nur anders.

Jegliche Farbe wich aus ihrem Gesicht. Was hatte das zu bedeuten?

Wer war dieser Mann?

„Danke", murmelte sie etwas verspätet, bevor ihre Augen über den näherkommenden Steg huschten. Sie hatte die halbe Schiffsbesatzung ignoriert, die sich dort wie auf einem Ameisenhaufen tummelte. Die Bretter bogen sich und knirschten unter den Gewichten ihrer massigen Leiber protestierend. Es glich einem Wunder, dass sie sich nicht selbst ins Wasser schubsten.

„Danke, dass Ihr für mich gesprungen seid", zwang sie sich noch zu sagen, denn schließlich war sie undankbar gewesen und wollte nicht, dass er sich wegen ihr noch mehr ärgerte. Plötzlich nahm sie seine Anwesenheit viel klarer wahr, spürte seine Nähe und seine Wärme durch die Kleidung auf ihrer Haut brennen. Seine Hand, die auf ihrer Hüfte ruhte, war ihr auf einmal zu viel.

Der Fremde sagte nichts mehr und schenkte ihr auch keine weitere Beachtung.

Ihre Wangen glühten. Sie fühlte sich ignoriert und biss sich auf die Zunge. Danach heuchelte sie Interesse an einem beliebigen Pfeiler, der unter den Seemännern gefährlich hin und her wackelte und war sich, je näher die Schreckensgestalten kamen, ihrer beängstigenden Niederlage bewusst.

Ihr Blick wurde starr.

Schwer saß ein übler Brocken in ihrer Magengrube, denn sie wusste, dass die schmale Statur mit dem braunen Mantel zweifelsohne Jan war. Am liebsten hätte sie geweint. Doch sie riss sich zusammen und reckte das Kinn in die Höhe, um ihrer Strafe zumindest mit etwas Würde zu begegnen.

Der Fremde legte die restlichen Züge bis zum Steg mit grandioser Schnelligkeit zurück. Kaum angekommen, zerrten sie starke Arme in die Höhe und stellten sie auf die Beine. Ihre Knie gaben nach. Kalter Wind strich über ihre Schultern und Arme. Das Haar klebte ihr am Rücken fest. Umgeben von grimmig dreinblickenden Seemännern, fühlte sie sich mickrig und verwundbar.

„Sieh mich an."

Raena spürte Tränen in ihren Augen brennen, als sie Jans steinhartem Blick begegnete. Ihr Kopf flog nach links und ihre Wange loderte auf. Sie hatte Strafe erwartet, doch vor allen Beteiligten geschlagen zu werden war eine Demütigung, die ihr Blut durch den Körper jagte und Wut in ihren Adern entflammte. Mit geblähten Nasenlöchern wartete sie den Schmerz ab. Erst dann wagte sie es, ihn erneut anzusehen.

„Mach das nie wieder."

Ihre Wangen brannten vor Empörung. Sie presste die Lippen zusammen und starrte ihn an, wünschte sich nichts sehnlicher, als dass ihre dunkle Seite erwachen und über alle hinwegfegen würde. Natürlich geschah es nicht. Drei Atemzüge später starrten sie sich noch immer an, er wütend, sie trotzig und bebend vor Kälte.

„Wir sollten uns auf's Schiff begeben, Kapitän", schlug Sezjal vorsichtig vor. Er stand neben Jan und hatte sich das kleine Spektakel nicht entgehen lassen, „der Prinz ist nass. Wir sollten ihm trockene Kleidung anbieten." Obwohl es ein kaum wahrnehmbares Flüstern war, konnte Raena jedes Wort davon hören.

Prinz?

Im Nu war ihr Mund staubtrocken. Sie sah zur Seite und suchte nach dem Mann, der sie aus dem Wasser gefischt hatte. Er war dicht hinter ihr gewesen. Den gaffenden Blicken der Seemänner wenig Beachtung schenkend, die sie wie einen Leckerbissen beäugten, blickte sie zwischen ihnen hindurch auf den Fremden, der nun ebenfalls triefendnass auf dem Steg stand und sich mit der Lederjacke abmühte, die wie eine zweite Haut an ihm klebte. Neben ihm stand eine Frau, die nicht zu wissen schien, wohin mit ihren Händen. Sie sah besorgt und leicht verzweifelt aus. Der Fremde sagte etwas zu ihr, woraufhin sie ihre Arme hängen ließ, und aussah wie ein geprügelter Hund.

Ihr seid ein Prinz? In ihren Augen sah er nun aus wie jemand, der von klein auf gelernt hatte mit seinen Gefühlen umzugehen und sie vor seinen Untertanen zu verbergen. Sein kühles Auftreten und sein ausdrucksloses Gesicht waren ein gutes Indiz dafür, dass er tatsächlich ein Adeliger war.

Ihr Leid war vergessen. Beeindruckt starrte sie ihn an. Sie hatte noch nie einen Prinzen mit eigenen Augen gesehen. Nur, welcher Prinz war er? Woher stammte er?

„Kannst du dein *verdammtes Maul* nicht halten?", war Jans Antwort auf den gut gemeinten Vorschlag und sie spürte, wie er sie am Arm schnappte. Seine Berührung war alles andere als angenehm. Grob zog er sie an sich, ignorierte ihr Stolpern.

Raena keuchte auf, ihr Blick wurde von ihrem Retter losgerissen und traf auf graublaues Eis, welches ihre Seele zu einem kalten Klumpen gefrieren ließ. „Dies ist meine Frau Seiren!", rief er mit heruntergespieltem, weichem Ton, ohne den Blick von ihr abzuwenden, „ich wollte sie Eurer königlichen Hoheit eher vorstellen, doch wie Ihr seht, ist sie Euch leider zuvorgekommen und hat ihr alltägliches Bad im Meer genommen." Nicht nur er lachte, sondern alle grölten in einem Tonfall.

Raena verstand die Warnung in seinen Augen und duckte sich. Dieses Mal würde er sie umbringen. Sie ahnte es und wünschte sich, sie wäre im Meer ertrunken.

„Eure Frau?", hörte sie den Prinzen sagen, in seiner Stimme schwang merklicher Spott mit, „Ihr solltet sie besser hüten, ansonsten kann es passieren, dass sie Euch vor den Augen ertrinkt."

45. KAPITEL

Man sagt, der Regen wasche alle Sorgen und allen Schmutz von den Straßen fort. Man sagt, er reinige die Erde und deren Bewohner mit heiliger Kraft und eiskalter Zuversicht. Bei mir scheint der alte Volksglaube nicht zu funktionieren, Lagunas. Ob ihn der Hengst tatsächlich hören konnte, war fraglich. Angebunden zwischen zwei dichten Nadelbäumen, stand er ruhig und still da, als ob er schlafen würde.

Mit der Schulter an einer der vier Säulen lehnend, die tapfer den verlängerten Dachvorsprung der verlassenen Waldhütte stützten, starrte Lanthan vor sich hin. Dicke Wassertropfen fielen vom Himmel und prallten von Blättern und Grashalmen ab.

Seitdem Raena entführt worden war, verspürte er brennende Schuldgefühle, die ihm jeden Tag ein Stück mehr seiner Luft zum Atmen raubten. Er konnte nicht schlafen, kaum klar denken. Seine Gedanken kehrten immer wieder zu dem Abend zurück, an dem er sie das letzte Mal gesehen hatte.

„Ich war kurz davor, Rizor in Grund und Boden zu schlagen", murrte er verstimmt und löste seinen Schwertgürtel. Bedacht stellte er ihn an der Mauer ab. Ihr Lachen hörte sich nervös und gleichzeitig unglaublich müde an. Er hatte ihr bereits seit mehreren Stunden angesehen, dass sie übermüdet war und dringend etwas Schlaf benötigte. Es hatte ihn gewundert, dass sie in der Gaststube nicht einfach umgefallen war. Und ihre Nervosität ... auch die konnte er gut nachvollziehen. Ihm erging es nicht anders. Ein Anführer sollte stets bedacht sein, seine Gefühle unter Verschluss zu halten, *dachte er und als er zu seinem Gürtel griff, fiel ihm auf, dass er die Seile vergessen hatte.*

„Verdammt. Ich habe Eure Fesseln vergessen", brummte er daraufhin wenig begeistert. Es war ihm lästig. Er selbst könnte genauso gut Schlaf gebrauchen. Wie sollte er schlafen, wenn sie in seiner Nähe war?

„Ich kann sie holen."

Überrascht drehte er sich zu ihr um. In der Dunkelheit konnte er nicht viel von ihrem Gesicht erkennen. Eine weiße Leinwand mit schwarzen Augen und herzförmigen Lippen.

Bevor Lanthan sich zurückhalten konnte, entgegnete er perplex: „Ihr findet sie in der Satteltasche im Stall."

„Ich beeile mich."

Wie viele Tage mochten inzwischen vergangen sein? Drei? Vier?

Spätestens nach dem zweiten Tag hatte er sein Zeitgefühl verloren.

Als Raena das Zimmer verlassen hatte, hatte er sich einen der Stühle geschnappt und gegähnt, bevor er sich gesetzt und die Arme vor der Brust verschränkt hatte. Der Schlaf musste ihn eingeholt haben, denn eine Weile später war Fenriel in sein Zimmer gestürmt und hatte beunruhigt erklärt, dass er die Verbindung zu Grashalm verloren hätte. Sie waren die Treppe hinuntergestürmt und hatten Chaos vorgefunden. Die ohnmächtige Esined in der Gaststube, deren Kopf an einer Seite wie eine Pflaume aufgebläht gewesen war und die ebenso ohnmächtige Wirtin mit ihren verprügelten Gehilfen in der Küche. Lanthan verspürte einen Stich in der Brust, als er sich daran zurückerinnerte. Daraufhin hatten er und Fenriel das komplette Dorf auf den Kopf gestellt. Erschrockene Kinder und wütende Bewohner hatten sich vor dem Gasthaus versammelt und sie hatten erklären müssen, wieso sie mitten in der Nacht jeden aus dem Bett gerissen und des Schlafs beraubt hatten.

Danach war er verzweifelt und außer sich in Richtung Stall gestürmt und hatte dort den steifen Leib der Harpyie im Staub vorgefunden. Im Inneren hatte Grashalm völlig entkräftet am Boden gelegen, Ciro war es ähnlich ergangen und doch hatte sich keiner von ihnen daran erinnern können, wie sie in diesen Zustand geraten waren. Nicht einmal Schleier, der sich viel schneller als die anderen erholt hatte.

Als sie herausgefunden hatten, dass Jan und seine Begleiter spurlos verschwunden waren, hatte Lanthan eins und eins zusammengezählt. Trotz Fenriels Protesten war er aus dem Stall galoppiert, um allein in der Finsternis herumzuwandern und nach Spuren zu suchen. Nach vier Stunden sinnlosen Herumsuchens war er zurückgekehrt, frustriert, enttäuscht und zornig, zudem hatte er seine Waffe im Zimmer vergessen.

Nichts hatten sie gefunden. In Mizerak hatte Lanthan Raenas Spur im Hafen verloren, wo er einen Frachtmeister unter Drohungen befragt hatte. Einige Zeit später hatten sie beschlossen, ihre Reise ohne sie fortzusetzen, denn sie brauchten eine Genehmigung, um am Meer nach ihr suchen zu dürfen. Diese konnten sie nur vom Herrscher höchstpersönlich erhalten und Lanthan hatte immer schon zu denen gehört, die sich an Vorschriften hielten, zumindest, nachdem er erwachsen geworden war.

Zu Beginn der Reise wurde ihnen ein Plan vorgestellt, in welchem ausdrücklich erklärt worden war, dass wenn ihre Mission misslang, sie nach Narthinn zurückkehren und auf keinen Fall auf eigene Faust weitersuchen sollten. Doch für Lanthan war die Reise in Narthinn zu Ende. Er bezweifelte, dass ihm der Herrscher eine zweite Chance geben würde, seinen Fehler wiedergutzumachen. Selbst wenn er nun auf eigene Faust losziehen und nach ihr suchen würde, er gefährdete damit seine Familie. Denn wenn nicht er den Kopf verlor, dann vielleicht einer seiner Söhne als Buße für sein Verschwinden.

Händler, dachte er bitter, *ein Pirat wohl eher.*

Lanthan konnte sich nicht erinnern, jemals einen derart fatalen Fehler gemacht zu haben. Er wollte nicht wissen, was ihm der Herrscher der Weißen sagen würde. Nur viel zu gut wusste er, welche Strafen ihn in Narthinn erwarten könnten. Bildlich erschienen sie in seinem Kopf. Ob geviertelt, zu Tode gefoltert, ausgeweidet oder für immer weggesperrt, der Auswahl waren keine Grenzen gesetzt. *Im besten Falle der Strang.* Und noch weniger wollte er wissen, ob Raena in diesen drei Tagen, die sie schon abgängig war, gefoltert oder misshandelt wurde. Es zerriss ihm fast das Herz, wenn er an ihren verweinten Gesichtsausdruck zurückdachte, wie er sie im Arm gehalten und ihr schnell schlagendes Herz gespürt hatte. Sie war weich gewesen und hatte sich zerbrechlich angefühlt, als sie sich hilfesuchend an ihn geklammert hatte. Die Vorstellung, wie sie blutüberströmt zwischen einem Berg voller Leichen hockte, machte seine Schuldgefühle nur noch schlimmer. Er könnte es nicht ertragen, wenn jemand ihr Schaden zufügte, ihre unschuldige Seele vergewaltigte und gebrochen zurückließe. Er litt unter seiner Schuld. Er hatte sich so bemüht, ihr eine schöne Kindheit zuteilwerden zu lassen, aber schlussendlich war es umsonst gewesen.

Lanthan versuchte sich zu beruhigen, immerhin war sie nicht absolut hilflos. Ihr schwarzes Wesen würde sie beschützen, sofern er mit dem Schutzmechanismus recht gehabt hatte.

Er streckte die Hand aus und hielt seine Finger in den Regen. Durchscheinende Tropfen liefen über seine Haut, versickerten in den tiefen Linien seiner Falten und bildeten einen kleinen See in seiner Handfläche. Sein Gesicht spiegelte sich darin wider.

Während ihrer gemeinsamen Reise hatte er mehrmals überlegt, Raena seine Söhne vorzustellen, ihr zu erzählen, dass er zwei wunderschöne Kinder hatte. Nichts hätte ihn mehr gefreut, als dass sie an einem von ihnen Gefallen gefunden hätte. Immerhin würde sie der Herrscher so bald wie möglich verheiraten wollen. *Hätte gewollt,* verbesserte er sich verärgert.

„Komm hinein. Es wird bald dunkel." Esined hatte nach dem Zwischenfall in der Gaststube überraschenderweise eine Gemütswandlung durchgeführt. Sie war viel ruhiger geworden. Ihr Gesicht war noch immer angeschwollen, im Laufe der Tage war die Pflaume gewandert. Selten hatte er so viele Farben unter einer Haut gesehen. Warum auch immer, sie hatte sich geweigert, von Fenriel behandelt zu werden. Nun stand sie hinter ihm, er spürte ihre Anwesenheit und reagierte nicht, da er nicht das Bedürfnis dazu verspürte, sei es auch nur über belanglose Dinge mit ihr zu sprechen.

Natürlich trug er die Hauptschuld an der Sache, immerhin war er eingeschlafen, während Raena vor dem Haus ums Überleben gekämpft haben musste. Doch Esined war diejenige gewesen, die sich um Jans Finger hatte wickeln lassen wie, *wie* ... er hielt den Gedanken auf, ehe er sie beleidigen konnte, denn auch Rizor war dem Charme des Piratenkapitäns erlegen und hatte sich von ihm bewirten lassen. Nachdem ihn Fenriel ins Bett gebracht hatte, hatte er geschnarcht wie ein Toter und sich Stunden später immer noch nicht wecken lassen.

Ich sollte den anderen nicht die Schuld in die Schuhe schieben. Er hätte eingreifen sollen. Er war der Anführer. Es war egoistisch, wütend zu sein. Doch er war es trotzdem.

„Er antwortet nicht", hörte er Esined sagen.

Sie war, nachdem er sie ignoriert hatte, wieder zurückgegangen und sprach mit wem auch immer. Er schätzte Fenriel. Die Frau war ihm ein Dorn im Auge. Er hatte sie viel zu lange geduldet.

„Esined", rief er sie schließlich, „komm her." Er befahl und bat nicht darum. Sie gehorchte ihm. „Schließ die Tür", forderte er und blickte sie über die Schulter hinweg an. Unter ihrer bunten Maske bemerkte er, wie sie bleich wurde, ehe sie seiner Aufforderung nachkam.

„Ich habe eine Frage an dich." Lanthan wandte den Blick von ihr ab und starrte in den Wald. „Hast du Zimor die ganze Zeit über Bericht erstattet?"

„Wie meinst du das?"

Nun war keine Raena mehr da, er musste sich also nicht mehr zurückhalten. „Du weißt schon. Nachrichten geschickt. Wie sie sich macht und wie sie aussieht, wie sie sich verhält zum Beispiel."

„Wie kommst du darauf?"

Er sah im Augenwinkel, dass sie sich ebenfalls an eine Säule anlehnte. Ihre Haltung wirkte betont lässig. Sie verschränkte die Arme vor der Brust, ihr schlanker Hals war entblößt und er sah die Sehnen hervortreten. Ihre dunkelblauen Augen ruhten auf seinem Gesicht. Auch wenn es nicht danach aussah, er beobachtete sie ganz genau.

„Wann hätte ich Zeit haben sollen und vor allem, wie stellst du dir das vor? Ich war die ganze Zeit mit euch unterwegs. Meinst du nicht, dass geheime Botschaften meine Kompetenz übersteigen?" Sie hob eine Braue.

Lanthan verzog das Gesicht. Er glaubte ihr kein Wort.

„Esined, ich kenne dich. Der ganze Hof kennt dich. Du bist die beste Freundin der Prinzessin und Tochter des Herrschers, ihre Hof- und Klatschdame. Wenn jemand zum Spionieren geeignet ist, dann bist du es. Es war von Anfang an klar, dass Zimor kein Vertrauen in den Rat hegt, aber eine Freundin, die seiner Tochter nahesteht, ist etwas anderes. Ich kann mir denken, dass du nicht freiwillig mitgingst. Sicher, du hast deine Qualitäten und Fähigkeiten, aber was ich weiß, benutzt du sie nicht gern. Du bist lieber Hofdame und tändelst mit Männern wie Fenriel herum."

„Untersteh dich!", fauchte sie ihn an.

Nun reagierte sie, wie er erwartet hatte. „Soll ich deine Satteltaschen leeren? Da finde ich bestimmt Papier und andere Hilfsmittel, um ..."

„Wage es, meine Sachen anzufassen und ich schneide dir die Hand ab", sie war zwar wütend, aber meinte es todernst, „als ob ich nichts Besseres zu tun hätte, als dieser blöden Kuh nachzuspionieren! Ein Befehl ist ein Befehl und ich bin nicht freiwillig hier, das weißt du. Ja, es ist wahr, ich bin Zimors Kaninchen, aber ich habe keine Botschaften geschickt! Soweit kenne ich mich in der Rangordnung aus, da kannst du dir sicher sein."

„Du hast keine besonderen Befugnisse im Rat", murmelte er mehr zu sich selbst, „Rizor ist hier, weil er sich durch harte Arbeit und Überzeugung bei den braunen Reitern qualifiziert hat, Fenriel ist der Gesandte seines Königs und ..."

„Willst du mir jetzt erörtern, wie du darauf gekommen bist, oder was? Bitte verschone mich. Ich bin sehr wohl wichtig. Und Hofdame, dass ich nicht lache! Als ob es mich interessieren würde, jeden Tag in schweren Kleidern herumzustolzieren und ..."

„Jetzt verleugnest du dich aber selbst", Lanthan blickte sie ausdruckslos an, „ich wollte damit nur sagen, dass jeder andere Verbündete geeigneter gewesen wäre als du." Nur zu gut erinnerte er sich an die Bälle, bei denen Esined mit erhobenem Haupt teilgenommen hatte. Sie hatte vielen Männern das Herz gebrochen. War sie nicht sogar eine Zeit lang verheiratet gewesen? Er erinnerte sich nicht an den Mann, jedenfalls war er irgendein Botschafter gewesen.

„Ich bin eine gute Kriegerin", erklärte sie mit großer Überzeugung. Ihre Augen funkelten wutentbrannt. „Du konntest es selbst sehen. Ich *kann* das Gleichgewicht beschützen. Ich *habe* euch sogar gerettet!" Sie deutete mit bebendem Zeigefinger auf ihre Brust.

Lanthan schüttelte schwach den Kopf. „Gute Kriegerin, die sich einfach von ein paar Seemännern überrumpeln lässt", sagte er, bevor er seine verkrampfte Haltung löste und seine Arme ausschüttelte.

Sie holte tief Luft, um zu widersprechen, doch er hob seine Rechte und brachte sie zum Schweigen. Er wollte nichts mehr hören. Er wollte sie nicht mehr ansehen. Für ihn war alles klar, war es von Anfang an gewesen.

„Was hast du ihm geschrieben? Du warst es, oder?" Er wusste, es konnte schlimme Folgen haben, ihr eine Verschwörung vorzuwerfen. Da ihm allerdings ohnehin bereits der Tod drohte, nahm er kein Blatt mehr vor den Mund. „Ich frage dich nur einmal", senkte er seine Stimme zu einem bedrohlichen Flüstern herab, „bist du für ihr Verschwinden mitverantwortlich? Wenn du weißt, wo sie ist, dann bitte ..."

Rasend unterbrach sie ihn. „Für wen hältst du dich eigentlich?!", schrie sie, hochrot und mit funkelnden Augen, „läufst noch immer in diesem Aufzug rum, siehst aus wie ein Kind, dem sein Kuchen gestohlen wurde. Du hast versagt! Sieh dich doch nur an", sie überflog sein Gesicht, seine Erscheinung und spuckte auf den Boden, „du bist ein Mistkerl. Sogar im gleichen Zelt habt ihr geschlafen. Was wird sich deine Yalla wohl denken, wenn sie das erfährt?!"

„Das reicht!", zischte er und packte sie an den Schultern, „du lässt meine Frau aus dem Spiel!"

Ihre Hände fuhren hoch, umfassten seine Handgelenke. Kurz dachte er, sie würde ihn stoßen, doch stattdessen glotzte sie ihn an wie eine Irre. „Und wenn nicht? Was tust du dann?", raunte sie, „als ob du was dagegen machen könntest."

„Ich stehe über dir", knurrte er und schüttelte sie, während sie sich festhielt, „pass auf, was du sagst! Da ich vermutlich sterben werde, ist es mir gleich, ob ich dich dabei mitnehme!"

Esined stieß einen wütenden Schrei aus und riss sich von ihm los. Ihr anklagender, wütender Blick durchbohrte ihn. Dann stolperte sie von ihm fort, in den Regen hinaus.

Ausdruckslos sah er ihr nach. In seinem Herzen brannten hunderte Feuer. *Die Entführung muss geplant gewesen sein.* Würde sich Esined freiwillig schlagen lassen, nur um Raena loszuwerden? *Bestimmt.*

Die gesamte Reise über war ihre Einstellung ihr gegenüber feindselig gewesen. Er bezweifelte stark, dass Jan die Königin erkannt und aus diesem Grund entführt hatte. Irgendjemand musste ihn informiert, ihm Bescheid gegeben haben. Einzig allein der Rat und der Herrscher wussten, dass es überhaupt eine Raena gab. Sie konnten sich nicht leisten, die Legende wahr werden zu lassen und die Bewohner dieser Welt in Angst und Schrecken zu versetzen. Dies galt nun erst recht, da Raena verschwunden war, weil sie tatsächlich der Faden war, der alle vom Untergang trennte.

Zerstreut fuhr er sich durchs Haar. *Verdammt!* Er war mit seinen Nerven am Ende. Vielleicht war alles nur Zufall und Raena würde innerhalb Tagen selbst in Narthinn erscheinen? Fast hätte er aufgelacht. *Als ob.*

„Gron." Bis sein richtiger Name zu ihm durchgedrungen war, dauerte es eine ganze Weile. Erst als rechts von ihm das Gesicht von Fenriel aufblitzte, fuhr er herum. „Fenriel", entgegnete er holzig, „was ist los?"

„Ich würde gern ins Dorf reiten und möchte, dass du mit mir kommst. Rizor wird hierbleiben", fügte Fenriel schnell hinzu, bevor ihm Lanthan eine Absage erteilen konnte. Er ging dem Zwerg bereits seit Stunden aus dem Weg, was vor allem mit seinem Zorn zu tun hatte.

„Was willst du in einem Dorf?", fragte er reserviert, doch folgte ihm in den Regen hinaus.

Leichtfüßig lief sein Vordermann zum Wald und verschwand zwischen den Bäumen.

Lanthan unterdrückte ein Seufzen. Seit Stunden war das Wetter übel und kalt und als er sich durch niedrig hängende Äste hindurchkämpfte und schwere Tropfen in seinen Kragen fielen, erblickte er Ciro, wie sie auf leisen Pfoten an Lagunas vorbeischlich. Ihr stechender Blick wandte sich nach kurzem Augenkontakt von ihm ab. Interessiert beschnupperte sie die Rinde eines nahen Baums und kratzte sich mit der Hinterpfote am Hals, bis ihr Rüstzeug klingelte. Mit ihr hatte er seit dem Vorfall auch kein Wort mehr gesprochen.

„Du warst schon mal schneller." Grashalm trat neben ihn, ihr Reiter saß bereits fest im Sattel und blickte mit hochgezogener Augenbraue auf ihn herab. Lanthan ignorierte ihn und tätschelte den Hals seines Hengstes, was dieser mit einem Schnauben quittierte, bevor er sich in den feuchten Sattel hob. Damit sich das Schwert nicht verheddterte, ordnete er den Gürtel.

„Welches Dorf meinst du eigentlich?", brummte Lanthan und nahm die Zügel fest in die Hand. Es fühlte sich gut an, wieder im Sattel zu sitzen und einen starken Pferdekörper unter sich zu spüren. Dennoch fühlte er einen Stich. Raena fehlte ihm.

„Das war ein Ablenkungsmanöver. Du brauchst einen klaren Kopf. Mach ein freundlicheres Gesicht."

Grashalm schnaubte zustimmend und schüttelte ihre nasse Mähne aus.

„Freundliches Gesicht", brummte Lanthan, „kommt, reiten wir los."

Eine ganze Weile später und nass bis auf die Knochen, da er vergessen hatte den Mantel anzuziehen, hielt er den schäumenden Hengst zurück und blickte Fenriel hinterher, der aus seinem Blickwinkel verschwand.

Was taten sie hier? Sie sollten weiterreiten, anstatt sinnlos durch die Wälder zu rasen, in der Hoffnung, dass alles besser würde und Raena hinter einem Busch hervorgekrochen käme. Das hier war keine Ablenkung, statt Zerstreuung fühlte er Anspannung und Unruhe. In Narthinn wartete der Strang auf ihn und er ritt fröhlich durch die Wälder.

Er wollte nach Hause.

Zuhause ... sofern er es jemals wieder zu Gesicht bekam. Schwermut packte ihn. Plötzlich tat ihm alles leid. Er wollte sich für so Vieles entschuldigen und wusste, dass er vielleicht keine Gelegenheit mehr dazu bekam, Yalla vielleicht nie mehr wiedersah.

Dumm war er, keinen Brief an seine Frau geschrieben zu haben. Er hätte zum gleichen Zeitpunkt, als er den Brief an Zimor geschrieben hatte, ebenfalls einen an Yalla senden sollen. Nun war es zu spät, denn morgen schon würde er von Angesicht zu Angesicht mit dem Herrscher sprechen müssen. Wie hoch war die Wahrscheinlichkeit, dass sie der Brief erreichte, bevor er offiziell verurteilt wurde? Zudem bestand die Möglichkeit, dass sie das Papier vorher abfingen.

Lanthan fuhr sich übers Gesicht.

Nicht einmal die Auflösung des Mysteriums war ihm gelungen. Wer Raena verschleppt und in den Streifen gebracht hatte, wem es gelungen war, ihren Schlaf zu unterbrechen. Fürst Duran war nur ein Teil der Geschichte, doch nun war er tot, wobei Lanthan stark bezweifelte, dass der sich überhaupt erinnern konnte, wer es gewesen war. Fürst Duran hatte sie der Familie gegeben, das wusste er. Doch das war auch schon die einzige Information, an die sie während ihrer langen Suche gelangt waren. Laut der alten Frau, die einst die Köchin gewesen war und nun in Anah lebte, war das Mädchen irgendwann einfach auf der Burg aufgetaucht. Keiner wusste woher und kurz darauf hatte Duran sie weggegeben. Sie hatte damals nur widerwillig geredet und jede Menge Gold in ihre Tasche gesteckt.

Fest stand, dass jemand Mächtiges Raena geweckt hatte, vielleicht jemand, der Erinnerungen manipulieren konnte wie ein Grenzmagier.

Wie sehr war er erleichtert gewesen, als er das kleine Mädchen am Bauernhof einer freundlichen Familie vorgefunden hatte. Zimor hatte ihm jeglichen Kontakt verboten, zur Vorsicht geraten. Wie hatte er es ausgedrückt?

Wir können ihrer Majestät eine gewöhnliche Kindheit ohne Einflüsse bescheren, eine Kindheit voller Träume und Sehnsüchte, etwas, was unseren eigenen Kindern nur selten vergönnt ist. Als ob die Kinder der weißen Reiter keine Träume und Sehnsüchte hätten!

Die Etikette verlangt von ihnen Disziplin und Gehorsam. Sie können es sich nicht leisten, im Dreck mit stinkenden Schweinen zu wühlen.

Die Jahre hatten ihn gelehrt, dem Gleichgewicht mit Misstrauen und gesunder Vorsicht zu begegnen. Nicht, weil sie etwas getan hätte, sondern wegen der Legenden und Geschichten, die sich die Mitglieder des Rats um die Ohren warfen, wenn sie sich versammelten. Die Wahrheit war schlicht, dass niemand eine Ahnung über Raenas Auswirkungen auf die Welt hatte, und das schuf Misstrauen und Angst. Auch ihre Verbundenheit war nur eine Legende und konnte nur belegt werden, wenn bei ihrem Tod tatsächlich die Welt unterging. Aber er glaubte es. Sie war das Gleichgewicht. Es musste so sein.

Ihre gemeinsame Reise hatte ihn eines Besseren belehrt. Raena war ein lebendiges und atmendes Geschöpf, welches rein zufälligerweise die Gleichgewichtsbürde erhalten hatte. Für ihre schwere Aufgabe beneidete er sie keinesfalls. Er glaubte fest daran, dass viele in Zukunft versuchen würden, Raena für ihre Zwecke zu benutzen.

Im Nachhinein fragte er sich, wieso er dem Herrscher gehorcht hatte. Er hätte schon viel früher auf die Familie zugehen sollen, ihnen erklären, wer Raena war. Er hätte sie mitnehmen und verstecken sollen.

Als Lagunas über eine Wurzel stolperte, bemerkte Lanthan, dass er völlig vom Weg abgekommen war. Sofern man den schmalen Streifen, den sie entlanggeritten waren, als Weg bezeichnen konnte. „Verflucht", knurrte er und blinzelte gegen die Regentropfen an, die ihm in die Augen liefen.

Heftig zog er den Riemen an und brachte Lagunas zum Stehen. Dann blickte er um sich und realisierte, dass er sich auf einer rundlichen, aber relativ kleinen Lichtung befand. Sie war mit gelblichgrünem Moos überwuchert, mit Blaubeersträuchern und weichen Hügeln, auf denen kleine Pilze wuchsen. Ein paar Schritte vor ihnen befand sich ein schwarzer Tümpel. Seggen hingen traurig mit ihren weißen Köpfen darüber und gelegentlich löste sich ein Tropfen, um auf die Oberfläche zu fallen.

Dann war Fenriel da. Das Einhorn genauso nass wie sein Reiter.

„Ich stehe hinter dir."

Vor Lanthans innerem Auge erschien der vorbereitete Strang, der nur darauf wartete, um seinen Hals gelegt und zugezogen zu werden. Sein Herzschlag setzte aus. „Wieso? Du bist mir in dieser Hinsicht nicht zur Treue verpflichtet!"

Fenriels ernste Worte berührten und verärgerten ihn gleichzeitig.

Nachdem zwei regungslose Sekunden verstrichen waren, neigte Grashalm ihren Kopf gen Boden und Fenriel schwang sich elegant aus dem Sattel. Das weiche Moos unter seinen Beinen gab nach. Flüssigkeit quoll hervor und tränkte seine Stiefel. Geräuschlos kam er auf ihn zu, während von seinen Schultern die Tropfen abperlten. Sein weißes Haar klebte ihm am Rücken fest und mehrere Strähnen blieben an seinen Wangen kleben, als er ungeachtet der Nässe vor Lanthan und Lagunas in die Knie ging.

„Ich gelobe dir, Gron Onohr, mein Leben für deines zu geben, wenn es das Schicksal von mir fordern sollte. Ich stelle dich über meinen König und kenne dich als meinen Lehnsherren an."

Das Einzige, was ihm Lanthan darauf antworten konnte, war: „Das ist Hochverrat."

Gelassen hob der Elf seinen weißen Kopf und blickte ihm aus klaren, violetten Augen entgegen. „Ich habe dich nicht um deine Meinung gefragt." Schwungvoll erhob er sich, bevor er zurück in den Sattel stieg. „Lass uns zurückreiten."

„Ich bin schuld!", stieß er hervor, „meinetwegen ist sie jetzt fort!"

„Nein", widersprach Fenriel, blickte ihn über die Schulter hinweg gelassen an, „wenn du nicht mehr da bist, wer soll sie dann suchen? Ich? Niemals", er schüttelte den Kopf, „nicht unter meinem König. Das solltest du übernehmen. Du bist die bessere Wahl. Außerdem mag sie dich. Du willst sie doch nicht noch mehr enttäuschen, oder?"

„Du weißt, wie sicher mein Tod ist."

„Das kann niemand sagen. Du solltest abwarten."

Lanthan wusste nicht, wie er reagieren sollte. Zerrissen zwischen Verärgerung und stiller Anerkennung, musste er den Schwur erst einmal verdauen, bevor er steif nickte und murmelte: „Dir nach."

Auf dem Ritt zurück fragte er sich, ob Fenriel geplant hatte, Hochverrat zu begehen, oder es aus einer Laune heraus getan hatte. Es war üblich, dass der Anführer eines Vorhabens, einer Mission oder wie auch immer man es nennen wollte, den Kopf hinhalten musste, wenn Fehler passierten. Egal wer es verbrochen hatte, der Anführer der Truppe war dazu verpflichtet, für jede Missetat seiner Mitstreiter zu büßen.

Wann war zuletzt ein König verurteilt worden?

Ihm wurde speiübel bei dem Gedanken, dass es bei seiner Hinrichtung ein Mordsgedrängel mit viel Essen und Trinken geben würde. Wie bei einer Hochzeit oder einem verschwenderischen Geburtstag. Wollte er seine Frau noch sehen, nachdem man ihn verurteilt hatte? Ihren schmerzvollen Gesichtsausdruck und ihre Tränen ertragen? Viel lieber erinnerte er sich an ihr schönes Lächeln, welches sie ihm jedes Mal schenkte, wenn sie ihm begegnete.

Lanthan betete, dass der Herrscher das Volk der Elben, einschließlich seiner Familie, in Ruhe lassen würde.

Eine halbe Stunde später war die Sonne hinter den dichten Baumkronen verschwunden. Es regnete noch immer und es schien, als würde der Guss bis spät in die Nacht anhalten. Dennoch erkannte Lanthan in der trüben Dämmerung die verlassene Hütte. Jemand hatte Feuer im halb zerfallenen Kamin entzündet und dicker Rauch stieg geradlinig nach oben, da der Wind sich beruhigt hatte.

Sie ließen ihre Pferde im Schutz der Bäume zurück.

Lanthan betrat den überraschend heißen und erdrückend stillen Raum. Fenriel, dicht hinter ihm, zog sich den Mantel von den Schultern und legte ihn über einen modrigen Stuhl, den er quer durch den Raum rückte und so platzierte, dass die Flammen unzählige Lichter auf den Stoff warfen.

Es roch nach Alkohol und das Holz neben dem Kamin war bereits zur

Hälfte verbrannt. Es war schon hier gewesen, vermutlich nutzten Jäger oder Landstreicher die Hütte als Rückzugsort. Wer auch immer hier lagerte, derjenige würde vermutlich nicht erfreut sein, dass sie es verwendeten. Doch da es im Wald unmöglich geworden war, trockene Äste zu finden, waren sie dankbar für den Fund gewesen.

Lanthan öffnete die Schnallen seiner Jacke, zog das Leder von den Schultern und nahm den zweiten Stuhl an sich. Sein Blick fiel dabei auf Esined, die ihr Gesicht dem Feuer zugewandt hatte. Mit einer Hand zerrte er den Schwertgürtel von seinen Hüften und legte die Waffe neben seiner Jacke ab. Stumm betrachtete er sie, bevor er sich einen der vorbereiteten Lagerplätze nahm und sich mit seinen nassen Sachen auf die Decken kniete.

„Du solltest etwas essen, Gron."

„Vielen Dank, ich verzichte."

Rizor seufzte im Hintergrund.

Lanthan schluckte, sein Mund fühlte sich trocken an. Er legte sich auf die Seite und drehte ihnen seinen Rücken zu. Den Kopf bettete er auf seinen angewinkelten Arm und atmete tief durch. Es tat gut zu liegen. Seinen Rücken wärmte das Feuer und obwohl die Müdigkeit gegen seine Augenlider drückte und er geräuschlos gähnen musste, fand er keine Ruhe. Nachdem Lanthan sich sicher war, dass niemand mehr sein Profil sehen konnte, glätteten sich die Narben in seinem Gesicht. Mit einem Ziehen seiner Haut, ein in den letzten Tagen alltägliches Gefühl, fiel seine Verwandlung von ihm ab.

Unter falschem Namen und falscher Identität war er immer in den Streifen gereist, um Raena dort zu beobachten, um zu berichten und um sie insgeheim zu beschützen. Um möglichst wenig Aufmerksamkeit zu erregen, hatte er eine Maske geschaffen, die ihn davor bewahrte, als König der Elben erkannt zu werden. Die tägliche Täuschung verlangte ihren Tribut, doch der Energieentzug regenerierte sich meist über Nacht und Raena zuliebe, er wusste, dass es dumm war, hatte er die Tarnung aufrechterhalten.

Sein linker Mundwinkel hob sich. Er war ein Idiot, der glaubte, sich weiter quälen zu müssen, als müsse er ihr irgendetwas beweisen. Als ob dies seine Schuld mindern könnte.

Starr glotzte er die staubigen Bretter an.

Während ihrer gemeinsamen Reise hatte er sich oft vorgestellt, wie sie reagieren würde, wenn sie erfuhr, dass er nicht der war, für den er sich ausgab. Die Vortäuschung eines betrunkenen Anführers hatte nur wenig funktioniert, als ob ihm Fenriel nicht gesagt hätte, dass das eine dumme Idee sei.

Nun wurde es Zeit, seinen richtigen Namen wieder anzunehmen.

Gron schloss die Augen, gähnte und spürte ein dumpfes Pochen hinter seiner Stirn. Schlafmangel war Gift für den Verstand. Ein kalter Hauch strich über seinen Rücken. War wohl keine gute Idee gewesen, sich mit nassen Sachen auf den Boden zu legen. Sein verfluchter Stolz verbat es ihm, aufzustehen und sich umzuziehen. Stur blieb er liegen und wartete geduldig, bis er in einen dämmrigen Zustand fiel.

Irgendwann vernahm er Schritte. Nachdem er erschrocken zusammengezuckt war, es musste bereits spät in der Nacht sein, blickte er kurz über seine Schulter, auf der Suche nach der Ursache, die ihm fast einen Herzstillstand beschert hätte.

Es war Fenriel, der über die schlafende Esined hinweggestiegen war. In seinem weißen Haar tanzten kleine Flämmchen, als es sich über seine Schulter ergoss und sein halbes Gesicht verdeckte. Mit einem langen Stock stocherte er in der Glut herum und warf Holz hinein. Die kleine Feder an seinem Ohr tanzte im Windzug, als er danach zur Tür ging.

Gron versuchte weiterzuschlafen.

Am frühen Morgen setzte sich das Schweigen zwischen ihnen fort und er verließ als Erster die Waldhütte, um sich draußen die Beine zu vertreten. Seinen Lagerplatz unter seinem Arm tragend, steuerte er den nahen Wald an. Vom Vortag war sein Schritt feucht, doch es war ihm gleich.

Die fröhlich zwitschernden Vögel passten nicht zu seiner Stimmung. Mit steifem Rücken bückte er sich und wich nassen Ästen aus, bevor er über eine Wurzel stolperte und beinahe hingefallen wäre. Fluchend richtete er sich auf und blickte in zwei forsche Augen, die ihn interessiert musterten.

Lagunas schüttelte seine Mähne aus und wieherte zum Gruß.

„Dir auch einen guten Morgen", brummte er. Anschließend rieb er den Sattel trocken und prüfte die Taschen. Er hatte vergessen, ihm das Zaumzeug abzunehmen und ärgerte sich über sich selbst. Es wurde nicht besser, als ihm Raenas Kästchen in die Hände fiel. Sein Magen drehte sich um und er stopfte es tief nach unten, so tief, dass der Sattel verrutschte und Lagunas nervös zur Seite trat.

„Entschuldige", murmelte Gron und band kurzerhand die Decken fest. Nachdem er den Gurt geprüft und noch einmal fest nachgezogen hatte, kamen die anderen nach. Ihren Gesichtern zufolge schienen sie ebenso wenig erfreut darüber, dass sie bald in Narthinn sein würden.

Er schwang sich in den Sattel und verzog keine Miene, als die Hose über seine Haut rieb. Wortlos richtete er die Zügel und klopfte dem Hengst auf den Hals, als dieser mit aufgestellten Ohren den Kopf in die Höhe riss.

Er folgte seinem Blick und bemerkte zwei Gestalten. Seine Vermutung bezüglich der Hütte war treffend gewesen. Zwei Männer näherten sich ihnen, vermutlich Landstreicher, ihren abgerissenen Kleidern nach.

„Wir sollten uns beeilen." Ciro trat in seinen Augenwinkel, Rizor saß bereits auf ihrem Rücken und sein forscher Blick wurde von tiefen Augenringen überschattet. „Wer ist denn das", murmelte er, doch schien keine Antwort zu erwarten. Zum ersten Mal seit Raenas Entführung fiel Gron auf, wie sehr der Zwerg darunter litt.

Schwach nickend pflichtete er ihm bei und zog die Zügel leicht an. Lagunas wendete und drehte sich um. Mit einem leichten Wink deutete er ihnen ihm zu folgen und trieb den Hengst entlang des Waldrandes zum gleichen Pfad zurück, den auch die Landstreicher genommen hatten. Bevor er das Tempo erhöhte, blickte er kurz zurück, um sich der Anwesenheit seiner Leute zu erkundigen. Sie folgten ihm. Während Fenriel hoch erhobenen Kopfes ritt, sahen die anderen beiden ein wenig verloren aus, wobei Esined mehr verärgert als niedergeschlagen aussah. Sie sah ihn nicht an. Gron war ihr Verhalten gleich, in wenigen Stunden würden sie sich für immer aus dem Weg gehen.

Der Pfad war verwachsen und aufgeweicht. Manchmal spürte er, wie Lagunas ein Bein zur Seite glitt und hörte sein schweres Schnauben, als er es wieder anzog. Gron selbst war kalt. Weiße Wölkchen verließen seinen Mund und vermengten sich mit der Umgebungsluft. Sein Magen knurrte, also wühlte er in den Satteltaschen nach Brot. Nachdem er gegessen und jeden Bissen mühsam hinabgewürgt hatte, holte er einen warmen Mantel hervor und wickelte sich darin ein.

Die Zeit verstrich. Außer knirschenden Sätteln und schweren Hufen vernahm er nur die Geräusche des Waldes um sie herum. Sein Schwert schlug rhythmisch gegen sein Bein und erzeugte einen dumpfen Klang, der ihm irgendwann auf die Nerven ging. Er hatte noch immer Hunger, doch ihm war auch übel und er wollte sich selbst strafen, indem er auf weiteres Essen verzichtete.

Er wollte noch nicht sterben, war noch nicht bereit dafür.

In seinem Herzen keimte das Verlangen nach Flucht, das Pferd zu wenden und im Wald zu verschwinden, unterzutauchen und ... und dann? Im Alleingang nach Raena zu suchen? Er wusste gerade mal, dass sie sich vermutlich an Bord eines Schiffes aufhielt. Natürlich hatte er daran gedacht, in Mizerak zu bleiben und zu warten, bis der Kapitän dort wieder auftauchte. Doch wann würde das geschehen? Es konnten Ewigkeiten vergehen.

Gron trieb Lagunas zum Galopp an. Es war ausgeschlossen zu fliehen.

Er musste berichten und das Beste hoffen.

Der Rand des Waldes und das folgende „Grüne Becken" oder auch „Narthinns Becken", kamen viel zu schnell. Dabei handelte es sich um eine Fläche von mehreren tausend Hektar, die einst gerodet und von den Anhängern der weißen Reiter besiedelt worden war, nachdem der Krieg aufgehört hatte. So wurde es jedenfalls in den Geschichten erzählt.

Helles Licht blendete ihn, als sie unter den Baumkronen hervortrabten und auf einem frisch gepflügten Acker erschienen. In unweiter Ferne befand sich ein Dorf, eines von vielen, welches die Bevölkerung in Narthinn ernährte. In der Umgebung der Hauptstadt gab es über fünfzehn solcher Ansiedlungen.

Vom Norden herab floss der Laa', der der breiteste Fluss im ganzen Land war und im Herzen von Finarst entsprang. Nur dank den großzügigen Wassermengen war es möglich, das übergroße Gelände zu bewirtschaften und die Stadt zu versorgen. Im Laufe der Zeit hatten die Menschen immer mehr Arme und Seitenbäche gegraben, damit das Wasser bis in den hintersten Winkel des Beckens fließen konnte.

Gron trieb Lagunas über einen schmalen Feldweg zum nächsten Dorf an, da sie von dort aus den Hauptweg erreichen konnten. Bauern konnten ungemütlich werden, wenn man mit schweren Pferden über ihre Felder ritt und das Gras niedertrampelte. Und obwohl er bereits im Augenwinkel schwach die Stadt erkennen konnte, wagte er nicht hinzusehen. Stattdessen blickte er den Himmel hoch, suchte die aufgehende Sonne und spürte ihre warmen Sonnenstrahlen auf seiner Wange. Und das sollte sein letzter Tag sein? Es fühlte sich bei weitem nicht so an.

Nimm es hin. Hör auf Trübsal zu blasen.

Vor den Stallungen spielten Kinder. Ihre kleinen Leiber sahen im Gegensatz zu den hohen Toren klein und zerbrechlich aus. Ihr fröhliches Gelächter trug der Wind bis zu seinen Ohren und ihre ungehemmte Freude versetzte ihm einen Stich.

Das Dorf gehörte zu den kleinsten in der Umgebung. Der Hauptplatz war winzig und in der Mitte gab es einen Brunnen. Da er von niedrigen Trauerweiden umwachsen war, bemerkte Gron die junge Frau nicht sofort, die einen Holzeimer in die Tiefe kurbelte. Sie hielt bei ihrer Arbeit kurz inne und musterte jeden von ihnen skeptisch, bis sich ihre Blicke kreuzten und Gron höflich wegsah. Sie hatte einen Karren mit Behältern neben sich stehen, die sie zu befüllen schien. Gron schätzte, dass sie den Arbeitern am Feld Wasser brachte.

Er schnalzte mit der Zunge und binnen eines Augenblicks hatten sie das Dorf hinter sich gelassen.

46. KAPITEL

Frischer Wind kam auf und sie bogen auf den Hauptweg ein, der während des Tages nie leer war. Dennoch fiel ihm sofort auf, dass viel mehr Menschen als gewöhnlich unterwegs waren.

„Was zum Henker ...", murmelte er.

Obwohl sie noch einen halben Kilometer reiten mussten, konnte er phasenweise ein regelrechtes Gedrängel entstehen sehen. Begleitet von Ausrufen und lautem Gemurmel war die Luft von merklicher Nervosität angespannt. Hinter sich hörte er Rizors genervtes Raunen, irgendetwas von „Essen umsonst", was natürlich völliger Blödsinn war.

Gron runzelte die Stirn. Hätte er sein Zeitgefühl nicht verloren, dann würde er wissen, welchen Wochentag sie hatten. Denn der große Markt am Hauptplatz, dessen große Auswahl an Waren allerlei Händler und Käufer anlockte, fand meist mittwochs statt. An diesem Tag drängten sich die Stände bis in den Schlosshof hinein. Zuletzt hatte er vor einem Monat mit seiner Frau daran teilgenommen und das auch nur bei der Parade, dem Höhepunkt, der meist mittags stattfand, wo der Herrscher und sein Gefolge dem Hauptweg des Marktes folgend bis zum Schloss hinaufritten. Dicht gefolgt von ihrem Hof, kauften sie dann symbolisch am Schlosshof ein, meistens Schmuck oder dekorative Gegenstände.

Der Strom zog in Richtung Stadt. Ein Barde spielte, stimmte ein Lied an und jemand grölte den Text zur bekannten Melodie.

Ihm fiel auf, dass der Adel in der Menge stark vertreten war. Bekannte Flaggen wehten im ruhigen Wind und die weißen Pegasi gingen neben den Kutschen her.

Warum flogen sie nicht?

Für gewöhnlich herrschte kein Verbot, man konnte nach Belieben über die Mauer fliegen und an den Plätzen landen, die dafür vorgesehen waren.

Zufällig entdeckte er Graf von Hohenstein, der aufrecht im Sattel saß, während seine mit Gold bestickte Jagduniform, der gepanzerte Pegasus und das schmucke Schwert an seiner Seite, seinen Reichtum präsentierten. Gron konnte erkennen, wie seine Gattin den gelockten Kopf aus dem verhangenen Fenster der Kutsche schob und ihrem Diener etwas zurief, der auf einem grauen Gaul neben ihnen her ritt. Beim letzten Ball hatte er sich blendend mit ihm verstanden. Der Graf war zwar um einiges jünger, doch sie teilten eine gemeinsame Leidenschaft, nämlich die Jagd mit Pfeil und

Bogen.

Fenriel erschien neben ihm. Gron konnte in seinem Gesicht einen leichten Anflug von Anspannung erkennen. „Wir haben aber nicht zufällig einen wichtigen Geburtstag verpasst, oder?"

Gron verzog die Mundwinkel. „Nicht, dass ich wüsste." Tatsächlich hatte der Herrscher im Frühjahr Geburtstag gefeiert und er wurde das irre Gefühl nicht los, dass all diese Leute wegen seines Versagens herbeigebeten worden waren.

Sein Blick flog zur blauen Kutsche, wo die seidenen Vorhänge inzwischen ruhig herabhingen und durch den holprigen Untergrund hin und her flatterten. Er betrachtete das silberne Emblem der dunkelblauen Flagge, eine graue Burg im weißen Kreis. Binnen solch kurzer Zeit konnte die Nachricht den weit entfernten Grafen unmöglich erreicht haben. Nein, der Grund musste ein anderer sein.

Sein Magen begann zu protestieren.

Er verfluchte das unnötige Gedrängel, übte sich in stiller Geduld und betete, dass Raena wohlauf war.

„Ihr passiert nichts", flüsterte Fenriel, der seinen Gesichtsausdruck erraten hatte. Der Elf war ihm manchmal unheimlich.

Zwischen all den Gemüseflächen, Obstbäumen, Beerensträuchern, Kartoffelfeldern und Weiden, schlängelte sich der Weg nur langsam voran und die Stadt der weißen Reiter baute sich vor ihren Augen zu einem breiten Landstrich aus. Seit ihrer Entstehung vor mehreren Jahrhunderten war sie stetig gewachsen. Einst waren genau aus diesem Grund an vielen Stellen die Schutzmauern aufgerissen worden und erst nachdem sich wieder genügend Leute angesiedelt hatten, hatte man zu ihrem Schutz eine weitere aufgezogen.

Im Laufe der Geschichte gab es viele solcher Mauern, allerdings fanden nur die beiden äußeren Verwendung, während die übrigen aufgrund ihrer hohen Erhaltungskosten abgerissen worden waren, denn die Stadt der weißen Reiter, als Zentrum des Geschehens, musste wie ein Paradies aussehen. Eine bemerkenswerte Sehenswürdigkeit waren die Wehrtürme, die man vor langer Zeit gegen Drachen eingesetzt hatte. Im gleichen Abstand angeordnet, hatten sie einst einen Kreis um die Stadt gebildet und viele von ihnen waren bereits zerfallen. Dennoch ließ der Herrscher die letzten weiterhin restaurieren. Er schien sich vor einem Drachenangriff zu fürchten, obwohl die Schwarzen kein Interesse daran zeigten, jemals wieder einzufallen, trotz uralter Feindschaft.

Sie erreichten das offene, vergoldete Gittertor, zu beiden Seiten von rechteckigen Türmen flankiert. Darüber, an der Mauer, hing ein riesiger Pegasuskopf aus weißem Kristall, der alle anstarrte, die in die Stadt wollten. Er sah unheimlich aus mit den Rubinaugen, die in der Sonne wie Blut leuchteten.

„Gron, da!", Fenriels Ausruf wurde von der lauter werdenden Menge übertönt.

Jemand schrie: „Drache!"

Ein langer Schatten kroch über die Wiesen hinweg, verdunkelte für einen Moment die Sonne und versetzte die Menge in gleichermaßen Staunen wie Angst. Der Drache flog über ihre Köpfe hinweg und verschwand hinter der Mauer.

„Das ist Ouboros", sagte Gron, „deshalb wohl das Flugverbot. Drachen und Pegasi mögen sich nicht besonders."

Fenriel hob eine Braue.

Ouboros, der Anführer der grauen Reiter, sorgte öfters für Verwirrung, wenn er mit seinem Drachen am Himmel erschien und obwohl der Spuk schnell vorbei gewesen war, preschte plötzlich ein Pferd aus der Menge.

Weibliches Geschrei zerriss die Luft. Niemand handelte. Nicht einmal ihr Gefolge, welches nur tatenlos zusah, wie sich ihr Ross tretend aus der Menge löste, über den Straßengraben sprang und ins Feld davongaloppierte. Ihr Leib wurde durchgeschüttelt, doch sie hielt sich am Sattel fest.

Gron reagierte blitzschnell. Fluchend riss er Lagunas Zügel herum. Ohne auf die Umgebung zu achten, was mit wüsten Verwünschungen und einem Ausruf seitens Rizor quittiert wurde, zwängte er den Hengst zwischen den Leuten hindurch und trieb ihn zum scharfen Galopp an. Der Wind pfiff um seine Ohren, er musste die Augen zusammenkneifen, um überhaupt irgendetwas erkennen zu können. Zuerst fiel ihm ihr aschblondes Haar auf. Zwar spielte der Wind damit, doch musste es ihr ungefähr bis Mitte Rücken reichen. Ihre Taille, durch das Korsett bis zur Unmenschlichkeit schmal geschnürt, verlief in einer Linie bis zu den Hüften. Doch es war nicht ihre Gestalt, die sein Herz höher schlagen ließ. Es war ihr Haar, welches ihn innerlich erschütterte. Einen Moment lang spielte er mit dem Gedanken, dass Raena es geschafft hatte, allein herzufinden. Das Mädchen vor ihm war viel zu schmächtig, um Raena sein zu können und doch ... er konnte seinen Herzschlag und seine Aufregung kaum fassen, als er Lagunas zu Höchstleistungen antrieb.

Sie war es nicht. Spätestens nachdem er sie überholt und ihr Gesicht gesehen hatte ... *sie ist es nicht.* Die Enttäuschung dabei war so groß, dass er schwer schlucken musste, um es zu verkraften.

Mechanisch beugte er sich vor, schnappte nach dem losen Zügel und wickelte den Riemen um Lagunas Sattel. Er rief einen Befehl, spürte, wie Lagunas den Körper anspannte, langsamer wurde. Der Riemen spannte, der Gaul riss den Kopf herum. Seine Augen traten ihm aus dem Kopf, doch er ließ sich zurückziehen und verfiel erst in Trab und dann in Schritt.

Seiner Reiterin standen Tränen des Schocks in den Augen. Ihr kleines Gesicht war bleich wie Kreide, ihre blauen Augen so groß wie Tümpel.

„Seid Ihr in Ordnung? Habt Ihr Euch verletzt?"

„I-ich danke Euch, mein H-herr", stotterte das Mädchen und blinzelte ihm entgegen. Ihr Dekolleté war übersät von roten Flecken, die ihr ins Gesicht stiegen. „E-er hat noch nie einen Drachen g-gesehen u-und e-er ist noch sehr jung."

Ihrer Kleidung nach zu urteilen war sie die Tochter eines Adeligen. Das Blassorange und die kleinen gelben Blümchen auf ihrem Reifrock ließen sie ein wenig fahl aussehen. Ihr Pferd trug eine kleine Flagge am Halfter und er glaubte, trotz der zerknitterten gelben Falten überkreuzte Schwerter zu erkennen.

„Ihr solltet zurückkehren", schlug er vor und deutete mit einem Kopfnicken auf ihre Begleiter. Zwei Reiter näherten sich in langsamem Trab.

„Das sollte ich wohl", entgegnete sie ein wenig atemlos.

Gron nickte, löste die Zügel ihres Pferdes und reichte sie ihr. „Passt beim nächsten Mal besser auf."

Ein scheues Lächeln tanzte auf ihren Lippen und ihre Augen funkelten, als sie leise murmelte: „Wer seid Ihr?"

Gron erwiderte ihr Lächeln mit einem Zögern und erwiderte: „Gron Onohr, zu Euren Diensten."

Ihre entgleisten Gesichtszüge ignorierend, wandte er Lagunas ab und galoppierte zu seinen Gruppenmitgliedern zurück.

Fenriel hatte sich aus dem Strom gelöst und wartete hinter dem Straßengraben auf ihn. Umringt wurde er von neugierigen Zuschauern und neben ihm saß ein Mann zu Pferd, auf dessen Trense ebenfalls eine Flagge mit gekreuzten Schwertern befestigt war.

Als Lagunas über den Graben hinwegstieg, schätzte Gron, dass es sich bei den Gaffern um seine Bediensteten handelte.

„Werter Herr, habt Dank für Euer schnelles Eingreifen! Was hätte ich nur getan, wäre sie gestürzt und hätte sich den Arm oder das Bein gebrochen und das, bevor ich sie in die Gesellschaft einführen konnte", schlug der Mann die Hände über den Kopf zusammen.

Gron neigte höflichkeitshalber seinen Kopf vor dem vermutlichen Vater des Mädchens und hörte Fenriel murmeln: „Rizor und Esined sind bereits weiter. Ich habe ihnen befohlen, vor dem Schloss zu warten."

Er nahm es mit einem Nicken zur Kenntnis, verzog ansonsten keine Miene und musterte das glänzende Gesicht des rundlichen Edelmanns. Auf seinem Kopf saß eine graue Perücke und unter seiner Lippe klebte ein dunkles Schönheitssternchen. Er sah bleich unter dem Puder aus.

„Gron Onohr", stellte er sich vor und verzog den Mund zu einem kurzen Lächeln. In seinem Herzen herrschte ein kleiner Wirbelsturm, denn dass er dieses Mädchen irrtümlich für Raena gehalten hatte, hatte Schäden hinterlassen.

Auf seiner staubigen und haarigen Weste, vermutlich Katzenhaare, glänzten kleine Perlen, die entlang der, aus der Mode gefallenen Knöpfe, bis zu seinem runden Bauch verliefen. Gron erkannte, dass er in ein Korsett gepresst worden war, um ihn gleichmäßiger zu formen.

„Ach du meine ... *verzeiht!* Eure Majestät, ich wusste, dass ich Euch und Euren dunklen Hengst bereits gesehen habe! Es ist mir eine Ehre, *wartet*, ich habe mich noch gar nicht richtig vorgestellt! *Wie peinlich, wie peinlich!* Ich bin Baron Zypress Niederau und meine Tochter heißt Email. Verzeiht, das ist ihr Spitzname", lachte er, „sie heißt natürlich Emila. Das erste Wort ihrer kleinen Schwester war Email, sie konnte ihren Namen nicht richtig aussprechen." Lachend tupfte er sich den Schweiß mit einem gelblichen Taschentuch von der Stirn, ehe er sich unter der Perücke kratzte. „Ein entzückendes Einhorn habt Ihr da!"

Grashalm schnaubte zur Bestätigung, während Fenriel seinen üblich ausdruckslosen Blick beibehielt.

Grons Blick flog zu seiner Tochter zurück. Umringt von ihren Beschützern wirkte sie nur noch schmächtiger und zierlicher. Ihr Gesichtsausdruck sprach Bände. Sich die Tirade ihrer Aufpasser anhören zu müssen, machte sie sichtlich unglücklich. Doch als sich ihre Blicke begegneten, erkannte er neugieriges und jungfräuliches Interesse an seiner Person.

Gron öffnete den Mund, um sich zu verabschieden, doch der Baron hatte nicht vor, ihn weiterziehen zu lassen.

„Wie ich sehe, seid Ihr auch zu den Feierlichkeiten angereist. Habt Ihr nicht für gewöhnlich ein Gefolge dabei? Wir reiten bereits länger hinter Euch her, aber wegen Eurer ungewöhnlichen Kleidung seid Ihr mir erst jetzt aufgefallen", sein Blick blieb an Fenriel haften, „seid Ihr in Begleitung eines ... Freundes?", dann blinzelte er hastig, als Fenriel einen ärgerlichen Laut ausstieß, „habe ich etwas Falsches gesagt?"

Gron unterdrückte ein Lächeln. Er verstand das Zögern des Barons sehr gut. Für gewöhnlich war es eine Seltenheit, einen Elben und Elfen gemeinsam anzutreffen. Doch aufgrund ihrer Mission war ihnen eine Zusammenarbeit nicht erspart geblieben. Immerhin wollte der Elfenkönig ebenfalls jede Einzelheit über Raena erfahren, am besten aus dem Mund eines Elfen, denn einem Elben als Anführer konnte man nicht trauen, erst recht nicht dem König. Doch nun, nachdem Fenriel ihm seine Treue geschworen hatte, musste er als ehemaliger Gesandter seinem Herrscher nicht mehr berichten. Dem Elfenkönig Fialuúnír Wyríl würde nicht gefallen, dass er zu den unreinen Elben übergelaufen war.

Bezüglich seines Schwurs wusste Gron immer noch nicht, wie er reagieren sollte.

„Er ist mein Freund und Untertan", entgegnete er schlicht und ignorierte den offenstehenden Mund seines Gegenübers. „Und von welchen Feierlichkeiten sprecht Ihr, Baron?", änderte er das Thema und spürte, wie sich sein Puls beschleunigte.

Baron Zypress wirkte überrascht, doch anstatt zu antworten, winkte er erst seine Tochter zu sich, die ihren Hengst folgsam neben seinen stellte.

„Mein Herzchen! Alles in Ordnung? Dir ist auch nichts passiert?", bemutterte er sie besorgt.

Den Vorfall bereits vergessen, raunte Emila ganz entzückt: „Vater, ein Einhorn!" Sie zupfte ihn am Glockenärmel.

„Jetzt nicht, Liebes!", wimmelte er ihre Hand ab und klopfte ihr beschwichtigen auf den Handrücken.

Gron kräuselte die Stirn. „Ich habe Euch gefragt ...", wiederholte er mit einem tiefen Atemzug, doch Zypress unterbrach ihn. „Verzeiht, aber wir sind alle so aufgeregt!", seine Wangen erröteten, „das Gleichgewicht natürlich, *es ist zurückgekehrt!*"

Gron entgleisten die Gesichtszüge.

Der Baron lachte, stemmte die Hände in die Hüften und grinste. „Genau den gleichen Gesichtsausdruck hatte ich auch. Eine Legende ist wahr geworden, wisst Ihr? Vor allem für meine Tochter! Als sie noch klein war, habe ich ihr abends die Legende über das Gleichgewicht erzählt. Das Buch hat ungefähr zwölf Kapitel, jeden Tag hieß das für mich ..."

„Vater!", war im Hintergrund ihr schwacher Protest zu vernehmen, doch Zypress ignorierte sie und redete weiter wie ein Wasserfall.

Aber Gron hörte nicht mehr hin. Ihm war, als bliebe ihm die Luft weg. *Unmöglich.* Wie konnte ...

„Wir müssen weiter, werter Baron!"

Dankbar für Fenriels Einschreiten, nickte Gron wie benommen. Hölzern verabschiedete er sich und folgte Fenriel entlang der Schlange nach vorne und trotz der verärgerten Proteste aller Anwesenden, zwängten sie sich dazwischen.

„Eigentlich sollten wir vorgelassen werden. Immerhin seid Ihr König", murrte Fenriel missmutig.

Gron stöhnte innerlich auf. Was sollte das? Die gesamte Reise über hatten sie sich geduzt und auf einmal würde er ihn ihrzen wollen? Verflucht nochmal, das war definitiv ...

Beide erstarrten, als Grashalm sagte: „Ich glaube nicht, dass sie hier ist."

Lagunas tat einen Ausfallschritt zur Seite.

Verdammt! Seine Nervosität übertrug sich auf den Gaul.

„Erkläre dich", sagte Fenriel ausdruckslos, der nachdenklich die Soldaten am Tor beobachtete. In ihren Rüstungen spiegelte sich die Sonne, während ihre Gesichter feucht glänzten.

„Wie kommst du darauf?", wollte Gron wissen.

„Es fällt mir schwer zu glauben, dass sie so schnell Hilfe gefunden hat. Wenn tatsächlich das Gleichgewicht unterwegs nach Narthinn gewesen wäre und nun dort angekommen ist, hätten wir dann nicht mehr Trubel mitbekommen sollen? Irgendwo hätte sich die Nachricht bestimmt herumgesprochen."

„Denkst du wirklich, der Herrscher würde das ganze Königreich nur verspotten?"

Ihr stiller Blick sprach Bände.

Gron presste die Lippen zu einem schmalen Strich zusammen.

Die weißen Reiter an den Toren ließen sie mit einem Nicken passieren und falls sie Gron erkannten, so blieben sie stumm.

In der Zwischenmauer befand sich niedrig gemähtes Gras, eine Fläche, wo man vor nicht allzu langer Zeit Gärten mit Rosen und Tulpen angelegt hatte. Zimor nannte es eine „Notwendigkeit" um die „sinnlose Leere" zwischen dem Gestein zu füllen. In Wahrheit wollte er den Reisenden wieder einmal den prunkvollen Zustand der Stadt präsentieren

Narthinn war eine romantische Stadt, bunt, stilvoll und vor allem teuer, war das Motto vieler Bewohner der Stadt. Von außen war meist an der Fassade zu erkennen, wo das Geld unter dem Dach war. Dort, wo die Besucher zum ersten Mal die Stadt betraten, waren die Häuser gefördert, man musste dort repräsentativ wirken und den Reichtum des Herrschers widerspiegeln. Auch wenn meist das Geld für eine schöne Fassade verwendet wurde und das zwölfte Kind die abgetragene Kleidung von zwei Generationen tragen musste, wenn man in den angesehenen Vierteln leben wollte, war oberstes

Gebot, den Schein zu wahren. An vielen Stellen sprudelten Wasserfontänen, und prunkvoll geschnitzte Brücken mit Sockeln, auf denen Marmorstatuen vergangener Herrscher thronten, waren vielbesuchte Orte. Man konnte eine ganze Woche in Narthinn verbringen und hätte noch nicht einmal ein Viertel davon gesehen.

Gron besaß in der Nähe des Schlosses ein kleines Anwesen. Doch da ihm Fenriel gesagt hatte, dass die anderen ihn vor dem Schloss erwarten würden, hielt er es für überflüssig, dort noch einmal vorbeizusehen. Auch wenn er sich dort am liebsten verschanzen würde ... er musste weiter. Und je näher sie dem Zentrum kamen, desto schwerer wurde sein Herz.

Nachdem sie erfahren hatten, warum so viele Reisende unterwegs waren, fiel ihm nun die übermäßige Sauberkeit der Straßen auf. Überall hingen bunte Schleifen in den Farben der Reiter und die lachenden Gesichter auf den Straßen zogen seine Laune nur noch mehr nach unten. Und als er zwischen all den Menschen ein paar Wachleute aus seiner eigenen Armee erkannte, der Pfau am Harnisch war unverwechselbar der des Elbenkönigreichs, spürte er, wie ihm der Schweiß ausbrach. Als er nach Narthinn aufgebrochen war, war dies allein und nur mit wenig Gefolge geschehen. Vielleicht war Yalla angereist? Ihm wurde nur noch übler, als er an sie dachte. Wenn sie von seinem Versagen erfuhr ...

Zum Suneki, er konnte ihr so nicht unter die Augen treten.

„Gron, wir müssen weiter", drängte Fenriel.

Grashalm hatte Recht. Irgendetwas stimmte nicht.

Kurze Zeit später erreichten sie das Rubinviertel, unter dem Volk bekannt als das Viertel, wo sogar für das Ausleeren eines Nachttopfes mehr bezahlt wurde als für das Ausmisten der öffentlichen Plumpsklohäuschen, von denen es am Marktplatz zwei Stück gab. Da der Herrscher Rubine liebte und nie ein Tag verging, wo er keinen trug, hatte er genau aus diesem banalen Grund zur Überraschung aller, den Wohnort der meisten Adelsleute vom ursprünglichen „Weißen Spitzeneck" auf das Rubinviertel umgetauft. Einer alten Legende nach stammte der Name Spitzeneck von einem weißen Tisch aus Marmor ab, den einst eine der weißen Königinnen im ersten Gasthof aufgestellt hatte. Weil ihr dort das Essen sehr geschmeckt hatte, war sie zum Stammgast geworden. Nun gehörte das Haus einer hoch angesehenen Familie und die Übernachtungen kosteten ein kleines Vermögen.

Der Weg ins Viertel, der das Schlossgrundstück von allen Seiten einschloss, führte über mehrere Brücken, die allesamt von bewaffneten Wachen überwacht und mit verzinkten Toren versehen waren. Nur die Prüfung eines amtlichen Ausweises erlaubte es dem Reisenden, das Viertel zu betreten, doch oft genügte es auch nur, ein bekannter Adeliger zu sein.

„Wie unerhört! Die Damen dort habt Ihr durchgelassen! Warum dann nicht mich? Ihr habt meine Urkunde gesehen!"

„Geht in die Stadt, wenn Ihr nach Kunden sucht, wir haben hier schon genügend Barbiere."

„Tagelang bin ich von Finarst herabgereist, habe Wind und Wetter standgehalten, zu meinem Glück wird heute auch noch das Gleichgewicht gefeiert und Ihr schlag mir die größte Möglichkeit meines Lebens aus? Könnt Ihr das verkraften? Könnt Ihr das mit Eurem Gewissen vereinbaren, meine Herren?" Neben dem stämmigen Hochlandpony, welches einen kleinen, aber vollen Karren hinter sich herzog, stand doch tatsächlich ein schäbig gekleideter Zwerg.

Ihm gegenüber standen zwei Männer. Auf ihren Harnischen prangte der weiße Pegasus und ihr massiver Körperbau würde jeden abschrecken, nicht doch den Zwerg, der sich in den Kopf gesetzt hatte, um jeden Preis ins Rubinviertel zu gelangen. Man konnte ihnen ihre Missbilligung deutlich von den Gesichtern ablesen.

„Habt Ihr nicht verstanden? Sprechen wir vielleicht eine andere Sprache, Zwerg?", der linke legte eine Hand auf seinen Schwertgriff.

„Ich ...", sagte er, wurde aber von einem wilden Ausruf einer herannahenden Kutsche unterbrochen.

„Macht Platz!"

Gron trat beiseite und Fenriel tat es ihm nach, immerhin sah der Mann danach aus, als wollte er die Pferde direkt durch sie hindurchjagen. Vier weitere Reiter, gekleidet in Uniformen aus dunkelgrünem und rotem Samt, folgten im gleichen Tempo. Er erhaschte einen kurzen Blick auf das aufgemalte Emblem an der Tür und konnte das gelbliche Eichenblatt nicht zuordnen.

„Macht Platz!", brüllte der Kutscher über die aufbäumenden Köpfe der verschwitzten Pferde hinweg, bevor er schimpfend vor dem stämmigen Zwerg abbremste, der mit zusammengekniffenen Augen in seine Richtung starrte. Obwohl ihm zwei schäumende Rösser in den Nacken hauchten, bewegte er sich nicht vom Fleck.

Es geschah nicht zum ersten Mal, dass Gron Zeuge zwergischer Ungerührtheit wurde.

„Im Namen meiner Herrin erbitte ich Zutritt zum Rubinviertel. Meine Herrin ist Komtess ...", begann der Kutscher und ließ die Peitsche durch die Luft knallen, was die Pferde in Angst und Schrecken versetzte.

„Moment!", brüllte der Zwerg aufgebracht und drückte die feuchte Nase des linken Gauls beiseite, die gefährlich nah an seinem Kopf vorbeischwenkte. „Ich war zuerst da!"

Die rechte Wache blinzelte irritiert. „Dich lassen wir nicht durch."

„Herr Finke, gibt es Probleme? Wir sind in Eile." Eine junge Frau steckte ihren lockigen Perückenkopf aus dem Fenster, um die Situation zu überblicken.

„Ich war zuerst da!", wiederholte der Zwerg und sein Akzent ließ die Worte verklärt und kaum verständlich klingen. Zwar nahm der gräulich braune Bart die Hälfte seines Gesichts ein, doch die Farbe auf seinen Wangen war unverwechselbar Zornesröte.

Verdutzt starrte ihn die Komtess an, während Fassungslosigkeit über ihr Gesicht glitt. „Das ist ja unerhört!", stieß sie atemlos aus und die Kutschentür öffnete sich.

Dann passierten mehrere Dinge gleichzeitig.

Wild gestikulierend begann der Kutscher irgendetwas von „Vorsicht" und „Wartet, meine Herrin" zu schreien, während die Komtess auf ihre Unterkleider stieg und wie ein sterbender Schwan zur Seite fiel. Auf Kommando eilte ihr ihre Eskorte zur Hilfe und der Zwerg schlug der Wache mitten ins Gesicht, weshalb die andere ihr Schwert zog.

Gron sprang aus dem Sattel, zog sein Schwert und warf sich zwischen Zwerg und Wache. Er konnte nicht sagen, wie er es geschafft hatte, den Schlag zu parieren, der dem Zwerg zweifellos den Kopf eingeschlagen hätte. Er wusste nur, dass sein Arm aufgrund mangelnden Trainings vibrierte. Im Augenwinkel registrierte er, dass er den Barbier mit seinem Körper grob zur Seite gestoßen hatte.

„W-was ... bildet Ihr Euch ein?!" Die Wache war nicht erfreut und schlug erneut zu. Als Gron den weißen Kristall sah, den sein Gegenüber als Waffe trug, war er es auch nicht. Funken flogen.

„Fenriel! Das Pony!", presste er zwischen zusammengebissenen Zähnen hervor, als das Tier auf die Hinterbeine stieg. Falls es allein über die Brücke jagen und zwischen all die Gestalten stürmen würde, konnte es den Zwerg den Kopf kosten. Vorausgesetzt sein Besitzer wurde nicht unter den Hufen zertreten.

„Was fällt dir ein?", blaffte der Geschlagene entrüstet. Von seinem Mund löste sich ein Sprühnebel und wenige Tropfen blieben an seiner Unterlippe haften, während er sich die Nase hielt.

„Nichts Wirksames", entgegnete Gron reserviert. *Hättet Ihr Euer Visier nach unten geklappt, hätte Euch der Schlag nicht hart getroffen*, verkniff er sich noch verärgert.

„Ihr habt Euch nicht einzumischen", erklärte ihm die zweite Wache geduldig.

Gron beobachtete, wie sein Gegenüber die Klinge sinken ließ und wusste, dass dort, wo er den Schlag pariert hatte, in seinem Schwert ein kleiner Riss entstanden war.

Fluchend rollte der Zwerg am Boden herum und kämpfte sichtlich mit seinem Gewicht, bevor er sich in die Hocke rappelte und zu ihnen hochsah. „Hol mich doch der Suneki ...", brummte er und seine kleinen, schwarzbraunen Augen glänzten, als er Grons starrem Blick begegnete, „vielen Dank, Fremder." Er streckte die Hand aus.

Gron zerrte ihn auf die Beine. Innerlich wunderte er sich nicht zum ersten Mal, wie schwer die kleinen Zwerge doch waren.

„Lurík mein Name, Lurík Unterschenkel, Barbier und Kammerdiener von Beruf."

Nachdem Gron seine Hand losgelassen hatte, verbeugte der Zwerg sich tief. Seine Zöpfe rutschten ihm vors bärtige Gesicht und verdeckten seine Augen.

„Gron Onohr", sagte er und sah im Augenwinkel, wie beide Wachen merklich zusammenzuckten.

„Der Elbenkönig!", platzte der Mann mit der verletzten Nase hervor.

Fenriel, der das Hochlandpony inzwischen beruhigt hatte, klopfte dem Tier auf den dicken Hals und tippte Gron auf die Schulter. Ein Zeichen zum Weiterziehen.

„Lasst mich los! Mir geht es gut!", tobte die Komtess. Gron, der sie fast vergessen hatte, warf ihr einen Blick zu. Sie war an der Kutsche vorbeigestapft und eilte nun in ihre Richtung. „Warum dauert das so lange? Ich habe keine Zeit hierfür!"

„Wir bitten um Verzeihung, Komtess Irina, der Zwerg hier ..."

„Das ist mir egal! Ich muss sofort ins Schloss!", setzte sie ihre Tirade fort, während einer ihrer Männer neben ihr stand und sie leise bat, zurück in die Kutsche zu steigen. „Lasst mich!", wies sie ihren Gefolgsmann zurecht, „was bildet Ihr Euch ein?!" Der Reiter neben ihr klappte den Mund zu und schwieg betreten.

Gron unterdrückte ein schweres Seufzen. Sie war nicht die Einzige, die weiterwollte. Inzwischen standen mehrere Kutschen an.

Irina, dachte er, *Komtess Irina*. Ihr Gesicht kam ihm bekannt vor. „Hört mir zu", sprach er mit fester Stimme, nachdem er einen Entschluss gefasst hatte, „der Barbier Lurík Unterschenkel gehört zu mir. Falls Ihr ein Problem damit habt, beschwert Euch beim Herrscher."

Die Männer tauschten Blicke aus.

„Können wir nun?", übte er ein wenig Druck aus und schob sein Schwert zurück in die Scheide.

Und so kam es, dass einen Augenblick später Lurík Unterschenkel, Barbier und Kammerdiener von Beruf, neben ihnen auf seinem Hochlandpony ritt und sein Karren über die kleinen Pflastersteine ruckelte.

„Vielen Dank, Majestät. Sie hätten mich wohl den Hunden zum Fraß vorgeworfen", versuchte er zu scherzen.

Gron fühlte seinen Blick auf sich ruhen und verzog keine Miene. „Wir haben hier keine Hunde", entgegnete er, „Ihr müsst mir nicht danken. Dennoch möchte ich Euch warnen, achtet sorgsam auf Eure Handlungen, ansonsten könnte es passieren, dass man Euch den Kopf abschlägt." Im Augenwinkel bemerkte er, dass der Barbier kein bisschen betreten aussah.

„Ich habe mich ein wenig vergessen", krächzte der Barbier, „und dabei die Kontrolle über meine linke Faust verloren." Sein Lachanfall ging in einem brennenden Husten unter. Röchelnd klopfte er sich auf die Brust.

Vielleicht mochte man glauben, dass ein Zwerg in der Hauptstadt der Weißen viel Aufmerksamkeit auf sich zog, doch dem war nicht so. Die Straße, auf der für gewöhnlich vier Kutschen nebeneinander fahren konnten, war überfüllt von Menschen in schönen Gewändern. Niemand beachtete sie und viele schienen gehetzt.

„Frisch geschnittene Rosen! Frisch geschnittene Rosen!", schrie ein junger Mann quer über die Straße.

Gron warf Fenriel einen Blick zu. Der hatte wohl nicht vor, sich mit dem Zwerg in irgendeiner Weise auseinanderzusetzen, also blieb es an ihm, ihn abzuwimmeln

„Ich habe viele Geschichten über Narthinn gehört. Auch, dass es von Reittieren nur so wimmeln soll. Wie in einem Ameisenhaufen, wenn Ihr wisst, was ich meine, aber ich muss gestehen, dass ich ein wenig enttäuscht bin. Und den Drachen, habt Ihr ihn auch gesehen? Hier sind doch keine schwarzen Reiter?" Er kratzte sich im Bart und seine Augen glänzten interessiert.

Die Pegasi hielten sich vermutlich wegen der bevorstehenden Feierlichkeiten am Schlossgrundstück auf. Wie er den Herrscher kannte, würde dieser bestimmt eine Parade veranstalten wollen.

„Kennt Ihr die grauen Reiter? Ihr Anführer Ouboros der Graue, hält sich oft in der Stadt auf. Hier werdet Ihr keinen weiteren Drachen finden." Im Hinterkopf dachte er an die blauen Reiter, erwähnte sie aber nicht.

Vorne war eine Abzweigung. Dort würde er stehenbleiben und sie von dem Barbier verabschieden.

„Graue Reiter?", wiederholte Lurík stirnrunzelnd, „ja, ich habe von ihnen gehört. Ich habe mir zwar für die Reise ein Geschichtsbuch gekauft, bin aber selten zum Lesen gekommen. Abends war ich meist zu müde dafür. Ihr seid auch zu den Feierlichkeiten angereist? Verzeiht, bin in meinem kümmerlichen Leben noch keinem König begegnet, weiß also nicht, wie ich mich zu verhalten habe."

Nun, eigentlich geht es dich nichts an, welche Angelegenheiten ich in Narthinn zu erledigen habe. Gron musterte ihn von der Seite. „Ihr solltet Euch unbedingt ein Handbuch kaufen, in dem die Verhaltensregeln der weißen Reiter geschrieben stehen, ansonsten könnte es passieren, dass Ihr Euch unbeliebt macht."

„Oh!", kam aus dem Mund des Zwergs überrascht, aber wenig reuevoll, „verzeiht, wenn ich Euch beleidigt habe!"

Wie es sich für einen König ziemte, schwieg Gron daraufhin eisern. Für einen Augenblick war der Zwerg still und spielte mit seinem Bart herum, betrachtete die imposanten Fassaden mit ihren Statuen und hervorstehenden, polierten Fenstern, bis er herausplatzte: „Euer Freund ist doch ein Elf? Warum seid Ihr so unterschiedlich? Elben stammen doch von Elfen ab, oder?"

„Du fragst zu viel, Zwerg!", meldete sich Fenriel schneidend zu Wort.

Für Gron war Fenriels Reaktion nicht neu. Egal wohin man ritt, welchen Elfen man begegnete, keinem gefiel es, nach der Abspaltung gefragt zu werden. Abscheu gegenüber Elben war ein wesentliches Merkmal ihrer Geschichte. Umso mehr verwunderte Gron, dass er seine Treue verdient hatte.

Fenriels Kopf zuckte, als er Grons Blick begegnete. „Eure Majestät, wir müssen weiter", sagte er mit deutlichem Nachdruck in der Stimme.

Gron nickte, dankbar für sein Eingreifen. „Verzeiht, aber wir haben keine Zeit mehr übrig", meinte er an den Zwerg gewandt, „es hat mich gefreut, die Welt ist klein, vielleicht sehen wir uns irgendwann wieder." Ohne die Antwort abzuwarten, drückte er seine Schenkel zusammen und trieb Lagunas zum Trab an.

47. KAPITEL

„Wir haben viel zu lange gebraucht."

„Ich weiß."

„Was wirst du ihn fragen?"

„Ich ...", sein Kopf war mit einem Mal wie leergefegt, „ich weiß es nicht." Kurzerhand zog er sich die Handschuhe aus und stopfte sie in seine Tasche. Seine Handflächen waren verschwitzt.

„Ich stehe zu dir", sprach Fenriel schlicht. Sein intensiver Blick brannte auf Grons Wange. „Bedenke, wenn alles schief gehen sollte, du verurteilt und gefoltert wirst, ich stehe zu dir. Du bist nicht allein. Raena wird überleben. Sie ist stark. Sie weiß es nur noch nicht."

Gron spürte ein beklemmendes Gefühl in der Brust. Er konnte ihn nicht ansehen, denn das, was er verspürte, war tiefe Scham. Selten hatte er mit jemandem über seine Gedanken gesprochen. Selbst mit seiner Frau tat er es nur, wenn sie ihn nicht in Ruhe ließ. „Du redest, als wäre ich ein Kind", sagte er säuerlich, „ich werde noch rot, wenn du so weitermachst."

Fenriel lachte.

Erstaunt blickte Gron zur Seite, denn ihm war klar geworden, dass er ihn noch nie fröhlich gesehen hatte.

„Wenn du dich jetzt sehen könntest", meinte der Elf, ehe sein ernster Ausdruck zurückkehrte und sein eisiges Ich wieder zum Vorschein kam. „Noch ist dein Kopf dran. Komm, lass uns die anderen suchen."

Einige Minuten später erreichten sie die Straße, in welcher die Höflinge ihre Anwesen stehen hatten. So auch Gron, der in seinem Herzen einen Stich verspürte, als er die Pflastersteine hinunterblickte. Auf der linken Seite erstreckten sich die Gebäude, während auf der rechten Seite ein Zaun verlief.

War Yalla vielleicht dort?

Nichts hatte sich verändert. Hier fehlten nur die Blumen, die bunten Fähnchen und Farben, die die restliche Stadt feierlich schmückten. *Der Adel feiert anders*, dachte er.

Eine Weile später stieg die Anspannung, da das Tor zum Schlossgrundstück in greifbare Nähe rückte. Wie auch schon zuvor waren zwei Wachen davor postiert und neben ihnen standen ihre Reittiere in voller Ausrüstung. Für gewöhnlich bestand hier ebenfalls eine Ausweispflicht, doch heute schien eine Ausnahme zu sein, da sie zwei Kutschen passieren ließen, ohne sie zu kontrollieren.

Gron nickte ihnen zu, ehe auch sie durchgewinkt wurden.

Das Schlossgrundstück erstreckte sich über eine enorme Fläche. Lebendige Hecken säumten den Kieselweg, Statuen schmückten ihn. Kleine Wege luden auf lange Spaziergänge in den Wald ein, von denen die meisten an einen romantischen Ort führten, wie zum Beispiel zum „See der liebreizenden Frösche" oder zur „Jungfräulichen Wiege". Es gab Wiesen, die von Bediensteten bewirtschaftet wurden und viele züchteten Rinder oder Schweine und wohnten mit ihren Familien in vom Herrscher zur Verfügung gestellten Häusern. Gron überkam oft Faszination für diesen Ort. Es war wie ein Dorf inmitten einer Stadt, doch am heutigen Tag verspürte er vieles, nur keine Faszination.

Blätter raschelten über ihren Köpfen und manchmal trug der Wind einige Wort- und Stimmfetzen zu ihren Ohren.

Er fühlte sich elend, konnte seine Verfassung kaum beschreiben, es war, als schritte er freiwillig auf seine Schlachtbank zu. Sein Magen drehte sich um, wenn er auch nur daran dachte, dem Herrscher gegenüberzutreten und ihm ins Gesicht blicken zu müssen. Schlimme Szenarien spielten sich in seinem Kopf ab. Er sah, wie man ihn vor allen Untertanen zwang zuzugeben, dass er versagt hatte, wie er immer wieder erörtern musste, dass er, statt zu kämpfen, in seinem Stuhl eingeschlafen war. Er war kein Lügner, zumindest nicht, wenn es um seine Fehler ging, doch am allermeisten fürchtete er, dass man seine Familie bestrafte.

Gron verfluchte sich auf die schlimmste Art, die ihm einfiel und rief sich alle Fakten in Erinnerung. Yalla hatte gewusst, dass er eine gefährliche Aufgabe vor sich hatte. Ihr war nicht klar gewesen, welche, doch sie hatte ihn mit dem Wissen geheiratet, dass er einmal dem Rat beitreten und Dinge tun würde müssen, die ihr vielleicht nicht gefielen. Und obwohl er wiederum gewusst hatte, dass es ihn den Kopf kosten könnte, hatte er oft genug den Streifen durchquert.

Wenn nicht du, wer dann?

Jemand, der Raenas Unwissenheit, ihre Unschuld schamlos ausnutzte?

Jemand, der sie verheiratete und zwang, Kinder zu gebären?

Gron bekam Kopfschmerzen. Gereizt starrte er geradeaus. Im Kerker konnte er sich genügend Vorwürfe machen. *Vorher aber*, dachte er finster, *will ich wissen, was das Theater soll.* Und damit wusste Gron nun, was er den Herrscher zuerst fragen würde.

Weiß blühende Pappeln markierten den Eingang zum Vorplatz des Schlosses. An den dicken Stämmen der Bäume waren Halterungen befestigt, die zwei gebogenen Toren angehörten, welche vor langer Zeit aus den

Angeln genommen und im Keller des Schlosses verstaut worden waren.

Obwohl den beiden noch ein gutes Stück des Weges fehlte, war die Vielzahl an Stimmen kaum zu überhören. Gron war nicht besonders erpicht darauf, all den Adeligen und Edelleuten zu begegnen, geschweige denn, sie grüßen zu müssen.

Eine Kutsche mit Zweiergespann verließ den Vorplatz und fuhr an ihnen vorbei.

Als sie die kleine Kuppe erreichten und zwischen den flüsternden Pappeln anhielten, stachen prächtige Kleider, Jacken, Hüte, Westen- und Perückenfarben in ihre Augen. Keiner schenkte ihnen Beachtung. Die Menge war mit der Vorfreude auf das kommende Fest beschäftigt.

Im Augenwinkel bemerkte er, wie sich Fenriel aufrichtete und seinen Mantel bis zum Kragen schloss.

Der letzte Augenblick war gekommen.

Kurz juckte es ihn in den Fingern. Noch war Zeit. Noch konnte er gehen. Noch konnte er fliehen, *noch konnte er ...* Er presste seinen Kiefer zusammen, bis es laut in seinem Ohr krachte. *Verantwortung.* Er musste sie tragen. Bevor ihn seine schlechten Gefühle weiter plagten, trieb er den Hengst zum Trab an. Gekonnt steuerte er ihn am Adel vorbei und blickte suchend umher. Wo waren Rizor und Esined?

Über der schwatzenden Menge erhob sich Schloss Elyador in seiner ganzen Pracht. Es war das größte Gebäude im Land, von oben bis unten mit Schätzen gefüllt und das musste so sein, denn der Herrscher durfte niemandem in nichts nachstehen.

Das Schloss war mit seinen eckigen Türmen, weißem Gestein, hohen Torbögen und geschwungenen Fenstern ein Kunstwerk eines längst verstorbenen Architekten. Während der Jahrzehnte immer wieder umgebaut, war ein breites Schloss mit mehreren Höfen und Stockwerken entstanden. Selbst das Eingangstor war hoch genug für einen Drachen gebaut worden, wo sich die Gäste nun dicht an dicht drängten, sodass der Durchgang blockiert war. Gron hielt an. Zwischen all den Federn und Hüten konnte er selbst Ciro nicht finden. „Siehst du sie?", rief er laut und warf einen Blick über seine Schulter zurück.

Fenriel schüttelte den Kopf. „Das nicht, aber wo sind all die anderen Verbündeten?" Seine Lippen verzogen sich zu einem freudlosen Lächeln. „Keine grünen, gelben oder braunen Reiter. Ich dachte, Raena wäre das Gleichgewicht aller."

Gezwungen abzusteigen, glitt Gron langsam aus dem Sattel. Seine weichen Beine ignorierend, lehnte er sich haltsuchend an Lagunas Flanke. Jetzt, wo er es erwähnte ... die Kleidung und das Auftreten der Adeligen glichen der typisch weißen Art. Die Vielfalt fehlte. Schlangen, Bisons, Greifvögel, Geparde ... dafür liefen umso mehr Pegasi und Einhörner herum. Wohlgemerkt in voller Montur, gehörten sie vermutlich der geplanten Parade an, die im Anschluss veranstaltet werden würde.

War der Rat vielleicht gar nicht hier? Plötzlich wurde ihm kalt. Nein, er hatte den Anführer der Grauen gesehen. Doch ein einziges Mitglied erklärte nicht das Fehlen aller anderen. War in seiner Abwesenheit etwas schiefgelaufen? Wegen Raena war das Verhältnis zwischen den Reitern bereits viele Jahre angespannt. War es nun eskaliert?

Gron befürchtete das Schlimmste.

„Gron, was ist los?", vernahm er Fenriels Worte neben sich wie durch einen Nebelschleier.

„Mein Kopf schmerzt", entgegnete er ein wenig gereizt.

Im Nachhinein fragte er sich immer noch, wie er den Herrscher hat übersehen können. Inmitten der Adeligen stand eine Gruppe. Zimor und sein Hof, sowie der Elfenkönig, bildeten eine Schar aus nobel gekleideten Gestalten, die aus der Menge strahlten und all die bunten Kleider neben ihnen wurden nichtig und trüb.

Grons Blick blieb an ihnen haften wie Pech. Und als laut nach ihm gerufen wurde, wunderte ihn nichts mehr. „Gron Onohr! Der Elbenkönig! Ich habe gehört, dass Ihr erfolgreich wart?!"

Für einen Moment war es still, bis die Menge ihn erkannte.

„Der Elbenkönig!"

„Ach!"

„Ihr seid unser Held!"

„Fast hätte ich Euch nicht erkannt, Eure Majestät!"

Und jemand meinte: „Was trägt er da?"

Lautstarker Beifall und ohrenbetäubender Applaus brachen aus.

Er wusste nicht, was er tun sollte, also lächelte er bloß und verneigte sich.

Zimor der Treue, der Sechzehnte, Fürst von Niederthal und Hrabě od zeleních Skal, was ein Ehrentitel in der Sprache der weißen Reiter war, sah aus, als wäre er einem Goldkessel entsprungen. Eine goldene Weste aus Brokat, bestickt mit Perlen und Rubinen, setzte seinen massiven Bauch in Szene, während eine Hose aus weichem Gamsleder, die unterhalb seiner Knie mit einem goldenen Band zusammengebunden war, seine starken Schenkel betonte. Die schneeweißen Socken steckten in kurzen, mit Blattgold verzierten Stiefeln und die Schnürsenkel glänzten silbern, an jedem Ende baumelte ein Rubin, genauso wie auf seiner goldenen Halskette und da behauptete man, Zwerge seien gold- und edelsteingierig.

Zimor besaß sicherlich ein paar Verwandte, die in Finarst Schwerstarbeit verrichteten, während er am Thorn saß, sich vollstopfte und mit rotem Wein betrank. Die Perücke auf seinem Kopf war strahlend weiß, gepudert und imposant. Je größer und höher die Haarpracht, desto mehr Gold besaß man. Zumindest galt dies für Zimor. Gron hasste Perücken. Einzig sein Hemd war kein überteuertes Stück, sondern sauber gewaschener Stoff. Das schiefe und ebenfalls falsche Lächeln beachtete Gron nicht. Zuerst nickte er den anwesenden Damen und Herren zu, bevor er das Knie beugte. Sie taten es ihm gleich, wobei nur der Elfenkönig kurz in die Knie ging. Da der Herrscher über ihnen allen stand, war es laut Etikette strengstens untersagt, dass er sich vor anderen beugte. *Außer vor Raena*, dachte Gron finster, *vor der wirst auch du dich beugen müssen.*

Sofern sie noch lebt, flüsterte ihm eine böse Stimme zu.

Sie lebt noch. Wir leben auch noch, antwortete er seinem zweifelnden Selbst und setzte eine kühle Maske auf.

„Hat Euer Kammerherr Euer Gewand verloren oder warum erscheint Ihr in Jagdausrüstung?"

Innerlich verspürte er einen kleinen Ruck, als ob jemand mit Geisterhand an seiner Geduld herumgezupft hätte. Doch er ließ sich Zeit mit seiner Antwort und beobachtete die Kleidung Fialuúnír Wyríls genau, um sich nicht lächerlich zu machen. Wie faules Obst wollte er ihm seine Bemerkung zurückwerfen, aber dennoch musste er sich gestehen, dass an der Kleidung des Elfenkönigs nichts dem Zufall überlassen worden war. Er trug nur einen typischen, von Elfenhand gefertigten blauen Mantel, der entlang der Knöpfe mit Halbmonden verziert war. Die Nähte selbst waren eine Erfindung der Elfen, nämlich flüssiges Silber, welches durch Magie in Fäden gesponnen wurde. Nur wenige Lehrmeister besaßen dieses Können und wurden dementsprechend teuer für ihre Dienste bezahlt. Lehrmeister hin oder her, Gron war all diesen Reichtum leid.

Das stechend helle Blau seiner Augen durchbohrte ihn. Glänzend vor Arroganz sah er aus wie ein künstliches Abbild der Sonne, ein unsterblicher Stern umgeben von irdischen Bewohnern. Und doch empfand Gron nichts außer Leere und tiefe Abscheu gegenüber dem Elfenvolk. Er hatte zwar immer verneint und behauptet, dass ihm diese Gefühle nie in die Wiege gelegt worden waren, doch heute war der Tag gekommen, wo er dem ein Ende setzte.

„Fenriel. Ich erwarte deinen Bericht."

Da kannst du lange warten, dachte er.

Doch der Herrscher hatte andere Pläne. „Bericht? Den Papierkram erledigen wir später! Das Gleichgewicht ist hier. Warum uns damit abmühen?"

Komtess Irina nahm ihn am Arm und lächelte in sein rötlich gefärbtes Gesicht hoch. Zu viel Alkohol verdarb das Aussehen. *Sie ist seine Geliebte*, erinnerte sich Gron. Komtess konnte es nur eine geben. Die erste Geliebte des Herrschers. Wie konnte ihm das nur entfallen sein?

„Meine Herrschaften, lasst uns weiterfeiern, bald schon bekommt Ihr unser ...", begleitet von fröhlichen Ausrufen und lachenden Gesichtern, wollte der Herrscher mit dem Elfenkönig im Schlepptau bereits weiterziehen, doch Fenriels kräftige Stimme schaffte es, beide in Zeitlupe zu Salzsäulen erstarren zu lassen. „Ich gehorche dir nicht mehr."

„Wo sind Esined und Rizor?", warf Gron sofort mit ein und ließ ihre Gegenüber seinen Ärger deutlich spüren.

Man musste es Zimor lassen. Er war ein fabelhafter Schauspieler. „Husch! Husch! Ich habe soeben beschlossen, dass der Papierkram nicht warten kann. Ich beehre euch bald wieder. Besucht die Akademie, unsere Schüler haben für euch eine wunderbare Vorstellung vorbereitet", verjagte er sogleich die Versammlung in alle Richtungen. Nur die Komtess blieb an seiner Seite. „Du auch, Liebste", meinte er und stupste mit dem Zeigefinger lächelnd gegen ihre Nase.

„A-aber ..."

„Das ist ein Befehl."

Damit war auch Irina bald in der Menge verschwunden.

„Was soll das?", fuhr Gron ihn an. Es war ihm egal, ob andere ihn sprechen hörten. „Raena ist nicht hier! Was soll das Theater!?"

„Eure Frau? Ich dachte, ihr Name wäre Yalla. Ich glaube, dass ich sie in den Gärten gesehen habe."

Yalla. Sämtliche Glocken in seinem Hinterkopf schlugen Alarm. Sie war hier und konnte wegen *seines* Verschuldens bestraft werden.

„Was bedeutet das, Fenriel? Du hast einen Eid geschworen", die eiskalte Stimme Fialuúnír Wyríls gefror die Umgebungsluft zu Eis.

Gron war durcheinander.

„Ehrenwerter Elbenkönig, ich muss mich bei Euch entschuldigen. Eure Frau Yalla Onohr zu erwähnen war ein Beispiel meiner schlechten Manieren, verzeiht. Wie geht es Eurem Sohn?"

„Meinem Sohn", entgegnete Gron irritiert.

Die gespielt vor Überraschung aufgerissenen Augen des Herrschers ließen ihn Vorsicht walten. „Ihr wisst es noch gar nicht? Was für eine Schande."

„Fenriel, ich verliere langsam die ..."

„Genug! Ich habe entschieden. Wir gehen in die Gärten. Dort besprechen wir weitere Einzelheiten über die bevorstehenden Feierlichkeiten und über Euren ...", sein herablassender Blick taxierte Fenriel von oben bis unten, „Untertanen."

Gron war nicht mehr fähig, einen klaren Gedanken zu fassen, geschweige denn ihn auch zu halten. Es sah ganz danach aus, als ob er nicht nur Raena, sondern auch seine Familie ins Verderben gestürzt hatte.

„Esined und Rizor", sprach nun auch Grashalm laut aus und verstärkte Grons Aussage durch ihre sanfte Stimme auf eine eigene Art und Weise. „Was habt Ihr mit ihnen gemacht? Was ist mit Schleier und Ciro geschehen?"

Doch der Herrscher blieb nicht stehen.

Warum sollte er auch.

„Er steht über uns, wir haben ihm nicht zu befehlen", murmelte Fenriel, der seinen ehemaligen König ignorierte, „aber gegen die Gesetze der Reiter wird er sich nicht stellen können. Außer er hat vor, seine eigenen Regeln zu brechen. Komm, Grashalm." Ausdruckslos nickte er Gron zu und folgte dem Herrscher durch das riesige Tor in den Vorhof des Schlosses hinein.

„Was meinst du damit?", verwirrt starrte Gron ihm hinterher. Doch auch ihm blieb nichts anderes übrig, als ihnen zu folgen und so gingen sie weiter in den Haupthof, wo ein Markt stattfand und den er nur am Rande wahrnahm. Gaukler und Spielleute gaben eine Vorstellung, doch die blendete er genauso aus wie den Adel, der sich davor drängte.

Sie durchquerten einen hohen Gang in einen weiteren Innenhof und von dort aus gelangten sie in die Gärten. Zimor führte sie zur Lichtung der Hoffnung. Niemand war hier, was seltsam war. Im Hintergrund plätscherte ein Wasserfall, der in einen kleinen, mit Seerosen bewachsenen Teich fiel. Vögel zwitscherten in den hohen Trauerweiden, unter welchen Bänke aus schwarzem Holz standen, daneben Tische, die der Elfenkönig aus seiner Heimat mitgebracht hatte. Hie und da funkelte ein winziger Edelstein in blassblauer Farbe, jedoch waren die meisten inzwischen von Imitaten ersetzt worden, da gierige Besucher mit Dolchen an den Schmuckstücken herumgepikt hatten.

„Falls Ihr Besucher sucht", setzte der Herrscher zum Gespräch an, „werdet Ihr hier keine finden. Der Schlosspark ist erst nach den Feierlichkeiten wieder zugänglich." Einladend deutete er auf die Bänke. „Ihr könnt Euch gerne setzen", bot er an und auch wenn seine Stimme freundlich klang, so glich sein Gesicht einer steinernen Maske.

„Wir lehnen ab", antwortete Gron knapp. Instinktiv sprach er für sie beide, denn er wusste, dass Fenriel ebenfalls stehen bleiben würde.

„Warum hast du das getan?!" Zornesfalten durchzogen des Elfenkönigs fein gemeißeltes Gesicht. „Warum hast du deinen König verraten?!"

Fenriel schwieg.

„Wir sollten dieses Drama schleunigst beenden. Ich habe keine Lust auf derartige Situationen." Zimor schlug die Hände zusammen und stach anschließend mit dem Zeigefinger in Grons Richtung. „Der Rat und ich waren uns einig, dass Ihr das Kind zurückbringt", hob er anklagend die Stimme an, „wo ist es nun?!"

„Warum veranstaltet Ihr dann eine Feier, wenn das *Kind*", Gron betonte das letzte Wort grob, „nicht hier ist?"

„Das geht Euch nichts an", zischte Zimor und ein Sprühnebel segelte durch die Luft, „ich frage Euch ein letztes Mal, *wo ist sie*?!"

Wind fuhr durch Grons Haar und mehrere Strähnen kitzelten seine Stirn. Das Gezwitscher nahm ein jähes Ende, als die Vögel sich in die Lüfte hoben und schreiend davonflogen.

„Nicht hier." Mit seinem Tod hatte er bereits abgeschlossen, nahm also kein Blatt mehr vor den Mund. „Ich schrieb es Euch."

Zimor lachte auf. „Ja, das habt Ihr allerdings. Ich wollte mich nur vergewissern, ob Ihr mir dabei in die Augen sehen könnt. Ich bin verwundert. Denn Ihr könnt Euch denken, dass ich nicht amüsiert bin!"

Gron verlor die Geduld. Er sprang vor, kam dem Herrscher so nah, dass sich ihre Nasen fast berührten. Der Mann war kleiner, also musste er sich bücken und bei Suneki, es kostete ihn solche Mühe, ihn nicht am Kragen zu packen. „Jetzt frage ich Euch, *herrschaftliche Majestät*. Ihr steht zwar über mir, seid aber dennoch ein gleichwertiges Ratsmitglied wie jeder andere Anführer auch. Erklärt mir, zum Henker nochmal, was hier los ist. Ich weiß, dass ich für meinen Fehler büßen muss. Aber hört mit diesem unnötigen Gesäusel auf!"

„Gron!", Fenriels Warnung kam viel zu spät.

Plötzlich stand der Elfenkönig neben dem Herrscher und stieß ihn zurück. Gron stolperte überrascht über seine eigenen Beine.

„Bleibt auf Abstand, Elbenkönig!"

Gron wusste, dass er einen Fehler gemacht hatte, den Herrscher mündlich anzugreifen. Doch mittlerweile konnte er kein Gefühl mehr unterscheiden. Während sie hier standen und diesen Unsinn trieben, war Raena vielleicht kurz davor zu sterben, misshandelt oder auf irgendeine andere kranke Art und Weise geschändet zu werden. Und was seinen Sohn anging ...

„Was ist mit meinem Sohn." Er konnte das merkliche Zittern seiner Stimme nicht unterdrücken. „Was ist mit ihm."

„Krank", war die simple Antwort des Herrschers. Dann kniff er die Augen zusammen. „Aber Ihr ..."

„Wo sind die anderen Reiter?", mischte sich Fenriel dazwischen, „Ihr feiert ein Fest für ein Gleichgewicht, aber ohne den restlichen Rat. Wann habt Ihr die Einladungen verschickt? Was hat der Anführer der Grauen damit zu tun?"

„Er ist ein Gast", erwiderte der Elfenkönig kühl.

„Gron ...?", kaum ein Flüstern, nur ein leiser Hauch und doch war es Yallas Stimme.

48. KAPITEL

Gron fuhr herum, spürte, wie Lagunas neben ihm zu tänzeln begann und suchte die Lichtung nach ihrer Erscheinung ab. Sein Blick fokussierte sich, als er sie entdeckte. „Yalla", kam über seine Lippen. Er war wie gelähmt und gleichzeitig unheimlich froh, sie zu sehen. Seine Brust quoll über vor Liebe und Freude, bis die Enttäuschung ihn einholte und sein Blick sich trübte.

Sie war tatsächlich hier. Das bedeutete, sie war in Gefahr.

Seinetwegen.

„Ah, Eure Frau!", stieß Zimor überrascht aus und setzte ein gespieltes Lächeln auf. Seine Ablehnung war auf einmal wie weggeblasen, als hätte sie nie existiert. „Kommt Ihr Eurem Ehemann gratulieren?"

Und dann schoss ihm, dass Yalla nichts von seinem Versagen wusste. Woher auch. Sie hatte sicherlich erst vor kurzem von seiner Mission erfahren. Seine Kehle wurde eng und ihm war, als würde er in ein Loch voll eiskalten Wassers geworfen werden. Im Augenwinkel sah er den starren Blick des Elfenkönigs und er verstand die Warnung, die ihm dadurch vermittelt wurde. Und nicht nur ihm, auch Fenriel hüllte sich in eisernes Schweigen.

„Gron!", rief sie. Ihr schönes Gesicht hellte sich auf, ihre dunkelbraunen Augen strahlten. Völlig überraschend erschien Raenas verschwommenes Gesicht in seinem Hinterkopf. Er schloss, dass sie sich nicht ähnlich sahen, und war nur für einen Moment lang verwirrt.

„Hier bist du! Man hat mir gesagt, du seist schon länger in der Stadt. Warum hast du mich nicht benachrichtigt?!"

Sie war wunderschön.

Das Kleid umspielte ihre Beine, hüllte sie in cremefarbene Seide, ein leichtes und keusches Korsett packte ihre kleine Oberweite ein. Eine leichte Röte bedeckte ihre Wangen und bildete einen Kontrast zu ihren weißen Haaren, die ihr bis knapp über die Hüften reichten und in sanften Wellen über den Rücken fielen. Bei Ara, sie war bezaubernd, so zart wie eine Blume. Wie schnell man doch ihre dünnen Arme und Beine unter gleichmäßigen Schlägen brechen konnte.

Ihm wurde schlecht.

„Und hier sind Grashalm und Fenriel Aurum! Auch Ihr seid in aller Munde, aber ... wo sind deine anderen Begleiter? Warum seid Ihr in den Gärten?", besorgt blieb sie vor ihm stehen, realisierte die Anwesenheit des Elfenkönigs und ihr Blick wurde starr. Sie verneigte sich vor ihm, aber grüßte ihn nicht. Anschließend warf sie sich in seine Arme.

Als Gron ihren schmächtigen Körper fest an sich drückte, schluckte er schwer.

„Ich bin so froh, dass du wieder zurück bist", hörte er ihr gedämpftes Flüstern gegen seine Brust. Unter ihrer Wange, irgendwo hinter seinem Brustbein verborgen, brannte der Schmerz von Bedauern und tiefer Schuld.

Es schien sie nicht zu stören, dass sie keine Antworten erhielt.

Sanft legte er Yalla eine Hand auf den Hinterkopf, strich über ihr weiches Haar und kam nicht umhin, das leichte Zittern seiner Finger zu bemerken. Er betete, dass ihr seine Nervosität nicht auffiel. Wenn er Glück hatte, konnte sein erregtes Gemüt als Aufregung getarnt fehlinterpretiert werden. Aber nach vierzig Jahren kannte sie ihn besser als er sich selbst.

Hilflos starrte er über ihrem Kopf in die Leere.

„Unser Sohn ist krank", murmelte sie schließlich kaum verständlich, löste sich von ihm und blickte ihn an, „er spricht und isst nicht. Er wacht nicht auf. Aber er schafft das schon, Nazr war immer schon zäh. Sorge dich nicht." Sie hatte Tränen in den Augen. „Warum bist du so angezogen? Heute ist doch ein F-fest", stotterte sie und presste ihr Gesicht erneut an seine Brust. „Ich danke Ara von Herzen, dass du wieder da bist."

Gron schluckte und vergrub sein Gesicht in ihrem Haar.

„Seit wann?", murmelte er, während seine Hilflosigkeit zu einem unüberwindbaren Berg anwuchs.

Doch sie antwortete ihm nicht. Stattdessen hörte er: „Wir sind im Krieg."

Es traf ihn wie ein Schlag ins Gesicht. *Was?*

„Aber jetzt ist das Gleichgewicht bei uns und wird uns beschützen", in ihrer Stimme lag so viel Vertrauen und Zuversicht, dass es ihm fast das Herz brach. „Du bist ein Held, Liebster."

„Geht es Euch nicht gut, Elbenkönigin?", fragte Zimor besorgt, „wollt Ihr zurück ins Schloss gehen? Soll ich Euch einen Arzt rufen?"

Und Gron begriff, warum keine anderen Reiter anwesend waren. Hatte er den Grund durch sein Versagen geliefert? Immerhin waren die Elben seit Jahrhunderten Verbündete der Weißen.

Ohne Anhaltspunkt irrten seine Augen auf der Lichtung umher. Nein, er hatte einen Gedankenfehler. Zimor feierte ein Fest für ein falsches Gleichgewicht. *Glauben die anderen Reiter etwa, dass wir Raena tatsächlich ins Reich geholt haben? Warum sollten sie uns den Krieg erklären, wir haben doch einst beschlossen, sie zur Herrscherin ...*

Yalla versteifte sich und unterbrach seine Gedanken. Er hörte sie tief Luft holen, spürte, wie sie sich von ihm wegdrückte. Er wollte sie noch nicht loslassen, ließ sie aber frei.

„Verzeiht, dass ich Euch gestört habe. Ihr wollt bestimmt wichtige Dinge mit meinem Mann besprechen. Ich habe gesehen, wie Ihr in den Schlosspark gegangen seid und dabei ist mir mein Mann in Eurer Begleitung aufgefallen." Yallas Wangen waren weiterhin gerötet. „Mir geht es gut. Entschuldigt, dass ich Eure Gespräche unterbrochen habe, herrschaftliche Majestät. Ich ...", sie suchte Grons Blick, „ich erwarte dich im Schloss." Dann verbeugte sie sich knapp und eilte davon.

Gron, der dem Elfenkönig und Zimor den Rücken zugewandt hatte, folgte ihr mit seinen Augen, bis sie hinter der nächsten Trauerweide verschwunden war.

„Jemand hat geredet", klärte der Herrscher das Mysterium auf.

Gron spannte sich an und drehte sich langsam zu ihm um.

Eine tiefe Leere lag in Zimors Augen, er schien betroffen von den Ereignissen der letzten Tage. „Eines der Ratsmitglieder hat nicht den Mund gehalten und verraten, dass es das Gleichgewicht tatsächlich gibt. Ihr könnt Euch vorstellen, wie rasch sich das Gerücht verbreitete und leider war es zu spät, um es zum Verstummen zu bringen, denn bald schon trafen die ersten Bittsteller ein, doch sie suchten keine Lösungen für ihre Probleme, sondern erkundigten sich voller Sorge nach dem Gleichgewicht. Da ist mir leider nichts anderes übriggeblieben, als dies öffentlich und vor der halben Stadt zu verkünden", er holte tief Luft, „ja, das Gleichgewicht existiert und ist auf dem Weg zu uns." Er schenkte dem Elfenkönig, der ihn um zwei Köpfe überragte, einen flüchtigen Seitenblick. Gron sah darin leichte Unsicherheit aufblitzen. Oder täuschte er sich?

Fialuúnír Wyríl rührte sich nicht. Seine starre Haltung ähnelte einem strammen Soldaten, als warte er auf wichtige Befehle, oder aber als wäre er der Henker, der zu richten hatte.

„Und dann habe ich Eure Nachricht erhalten." Seine kleinen Augen verengten sich. Mit beißender Enttäuschung taxierte er ihn, während er gemächlich seine bleichen Finger vor seinem dicken Bauch verschränkte und darauf ablegte. „Ich weiß nicht, wie ich Euch meine Stimmung beschreiben soll, als ich den Brief gelesen habe", sagte er nachdenklich und schwang vor und zurück, „fassungslos trifft es am ehesten. Ich hoffe, Euch ist klar, dass ihr damit ein Unheil heraufbeschworen habt. Wisst Ihr, wie gefährlich wir nun alle leben?"

Gron wusste das. Doch es interessierte ihn nicht, wie sich der Herrscher gefühlt haben mochte. Ihn interessierten andere Dinge. *Wieso hast du ausgerechnet Esined mitgeschickt? War Raenas Entführung geplant? Was hast du vor?* Doch er sagte nichts davon, denn er hatte Angst, die Stimme zu verlieren.

„Natürlich habe ich sofort den Rat einberufen. Was glaubt Ihr, wie enttäuscht sie gewesen wären, hören zu müssen, dass wir versagt haben, nicht in der Lage waren, unsere zukünftige Königin zu beschützen." Er leckte sich zerstreut über die Unterlippe. „Wir entschieden uns gegen die Wahrheit. Ich und der Elfenkönig haben sie im Glauben gelassen, dass das Gleichgewicht bald eintrifft und sie sich mit ihren eigenen Augen überzeugen können. Aber sie wollten nicht. Stattdessen haben sie uns den Krieg erklärt."

„*Warum?*", krächzte Gron. Sein Blick wechselte zwischen Zimor und dem Elfenkönig hin und her. „Wieso habt Ihr ihnen nicht die Wahrheit gesagt?"

Zimor starrte ihn an, als hätte er den Verstand verloren. „Ich bin keinem Mann und keiner Frau auf dieser Welt irgendeine Rechenschaft für mein Handeln schuldig, Elbenkönig!" Dann holte er zwei-, drei Atemzüge und setzte monoton fort: „Bis auf die grauen Reiter, Euch und die Elfen, haben sich alle Mitglieder des Rats gegen uns gestellt. Sie wollten unsere Königin unter ihre „Fittiche" nehmen. Sie lehren eine gute, ehrliche und gerechte Königin zu werden. Dafür wollten sie sie mitnehmen, was ich aber nicht zulassen kann." Missbilligung verzog sein Gesicht, sodass seine Züge Ähnlichkeit mit einer verrunzelten Frucht gewannen. „Sie waren der Überzeugung, dass sie besser auf sie aufpassen können. Aber ich habe gesagt, dass ich das nicht zulassen würde. Ich kann es nicht dulden. Ich bin der Herrscher. *Ich habe das Sagen.* Außerdem glaube ich kaum, dass sie sie behüten wollen. Man wird versuchen, sie wieder einzusperren. Sie haben nicht unrecht. Aber, ich finde, sie hat eine Chance verdient."

Wieso war ich nicht hier, um die Welt vor solch einem törichten Krieg zu bewahren?

„Elbenkönig Gron Onohr, Ihr wart ein jahrelanger Verbündeter der weißen Reiter. Eure Frau hat uns bereits Euer Heer zugesprochen und an Eurer Stelle geschworen, an unserer Seite bis in den Tod zu kämpfen."

Er benötigte eine Weile, bis das Gesprochene zu ihm durchdrang. Dann wurde ihm schwarz vor Augen. „Ihr habt sie gezwungen, Euch die Treue anstelle meiner zu schwören?"

Zimor tat überrascht: „Ich dachte, Eure Frau habt Ihr immer gleichwertig behandelt."

„Aber …", startete er einen Gegenangriff, wurde jedoch am Arm zurückgerissen.

„Lass", mahnte ihn Fenriel, „lass."

Doch er wollte nicht. „Wieso erzählt Ihr mir das alles? Ich muss doch sowieso sterben. Ich habe versagt oder nicht?", ließ sich Gron nicht beruhigen, „mein Heer habt Ihr und meine Frau", er verschluckte sich, spürte ein schmerzhaftes Brennen in der Brust und schluckte mehrmals, „schwört mir, dass Ihr sie nicht anrührt."

Fenriel packte ihn fester, als er einen Ausfallschritt tat.

„Ich kann Euch nichts versprechen, wenn Ihr Euch weiterhin wie ein Wilder aufführt." Zimor betrachtete ihn wie einen Verrückten. „Was glaubt Ihr, wer Ihr seid?!" Er tauschte mit Fialuúnír Wyríl ein paar Blicke aus und schüttelte unverständlich den Kopf. „Die Elben werden sich wohl nie ändern", murrte er, doch Gron hörte ihn trotzdem.

„Da muss ich Euch leider zustimmen, Eure herrschaftliche Hoheit."

Wie nur gelang es Fialuúnír Wyríl, diese tödliche Ruhe bewahren? Hatte er keine Gefühle, kein Herz, rein gar nichts, was seine steife Haltung lösen könnte? Vor Grons Augen tanzten kleine Punkte. Er war rasend, wütend, völlig außer sich.

Fenriel rüttelte ihn an der Schulter. „Du musst aufpassen. Wie soll ich dein Leben retten, wenn du wie in einem Kuhstall redest?", zischte er in sein Ohr hinein, „mach es mir nicht unnötig schwerer!"

„Wie zum …", wollte Gron ansetzen, *wie zum Henker willst du mich retten,* als beide jäh vom Herrscher unterbrochen wurden.

„Ihr habt uns in eine tiefe Krise gestürzt, Elbenkönig und für Euer Vergehen steht der Tod. Es tut mir leid."

Zu wissen, dass man sterben musste, war doch etwas gänzlich anderes, als es durch den Mund des Herrschers höchstpersönlich zu hören. Und so versuchte Gron sich erneut mit seinem Schicksal vertraut zu machen. Seine Abwehr fiel, er spürte, wie Fenriel von ihm abließ und sich von ihm entfernte. „Ja, ich weiß", entgegnete er schlicht, kämpfte innerlich einen wilden Kampf mit sich selbst aus. Er wollte noch nicht sterben. Er ... er wollte leben.

Grashalms feuchte Nase berührte seine eiskalten Finger.

Er rieb die Flüssigkeit zwischen Daumen und Zeigefinger und spürte einen harten Kloß im Hals. Ihre Berührung spendete ihm Trost, flößte ihm Kraft und Wärme ein. Im Augenwinkel bemerkte er, wie glasig ihre grasgrünen Augen waren. Dann begriff er plötzlich.

„Verrat wird ebenfalls mit dem Tod bestraft", sprach Fenriel klar und deutlich aus, „da ich aber zuvor noch meine Treue dem Elbenkönig geschworen habe, bin ich nun sein Untertan und kann nach dem Recht der weißen Reiter, dem Gesetz nach, welches durch Zimor, dem Herrscher, vor Jahren verfasst wurde", betonte er und fiel dumpf in die Knie, „an seine Stelle treten." Entschlossen erwiderte er den entsetzten Blick des Herrschers und den merklich überraschten seines betrogenen Königs, der auf einmal Gefühle zeigte.

Zur Überraschung aller, stimmte Zimor sofort zu. „So sei es. König Gron Onohr, damit ist es Eure Aufgabe, ihn von seinem Leben zu erlösen."

Fenriel hatte Recht behalten. Die Anklage war gefallen, der Befehl gesprochen.

Gron fühlte sich wie in eine Bärengrube geworfen, aus der es kein Entkommen gab. Stocksteif stand er da. Irgendwie war ihm klar gewesen, dass Fenriel mit seiner Treue eine Absicht verfolgt hatte, doch wegen seiner eigenen, verachtenden Gedanken, hatte er dem Opfer weniger Beachtung geschenkt, als es verdient hätte.

„Noch eine letzte Bitte?" Der Herrscher hatte seine Beherrschung schnell wiedergefunden und musterte den Knienden mit deutlichem Missfallen.

„Ja", sagte der Elf, seine Stimme frei von jeglicher Angst, „Gron Onohr soll nach unserer Königin suchen dürfen. Nur er darf sie führen. Er ist der Einzige, der ..."

„Das genügt!" Zimor schnippte mit den Fingern. „Elbenkönig! Beeilt Euch, ansonsten überlege ich es mir anders und Ihr sterbt ebenfalls."

Gron tastete nach dem Schwertgriff. Er wusste, er musste es tun. „Hier, in den Gärten?", hörte er sich selbst flüstern, „warum macht Ihr es nicht öffentlich, Eure herrschaftliche Hoheit?"

„Ich habe keine Lust, dass ich den Grund für einen abtrünnigen Elfen erklären muss. Macht schon!"

„Was ist ... wenn jemand ..."

„Keiner wird uns sehen. Bei den Göttern, Ihr ...!"

Doch der Elbenkönig zögerte immer noch. Es missfiel ihm, er hatte noch nie jemanden von seinen Leuten, geschweige denn Freunden oder Verbündeten umgebracht.

Er konnte es nicht.

Grons geistige Abwehr war nicht besonders hoch. Geübt drang Fenriel in seinen Kopf ein. *Ich vertraue auf dich. Nun töte mich.* Irgendwo spürte Gron Grashalms warme Gegenwart, die in der Lage war, Fenriels Gedanken und Gefühle zu lesen. Für einen Moment waren sie eins, für einen klitzekleinen Augenblick konnte Gron die Weisheit, die Reue und die Entschlossenheit seines Gefolgsmanns spüren, ehe jener Gefolgsmann selbst den Schlag ausführte, der ihn töten sollte.

Es geschah völlig unerwartet.

Stahl zischte durch die Luft. In der scharfen Schneide brach sich das Tageslicht, glitt wie eine Liebkosung bis zur Spitze der Waffe. Weißes Haar, Haut und Fleisch, Sehnen und Knochen wurden wie Papier durchtrennt, bevor sich der gerade aufgerichtete Kopf mit einem Knacken von den Schultern löste und lautlos ins Gras rollte.

Dunkles Blut spritzte hervor, benetzte Grons Finger und Unterarme.

Entgeistert starrte er dem Kopf hinterher, der in rot getränkte Strähnen eingewickelt, reglos in Büscheln blühenden Rotklees liegen blieb. Sein Stirnschmuck war fort und der Federohrring bewegte sich hin und her.

Gron fühlte sich, als wäre er selbst gestorben.

Hinter dem weißen Schleier seiner Haare blitzte ein kleines, beinah triumphierendes Lächeln auf, welches er wie zur Provokation der Obrigkeit bewahrt und für immer eingefroren hatte. Es war ein seltener Anblick, da Fenriel kaum Gefühle gezeigt hatte.

Als der Körper vorwärtskippte, das Blut blubbernd das Gras und die Erde färbte, zog Gron scharf die Luft ein. Obwohl kein Ton zu hören war, sogar der Wind aufgehört hatte, die Trauerweiden zu bewegen, glaubte Gron Grashalms Schrei tief in seinem Hinterkopf hören zu können. Die Kraft verließ ihn, seine Hände begannen zu zittern und versagten ihm den Dienst.

Er ließ sein Schwert fallen.

Anstatt in Würde stehen zu bleiben und dem Opfer einen letzten, ehrvollen Anblick zu gewähren, sank er neben dem Stahl in sich zusammen. Die Schwere seiner Bürde, die ihm nun durch Fenriels Schwur abgenommen worden war, hatte seine Knie weich werden lassen.

„Seht Ihn Euch nur an", hörte er den Herrscher sagen.

Atme, dachte Gron, *atme*, während er versuchte, die Tatsache zu verkraften, dass Fenriel seinen Körper übernommen und sich selbst umgebracht hatte.

Fialuúnír Wyríl stieß mit dem Fuß gegen die Schulter des Geköpften und putzte sich den Stiefel im Gras ab. „Törichter Elf, dein Leben ist verwirkt." Mehr sagte er nicht.

Kurz herrschte Stille, bis er Zimors kühle und distanzierte Worte vernahm: „Ich erwarte Euch im Festsaal. Seid pünktlich. Das Gleichgewicht wird allen Anwesenden vorgestellt und Ihr als Elbenkönig und wichtiger Verbündeter dürft nicht fehlen."

Nachdem sich der Herrscher und der Elfenkönig entfernt, ihn mit den Reittieren und dem Geköpften allein gelassen hatten, richtete er sich auf. Schwerfällig hob er sein Schwert, wischte die Klinge im Gras ab. Danach schleppte er sich zum Wasser, kniete sich vor der hellblauen Oberfläche nieder und fuhr mehrmals mit der Klinge hin und her. Reglos betrachtete er die roten Klumpen, die sich mit Wasser vermischten und sanken. Kleine Ränder markierten die Stelle, wo der Stahl durchs Fleisch gedrungen war.

Von unendlicher Traurigkeit erfüllt, ertönte Grashalms Stimme in seinem Kopf. *Nun gehöre ich dir, denn er befahl mir, dir nach seinem Tod zu dienen.*

„Ich will dich nicht", entgegnete Gron, ehe er den Stahl säuberte. Kurz überlegte er, das Schwert einfach fortzuwerfen, doch dann hielt er sich zurück. „Geh nachhause", fügte er hinzu.

„Ich werde mich seiner letzten Bitte nicht widersetzen." Sie stand dicht hinter ihm, er spürte es. Ihr Schnauben kitzelte ihn. „Gron, Rizor ist in Gefahr. Wir müssen ihn suchen, ihn dürfen sie nicht töten."

Er antwortete nicht sofort. „Das weißt du nicht mit Sicherheit."

„Er ist nun ein Feind des Reichs."

Gron erhob sich langsam, den nassen Stahl in der Hand. „Dafür, dass du deinen Reiter verloren hast, bist du nun voller Tatendrang", murmelte er schroff.

Mit allem hatte er gerechnet, nur nicht mit einem schmerzhaften Rückenstoß ihrerseits. Fluchend fand er sich im kniehohen Wasser wieder, spürte Nässe durch seine Schuhe dringen und hätte Grashalm am liebsten in eine Lavaschlucht gewünscht. Er fuhr zu ihr herum, breitete die Arme aus und warf sein Schwert fort. „Dann bring mich doch um!", schrie er.

„Jemand musste bezahlen. Und er hat freiwillig gezahlt."

Er verlor die Beherrschung. „Komm schon. *Töte mich!*" Er hatte Tränen in den Augen.

„Lass es." Ihre Nasenflügel bebten. Das Grün ihrer Augen vergiftete ihn und ließ ihn die verborgenen Schmerzen ihres Verlusts empfinden. *Hör auf mit dieser unnötigen Schuld, die du dir selbst aufgebürdet hast. Lass sein Opfer nicht umsonst gewesen sein.* Sie kam näher, ihre Hufe durchtrennten die Oberfläche des Wassers und ihr schneeweißes Fell wurde braun. Eine halbe Armlänge von ihm entfernt blieb sie stehen. „Du bist nun mein Reiter", flüsterte sie weich.

Ihre Worte kreisten in seinen Gedanken. Die Welt verschwamm vor seinen Augen, als Grashalm ihn mit ihrem Horn an der Stirn berührte. Und Gron *tauchte in das Grün ein. Er stand auf einer Wiese. Die Sonne schien und wärmte ihn auf. Obwohl die Böen an ihm zerrten, fühlte er sich sicher und wusste, dass er nicht vom Boden abheben würde, denn seine Wurzeln waren tief und die Erde war fest. Dies war Grashalms geheimer Ort. Dies war das Abbild ihrer Seele.*

Sie war auch hier.

Gron ahnte, wen sie meinte, denn im nächsten Augenblick sah er sie vor sich. War das eine Wunschvorstellung? Er wusste es nicht. Ihre Gestalt war ein Schatten, nur ein schemenhaftes Bild, welches mit ausgestreckten Händen sich immer schneller werdend im Kreis drehte und schließlich wie in ein Federbett gleich in die Grashalme hineinfiel. Lachend strich sie sich ihr aschblondes Haar aus dem Gesicht. Es erstarb, als sie ihn erblickte. Und er, er spürte nur, wie sein Herzschlag sich beschleunigte und ein warmes Gefühl seine Brust durchströmte. Er wartete auf ihre Reaktion, verlor sich im Schwarz ihrer Augen, gebannt von ihrem Anblick. Sie sagte nichts, lag nur da. Ihre Brust hob und senkte sich, ihr angewinkeltes Bein stellte sich auf. Sie schwieg noch immer.

Er wollte zu ihr, doch konnte nicht. Erst musste er sie finden.

Grashalm brach den Blickkontakt ab.

Die Augen waren die Spiegel der Seele. Dies war die Fähigkeit der Einhörner und die war so individuell wie das Tier selbst, nicht vergleichbar mit dem Ort, den die Reiter und ihre Tiere im Geist als Rückzugsort nutzten. Eine Art mentale Barriere, wie ein jeder sie haben konnte, der etwas von Magie verstand. Gron hatte davon gehört, wenn auch er sich nichts darunter vorstellen konnte, denn seine Mauern waren einfach gewesen, eine Vorstellung von etwas, das er bloß gefühlt, aber nicht gesehen hatte.

Er fröstelte.

Auf der Lichtung war es merklich abgekühlt. Kleine Wellen umspielten seine Unterschenkel. Erste Wolken schoben sich über die Sonne und tauchten die Umgebung in ein düsteres, dunkles Licht.

„Ich bin verheiratet", hauchte er, wich ein paar Schritte von ihr zurück und versank tiefer im eiskalten Nass, „ich liebe Yalla mehr als mein eigenes Leben!"

Unbeeindruckt wurde er von Grashalms warmen Augen betrachtet. „Deine Seele kümmert es nicht, ob du verheiratet bist."

Seine Hände begannen zu zittern, fieberhaft überlegte er, wie es so weit hatte kommen können. Als er geheiratet hatte, war er überzeugt gewesen, dass Yalla Rura die Frau des Lebens sei, seine erste große Liebe und eine gute Frau und Mutter sein würde. Und nun, nachdem ihm klar geworden war, dass er für Raena vielleicht mehr als nur väterliche Zuneigung empfand, war die Sicherheit wie weggeblasen.

Sein Blick flog zu Fenriel. „Wir müssen ihn wegbringen." Langsam seine eiserne Zurückhaltung gewinnend, watete er zum Rand und triefend vor Wasser, eilte er auf den Toten zu. Der Wind blies kühl über seine Schenkel. Gänsehaut überzog seinen Körper.

„Wie willst du ihn vor all den Anwesenden verstecken? Immerhin ...", sie sprach es nicht aus, aber er beendete den Satz in seinen Gedanken. *Hat er keinen Kopf.*

„Ich schaffe das."

Trauer überschattete die neu erkannten Gefühle für Raena. Ohne groß zu überlegen, pfiff er Lagunas und wartete, bis dieser zögerlich herbeigetrabt kam und mit geneigtem Kopf neben ihm stehen blieb.

„Ruhig", murmelte er und strich abwesend über seinen strammen Hals. Von Grashalm konnte er wohl kaum erwarten, dass sie ihren toten Reiter trug.

Obwohl es ihn enorme Mühe kostete, seinen einstigen Verbündeten, den er nun einen Freund nannte, zu berühren, zog er eine wasserdichte Plane aus der Satteltasche hervor, jene, unter der Raena und er geschlafen hatten und breitete sie energisch aus. Er zog an den Zipfeln, bis sie flach auf dem Boden lag, packte Fenriels langsam erstarrenden Körper und rollte ihn in die Plane hinein. Er zog eine Blutspur hinter sich her. Es gelang ihm, eines seiner Ersatzhemden um den Hals es Toten zu wickeln und den Kopf vorsichtig in eine andere Plane zu legen. Nachdem er den Knoten zugezogen hatte, war ihm leichter, auch wenn er das Gefühl hatte, nicht mehr aufstehen zu können.

Tränen verschleierten seinen Blick und er vernahm Grashalms stilles Schluchzen, spürte es in seiner Brust, die Enge und den Druck unter seinem Brustbein. Er fühlte sich grässlich. „Sobald wir mein Anwesen erreichen, befehle ich ihnen, ihn zu waschen. Sie sollen ihn schön ankleiden, bevor er ...", seine Stimme brach ab, „zu Grabe getragen wird." Er stemmte sich vom Boden hoch.

„Ara wollte es so", sagte Grashalm hinter ihm. „Sie ist ihm im Traum erschienen."

„Wirklich?", murmelte er.

„Ja. Sie meinte, einer müsse sterben."

„Niemand hätte sterben müssen, wenn ich nicht versagt hätte", seine Schultern versteiften, „es ist meine Schuld."

„Auf dieser Welt gibt es mächtigere Gegner als Zimor, den Herrscher", flüsterte sie, „Fenriel ist nicht fort. Er ist noch immer hier. Er hat einen Auftrag zu erfüllen."

„Hat er das."

„Ja. Er wird sie vor dir finden und ihr helfen. Auf geistiger Ebene vermag Vieles zu gelingen. Im Nichts ist alles möglich."

„Wieso kann Ara das nicht selbst tun?", blaffte er sie an.

„Die Göttin hat ihre Gründe."

„Verzeih mir, aber ich glaube nicht an solche Dinge. Die Göttin ist tot. Tote Götter schweigen und sprechen nicht. Die Welt dreht sich auch ohne sie weiter. Wann haben sie je ein Gebet erhört?"

„Sie hören", meinte Grashalm nur geheimnisvoll, ehe sie zu Fenriels Körper hinabsah, „bitte, lege ihn über mich. Ich will ihn ein letztes Mal tragen." Sie kam zu ihm, stupste ihn mit ihrer Nase an und der Schmerz in ihren Augen tat ihm seelisch wie körperlich weh.

Gron nickte steif und gab ihrem Wunsch nach. Wenn sie seitlich an den Feierlichkeiten vorbeiritten, würde man vielleicht nicht bemerken, dass ein Toter auf ihrem Rücken lag.

Wie naiv bin ich eigentlich?

„Warte, ich weiß, was ich noch tun kann." Er beherrschte zwar nicht viel Magie, war auch nicht besonders gut darin, doch Dinge zu tarnen, sie vor der Welt zu verstecken, war etwas, was ihm von klein auf von elbischen Meistern mit Zwang eingepflanzt worden war. Gron gehörte zu den besten Tarnkünstlern des Landes und hatte oft genug seine Fähigkeiten bewiesen.

Tief durchatmend konzentrierte er sich und versuchte den Blutgeruch, der ihn in der Nase kitzelte zu verdrängen, bevor er spürte, wie in seinem Inneren ein kleiner Keim, eine winzige Flamme erwachte und angenehme Wärme durch seinen Arm schoss. Im Geist stellte er sich einen leeren Sattel vor. Er schloss die Augen, spann seinen Gedanken zur Wirklichkeit, verlieh ihm Unsichtbarkeit und nahm ihm die Fähigkeit berührt zu werden. Wie ein heißer Funken sprang die Magie von seinen Fingern auf die Plane über und Fenriel verschwand unter einem glänzenden Schleier.

49. KAPITEL

Als sie eine Viertelstunde später vor dem Anwesen standen, davor schweigend durch den Schlosspark geritten waren, die Feierlichkeiten passiert hatten und das Rubinviertel entlanggetrabt waren, konnte sich Gron nicht mehr an alle Details des zuvor Geschehenen erinnern.

Vor dem geschlossenen Gittertor stieg er ab. Blinzelnd suchte er zwischen den Gitterstäben nach seinen Soldaten und erkannte zwei von ihnen links in der Parkanlage, direkt neben einem kleinen Vogelbrunnen stehen. „Ihr da!", rief er, um auf sich aufmerksam zu machen, „warum ist das Tor verschlossen?" Mit seinem barschen Ruf hatte er nur überraschtes Zusammenzucken bewirkt. Sich auf einer Lanze abstützend, reckten sie ihre Hälse und der linke von ihnen brüllte: „Wer da?!"

„Euer Herr", rief er im gleichen Ton und fügte leise, „der König", hinzu.

„Der Herr ...?" Beide setzten sich zögernd in Bewegung. Als sie den säuberlich gepflasterten Weg betraten, wurde der Klang ihrer stahlverstärkten Stiefel durch einen leisen Donner übertönt, der über die Stadt hinweggrollte. Der Wind hob sich, blies Laub vor ihren Füßen her und erst als sie vor dem Tor standen und ihre Helme abnahmen, erkannten sie ihn. „Eure Majestät", hauchten sie. „Wir haben Euch heute nicht erwartet. Eure Frau gab uns Anweisungen ...", rechtfertigte einer von ihnen ihr Handeln, während der andere einen schweren Schlüssel hervorholte und das Tor öffnete.

„Ruft meinen Kammerherrn. Ich muss ihn sprechen", befahl Gron in üblichem Tonfall und winkte Grashalm vorbei, bevor er selbst das Grundstück betrat.

Erstaunt traten sie beiseite und nahmen respektvollen Abstand zu ihr ein. Elben begegneten Einhörnern nur unter elfischer Aufsicht oder in Elyador, niemand sonst züchtete sie. Schleier war eine Ausnahme, wer wusste schon, wie Esined in seinen Besitz gelangt war.

„Schließt die Tore. Lasst niemanden herein und erstattet mir sofort Bericht, sollte meine Frau hier erscheinen." Er verstand ihren überraschten Gesichtsausdruck sehr wohl, dennoch fuhr er sie an: „Was starrt ihr mich so an?" Für gewöhnlich behandelte er seine Wachen nicht auf diese Art, doch heute hatte er keine Geduld mehr für sie übrig.

„Verzeiht, Eure Majestät!", hastig verbeugten sie sich und einer von ihnen wäre beinahe über seine Lanze gefallen, hätte er sich nicht an der Schulter seines Genossen festgehalten.

Gron unterdrückte einen Seufzer. Er wandte sich ab, doch bevor er weitere Schritte zum Eingang tat, fiel ihm jäh etwas ein. „Ist ...?"

„Vater!"

Ist einer meiner Söhne hier?, hatte er fragen wollen und erbleichte, als er den Jüngeren aus dem Fenster im ersten Stock schreien sah.

„Rehor!" Er hob den Blick und lächelte mit schmalen Lippen nach oben. Seine Brust schwoll an, als er den hellbraunen Schopf erblickte. Er liebte seine Söhne. Seine Familie war alles für ihn und er hätte sein Leben für sie alle gegeben. *Dann ist Nazr also krank.* Als mit einem lauten Knall das Fenster zugeschlagen wurde und das ihm so ähnliche Gesicht hinter roten Gardinen verschwand, beschleunigte sich sein Herzschlag. *Was soll ich jetzt tun?* Wie viele Sekunden blieben ihm noch, bis sein Sohn aus dem Haus stürmen und ihm entgegenlaufen würde? Wie sollte er den geköpften Fenriel und sein Einhorn erklären? Wenn er doch nur daran gedacht hätte, dass vielleicht einer seiner Söhne ihn dabei sehen könnte, wie er das Grundstück betrat.

Gron eilte zum Eingang, wollte Rehor irgendwie davon abhalten zu sehen, dass Grashalm bei ihm war, auch wenn es vermutlich längst zu spät dafür war. Mit einem Einhorn zu erscheinen stank selbst für Rehor bis zum Himmel und war genauso ungewöhnlich, wie ein Huhn ohne Flügel.

Lagunas trottete gelassen hinter ihm her, völlig unberührt von der Tatsache, dass sein Herr kurz davor war in Panik zu geraten.

Dann sag es ihm, hallte Grashalms Stimme durch seinen Kopf und unterbrach seine Gedanken.

Und wenn sie ihn ausfragen? Ihn einsperren und foltern?, entgegnete er und war überrascht, wie einfach es war, im Geiste zu kommunizieren. Er musste seine Familie raushalten, nur dann waren sie vor Zimors Launen sicher.

Wo ist der Stall? Dann gehe ich dorthin.

Hinter dem Haus, entgegnete er prompt und bemerkte im Augenwinkel, wie sie lostrabte, über den Kieselweg am rechten Flügel des Hauses vorbeilief und verschwand.

Die Wachmänner blieben unschlüssig einen Meter neben ihm stehen. Eingeschüchtert betrachteten sie ihn und ihm wurde klar, dass sie nach weiteren Anweisungen verlangten.

„Folgt dem Einhorn! Und ruft meinen Kammerherrn, verflucht! Er soll ihre Anweisungen befolgen. Danach soll er zu mir kommen."

Als sie sich langsam in Bewegung setzten, machte er eine hastige Handbewegung. „Beeilung!"

Mit gesenkten Lanzen und im Laufschritt, folgten sie dem schneeweißen Einhorn hinter das Anwesen.

Gron fuhr sich durch das Haar und blickte ihnen nach, bis sie hinter der Ecke verschwunden waren. Erst dann ließ er den Zauber fallen und durchtrennte den Faden, der Fenriels Körper unsichtbar gemacht hatte. Er spürte Energieverlust, vergleichbar mit schwachen Arm- und Beinmuskeln, doch es war nicht schlimm und würde bald verschwinden.

Was soll ich ihm sagen?, fragte Grashalm unsicher.

Sie sollen ihn waschen, sauber ankleiden und in mein Gemach bringen. Sag ihnen, es sei ein Befehl.

Ist es nicht seltsam? Du kommst mit einem Toten her und ...

Sie werden keine Fragen stellen und wenn doch, dann schick sie zu mir. Ich muss mir später etwas einfallen lassen. Dann verharrte er auf der Stelle und setzte einen neutralen Gesichtsausdruck auf, darauf hoffend, dass seine innere Unruhe unbemerkt bleiben würde.

Krachend flog die Haustür auf. Beide Flügel prallten von der weißen Hausmauer ab und eine große Schar Bediensteter strömte in den Vorgarten. Rehor, mitten unter ihnen und sichtlich erhitzt, lief direkt auf ihn zu. Während sich die Frauen und Männer seitlich aufreihten, je niedriger der Gesellschaftsrang, desto weiter rechts von der Haustüre entfernt, blieb sein Sohn, atemlos und völlig zerzaust, direkt vor ihm stehen. Mit einem Blick auf Lagunas, dann auf ihn, platzte er hervor: „Vater. Was hat das zu bedeuten?"

Gron, der ihm eigentlich verboten hatte, ihn vor den Bediensteten infrage zu stellen, antwortete nicht sofort. Obwohl er ihn zurechtweisen müsste, hielt er sich im Zaum, da er seinen Anblick viel zu sehr genoss. Es hätte auch ihn, statt Fenriel treffen können. Dann hätte Yalla Zimor den Krieg erklärt. Daran hatte er noch gar nicht gedacht und sein Herz wurde schwer bei der Vorstellung.

Rehor befand sich in bester körperlicher Verfassung. Seine Wangen waren gerötet, seine Augen glühten.

Gron betrachtete sein hellbraunes, kurz geschnittenes Haar, welches von weißen Strähnen durchzogen war, bis hin über sein hartgeschnittenes Gesicht, sein energisches Kinn und den schmalen Hals, welcher auf einem breiten Brustkorb und etwas dünn geratenen Armen saß. Rehor und seine Mutter gehörten den wenigen Elben an, die seit ihrer Geburt mit spitzen Ohren gesegnet waren. Es war ein gern gesehenes Erbmerkmal, das bei der Suche nach einem Ehepartner hoch im Kurs stand. Am Rande bemerkte Gron die lederne Reitbekleidung, die schwarzen Stiefel und die samtene Pelerine über seinem Arm. Wollte sein Sohn etwa die Feierlichkeiten umgehen und stattdessen ausreiten?

„Es freut mich auch, dich zu sehen", brachte Gron schließlich mit einem

Lächeln hervor und war überrascht, wie ruhig seine Stimme klang, „hattest du einen schönen Aufenthalt in Narthinn?" Vielleicht war seine Frage unpassend, vielleicht hätte er etwas anderes fragen sollen, doch ihm fehlte der nötige Einfallsreichtum. Es fühlte sich erzwungen an. Am liebsten hätte er ihn umarmt, an seine Brust gerissen und gedankt, dass er noch am Leben war.

„Wieso bist du nicht bei Mutter?", kam im mürrischen Tonfall zurück, „hast du sie schon gesehen?"

Augenblicklich spürte er Yallas zarten Körper in seinen Armen, ihren Duft in seiner Nase und seine Gesichtszüge versteinerten sich, als ihm Raena durch den Kopf schoss. „Ja, habe ich", entgegnete er seelenruhig und bemerkte, wie sich sein Sohn entspannte.

Rehors Blick wanderte zu Boden. „Verzeih, Vater. Ich ...", er fuhr sich über die bleichen Lippen, das tat er immer, wenn er durcheinander war, „bin nervös, aber ich freue mich, dich zu sehen."

Als Rehor ihn daraufhin kurz umarmte, drückte Gron ihn fest und nickte bestätigend. Als er wieder losließ, musste er sich dazu zwingen, die Arme sinken zu lassen. „Ich freue mich auch."

Rehor war fünfundzwanzig Jahre alt und erinnerte ihn oft an einen kleinen Jungen, was an dem liegen mochte, dass Gron die meiste Zeit seiner Jugend nicht in der Heimat verbracht hatte.

„Wie ich gehört habe, war deine Mission erfolgreich?", ein keckes Lächeln zog sich von einem zum anderen Ohr, entweder hatte Rehor das Einhorn nicht bemerkt, was Gron bezweifelte, oder es war ihm einerlei, „ich wusste nicht, dass du das Gleichgewicht aus dem Streifen eskortiert hast. Ich meine, ich wusste schon, dass du wichtige Dinge für den Herrscher und den Rat erledigst und deshalb oft reisen musst, aber dass das Gleichgewicht der Grund dafür ist", er pfiff durch die Zähne, „mein Vater ist ein Held. Ich kann kaum glauben, dass das alles wahr sein soll."

„Ja", entgegnete Gron zögerlich, „es ist wahr." Er log und es fiel ihm nicht einmal schwer.

„Und?", das erwartende Leuchten in den Augen Rehors ließ ihn sich schuldig fühlen, „wie ist sie? Wann stellst du sie mir vor?"

Rehors Hoffnung war ganz natürlich und Gron hatte auch vorgehabt, sie einander vorzustellen, doch Raena war nicht hier. Und das konnte er unmöglich sagen. Die Hand des Gleichgewichts wäre innerhalb kürzester Zeit die begehrteste Errungenschaft gewesen. Jeder hätte um sie geworben, um der Familie und der Ehre Willen. Mit dem Gleichgewicht zu verkehren war unvorstellbar, eine Möglichkeit Ansehen und Ruhm zu erlangen und sein

Blut mit dem der Götter zu vermischen.

Sein Magen schmerzte und er spürte einen Druck, der Übelkeit auslöste. Gekonnt verdrängte er jedes Gefühl, das mit Raena zu tun hatte. Er log nicht einmal, als er murmelte: „Sie ist wunderschön. Vorstellen würde ich sie dir gern, aber ich glaube, dass mir diese Aufgabe vom Herrscher abgenommen wird." Gegen Ende des Satzes bildete sich ein Kloß in seiner Kehle und er musste öfters schlucken, um ihn wieder loszuwerden. „Wohin des Weges? Reitest du aus?"

„Ich habe einen neuen Freund kennengelernt und werde ihn bald hier treffen. Er kommt von weit her und würde liebend gern ebenfalls um ihre Hand werben." Auch wenn Rehor seine Enttäuschung gut verbarg, Gron merkte es dennoch.

„Ein Freund also", stellte er fest, zeigte aber kein wirkliches Interesse. „Was ist mit deinem Bruder? Wo ist er?"

Rehors Gesicht wurde finster. Als er den Kopf zur Seite neigte, blitzten seine spitzen Ohren zwischen den gelockten Haaren hervor und seine grünen Augen verdunkelten sich. „Zuhause. Er konnte nicht mitkommen", dann zog er beide Augenbrauen zusammen und verschränkte die Arme vor der Brust, „er hat eine Krankheit, die keiner kennt. Er wacht nicht mehr auf, schläft andauernd. Unsere Heiler sind sich nicht sicher, ob er überlebt. Trotzdem möchten wir keine Hilfe von elfischen Heilern. Und auch nicht von Zimors Heilern", er wurde leiser, „unsere Heiler sind gut genug." Rehor wandte den Blick von ihm ab und streckte die Hand nach Lagunas aus, um über seinen breiten Nasenrücken zu streichen.

Gron war sich sicher, dass Yalla ihrem Sohn zuliebe selbst die Elfen in Erwägung gezogen, wenn nicht sogar einbezogen hatte. Er nahm sich vor, sie deswegen zu fragen.

Windböen wirbelten Staub zu ihren Füßen auf. Beide blickten den Himmel hoch.

„Sieht nach Regen aus", Rehor kratzte sich am bartlosen Kinn, „nun, ich lasse mich nicht abhalten. Irillian ist schon am Weg hierher."

„Irillian, wer?" Den Namen kannte er nicht.

„Mein neuer Freund. Kommt aus einer alten Adelsfamilie. Ein elfischer Botschafter", erklärte Rehor erneut, „hast du mir etwa vorhin nicht zugehört?" Eine ärgerliche Falte bildete sich auf seiner Stirn.

„Doch, doch. Habe ich", verteidigte sich Gron milde, während sich in seinem Nacken kleine Schweißtropfen bildeten, „du hast keinen Irillian erwähnt."

„Ja, aber einen neuen Bekannten", beharrte Rehor.

„Ich habe dir zugehört", bestätigte Gron und dachte an Grashalm. *Ist mein Kammerherr bei dir?*

Ja. Ich habe mit ihm gesprochen. Er schien verwirrt und verängstigt, aber er hat mir zugehört.

Haben sie dir Fenriel bereits abgenommen?

Ja, haben sie. Ich glaube, dass du ihn zur Genüge hingehalten hast. Als sich ihre Seelen, wie auch immer man es nennen wollte, voneinander entfernten, hatte er keine Zeit über die Gefühle nachzudenken, die kurz in seiner Brust aufflackerten und eine warme Welle durch seinen Körper schickten. „Würdest du Lagunas bitte in den Stall bringen? Ich werde mich später um ihn ...", wandte er sich an Rehor, doch der unterbrach ihn: „Nein, Vater. Ich glaube, dass du dich umziehen willst und dringend im Schloss nach dir verlangt wird. Ich mache das." Rehor griff nach dem Zügel. „Das Einhorn, welches ich zuvor gesehen habe. Wem gehört es? Doch nicht etwa dir?"

„Mir", antwortete er zögernd, nicht wissend, ob er einen Fehler beging, weil er es zugab.

Rehor riss vor Überraschung die Augen auf. „*Was?* Das sollte eigentlich ein Scherz sein!"

Gron verzog den Mund zu einer säuerlichen Grimasse. „Du solltest dringend an deinem Humor arbeiten. Ich verbiete dir, es weiterzuerzählen. Ansonsten habe ich nicht nur den Elfenkönig, sondern auch seine ganze Armee am Hals."

Da fiel Grons Blick jäh auf den Kopf, den er abzunehmen vergaß, doch bevor er sich fragen konnte, ob Rehor der Sack aufgefallen war, bäumte sich ein Pferd vor dem Gittertor auf. „Rehor! Seid Ihr bereit oder müsst Ihr noch Euer Pferd satteln?!"

Rehor winkte begeistert. „Irillian! Ihr seid viel zu früh! Ich hatte noch nicht die Gelegenheit in den Stall ..."

„Nimm Lagunas", murmelte Gron leise, während er den Kopf losband und im Inneren bereits den Entschluss gefasst hatte, den Hengst an seinen Sohn weiterzureichen.

Rehor zögerte.

„Nimm ihn dir", sprach er weiter, während er die Satteltaschen ebenfalls losband und sie sich um die Schultern hängte.

„Vater, ich ..."

„Er wird dir gute Dienste leisten", murmelte er und warf einen kurzen Blick auf den Besucher namens Irillian, dessen weißes, kräftig gebautes und auf hohen Beinen stehendes Ross unruhig im Kreis tänzelte. Auf seinem blonden Haar saß ein Dreispitz mit Federn, seine Weste war braun und mit

Mustern bestickt, die Gron nicht zuordnen konnte. Er trug schwarze Reithosen und Stiefel, in seiner rechten Hand hielt er eine lange Gerte. *Ein elfischer Botschafter?* Doch er dachte nicht weiter über den Gedanken nach, für ihn galt es Fenriels Kopf unters Dach zu bringen und sich für die falschen Feierlichkeiten umzuziehen, deren Besuchs er genötigt wurde.

„Danke, Vater", entgegnete Rehor ehrfurchtsvoll, den edlen Hengst hatte er nur selten reiten dürfen.

„Halte die Zügel fest und zeige ihm, wo der Hase läuft", betonte er noch zum Abschluss, lächelte schwach und wollte sich bereits umdrehen, als ihn eine sanfte Berührung am Arm zurückhielt.

„Vater, bitte, versuch uns später vorzustellen. Wirklich. Das ist sehr wichtig für mich."

Gron zwang sich zu nicken und beobachtete mit gemischten Gefühlen Rehors Freude.

„Auf Wiedersehen und suche uns in der ersten Reihe!" Schelmisch grinsend warf Rehor sich die Pelerine über, als auch schon der erste schwere Tropfen auf seine Stirn fiel.

Gron drehte sich von ihm weg und ging zu seinen Bediensteten, doch nach wenigen Schritten wurde er von Rehors Ruf aufgehalten. „Vater! Das Tor!"

Versperrt, hörte er Grashalms Stimme in seinem Kopf.

Gron wandte sich an die jüngste Bedienstete, eine Magd namens Torri und befahl ihr, die Männer zu suchen, die er zu den Ställen geschickt hatte. Kurz bevor sie davoneilte, raunte er ihr zu: „Kein Wort von dem, was du vielleicht siehst, zu niemandem."

Sie nickte: „Jawohl, Eure Majestät!", tat einen Knicks und verschwand mit wehenden Röcken.

Die anderen Bediensteten schickte er ins Haus. „Ich möchte Euch alle in der Eingangshalle sprechen", sagte er zu ihnen.

Ehe er über die Türschwelle trat, drehte er sich noch ein letztes Mal um. Sein Sohn stand vor dem Tor und sprach angeregt mit seinem Bekannten. Sie riefen einander Worte zu und lachten ausgelassen. Lagunas neben ihm wirkte deplatziert, groß und massiv. Gron lächelte schwach. Beklommenheit überkam ihn und sein Blick kreuzte des Hengstes schwarze Augen, der sich nach ihm umsah und kurz hatte er das Gefühl, dass er ihn nie mehr wiedersehen würde. *Sei nicht sentimental. Du hast in deinem Leben viele Pferde geritten.*

Als die aus Hartholz bestehende Tür hinter ihm zufiel, schob er den Riegel vor. Torri würde einen anderen Eingang nehmen müssen. Seine treuen

Bediensteten hatten sich erneut gehorsam in einer Reihe aufgestellt. Sein Kammerherr fehlte, war vermutlich noch immer mit Fenriels Körper beschäftigt. Trauer überkam ihn. Seine Kehle zog sich zusammen und ihm wurde klar, dass Grashalm ihre Gefühle auf ihn übertrug und er dadurch stärker empfand. Besorgt von seinen Angestellten beäugt, stand er für eine halbe Minute einfach nur da, bewegte keinen Muskel und versuchte, die brennenden Augen wieder unter seine Kontrolle zu bekommen.

Grashalm ... bitte ...

Entschuldige. Er hörte sie weinen und es klang so menschlich, dass es ihn fast zerriss. Es brannte und schmerzte mehr, als er ertragen konnte.

„In meinem Gemach", er räusperte sich, weil ihm seine gebrochene Stimme auffiel, „liegt ein toter Elf."

Im Augenwinkel sah er seine Leute zusammenzucken, ein paar erbleichten, während andere den Mund im Schock aufrissen und ihn anstarrten, als hätte er Hochverrat begannen.

„Bevor ihr urteilt", er griff sich an die Nasenwurzel und schloss die Augen, „bitte ich euch um eure Verschwiegenheit." Er wartete zwei, drei Atemzüge, bis er von allen Seiten Zustimmung gehört hatte. „Es handelt sich um einen Freund, der für mich seinen König verraten und mir das Leben gerettet hat. Behandelt ihn wie einen von uns, wascht und kleidet ihn gut, damit wir ihn begraben können. Ich würde ihn gern auf Schloss Richterberg begraben, aber das ist wohl kaum möglich." Fenriel war ein Elf, man konnte ihn nicht einfach bei den Elben begraben. Vandalen würden früher oder später sein Grab beschädigen. „Hier ist es besser." Gron ballte die Hand zur Faust und zwang sich aufzusehen. „Ich werde ihn begraben, sobald die Feierlichkeiten vorüber sind."

In ihren Gesichtern zeichneten sich Schock, Überraschung und tiefe Bestürzung ab. Niemand sagte ein Wort.

„Sobald ich höre", seine Stimme wurde kalt, „dass jemand seinen Mund nicht halten kann, sei es bei Freunden, Familie oder gar den Kammerdienern des Herrschers höchstpersönlich, schwöre ich, dass ich ihn bis Ende des Tages eigenhändig erwürgen werde. Habt ihr mich verstanden? Es geht dabei nicht nur um meine Sicherheit, sondern auch um die eure und die eurer Familien. Entweder sie töten oder verbannen euch in den Streifen, dort wo auch Elfen hingehen, die sich ihrem König widersetzen. Ihr wisst, dass ich euch dann nicht retten kann. Zimors Wort steht über allem."

Gron konnte auf ihren Gesichtern ablesen, dass ein paar sich wünschten, lieber nichts davon gewusst zu haben. Doch soweit er wusste, waren seine Bediensteten in Narthinn immer vertrauenswürdig gewesen und er hatte nur die besten aus seiner Heimat mitgenommen, Leute, die nicht bestechlich waren und denen man sein Leben anvertrauen konnte.

„Und was tun wir, wenn sie uns foltern wollen?", fragte eine junge Frau nervös und mit gefalteten Händen. Sofern er sich erinnern konnte, hieß sie Lerrya.

„Natürlich durchhalten", unterbrach sie ein junger Mann heftig, „du wirst doch wohl keine Angst haben?"

„Wieso sollten sie", erwiderte Gron gelassen, den Mann ignorierend, „ihr habt nichts verbrochen. Tut einfach so, als hätte es sich nie zugetragen. Es war nie ein Toter im Haus, ihr habt ihn niemals gesehen. Er ...", Gron zögerte, „bekommt keinen Grabstein. Niemand darf es erfahren. Weder meine Frau, noch meine Söhne."

„Jawohl, Majestät!", riefen sie wie ein einziger Mann.

Anschließend wandte er sich ab und fuhr sich mit dem Handrücken über die Wange, ehe jemand die Träne sehen konnte. Ihre zarte Berührung juckte, doch er widerstand dem Impuls, sich zu kratzen.

Die Haushälterin, eine ältere Elbe mit dunkelblonden Haaren und jenen seltenen Ohren, trat ein paar Schritte vor. „Verzeiht Eure Majestät, dass ich Euch unterbreche, aber da ich vorhin Euren Kammerherrn in Eure Gemächer laufen sah, möchte ich Euch erinnern", ihr Brustkorb schwoll an, bevor sie ihre Hände vor dem Bauch verschränkte, „dass Ihr Gewand für die bevorstehenden Feierlichkeiten benötigen werdet. Mit Freude würde ich es für Euch zusammenstellen, natürlich nur, wenn Euer Kammerherr beschäftigt ist."

Vermutlich hatte er seine Bediensteten derartig schockiert, dass keiner wagte, ihn auf das Gleichgewicht anzusprechen.

Gron betrachtete sie aus dem Augenwinkel. „Vielen Dank Rithra, aber vorher muss ich noch ...", der Kopf in seiner Hand wog schwer, „seinen ..."

Er war zu sentimental. Das musste aufhören.

Rithra kam vorsichtig näher und streckte ihre schmale, feingliedrige Hand nach dem Beutel aus.

„Mit Eurer Erlaubnis, Majestät", zaghaft blickte sie in sein verzerrtes Gesicht hoch und suchte nach einer Zustimmung, irgendeinem Zeichen, dass sie ihn an sich nehmen durfte.

Gron antwortete nicht. Schweigend übergab er ihn ihr und wich ihren hellvioletten Augen aus, deren Ähnlichkeit mit Fenriels ihm nie aufgefallen war.

„Ihr könnt uns vertrauen. Wir kümmern uns darum." Anschließend scheuchte sie das gesamte Personal durchs Haus, verteilte Aufgaben und bat ihn, derweil im Empfangszimmer zu warten. Gron überließ sich ihren geübten Händen. Er würde Fenriel später einen Besuch abstatten und suchte Ablenkung beim Kabinettschrank, ein Mechanismus mit vielen verborgenen Fächern, dessen mittlere Schublade ein beschämendes Angebot an feinsten Weinen, Schnäpsen und Likören enthielt. Zwar wusste er, wo er die geschliffenen Gläser finden konnte, verzichtete jedoch auf ihren Gebrauch und griff nach der erstbesten Weinflasche, die ihm unter die Finger kam. Obwohl das Getränk bitter auf seiner Zunge schmeckte, flüchtete er sich in den Schleier des Trunkenseins, auch wenn es für die bevorstehenden Feierlichkeiten vermutlich von Vorteil wäre, alle Sinne bei sich zu behalten. Grashalm hinderte ihn weder mit Worten, noch mit Gefühlen und so trank er weiter, um die Schuld und den Schmerz zu lindern, die in seiner Brust aufklafften.

Schwer fiel er in einen lederbezogenen Sessel hinein, legte den Kopf auf die Rückenlehne und starrte die hölzerne Decke hoch. Sekunden vergingen, in denen er sich immer elender fühlte.

Seine Sicht verschleierte.

Er weinte stumm, ertrug, bis er es nicht mehr aushielt. Dann sprang er auf, warf fluchend die Weinflasche quer durch den Raum. Glas zerschellte, verteilte sich am Teppich. Er presste sich beide Hände gegen die Augen, stolperte durch den Raum, trat gegen einen Tisch, stieß sich die Hüfte an einem Schrank an, bevor er schließlich mit roten Augen vor dem Kaminsims stehenblieb. Grinsende Gesichter und grüne Landschaften verhöhnten ihn. In Rage räumte er die Bilder beiseite.

„Eure Majestät! Was tut Ihr da?!", entsetzt hörte er Rithras Schrei von der Tür. Sie war auf die Splitter der Weinflasche getreten.

„Ich habe dich nicht kommen hören", brummte er, „hast du mein Gewand?"

In ihren Augen spiegelten sich Entsetzen und Ärger zugleich. Am liebsten hätte er sie zurechtgewiesen, doch er sagte nichts. „Hast du?", fragte er erneut und sie schüttelte sich. „Ja, Majestät!", stieß sie zwischen den Zähnen aus, als würde Dampf hervorzischen. In ihren Armen hielt sie ein teuer aussehendes Kleiderbündel, sogar an ein elegantes Schuhpaar hatte sie gedacht und zwei seiner besten Stiefel mitgebracht. Als sie mit wallenden Röcken auf ihn zukam, fiel die Tür hinter ihr ins Schloss. Der Vorwurf in ihren Augen schmerzte ihn und er zwang sich, das Gesicht von ihr abzuwenden.

„Euer Freund wird gewaschen und sein Gewand befindet sich bereits im Zuber", sagte sie, bevor sie das Bündel auf einer Sitzgarnitur ausbreitete. Zum Vorschein kam ein dunkelblauer, samtener Gehrock, ein weißes und sauber gebügeltes Leinenhemd, eine dunkelblaue Kniehose mit weißen Strümpfen und eine dazu passende Weste. Alles in einem ungefähr so teuer wie ein Einfamilienhaus am Land. „Auf eine Perücke habe ich verzichtet, da ich weiß, wie sehr Ihr sie verabscheut."

„Vielen Dank", murmelte er und konnte sich lebhaft vorstellen, wie sie den Zustand des Raums mit ihren kritischen Adleraugen beäugte.

Dann schnaubte sie, als wollte sie etwas sagen.

„Du kannst dich entfernen", versuchte er sie zu verscheuchen.

Entweder verstand sie ihn nicht oder ignorierte seine Anweisung, denn sie blieb.

Er gab sich einen Ruck, drehte sich zur Seite und blickte sie aus gesenkten Lidern hervor fragend an. „Sonst noch etwas?"

Rithra lief rot an. Ihre Augen sprühten Funken und ihr Mund formte sich zu einer krummen Linie. „Nein", entgegnete sie hastig.

Er sah ihr an, dass sie ihn am liebsten zusammengestaucht hätte.

„Bitte teilt mir mit, wann Ihr fertig seid, damit ich hier aufräumen kann." Sie betrachtete seine Hände und er wusste, dass sie schmutzig waren. „Vergesst Euch nicht zu waschen, Ihr müsst vorzeigbar sein."

Gron nickte steif und folgte ihr mit den Augen, bis sie das Empfangszimmer verlassen und die Tür zugeknallt hatte. Innerlich fand er ihr Auftreten lächerlich. Rithra hatte ihn aufwachsen sehen, hatte mit ihm gespielt und war mit ihm ausgeritten, wenn kein Stallbursche Zeit für ihn gehabt hatte. Sie war zwar ihre Haushälterin und älter als er, doch sie hatte nicht das Recht dazu, ihn zu kritisieren. Er wusste selbst, dass sein Benehmen keines Königs würdig war.

Erhitzt und angetrunken, riss er sich die Kleider vom Leib. Auf einen Haufen warf er sie, wozu hatte man Bedienstete, die zu sortieren gelernt haben und stellte fest, dass nicht nur seine Hände schmutzig waren. Für wen sollte er sich waschen und mit mildem Kiefernöl einreiben, wenn alles nur Fassade, nur ein Schauspiel für die Leute war, die auf Zimors Lüge hereinfielen?

Wenn ihre Nasen noch riechen könnten, hörte er in seinem Kopf verklingen, *manchmal frage ich mich, ob sie Liter an Rosenöl in ihre Haare schütten.*

Er lachte freudlos. Dabei schwankte er gefährlich zur Seite, denn es war nicht leicht, sich in die Hose zu zwängen und das Gleichgewicht zu behalten.

Geht es dir besser?

Nein.

Übellaunig nahm er die Blumen aus der Vase und wusch sich die Hände mit dem übrigen Wasser. Nun, sie war selbst schuld. Sie hätte ihm eine Wasserschüssel bringen sollen, anstatt sich über sein Benehmen aufzuregen.

Natürlich vergaß er die Strümpfe, also war er gezwungen, sich die Hose wieder auszuziehen und nachdem er die ganze Welt verwünscht hatte, war er endlich vorzeigbar. Die Weste saß, das Hemd war in die Hose gestopft und die Strümpfe waren glatt und eng.

Kurz bevor er ging, schloss er den Kabinettschrank ab. Den Schlüssel versteckte er in einem kleinen Fach. Am liebsten hätte er eine Flasche mitgenommen, doch am Fest würde es genug Alkohol geben, um sich bis zur Besinnungslosigkeit betrinken zu können. Wenigstens hingehen sollte er möglichst aufrecht. Außerdem würde er seine Frau antreffen, und Yalla würde riechen, dass er getrunken hatte und ihn wegen des Grundes fragen.

Wegen der Königin, würde er ihr sagen, *es ist herrlich, die Mission erfolgreich beendet zu haben!*

Seine Absätze klackten übers Parkett, als er die Eingangshalle betrat. Von seinen Bediensteten war niemand zu sehen. Irgendwo im ersten Stock hallten Stimmen von den Treppen herunter. Er beschloss nicht nach Rithra zu suchen, über ihre Bitte hinwegzusehen, und schob den Riegel der Eingangstür beiseite.

Als er hinaustrat, drückte eine Windböe gegen das Holz, die polierte Klinke entglitt ihm und die Tür krachte gegen die Wand. Verstimmt drehte er sich um und kämpfte gegen eine weitere Böe an, die feinen Staub ins Haus wirbelte, bevor es ihm endlich gelang, die Tür zu schließen. Danach blickte er mit gerunzelter Stirn in den Garten hinein. Die große Eiche links neben dem rechten Hausflügel raschelte, ein paar dünne Äste waren abgerissen und lagen unter der breiten Krone am Boden. Blätter flogen an ihm vorbei, waren ein Spielball für das Unwetter, welches langsam heranrollte.

Gron hielt seinen Gehrock fest. Schwarze Wolken hatten den Himmel verdunkelt, kleine Trichter hatten sich gebildet und ihre Öffnungen erinnerten an bodenlos aufgerissene Münder. Es würde einen Sturm geben und der Regen würde losbrechen, noch ehe er das Schloss erreichte. Gron holte tief Luft. Schwermut überkam ihn und Schwindel, als er daran dachte, Zimor erneut gegenübertreten zu müssen. Im Augenwinkel sah er Grashalms Kopf. Sie trabte mit Fenriels Sattel auf ihn zu. Ihr Zaumzeug klirrte und es war, als höre er es direkt an seinem Ohr.

Gron strich sich das Haar aus dem Gesicht, was sich als ziemlich nutzlos erwies. Seine Locken wurden ihm immer wieder vor die Augen geweht und so hob er die Arme, um sich die Hände vors Gesicht zu halten.

Ihre Erscheinung fesselte ihn. Fast unwirklich, elegant und mit einer

Grazie, die er einem Pferd nie zugetraut hätte, kam sie auf ihn zu. Sie trug sich wie auf Wolken, als wöge sie nichts. Ihr weißer Körper sauber, ihr Horn strahlend, ihre Augen dunkel und voller Gefühl, sie war das schönste Wesen, das er je zu Gesicht bekommen hatte. Zuvor war es ihm nie aufgefallen. Sie war ihm wie ein gewöhnliches Pferd mit Horn erschienen, doch nun hatte er das Gefühl, als sähe er sie zum ersten Mal.

Sie haben mich gebürstet, klärte sie ihn auf.

Ist es immer so?

Was? Sie hielt vor ihm an, richtete ihren Hals auf. Der Wind drückte gegen sie, wirbelte ihre Mähne durcheinander. Sie war zu schön und er ertappte sich dabei, wie er die Hand ausstreckte und ihre Wange berührte. Grashalm war echt. Sie existierte wirklich. Hatte sie ihn verzaubert? *Ich glaube, dass ich lange brauchen werde, um mich an dich zu gewöhnen.*

Wie kommst du darauf? Sie blinzelte ihn aus grasgrünen Augen an.

Was hast du mit mir gemacht? Er zog seine Hand zurück und ballte sie zur Faust.

Nichts. Wir sind lediglich verbunden, das ist alles.

Ich habe dich nie so gesehen.

Ich gehöre nun zu dir. Das ist normal. Auch ich habe dich nie so gesehen. Sie sandte ihm eine Gefühlsmischung, die nur noch verwirrender für ihn war.

Lass das. Das ist zu viel für mich.

Ich kann dich hören und du kannst mich hören. Hast du in der Akademie nichts über uns gelernt?

Gron unterdrückte ein Seufzen. *Wenig. Elfen haben mich nie interessiert.*

Du solltest Einhörner und Elfen nicht in die gleiche Schublade stecken.

Tue ich das?

In ihren Augen glänzte eine Warnung.

Irgendwie fand er es amüsant und musste schwach lächeln. „Komm, lass uns aufbrechen." Kaum hatte er zu Ende gesprochen, kam sie auf ihn zu. Er schob einen Fuß in den Steigbügel. Sein Gehrock flatterte im Wind, als er sich in den ungewohnt niedrigen Sattel schwang und ihren schmalen Körper mit seinen Beinen umschloss. Sie war sehr klein, im Vergleich zu Lagunas ein Pony. Wenn sie ihn unterwegs verlor, würde der Sturz wenigstens nicht allzu schmerzhaft sein. *Wie alt bist du eigentlich?*

Älter als du.

Gron richtete sich zu seiner vollen Größe auf. Der Wind pfiff an ihren Ohren vorbei und drückte mit aller Kraft gegen das Grundstückstor. Der Stahl schwang hin und her, die Spitzen vibrierten. Zwei Sekunden später gab der Mechanismus dem Druck nach und öffnete sich. Quietschend wichen die beiden Torhälften zur Seite, bis sie an den Pflastersteinen anstanden, die den Kieselweg vom gepflegten Rasen trennten.

Vereinzelte Tropfen fielen.

Grashalm trabte los. Auf der Straße fiel sie in Galopp, suchte sich einen Weg zwischen drei Kutschen hindurch und war bereits im Park angekommen, als sich die Wolkenpforten endgültig öffneten und es wie aus Gießkannen zu regnen begann.

Hüte und Perücken festhaltend, während ihre teure Kleidung an ihnen klebte, stolperten die letzten Höflinge den Schlossweg hinauf. Gron erinnerten sie an nasse Schafe, die man vergessen hatte, zurück in den Stall zu treiben. Die Frauen schrien ihm hinterher. Gron reagierte nicht auf ihre Rufe, trotzte dem Regen, der gegen sein Gesicht, gegen seine Brust und Beine klatschte und zog, als sie den Vorhof erreichten, der Gewohnheit halber die Zügel an.

Du kannst es mir auch sagen, weißt du. Schnaubend fiel sie in schnellen Schritt zurück.

Verzeih, dachte er zerknirscht. *Ich muss mich erst an dich gewöhnen.*

Dann beeil dich.

Bis auf verlassene Kutschen, die sich nacheinander bis nach draußen drängten, war der Vorhof gänzlich leer. Vereinzelt brannten ein paar Laternen. Man hatte die Pferde abgespannt und in die Reithalle gebracht, wo während Festen Plätze für fremde Tiere geschaffen wurden. Im Nachhinein wurden dann die angehenden Reiter dazu genötigt, den Mist und das Heu wegzuräumen.

Über ihnen krachte ein Donner und betäubte ihre Ohren. Zackig und verworren fuhr ein Blitz über den Himmel und tauchte die Umgebung für eine Sekunde in gespenstisch blaues Licht. Für einen Moment war Gron geblendet, doch dann regte sich in seinem flackernden Augenwinkel etwas Großes und Schimmerndes. Blinzelnd fuhr er herum, versuchte ein paar Einzelheiten zwischen den schweren Tropfen und dem Dunst zu erkennen. Sein Haar klebte ihm wie eine zweite Haut auf dem Kopf fest.

Grashalm bemerkte seinen schneller werdenden Herzschlag und folgte seiner Bewegung mit ihrem Kopf.

Draußen vor dem Schloss, im Schatten der Bäume und hinter dichten und wackelnden Kronen verborgen, glänzte ein Augenpaar.

Ein Drache.

Die Farbe seiner vor Nässe glänzenden Schuppen war schwer erkennbar, hätte schwarz wie dunkelviolett sein können.

Gron wusste auch so, um welchen Drachen es sich handelte.

Es war das Reittier des Anführers der Grauen. Vierzehn Meter lang und vier Meter hoch, mit scharfen Krallen, vielen Zähnen und einem langen Schwanz ausgestattet, gab er ein mittelgroßes Exemplar ab. Zumindest dachte Gron, dass dem so war.

Die große Halle war selbst für mehrere Drachen groß genug, doch Ouboros würde sich nicht anschließen. Zu groß war die Furcht des Adels vor seinem Reittier, auch wenn die grauen Reiter Verbündete waren. Der Mensch neigte zu Misstrauen, vor allem, wenn es sich um einen ehemaligen Verräter handelte, der zwar vor langer Zeit, aber doch einst den schwarzen Reitern angehört hatte. Selten kam ein Grauer nach Narthinn, meist war es nur der mysteriöse Ouboros selbst. Die ganze Sippe, die sich in ihrem eigenen Land abseits des Meeres aufhielt, bekam man so gut wie nie zu Gesicht. Ouboros war der Gründer, der sich vor Jahrhunderten dazu entschieden hatte, seine Treue den weißen Reitern anzubieten und viele waren ihm gefolgt. Böse Zungen wunderten sich, warum Ouboros nicht einfach den Thron übernahm und Zimor, der im Gegensatz zu ihm sterblich war, nicht einfach umbrachte.

Gron fühlte sich in der Gegenwart des grauen Anführers immer unwohl. Die alte Ausstrahlung des verhüllten Mannes, der sich stets bedeckt hielt und nur selten sprach, schüchterte ihn ein. Ihm und dem halben Land war es ein Rätsel, wieso Ouboros damals die schwarzen Reiter verlassen und sich auf die andere Seite gestellt hatte.

Wir sollten weiter, schlug Grashalm vor und Gron wandte sich ab, einerseits froh und andererseits war ihm unwohl, weil er den Drachen nun im Rücken hatte.

Sie trabten in den Vorhof, bogen scharf nach rechts ab und ritten durch einen hohen Durchgang weiter. Unterirdisch gluckerte der Abfluss, die Wassermassen wurden von den Dächern abgeleitet und in metallischen Rohren abgeführt. Die Pflastersteine waren rutschig und die Abstände zwischen ihnen hatten sich in Pfützen verwandelt. Von der Decke tropfte Wasser, Gron duckte sich, ehe es in seinen Nacken laufen konnte.

Überall lagen Schleifen herum und ihre Farben wirkten im Regen düster und trüb. Selbst an den Wänden hatte man bunte Banner befestigt, doch von ihrer Pracht war längst nichts mehr zu erkennen. Nass und kraftlos hingen sie herab, ihre Farben verwaschen.

Gron fuhr sich mit beiden Händen übers Gesicht. Nun würde sich zeigen, wen Zimor für die Scharade auserwählt hatte und er wusste nicht, ob er bereit dazu war, zu beobachten und nichts sagen zu können.

Beruhige dich. Denk an dein Versprechen.

Er spürte Grashalms Traurigkeit, ihren bitteren Verlust und ihre gleichzeitige Entschlossenheit.

50. KAPITEL

Nach der Feier gehen wir.
Was?
Im Hof standen zwei Pferde. Gelassen ließen sie ihre Köpfe hängen und den Regen auf sich niederprasseln. Sie hatten keine Ahnung. Für einen Moment wünschte er sich, er wäre ein Pferd. Fackeln brannten an den Wänden und dazwischen Laternen, in denen kleine Kerzen flackerten. Vor allem den weit geöffneten Eingang hatte man ausreichend erhellt. Die Decke war hoch, geschwungen und erinnerte an eine Kathedrale.
„Wir verlassen Narthinn, sobald das hier vorbei ist."
Bist du dir sicher?
Wasser spritzte zur Seite, als er von Grashalms Rücken sprang. Eiskalt drang es durch seine Stiefel und ließ ihn frösteln.
„Ja. Ich bin sicher." Die roten Teppiche, die aus dem Eingang ragten, waren mit Wasser vollgesogen und dunkel, fast schwarz. Herren und Damen drängten sich knapp unter dem Vorsprung, hielten Weingläser und kleine Häppchen in ihren Händen. Ihr ausgelassenes Gelächter und ihre Gespräche deuteten darauf hin, dass sie sich gut unterhielten.
Gron musste nicht fragen, ob sie mit ihm ging und Grashalm spürte, dass er sie dabeihaben wollte.
Sie werden uns anstarren, warnte sie ihn.
Er wusste das und es war ihm gleich.
Ein weiterer Blitz erhellte den Himmel. Der Donner, von den Wänden zurückgeworfen, verklang im Innenhof und ließ den Boden, selbst die Schleifen und die rote Farbe in der Nähe seiner Stiefel vibrieren. Er schauderte, als er an das Blut dachte, das aus Fenriels Körper geflossen war. *Mein Schwert,* erinnerte er sich, *ich habe es liegen lassen.* Er wollte es nie mehr wieder benutzen. Kurz war er wie erstarrt, dann stieß ihn Grashalm an und er gab sich einen Ruck.
Ihr eigenartiger Auftritt zog aller Aufmerksamkeit auf sich, als er, dicht gefolgt von Grashalm, den roten Teppich betrat. Tropfen perlten von seinen Haaren, seiner Kleidung ab. Er musste fürchterlich aussehen. Ein König,

ohne Gefolge. Er schlich sich zur Feier wie ein Verbrecher und musste sich zwingen, einen möglichst neutralen Gesichtsausdruck beizubehalten. Als Held hätte er ganz vorne dabei sein sollen, unabhängig von seiner Kleidung. Alles fühlte sich falsch an, als wäre er in einem merkwürdigen Traum gefangen.

„Guten Abend", grüßte er höflich.

Entgeistert, vielleicht auch ein wenig angewidert, starrten sie ihn an.

Die Ankunft eines Königs stellt man sich vermutlich ganz anders vor.

Sie sollen die abwarten, die uns am Weg hierher begegnet sind. Außerdem glaube ich nicht, dass sie mich als solchen erkennen.

„Guten Abend", entgegnete ein parfümierter Herr mit gerümpfter Nase, „habt Ihr Euch verlaufen?" Neben ihm standen zwei jüngere Damen, die ihre Köpfe zusammensteckten und angeregt tuschelten.

Wenn ich ehrlich bin, will ich vorerst auch nicht erkannt werden.

„Guten Abend", wünschte Grashalm und sorgte dafür, dass alle verstummten.

„Guten Abend", wiederholte der Herr, steif wie ein Brett.

„Eure Majestät!"

Gron hatte nicht einmal die Zeit, sich nach dem Rufenden umzusehen, als ihm bereits zwei Handtücher vors Gesicht gehalten wurden.

„Hier, ein paar Tücher für Euch", ein junger Mann, der Kleidung nach Zimors Bediensteter, strahlte ihm mit geröteten Wangen entgegen.

Dankbar nahm Gron die angebotenen Handtücher an und drückte sein Gesicht hinein. Anschließend rubbelte er vor allen Anwesenden sein Haar trocken und realisierte den Staub, den er auf dem weißen Leinen hinterließ. „Vielen Dank", sagte er und sein Gegenüber lächelte erfreut. „Wollt Ihr vielleicht von den Gästezimmern Gebrauch machen, immerhin ist für Euch und Eure Frau eines vorbereitet worden. Ihr könnt Euch gern umziehen, man wird sich Eurer Wünsche annehmen."

Gron nickte den jungen Frauen zu, die eine Pfeife rauchend an ihm vorbeigingen und ihn kokett anlächelten. Erst dann erwiderte er: „Nein, ich benötige keine Räumlichkeiten. Aber, würdest du mir bitte weitere Handtücher reichen, damit ich mein Einhorn abreiben kann?" Wieso tat er das? Wollte er Zimor provozieren oder gar den Elfenkönig gegen sich aufbringen?

Dass du es nicht bereust, Gron.

Die Augen des Dieners weiteten sich kurz, er hatte wohl nicht erwartet, dass das Einhorn ihm gehörte. „Jawohl, Majestät!" Eilig rauschte er davon und kam ein paar Sekunden später wieder.

Vielen Dank.

Du brauchst dich nicht zu bedanken. Gron murmelte ein Dankeschön, breitete das erste Tuch aus und rieb ihren Hals, ihre feine Mähne und ihren Körper ab. Der Diener blieb neben ihm stehen und reichte ihm ein neues, als ein weiterer Blitz draußen den Hof erhellte.

„Ein grauenvolles Wetter." Die beiden Frauen hatten sich nah zum Eingang gestellt.

„Ich hoffe, dass es meinen Schwestern gut geht. Nicht, dass ein Feuer ausbricht."

„Warum? Wegen des Wetters?" Ein älterer Herr, vielleicht der Mann einer von ihnen, gesellte sich dazu und reichte ihnen zwei Gläser Rotwein.

Gron rieb Grashalms Bauch, den Sattel und ihr Hinterteil ab und drückte die nassen Tücher dem Diener in die Hand zurück.

Der Gang zur großen Halle war ein Raum, den man beim Schlossbau einfach in die Länge gezogen hatte. Nun wirkte er eigenartig mit all den blutroten Teppichen und samtenen Vorhängen, die von der Decke herabhingen und dekorativ die Bilder links und rechts umrahmten, die an den Mauern zwischen den Säulen hingen. In der Mitte waren kleine Tische, auf welchen sich das Essen nur so stapelte. Gäste aßen mit Händen oder luden sich ein paar Bissen auf Porzellanteller mit vergoldeten Rändern auf.

Niemand hatte an seiner Garderobe oder seinem Aussehen gespart. Alle waren passend zur letzten Mode gekleidet, schließlich musste man Eindruck hinterlassen. Frauen trugen Reifröcke und zeigten viel Busen und nackte Haut, während die Männer in ihren glänzenden Westen und Gehröcken wie Auerhähne bei der Balz aussahen. Über all dem Prunk hingen schwere Kronleuchter mit hunderten Kerzen, die den Schmuck, die Diamanten und Edelsteine der Gäste in einem kostbaren Licht erstrahlen ließen.

Unweit weg von ihnen stand eine Gruppe Pegasi. Sie unterhielten sich genauso angeregt wie all die anderen Anwesenden. Ihr Fluggeschirr vergoldet, ihre Mähnen und Schwänze zu dicken Zöpfen geflochten, hatte man sie, ohne eine Kleinigkeit zu vergessen, für das Gleichgewicht herausgeputzt. Darüber spielten zwei kleine Fohlen in der Luft, jagten einander und verfehlten mit ihren kleinen Flügeln nur knapp die brennenden Kerzen.

Gron versuchte ruhig zu bleiben. Er setzte ein Lächeln auf und grüßte die, die seinen Blick kreuzten.

Aus der großen Halle drang Musik. Sanfte Violinenklänge, die den Adel zum Tanz animieren sollten, doch vermischt mit dem Stimmengewirr war die Melodie nur schwer vernehmbar. Am Eingang, zwischen zwei riesigen, weiß gestrichenen Flügeltoren, kämpfte er mit aufsteigender Übelkeit. Am

Ende, direkt über dem Kristallthron und der breiten Treppe, hing das Bildnis einer Frau, die ihn viel zu sehr an Raena erinnerte.

Verfluchter Mist.

Er wollte nicht hinsehen, doch das Bild war unübersehbar.

Es war Raena und doch war sie es nicht, denn die Frau war Ara, eine längst verstorbene Göttin und das Bild eine jener Zeichnungen, die viel zu echt aussahen, als sie sollten. Ihre Gesichter ähnelten einander in schrecklicher Weise. Das Haar, die Frisur und die Augen waren anders, das Kleid viel zu offen, die bunte Kette an ihrem hübschen Hals plump und in den Farben der Reiter gestaltet und trotz allem hätte es ein und dieselbe Person sein können.

Ehe er weitergehen konnte, wurde er von Baron Zypress Niederau und seiner liebreizenden Tochter Emila aufgehalten, die in ihrem blasslila Kleid ein nicht besonders glückliches Gesicht machte. Sie entdeckten ihn schneller, als ihm lieb war, gingen vor ihm in die Knie, wobei der Baron eiligst wieder aufstand. „Eure Majestät! Ich wusste nicht, dass Ihr es wart, der das Gleichgewicht wieder heil ins Reich gebracht hat! Ich möchte Euch herzlich zu dieser mutigen Tat beglückwünschen, Ihr seid ein wahrer Held!"

Wie oft sollte er das Wort denn noch hören? Er lächelte verzögert und bedankte sich höflich.

Emilas Blick hatte etwas Hypnotisierendes, als versuche sie ein Loch in seinen Kopf zu starren. Kurz erwiderte er ihren Blick und ihre Augen leuchteten auf. Sie sagte: „Ist Euch nicht wohl? Ihr seht so blass aus. Wo ist Euer elfischer Begleiter?"

Man fragte einen König nur dann aus, wenn man ihn enger kannte und sie waren alles andere als eng.

Im nächsten Moment ruhte ihr Augenmerk auf Grashalm, derer Blick alles verhüllte, was Gron von ihr zu fühlen bekam.

Er knirschte mit den Zähnen und erwog für einen Augenblick die Wahrheit zu sagen, als ihn eine jähe Berührung an der Schulter rasch herumfahren und zu seiner Seite greifen ließ, wo leider kein Heft war, das er umklammern hätte können.

Durch die Heftigkeit seiner Reaktion überfordert, taumelten Zypress und seine Tochter zurück. Im Augenwinkel sah er noch, wie die Perücke des Barons verrutschte, bis er auf die schwarzen Augen seiner Frau traf. Er blinzelte und sie wurden dunkelbraun.

„Hier bist du!" Ihr Lächeln brannte in seinem Herzen. „Ich hatte schon Angst, dass du nicht kommen würdest." Trotz der Anwesenheit des Barons und seiner Tochter warf sie sich in seine Arme. Die Umarmung war kurz und sie löste sich schnell von ihm, um seine neue Bekanntschaft zu begrüßen. „Yalla Onohr, ich bin die Frau Ihrer Majestät", von einem zum anderen Ohr lächelnd, streckte sie zuerst Zypress und dann seiner Tochter ihre feingliedrige Hand entgegen. Ihr Gesicht strahlte vor Freude, sie leuchtete wie die Sonne selbst. Der Baron reichte ihr seine feuchte Hand und richtete dann hastig seine Perücke, die unglücklich zur Seite gerutscht war und einige Strähnen seines schütteren, grauen Haares enthüllt hatte.

Emila verneigte sich, ihr Gesicht wirkte verdattert. Und anstatt sich vorzustellen, wie es sich für eine junge Dame von hohem Stand gehörte, murmelte sie nachdenklich, wenn auch ein wenig forsch: „Ihr habt keinen Titel."

Yalla zog beide Augenbrauen in die Höhe. Ihr Lächeln erstarb nicht, sie setzte ihre üblich höfliche Umgangsform fort. „Ich bin sein Eheweib, die Königin und keine Hure, wenn Ihr das meinen solltet."

Gron blieb die Spucke im Hals stecken.

„Email!" Ihr Vater stieß sie in die schmalen Rippen und seine Tochter lief rot an. „Entschuldige dich, sofort!"

Auf der Lichtung habe ich deine Frau nicht beachtet. Sie ist sehr schön. Durch Grashalms Worte rückte die Umgebung in den Hintergrund und für ein paar Sekunden sah er nur sie. *Ich weiß.*

Yalla trug ihr Haar hochgesteckt, ließ ein paar lange Locken lässig über ihre rechte Schulter, bis zu ihrer Hüfte fallen. Außerdem hatte sie Zeit gefunden, sich umzuziehen. Ein schwerer Saphir ruhte zwischen ihren kleinen Brüsten und ihre schmale Taille betonte ein eng geschnürtes Korsett aus hellblauer Seide. Er wusste, dass er sie mit beiden Händen umfassen konnte, wenn er nur wollte. Ihr Mund bewegte sich, gab eine Antwort auf die hastige Entschuldigung Emilas. Sie mochte es nicht, sich als Königin vorzustellen. Die Leute wurden anschließend vorsichtiger, täuschten und logen, nur um zu gefallen.

Ich weiß, dass sie schön ist und trotzdem ... Für gewöhnlich konnte er es nicht erwarten, zwischen ihren Beinen zu verschwinden, in ihrer Umarmung bis zur grenzenlosen Lust angetrieben, von ihr geritten zu werden, bis ihm die Sinne vergingen. Doch das Einzige, was er empfand, waren lediglich Reue und Schuld. Kein Verlangen, keine Lust, keine Begierde. Es gelüstete ihn nicht. Er spürte Grashalms Blick auf sich ruhen und fühlte sich nur noch schuldiger.

Ich kann es fühlen. Ihre stechenden Augen entblößten ihn.

Lass es, grollte er innerlich, wütend, dass er sich nicht früher mit sich selbst auseinandergesetzt hatte. *Ich muss mir wichtigere Fragen stellen, als dass die Liebe meines Lebens vielleicht doch nicht die Frau ist, die ...*

Sie ist das Gleichgewicht. Es ist keine Schande, sie zu mögen. Die Natur wird es so eingerichtet haben, dass sie sich paart, da es um das Überleben aller Lebewesen geht.

Ach, hör doch auf damit!

„Komm mit. Hast du Hunger? Ich würde gerne etwas essen." Yalla streckte ihm ihren Arm hin, der bis zum Ellbogen in einem weißen Handschuh steckte, und riss ihn aus seiner Trance. Ihr erwartungsvoller Blick brannte auf seinem Gesicht. Schnell wandte er den Blick ab, um zu verhindern, dass sie in seinen Augen lesen konnte, was er wirklich fühlte.

„Ja, meine Liebe", entgegnete er steif und klärte seinen Hals, „was möchtest du denn?" Mit einem Nicken verabschiedete er sich von dem Baron und seiner bleichen Tochter, bevor er seine Frau zurück in den Gang führte, wo gerade ein Tisch mit Essen freigeworden war.

„Gib mir bitte einen Kuss."

Er hörte die Sehnsucht in ihrer Stimme. „Nicht hier", entgegnete er angespannt. Es war nicht zum ersten Mal, dass sie vor allen Anwesenden nach Zuneigung lechzte. „Alle sehen uns an."

„Das ist mir egal", fiel sie ihm ins Wort, „ich habe dich lange nicht gesehen."

Ein Donner hallte durch den Gang und der Windzug blies ein paar der Kerzen aus.

„Sieh nur, wie sie gaffen", lenkte Gron vom Thema ab, „sie sehen zum ersten Mal ein Einhorn in der Begleitung eines Elben."

Yalla betrachtete ihn von der Seite. Ihr leises Schmunzeln zeigte ihre Erheiterung. „Eines nassen Elben. Du bist durch den Regen geritten, nicht wahr? Lagunas muss sich geschüttelt haben wie ein nasser Hund. Möchtest du dich umziehen?"

Vielleicht sollte er ihr sagen, dass Grashalm nun ihm gehörte, ihr sagen, dass Rehor den Hengst geritten hatte. Er tat es nicht, riss stattdessen ihren schmalen Körper an sich und presste seinen Mund auf ihren. Ihr Keuchen ging ihm durch Mark und Bein. Und als sie ihre Arme um ihn legte, sich flach gegen ihn drückte und ihr Bauch sachte an seinem Schritt rieb, spürte er, wie ihm heiß wurde.

Machte er sich vielleicht nur etwas vor? Er liebte sie. Es konnte gar nicht anders sein.

Mit Mühe riss er sich von ihr los. Ihre geröteten Wangen, ihre leuchtenden Augen und ihr schwerer Atem verrieten ihre Lust auf mehr. Schwach hatte sie ihre Hände nach ihm ausgestreckt.

„Komm, gehen wir weiter." Ablehnend drückte er sie zur Seite, nahm ihren Arm unter den seinen und führte sie weiter zum nächsten Tisch. „Hier, nimm dir einen kleinen Teller, ein paar Muscheln und diese wunderbaren Brötchen." Er achtete nicht auf seine Körperhaltung, nahm ein paar Austern, ein paar Garnelen und lud sie sich auf den Teller. Er biss in eine Zitrone und spürte, wie die Säure seinen Geschmackssinn vernichtete.

„Du weißt doch, dass ich keine Meerestiere mag", hörte er sie flüstern. „Außerdem, sag, hast du getrunken?"

Er ignorierte ihre Frage. „Aber ich", erwiderte er, hob eine Auster zum Mund, schlürfte und schluckte, obwohl er sich fast übergab. „Schmeckt wunderbar." Zur Demonstration aß er noch eine und stellte den Teller dann zur Seite. „Brötchen?"

Ihr ratloser Gesichtsausdruck ließ ihn innerlich wanken. „Was ist mit dir los?" Ihre Stimme flachte ab, ihre Augen glänzten besorgt. „Ist es unser Sohn, der dich sorgt?"

„Wie geht es ihm?"

Yalla zog die Stirn kraus. „Etwas stimmt nicht mit dir. Ich kann es sehen. Als du hereinkamst, hätte ich schwören können, dass du jemanden umbringen könntest."

„Du täuscht dich", mehr fiel ihm zu seiner Verteidigung nicht ein, „ich bin lediglich nass bis auf die Knochen, das ist alles."

„Bei Ara, dann geh dich doch umziehen!"

Er nahm eine Garnele von seinem Teller und schob sie zwischen die Zähne. Sie schmeckte nicht schlecht, doch vor allem war sie scharf und kalt.

„Für wen?", fragte er kauend, „fürs Gleichgewicht? Die hat mich schon in einem schlimmeren Zustand gesehen."

Yalla sah ihn entgeistert an.

Fast bereute er, Frauen Gleichberechtigung eingeräumt zu haben.

„Das kann doch wohl nicht dein Ernst sein", sie schüttelte ungläubig den Kopf, stemmte eine Hand in die Hüfte und deutete zum Ausgang, „vorhin habe ich mit Rehor und seinen neuen Bekanntschaften gesprochen. Er kann es kaum erwarten, ihr vorgestellt zu werden und du gehst dich nicht einmal dafür umziehen?"

Der Punkt geht an sie.

Doch Gron hatte andere Sorgen als sein nasses Gewand.

„Ich bin nicht der Einzige, der hier nass ist", verteidigte er sich leise, um die Aufmerksamkeit der Umstehenden nicht zu erregen, „sieh dich mal um. Dort drüben, der junge Herr mit der schrägen Frisur, er ist auch nass."

„Ja, aber du bist ein König", beharrte sie, „du solltest dich umziehen. Deinem Sohn zuliebe." Sie starrten einander an, bis er knurrte: „Sie ist es nicht wert."

Yalla gab nach. Sie seufzte und meinte: „Ein junger Mann begleitet ihn, ein elfischer Botschafter. Er ist Besitzer von Gütern hier im Land. Ihm gehören ein paar Gasthäuser in der Stadt. Auch ein Theater, glaube ich. Er ist sehr einflussreich. Hast du ihn gesehen?"

Gron nickte und war froh darüber, dass sie das Thema fallen gelassen hatte. Er warf einen kurzen Blick auf Grashalm. Sie stand genau zwischen ihnen und der Menge und es gelang ihr, die meiste Aufmerksamkeit von ihnen abzulenken. Sie war das einzige Einhorn hier, wenn auch Gron sich sicher war, bereits Elfen gesehen zu haben.

„Nun?", forderte sie, nahm sich ein aufgeschnittenes Brötchen und biss in das weiche, weiße Innere hinein, „was ist mit dir los? Wo ist eigentlich der Reiter? Ich habe ihn an der Lichtung gesehen. Kommt er nicht zum Fest?"

Er spürte einen Stich. Am liebsten hätte er alles gestanden, aber er konnte nicht. Gron leckte seine Finger ab und nahm ihr Gesicht in beide Hände.

Sie hörte auf zu kauen, versank in seinem Blick und ihre Lippen öffneten sich einen kleinen Spalt.

„Verzeih mir." Es klang, als hätte er ein schlimmes Verbrechen begangen.

Sie hob beide Brauen hoch und er räusperte sich, ließ ihr Gesicht los und griff nach ihrer Hand. „Bitte versteh doch", seine Stimme wurde sanft, „kaum war ich in Narthinn, wurde ich über ein Fest informiert, von dem ich keine Ahnung hatte", das stimmte sogar, „dann musste ich dafür sorgen, dass das Gleichgewicht ungesehen beim Herrscher erscheint und ich schwöre dir, das war keine leichte Aufgabe. Ich hatte nicht einmal die Zeit, mich zu waschen, geschweige denn ein Gefolge zusammenzustellen. Also lieh ich mir Grashalm, damit ich rechtzeitig zum Fest erscheinen und Zimors Befehl ausführen kann. Zimor nimmt sich aber nicht einmal die Zeit, mich dem Adel als Helden vorzustellen. Stell dir vor, unser Volk könnte dadurch aufsteigen und wer weiß, vielleicht können wir bald Pegasi reiten, als Dank für meinen Verdienst."

Ihre Augen weiteten sich kurz. „Du weißt, dass das den Elfen nicht gefallen wird."

„Egal", murmelte er, „ich war der Anführer der Gruppe. Es war mein Verdienst."

„Nicht ganz", verbesserte sie ihn, hob seine Hand an und schmiegte ihre Wange in seine Handfläche. In ihren Augen glänzte trotz ihrer Worte Stolz, den er nicht verdiente. „Vergiss nicht, deine Verbündeten haben dir geholfen."

Vor seinem geistigen Auge erschienen Rizor mit Ciro, Esined mit Schleier und Fenriel mit Grashalm.

Rizor. Er hatte den Zwerg völlig vergessen. Und nicht nur er, auch Grashalm. *Wir müssen ihn suchen*, schoss ihm durch den Kopf.

Ja, stimmte sie zu, *vielleicht solltest du deine Frau heimschicken.*

Gron blähte die Nasenlöcher. *Der Herrscher wird nicht wagen, Yalla anzu-fassen. Immerhin ist sie in meiner Abwesenheit Befehlshaberin über mein Heer. Auf der Lichtung hat er mir nur drohen wollen, weil ihm nichts Besseres eingefallen ist. Ehe ich Yalla darum bitte, schicke ich Rehor nachhause.*

Vielleicht sollten wir uns nach ein paar Verbündeten umsehen. Wie wäre es mit Baron Zypress Niederau?

Wie ... kannst du nur wissen, was ich will, wenn ich den Gedanken noch nicht einmal zu Ende gedacht habe?, wollte er fragen, doch Grashalm lachte nur leise, was seine Seele wie eine gespannte Sehne vibrieren ließ.

Fenriel hat uns verbunden. Ich weiß, was du willst, bevor du es selbst weißt.

„Gron?", sie berührte seine Wange, „alles in Ordnung? Ich habe dich ge-fragt, wo deine Verbündeten sind. Ich würde gern mit ihnen sprechen."

„Meine Verbündeten", wiederholte er und nahm ihr das halbe Brötchen aus der Hand, „ich denke, dass sie bereits in den vordersten Reihen stehen und Tee trinken, während wir uns hier unterhalten. Wann soll sie uns ei-gentlich vorgestellt werden?" Gespielt genüsslich stopfte er sich die Hälfte in den Mund und schluckte mühevoll. Ein paar Brösel blieben ihm am Gau-men kleben und er versuchte sie mit der Spitze seiner Zunge herunterzu-kratzen.

„Gegen Abend, also bald, nehme ich stark an."

Yalla lehnte sich an ihn, legte ihre Hände in seinen Nacken und flüsterte ihm heiser ein paar leise Worte ins Ohr, die etwas von einem einsamen Abend nackt vor dem Kamin versprachen. „Ich habe dich vermisst", endete sie schließlich und drückte ihm einen keuschen Kuss aufs Ohrläppchen. Gron unterdrückte ein Seufzen und murmelte ein leises: „Ich dich auch", was durchaus überzeugt über seine Lippen kam.

„Versprich mir, Rehor nach Richterberg zu schicken", raunte er und blickte über ihren Kopf hinweg den Gang entlang in die bunte Menge, die sich in der Halle tummelte. Sollte er vorgehen?

Er musste sehen, wer *sie* war. Zimors Schachfigur.

Gron spürte, wie sie sich versteifte. „Wie? Aber warum? Du hast ihm doch versprochen ..."

Nun war es er, der sie unterbrach: „Das Gleichgewicht ist nichts für ihn.

Sie ist gefährlich. Er braucht eine andere Frau. Eine von uns", betonte er streng und unterdrückte das schlechte Gewissen, „ich werde es nicht tun, solange ich mich selbst nicht überzeugt habe, dass sie nicht das ist, was ich glaube, das sie ist."

„Was sagst du da?"

„Darum bitte ich dich. Anlässlich des bevorstehenden Krieges und seiner eigenen Sicherheit zuliebe, schicke ihn nachhause, lass ihn dort regieren, während du hier weilst und als Ratsmitglied fungierst", dieses Mal war er ehrlich und legte all seine Überzeugung in seine Worte, „vertrau mir. Unser zweiter Sohn braucht ihn. Du musst mir später alles berichten. Ich sollte gehen."

Instinktiv wusste er, dass sie ihn nicht verstand. Ablehnung erschien auf ihrem schönen Gesicht. Sie wich von ihm zurück und ihre besorgten Augen musterten ihn. Seine schlaue Frau. Fast hätte er gelächelt.

„Und was wirst du machen?", sie schuf eine unsichere Barriere zwischen ihnen, „was hast du vor?"

„Ich muss gehen", murmelte er leise, senkte die Augenlider und betrachtete sie vorsichtig, wissend, dass er sie überzeugen musste, „ich muss zu Zimor."

Sie glaubt dir nicht.

Auch ohne Grashalms Behauptung wusste er, dass dem so war. Und dann dachte er an seine Ausbildung zurück, an die Worte der blauen Reiter und spürte, wie Grashalm hinter ihm ein leises Schnauben ausstieß. Plötzlich sah er es vor sich. Die Lösung für alle Probleme, wie er es schaffen würde, übers Meer zu gelangen.

Du!

Ja, entgegnete er langsam, wählte seine Worte mit Bedacht, *ich habe es gewagt. Und es bestanden. Dennoch war ich trotz meiner Bemühungen noch nicht für das Ende bereit. Umso mehr hoffe ich, dass ich es nun bin. Doch vorher retten wir Rizor.*

Was ist mit Esined? Grashalms Frage verhallte in seinem Kopf. *Glaubst du, dass es ihr gut geht?*

„Ich muss zu meinem Lehrer", erklärte er zögernd und ausweichend seiner Frau, während er zu Grashalm in Gedanken sagte: *Um sie mache ich mir wenig Sorgen, denn sie pflegt mit der Tochter des Herrschers eine gute Freundschaft. Ihr Licht am Hof strahlt hell.* Es fiel ihm nicht leicht, zwischen den Themen zu wechseln.

Ich bringe dir bei, wie das geht.

Yalla reagierte nicht sofort. Als müsste sie das Gesagte erst verdauen, starrte sie ihn ohne zu blinzeln an. Ein noch verwirrterer Ausdruck als zuvor trat in ihre Augen. Ihre Brauen zuckten ein paar Mal kaum merklich, er hörte bereits ihre Lippen ein stummes *Warum* und *Wieso* murmeln.

Wieso jetzt? Kaum zurückgekehrt und nun verlässt du mich wieder?

Doch sie kam nicht mehr dazu, ihm eine passende Antwort zu geben. Und vermutlich würde er auch nie erfahren, was sie ihm hätte sagen wollen, denn in der nächsten Sekunde setzte die Musik im Saal aus und völlige Stille kehrte ein. Dann begann eine Trompete zu spielen.

Gron vergaß alles um sich herum. Er schob sich an seiner Frau vorbei, bekam nicht mit, als ihre Hand nach seinem Arm griff und er unbewusst ihrer Berührung auswich. *Nun wird sich offenbaren, wen Zimor für diese falsche Scharade auserwählt hat.* Sich an diesen einen Gedanken klammernd, eilte er vorwärts und trat in die dichte Menge, die sich bis über das Tanzparkett drängte, um dem Thron näher sein zu können. Aufgeregtes Stimmengewirr, Gelächter und nervöses Gemurmel begleiteten ihn, als er sich grob einen Weg durch den weißen Adel bahnte. Er würde niemals bis zum Rand gelangen, um einen Blick auf ihre Person erhaschen zu können. Erst wenn sie auf dem Thron saß, ein winziger Moment, bei dem er abschätzen konnte. Innerlich drohte er vor Anspannung zu platzen, die Menge steckte ihn mit ihrer Nervosität an. Die Pegasi drängten sich zur Seite, hoben sich in die Lüfte, um viel besser sehen zu können.

Warum zum Henker war Grashalm das einzige Einhorn weit und breit?

Die Sekunden schleppten sich in die Länge, er war noch immer nicht am Rand angelangt, fiel in eine Art Rauschzustand und achtete nicht auf die Leute, die ihn ablehnend ansahen oder ihm leise Worte an den Kopf warfen. Viele von ihnen wussten nicht einmal, wer er eigentlich war. Für gewöhnlich hätte man ihm einen Platz in vorderster Reihe reserviert und seine Soldaten hätten ihn dorthin geleiten sollen. Er gehörte ganz nach vorn, zu den Königen, Königinnen und Ratsmitgliedern ... von denen nur wenige, bis keine anwesend waren, wie er sich bitter in Erinnerung rief.

Zimor beleidigte ihn auf ganzer Linie, öffentlich und schamlos. Er rächte sich, als genüge Fenriels Tod ihm nicht. Zimor gab sich nie einfach nur zufrieden. Er war nachtragend.

Konzentrier dich. Behalte die Umgebung im Auge. Wir werden früh genug erfahren, was das alles zu bedeuten hat. Dann übernahm sie seine Gefühle. Es schien ganz einfach. Sie glitt in ihn hinein, er wusste nicht einmal, wie ihm geschah und zwang ihn zur Ruhe. Sein Herzschlag wurde langsamer, seine Gedanken ordneten sich. *Wie machst du das?* Er war nicht verärgert, lediglich überrascht.

Die Trompete hörte auf zu spielen.

„Das Gleichgewicht ist nach Narthinn zurückgekehrt!", brüllte jemand und die Stimme rollte über die Menge hinweg, „seht, die Göttin ist Fleisch geworden und wohnt nun unter uns! Dies ist Rea, aus dem Schoße Aras geboren, Tochter der weißen Göttin und Mutter allen Lebens!" Der Mann hatte etwas von einem Priester, leierte die Worte herunter, als spräche er eine Predigt.

Gron, der lange nicht mehr auf einem Gottesdienst zu Ehren der Mutter gewesen war, konnte sich leibhaftig an die Stunden erinnern, in denen er beinahe eingeschlafen wäre. Nun war es, als käme das Gefühl von damals zurück.

„Verbeugt Euch vor ihrer Schönheit und Anmut!"

Irgendwann konnte Gron nicht mehr weiter. Eingeklemmt zwischen drei Frauen und ihren Röcken verharrte er schließlich, kalkweiß im Gesicht. Von seiner Stelle aus konnte er gut den Anführer der grauen Reiter erkennen, der verhüllt bis zum Kopf in vorderster Reihe stand. Gron vermutete, dass er als einer der ersten der neuen Herrscherin seine Treue schwören wollte.

Wird Zimor sie zur Herrscherin machen?

Keine Ahnung.

Neben ihm stand der Elfenkönig und bei ihm war sein großes Einhorn, ein wunderschönes Tier mit weichem Fell, welches ihn entfernt an die Begegnung mit Ozean erinnerte. *Der Name*, er lag ihm bereits auf der Zunge und doch wollte er ihm einfach nicht einfallen. Grons Blick wanderte weiter und wurde von seinem Sohn Rehor abgelenkt, der zwei Reihen hinter dem Elfenkönig stand und erwartungsvoll den Hals reckte. Es schmerzte ihn, denn die Hoffnung seines Sohnes würde leider keine Früchte tragen. Und nicht nur Rehor hoffte, auch andere Männer waren hier und konnten es nicht erwarten, das Knie zu beugen.

Gejubel erhob sich. Es war so laut, dass sein Trommelfell zu bersten drohte und sein Kopf dröhnte. Es rollte wie ein Donner durch die Halle und den Gang hinaus, wurde zurückgeworfen und brachte selbst den Boden unter ihren Füßen zum Beben. Die Menge kaufte es ab. Sie glaubten tatsächlich, Rea wäre das Gleichgewicht.

„Verneigt Euch und zeigt Dank, dass Ihr an diesem Tag zu dieser Uhrzeit gesegnet wart, der allmächtigen Rea, unserer zukünftigen Königin zu begegnen!"

Als wäre Gron in einer eigenen Welt gefangen, blieb sein Blick auf seinem Sohn hängen. *Wer bestimmt eigentlich, wen Raena heiraten soll?* Sie war älter als sie alle gemeinsam, sollte also selbst bestimmen können, wen sie zum Manne nahm und wen sie in ihr Bett steigen ließ. Irgendwo in seinem Hinterkopf flüsterte ihm eine leise Stimme zu, dass es nicht er sein würde, den sie wählen und zum Gemahl nehmen würde. *Verdammt*. Er hatte genügend schlechte Gefühle wegen seiner Lügen, seinem Versagen und nun auch noch wegen dem, weil er für dieses, dieses ... Mädchen mehr empfand, als es sich für einen verheirateten Mann gehörte.

Ungewollt biss er sich auf die Zunge.

Im Verborgenen hatte er nach ihr gesehen, sie beobachtet, beschützt und eine eigenartige Beziehung zu ihr aufgebaut. Bei Ara, wie sehr hatte er sich vor ihrem ersten Treffen Mut antrinken müssen. Raenas angewidertes Gesicht hatte ihn so sehr verletzt, dass er kurzzeitig überlegt hatte, seine Maske über Bord zu werfen.

Darüber solltest du dir nicht den Kopf zerbrechen, hallte Grashalms Stimme durch seinen Kopf.

Und so blickte er, wie auch der gesamte Adel, erwartungsvoll die Stufen hinter dem Thron hoch.

Links erschien eine Gestalt aus dem Nichts und verwandelte die Halle einen Moment lang in die Art von Stille, die schwer auf einem lag und einen zu Boden drücken drohte.

Meine Güte, haben die sich Mühe gegeben, war der erste Gedanke, der ihm in den Sinn kam. Und doch hatte er sie nicht so schmal und langgliedrig in Erinnerung. Raena war breiter, hatte Muskeln und Sehnen an Stellen, die die Frauen am Hof nicht kannten. Die Frau, die da die Treppe herabkam, trug ein aufwendig genähtes, weißes Kleid mit Diamanten, Rubinen und allerlei anderem Schmuck. Sie war ihr zwar wie aus dem Gesicht geschnitten, aber das war auch schon alles. Ihre Ausstrahlung, ihr keckes Lächeln, welches Aufmerksamkeit und Zuwendung zu lieben schien, gehörte jemand anderem.

Raenas Wesen war scheu wie ein Reh und rasend wie eine wild gewordene Furie, wenn sie nach Blut lechzend, sich selbst in einem schwarzen Strudel verlor.

Die Frau dort vorn war eine schlecht gemachte Kopie, eine lahme Vorstellung der Person, die Gron in den letzten Tagen kennengelernt hatte.

Ehrfürchtig ging die Menge in die Knie. Der Reihe nach kippten sie, ihre Köpfe gen Boden geneigt. Auch ihm blieb nichts anderes übrig und doch starrte er als einer der wenigen unverhohlen zwischen seinen Stirnfransen hindurch.

Sogar der Elfenkönig hatte sich verbeugt. Sein Reittier schob ein Bein vorwärts, eines rückwärts und vollführte ebenfalls eine tiefe Verbeugung, während Reas linker Fuß die letzte Stufe berührte. Gemächlich schritt sie herbei, wobei sie ihr aufwendiges Kleid zur Seite hielt, um nicht zu stürzen.

„Und auf mich habt Ihr nicht gewartet?", ertönte von der anderen Seite der enttäuschte Ausruf Zimors und Rea fuhr herum. „Oh verzeiht! Ich war so aufgeregt!"

Hätte er sie begleiten sollen?

Gron war nicht der Einzige, der die Stirn in Falten legte. Reges Getuschel machte sich breit.

„Entschuldigt, ich war noch nie vor so vielen Menschen auf einmal", Rea lächelte in die Runde, woraufhin einige kicherten.

Rea nahm den dargebotenen Arm des Herrschers entgegen. Ihre Wangen waren gerötet und Gron glaubte, dass sie tatsächlich vergessen hatte, auf Zimor zu warten, denn der Ärger war kurz auf den faltigen Wangen des dicken Mannes präsent gewesen. Dann hob er den Arm und die Gäste verstummten augenblicklich. Feierlich drehte er Rea der Menge zu, führte sie zum Kristallthron zurück und heiß sie offiziell in Narthinn willkommen, bevor sie kurz auf dem Thron Platz nehmen durfte. Danach stand sie auf und ging dem Adel entgegen, der sich erhob, so auch Gron, der genau beobachtete, wie sich Fialuúnír Wyríl aus der Menge löste und vor dem Gleichgewicht in die Knie ging. In seinem Gesicht lag purer Ernst, seine Lippen bewegten sich schnell und mehr konnte Gron nicht erkennen, da ihm die Menge die Sicht auf den knienden Elf versperrte.

Hast du eine Ahnung, wer das sein könnte?

„Nein", murmelte Gron leise. Hinter seiner Stirn pochte es und ein paar Leute sahen sich nach ihm um. *Aber ich versuche mein Glück.* Damit meinte er, dass er Rea ebenfalls seine Treue schwören wollte. Doch dafür musste er sich erst einmal einen Weg bahnen.

Grashalm schickte ein Bild durch seinen Kopf, das ihn aus dem Konzept brachte und mitten auf der Stelle verharren ließ. Es zeigte Yalla, die sich durch die Adeligen drängte, aus einer Perspektive, die nicht die seine war.

Deine Frau hat mich wütend angesehen und sucht dich nun.

Danke.

Wenn Yalla ihn fand, würde er sich eine weitere verfluchte Ausrede aus dem Ärmel schütteln müssen.

Gron ließ sich vom Strom weitertragen. Ab und zu verschwand Rea's Gesicht hinter all den Perücken, Gesichtern und Pegasi, denn nicht nur die Reiter, sondern auch die Tiere wollten ein paar Worte an das Gleichgewicht richten. Man warf sich vor ihr nieder, reckte die Hände nach ihr und Rea lächelte, beugte ihr Haupt und stand nur da. Ihm fiel auf, dass keine Wachen an ihrer Seite standen, was ihm merkwürdig vorkam und als Gron nur noch wenige Schritte von ihrer Person entfernt war, kämpfte er mit Übelkeit und Nervosität gleichermaßen.

Weiß der Adel überhaupt von einem Krieg? Es muss doch auffallen, dass sich nur weiße Reiter und ein paar ihrer Verbündeten im Festsaal aufhalten.

Sie sind wie geblendet, als wären sie manipuliert.

Was würden die Schwarzen tun, wenn sie erfuhren, dass Raena nun in Narthinn angekommen war und im Schloss weilte? Vielleicht waren sie schon hier, warteten nur auf einen günstigen Moment.

Ein Gleichgewicht darf es nicht geben. Es ist einfach zu mächtig.

Aber es ist geschehen, Grashalms sanfte Stimme war wie eine Liebkosung, *man kann es nicht rückgängig machen.*

Man könnte sie wieder in den Turm sperren.

Nein. Das kannst du ihr nicht antun.

Vermutlich nicht. Verdammt. Er hätte es ihr sagen müssen. Wenigstens das, was er über den Turm und seine Folgen wusste. Stattdessen hatte er geschwiegen, erstens, weil es ihm befohlen worden war, es war sein Schicksal und zweitens, weil er sich um ihr aller Sicherheit gesorgt hatte. Und nun? Was hatte er davon? Nichts. Raena war fort und ihr aller Leben in Gefahr.

Er hielt die Luft an und dann befand er sich vor ihr.

Rea wirkte nicht überrascht, aber auch nicht sonderlich erfreut ihn zu sehen. Hatte man sie von seiner Existenz unterrichtet? Er hatte das Gefühl, sie wisse, wer er war.

Als er sich vor ihr verneigte, erfüllte Wehmut seine Brust, denn ihr Gesicht ähnelte dem Original viel zu sehr, kam der Erinnerung in seinen Gedanken verdammt nah. Der harte Schwung ihrer Lippen, die sie immer zusammengepresst hatte, wenn sie provoziert worden war, selbst die Falten um ihren Mund und der Augen waren gleich. Locken umrahmten ihr Gesicht. Sie blickte ihm forsch, misstrauisch entgegen und schien abzuwägen, was er vorhatte, war kurz davor zurückzuweichen.

Nein, er würde sie nicht erdolchen und es erschrak ihn, dass er es überhaupt in Erwägung zog. Er spürte tiefes Bedauern über sein unentschuldbares Versagen, achtete nicht einmal auf seinen Gesichtsausdruck, so sehr litt er unter ihrem Anblick. „Ehrenwertes Gleichgewicht", murmelte Gron leise, aber klar und deutlich, ehe er sich aufrichtete. Dabei ließ er einen Blick über ihr kleines Dekolleté bis hin zu ihrem Schwanenhals schweifen, tastete ihr Gesicht vorsichtig mit seinen Augen ab, bis ihm ein gravierender Unterschied auffiel.

„Guten Abend", entgegnete sie ein wenig kokett, ein wenig irritiert wie ihm schien.

„Amüsiert Ihr Euch gut?", er wusste nicht, ob das die richtige Frage war, doch er brauchte Zeit für seine Gedanken, die er schnellstmöglich ordnen musste.

Es war das eigenartige Braun ihrer Augen, das seine Aufmerksamkeit weckte. Der äußere Rand war ein brauner Kreis, der bis zur Pupille hin immer blauer wurde. Schmal und leicht schief war ihre Form. Die Brauen waren fein und geordnet, während man den Wimpern mit Tusche zu einer kohlrabenschwarzen Länge verholfen hatte. Es musste sich um einen schlechten Künstler handeln, wenn er sein Äußeres nicht exakt verändern konnte.

„Mir geht es wunderbar. Es haben sich so viele Leute eingetroffen. Nur wegen mir!"

Gron lächelte schwach. „Es freut mich, dass Ihr unsere Reise gut überstanden habt."

Und dann stutzte er. Diese Augen, ihre Form ... sie erinnerten ihn an ...

Esined. Ihm wurde kalt. Sie hatte Raena gesehen, sie hatte ihr Abbild in den Erinnerungen. Nun war es wie als hätte jemand einen Schleier von seinen Augen genommen. Zuletzt gesehen hatte er sie, nachdem er Rizor und ihr befohlen hatte, in der Nähe des Schlosses zu warten und dann war sie wie vom Erdboden verschluckt gewesen.

Nein. Das kann nicht sein. Grashalm war fassungslos.

Hätte ihn jemand nun mit einem Hammer in den Magen geschlagen, hätte er sich ähnlich gefühlt. Es war Esined, sie musste es sein, spielte die Erscheinung der Frau, die sie augenscheinlich die gesamte Reise über verhöhnt und missbilligt hatte.

„Es hat mich gefreut", raunte er, drehte sich auf den Fersen um und verschwand in der Menge.

Er floh, obwohl er eigentlich vorgehabt hatte, auf sein Leben zu schwören. Er scherte sich nicht darum, wie sein Abgang wohl aussah, ignorierte die Gesichter, die wie eine Flut an ihm vorbeirauschten. Bitter dachte er an den Tag zurück, an dem beschlossen worden war, dass sie Raena endlich ins Land holen und auf ihr zukünftiges Leben vorbereiten würden. Als wäre es erst gestern gewesen, erinnerte er sich an die süßen Kartoffeln, die es zu Mittag gegeben und an das Fenster, aus dem er gestarrt hatte ...

51. KAPITEL

Im Hof kam eine Lieferung für die Schlossküche an. Zwei junge Burschen eilten aus einer Seitentür herbei und rissen die hintere Ladetür des Karrens herunter, um endlich abladen zu können. Mittag stand unmittelbar bevor und der Koch brauchte Kartoffeln. Kaum zu überhören war das Geschrei gewesen, das beim Frühstück in der großen Halle erklungen war, als ein Diener die Brötchen hatte fallen lassen und eine Magd erschüttert geschrien hatte: „Nicht auch noch die Brötchen! Wir haben doch schon keine Kartoffeln!"

Gron wandte sich vom Fenster ab, als er schwerfällige Schritte entlang des Ganges hörte. Er ließ seine verschränkten Arme sinken und blickte den Neuankömmlingen entgegen.

Röhrich Oberhand mit dem Beinamen „der Schlaue", war Berater des Zwergenkönigs, Ratsmitglied und Oberhaupt der braunen Reiter, die aus Finarst kamen und Teile eines Kontinents besaßen. Gron war noch nie in den geheimnisvollen Tiefen des Berges gewesen, kannte aber genug Geschichten, die von der Herrlichkeit und ihren Reichtümern berichteten, die man dort fand. Er wurde von einem zweiten Zwerg begleitet, Rizor Unterhand, wenn sich Gron richtig erinnerte.

Beide Zwerge trugen lange Bärte, hatten kurze Beine und braunes Haar, welches sie mit Fett und anderen Hilfsmitteln zu glänzenden Zöpfen geflochten hatten. Ihre Ausrüstung bestand aus einer schweren Kettenrüstung und sie trugen sogar ihre Waffen bei sich, obwohl man verboten hatte, sich im Turm mit jeglicher Art von spitzen Gegenständen auszurüsten, aus gutem Grund, denn meistens gab es Streit.

Gron setzte sein freundlichstes Lächeln auf und deutete eine zurückhaltende Verbeugung an. „Einen wunderschönen Tag wünsche ich."

Beide Zwerge blickten ihn an und erwiderten eine ähnliche Antwort. Röhrich war wie immer übellaunig. Egal ob König, Anführer oder Herrscher, er bückte sich vor niemandem.

Ausdruckslos sah Gron ihrem scheppernden Gang nach, bis sie bald darauf hinter der Ecke verschwunden waren. Er war bereits oben gewesen und hatte feststellen müssen, dass noch niemand eingetroffen war.

Gron wandte sich ab, lehnte seine Schulter gegen die Mauer und blickte starr wieder den Hof hinunter.

Fleißig luden fünf Burschen den Karren leer und trugen die Säcke durch die offene Seitentür ins Gebäude hinein. Ein fein gekleideter Herr verhandelte mit dem Bauern den Preis, wobei Letzterer nicht gerade begeistert wirkte, als ihm ein paar Münzen in die Hand gedrückt wurden und er einen kleinen Zettel, eine Quittung unterschrieb.

Das nächste Ratsmitglied war der Anführer der grünen Reiter. Hinter seinem Rücken nannten sie ihn auch Gänseblümchen, obwohl sein Volk wenig mit Botanik am Hut hatte und auf großen, schuppigen Schlangen mit gar fünf Köpfen ritt. Er hieß Fürst Lieion Scharten, war der erste und beste Kämpfer des Königs der Grünen und eines der ältesten Ratsmitglieder, die es gab. Sein hellgraues Haar soll einmal strohblond gewesen sein. Er kam unbewaffnet, trug seinen Lederhelm unter dem rechten Arm und lächelte sein typisch dünnes Lächeln. Gron grüßte ihn höflich, stieß sich von der Mauer ab und schloss sich ihm an.

„Gut geschlafen, Eure Majestät?", begann Lieion sofort ein Gespräch.

„Den Umständen entsprechend", entgegnete Gron augenblicklich, „ich habe Euch letzte Nacht nicht in der Halle gesehen. Seid Ihr erst heute Morgen angereist?" Im Augenwinkel bemerkte er die tiefen Schatten unter den Augen des alten Mannes.

Lieion kratzte sich am bartlosen Kinn. „Ja, leider. Zwei Pferde lahmten." Er seufzte. „Ich verfluche die Wasserfälle, diese uralte Art zu reisen raubt mir stets den letzten Nerv. Ich bin zu alt dafür, um in dieses endlose Loch zu springen. Meine Begleiter fanden es, wie nannten sie es, erfrischend? Ich hoffe, wir treffen uns für die kommenden Monate zum letzten Mal, damit ich auf dem Heimweg ein Schiff buchen kann."

Gron zog eine Augenbraue in die Höhe. „Wen meint Ihr?"

Lieion legte die Stirn in Falten, als sie um die Ecke bogen und die schmale Treppe erklommen. Ihre Schritte hallten im Gang wider und oben hörte man die Zwerge mit rauen Stimmen sprechen.

„Nun, mein König ist mir gefolgt. Er hat davon geschwafelt, dass er bereits viel zu lange seinen Amtsbesuch in Narthinn hinausgezögert hat." Lieion war das einzige Ratsmitglied, welches von seinem König wie von einem gewöhnlichen Sterblichen sprach und eine freundschaftliche Beziehung zu ihm pflegte. „Im Moment ist er in seinen Gemächern. Ihm ist wohl von dem Trockenfleisch übel, was es am Abend zuvor gab."

Es hatte eine Weile gedauert, bis sich alle Mitglieder des Rates versammelt und ihre zugewiesenen Plätze eingenommen hatten. Der Herrscher höchstpersönlich erschien erst zum Schluss und verschloss die Tür des Saales mit einem bronzenen Schlüssel, bevor er an ihnen vorbeischlenderte, am Kopf des rechteckigen Tisches seinen vergoldeten Stuhl zur Seite rückte und sich stöhnend hinsetzte. Der Raum, der knapp unter dem Dach des Turms war, war nicht besonders groß und bot nur wenig Platz. Doch er war abgeschieden und deshalb ein passender Treffpunkt, der für geheime Gespräche der mächtigsten Herren der Welt am sichersten erschien.

Rechts von Gron saß Lieion Scharten und links von ihm, am Kopf des Tisches der Herrscher Zimor. Ihm gegenüber saß der Elfenkönig Fialuúnír Wyríl. Hinter ihm stand ein elfischer Botschafter mit langen weißen Haaren, dessen Namen er nicht kannte. Nicht zum ersten Mal missfiel Gron die Sitzordnung, da er manchmal die eisigen und abwertenden Blicke auf seiner Person spüren konnte. Doch der Etikette nach genossen Könige mehr Privilegien und waren somit näher dem Herrscher am Tisch zu platzieren. Erst dann folgte der Älteste, Lieion und der Rest der kleinen Versammlung, die aus einem blauen, zwei gelben, zwei roten, zwei braunen, einem grauen Reiter und vier mächtigen Herren bestand, die mehrere Inselgruppen ihr Eigen nannten und ferne Länder in ihren Händen hielten.

„Hiermit eröffne ich unsere Versammlung. Ich entsinne mich, dass wir uns diesen Monat bereits zum dritten Mal zusammentreffen." Zimor legte beide Hände auf dem Tisch ab, mit den Handflächen nach oben und offenbarte eine kleine Klingel, „falls die Herren Erfrischungen haben möchten oder etwas zu Essen wünschen, kann ich jederzeit einen Diener herbeirufen."

Gron stand auf, nachdem man ihn aufgefordert hatte, seine neuesten Erkenntnisse vorzutragen. Der Stuhl quietschte protestierend, als er ihn zur Seite schob und sich vom Tisch entfernte. Zuerst erwähnte er belanglose Dinge, erzählte ihnen von ihrer Arbeit im Stall, am Feld und von den Kühen, welche sie jeden Tag auf der Weide hüten musste. Klar, das wussten sie schon, aber er erzählte es immer wieder von Neuem, denn er war gewissenhaft.

Er erzählte von Fürst Duran, dass ihre Theorie, er könne an ihrer Entführung beteiligt gewesen sein, sich als unwahr herausgestellt hatte, der Fürst sie lediglich als Kind erhalten und im Streifen bei einer Familie versteckt hatte. Gron hatte ihn beschattet und durch ein paar Briefe erfahren, dass Duran irgendeiner Frau schrieb, die sich Lu Feng nannte und die bestens über ihre Verfassung informiert wurde. Ob Lu Feng aber eine Geliebte des Fürsten war oder nur eine einfache Bekannte, hatte er nicht herausgefunden. Er wollte ihnen gerade erklären, dass Duran Absichten einer Ehe geäußert habe und auf eine Bewilligung seitens Lu Feng warte, als der Anführer der Braunen ihn mit einem Aufschrei zum Schweigen brachte.

„Feng wer?!", donnerte Röhrichs Stimme durch den Raum, „wer ist das zum Henker? Was will der von ihr?! Eine Heirat??"

„Lasst ihn doch ausreden", brummte der Anführer der blauen Reiter, Ride Osteron, ein junger Mann, der viel zu früh und mit nur wenig Erfahrung, das Amt seines Vaters übernommen hatte. Gron hatte ihn gut gekannt. Ein weiser Mann, den eine tödliche Krankheit dahingerafft hatte.

„Das weiß ich nicht", entgegnete Gron gelassen und blickte Röhrich ruhig in die Augen. Der braune Anführer schürzte die dicken Lippen, warf die Hände in die Luft und murmelte unterdrückte Verwünschungen, bevor seine Fäuste auf die Tischplatte krachten. „Unnötig! Beschissen ist das, wir sollten sie langsam zu uns holen, dieses Mädel! Immerhin ist sie Eure Nachfolgerin oder nicht?" Seine Augen leuchteten gefährlich auf und erinnerten an glühende Kohlen, als er Zimor mit Abscheu betrachtete. „Euer Ranzen wächst jedes Mal mehr an, wie? Ein junges Gör

wäre da eine wunderbare Abwechslung, damit ich Eure Visage nicht mehr sehen muss."

Irgendwo am Ende des Tisches ertönte ein erschrockenes Keuchen und unterdrücktes Husten. Auch Gron war überrumpelt. Ein Handwink und der Herrscher konnte den braunen Anführer in den Tiefen des Kerkers verschwinden lassen.

„Mäßigt Euch", wies ihn der Elfenkönig zurecht, seine Stimme so frostig wie ein eiskalter Winterhauch.

„Das ist doch wohl nicht Euer Ernst!", brauste Lieion auf, „und bewaffnet seid Ihr auch noch! Wollt Ihr uns alle beleidigen?!"

„Also wirklich ... die Zwerge haben kein Benehmen", kam aus dem Mund des roten Anführers.

Gron warf einen Blick auf Zimor, der zwar ein wenig purpur im Gesicht angelaufen war, aber dennoch entspannt die Hände über seinem „Ranzen" verschränkte. Als wäre er die Ruhe selbst, blickte er in die Runde, schien kein bisschen angegriffen von den harten Worten, die ihm entgegengeschleudert worden waren. „Beruhigt Euch, meine Herren. Es besteht kein Grund dafür, die Nerven zu verlieren."

Doch Gron entging die Anspannung nicht, die sich um seine Lippen legte.

„Vielleicht würdet Ihr ein wenig Kirschschnaps begrüßen, um Euch zu beruhigen." Wie auf Kommando hob er die Klingel hoch und schüttelte sie ein paar Mal in der Luft. Ihr sanfter Klang verstärkte die Spannung im Saal noch um einiges, Röhrich kochte vor Wut und schien nicht begeistert, gar angewidert von Zimors Versuch, ihn beschwichtigen zu wollen. Sein Begleiter legte ihm eine Hand auf den Unterarm. Die Gesichtszüge des Anführers entspannten sich einen Augenblick später, als hätte ihn Rizor an etwas Wichtiges erinnert, wie zum Beispiel den Fakt, dass Raena eines Tages die mächtigste Person sein würde, wenn sie es nicht schon war und er sie nicht vor allen Anwesenden Göre nennen dürfte. Vor allem nicht vor dem Herrscher, der über ihnen allen stand.

Innerlich seufzte er. Darum hatte er nicht gut geschlafen. Weil er gewusst hatte, dass ihm die Versammlung den letzten Nerv rauben würde. Wenn ihn der Elfenkönig nicht unterbrach und überflüssige Kommentare abgab, waren es die Zwerge, die besser wussten, wie er mit seiner Aufgabe umzugehen hatte. Und dennoch war er es gewesen, der sich gemeldet hatte, als sie einen Beschützer, einen Aufpasser gebraucht hatten, nachdem Raena im Streifen aufgespürt worden war. Wenigstens stand Yalla zu ihm, seine liebreizende Yalla, die ihn dieses Mal nach Narthinn begleitet hatte. Ein warmes Lächeln schlich sich auf seine Lippen. Wenn er an sie dachte, ging es ihm besser. Noch ein bisschen, ein paar Stunden mehr, dann würde er wieder zu ihr zurückkehren können. Später sollten sie unbedingt ihre Tätigkeit wieder aufnehmen und versuchen, einen dritten Sohn zu zeugen, denn das wäre doch die beste Option, diese einfältigen Zwerge aus seinem Kopf zu vertreiben.

„Ihr habt geklingelt, Eure herrschaftliche Hoheit?", zwei Dienerinnen sperrten auf, stürmten ins Innere und fielen vor ihrem Herrscher demütig auf die Knie. Sie wagten erst ihre Köpfe zu heben, als er sie dazu aufforderte. „Bringt mir ein paar Gläser und den süßesten Kirschschnaps, den wir lagernd haben."

„Jawohl, Eure herrschaftliche Hoheit." Sie waren noch nicht ganz bei der Tür, als von der Treppe aus Gelächter und Gekicher zu ihnen hereinhallte. Gleich darauf stürmten zwei junge Frauen herein. Die erste entpuppte sich als die Tochter des Herrschers und die zweite war eine Freundin von ihr, eine Halbsirene, die sie irgendwann vor fünfzehn Jahren aus einer Hafenstadt mitgenommen hatten. Er wusste, dass sie der einzige Mischling unter den Untertanen war, da jegliche Form von ethnischen Mixen streng bestraft und in den Streifen abgeschoben wurde. Der Liebe des Vaters zu seiner Tochter hatte Esined, die Halbsirene, ihr Leben bei Hofe zu verdanken. Zusätzlich hatte Zimor sie zu einer Leibwächterin ausbilden lassen, um die Gesetze besser umgehen zu können.

„Was macht ihr denn hier?", brummte der Herrscher wenig begeistert, „Ihr sollt doch nicht hier im Turm herumlaufen!"

„Du hast versprochen, dass du uns auf unseren Ausflug begleiten wirst", entgegnete seine Tochter keck, ein paar Strähnen ihres schwarzen Haars ringelten sich um ihr Gesicht. „Du hast es versprochen!", wiederholte sie erneut und nahm ihre Freundin am Arm, die sich angesichts der Blicke ein wenig unwohl in ihrer Haut zu fühlen schien. Kein Wunder, wenn man einfach in eine Versammlung platzte.

Abwartend verschränkte Gron die Arme vor der Brust. Er war immer noch nicht mit seinem Vortrag fertig.

„Ach ...", brummte der Herrscher, sein Gesicht verdüsterte sich und er machte eine verwerfende Handbewegung, „ich habe es vergessen. Das hier ist wichtiger, meine Liebe." Er wollte sie bereits wieder verscheuchen, setzte sogar zum Sprechen an, wurde jedoch von ihrem störrischen Verhalten daran gehindert. Ihr erhitzter Blick überflog Gron, er spürte, wie sie ihn von oben bis unten musterte, ehe sie seine Haltung perfekt imitierte und die Arme verschränkte, sodass ihre Brüste fast aus dem Ausschnitt hervorquollen. Amüsiert belächelte er ihren Versuch, sich ihrem Vater zu widersetzen. Bei den Göttern, wieso zum Henker musste er Mirra ständig verhätscheln ...

„Das gibt's doch nicht", murrte Röhrich und stützte beide Ellbogen auf dem Tisch ab, während der rote Anführer brummte: „Ich glaube, dass nicht nur ich gerne fortfahren würde."

Zustimmendes Gemurmel machte sich breit.

„Meine Damen, das hier ist kein geeigneter Ort für Euch", versuchte nun auch Lieion sein Glück, auch wenn er sich zwischen Vater und Tochter nicht einzumischen hatte. Aber die Versammlung ging sie alle an und es war nicht vereinbart, dass Frauen und schon gar nicht die Tochter des Herrschers, bei ihren Gesprächen *mitlauschen durften.*

Gron verlagerte sein Gewicht auf das linke Bein und ließ seine Arme träge nach unten baumeln. Er bemühte sich um einen neutralen Gesichtsausdruck, was ihm angesichts seiner leicht genervten Haltung schwerfiel.

Trotz des sichtlichen Missfallens aller Anwesenden hob Zimor die linke Hand hoch und winkte sie zu sich: „Kommt her. Nehmt Euch zwei Stühle aus der hinteren Ecke und setzt Euch. Aber wagt es nicht, uns zu unterbrechen, habt Ihr verstanden? Danach können wir zusammen auf einen Ausflug."

Sie taten, wie ihnen befohlen wurde, eilten zur linken, staubigen Ecke und zerrten an einem Stoß aufeinandergestapelter Stühle. Währenddessen räusperte sich Zimor in seine Handfläche und blickte ein paar entgeisterten Blicken, einschließlich Grons fassungslosen Ausdrucks, entgegen. Seine Augen weiteten sich und er zuckte mit den Schultern, als wollte er damit andeuten, dass ihm nichts anderes übriggeblieben war, als der Laune seiner Tochter nachzugeben. Dann gab er Gron mit einem leichten Nicken ein Zeichen. Er möge bitte weitersprechen, bedeutete es.

Der Elbenkönig rief sich innerlich zur Ruhe und wollte bereits ansetzen, als ein lautes Poltern und unterdrücktes Gelächter ihn erneut unterbrachen und alle Blicke in Richtung Ecke schossen, wo die jungen Frauen die Stühle umgekippt hatten und sich nun vor Lachen krümmten.

Zimor errötete und seine Backen blähten sich auf, bevor er sich schwerfällig nach hinten umwandte.

„Das darf doch wohl ...!", setzte Röhrich bereits zur Schimpftirade an, wurde jedoch von seinem Begleiter zurückgehalten, bevor er aufspringen und ihnen seine Axt an den Kopf werfen konnte.

„Bleibt auf Eurem Arsch hocken", knurrte der Anführer der roten Reiter verärgert, „jedes Mal müsst Ihr Euch aufführen!" Ein leicht gesäuertes Seufzen war vom Elfenkönig zu vernehmen und Gron fuhr sich fahrig durch sein Haar, als auch noch einer der vier Herzöge aufsprang und mit seinem Gehstock auf den Boden klopfte.

„Unerhört! Was ist das nur für eine Umgangsform!" Damit meinte er wohl die Aussprache des roten Reiters. Der warf dem Herzog nur einen glühenden Blick zu, verfiel aber in eisiges Schweigen und hatte wohl auch nicht weiter vor, sich ins Gespräch einzumischen. Die anderen drei Herren tuschelten aufgeregt untereinander, wobei einer sich prächtig über das Schauspiel zu amüsieren schien und die Lippen zu einem schiefen Grinsen verzog. Er war sehr jung und gut gebaut. Ein hübscher Kerl ohne Frau mit viel Besitz.

„Bei den Göttern ...", entwich Grons Lippen, doch er unterbrach sich selbst, als er Lieions Blick auf sich ruhen spüren konnte, ihn kurz intensiv erwiderte und verstand. Doch bevor er sich in Bewegung setzte, war der Elfenbotschafter zur Stelle.

Im ersten Moment noch hinter seinem Herrn stehend, befand er sich im nächsten bei den jungen Damen und half ihnen zwei Stühle aus dem umgestürzten Stapel zu fischen. Sie dankten ihm überschwänglich.

„Setzt Euch doch endlich hin!", hob Zimor seine Stimme an, „sonst dürft Ihr vor der Tür warten!"

„Aber, Vater", rief seine Tochter daraufhin, „verzeih, Vater!" Nachdem sie sich gesetzt hatten, steckten sie ihre Köpfe zusammen.

Gron blieben die interessierten Blicke nicht verborgen, die sie dem Botschafter zuwarfen, als er zu seinem König zurückkehrte und sich hinter dessen Rücken stellte. Danach kamen der Schnaps und die Gläser, die zwischen den Ratsmitgliedern aufgeteilt wurden und erst als sie gemeinsam getrunken hatten, kehrte erneute Stille ein.

Gron war sich nur viel zu sehr der Anwesenheit beider Frauen bewusst und wusste nicht, was er vor ihnen sagen durfte. Und so versuchte er es anders. „Gut. Wir waren beim Gleichgewicht stehengeblieben." Die Frage war, wie viel seine Tochter wusste und wie viel davon sie mit Esined geteilt hatte. Doch da beide keine überraschten Seufzer ausstießen und tatsächlich still sitzen blieben, setzte er fort: „Wie ich zuvor erwähnt habe, sollten wir sie so schnell wie möglich zu uns ins Reich holen, bevor sie uns aus den Augen verschwindet."

„Ich bin dafür." Zimor sah in die Runde.

„Wie alt ist sie inzwischen?", fragte der Anführer der blauen Reiter, „etwas über zwanzig Jahre?"

Gron kreuzte seinen Blick. „In etwa, ja."

„Dann sollten wir einen geeigneten Mann für sie suchen. Immerhin sind junge Frauen in ihrem Alter bereits versprochen, wenn nicht sogar verheiratet."

„Da stimme ich zu!", ertönte der vorlaute Herzog.

Daraufhin zog Gron nur zweifelnd eine Braue in die Höhe. „Ich denke, dass wir sie zuerst davon in Kenntnis setzen sollten, wer sie ist und warum sie dort gelandet ist, wo sie sich derzeit aufhält. Sie ist unsterblich. Einen Ehemann zu suchen ist zweitrangig. Außerdem fällt diese Aufgabe unserem Herrscher", er verneigte sich kurz vor Zimor, „zu."

„Lieber Elbenkönig", Gron ahnte, dass man ihm widersprechen würde und wappnete sich gegen einen möglichen Angriff, „ich bin da anderer Meinung. Je eher man ihre Macht auf ein paar Kinder aufteilt, desto weniger Gefahr wird von ihrer Existenz ausgehen. Die weißen Reiter haben sie nicht nur als Geisel gehalten, sondern die Welt die letzten tausend Jahre davor bewahrt, unterzugehen. Ihr wisst doch, was passiert, wenn sie stirbt? Wie könnt Ihr Euch sicher sein, dass sie unsterblich ist?"

„Sie stammt von den Göttern ab", entgegnete Gron schroff und erwiderte den Blick des gelben Reiters ungerührt, „habt Ihr die alten Legenden und Geschichten nicht gelesen?"

„Legenden", rümpfte Röhrich die Nase, „nur Legenden!"

„Und dennoch", mischte sich Zimor ein, „wir müssen sie zu uns holen. Unser aller Leben hängt von ihr ab. Wir dürfen nicht daran denken, dass es ihr möglich ist zu sterben. Wir müssen darüber Stillschweigen bewahren, damit wir keine Panik unter dem Volk auslösen."

Gron schloss die Augen. Er übersprang im Geiste die Ereignisse, bis er zu der Entscheidung kam, wegen der Mirra getobt hatte und Esineds Schicksal besiegelt worden war.

„Esined kann nicht gehen!", kam es aus der Ecke.
„Sie wird aber gehen. Sie ist gut und hat sich vorbildhaft um deine Sicherheit gekümmert. Sie kommt anstatt meiner mit und hilft das Gleichgewicht herzubringen. König Gron Onohr wird ihr ein guter Anführer sein."
„Ich sollte deine Nachfolgerin werden. Nur ich! Ich bin deine älteste Tochter! Nicht irgendeine dahergelaufene Dirne, die zwischen den Kühen und all dem, a-all dem Dreck aufwuchs!"
„Bitte, beruhige dich Mirra, du wirst immer meine Nachfolgerin sein. Aber das Gleichgewicht ist ..."
„Nein!"

Gron fand sich in der rechten Hälfte der Halle wieder. Er war vor seiner Frau geflüchtet, hatte einem Diener ein Glas Wein gestohlen und sich irgendwo verkrochen, wo man ihn nicht gleich finden würde.
Mittlerweile spielte die Musik wieder. Das Tanzparkett glühte förmlich und bebte unter den Füßen begeisterter Tänzerinnen und Tänzer.
Damals war Mirra hinausgestürmt, während Esined geblieben war und ihr Schicksal akzeptiert hatte.
Sie hatten abgestimmt. Da Gron von Anfang an in den Streifen gereist war, würde er die Truppe anführen. Die braunen Reiter hatten einen Vertreter ihrer Sippe gewollt, somit war Rizor beauftragt worden. Obwohl sie im Grunde nicht unfreundlich waren und durchaus gastfreundlich sein konnten, trauten Zwerge nur ihren eigenen Leuten.
Der Elfenkönig schickte Fenriel, da er als Botschafter und als Krieger einen guten Beschützer abgeben würde.
Esined schickte er, weil ...
Gron rieb sich die Schläfen. Seine Gedanken brachen ab. Esined war mit ihrer Ausbildung die perfekte Wahl gewesen. Mit ihren Kleidern und ihrem mädchenhaften Verhalten hatte Gron anfangs nicht viel anzufangen gewusst. Da sie sich vorerst nur mit Fenriel unterhalten hatte, hatte er sich

irgendwann an sie gewöhnt, hatte sie halb ignoriert und hingenommen.

Das hätte er nicht tun dürfen. Esined beherrschte Magie, davon hatte er zu Beginn nichts gewusst. Erst als sie ein paar Männer am Weg zum Streifen besungen hatte, war ihm klar geworden, wie gefährlich sie werden konnte. Ihm hätte klar sein müssen, dass Zimor seine Herrschaft nicht einfach abgeben würde. Für seine Tochter tat er alles. Warum war aber nicht Mirra unter der Verkleidung? Das ganze Drama ergab weiterhin nicht besonders viel Sinn. Wo war seine Tochter? Er hatte sie noch nicht gesehen.

Er wusste, er sollte Schloss Elyador verlassen. Stattdessen stand er hier herum, grübelte über Vergangenes nach und vergrub sich in Selbstmitleid. *Vielleicht solltest du bei Esined beginnen.* Grashalm hielt sich von ihm fern, um ihm nicht die Aufmerksamkeit zu verschaffen, die er nun am wenigsten brauchte. Ihre Empfindungen waren dennoch intensiv genug, als stünde sie direkt neben ihm.

Denkst du wirklich, sie hat es freiwillig getan?

Vermutlich.

Siehst du Yalla?, fragte er stattdessen.

Ich habe sie aus den Augen verloren, aber denke, dass sie dir den Kopf abreißen möchte.

Gron verzog die Lippen zu einer freudlosen Grimasse und stürzte den letzten Rest des Weines hinunter. Fahl schmeckte die Flüssigkeit auf seiner Zunge nach. Mit dem Handrücken wischte er über seine Lippen und blickte sich um. *Wir sollten von hier verschwinden.*

Bereit, wenn du es bist.

Sein Gewand trocknete nicht, ihm war viel zu heiß. Schweiß perlte von seinem Gesicht, seiner Stirn und seinem Kinn ab. Er suchte eine Stelle, wo er das Glas abstellen konnte. Zerrissen zwischen dem Wunsch, Esined nach der Wahrheit zu fragen und einfach zu gehen, stand er ein paar Minuten nur da und wirkte wie bestellt und nicht abgeholt.

Mir ist aufgefallen, dass sich vermehrt Soldaten zwischen die Gäste gemischt haben. Es werden immer mehr. Das ist seltsam.

Es waren zuvor schon welche da, meinte Gron und bemerkte zu seiner Bestürzung, dass sie Recht hatte. *Sie wollen alle das Gleichgewicht bewundern,* versuchte er sich zu beruhigen, doch noch während er es zu Ende gedacht hatte, glaubte er selbst nicht daran. Ihm fehlte sein Schwert.

Wir sollten wirklich gehen, drängte Grashalm.

Ein paar Schritte weiter standen zwei von ihnen, ihre Reittiere dicht daneben. Er glaubte zu spüren, wie sie ihn mit ihren Blicken durchlöcherten. Der, der ihm am nächsten stand, hatte peinlich berührt seine Augen abgewandt, als er von Gron dabei erwischt worden war. „Was soll das", knurrte er leise, mehr zu sich selbst als zu den Männern, die aus heiterem Himmel ein anregendes Gespräch begannen und ihm den Rücken zudrehten, als hätten sie Angst, er könnte sie auf ihr Starren ansprechen. Gron hatte es satt, untätig herumzustehen. Bevor er sich wieder in die Menge werfen konnte, wurde er am Arm gepackt und zurückgehalten.

„Also ich weiß nicht, was genau mit dir los ist, aber langsam habe ich genug davon."

Gron begegnete Yallas wütenden, verletzten Augen. Kurz war er wie erstarrt. Dann lächelte er beschwichtigend: „Entschuldige. Ich habe dem Gleichgewicht leider nicht meine Treue schwören können." Während er sprach, schlug sein schlechtes Gewissen zu. Er litt. Nicht nur, dass er Raenas Verschwinden zu verantworten hatte, jetzt spielte er auch seiner Frau etwas vor. Klar, er war ein Spion, Yalla respektierte das und fragte nicht nach, doch sie war nicht dumm.

„Das ist ...!" *Eine Lüge, wohl die Höhe, nicht dein Ernst, doch nicht zu fassen ...* all das hätte sie sagen können und doch klappte sie ihre Lippen zu, als sie die Person bemerkte, die auf sie zuging. *Esined,* schoss ihm durch den Kopf. Daraufhin spürte er Grashalms Anspannung so deutlich wie seine eigene.

„Ehrenwertes Gleichgewicht", hauchte Yalla, auf einmal bleich wie Kreide, völlig überfordert, Rea vor sich stehen zu haben. Sie war nicht allein. Dicht hinter ihr standen Rehor und sein Begleiter, ein paar Bewunderer, die ihr nachliefen wie Gockel. Wie hieß der Mann nochmal? Irillian und weiter? Gron verspürte das Bedürfnis zu lachen, erstickte innerlich an seinem Gefühlsausbruch. Lächerlich. Er hätte verschwinden sollen, als er noch die Möglichkeit dazu gehabt hatte.

Er mied Rehors Blick und versuchte möglichst ernst auszusehen. Zum Henker, es fiel ihm verdammt schwer, die Fassung zu behalten. In aller Ruhe nickte er dem falschen Gleichgewicht zu und erwiderte zögernd das schwache Lächeln auf ihren Lippen.

„Ihr habt mich so schnell verlassen", Rea blieb einen Meter vor ihm stehen.

„Tatsächlich?", entgegnete er neutral. Gron spürte die Spannung in der Luft förmlich auf seiner Haut kribbeln.

Yallas Blick brannte auf seinem Gesicht.

„Amüsiert Ihr Euch gut?", fragte Rea ihn beiläufig, ehe sie eine widerspenstige Locke um ihren Finger wickelte.

Was soll dieses Verhalten?

Grashalm konnte ihm die Frage nicht beantworten.

„Ich wollte mir gerade die Gärten ansehen", entgegnete er ausweichend, es ihm fiel ihm einfach nichts darauf ein.

„Im Regen?", hob sie fragend eine Augenbraue hoch, bevor ein breites Lächeln auf ihren Lippen erschien, „und doch, Eure Majestät, würde ich gerne ein paar Schritte mit Euch gehen. Erlaubt Ihr?" Ohne seine Antwort abzuwarten, schob sie ihren Arm unter den seinen, ignorierte Yalla und zog ihn von ihr weg.

Gron mied den Blick seines Sohnes, als er dem falschen Gleichgewicht folgte und in seinen Augen nur Enttäuschung und stille Anklage lesen konnte. „Meinen Sohn habt Ihr schon kennengelernt?", fragte er schroff nach einer Weile, weil ihn die Stille erdrückte. Ihre Berührung, ihre Nähe brannte, fühlte sich unangenehm an. Sie setzte ihm zu.

Rea nickte schwach: „Vorhin hat er sich und seinen Freund vorgestellt. Euer Sohn ist Prinz Rehor Onohr, nicht wahr?"

Er nickte und ließ sich zum Ausgang führen. Er war überrascht, wie zielsicher sie agierte und wie bereit ihnen alle Gäste den Weg freimachten. Ihr Kleid strich um seine Beine, ein paar Mal stieg er auf die Spitze der Unterröcke, doch falls sie davon etwas mitbekam, ließ sie sich nichts anmerken. Und dann sagte sie etwas, das ihn stolpern ließ.

„Lächerlich, oder?" Es war tatsächlich die Stimme von Esined, die mit ihm sprach, „die Soldaten lassen mich nicht aus den Augen. Ich habe versprochen, dass ich mich fügen würde."

Was? Im Augenwinkel bemerkte er, dass ihr Gesicht weiterhin das von Raena war, ihre Gefühle waren äußerlich nicht abzulesen. Und doch, es schwang eine Spur von Bitterkeit in ihrer Stimme mit. Leise, ihre Lippen bewegten sich kaum, setzte sie fort und überging alle Förmlichkeiten: „Ich muss mit dir reden. Lass uns in meinem Zimmer treffen, du ..." Plötzlich blieb sie stehen, warf ihm einen überraschten Blick zu.

Gron ließ ihren Arm los. „Esined?", hauchte er, als er die Panik in ihren Augen las. Sie griff nach ihm, er packte ihren Ellbogen und hielt sie fest.

Blut quoll zwischen ihren Lippen hervor. Ihre Augen weiteten sich vor Angst. Sie sah ihn an. Er sah sie an und ihr Körper sackte gurgelnd in sich zusammen. Irgendwo schrie jemand. Ein Durcheinander brach aus und die Gäste stoben auseinander.

„Mörder!"

„Er hat sie umgebracht!"

Und dann griffen sie ihn an.

EPILOG

Gegen Mitte des Sommers brannten im Streifen Sunekis Feuer. Zur heißesten Zeit des Jahres loderten die Flammen des Glücks und Erntedanks hoch und streckten sich nachts dem dunklen Himmel entgegen. Suneki war zwar dafür bekannt, Kinder in die Lava zu werfen, aber er gehörte auch zu den verehrtesten Göttern des Streifens, selbst wenn man seinen Namen meist in Schimpfwörtern oder Verwünschungen missbrauchte. Viele besaßen eigene Feuer, doch einige taten sich zusammen, um gemeinsam zu trinken, zu ehren und zu beten.

Raena saß in der Wiese, während über ihr Arik in der Baumkrone nach oben kletterte. „Ich schwöre euch, hinter dem Hügel habe ich sie gesehen!"

„Wir glauben dir ja." Bara rollte mit den Augen. Sie saß neben ihrer Schwester und kaute einen Grashalm zwischen den Zähnen. „Es sind mindestens vier Feuer!", rief Arik von oben herab und es raschelte und knackte, als er noch ein wenig höher kletterte.

Der Wind blies warm über die Felder und in der Ferne muhten Ochsen, als ein Gespann die unweit entfernte Straße entlangholperte.

Raena verzog das Gesicht. Sie war damit beschäftigt, ein paar bunte Bänder in eine Krone aus Weidenzweigen einzuweben, die sie sich selbst angefertigt hatte. Für Segen und Glück würde sie den Kranz erst tragen und am späten Abend ins Feuer werfen. Es war eine Tradition. Jedes Mädchen tat das. Aber es wollte ihr nicht gelingen. Sie kämpfte mit den letzten Zweigen, die immer wieder aus dem Geflecht rutschten.

„Soll ich dir helfen?", fragte Bara, die sich mit einem gewöhnlichen Weidenzopf zufriedengegeben hatte und den in ihrem Schoß liegen hatte.

„Nein, man muss es selbst machen", murmelte Raena und seufzte. Dann sah sie in diesem Jahr eben unordentlich aus. Später würde sie ohnehin keiner genauer sehen, wenn sie durch die Nacht tanzte.

Es dauerte nicht mehr lange und Vater kam, um auch ihr Feuer anzuzünden. Alle scharten sich um ihn und Mutter, die im Haus für mindestens drei Familien gekocht hatte, kam eiligst heraus, um es nicht zu verpassen.

Die halbe Nachbarschaft war da und Sakul, mit dem sie erst einmal gesprochen hatte, war ebenfalls mitgekommen. „Natürlich ist er da", flüsterte Bara in ihr Ohr hinein, während sie zusahen, wie die Flammen an den untersten Scheiten leckten und die Kleinsten begeistert in ihre Hände klatschten. Vater und ihre Brüder hatten am Tag einen hohen Stapel vorbereitet und ihn zum Teil mit Pech getränkt, damit er besser brannte. „Sieh nur, er schaut zu dir."

Raena lachte, doch ihre Wangen färbten sich rot.

Als er dann tatsächlich kam, um ein paar Worte mit ihnen zu wechseln, lächelte sie bloß schüchtern, während Bara das Sprechen übernahm.

„Habe gehört, dass eure Kühe letzte Woche auf und davon sind", sie grinste schelmisch.

Sakul nickte und grinste zurück, während er erst Bara und dann sie ansah, wobei sein Blick kurz am Kranz auf ihrem Kopf hängenblieb. Raena lächelte tapfer, wenigstens hatte sie ihr schönstes Kleid angezogen und ihre Haare geflochten.

„Darf ich?"

Sie wollte widersprechen, doch er nahm ihr den Kranz vom Kopf. Mit ein paar Handgriffen hatte er ihr kleines Problem gelöst und die Zweige mit einem roten Band fixiert. „Fertig."

Bara hob beide Brauen in die Höhe. Sie grinste noch immer und ihre Zähne blitzten weiß in der Dämmerung auf. „Jetzt ist es auch dein Kranz", sagte sie zu ihm und im Hintergrund prasselte das Feuer hoch und ein Bierfass wurde schäumend geköpft, „ihr solltet es gemeinsam hineinwerfen."

Raena blinzelte. Sie zupfte an ihrem Kleid, spürte, wie sich ihr Herzschlag beschleunigte. Das hatte sie nicht gewollt. Sie hatte ... *aber* ...

Er setzte ihr den Kranz zurück auf den Kopf. Raena zuckte zusammen und er lächelte bloß, als fände er ihre Reaktion amüsant. „Sieht hübsch aus."

Sie bildete sich ein, seine Augen im Licht des Feuers grün schimmern zu sehen.

„Ich brauche keinen Kranz", meinte er an Bara gewandt und lächelte, „ich hatte schon genug Glück in meinem Leben. Wollt ihr ein Glas Apfelsaft? Mein Vater hat frisch gepresst." Dann drehte er sich um und die Locken auf seinem Hinterkopf wippten, als er zu seiner Familie zurückging.

„Bara", murmelte Raena, die von seiner Erscheinung wie gefesselt war.

„Hm?"

„Hast du seine Augen gesehen? Sie waren grün." Raena war sich sicher, dass sie bei ihrer ersten Begegnung blau gewesen waren.

„Keine Ahnung. Muss an der Dunkelheit liegen. Komm. Wir sollten uns den Apfelsaft nicht entgehen lassen. Er hat uns eingeladen. *Mach schon!*", drängte sie, packte sie am Arm und zerrte sie mit sich. „Du solltest ihn nicht warten lassen!"

Später in der Nacht warf Raena ihren Kranz ins Feuer und beobachtete glücklich, wie die Bänder und die Weidenzweige zu Asche wurden. Sie sprach ein Gebet und lächelte.

Hier war sie Zuhause.

Hier würde sie bleiben.

Danksagung

An dieser Stelle möchte ich mich bei *allen* bedanken, die mich auf dieser Reise zum eigenen Buch unterstützt haben.

An alle, die Korrektur gelesen haben, die mir mit Rat und Tat und positiver Energie zur Seite standen und mir sagten, jetzt traue dich doch endlich: Ihr seid großartig und nur wegen euch konnte diese Geschichte endlich ein Cover finden. Fühlt euch gedrückt!

Ich hoffe, wir sehen uns in Band Zwei wieder.

Eure Claire